成化十四年

上

THE SLEUTH
OF
MING DYNASTY

梦溪石
著

北京联合出版公司
Beijing United Publishing Co.,Ltd

武安侯府案

目录

东宫案

成化十四年

武安侯府案

THE SLEUTH
OF
MING DYNASTY

第一章

深夜惊变

京城。

时近晌午，欢意楼里走出两个人。

为首的是个公子哥，面白微须，一身直裰套在身上跟套在竹竿上似的，眼下两道青黑痕迹，走两步路就打一个呵欠。

他后头还跟了个小厮，亦步亦趋，不敢怠慢，一手给公子哥打伞，一手还提着个烛火已经熄灭了的灯笼。

行人见状纷纷闪避。

原因无他，欢意楼是青楼，青楼的规矩就该是晚上才开门迎客的，现在对方大白天从楼里出来，那只能说明这位公子不仅玩了一整夜，还玩了一个上午，而他的背景，又深厚到欢意楼不得不为他破了规矩。

这样的人，脾气好的也就罢了，万一要是脾气不好弄出点什么事来，吃亏的还是无权无势的老百姓，所以大家见着了当然要闪远一点。

惹不起，躲得起。

公子哥忽然眼睛一亮，定定地望着前方。

小断不明所以，顺着他的视线看去，顿时了然。

前方不远处，一个人慢慢地走过来。

对方同样是一身直裰，一样的款式却穿出了不一样的效果。如果说公子哥是竹竿套衣服的话，那对方就是玉树临风了，如果有点文采的人在这里，说不定还会吟上两句“飘若游云，矫若惊龙”之类的句子。

不过公子哥明显是说不出这种富有内涵的话的，他只顾着两眼放光地盯着对方，然后踩着轻飘飘的脚步上前搭讪：“不知这位公子尊姓大名，欲往何处？”

小厮暗暗叫苦，自家少爷这等性好渔色、男女不忌的嗜好可真要命。大街上随便看到个顺眼的也能拦下来调戏，这京城遍地都是达官贵人，虽说自家来头大，可万一要是被言官撞见了，免不了又要被弹劾一番，这也不是头一回了。

谁知被调戏的年轻人仅仅是挑了挑眉，便一口道出了他的身份：“武安侯长子郑诚？”

小厮先是吃了一惊，但他长年跟在自家少爷身边，很有几分眼力，当下就认出对方并不是什么公侯府里的子侄辈，便斥道：“大胆，我家世子的名讳也是你说的？”

年轻人随意地拱了拱手：“失礼了，不过据我所知，朝廷似乎还没下发明旨，敕封你家公子为世子吧？既然不是世子，你这个称呼细究起来已是犯了忌，若是被人往圣上跟前参上一本，那你家侯爷就要受你连累了。”

小厮被他说得满头大汗，越发不敢造次：“小的出言无状，还请公子见谅！”

郑诚却也是一绝，话已至此还不知死活，依旧吊儿郎当地笑道：“美人既认得我，那就好办了。不如我们找一处地方坐下来喝几杯，再好好聊几句？”

他色眯眯的眼神在对方身上来来回回地扫荡，只差没用眼睛把人家衣服也剥光了。

年轻人一笑：“也好，不如就到城东冼御史家聊？”

小厮打了个激灵，再也不敢小觑对方，连忙上前一步，拦住自家少爷将要伸出去的爪子，拱手道：“我家少爷昨夜饮了酒，如今醉意上涌，言行多有所失，还请公子见谅。不知公子尊姓大名？”

对方笑道：“你这话问得有趣，我怎会将姓名告知于你？万一你回去向你们侯爷告上一状，我岂不就吃不完兜着走了？”

小厮被他看破用意，只能眼睁睁地看着对方走远，才抹了把汗，松了口气，暗道好险。

堂堂武安侯府的人听到“冼御史”三个字竟然像耗子见了猫一样，只因这大明朝的世袭爵位多的是，朱家子孙的，异姓封爵的，自洪武到现在一抓一大把，一多就不值钱了。而御史言官又太嚣张，对着皇帝都敢犯颜直谏，要是知道武安侯长子光天化日之下当街调戏良民，估计能马上撺掇着皇帝削他的爵位了，更不必说刚才那年轻人看上去就不像是个普通人。

寻常百姓哪能明知道是武安侯长子还敢用这种语气说话？

“你作死啊，刚才怎敢拦着少爷我！”郑诚被坏了好事还老大不乐意。

少爷，我这可是救你啊！小厮心道，一边赔笑：“老爷这会儿说不定在家等着呢，要是回去晚了，您又得挨棍子，还是小心些好！”

一听到老爹的名头，饶是郑大公子酒还没醒，也不由得打了个寒战，不吱声了。

小厮一边跟着郑诚回去，一边又回头望了一眼。

对方早就走远了，哪里还看得见人影，但小厮还是禁不住琢磨：那人究竟是谁呢？

唐泛是睡到半夜的时候被喊醒的。

过来找他的人是顺天府的一名王姓衙差，半夜将门擂得震天响。得亏这院子只住了唐泛一个人，要不然别人还当是强盗上门呢。

门一开，老王一脸焦急：“唐大人，出大事了，快跟我走一趟！”

唐泛眨了眨眼，身上只披了件外裳，脸上还残留着睡意：“什么大事？”

老王压低了声音：“出命案了！”

能让他半夜心急火燎上门的，肯定不会是普通命案。

唐泛：“谁？”

老王：“武安侯的长子，郑诚！”

唐泛一愣，立时就醒了大半。

当年朱元璋得天下时，将跟他一起打天下的功臣都封了一批，后来又被他自己杀得差不多了。有些在靖难时站错了队，又被永乐帝杀了。

剩下现在这些世袭的爵位，大部分都是永乐帝敕封的靖难功臣的后代，一代代传下来。还有一些则是当年“土木堡之变”后封的，好一点的尚有点实权，可以带带兵，镇守地方；运气差一点的，就像眼下出命案的这家武安侯一样，只能待在京城养老，甚至不小心牵连进什么事情，转眼爵位就没了，看上去风光，实际上也是如鱼饮水，冷暖自知。

这些人家就连世子也都是要经过皇帝册封才生效，不是随便生个嫡长子就能顺理成章当上世子的。要是皇帝看那人不顺眼，拖个十几二十年也是有可能的，说不定还会找个借口除了爵。所以这些贵胄人家的公子哥，走在京城未必比得上一个实职的七品京官风光。

第一代武安侯是靖难功臣，传到这一代已经是第四代了。郑英去年刚刚袭爵，生性严肃谨慎，从不敢仗着世袭的爵位在外头惹是生非。奈何生了个不长进的儿子，武安侯几乎为他操碎了心，打打骂骂那都是家常便饭了。

只不过打骂归打骂，那是恨儿子不争气，郑英可从来没想过让他死。

此时的他双目通红，面色铁青，负手站在郑诚的房外一言不发。

灯火通明的小院子里围满了人，男丁女眷也顾不上避嫌了，惊惧者有之，哭泣者有之，喧嚣声起，一团忙乱。

唐泛赶到侯府时，顺天府尹潘宾已经到了，正在跟郑英说话。

一干衙役将郑诚的屋子团团围起来，把那些进进出出的家丁仆役都赶到了外头。

被老王催促，唐泛没来得及穿上官服，只穿着常服。不过潘宾一看到他就朝他招手："润青，快过来！"

"侯爷，府台大人。"氛围如此紧张，唐泛倒不显得如何诚惶诚恐，依旧是那种不紧不慢的气度，跟周围的人一对比，反倒有些特别了。

站在人群中的小厮郑福禁不住"啊"了一声，指着唐泛："你不就是白天那个人吗？"

这一出声，人人侧目。

潘宾生怕引起什么误会，忙道："还未介绍，这是顺天府推官唐泛唐润青，明敏思辨，长于断案。这次我让他前来，也正因为此事。"

郑英目光一闪，饶是他这等不参与朝政的人，也听说过唐泛这个名字。

只不过神神道听途说，终究不如眼前所见。可惜现在儿子横死，郑英也没什么心思寒暄了，直接就问："到底是怎么回事？"

武安侯冷眼一扫，郑福赶紧将缘由一说。

唐泛拱拱手："早上与令公子言语不协，还望侯爷见谅。"

郑英叹气："犬子无状，与大人何干，若不是他已……唉，我定是要狠狠教训他一顿的！"

说罢露出又气又恨又悲痛的神情。

唐泛虽然只是从六品小官，可他名声来历不小，郑英自然要客气一番。

唐泛道：“侯爷节哀，还请将令公子之事细说。”

郑诚是个纨绔子弟，这一点毫无疑问，他的纨绔主要体现在性好渔色上。只要长得漂亮，男女都可以，家里娇妻美妾还嫌不够，外头又养了外室，结果成日还往花街柳巷跑，也正因为他寻欢作乐，风评不好，所以朝廷迟迟都未下达册封他为世子的旨意，令武安侯郑英气恨又无奈。

今日白天郑诚刚从欢意楼回来，就被正好在家的老爹郑英撞了个正着，郑公子被骂得狗血淋头，又被勒令禁足在房间里不准出去。郑英本以为他能安生几天，谁知道一转头，儿子又跟一个婢女勾搭在一块了。

等到两个时辰前，郑英得到禀报赶过去的时候，郑诚已经赤裸着身体躺在床上没了声息，旁边跪着个衣衫不整的婢女，正在嘤嘤哭泣。

根据小厮郑福的描述，事发大约是亥时。郑诚正好撞见从外头路过的婢女阿林，见阿林有几分姿色，就起了色心，要将人往屋里拉，阿林半推半就，双方纠缠了一会儿，最后两人还是进去了，郑福跟到了门口没进去。

过了大约一炷香时间，就听见里头传来阿林的尖叫声。

郑福连忙推门进去，看到的就是郑诚倒在床上不省人事的情形。

他连忙跑出去喊人，后来的事情就都不用说了。

照理说，像郑诚这样挥霍无度，掏空身体也是迟早的事情。但儿子已经死了，郑英又没办法追究教训，那婢女就成了首当其冲的诱因，郑英丧子之痛，武安侯府因丑事而大失颜面的怒火全都发到婢女身上去了。

不过这里出现了一个问题，若那个婢女是奴籍倒也罢了，郑英想怎么处置就怎么处置，暗地里打死填井，对外都能找个借口糊弄过去，家丑不宜外扬，更不必劳动顺天府出马；坏就坏在那婢女是良家子，并没有跟侯府签下卖身契约。

既然不是奴籍，就不能想打杀就打杀了。否则今日侯府轻易处置，它日难免落下把柄为人诟病，像郑英这等小心谨慎之人，是不敢为之的。

所以郑英第一时间选择了告官。

那婢女被五花大绑带了上来，身上多处伤痕，两颊也有巴掌印，想来事发之后被侯府合家教训得不轻。眼下衣裳发丝都凌乱，被人推着跪了下来，依稀可辨眉清目秀。

唐泛：“你姓甚名谁？”

婢女：“婢子名为阿林。”

唐泛：“你且将今夜情形细细说来。”

婢女一边抽泣，一边道出原委。

她说的事情经过其实与郑福所说相差无几，区别只在于阿林口口声声说自己在屋内与郑诚根本什么都没做。

郑英冷笑：“你为了给自己脱罪，倒是不遗余力。我问你，你一个在前院伺候的，如何会无端跑到后院去，还路过大公子的院子？这明摆就是打着飞上枝头变凤凰的主意，谁知道现在人死了，你倒迫不及待想要撇清关系了！我闯进去的时候，你等二人尚且衣衫不整，就连郑福也说了，他在外头站了起码有一炷香的时间，你还敢说未成事？莫不是要让我找个人来给你检查一番才肯说实话不成？！”

阿林泣道：“侯爷明鉴，我与少爷当真清清白白，进屋之后，少爷先是说他很热，开始脱衣服，接着又说他头晕，我便扶着他坐下来，说了些话，结果说着说着，少爷就突然倒在我身上，后来，后来……郑福便破门而入了！”

郑英懒得与一个小丫鬟争辩，就看向潘宾：“潘大人，你瞧，这贱婢还死不认罪，看来是要劳动大人出面了！”

潘宾忙道：“侯爷放心，若令公子之死当真与她有关，下官自会秉公执法。”

郑英对这个敷衍式的回答显然有些不满意。

潘宾对唐泛使了个眼色。

唐泛就问郑福：“方才阿林所说可有出入？”

郑福：“少爷与阿林进了房间之后的事情小人不晓得，但其他事情是能对上的。”

唐泛：“当时从你出去喊人到回来，中间隔了多长时间？”

郑福：“约莫一刻钟。”

唐泛又问阿林：“这期间可曾有人到来？”

阿林：“没有。”

唐泛：“侯爷，不知郑公子尸身在何处？”

郑英：“就在房中。”

唐泛：“我欲入内一观。”

郑英：“唐大人请便。”

此时仵作也已赶到，唐泛就与他一同进去。

二人推门而入，里头依旧是一片狼藉。

郑诚躺在床上，衣裳凌乱不堪，身体还有些余温，不过面色青白，早就没了气。

仵作蹲在尸体旁边，掰开郑诚的眼睑、嘴巴，又伸手在周身四肢上摸索一阵。

唐泛四下查看搜索了一番，见仵作还在那里，就问："有何发现？"

仵作犹豫了片刻："没有发现明显的外伤痕迹，但似乎，不像是脱阳急症突发而死的……"

唐泛点点头，微微蹙起眉头，也跟着对尸体查看了一番。

仵作："大人可有什么发现？"

唐泛："先出去再说。"

二人起身出去，郑英和顺天府通判魏玉正等在外头，见他们出来，便问："如何？"

仵作人微言轻，如何敢先发话，便望向唐泛。

这时唐泛却将刚才从床榻边捡到的一个白色瓷瓶递至阿林跟前："此物可是你所有？"

婢女连连摇头，矢口否认。

他又问小厮郑福，后者吞吞吐吐半天，终是承认："瓶中药丸名曰'富阳春'，有壮阳补肾之功，药方乃少爷自己搜罗来的，药则是让外头药铺配的。"

郑英听得是又气又恨，成天寻欢作乐不止，年纪轻轻还用上这等药物助兴，要不是人已经死了，他将那不孝子吊起来毒打的心都有了。

此时他已经越发肯定儿子是欲与那婢女行房时，忽起脱阳急症暴毙的，恨不得立马提剑将这勾引主家的贱人一斩了事。

唐泛将瓷瓶里的药丸倒出来嗅了嗅，沉吟片刻之后，又问："侯爷，令公子家眷何在？今夜前后都与何人接触过？还请将那些人带过来，其余人等皆可退去。"

郑英不知道他想做什么，但还是挺配合的，不一会儿，就将人都召了过来。

郑诚有一妻三妾，看上去不多。不过这还是他喜欢在外头找野花的缘故，再漂亮的女人被纳进门，不出三天他就厌倦了。所以自从十五岁开荤，能在他身边待得长久的，统共也就这么四个女人罢了。

正妻郑孙氏是应城伯家的侄女，同样出身勋贵世家，家世与武安侯府相当，当年也是门当户对的一桩美事。如今郑孙氏不过花信之年，却已经成了寡妇，以郑诚的花心，照理说就算他在世时，夫妻感情也不会好到哪里去。这郑孙氏却是远近闻名的贤惠人，连唐泛也曾听过她的名声。

眼下四名妻妾站在那里，余者三人皆垂首拭泪，唯独郑孙氏面色苍白，不言不语，脸上泪痕犹在，想来已经伤心过度哭不出声了。连郑英亦温言抚慰："媳妇，你嫁入侯府五年来，侍奉公婆如亲生父母，孝顺至极，反倒是我郑家负你良多。如今我那不孝子早早去了，却也没留下半点血脉子嗣，我当择日与亲家商量，将你接回娘家，也免得辜负了你大好年华！"

郑孙氏哑声道："公公无须多言，为人妻者当尽本分，如今我只盼夫君能够早日入土为安。"

郑英嗟叹一声，不再言语。

除了郑孙氏，另外三名妾室的闺名分别是婉娘、蕙娘、玉娘。

婉娘年纪最长，已经半老徐娘，是最早跟着郑诚的人，比郑孙氏进门还要早，性子也比较老实低调，平素在侯府里存在感很低。

蕙娘姿色最好，以前得宠过一段时间。

玉娘年少多娇，郑诚没死之前，是妻妾中最得宠的。

这会儿三人也是表现各异。

婉娘躲在郑孙氏身后默默流泪，蕙娘大声号啕，玉娘的哭声比不得蕙娘的高，却别有一股婉转动人心肠的韵味，可见得宠也并非无缘由。

像唐泛这等善于观察的人，即便旁人不说，他也能看出蕙娘和玉娘这两名宠妾之间想必不那么太平，争风吃醋肯定是常有的事。

唐泛拿出那个白色瓷瓶，询问她们是否见过，众女眷都否认了。

又问她们事发时在何处，四名女眷也都说得清清楚楚，又有家人奴婢为证，不似作伪。

郑英看着唐泛折腾了半天，忍不住就问："唐大人还有何要问的？"

他认为此事罪证确凿，根本不必一问再问。把那嘴硬的婢女直接带回去上刑，三下两下就招了，何必又招来不相干的人问上一通，难不成还想将婢女弄成无罪？

唐泛道："该问的都问了，还请侯爷与府台大人借一步说话。"

郑英便让其他人各自回房，又将二人请到自己的书房里。

郑英："有什么话，唐大人尽可直说了。"

唐泛："敢问侯爷，令公子是否自幼体弱？"

怎么倒问起不相干的问题来了？

郑英按捺不悦回答道："不错。"

唐泛："可曾延医？大夫如何说？"

郑英："大夫说是娘胎里带来的毛病，有些先天不足，但并没有大碍。"

唐泛："令公子体瘦异常，子嗣艰难，想必也是这个缘故了？"

郑英："不错，唐大人到底想说什么？"

唐泛："若我没有猜错，令公子之死或有蹊跷。"

郑英一愣："何出此言？"

唐泛："脱阳急症又称马上风，若抢救不及便会猝死。医者认为这是气阳虚脱所致，有此症者，掌上必生红圈，圈上必有红筋，日久积累，并非毫无征兆。但我刚才查看令公子的手掌时，没有发现这种症状。"

郑英反应不慢，一个激灵："你的意思是我儿的死另有其因？"

唐泛没有回答这个问题，继续道："若是因脱阳急症而死，翻开其眼睑，还能看到眼中布满血丝，这种现象，在令公子身上也找不到。所以我方才才会问侯爷，令公子是否天生体瘦。想来令公子虽然有些肾气不足，却还未到致命的地步，只不过由于平日里爱好女色，才让人有所误解。"

误解的人可不止一两个，就连郑英自己不也觉得儿子是纵欲过度死的吗？

郑英悚然而惊，怒色勃发："谁人如此大胆，竟要害我武安侯长子？！"

唐泛："方才我与仵作进去查看的时候，发现令公子身上甚是干净，并无污渍，这说明婢女阿林所言非虚，两人确实什么都没有发生过。既然令公子并非脱阳而死，那么必然就是另有其因。而且阿林说过，令公子是服用了'富阳春'之后觉得头晕，兴许问题就出在我手上这瓶药上，不过这些也只是我的片面猜测，此事还须等查明之后再下定论。"

他说完这些，又问："令公子平日有何仇敌？"

惊怒渐渐平息下来，郑英默然。

郑诚一个纨绔公子哥，哪里会有什么不死不休的仇人？

但要说完全没有，也不可能。

旁的不说，郑英本人就不只郑诚一个子女，偌大侯府里三妻四妾，儿女更多，许多内宅阴私不足为外人道。大明律没有规定嫡长子才能袭爵，如果没有嫡子，其他儿子经过朝廷册封，照样也能袭爵，这就使得郑诚在府里成了众矢之的。若他争气出息也就罢了，偏偏还成日流连花巷，这让其他兄弟如何心服？

再者像郑诚这样，唐泛好端端走在路上尚且被他调戏，更不必说那些无权无势又被他看上的人，万一哪个心怀怨愤想要报复，也不是不可能。

还有，纨绔子弟之间也并不少争风吃醋的情形，火气一上来大打出手，因此结仇更是家常便饭。

这么一想，可能性实在太多了，简直无从猜测。

潘宾见他颓然不语，就道："侯爷，此事一出，必然是要惊动陛下的。在陛下还未发中旨之前，顺天府亦会尽力调查清楚，缉拿真凶，以告令公子在天之灵。"

郑英点点头："那就有劳潘大人了。"

武安侯本人也是在高门深院中长大的，素来知道内宅之间为了争宠夺爵，下手不比朝廷上那些大人软半分，许多狠辣手段更是耸人听闻。万一查出来凶手真是郑家人，那可真是天大的笑话了。

郑英想及此，心头凉了半截，早就没了方才听到凶手另有其人时的震怒了。

又寒暄了几句，潘宾就起身告辞，临走前，唐泛对郑英道："侯爷，此事非同寻常，为了方便查验，我们希望能将令公子的尸身带走。"

郑英眉头紧锁，显然不大乐意："难道没有别的法子了吗？"

唐泛："要查明令公子的死因，还得从此处着手。"

郑英："我儿乃武安侯长子，怎能等同一般民夫？他的尸身，侯府自会保存，停棺七日即行下葬。"

言下之意，如果你不能在七天内查明真相，我儿子也等不了那么久，肯定是要下葬的。

还没等唐泛答话，潘宾就道："自然自然，死者为大，还是入土为安的好。侯爷节哀顺变，那我们就先告辞了。"

唐泛："侯爷，那名叫阿林的婢女，按照规矩，顺天府也是要带走的。"

郑英这回没说什么，直接挥挥手，让人将那婢女带过来交给顺天府的衙役。

一离开武安侯府，潘宾就板起脸数落唐泛："润青啊，今日之事你实在是太冲动了！"

唐泛一脸无辜："大人，这话从何说起？"

潘宾："你方才就不该对武安侯说后面那些话，郑诚的死到底是不是另有其因，说到底也不过是你的揣测，万一到时候查出点什么来呢？你道武安侯送我们出来时为何态度大变？他无非是怕凶手与内宅有涉，到时候死了一个儿子不算，说不定还得搭上一个。”

唐泛叹了口气：“大人，若是我们坐视不管，只怕就要酿成一桩冤案了。”

潘宾很是不悦，心想我怎么点拨到这份儿上你还不开窍？郑英自己死了儿子，连他都希望大事化小了，我们还瞎忙活什么？再说了，皇帝肯定会念在勋臣的情面上照顾郑英的感受，到时候顺天府这边要是真查出点什么来，反倒得罪了人。

唐泛也有点无奈，顺天府尹再怎么说也是正三品堂官了，潘宾却如此怕事，连调查一桩凶案都瞻前顾后。也难怪这位大人干了那么多年，却始终没法再往上升。

二人在武安侯府里耽搁了大半个晚上，出来的时候，外头刚刚敲了晨鼓，早起的行人渐渐多了起来，空气中还弥漫着霜露未退的清冷。唐泛见路边已经有人摆起早点摊子，便对潘宾笑道：“师兄，忙活一夜也该饿了，我请你吃早点如何？”

潘宾听他换了这个称呼，原本不霁的脸色稍稍缓和，也觉得饥肠辘辘了。

两人都是一身常服，倒也并不扎眼。

摊子老板见他们找了位置坐下，也不过来，就站在那里喊：“二位客官，吃点什么？”

唐泛：“两碗肉臊面！”

老板高声回了一句：“好嘞！”

不一会儿，两碗热气腾腾的肉臊面就摆在两人面前。

香气扑鼻的热汤面上撒着青翠欲滴的葱末，确实令人食欲大增。

潘宾和唐泛也是真饿了，不声不响拿起筷子低头就吃。

唐泛的吃相很斯文，速度却丝毫不比潘宾慢，甚至要更快一些。

等潘大人喝面汤时，唐泛已经放下筷子了。

在潘宾想开口教训他之前，唐泛已经道：“师兄，其实这件事，即使武安侯想压，也未必能压得下来。”

潘宾：“何出此言？”

唐泛：“师兄可还记得，去岁发生了什么大事？”

潘宾想了想，脸色一变：“你是说……”

他拿起一根筷子蘸了面汤在桌上写了一个“西”字。

唐泛点点头。

这“西”字，指的既非东西南北的西，也非西天极乐世界的西。

而是西厂的西。

大明朝传到当今这位成化帝时，已经是第八位皇帝了。

成化帝他爹，也就是先帝英宗皇帝。英宗皇帝在位时，闹出了一桩足以载入史册的大事——“土木堡之变”。说白了，其实就是一个叫王振的太监不作死就不会死，怂恿英宗皇帝亲征瓦剌，英宗皇帝还真听从了，带了一班文武大臣去亲征，结果死太监被杀，皇帝被俘，一干文武大臣死了个精光。当时瓦剌眼看就要打进北京城了，还是于谦临危站了出来，才保住了国都，也免了太祖和永乐帝气得从棺材里跳出来骂不肖子孙。

成化帝他爹被俘期间，因为成化帝当时还小，国又不可一日无主，为免遭瓦剌威胁勒索，于谦一干文臣就立了英宗的弟弟，也就是成化帝他叔当了皇帝。

结果缺德的瓦剌竟然把英宗皇帝放回来了，一山不容二虎，成化帝他叔怎么可能再给哥哥让位，就把英宗皇帝软禁了起来。

几年后的某个夜晚，英宗皇帝在几个大臣的拥护下宫变登基。风水轮流转，这回轮到成化帝他叔当阶下囚了。

没过几年，英宗皇帝驾崩，兜兜转转，皇位最终还是落到了儿子成化帝身上。

差点就跟皇位错身而过的成化帝刚刚登基之时，吏治尚且称得上清明，只是好景不长。他本来就不是勤政之人，一个懒人一旦习惯了犯懒，就很难再勤快起来。

虽说朝中内外都说如今万贵妃才是祸水之源，可唐泛不这么看，一个女人再能祸害，能耐也有限。若是没有皇帝言听计从，再来数十个奸妃又有何用？再说万贵妃嚣张跋扈也只是在后宫，对前朝影响并不是很大。说到底，还是成化帝自己不想干活，喜好方术的他将朝中之事尽数推给朝臣，又对宦官宠信有加，方才使得朝廷内外日复一日混乱下去。

相对朝臣而言，宦官才是最亲近皇帝的人，朝臣为了行事方便，再加上种种利益之故，自然跟宦官就走得近。如此一来，朝中便流传起“纸糊三阁老，泥塑六尚书”的笑话，意思是说这些阁老堂官掌握着国家大权，却成天看皇帝身边的宦官行事，唯唯诺诺，不干正事。

这种情况下，当然不可能奢望国政能够清明到哪里去，有识之士长吁短叹，无不说皇帝周围小人环绕，内有宦官为祸，外有庸臣挡路。太祖和永乐帝时的鼎盛国力就不要想了，能不能恢复到仁宗、宣宗时的清明也难说得很。

就在去年二月，太监汪直受命成立西厂。为了立威，甫一成立他就抓了不少人，这其中不仅有“妄议朝政”的平头百姓，还有正儿八经的朝廷命官。像太医院院判蒋宗武就不必说了，连六部郎中、地方布政使都没有幸免。汪直通通不经奏请便直接逮捕，因宫中有人帮他说话，加上他颇能曲意逢迎，成化帝竟也毫不追究，多少人弹劾无望，反被汪直报复。

一时间，西厂权势气焰之盛，直逼东厂与锦衣卫，朝野内外，无不人人自危。以至于潘宾甚至都不敢直接喊出那个名字，只敢以字代言，写个“西”字出来。

见唐泛点头，他就问：“那地方与武安侯府案又有何关系？你莫要胡乱牵扯！”

唐泛：“师兄可还记得两年前的‘妖狐夜出’案？”

潘宾脸色又是一变。

唐泛一笑：“师兄无须紧张，大隐隐于市。在这里说，反倒无人注意。”

两年前，京城不知怎的忽然流传起一只金睛长尾妖兽到处为祸的故事，传说只要被人撞见，那个撞见妖兽的人就会昏迷。后来据说还有人因昏迷致死，被妖兽扒了皮穿在身上，幻化成那人的模样，以讹传讹，人心惶惶。这时又出了一名叫李子龙的道士，以妖术结交宫中内官，为的是伺机弑君。有人就将那只妖兽和李子龙联系起来，还说李道士其实是当年被太祖皇帝杀掉的一只成精的妖狐，现在太祖皇帝不在了，就来找他的子孙复仇。

虽然后来李子龙被砍了头，流言也逐渐平息，但成化帝听说这件事情之后就被吓到了，甚至认为东厂和锦衣卫都不可靠，需要成立一个新的特务机构来专门为自己服务，西厂也就应运而生。

唐泛：“妖狐案之后，西厂成立，正好可以以此为借口抓捕一批人，除了想要在陛下面前露脸，表示西厂能干的事情确实比东厂和锦衣卫多之外，还是想要立威，令百官见了他都害怕。如今出了郑诚这件事，纵然武安侯本人喜欢大事化小，但汪直必然会借题发挥，向陛下要求彻查到底，说不定还会插手其中，这样方可彰显西厂之威。”

潘宾摇摇头：“不可能，西厂眼下虽然如日中天，可汪直平白无故地干吗要去得罪武安侯府呢？”

唐泛：“为了在王亲贵胄中树立威望，为了让天下人知道，他不仅敢于抓捕百官，连那些勋臣世家也不吝得罪。这样天下人人惧之，他以后想要做什么事，就更加方便了。”

潘宾：“那就等西厂插手再说吧，到时候若是西厂愿意，顺天府正可顺水推舟，将这等麻烦事推给他们去做。”

唐泛摇摇头，有点无奈，他们老师曾经跟他点评过这位师兄，说潘子斌“成事不足，谋事平平，遇事未战先退”，如今想起来，果然是贴切至极。

那头潘宾生怕唐泛自作主张闹出什么事来，还反过来叮嘱他：“这件事武安侯那边肯定会上奏，等陛下有什么旨意下来再说，你可千万不要跑到武安侯府去要什么郑诚的尸身了！”

唐泛失笑：“师兄，你看我像是那么冲动的人吗？”

潘宾没好气：“我看就像，老师还说你‘恂恂儒雅，有古君子之风’，就冲你方才在武安侯府语出惊人，倒更像是莽撞多些！”

何以正三品的顺天府尹会与从六品的小官互称师兄弟？

说来也寻常，因为他俩有一个共同的老师——丘濬。

丘濬这人堪称全才，不仅当官当得好，在史学、理学、经济，甚至是医学上都有所涉猎，见识既广，著作颇丰，是当下公认的大家，颇受读书人的敬重。时人若能拜他为师，那真是三生幸事。

潘宾是丘濬早年收的弟子，说来也好笑，弟子官运亨通，如今已是正三品顺天府尹，老师却还是从四品的国子监祭酒。不过师生名分摆在那里，就是官位比老师高，潘宾在老师面前，照样也要恭恭敬敬执弟子礼。

三年前，也就是成化十一年的时候，丘濬受命主持乙未科的会试。唐泛也参加了那一科的考试，先是在会试里得了第五，随后在殿试里又以二甲第一的名次高中。

科举虽然三年一次，可天下间不知道多少英才前仆后继，在这上面蹉跎了光阴。以唐泛年方弱冠的年纪，二甲第一已经足以令天下读书人欣羡。

但据说成化皇帝原本还要钦点唐泛为状元，只因首辅万安说唐泛过于年轻，名次还是往后挪一挪为好，免得年轻人得意忘形被捧杀。须知木秀于林，风必摧之。

皇帝觉得有道理，才改了名次，将唐泛挪到二甲第一，还惋惜地开玩笑道："唐润青文采学识皆是上上之选，难得又年少俊雅。若他当了状元，只怕从今往后的状元，往他旁边一站，都要掩面自惭了！"

是以三年前，唐泛最后虽未得状元之实，却因皇帝这一句话，而名传天下。

丘浚身为会试主考官之一，自然就成了那一科考生的恩师。

众位学子之中，又以唐泛最得他的青睐。丘浚认为他若是在学问上勤加精进，将来的成就绝不逊于自己，便将唐泛收为入室弟子，这当时在士林中也是佳话一段。

唐泛中榜之后，在翰林院待了三年，便被吏部分到顺天府来，其中少不了他这位潘师兄出力。否则若是朝中无人，继续在翰林院坐冷板凳，又或者被分配到边远小县去当个县官也是常有的事。虽说主政一方，听上去比推官威风，但天高皇帝远，谁知道要哪年哪月才能被皇帝想起来。三年一过，又有新的进士担任，谁还会记得一个茫茫人海里的名字？

有了这一层关系，唐泛跟潘宾之间的关系不可谓不近。

唐泛也知道，他这位师兄其实并不是什么奸臣，只不过才能平庸了一些，又怕事了一些，所以他亦是尽心尽力为潘宾打算。听了潘宾的抱怨，他也不恼，反倒微微一笑："我与师兄打一赌如何？"

潘宾有点不悦，心想虽然私底下喊师兄无妨，可我还是你的上官呢，怎可这般尊卑不分？不过碍于老师丘浚的面子，他也不好计较太多，轻咳一声道："可有彩头？"

唐泛指了指眼前的空碗："若我赢了，师兄就还请我吃一碗肉臊汤面吧。"

潘宾笑言："也罢，看来你又要请我吃上一回了。"

虽然出于恩师的缘故，潘宾对这位小师弟多有照拂，但他心里委实没将唐泛的话当回事。在他看来，唐泛初入官场，年纪又轻，哪里懂得这其中什么利害关系，只要不给他惹祸已经不错了。

至于自己老师对唐泛的赞语，潘宾更加不放在心上。他觉得老师在学问方面是大家，但在做官上着实不怎么样，否则也不至于这么多年过去，官位竟然比当学生的还要低。

武安侯府长子猝死的事情很快上报，顺天府这边，潘宾没有采纳唐泛的意见继续追查下去，而是私底下与武安侯沟通一番之后，直接将郑诚认定为“脱阳急症骤发而死”。这样一来，当时在场的婢女阿林就难辞其咎了。

但最后如何判，并不是顺天府就能说了算的。因为事涉武安侯府，武安侯自己肯定会去找皇帝，最后也肯定会由皇帝来定夺。

照理说阿林又没有直接杀人，就算真的勾引了郑诚，间接致他死去，顶了天也够不上死罪，充其量就是流放。但是一个单身女子被判流刑之后要受多大的罪，想想也知道，一路上未必能够到达目的地。更何况她得罪的是武安侯府，武安侯想要捏死一个无权无势的弱女子，想都不必想，那简直易如反掌。

不管如何都好，潘宾这边算是撇清了责任。

但天不从人愿，潘宾越想大事化小，事情的发展反而就越与他的意愿背道而驰。

冥冥之中，注定今年将会是一个多事之年。

事情的起因要倒退到两个月前，三月时，右副都御史陈钺上书请重开辽东马市。关于这件事，涉及朵颜三卫和明朝的老恩怨，说起来还得追溯到永乐皇帝那时候去，如同老太婆的裹脚布，又臭又长，不提也罢。

只是朝中对这件事颇有争议，有些人认为朵颜三卫给脸不要脸，就该扼住他们的喉咙不松手，重开马市等于主动退让，以后朝廷颜面无存不说，还会让这些人得寸进尺。不过因为有汪直从旁支持，所以最后皇帝还是同意了陈钺的上疏，而且让陈钺前往巡抚辽东。

结果没过两个月，陈钺假称建州女真谋反，掩杀人头充作功劳呈报上去，引发辽东骚乱。被人举报揭发之后，皇帝自然要派人前往查明真相，顺便安抚那些被陈钺骚扰的边部。这时西厂厂公汪直主动请缨，说愿意为皇帝效劳。

汪直自然是为了立功抢功，不过这种事情很多人都干过，在大明政坛上屡见不鲜，比比皆是。

但兵部尚书余子俊偏偏站出来反对，认为当务之急，应该是派一个熟谙兵事的人前往，才能快刀斩乱麻解决问题。言下之意，汪直这种外行，就别去凑热闹添麻烦了。

汪直当然大怒，他发现自己虽然得到皇帝的宠信，又建立了西厂，却还没有一手遮天，朝中反对他的人比比皆是。

正好这个时候，广西太平府、四川盐井卫接连发生地震，死伤惨重。汪直借口上天示警，帝君左右有奸人作祟，在皇帝面前抢先告状，先将余子俊的死党、兵部右侍郎马文升踢到辽东去，断了余子俊一条臂膀，又打着让御史监察地方赈灾，以免有人中饱私囊的名义，将替余子俊说话的几个言官都踢到地方去，彻底孤立了余子俊。

这些朝廷中枢大佬的角力，原本是与潘宾毫无关系的，但好巧不巧，武安侯府的命案恰逢其时。汪直便以此上奏皇帝，要求彻查到底，表示如有必要，西厂也可以加入协助调查，务必还武安侯一个真相；另外，顺天府草草结案，有敷衍之嫌，理当惩处。

这个消息传来，潘宾再也坐不住了，事情的发展，竟与他那位小师弟所言一模一样！

对方才华横溢，令老师也欣赏不已，收为弟子，可终究不过二十出头，初出茅庐，刚入官场。之前潘宾没有将唐泛的话放在心上，也正因为如此，他觉得唐泛只是年轻人过于狂妄，不知利害，在那里胡乱指点江山罢了。谁知道时隔不久，那位师弟所说的话竟然一一应验，分毫不差。

反观自己，身为顺天府尹，正三品大员，也算是半只脚踏入中枢了，却依旧懵懂不知，看事情还没有一个从六品小官来得清晰。

事已至此，他连忙将唐泛喊来，病急乱投医。以往拿捏着架子不喊师弟，现在也毫无心理障碍了，将前因后果说了一遍，末了道："师弟，依你看，此事可还有挽回的余地？"

以潘宾的身份地位，得到消息的速度当然要比唐泛快得多。唐泛也不意外，脸上更没有炫耀之色，沉思片刻，道："看师兄想要如何做了。"

潘宾心说我还想如何做？我当然是想保住官位，不被追究啊！

他轻咳一声："武安侯私下与我说，本欲将此案大事化小。但这次汪直来势汹汹，又素得陛下信任，只怕很难善了了，我被弹劾事小，说不定顺天府也得遭受牵连。你若有法子，不妨说一说。"

唐泛："武安侯跟师兄都与汪直无冤无仇，郑诚的命案也跟他毫无关系。他不会平白无故地跟你们过不去，闹成这样，无非是他想借此立威，震慑朝臣罢了。"

潘宾苦着脸："他立他的威，关我什么事？我又不是余子俊，也没得罪过他！"

唐泛："余尚书是前朝老臣，素有威望，汪直一时半会儿也奈何不得，只好找旁人来下手出气了。正所谓城门失火，殃及池鱼。"

潘宾没好气地乱迁怒："你还有心思笑，你师兄都要被罢官问罪了。你很高兴吗？"

唐泛也不惶恐，拱拱手："大人恕罪，大人可曾询问过几位幕友，他们又是如何说的？"

潘宾有两个幕僚，一个叫吕峰，一个叫姜冬源，唐泛都曾见过。

潘宾叹气："一个让我去向汪直赔罪送礼，一个说要上疏请罪！"

上疏是必需的，现在汪直在皇帝面前数落顺天府的无能，潘宾肯定要上疏。但奏折如何写也是一门艺术，更重要的还要看皇帝的心情，以及写奏折的人在皇帝面前说不说得上话。潘宾忧愁的是一旦他的奏疏呈上去，汪直又在皇帝面前撩拨几句，让皇帝觉得潘宾很无能，那他这个顺天府尹就当到头了。

至于去给汪直赔罪送礼，潘宾又有些犹豫。

现在朝中主要分为三派：依附汪直的人；和汪直作对的人；另外还有中立的，比如说潘宾和唐泛的老师丘浚，他老人家只是一个国子监祭酒，中立就中立了，也不会有人费心去拉拢他。

潘宾也想当个中立派，两不得罪。不过以他的位置来说，有点难了。

瞧，原本一个不大的案子，虽然死者身份不简单，但仔细查办也就是了。结果现在因为牵扯朝中尔虞我诈的种种派系之争，突然就变得复杂起来。

唐泛："师兄，你对汪直此人，有何看法？"

潘宾一愣，想了想："不简单。"

确实不简单。

一个年纪比唐泛还要年轻的内宦，在短短一年之间突然崛起，取得皇帝和万贵妃的信任，组建西厂，权势熏天。潘宾听说，有一个进京述职的官员遇到汪直不卑不亢，并没有像其他人那样巴结讨好，反而当众将他骂了一顿。事后汪直非但不计较，反而逢人称赞那个官员有风骨，传闻不知真假。如果说他有容人之量，他偏偏通过西厂又捕又杀了不少官员，树立了许多敌人，行事蛮横，而且很爱胡乱指挥，给别人添乱。

总而言之，这是一个很能趁势而起的人，要是在乱世，说不定就是一方枭雄。不过要是用一般文臣看待宦官的那种不屑态度去对待的话，那最后吃亏的只有自己。

唐泛："一般宦官就没有不贪财的，偏偏汪直是个例外，他不爱财，却爱名与权。师兄看他两年前帮陛下办的那件事就知道了，趁着'妖狐案'，就能顺势扯起一面大旗，建了个西厂，拉拢自己的势力。两年前，有多少人听过汪直这个名字？现在你再去问问，又有多少人不知道汪直？所以，送礼行贿，对一般小黄门管用，对汪太监，却是不管用的。"

他说话的语调不快，娓娓道来，却给人一种沉稳可靠的感觉。

一番道理剖析，更让潘宾对这位小师弟彻底服气，连连点头："不错，枉费老姜当我幕客也有些年头了，对汪直的了解却不如你。那依你说，该如何是好？"

唐泛："上疏是要上的，不过师兄可以这样……"

潘宾听罢，眼前一亮，哈哈笑道："这法子不错！"

翌日，潘宾就上了一份奏疏。

他断案不咋的，当官却很有一手，一封经过幕僚润色的奏疏，愣是写成了诉苦陈冤书。先是言辞恳切地请罪，诉说自己种种不得已的苦衷，争取皇帝同情；然后他话锋一转，说既然汪提督弹劾顺天府，那想必是臣等确实还有做得不足的地方，不如请西厂、东厂、锦衣卫、刑部、大理寺一并介入调查此案，也好还武安侯府一个真相。

池子本来就不清净了，潘宾这一下，干脆就把池子搅得更乱。

这就是唐泛给潘宾出的主意。

汪直行事过于霸道，看他不顺眼的人不在少数，这个提议正好合了朝中某些人的心意，唐泛也是算准了这些人的心思。这头潘宾奏疏一上，那头旁人再怂恿几句，提议很快就得到了皇帝的批准。

这么多衙门参与进来，不管最后查出个什么结果都好，顺天府的责任自然就轻了许多。正所谓一棒子下去，鱼全都四散惊逃了，哪里还打得死一条？如此，潘宾也不必担心丢了乌纱帽。

于是绕了一大圈，原本已经快要结案的武安侯府命案，又回到原点，重新开始，实在令人啼笑皆非。

谁也不会想到，这其中在背后推波助澜的，竟然是一个从六品小官。

第二章

互相试探

回春堂这名字一听就是药铺，京城十有八九的药铺，不是叫回春堂，就叫什么仁心堂。如此种种，雷同得让人以为都是一个东家开的。

位于唐洗白街的回春堂是一家老字号了，京城十来家“回春堂”里，要数这一家口碑名气最盛。奈何那年头没有什么知识产权，所以在这家回春堂打响了名头之后，其他药铺纷纷效仿，起名回春堂。唐洗白街的这家回春堂也是无可奈何。

回春堂生意不错，人来人往，都是开方抓药的。这里的药材不仅有口碑，连坐堂大夫也有名气，平日里就连看病的人都要排到门外去。

不过今天下雨，病人就少了许多，连带来抓药的也不多。小伙计高伢子忙完一阵，正有些无聊，便见外头一人收了雨伞放在门口，拍拍衣裳上的雨水，然后走进来。

他虽然背着光，却隐约可见沾了雨水的鬓边泛着鸦青的色泽，玉色直裰衣摆飘荡，潇洒俊逸。

高伢子在这个药铺当了三年的学徒，见过的人不计其数，却从未见过这般好看的人物，不由得定定地看了半天。直到对方走到他面前，敲了敲柜面，他才醒过神来，满面通红道：“客人有何吩咐？”

对方生得好看，便是连笑，也笑得温文尔雅。高伢子虽然识字，却没读过多少典籍，想不出多么好听的形容词。只觉得这人就像外头这场小雨一般，清凉拂面，将初夏的闷热一扫而空，令人舒服得很。

对方道："我找刘掌柜，不知他在不在？"

高伢子："您来得不巧，刘掌柜刚出门了。"

此时站在回春堂中跟高伢子对话的人自然便是唐泛了，他听到刘掌柜外出，眉心不由得微微一凝，旋即又问："刘掌柜出门前可曾留话说几时回来？"

小伙计回想了一下道："掌柜临出门前，说过晌午才回。请问您尊姓大名，有什么事？若不紧要，不如与我说一说，回头我给您转达，也免得您再跑一趟！"

他口舌灵便，倒是个出面应酬的人才，难怪小小年纪就能在回春堂独当一面。

唐泛笑了笑："我姓唐，左右无事，我就在这里等刘掌柜吧，不知方便与否？"

好看的人总是占便宜的，换了一个歪鼻子凸眼睛的人来，高伢子未必会如此热情。但唐泛一说，他就忙不迭道："自然是方便，唐先生且稍坐！"

然后还亲自去倒了茶端过来，可谓狗腿至极。

茶水不怎么样，但这份热情唐泛还是领的，朝他微微点头一笑，高伢子顿觉飘飘欲仙。

日头还早，刘掌柜不会那么快回来。唐泛索性坐在一旁，一边喝茶，一边看坐堂大夫给病人看病，倒也不算无聊。

过了半个时辰左右，外头又进来三个人，身穿麻香色云肩通袖膝襕曳撒，腰间佩一把绣春刀，威风凛凛，身形彪悍。尤其是为首那人，神色深邃冷峻，目光锐利如剑，只稍四下一扫，旁人纷纷下意识地移开视线，不敢与之对望。

药铺里的人一看到这等耳熟能详的服色，都露出惊异、恐惧、敬畏种种表情，立马自动自发往边上靠拢，给他们让出一条道路。

在大明朝，也只有锦衣卫与东厂出马，才能得到如此待遇。

当然，现在又多了一个西厂。

这三个锦衣卫往药铺一站，瞬间就成了众人瞩目的焦点。

四下鸦雀无声，大家瞅着他们，连交头接耳都不敢。

锦衣卫的威名，自大明立国以来经历八朝，早已传遍天下，能止小儿夜啼。

追溯当年，明朝初立，太祖皇帝杀人杀上瘾，觉得刑部那些人用着都不给力，杀个人还得先逮捕后审判，平白浪费无数时间，于是就成立了锦衣亲军都指挥使司，将锦衣卫当成他自己手中的刀，用来剪除贪官异己。后来他可能觉得人杀得太多了，可以收手了，就把锦衣卫取消了。没想到儿子永乐帝一上台，又给恢复了，还买一送一，附带发明创造了一个东厂。

锦衣卫和东厂各司其职，又互有交集，业务竞争非常激烈，矛盾早已有之。

对皇帝而言，东厂是宦官主事，那些宦官还都是从小在宫里头陪着他长大的，自然比锦衣卫来得亲近。不过在有些事情上，东厂也取代不了锦衣卫。

东厂是宦官主事，再怎么说，锦衣卫也是带把的爷们儿，而文官们天然就对宦官有着敌意和警惕。

不过，不管内部如何争斗倾轧，在外面，锦衣卫一出，上至达官贵人，下至平民百姓，莫不悚然变色，恭敬有加。生怕自己一不小心得罪这些大爷，无端惹来横祸。

这也是唐泛要给潘宾出那个主意的原因。

锦衣卫和东厂互相看不顺眼，东厂又恨西厂横空出世，分薄了自己的风头和权力，刑部和大理寺对锦衣卫东厂西厂这些特务机构统统都没有好感，但又颇为忌惮，不敢得罪他们，几方牵制之下，顺天府反而是最不引人注目的。

高伢子连忙迎上去，强扯出笑容，战战兢兢："几位大人，光临小店，不知有何吩咐？"

为首之人并未开口，后面那个锦衣卫便道："药铺掌柜何在？"

又是一个来找刘掌柜的？

高伢子诧异，忙道："刘掌柜今日早早便出门了，恐怕要晌午才回来！"

那人又问："他去哪里了？"

高伢子："刘掌柜家的亲戚来找他，好像是家中有人生病了，所以刘掌柜才匆匆离去。至于他那亲戚家住何处，小的并不晓得。"

面对唐泛，他还热情挽留对方多坐一会儿，但对着这几位凶神，高伢子可就巴不得他们早点走了。

谁知道为首那个锦衣卫却冷冷道："那就在这里等。"

高伢子暗暗叫苦，却也不敢说什么，连忙请他们入座，然后赶紧去泡茶。

好巧不巧，今日药铺里只有他与坐堂大夫两人，一人看病，一人抓药，连想去通知东家一声都分身乏术。

高伢子端来热茶，殷勤笑道："几位大人，这是上好的云雾茶，请慢用。"

三人也不曾疾言厉色，但不知怎的，一看他们板着脸说话，浑身又散发着生人勿近的气势，高伢子就觉得小腿直抽抽，差点没软倒在地。

他好半天才克服了自己的心理障碍，奓着胆子问：“小的多嘴，想请问一声，刘掌柜犯了何事？若是大罪，小的也好去请东家过来……”

那为首的锦衣卫瞟了他一眼，高伢子后半截话顿时说不出来。

“不必。”过了好一会儿，对方才道，这人跟冰雕似的，说句话都直冒冷气。高伢子一个药铺的小学徒兼伙计，何曾见过这等场面，几乎要吓尿了。

见三个锦衣卫似乎无意为难，坐堂大夫和病人们才战战兢兢，各归各位，看病的看病，把脉的把脉。

高伢子的肩膀被人拍了两下，他回过头，只见方才坐在一边的唐先生冲着他安慰地笑了一下，然后对那三名锦衣卫道：“诸位可是为了武安侯府的案子而来？”

为首的锦衣卫眯起眼，打量了他片刻，不答反问：“你是何人？”

唐泛拱手：“唐泛唐润青，顺天府推官。”

对方似乎还认识他：“你果真是唐泛？”

唐泛失笑：“唐润青并非显宦贵胄，想来也没有被人冒充的价值吧？”

对方这才拱了拱手：“锦衣卫北镇抚司总旗，隋州。”

唐泛是从六品官职，对方是正七品，官职还比唐泛低。但锦衣卫这个职务本身就不能以常理来论，所以即使对方仅仅是拱手而未起身，唐泛也没有说什么，依旧保持着颇有风度的微笑。

唐泛：“隋总旗找刘掌柜，是否为了武安侯府的案子？”

隋州不答反问：“唐大人有何发现？”

唐泛：“我的发现，说来应该与隋总旗差不多，若隋总旗有意，不如让顺天府与北镇抚司携手合作，也好早日查出真凶，给陛下一个交代。”

他看出这位隋总旗惜字如金，想来自己不喜欢说废话，也不喜欢别人说废话，所以也不多寒暄，索性开门见山。

隋州看了他一会儿，面无表情地道：“听说郑诚死去的当天，曾在街上遇见唐大人，当时还曾对你出言不逊，不知可有此事？”

唐泛微微一怔，点点头：“确有此事。”

隋州：“既然如此，那么唐大人也有了杀人的动机，若大人得空，不如先随我到北镇抚司走一趟，再谈合作事宜。”

唐泛：“……”

饶是唐泛舌灿莲花，也被这句话噎得无言以对。

自己明明满怀诚意提出合作，转眼却变成杀人嫌犯，莫非他今天出门忘了看皇历不成？

都说锦衣卫威势逼人，谁也不给面子，果然名不虚传啊！

唐泛啼笑皆非，正想说话，却听高伢子一声惊呼：“刘掌柜，你可回来了！”

刘掌柜匆匆进门，一眼就瞧见屋里头的三名锦衣卫，不由得大吃一惊。

高伢子上前，向他介绍隋州与唐泛等人。刘掌柜一一作揖，惶恐道：“劳烦各位大人在此等候，不知小老儿犯了何事，还请大人们明示！”

唐泛见他惶急，温言安慰道：“刘掌柜不必担心……”

隋州打断他，冷冷问：“此处可有清净之所？”

“有！有！”刘掌柜忙道，将他们引入内室。

内室不大，胜在安静，不似外头吵吵嚷嚷。

刘掌柜请唐泛他们各自落座，又让高伢子上茶，便马上问道：“诸位大人来此，是为了……”

他毕竟不像高伢子那样幼稚，一眼就看出这几个人中，唐泛最好说话，所以虽然话是对着所有人说的，眼睛却望向唐泛。

唐泛就道：“刘掌柜，先前武安侯府可有人来你这里配药？”

武安侯府命案经过这些天的发酵，早已闹得沸沸扬扬，京城无人不知。刘掌柜一听，就吃了一惊，连连摇头：“没有的事，没有的事！”

唐泛盯住他：“当真没有？”

隋州等人虽没说话，却也在旁虎视眈眈。

刘掌柜苦笑：“几位大人，我怎敢说谎？回春堂虽说也有些名声，可毕竟比不上仁心堂那等家大业大的老字号。武安侯府何等人家，如何会跑到这里来找我们配药？”

唐泛：“刘掌柜，你仔细想想，莫误了大事，若是有所隐瞒，难免是要吃苦头的！不妨对你说，郑诚的小厮告诉我们，郑诚用的‘富阳春’，就是在你们这里配的，帮忙配药的是个高高瘦瘦的伙计，年纪二十出头，唇下一颗黑痣。”

刘掌柜“啊”了一声：“他说的莫不是林朝东那小子？！”

唐泛：“林朝东？”

刘掌柜：“正是，这回春堂原先负责配药的伙计便是林朝东，他给商大夫，就是现在在外头把脉的那位大夫当过几年学徒，本来也算得心应手。但就在上个月，他说他老家亲人去世，要回乡奔丧，帮忙料理丧事，谁知道这一去，就到现在还没回来。现在这高伢子，就是林朝东走了之后，被我提拔上来的。”

唐泛：“他是何方人士，在回春堂多久了？”

刘掌柜知无不言：“据说是河南卫辉府人士，到回春堂做事已有三年。当初是来京城投奔亲戚的，后来我见他手脚还算勤快，又略识几个字，便让商大夫教他认药配药。”

无须唐泛和隋州他们交代，刘掌柜又主动将商大夫和高伢子叫进来，他们所说的，也与刘掌柜一般无二，都说没有给武安侯府配过什么壮阳药，更没见过武安侯府的人来过。回春堂每天来来去去的人很多，即便里面有武安侯府的人，因为对方没有表明身份，他们也不会知道。

唐泛见他们说话不似作伪，从刘掌柜的表现来看，确实也对此事毫不知情。那么就只剩下一个可能：郑诚虽然在这里配药，却只跟那个林朝东有接触。

想来也是，年纪轻轻就要用壮阳药，郑诚自然要藏着掖着，生怕被别人知道。

几个人轮流交代完毕，战战兢兢地看着唐泛他们，一副等候发落可怜巴巴的神情。当然，刘掌柜等人更多的是看着三个锦衣卫。

唐泛：“隋总旗还有什么要问的？”

锦衣卫总旗薄唇冷冷一掀：“将他们都带回去，仔细审问！”

后面二人应诺，上前押人。

刘掌柜等人连忙求饶，却又不敢反抗。

看着三人被押出去，唐泛道：“隋大人，当务之急，是将那个林朝东找回来问话才是。回春堂这里留人看守便是，何必将人抓走，小本经营也不容易。”

隋州：“锦衣卫奉旨办案，无须向顺天府解释。唐大人若也想到北镇抚司走一遭的话，自然欢迎。”

唐泛：“……”

面对这等不讲情面之人，唐泛也有些无可奈何：“隋大人，我并无恶意，何必咄咄逼人？此番案件，若锦衣卫愿意和顺天府合作，对双方来说都有好处。”

隋州冷冷道：“若不是顺天府无能，何至于草草结案，又被西厂抓住把柄翻了出来？无非是你们潘大人不想得罪武安侯，又怕陛下追责，所以想出这等左右逢源的馊主意罢了。如意算盘倒是打得不错，可别最后反而搬起石头砸了自己的脚！”

作为“馊主意”的始作俑者，唐泛倒没觉得脸红。事情再来一次，他还是会这么做的。

但唐泛没想到对方竟能一眼就看出其中关节，难怪这位锦衣卫总旗从一开始就对他冷言冷语，没什么好声气，原来早就将他归入“无能”之列了。

唐泛涵养绝佳，被对方一通讥讽，神情语调还能温和如常：“事已至此，隋总旗便是再生气，也改变不了事实。如今西厂在一旁虎视眈眈，东厂又跟锦衣卫不对付，刑部与大理寺看热闹不嫌事大，只有锦衣卫和顺天府，是真正希望案子能够水落石出的，所以，合则百利而无一害。”

隋州冷冷道：“就算没有顺天府，锦衣卫也照样能够查出真相。”

眼见他转身就要走，唐泛连忙道：“那隋总旗能否让我看一看郑诚的尸体？”

潘宾这个顺天府尹，当得实在是不靠谱。当时唐泛跟武安侯要尸体，武安侯不给，潘宾也不敢要。结果现在皇帝中旨一下，郑诚的尸体直接就被锦衣卫带走了，顺天府晚了一步，连根毛都没摸着。

隋州脚步一顿，丢下两个冷冰冰的字：“没门！”

唐泛：“……”

瞧瞧，锦衣卫的大爷们儿，就是这么高傲！

再对比自己那个师兄兼上司，唐泛实在是无语凝噎。

都是出来混的，怎么待遇差别就这么大呢？

北京乃天下之都，但凡有点见识、有点条件的人，都削尖了脑袋想往京城挤。即便是当官，许多人也宁愿当七品的京官，而不愿意当六品的地方官。天子居所，皇城所在，单单是这八个字，就有着无穷的魅力。

然而好处还不仅这么多，对饕客而言，住在京城就意味着可以吃遍天下美食，江南的精致，北方的豪迈，一众风味尽收眼底。

就如现在，仙客楼里，一名食客瞅着自己筷子上夹的水晶肚，惆怅叹气道：“只怕我离开京城后，就再难吃到如此美味了！”

坐在他对面的人道：“子明兄正当壮年，何必发此慨叹？天将降大任于斯人也，必先苦其心志，劳其筋骨。三年之后，京城再见，子明兄定能金榜题名。”

汲敏摇摇头：“三年又三年，人生短短数十载光阴，能有几个三年？润青啊，老实说，我可真是羡慕你，少年得意，如今二十出头，就已经是从六品京官，莫说比起我这等落榜失意之人，就是比起那些同科，你也是佼佼者啊！”

官职好不好，官位高不高，对于唐泛来说，只在于能为国家百姓做的事情是不是更多。但这种话当着汲敏的面说出来，未免有说风凉话的嫌疑，所以唐泛并不接茬，只给他倒酒："子明兄此番回去，山高水远，只怕还要等到三年之后才能相见，这顿饭就当是我为你送行，望你莫要嫌弃！"

三年前，唐泛与汲敏一并进京赶考，因性情相投而结为好友。汲敏才情不俗，当时也是登科热门人选，没想到名落孙山，出人意料。汲敏心有不甘，三年之后，又逢科举，他自然要卷土重来。谁知道两个月前放榜，新科进士中又无汲敏名单，这下打击不小，所以仙客楼里，他才会如此失态。

带着七分醉意，汲敏抬起头，只见灯影之下，烛光摇曳，映得唐泛面容如罩珠玉之辉，笔墨难描。

他不由得伸出手去，紧紧握住唐泛的手："润青啊，自我落榜之后，那些原先上了榜又与我交好的人，莫不对我退避三舍。唯独你还肯对我温言安慰，锦上添花易，雪中送炭难，这份情谊，我汲子明永生难忘！"

唐泛："子明兄，你冤枉于乔兄和济之兄他们了。他们曾邀请你赴宴，你没有去，他们担心你误会，所以才不再叫你。"

汲敏挥挥手："润青，你就不必替他们说好话了，我明白，我心里都明白。我已年过而立，就已赴京三次，却一次未中，想我汲子明少小读书也算乡中有名，没想到现在落得如此田地，家中老母殷殷期待，让我如何有脸面回去，如何……"

话未说完，他一头栽倒在桌面上。

唐泛喊来酒楼伙计，将汲敏扶到二楼厢房安歇。汲敏明日就要起程返乡，两人本是说好今晚抵足而眠，秉烛夜谈，现在汲敏醉倒，当然就没法再聊天了。

安置好汲敏，唐泛又了无睡意，就走出酒楼，沿着街道慢慢散起步来。

此时天色已晚，虽还不到夜禁时分，不过路上行人已经稀少得很了，白日里路人如织的京城，如今倒显露出几分黑夜的寂寥。一些胡同里的妓馆酒楼彻夜未休，倒是方便了像郑诚那样喜爱游乐的纨绔子弟，但寻常百姓人家，大都已经熄灯睡觉了。

附近几条胡同深处灯笼摇曳，隐隐传来娇声笑语，声音入耳，唐泛没有露出什么旖旎暧昧的神情，反倒想起了武安侯府的那桩案子。

那桩案子虽然有些曲折，但在唐泛看来，想要破案并不太难。谁知道潘大人太过怕事，平白耽误了不少时间。现在尸体被锦衣卫带走不说，说不定都开始腐烂了，这边药丸一事又找不到林朝东。虽说唐泛已经遣了顺天府的差役前往河南卫辉府，不过他隐隐有种预感，十有八九应该是找不到人的。

这其中一波三折，实在令人无语，什么案子一旦牵扯上权贵，立马就复杂起来。

他抿了抿唇，抛开混乱的心绪，回过神来，这才发现自己不知不觉抄了近路，这里也是自己白天常走的路，但此时四下寂静无声，灯火全无，连月光也被云层重重遮掩起来，一片漆黑，脚下却有些崎岖不平。

所幸远处隐隐透着几许微亮，想是还有人家晚睡的，未曾熄灯，不至于让人觉得伸手不见五指，仿佛堕入无边的黑暗世界。

虽然远处有微弱光亮，但近处仍然很难认路。尤其是周遭冷冷清清，连一丁点儿声响都没有，反倒衬得远远传来的狗吠之声是那样不真实。

唐泛冷不防踢到一块石头，踉跄了一下，赶紧扶住旁边的矮墙稳住身形。下意识地低头去看脚下，脖颈处却忽然传来一股幽幽冷意，就像有人对着他吹气！

皮肤上霎时泛出点点疙瘩，他打了个激灵，扭头去看，却见一道白影朝自己扑了过来！

唐泛完全来不及反应，整个身体就被那道白影压在了砖墙上。

下一刻，他的脖子又被紧紧扼住！

人的预感玄之又玄，笔墨难描，就在刚刚，唐泛还觉得浑身不自在，结果马上验证了他的预感，危险即刻来临。而且从脖子上的力道来看，对方这是要置自己于死地！

他睁大了眼睛，只见眼前白蒙蒙一片，虽然近在咫尺，却连对方长什么样都看不到，因为那张脸上还戴着一个白色的面具。

随着脖子上传来剧痛，耳边也响起如泣如诉、幽幽怨怨的声音，断断续续，好似有人在叫魂，却模糊不清，隐约只能听出“冤魂”“神狐”一类的话。

唐泛自小读圣贤书，对鬼神之说敬而远之。此情此景，只能让他在心头浮现出四个字：装、神、弄、鬼！

不管对方是真鬼还是假鬼，都是有备而来，力大无穷。唐泛却是突然遇袭，猝不及防，很快就被卡得不能呼吸。

短短时间之内，挣扎无果，反而有翻白眼昏迷过去的趋势了。

就在这时，刀剑出鞘之声破空而来！

唐泛脖颈上的压力随之一轻，他一手扶墙，一手抚上刚才被勒住的伤处，忍不住剧烈咳嗽起来。

那头的白影飘飘忽忽，直接跟一道黑影子打了起来。

有人抓住唐泛的手臂，将他拉了起来。

“唐大人嘴皮子利索得很，何以身手却这般不堪？”

唐泛抬眼仔细一看，呦，还是熟人！

可不正是前两日在回春堂见过面的锦衣卫北镇抚司总旗隋州？

隋州的语气就像他的人，冷冰冰没什么感情，但唐泛还是可以从这句冰冷的话里听出一丝嘲讽，不由得苦笑。

隋州跟他之所以不对付，倒不全因为这次武安侯府的事情。

锦衣卫对顺天府向来看不顺眼，这段历史还得追溯到锦衣卫的职能上去。

总之恩怨由来已久，说来话长，不说也罢。当下唐泛咳了好几声，也没空跟他辩驳，嘶哑着声音问：“他是何人？为何袭击于我？隋大人又为何会出现在此处？”

隋州冷声道：“不过是‘妖狐案’余孽，装神弄鬼之辈罢了。”

说话之间，那个白衣人已经被隋州手下的一个锦衣卫擒住，连带脸上那个白色的面具也被抄下，露出下面一张平凡无奇又神色慌张的脸。

有了灯笼照明，唐泛注意到那个白色面具上，眉心位置画着一朵浅浅的莲花。

“白莲教？”他愣了一下，结合隋州刚才说的话，很快就反应过来，“难不成两年前的‘妖狐案’，竟跟白莲教有关？”

隋州：“唐大人也见过白莲教的徽纹？”

唐泛：“是，我少年游学时曾路过秦州，正好遇到那里的官府抓获一个白莲教教徒，他身上的徽纹，正与这个面具上的相仿。不过这白莲教教徒为何会袭击我？”

隋州没有说话，倒是他旁边提着灯笼的那名锦衣卫道：“自‘妖狐案’后，妖道李子龙余孽四处作祟，近来四处找读书人下手，企图以谶言造谣作乱，步那李子龙的后尘。上个月有一个落榜举子正是醉酒之后走了夜路，被这伙人弄得差点没了小命。兴许是唐大人没穿官服，是以成为他们下手的对象，以后这么晚还是不要出来了。”

唐泛朝他笑了笑：“多谢告知……咳咳咳！”

他被掐住喉咙的时间虽然短，但因为对方用力过度，现在喉咙正火辣辣地疼，说话也困难得很。

隋州见他无事，招呼手下将那个白莲教教徒带上，转身便要走。

唐泛不顾喉咙疼痛，连忙叫住他："隋总旗留步！"

隋州冷冷回顾："唐大人不去养伤，还有何事？"

唐泛："武安侯府命案，合则双利，还请隋总旗再考虑一下！"

隋州不为所动："利在何处？"

唐泛咳了一声："北镇抚司有郑诚尸身，而我则知道郑诚死前所服的那些药丸，到底出了什么问题！"

隋州终于转过身。

唐泛哑声道："药丸里头所配的药物，确实与富阳春这张方子有所出入。我已找到高人，将药丸所配药材还原出来，这里头大有蹊跷。如果隋总旗有意合作，我愿如实相告。"

隋州盯着他看了片刻，终于道："明日我去找你。"

眼看合作有望，唐泛终于松了口气："明日休沐，你到我家来吧，城北定府大街柳叶胡同里的第一家。"

隋州略一点头，转身便走，当真是惜字如金，半句废话也不肯多说。

看着几人隐入黑暗中的背影，唐泛摇摇头，摸着喉咙，苦笑着想：也不知道明日还能不能说话？

仿佛为了印证他的担忧，翌日起来，唐泛的喉咙疼得比昨日还厉害，对着铜镜照一照，似乎还能瞧见脖子上的青紫掐痕，一按就疼得很。

因为约了隋州，唐泛就没有出门买药。只是自己煮了点小米粥，就着家乡姐姐寄来的腌菜吃，倒是清脆爽口。

唐泛在京城当官之后，就在定府大街租了这栋独门独户的小院子。这宅子原先是隔壁李家的，李家祖上为宦，买下了柳叶胡同的大宅子。后来据说其中一个院子曾经有个李家的侍妾上吊死了，主人家觉得不吉利，就砌墙将这个院子分割开来，改成小宅子，单独出租。因为是"凶宅"，又不宽敞，价格还算便宜，就被唐泛租了下来。

都说京城居，大不易，定府大街地段好，住的多数都是权贵显宦，宅子当然就更贵，要不是有这段前因，唐泛只怕也租不起。

不过他在这里住了两年有余，也没遇到过什么诡异古怪的事情。无非是里头白天光线不够通透，显得有点阴森罢了，以讹传讹，就成了"凶宅"，结果倒便宜了唐泛。

隔壁李家这一代的男主人在外地经商，家眷却没有跟过去，一家老老小小都还在。两年下来，跟唐泛关系也还不错，彼此时有往来。

眼下唐泛刚吃了一半，外头就有人敲门。

他本以为是隋州，起身去开门，门外却站着个小丫鬟。

“阿夏？”

他一开口，那嘶哑难听不复平日清润的声音就将那小丫鬟吓了一跳。对方又看见他脖子上的青紫掐痕，不由得“啊”了一声：“唐大人，您这是怎么了！莫不是，莫不是昨夜有什么不干净的东西……”

小丫鬟想象力可真丰富，一下子就往凶宅上面想了。唐泛摇摇头，比画了个手势，问她有什么事。

阿夏惊魂未定，怯生生地抬高了自己手中的篮子：“主母让我过来给您送些果子，这是我们自家种的，刚摘下来。”

唐泛点点头露出笑容，用沙哑的声音低低道：“代我多谢你家主母了……”

因为开口说话扯动声带，他不由得蹙了蹙眉头。阿夏少女情怀，平日里对隔壁这位俊美的唐大人暗生好感，见状心疼得紧，忙道：“若是说话不便，就不必说了，还是好生歇着。唐大人，若这宅子住着不舒服，不如由我回去禀报主母，让你退租了才好，免得镇日担惊受怕，还弄得这般，这般……”

阿夏越看，就越觉得他脖子上那手指印骇人得很。

唐泛：“你误会了，我的伤跟这里无关，是昨夜遇到歹人……”

阿夏捂住嘴巴：“什么歹人如此凶残，竟连朝廷命官都敢下手！”

唐泛摇摇头，不欲与她多说：“总之你回去之后不必多讲，免得你家主母他们误会，平白惊慌，并无……咳咳……大事。”

阿夏总算有些眼色，见他说话困难，也就没有再骚扰。在询问唐泛要不要送晚饭过来，得到否定的答案之后，才依依不舍地道别。

结果才刚一转身，就瞅见一个人站在她背后。

阿夏一惊一乍，差点就要叫起来。

锦衣卫那身打扮无人不知，尤其是来人还冷冰冰地盯着她。阿夏一个小女子差点吓软了腿，二话不说赶紧低头走人。

唐泛微微一笑，做了个请的手势。

隋州跨步入内。

“如果唐大人手上当真有什么线索，不妨直说，若有价值，合作事宜自然可以考虑。”隋州在院子里的石凳上坐下来，也不寒暄，直接就开门见山道。

唐泛将阿夏留下来的那一篮子鲜果拎进来放在一边，里头全是黄澄澄的梨子。若与冰糖放在一起慢炖，清热润喉，倒正适合他现在的状况。

“不知回春堂刘掌柜那三人，被带到北镇抚司之后，可曾交代什么？”唐泛的声音暗哑，说话一字一顿，语速变得很慢。

隋州倒也没有隐瞒：“经过审问，发现他们确与此事无关，现在已经放人了。”

唐泛从怀中摸出一张纸，放在石桌上：“郑诚死前服用的富阳春，我这些天翻找古籍，终于找到那个方子的出处。”

隋州拿起那张纸，只见上头罗列了两行药材，多有重复。他不明其意，抬眼看唐泛。

唐泛解释道：“上面那一行，就是富阳春的方子，与郑诚小厮所交代的，一模一样。而下面那一行，则是我找人将药丸里的药材一一解析出来的。总旗大人且看，两者有何不同？”

隋州记得唐泛之前就说过，虽然没有方子，但这世上多的是高明的医者，能够单凭药丸本身的味道等种种迹象，追本溯源，把药材一一还原出来。他仔细一看，发现下面比上面多了一味药。

“柴胡？”

唐泛点点头：“富阳春是古方所载的壮阳药，本身并不稀奇，用九香虫、仙茅、熟地、淫羊藿等药材就可以配。虽说吃多了未必有好处，但郑福说过，郑诚服用这种药，只有三两个月的时间，所以怎么也不至于丧命。不过要是加入了柴胡，那可就不一样了。柴胡可解表祛热，却不能随便乱用，元气下脱者忌之，久服更会伤肝伤肾，这富阳春里加入了柴胡，就从壮阳药，变成了催命药。”

隋州：“我派往卫辉府的人传来消息，说那个私自帮郑诚配药的回春堂伙计林朝东并没有回乡，已经不知所终，遍寻不着。”

唐泛苦笑：“那如此一来，线索可就又断了。”

隋州沉默片刻：“倒也未必，跟我来。”

他起身往外走去，唐泛锁上院门，也跟着往外走去。

青天白日，他脖子上的勒痕实在过于骇人，衣领也遮掩不住。旁边还又跟着个锦衣卫，引得路人频频回首，看唐泛的目光怪异得就跟看即将上刑场的死刑犯似的。

隋州先回到北镇抚司，将里头的郑福提出来，又带着他前往回春堂。

刘掌柜等人虽然被放了出来，但是一言一行都还受到监控。两个锦衣卫奉命守在回春堂门口，如门神一般，连带这些天的生意也萧条了不少，刘掌柜三人正愁眉苦脸地坐在里头，见了隋州二人，连忙站起来。

"隋大人，您看我们这本本分分的生意人，林朝东那厮的事情，也与回春堂无关，能不能……"刘掌柜本想诉苦，结果被隋州冷眼一扫，后半截话直接咽了进去。

隋州将唐泛给他的那张药方递给郑福："你认得上面的方子吗？"

郑福看了一下，连连点头："这就是富阳春的方子，小的先前帮少爷去抓药的时候常见的……咦，不过上头并没有柴胡！"

隋州："你上次来配药是什么时候？"

郑福："三两个月前吧？"

隋州冷声道："要确切日期，仔细回想！"

人的潜能是无限的，被隋州这一唬，郑福还真就想起来了："是三月十八，我想起来了，是三月十八。因为那些药每次都要先熬成药丸，比较麻烦，所以我都是提前两天先去跟林朝东打声招呼，然后等到三月二十那天，再直接去拿药丸的！"

隋州望向刘掌柜："你听到了，将回春堂三月十八到三月二十这几天的配药备份记录查找之后呈上来。"

刘掌柜："是是是，小的这就去！"

他连忙招呼高伢子和坐堂大夫将回春堂的门关上，然后开始查找记录。

但凡看病抓药，人命关天，一个弄不好就会出现吃死人的情况，免不了也有同行相争，背后阴人。所以为了避免纠纷，像回春堂这样稍微有些名声的药铺都会有这样一份记录。

现在正好派上用场。

有了确切日期，记录很快就被翻找出来。唐泛和隋州接过来一看，上面明明白白地写着那几天药堂调用的诸多药材，连用于哪个方子，也写得清清楚楚。

当他们看到第三行的时候，就瞧见了"富阳春"三个字，后面一列药名，唯独没有柴胡。

再看那两天的出药记录，也都没有柴胡那味药。

也就是说，林朝东在给郑诚配药的时候，里头用的柴胡，一定不是在回春堂拿的。

这样说来，林朝东其实是一个很谨慎的人，为免被回春堂发现，他就干脆单独在外面买了柴胡来加，不过现在反倒成了破案的线索。

隋州马上对手下两个锦衣卫吩咐道："你们带着人，马上去找全城的药铺，看是哪间药铺曾经在三月十八这一天卖过大量的柴胡！"

那二人领命而去。

唐泛对隋州道："隋总旗，能否让我瞧瞧郑诚的尸身？"

隋州："北镇抚司的仵作已经查看过，尸体并无异常之处。"

其实在郑诚刚死的时候，唐泛已经查看过他的尸体了，那会也确实没有发现什么异常。但唐泛总觉得再谨慎一些也不坏，现在距离郑诚死亡已经过了那么多天，要是再不看，等尸体完全腐烂，那就可惜了。

所以他依旧坚持道："还请隋总旗通融一二。"

先时隋州不大瞧得起顺天府的人，连带面对唐泛也没什么好声气。如今见他声音受损浑身难受，仍然坚持与他一起东奔西跑地查案，态度倒是略有缓和。

"北镇抚司地下有一冰室，郑诚的尸身安置在那里，一时半会儿暂且无虞。"隋州难得多解释了一句，"陛下让北镇抚司一个月之内限期破案，一个月之后，即使还没破案，尸身也要交还给武安侯府，明日你可到北镇抚司去找我。"

世人都知道，锦衣卫乃太祖亲创，最初的作用是"掌直驾侍卫，并仪鸾诸事"，意思就是当御前侍卫，然后负责皇帝出巡、祭庙之类的保安和仪驾等。后来又帮太祖皇帝铲除了不少功臣和贪官，于是除了御前保安护卫以及仪仗职责之外，又加入了后世国安局和反贪局的职务。永乐年间恢复锦衣卫，诏狱凶名天下皆知。

但实际上，锦衣卫的职能还远远不止于此：科举殿试巡考，锦衣卫调拨人手帮忙；顺天府主持的乡试，因为本身就涵括了京畿地区，如果出现重大舞弊案件，也要请锦衣卫出马；还有其他许多鸡零狗碎的事情，譬如修理街道、抓捕盗贼等。

许多原本应该由顺天府来负责的事情，往往最后变成锦衣卫在做，说到底，因为锦衣卫精英多，皇帝重视，每年得到的经费也多，自然兵强马壮，干啥都给力，效率也比顺天府这种普通行政部门要高很多。像这次抓捕白莲教余孽，给“妖狐案”收尾的事情，本来是顺天府的工作内容，结果因为顺天府的衙役不卖力，弄得还要锦衣卫们亲自出马。

正因为如此，锦衣卫对顺天府的评价，向来不怎么样。唐泛纵然名气再大，也不过是个手无缚鸡之力的文官，与锦衣卫素无瓜葛，一旦加入了“饭桶大本营”顺天府，在别人眼里，自然也就成了“饭桶”的一员。

所以隋州对唐泛的意见，实际上还有这等缘由在里头，唐泛也心知肚明。

这是历史遗留因素，跟顺天府本身的位置也有关系。在皇帝眼皮底下当地方官，顺天府算是头一份了，虽然行政级别比其他地方官都要高半级，但遍地都是官，谁都可以指手画脚，这顺天府尹当得也挺憋屈。

潘宾和潘宾的前几任，都不是什么强势之人，这一任任的太平官当下来，不求有功，但求无过。案子一敏感就开始推三阻四，也难怪隋州会瞧不上他们。

唐泛虽然明白这一点，但他刚到顺天府不久，又还只是一介推官，面对这种情形，也无可奈何，只能凭借自己微薄的力量去做一些事情罢了。

他舒了口气，拱了拱手：“那就多谢隋总旗了。”

旁边刘掌柜有意讨好唐泛，凑上前来笑道：“唐大人，这是秋梨膏和药铺独家配方制成的活血膏，前者内服，润喉清热，后者外用，活血祛瘀。您脖子上的伤，保管用了之后第二天便无大碍了！”

因为早饭吃了一半就被打断，然后跟着隋州出来找人问话，连擦药都来不及，又说了大半天的话，唐泛的嗓子已经嘶哑得不行了。此时被刘掌柜一说，他才发觉脖子上的肌肉被牵扯得生疼，不由得眉心微蹙。

唐泛收下刘掌柜的药，道了声谢，又不顾他的推辞执意给了钱，才跟着隋州出了药铺。

外头阳光灿烂，不复早几日那般细雨绵绵。

隋州余光不经意一扫，但见身旁那人乌发青衣，秀颀白皙，也越发映衬得脖子上那十指掐痕触目惊心。

他从袖中摸出一个小瓶，递过去，淡淡道：“外用一日三次。”

唐泛接过来，笑道：“北镇抚司出品，必然不凡，我倒是得试试。”

隋州微一颔首，也不多言，手按绣春刀，举步便往前走。

柴胡药性虽然比较猛，但如果使用得当，也不算罕见。偌大京城，多少药铺每天配出去的药方子，里头就不知道有多少柴胡。但想要熬制成那么多药丸，又达到伤身害人的效果，所需剂量肯定比较大，不是一般看病开药可比，而且又局限在三月十八那天，搜索范围立时就缩小了很多。

锦衣卫办事的效率果然不一般，仅仅半天，隋州派出去的人马就有了消息。

城北的三元堂、城东仁心堂，这两间药铺，在三月十八当天，都曾被人买走大量柴胡。隋州派人一查问，发现来买药的都是同一个人，而且根据双方药铺形容，来买药的，却不是那个神秘失踪的回春堂伙计林朝东。

锦衣卫掌管巡查缉捕，遇到这种事情也是驾轻就熟。隋州当下就叫来画匠，让他根据那两个伙计形容的特点把人描绘出来。

不一会儿，一个颧骨高耸、鼻梁微塌的形象就跃然纸上。

很面生。

隋州皱起眉头，其实他心里已经隐约有一个方向。这件案子说复杂，其实也不复杂，敏感就敏感在当事人是武安侯长子，武安侯府又不是能够让人随意进进出出的地方。

京城人口百来万，每天进进出出，要找这么个人出来，无异于大海捞针。

这时，旁边默不吭声的唐泛却突然开口："我见过这个人！"

隋州扭头看他。

唐泛："这个人我有印象，至于在哪里见过，却一时想不起来了。如果想起来的话，我会马上告诉你。"

隋州点点头，看了看天色："不早了，今日就到这里。唐大人明日可到北镇抚司找我。"

唐泛笑着起身："也好，今天收获不少，我也还要回去禀报府台大人，这就告辞。"

隋州这人看着不好亲近，做事能力却是一流，而且唐泛能得到他那一瓶赠药，说明两人关系多多少少也有所改善。如果顺天府能够跟北镇抚司建立良好关系，这对以后做事当然很有帮助。

隋州冷不防来了一句："潘府尹怯于任事，唐大人若想有所为，在顺天府终究是可惜了。"

唐泛笑道："隋总旗莫不是想挖潘大人的墙脚，邀我到北镇抚司任事？"

隋州："若你愿意，自然可以。"

第三章

疑影重重

唐泛心中一凛，对方不过一个正七品总旗，口气却如此大，必有所恃。他也不开玩笑了，直接道："多谢隋总旗的美意，只是潘大人对我有知遇之恩，我总不能忘恩负义。"

隋州："随你。"

面对他的冷淡态度，唐泛也不以为意，拱拱手："改日得空再请隋总旗吃酒，我这便先告辞了。"

隋州起身："唐大人慢走，恕不远送。"

就在此时，一名锦衣卫匆匆走进来："大哥！"

唐泛认得他是那天到药铺时跟在隋州左右的其中一人，名字叫薛凌，肤色黝黑，面目精悍。

隋州："何事？"

薛凌看了唐泛一眼。

唐泛正想避开，隋州却道："若与武安侯府命案有关，但说无妨。"

薛凌道："东厂来人，将郑诚的尸身带走了！"

唐泛露出意外的表情。

隋州神色一沉："怎么回事？"

薛凌苦笑："方才东厂那边来了人，说是奉了提督之命，为了早日破案，要借一借郑诚的尸身去调查。”

东厂提督就是东厂老大，现任提督是尚铭，跟西厂的汪直向来不和。

宦官一旦掌权，无风尚且要兴起三尺浪呢，更何况现在有武安侯府命案可以当借口。汪直既已插手，尚铭当然也不甘示弱，为了在皇帝面前争宠，大家都很拼命。

隋州听罢冷笑一声：“拿着鸡毛当令箭！”

也不知道是在骂东厂来人，还是在骂东厂提督尚铭。

唐泛轻轻地叹了口气，既然郑诚尸身已经不在，他明日也就没有必要来找隋州，案子只怕还得从买柴胡的人那里突破。

“隋总旗，我便先走一步，那个买柴胡的人，我回头也会让顺天府派人去查，若是你这边先找到人，烦请告知一声。”

隋州略一颔首：“唐大人慢走。”

唐泛回到家，才发觉自己今日奔波了大半天，除了早上吃的那半碗白粥，几乎滴水未进。现在一闲下来，肚子立马咕咕叫，又懒得自己下厨。在灶房里搜罗了半天都没发现什么可吃的，无奈之下，只得将早上阿夏送来的那篮子梨洗了一个，拿起来啃。

清甜的梨汁入喉，原本干渴疼痛的喉咙立时舒服不少。吃完梨子，唐泛又拿出隋州给他的那瓶药膏，在脖子上的伤痕处细细涂抹了一遍。

刚刚涂好，外头就响起敲门声。

他走过去一开门，先是闻到一股诱人的香气，紧接着才看到提着食盒的少女。

唐泛：“阿夏？”

阿夏：“又来叨扰唐大人了，我们家今日下了些面吃，我家主母听说您刚回来，猜想您公务繁忙，可能来不及用饭，就让我送了一碗馄饨过来，唐大人快趁热吃吧！”

两家不过一墙之隔，稍微大点的动静都能听清。李家虽然祖上当过官，但到了这一代也只是寻常商人，住在遍地是官的京城里更加不起眼。平日李家男主人出门在外，一家老弱妇孺碰到官府衙役面上的人，难免势弱，因唐泛帮过他们几回，李家人心存感激，知道唐泛还未成亲，肯定疏于厨事，就时不时差遣婢女阿夏过来送点吃的，一来二去，两家关系也还不错。

唐泛接过食盒：“老王的厨艺向来是没话说的，只是总劳烦你们毕竟不好，还请你跟李家大娘说一声，往后就不必如此麻烦了。”

阿夏抿嘴一笑：“唐大人说哪里的话，您帮了我们李家那么多，我们不过是送些吃食过来，又费什么劲呢？您就不必客气了，快趁热吃吧。晚些时候让小虎子过来拿食盒就好。”

二人又寒暄了两句，阿夏告辞离去。唐泛提着食盒进屋，打开盖子，将里头一碗香喷喷的小葱猪肉馄饨端出来，又从书架上拿出一本《菩萨蛮》。

这《菩萨蛮》可不是宋朝词曲，而是本朝不知名人士所作的话本小说。写一个秀才在郡王府做客，被诬蔑与婢女有染，被郡王冤杀，秀才死后变成鬼，想办法洗刷了自己的冤屈。更到御前揭发郡王图谋造反，最后郡王恶有恶报，被朝廷砍了头，秀才也以鬼身到地府任职的故事。

谁也不会想到，以二甲第一入翰林院、得皇帝亲口赞誉的唐大人，竟然会喜欢看这种集言情、悬疑、鬼怪、修仙为一身的狗血小说。

修长白皙的手指翻至上次看到的地方，唐大人低头小啜一口热汤，幸福地叹了口气。

人生如此，夫复何求啊！

第二天一大早，潘宾就将唐泛叫过去，询问案子的进展。

唐泛将发现和进展略略一说，又提到东厂将郑诚尸体带走的事情。

潘宾居然看上去很高兴的样子：“东厂一插手，案子就更复杂了！”

唐泛：“……”

潘宾似乎也意识到自己过于高兴有些不妥，连忙轻咳一声作为掩饰：“此事顺天府不必涉入太深，东厂这一插手，西厂必不罢休。”

不过从另一个角度来看，这也正因为他将唐泛当成了自己人，否则以他在官场这么多年的历练，必不至于如此轻易失态。

唐泛点点头，叹道：“下官也是这么想的，东厂和西厂向来不对付，而且这次东厂从锦衣卫手上抢人，锦衣卫肯定也不痛快。朝廷人才济济，可大家都互不相让，反倒没法做事，连查个案子，都如此艰难！”

潘宾：“这样也没什么不好，多亏你出的那个主意，现在顺天府只需要隔岸观火。如果最后查不出个结果，法不责众，陛下也不好单单追究顺天府的责任，这样是最好的了。”

唐泛猜想他这位师兄可能私底下跟武安侯达成了什么协议，忍不住委婉地提醒："大人，那个婢女阿林，虽然勾引郑诚，存心不良，却罪不至死。"

阿林现在还在顺天府大牢里关着，但武安侯对自己儿子的死耿耿于怀，固执地认为就是那个婢女害了儿子。唐泛担心事情最后不了了之，阿林就会被潘宾直接交给武安侯处置泄愤。

虽然现在多方插手查案，可说到底不过是在争权夺利，谁会去关心一个无足轻重的婢女的命运。

潘宾板起面孔，不悦道："润青，你怎么就这么死脑筋？别忘了你是什么身份，那个阿林是什么身份，为了一个婢女搭上自己的前程，值得吗？"

唐泛诚挚道："师兄，我非是故意令你难做，实在是人命关天，若不能查出真相，我良心难安！"

潘宾叹了口气："润青啊润青，你当我是铁石心肠不成？想当年我初入官场，也如你一般一腔热血，想着上报朝廷，下保黎民，但是这世道不公啊！东厂、西厂、锦衣卫，还有咱们头顶上那些人，哪个是我们惹得起的？那个婢女最后死不死，还得看陛下怎么判，又不是咱们提着刀去杀人，你就不要管那么多了，这年头能够明哲保身就已经不错了。"

他顿了顿，压低声音："我也不妨给你说句掏心窝子的话，别看现在朝廷里头牛鬼蛇神，乱作一团，内阁无所作为，西厂横行霸道。实际上，他们都摸准了陛下的心思，陛下就是乐意看到这种局面，要是朝臣上下一条心，跟陛下对着干，那对陛下来说有什么好处？你年纪尚轻，不晓得这些利害关系。当官当官，当的还是天子的官，凡事要揣摩天子的心意来行事。这桩案子，东厂也好，西厂也罢，甚至是锦衣卫，都比我们说得上话，让他们去头疼就好了。你可以参与，但不要凡事都抢着去做，到时候功劳被别人拿了，过错却是你的，你找谁申冤去？师兄我啊，人微言轻，有心无力，只怕也是帮不了你的！"

唐泛脸上没有什么表情，只是点点头，平静地道："师兄肺腑之言，润青都记下了。"

潘宾苦口婆心说了一大堆话，顿觉口干舌燥，抄起桌上茶盅喝了一大口，方才笑道："其实这次也不是没有收获，既然锦衣卫那个叫隋州的总旗对你印象不错，你就该好好把握，跟他多套套近乎，以后说不定有大用，你可知这隋州是何来历？"

见唐泛摇头说不知，他就道："他是周太后的侄孙，母亲是周太后的娘家外侄女。家族里还出过一位叔祖，曾任兵部尚书，又在正统年间入阁，可惜后来死在‘土木堡之变’中。”

唐泛恍然：“隋安澜？”

潘宾颔首：“因为这层关系，此人在朝廷内外都能说得上话，与一般锦衣卫不同。听说连万通对着他的时候，都要和气三分。”

万通是现任锦衣卫指挥使，也就是一干锦衣卫的老大。

他是万贵妃的弟弟，如今万贵妃称霸后宫，她虽比皇帝大了整整十七岁，皇帝却对她宠爱有加，几乎言听计从，连太子朱祐樘的位置都摇摇欲坠，几乎不保。

有了这段传奇的爱情作为靠山，万通这个锦衣卫指挥使自然当得是如鱼得水，滋润倍加。

但老婆总没有老娘亲，隋州既然有了周太后这层关系，如果稍有能耐，想要出头是指日可待的。

唐泛见隋州虽然态度冷漠，做事却颇为干练，没承想竟还是个有如此强硬靠山的。可见这京城里处处都藏龙卧虎，做人做事还须更加谨慎，若是先前唐泛仗着自己比隋州高半级而对他颐指气使，现在指不定就要吃瘪了。

但是对这位师兄的话，唐泛实在有点无语。他很想说：大人，你知道人家很瞧不起咱们顺天府吗？上赶着搭关系这条路是行不通的。

然而唐泛最终还是什么都没说，他只是拢袖而立，微笑倾听，不时点点头表示附和。这种好学求知的态度让潘宾很满意。

潘宾又絮絮叨叨交代了一通，唐泛听得耳朵嗡嗡嗡直响，站起来的时候连脚步都有点轻飘飘的，正要告辞离去，就看见顺天府的衙役老王匆匆从外头进来。

“大人，不好了，出事了！”

潘宾最讨厌听到这种话，拧紧了眉毛：“什么不好了，出事了，不会说点好听的吗！”

老王露出一点隐秘的兴奋，但又不敢表现得太明显，整张脸看上去就像扭曲了一样，非常古怪：“不是，大人，不是咱们顺天府出事，是东厂，东厂起火了！”

潘宾：“什么！怎么回事？速速道来！”

老王：“就今天天快亮的时候，据说东厂起火了，火势还挺大，一把火将东厂西处烧了大半。也不知道是怎么回事，现在都还在救火呢！”

唐泛心头一动，问：“你可知道东厂安置尸体的地方位于何处？”

老王呆呆地摇头，不知道唐泛为什么会突然问这种问题。

潘宾又问了几句，见老王也知之不详，便挥挥手让他下去了。

“润青，此事你怎么看？”

唐泛：“昨日郑诚的尸身刚被东厂带走，今日就起火，未免也太巧了。这其中肯定有问题，详情还得打探清楚了再作定论。”

潘宾敲了敲桌面，点点头：“这里头的水啊，深得很呢。看来东厂也不是铁板一块啊，夜路走多了，可不就遇上鬼了吗？”

他那幸灾乐祸和看热闹不嫌事大的语气让唐泛颇有点无语。

师兄，我知道你不希望案子告破，可也不用表现得这么明显吧！

东厂自成立以来也遇上过不少次火灾了，这次起火也没有老王形容得那么夸张，仅仅在西处着火，火势没有蔓延，很快就被扑灭下来。起因据说是有百姓在附近烧东西，火星飘落至此，引燃了木头所致，若换了前几日细雨连绵的状况，还未必烧得起来。

唐泛一打听，烧起来的地方，果然就是东厂用来安置犯人的一个牢房，也正是安置郑诚尸身的地方。一把大火，死了两个犯人，连带郑诚的尸身也都化作灰烬。

事已至此，再多的揣测也无济于事了，想必那个心怀叵测之人打的也正是这个主意。唐泛暗叹了口气，心想兜兜转转，没想到最后还是回到了原点。那婢女阿林，此番只怕是逃不过这一劫了。

他对这件案子上心，想要查出真相，不是为了想出风头，或者是跟潘宾对着干，而只是想要告慰亡者于九泉，令无辜者免于责难。寒窗苦读，为的不就是有朝一日能保治下黎民苍生吗？如今朝纲败坏，许多人宁愿将精力放在钩心斗角上面，也不愿意为百姓做点实事。如同潘宾这样不好不坏、明哲保身的官员更是比比皆是。

但事情放在那里，总是有人要去做的，别人既然不愿意做，唐泛就并不介意接手。

能够给潘宾出主意，把东厂和锦衣卫全都拉下水，这充分说明唐泛的手段不失圆滑。但君子外圆内方，他这种种玲珑心思，只想用在正事上。

只是万万没想到，事情竟然进行得如此艰难，原本并不复杂的案子，接二连三遇到阻碍。现在竟然连尸体也没了，直接断了所有的后路。

唐泛现在才知道，为何他的老师丘浚入仕比潘宾早很多年，又是当世大儒，至今却还只是一个国子监祭酒。

世道如此，像老师那样择善固执、不肯妥协的人，注定得不到重用。

而他自己，难道也要走上老师的旧路吗？

唐泛摇摇头，冷静缜密的性格让他很快将情绪从武安侯府案的失落中抽离，转而忙起别的公务了。

刚忙到一半，外头就进来一个锦衣卫。

“薛兄？”唐泛诧异。

此人正是跟在隋州左右的薛凌。

薛凌拱拱手：“唐大人，隋总旗命我来请大人过去一趟。”

唐泛：“不知隋总旗有何事？”

这个面目精悍的汉子难得笑了一下：“好事。”

既然对方这么说了，唐泛答应一声，收拾东西，便跟薛凌出了门。

“薛兄，若是你家大人不急，不如先与我一道去吃碗馄饨，如此饥肠辘辘去见你家大人，我怕我到时候会腿软牙战说不了话。城北那家馄饨摊子的馄饨，用的肉馅儿都是当天新鲜的猪肉，里头还裹了剁碎的香菇和小葱，皮薄得很，一煮就能隐隐瞧见里头的馅料，味道鲜嫩柔滑，尝一口就能让人觉得自己不枉生为京城人了！”

说了半天，还是他自个儿饿了。

薛凌哈哈一笑，他发现这位唐大人是真的有趣。

由于锦衣卫的特殊职能，寻常官员看到他们，大多是畏惧中带着忌惮和防备，要么就是觍着脸巴结讨好。唐泛却是例外，该说笑就说笑，该认真就认真，既不过分讨好，也没见厌恶害怕。

被他那根三寸不烂的口舌一游说，薛凌竟然也觉得肚子里馋虫犯了。

“既然如此，那我这次可就要占唐大人的便宜了。”

唐泛喜道：“走走走，我都饿得前胸贴后背了！”

两人跑到那个摊子上，痛痛快快地吃了一顿。薛凌发现唐泛没有骗他，这家摊子虽然简陋，客人却多，味道也是极好的，自己以前在城北来来往往，竟从来没有尝过。

薛凌食髓知味，又要了一碗肉骨汤汤面，他是武夫，食量比唐泛还要大上一倍。

用完餐，唐泛付了钱，二人才往北镇抚司走，填饱了肚子，身体也有了力气和精神。

傍晚时分行人匆匆，大都赶着回去一家团聚，吃婆娘做的饭菜。内城虽有各官署衙门驻扎，又不乏贵胄府邸，但同样也有普通百姓居住，有些是从当年永乐迁都北京时就跟着过来落户的。许多年过去，永乐皇帝人死如灯灭，百姓经过数代繁衍生息，北京城却越来越繁华，与南京遥遥相对，成为名副其实的首都。

人一多，走路难免挨着撞着，不过有薛凌在，那身锦衣卫服饰足以令人退避三舍，比唐泛身上的官服还管用。他们一路前行，旁人立马自发地让出一条路，倒使得他们前进的速度快了许多。

但有时这条规律也并不那么管用，不远处就有一人低着头匆忙赶路，也没有仔细去看唐泛与薛凌的装束，迎面走来，冷不防肩膀与唐泛一撞，双方都侧开好几步，对方甚至没有抬起头看唐泛一眼，随即又往前赶路。

唐泛扭头回望，却只能看见那人匆匆离去的背影，很快淹没在人群之中。

“怎么了？”旁边薛凌见他停下脚步，出声询问。

“没什么，走吧。”

锦衣卫分南北镇抚司，另外还有经历司和十四所，其中南北镇抚司是锦衣卫的核心。南镇抚司主内，北镇抚司掌外，北镇抚司旗下又分五个卫所，各有司职。

卫所的头儿叫千户，底下还有副千户、百户、试百户，然后才轮到总旗。总的来说，总旗官职不算高，但干的都是实务。譬如这次的武安侯府命案，因死者身份特殊，皇帝下令锦衣卫介入参与调查，这桩案子就落到了隋州头上，由他负责。

唐泛跟在薛凌后头进入锦衣卫所，一路来到北镇抚司。平凡无奇的隶书牌匾悬挂在大门右侧的立柱上，无形中就有了一种震慑力，门口左右站了两个侍卫，面无表情，横眉冷对，此情此景，胆子稍微小的，估计已经开始小腿打转了。

锦衣卫的凶名，多半落在北镇抚司头上，北镇抚司的凶名，多半又落在诏狱头上。这个由太祖皇帝创立，永乐皇帝发扬壮大的特务机构，尤其是“水火不入，酷刑遍地，竖着进去，横着出来”的诏狱，实在令人心生畏惧，一想起来就浑身发冷。在大明朝当官，一怕东厂，二怕诏狱。

所以只要是正常人，尤其是官员，不管官职大小，不管是不是自愿前来，一到了北镇抚司，笑容立马不见，脸立马绷得紧紧的，活像别人欠了他几百贯钱没还似的。

唯独唐泛，面色如常，犹有空闲观察打量。落在薛凌眼里，又是暗自称奇。

“润青兄对北镇抚司似乎颇有兴趣啊，不如等见过隋总旗之后，我带你到诏狱去转一圈如何？”薛凌有心吓吓他。

经过一碗馄饨的交情，两人已经混熟了，称呼自然也就改了。

有些人天生就有种亲和力，能三言两语就让别人产生好印象，进而结下好人缘，就跟有些人天生就有领袖风范，适合当领头羊一样。这些都是不可复制、不可效仿的能力。

具备这种能力的人，首先长相不能太难看，其次虚无缥缈又不可或缺的气质也很重要。有的人即使不开口说话，也能令旁人如沐春风；有些人不开口说话，却只让人觉得他孤僻冷漠，这就是气质的区别。最后，沟通能力和说话能力也很重要。古往今来，能够在官场上长袖善舞，并最终登上权力巅峰的，没有一个不是善察人心、八面玲珑之人。譬如现在的内阁首辅万安，虽然大家都在私底下喊他“万岁阁老”，讥笑他只会曲意逢迎，磕头喊万岁，但不能否认他很会做人。

唐泛的亲和力显然很不错，就连素来不大瞧得起那些文官的薛凌，也在短短数面之交中，就觉得唐润青确实是个可交之人。

唐泛听了他的话，哈哈一笑：“也好啊，我还没去过诏狱，正好请老薛你帮我带带路，认个熟。万一以后犯了什么罪被丢进来，也免得两眼一抹黑，人生地不熟的！”

薛凌抽了抽嘴角，别人听见“诏狱”二字就脸色大变，唐泛倒是与众不同。

作为诏狱的工作人员，薛凌给出良心建议：“这诏狱好进不好出，等你进去了，想要再出来就难了。别看外头吹得天花乱坠，实际上诏狱比你想象中还要可怕数倍，等你真见着了，这辈子都不会再想进去第二次。”

二人一边说话，一边走进一个屋子。

却见薛凌在迈入屋子的时候，脚下生生一顿，结结巴巴道：“大、大哥！”

屋内正厅，隋总旗大马金刀坐在椅子上，看着两人谈笑风生地走进来，面无表情道：“看来两位很投缘啊。”

薛凌：“……”

唐泛：“……”

薛凌暗暗叫苦，他离开的时候，隋州刚被千户大人找过去说话，随口就吩咐他去请唐泛。薛凌跟着隋州也有不短时间了，自然明白这样的命令并不是非常紧急的，谁知道隋老大会坐在这里等呢？

他忙道：“大哥，唐大人来了，要是没事的话，我就先下去了？”

隋州“嗯”了一声，薛凌如获大赦，忙不迭闪人，临走前还不忘丢给唐泛一个自求多福的眼神。

唐泛轻咳一下：“还未多谢隋总旗赠药，用了三次之后，痕迹全消，十分管用。”

隋州的目光扫过对方衣领上方那抹恢复如初的白皙，说了句“跟我来”，就起身往外走。

唐泛跟在他后头，穿过院落，来到另外一栋房子前面。进去之后又顺着阶梯一路往下走，随着越来越低，周围的温度也要比地面低上许多。

出于常年不见天日的缘故，周围环境十分阴暗，却并不潮湿，两边烛火摇曳，似乎随时有熄灭的可能。

这里静悄悄的，没有人把守。两人踩在台阶上，脚步声空远回荡，令人不由自主也跟着紧张起来。

这地方本来是被用来安放北镇抚司的一些刑具武器，不过现在又多了一具尸体。

为了存放尸体，隋州命人搬过来不少冰块堆积在尸身周围。

硝石制冰起源于唐末，到了明代，制冰技术已经十分发达。每到夏日，小贩们会在街头售卖冷饮冷食，大户人家也会用冰块来消暑纳凉，北镇抚司财大气粗，就更不必说了。

“郑诚？！”当唐泛看见那具尸体时，不掩惊讶，又有些意料之外的惊喜。

这倒不是唐泛心理变态，对郑诚这个纨绔子弟的尸体别有兴趣，而是他本以为东厂起火，郑诚尸身被焚毁殆尽，却没想到隋州早有防备，竟将郑诚尸体转移出来了。

唐泛道：“隋总旗先见之明，唐某佩服得很。”

虽然能想到这一招的人不少，但敢这么做的人实在不多。

如果东厂知道当初自己带走的是一具“假郑诚”，肯定少不了来找隋州的麻烦。

不过以隋州的背景，想来也是不必担心的。

但隋州听了他的夸赞，脸上毫无得意之色：“我们在他身上毫无发现。”

唐泛的视线落在郑诚身上，这个生前拈花惹草、风流成性的纨绔子弟，眼下已经变成一具不言不语的尸体，全身上下的衣服都被剥了精光，静静地躺在这里。出于用冰块降温保存的缘故，尸体呈现出一种诡异的青白色，不过大体上还算完好，并没有腐烂。

实际上在他刚死的那天晚上，唐泛就已经仔细检查过一遍了，当时仵作也说没有什么发现。后来隋州他们检查不出什么也是正常的，要不是因为疑点太多，给他安上一个“纵欲过度，脱阳而死”的死因，也挺合乎情理的。

唐泛在郑诚的尸身上仔仔细细看了一遍，检查程序比那天晚上更为详尽。

隋州见他不避其秽亲自上手，神色不由得微微一动。

随着国朝基础日趋稳固，武官的重要性进一步降低，偌大国家等于是文官集团在治理，这就使得绝大多数像唐泛这样以科举晋身的官员，骨子里天生就有股优越感。他们寒窗苦读数十载，一朝当上父母官，能够不盘剥百姓的，就能称之为好官了，更不要说专精业务，做一行爱一行，把职务当成专业去研究。

隋州之所以惊讶，是因为他见过太多跟唐泛差不多职位的官员，别说亲自上手去检查尸体了，连看到尸体都会皱起眉头，避得远远的。所有工作，都是依赖底下的属官小吏们，更因为自己不熟悉，所以他们说什么也不生疑，导致最后被蒙在鼓里，欺上瞒下的情况尤为严重。

相比之下，唐润青可谓是一名实干型的官员了，先别说他对尸检是否了解，单是这份愿意亲自上手的精神，就足以令人刮目相看了。

那头唐泛已经将尸体再次检查了一遍，连手掌心和脚底都没有放过，他的目光在郑诚身上一寸寸慢慢移动，从肚脐往上，掠过胸口、脖颈、下巴、鼻梁、额头，最终落在头顶。

郑诚死的时候披散着头发，现在却是束成像平时一样的发髻。

他的脸上没有什么明显的外伤，再加上之前揣测的死因，让人更多地将注意力集中在脖子以下，却忽略了头顶。

“他的头发是谁梳的？”唐泛问。

“从武安侯府带回来的时候就是这个样子了。”隋州道。

唐泛没再说什么，他伸手解开郑诚的发髻，将手指插入对方头发间，慢慢地摸索起来。

忽然间，唐泛的手一顿，脸色变得有点古怪。

隋州立时发现了："怎么？"

唐泛："你来摸这里，头顶，百会穴。"

隋州按照他说的伸手过去，摸索片刻，眉头深深锁起。

"百会穴处，略有凹陷。"他道。

唐泛略懂医理，沉吟道："我记得，若针灸百会穴，有醒脑开窍、安神定志之功。"

隋州是学武之人，这方面懂的比唐泛多："因百会穴乃奇经三阳百脉之会，故有此名，重击百会穴能致人重伤昏迷而死。"

唐泛："但事发当夜只有婢女阿林在，她一个弱质女子，郑诚又是清醒状态，不可能会任由她重击而死；再者阿林本身有意勾引郑诚，说明两人关系实属你情我愿，说不得半分勉强，她也没有必要拼死反抗。"

隋州颔首："还有一种情况，不必重击，只要熟谙此穴，以适度的力道日日敲击，被敲击者，一时半会儿不会马上昏迷死亡，但是日久天长，会经脉紊乱破裂致死。"

如此说来，跟郑诚朝夕相处的枕边人，才是最有可能成为凶手的。

唐泛摇摇头："难怪，头顶因为有头发遮蔽，原本就不易发现。郑诚的死因更令人不会马上往这方面去想。"

隋州："你见过郑诚的女眷？"

唐泛："不错，我在来此的路上，还发现了另一件事，正好与你说。"

隋州："嗯？"

唐泛："我刚刚撞到画像上那个去买柴胡的人，也想起来曾在哪里见过了。"

隋州目光一凝。

唐泛："他是武安侯府的人。"

隋州："你确定？"

唐泛颔首："我不会认错，事发当夜，武安侯府一片混乱。当时的人太多，以至于我之前只是觉得眼熟，刚刚再次看到人之后，我才想起来，就是那天晚上在武安侯府的仆役里见过此人。"

这是一个非常重要的发现。

两人离开冰窖，隋州让人去将郑福带过来，唐泛则去净手。

刚才上手摸尸体是工作所需，迫不得已，好洁的唐大人差点没把手洗脱一层皮才罢休。

郑诚的小厮郑福一直是被扣留在北镇抚司的，当下很快就被找过来。锦衣卫虽然以诏狱而闻名，可那是需要一定级别的人才有的待遇，对付这样的小人物，还用不着锦衣卫上诸般手段。只是郑福在郑诚死后，又一直被关着，精神上极度紧张，整个人迅速憔悴下来，跟唐泛最初见到他的那副机灵模样，简直如同两个人似的。

郑福原本看到画像还懵懵懂懂，听唐泛说自己在武安侯府见过此人，便"啊"了一声："小的想起来了，这人确实是在侯府里！"

隋州沉下脸色："你先前怎么不说？"

郑福连连磕头："侯府里人多，小的虽然跟在少爷身边，也未必能认全。再说这人也不算侯府里的，他是过来投奔惠姨娘的娘家远房亲戚，向来住在外院，小的也只是见过一两面……"

隋州："他在府里住了有多久了？"

郑福："约莫有半年了，听少爷说，倒是正经亲戚，那会儿蕙姨娘过来求少爷，说她娘家的人都死绝了，就剩这么一个表叔，希望在侯府里谋个差事，混口饭吃，少爷也就答应了，把这人打发去马厩那边帮忙。少爷很少骑马，出行都是坐轿子，小的也就很少见过这个人，不过听说人还老实，也没惹过什么事，要不是唐大人提醒，小的还真想不起来！"

隋州不再多言，当下就让人将郑福带下去，又命薛凌等人准备前往武安侯府。

一直坐在旁边没吱声，看着他询问郑福的唐泛却忽然开口："且慢！"

这一声，不仅薛凌顿住了脚步，连隋州也望了过来。

唐泛对隋州道："此去的后果，隋总旗可想好了？"

隋州反应再快，听了这句没头没尾的话，也不明白："什么意思？"

唐泛道："郑福这一说，我们就都知道，蕙姨娘那个亲戚会去买柴胡谋害郑诚，肯定跟蕙姨娘脱不开关系。但蕙姨娘一介深宅妇人，连字都不识得，如何知道富阳春里加柴胡能夺人性命，必然是有人在背后教唆筹谋之故，这一牵扯，说不定会扯出武安侯府内的秘密。武安侯郑英虽无实权在身，可毕竟也是靖难功臣之后，此事闹大，对你并无好处。"

隋州脸色一冷："唐大人若是怕，自可随意，我并不勉强。"

薛凌也嚷起来："事情都查到这份儿上了，眼看凶手也要被揪出来了，怎么可能半途而废！我说唐大人，你这胆儿未免太小，也就只能跟潘大人混混了！"

唐泛摇摇头："你们误会了，我不是怕，只是劝你们先想清楚。这事说到底，还是顺天府最初办案不力惹出来的，事后如果有功劳，我绝不与北镇抚司抢，但如果需要担责任，还请算上我一份。"

这话一出，薛凌先是一愣，然后哈哈笑了起来，竖起大拇指："好啊，唐大人你是条汉子，我老薛喜欢！"

之前一碗馄饨，他跟唐泛初步建立了交情，不过这种交情并不牢。此时听了唐泛一番有所担当的话，薛凌才算是对这个斯斯文文的官员有了一丝钦佩。

这年头揽功劳抢功劳的人不少，愿意担责任的却少之又少。

隋州脸色也缓和下来："此事我自有计较，不必担心。"

隋州的背景，之前潘宾已经讲过，既然对方能这么说，那想必是无碍的。

锦衣卫横行霸道惯了，的确也不需要看那些无权勋贵的脸色。

想及此，唐泛点点头，不再多言。

这番话他是一定要讲的，至于别人领不领情，那就是别人的事了。

不过他这种态度，却赢得了隋州和薛凌的好感。

隋州起身："走吧，去武安侯府。"

隋州和唐泛到武安侯府的时候，入目皆是惨白。郑诚的尸身虽然还被扣留在北镇抚司，但是人总归是死了，府里到处挂满白布，连下人们身上也都穿着孝服。

看见他们，武安侯郑英自然没什么好脸色，只是碍于锦衣卫的名头，不得不强打精神来应付："不知几位到舍下，有何贵干？"

隋州也不跟他寒暄，直接就道："侯爷，我们想见蕙娘。"

武安侯一愣，很快反应过来："她与我儿之死有关？"

隋州："只是办案所需，尚未能下此定论。"

武安侯也没有多说废话，当即就让人将蕙娘带过来。

事发当晚，唐泛跟着潘宾来到武安侯府的时候，就已经见过郑诚的那一妻三妾。

郑孙氏贤惠，但因为姿色一般，不讨郑诚的喜欢，夫妻俩很少同房。

长妾婉娘进门早，性子老实，但色衰爱弛，郑诚死前也已经很少踏足她的小院了。

玉娘是新纳不久的妾室，绮颜玉貌，正是千娇百媚的年纪，府里就是她最受郑诚喜爱。不过家花比不上野花香，郑诚时不时还要往外发展一下，她虽然受宠，却并不是独宠。

唯独蕙娘，曾经比玉娘还要受宠，听说郑诚为了她，送了不少珠宝行头讨其欢心，但随着新人进门，蕙娘的地位渐渐不保。唐泛想起那天晚上四个女人对于郑诚死讯的不同反应，蕙娘哭得最是大声，乍一看也是最为伤心，但现在仔细回想，正因为反应过大，未免有些失之真实了。

蕙娘很快就被带过来了。

俗话说想要俏，一身孝，穿着素白孝服的蕙娘确实楚楚动人，可惜唐泛和隋州两人都没有心思欣赏。

隋州直接就让薛凌将那张画像展示出来："你可认得此人？"

蕙娘看了看："认得，他是小妇人的表叔。"

薛凌："人在何处？"

蕙娘泪盈于睫，一脸伤心："回大人的话，我那表叔三日前出门的时候不慎被马车撞了，当时人就不行了，如今已经下葬了呢！"

薛凌冷笑："哪有那么巧的事情，我们这边来找人，你那边就刚好出了事？"

蕙娘："千真万确，我那远房表叔是府中下人，不敢惊动侯爷。但此事管家是知晓的，大人若不信，可找他来对质！"

薛凌："无妨，我们现在要找的也不是你表叔，而是你。三元堂和仁心堂的掌柜已经指认，你那表叔曾经到他们药铺里购买了大量的柴胡，是也不是？"

蕙娘："大人这话问得好没来由，我表叔去买药，怎会事先告知与我，又与我何干？"

薛凌："富阳春出自古方，虽然对身体无益，但也不至于短短几个月就置人于死地。却正是你指使你表叔在药丸里额外加入柴胡这味药，才使得郑诚暴病而亡，假似脱阳之症！"

蕙娘："小妇人冤枉……"

她的冤还没喊完，就被旁边的尖声怒喝打断了。原来是武安侯夫人忍不住冲上去，狠狠甩了蕙娘一巴掌！

"你这贱人，还敢狡辩，你表叔跟诚儿无冤无仇，又根本没机会接近他，怎么会去谋害他！证据确凿，不是你还会是谁，我早就看出你不安于室，没想到你竟然敢谋害诚儿，贱人！”

武安侯夫人刘氏出身书香世家，上次唐泛见到她的时候，她虽然对儿子的死伤心欲绝，但起码还保持了克制和冷静。但眼下看到可能的凶手近在咫尺，自然再也忍不住了。

蕙娘“啊”了一声，捂着脸颊往旁边躲：“侯爷救命，侯爷救命，我冤枉啊！”

刘氏见她还敢躲闪，越发怒火高炽，扑上去还想打，场面顿时乱成一团。

隋州看着这一团混乱，冷冷道：“侯爷是想让我们看猴戏不成？”

虽说蕙娘嫌疑最大，但她毕竟是侯府女眷，还有侯爷夫人在，男女有别，锦衣卫不好插手。

武安侯深吸了口气，大吼一声：“还不住手！你们都是死人吗？把夫人搀扶到一边，将蕙娘拿住！”

他这一发话，婢女嬷嬷们一拥而上，总算将两人拉开了。

武安侯夫人喘着粗气，虽然被人搀扶开来，可盯着蕙娘的眼睛仍旧充满怨毒和愤恨，让蕙娘禁不住打了个寒战，连哭声也小了下来。

隋州看着蕙娘哭得梨花带雨的模样，脸上没有一丝动容：“你要自己招，还是到北镇抚司再招？”

蕙娘还没反应过来，唐泛道：“你本是深宅妇人，又不识字，更勿论精通医理，哪来的胆略谋害郑诚？必是有人在你背后唆使。若是你肯从实招来，指不定还能免了死罪，若是一味为你背后之人隐瞒，到时候他没事，你却要受苦。大明律早已言明，杀人者斩。你抵死不认罪，免不了还要到北镇抚司走一遭，水火刀枪，鞭笞剐指，样样能让你求生不得，求死不能，届时你就是想死，只怕也没那么便宜了。”

他的话轻飘飘，不带一丝烟火气，蕙娘却听得上下牙齿直打战。锦衣卫的手段，谁人没有听说过，蕙娘仿佛已经看见自己在诏狱里头浑身是血的模样了。

事实上，诏狱可不是她想进就能进的，能进诏狱的那都是钦命要犯，死在里头说不定还能千古留名。像蕙娘这种身份，充其量也就是去顺天府大牢，诏狱还不稀罕收留她。

隋州瞟了唐泛一眼，对后者拿诏狱来吓唬蕙娘的做法不置可否。

唐泛：“隋总旗，我听说北镇抚司里头有一种刑罚，叫雨浇梅花。是将犯人按住手脚，然后用蘸过水的薄纸盖在他脸上，一层加一层，层层相叠，犯人一开始还没什么感觉，但慢慢就会觉得难以呼吸，吸过水的纸张紧紧贴在他脸上，将他的口鼻都掩住，使其无法呼吸，犯人就会在这种煎熬中慢慢窒息而死，是不是？”

隋州面无表情，缓缓地点一点头：“嗯，对。”

一旁的薛凌抽了抽眼角：咱们北镇抚司什么时候有这种娘娘腔的刑罚了，那不是东厂那帮死太监的发明吗？

蕙娘感同身受，随着唐泛的生动形容，只觉得自己的脸上像是被无形的湿纸一层加一层地覆盖上去，连呼吸也变得困难起来，什么雨浇梅花，这分明是将人慢慢折磨致死！

“我招！我招！人不是我杀的！是郑志！是郑志叫我这么做的！”她终于崩溃地大喊起来。

武安侯大喊一声：“住口！你这贱人，你知道你在说什么吗？”

蕙娘：“我没有！我没有！郑诚不是我杀的，表叔也不是我杀的，都是郑志！是他让我把那张方子给郑诚，然后又让我表叔去买通药铺伙计，把柴胡加进去的！对了，还有那个药铺伙计！那也是郑志让人灭口的，不是我，我什么都不知道！”

武安侯：“闭嘴！”

刘氏冷冷出声：“闭嘴什么，让她继续说！”

武安侯怒道：“还有什么好说的？这贱人随口攀咬，胡乱牵扯，要把府里所有人都拖下水她才甘心吗！”

刘氏冷笑：“分明是你怕她招出什么不该说的人，才急吼吼地想要她闭嘴吧！”

武安侯气急败坏：“我何曾有过这样的心思？你还嫌不够乱吗！”

眼看着这对夫妻争执起来，隋州视若无睹，对武安侯道：“烦请侯爷将郑二公子请过来。”

武安侯不得不中止跟刘氏的争吵，恶狠狠地瞪着蕙娘，嘴唇张张合合，最终迸出几个字：“去把郑志带过来！”

下人连忙领命而去。

郑志很快就过来了，跟他一起过来的还有一个中年美妇。

唐泛见过她，事发当晚，武安侯府的女眷都在，他依稀记得这女人是武安侯的妾室。

郑志行礼道："孩儿见过父亲、母亲，不知这两位是……"

他的视线落在隋州和唐泛身上，案发当夜，他并没有出现在现场，自然也不认得唐泛他们。

郑志的相貌与身旁那个中年美妇有六七分相似，平添了几分阴柔，但言行举止文质彬彬。光从这一点上，郑诚就没法跟他相比。

世子还未册封，名分未定，次子却比长子更加优秀，武安侯心里肯定会有挣扎。

这一挣扎，心中难免就有倾斜，一碗水也就很难端平。

纷争由此而起。

武安侯绷着脸："这两位是顺天府的唐大人和北镇抚司的隋大人，为了你兄长的案子来问话的。我问你，你兄长之死，是否与你有关？"

郑志大吃一惊："父亲这话是要冤杀孩儿不成，孩儿怎会兄弟阋墙，谋害兄长？！"

他虽然做足了戏，可唐泛没有漏看他刚才下意识地望向蕙娘的那一眼。

隋州："郑二公子，蕙娘现在指认你唆使她下药谋害郑诚，又为了灭口，杀了她表叔，可有此事？"

郑志断然道："万万没有此事！"

蕙娘痛哭："你这杀千刀的，明明是你让我做的。你还说等那死鬼死了，就将我要过去的！"

郑志怒道："你这妇人是得了失心疯不成，你是我大哥的妾室，我如何会和你有牵连？"

中年美妇尖叫一声："我让你这小贱蹄子胡乱攀咬！"便扑上去要扇蕙娘的耳光。

方才武安侯夫人刘氏也这么做，薛凌不好插手，眼下一个妾室，薛凌直接上前将她推开："锦衣卫在此，安敢放肆！"

中年美妇被推得跌倒在地，脸色青青白白，想要发火又不敢，索性腰身一扭，扑向武安侯，抱住他的大腿泣道："侯爷，您可要为我们母子做主啊！"

武安侯一个头两个大，连忙拉住她："起来，起来，成何体统！"

话虽如此，语气毕竟要比刚才对刘氏说话来得温和许多。

刘氏冷眼旁观，一言不发。

面对如此混乱的场面，亏得唐泛与隋州二人还能面色如常。

唐泛道："蕙娘，你指认郑志，可有证据？"

蕙娘瞠目结舌，无言以对。

中年美妇指桑骂槐："好啊，你说不出来了，是不是？阿志明明是清白的，如何会谋害兄长？是不是有人看着大公子死了，不满阿志会成为世子，所以指使你诬陷阿志的？说！"

在这一连串叫骂声中，蕙娘却陡然叫了起来："我有证据！我有证据！"

她实在是被唐泛刚才的描述吓破胆了，不管是北镇抚司的诏狱还是那个劳什子"雨浇梅花"，她通通都不想尝试。

隋州："说。"

蕙娘咬咬牙："郑二公子臀上有个红色的胎记，有半个巴掌那么大，是梅花形状的！"

此言一出，中年美妇的叫骂声也戛然而止。

男女有别，脸上、手上的胎记都还好说，这屁股上的胎记，除非是极为亲近之人，否则又怎会知晓？

蕙娘是郑诚的妾室，郑志却是郑诚的弟弟，两人本该八竿子打不着的，现在蕙娘却知道郑志屁股上有块胎记，这说明了什么？

隋州望向脸色大变的郑志："可有此事？"

郑志没有回答，隋州也不需要他回答了，直接挥挥手："将他押下，带回北镇抚司！"

又指着蕙娘："你也一并走，念在方才坦白从宽，可令一婢女随行。"

中年美妇大哭出声，扑上来紧紧抱住儿子，不让任何人靠近。

她这一哭，旁人拉的拉，劝的劝，场面又混乱起来。

"慢着！"武安侯出声，"隋大人，这里是我武安侯府，郑志是武安侯府的人，怎能容你说带走就带走！"

隋州："侯爷，令公子若是查明无罪，最后自然会将其释放。"

武安侯怒道："隋州，你别拿着鸡毛当令箭！陛下让你查案，不是让你把我武安侯府一锅端了？你这是想做什么？我要上表弹劾你！"

隋州不为所动："下官职责所在，侯爷请便。"

武安侯气歪了鼻子，正想说话，却听武安侯夫人刘氏道："隋大人只管秉公办案，有事我担着！”

“你！你敢！”武安侯指着刘氏，气得说不出一句完整的话来。

“我怎么不敢？这武安侯府难道我就没份了？”刘氏看着他，目光冰冷，如视仇敌，“别忘了，我是你明媒正娶的夫人，同样是经过朝廷册封，有品有级的，这武安侯府，我也同样有主事的权利！”

武安侯：“诚儿都已经死了，逝者已矣。你想闹得全府上下不得安宁不成，这样对你有什么好处！”

刘氏冷冷一笑：“郑诚是我的亲生儿子，也是侯爷的亲生儿子，但在侯爷眼里，郑诚这个嫡长子还比不上贱人生的郑志。既然他爹不争气，那就只有让他娘来帮他讨回公道了！”

中年美妇哀哀哭泣，跪倒在她跟前：“姐姐，姐姐，一切都是我的过错，您就饶了阿志吧，他是个好孩子呀！往后您让我做什么，我都从的！姐姐，我求求你了！”

女人被逼到了极点往往都很彪悍，刘氏直接揪起她的衣襟，啪啪啪，甩了好几巴掌，连带手上长长的指甲，瞬间在中年美妇白皙滑嫩的脸颊上划下几道长长的血痕，又狠狠掐住她的脖子。

“贱人，我忍你够久了，还我儿子的命来！”

中年美妇大声尖叫，郑志也大喊起来：“父亲！爹！爹！救我！我不要跟他们走！”

他的挣扎对于锦衣卫来说是无济于事的，隋州一个眼神，人就被押着往外走了。

蕙娘因为刚刚的指认，待遇好一点，还能有个婢女搀扶着。不过身后同样也有锦衣卫虎视眈眈，容不得她逃跑。

唐泛与隋州一道离开武安侯府，身后场面混乱，喧嚣不休，却与他们无关了。

“你这贱人！你不得好死！”郑志大声叫骂，他虽然被押着，却恨不得扑上去咬死蕙娘。

眼下的他，已经全无之前刚出场时的风度了。

隋州皱了皱眉头：“少冰。”

“郑二公子，得罪了！”薛凌会意，直接将一条帕子塞进郑志的嘴巴里。

世界清静了。

事情出乎意料地顺利，一进镇抚司，还没等如何用刑，郑志就什么都招了。

他所招供的，与蕙娘所讲的出入不大。

武安侯虽然没有实权，但抵不住是个世袭的侯爵，诱惑依旧很大。现任武安侯与正室刘氏感情不和，反倒宠爱美妾与美妾所生的郑志，不止一次在美妾面前表现出对长子的怒其不争。次数一多，郑志自然也就上了心，再加上郑诚原本就是个纨绔子弟，郑志自然会想：大明又没有规定庶子不能继承爵位，凭什么因为我比他晚生两年，就要将爵位拱手相让?

郑诚是个很混账的人，而且因为他夜夜笙歌，亏空了身体，使得子嗣艰难，至今也没能生出个儿子来。于是郑志就通过勾搭蕙娘，唆使她去给郑诚送了富阳春的方子，又通过蕙娘的表叔，在药方里多加了一味柴胡。

蕙娘原先受宠过，后来郑诚喜新厌旧，她心里自然有愤恨不满，这种情况下郑志很容易就说通了她。

根据郑志所说，他原本也没打算谋害兄长，只是想让郑诚毁掉身体，彻底生不出儿子。因为柴胡会使得富阳春的药性加大，很容易令人元阳下脱，这样一来爵位自然就落在郑志头上，谁知道没掌握好药量，所以郑诚的死纯属意料之外。

不管如此，罪证确凿，郑志认罪，武安侯就是再想给儿子辩解也没用。武安侯夫人刘氏的娘家势力还在，她自然不会善罢甘休，两人将官司闹到了御前。隋州这边也将证据和供词一一呈上，内阁原本是票拟郑志死罪的，但皇帝抵不过武安侯的苦苦哀求，最后将死罪改成活罪，郑志被发配口外为民，勒令终生不得返京。

案件到了此处，总算告一段落。隋州在上奏的时候，顺带也提了顺天府一笔，说他们协助办案，从中出力不小。

可别小看这一笔，自永乐之后，内阁地位逐渐上升，到了本朝，皇帝不太爱干活，内阁宰辅们就几乎等同宰相，与皇帝分权。

隋州因为有位当过兵部尚书兼且门生故旧遍布朝野的叔祖，内阁那边对他的印象素来还不错。而且因为与周太后的关系，他在皇帝面前也很能说得上话，有了这两边的关系，隋州一句话比别人十句话还要管用，顺天府的责任最后也就不了了之了。

人逢喜事精神爽，潘宾不用被罢官，不用被扣工资贬往外地，只是被轻飘飘申饬一顿，如清风过耳，什么事也没有，当然很高兴。一反前些日子的忐忑，他将唐泛找了过去，道："润青啊，多亏了你，这桩案子才能告破，咱们顺天府才没有被继续追究责任！"

唐泛道："这是陛下仁慈，也是隋总旗讲义气，与润青无关，下官不敢居功！"

潘宾对他这种谦虚谨慎的态度很是满意，点点头，捋着胡须，笑容满面："你也不必太过谦虚了，这桩案子你毕竟是有参与的，我听说隋州的奏疏里也提到你了，这份功劳你还是当得的！本府公私分明，有功当赏，有罪当罚，你既然有功，说吧，你想要什么？"

魏玉坐在旁边，也跟着笑道："此番武安侯府案告破，润青跟着东奔西走，确实辛苦了！"

唐泛还是很谦虚："下官没什么想要的，大人谬赞了！"

潘宾一拍大腿："这样吧，上回咱们不是在外面打赌吗？我还欠你一碗肉臊汤面呢，择日不如撞日，等会下了衙，本府请你吃面！"

唐泛："……"

虽然他知道这位潘师兄有点小气，不过能小气成这样，也实在是让人开了眼界。

唐泛无奈地看了想笑又不敢笑的魏玉一眼，露出欣喜的笑容："那就多谢大人了！"

魏玉握拳连咳了两声："大人，不知道下官有没有这个福气，也尝一尝大人请的汤面？"

潘宾看了他一眼："玄璋啊，这就是你的不对了。说起来，你来顺天府的时间还比润青晚呢，我们俩可都还没尝过你的升官酒呢！"

魏玉很郁闷，躺着也中枪。他不过是顺嘴讨一碗汤面吃，结果怎么就变成欠下一顿酒席了，这位府台大人也太会就坡下驴了！

"自然，自然，大人和润青若是愿意赏光，咱们今日就去！"

潘宾："那就不去润青说的那个汤面摊子了？"

魏玉："不去了，不去了，升官酒自然要去仙客楼喝，我这就让人去订位子！"

唐泛看着魏玉一脸吃了苍蝇的样子，笑得都快内伤了。

第四章

峰回路转

三人在官衙里都备置着常服，等下了衙，换上常服，就往仙客楼而去。

潘宾、魏玉和唐泛三人都是科举晋身的官员，潘宾是唐泛的师兄，魏玉则是成化八年的进士，细论起来，大家都有不少共同话题。潘宾虽然平日里很喜欢摆架子，人也有点小气爱计较，但不仅是魏玉和唐泛的上官，而且作为官场前辈，也比两人多了不少经验，指点教导绰绰有余，是以这顿饭，大家言笑晏晏，宾主尽欢。

等他们从酒楼里出来的时候，时间还早，不过酉时过半，还未夜禁。

潘宾和魏玉早有家人等候在包间外头，护送二人回去。唐泛一个人住，既无家丁也不需要小厮，眼看天色还不晚，在将两人送出酒楼之后，就自个儿走路回家了。

古代房价也不便宜，尤其是京城的房价，寸土寸金，皇帝又小气，自太祖皇帝起，每年也发不了几个俸禄。许多外地来京城上任的官员买不起房子，品级又还没达到朝廷赐宅的地步，只能像唐泛一样成为北漂一族——租宅子住；有的官员更惨一点，甚至只能借住在同僚家中，说起来都是一把辛酸泪。

唐泛租住的那地方，交通便利，离官署也不远。要不是因为那个院落是李家人怕闹鬼而隔出来的小地方，没法举家迁入，也轮不到唐泛这种单身汉了。

傍晚的京城晚霞满天，叫卖小食糕点的，喊孩子回家吃饭的，相熟的人互相打招呼聊天的，热闹喧嚣，别有一股生活化的市井气息。

唐泛走入柳叶胡同的时候，正巧看见李家婢女阿夏从李家门口走出来，准备去敲他的门。

唐泛：“阿夏？”

阿夏回过头，惊喜道：“唐大人，你刚回来吗？”

唐泛笑道：“是啊，刚从外头回来，你这是……”

阿夏：“今日是大暑，我家太太命人做了一些糕点，让我送来给唐大人。”

唐泛：“何须如此客气，我刚用完饭。阿夏姑娘还是送回去吧，代我谢谢你家主母了。”

阿夏急了：“若是唐大人不肯收，我回去怎好交代？若是唐大人要推辞，还是亲自与我家主母说吧！”

她每次都来这招，唐泛确实也不好拒绝，他一个大男人，就算与李家有些交情，也不好动辄就去见人家的主母，毕竟男主人不在。李家眼下除了一个十二三岁的少年之外，全都是老弱妇孺，还是要尽量避嫌，阿夏是下人，才没什么忌讳。

唐泛开了门请她进去，又见她眉眼之间郁郁寡欢，便问道：“阿夏姑娘你没事吧？”

李家太太有什么东西需要送的时候，基本都是差遣阿夏过来的，几回下来，彼此熟稔。阿夏心情不好，也正需要排遣，见他询问，就压低了声音道：“这几日，太太收到老爷从外面捎回来的信，说是老爷在外头行商的时候，纳了一房外室，而且那女人还有了身孕，太太正为了这件事情不高兴呢。我们这些当下人的自然也要小心翼翼，只希望太太能够自己想得开啦！”

对这种内宅私事，唐泛兴趣不大，不过他仍是安慰阿夏：“你在你家主母面前很能说得上话，多劝慰几句也就罢了，日子还是照样要过的。”

阿夏的神色好了一些，她看了自己带来的那个篮子，脸颊忽而染上一抹羞色：“天气热，糕点放久了不好，还请唐大人早些吃掉吧，阿夏就先告辞了。”

“阿夏姑娘！”唐泛喊住她。

阿夏回转过身：“唐大人还有何事？”

唐泛：“这篮糕点，不是你家主母让你送来的吧？”

阿夏：“大人何出此言，若不是太太让我送来，我怎敢擅自做主呢？”

唐泛：“姑娘的好意，我心领了，只是这篮糕点，还请你带回去吧！”

阿夏快要急哭了，不得不吐露了实情：“唐大人不要误会，糕点真是太太让我送的。我只是，我只是在里头多放了一个荷包！”

唐泛伸手在篮子里找了一会儿，果然在糕点下面找到一个粉色的荷包，上头绣着芍药，看得出绣工不错，不由得有些哭笑不得。

少女送荷包，内涵不言自明。只是阿夏也不想想，唐泛何许人也，顺天府推官，眼力都要比别人锐利几分，她方才躲躲闪闪的眼神，肯定是瞒不过唐泛的。

阿夏低着头：“这荷包是我擅自放进去的，若大人不弃，我愿、愿给大人当一扫雪奉茶的婢女，日日侍奉左右。”

她终于鼓起勇气表白心迹，说到最后，双颊已经红成一团，头快要垂到胸口，看也不敢看唐泛一眼了。

唐泛沉默片刻：“多谢阿夏姑娘的好意，糕点我收下了，但荷包还请姑娘收回去，以后也请姑娘不必再来了。”

阿夏抬起头，红了眼眶：“大人可是觉得我太不要脸，自荐枕席，瞧不上我这微贱之躯？”

唐泛摇摇头：“我只是一个穷当官的，身无长物，又无恒产，俸禄也就堪堪养活自己而已，实在不值得阿夏姑娘对我如此真心。阿夏姑娘如此品貌，将来定能找到一个更好的归宿。”

阿夏：“唐大人就不必哄我了，我这样的出身，又能找到什么好归宿？您若肯收留我，阿夏就是当个打扫灶下的侍婢也愿意！我、我对大人的倾慕之心，日月可鉴！”

唐泛道：“阿夏姑娘，今日之事，我不会对任何人说，荷包请你收回吧，我要歇息了。”

阿夏见他不为所动，甚至不曾过来扶自己一把，就知道再待下去也无用。她拭了拭眼泪站起身：“都是阿夏无状，冲撞了大人，还请大人海涵。”

唐泛道：“无妨，阿夏姑娘不必多礼。”

阿夏行了个礼，手里捏着那个荷包，心中觉得失望又丢脸，也顾不上再客套几句，便低着头转身离开。

阿夏明白以自己的出身，绝对是配不上唐泛的，但是正妻当不了，当个侍奉的婢女总是可以的。她也不求唐泛能纳她为正经妾室，但凡能有一二温柔，阿夏就心满意足了。

可即便是要求如此之低，唐泛也都不要。

她伤心不已，觉得再没有脸留下来，开了门便匆匆往外走。哪知前面居然站了个人，要不是她闪得快，几乎就要一头栽上去了。

阿夏惶然抬起头，定睛一看，发现这人还挺眼熟，正是上次来找过唐泛的锦衣卫。

她一时没反应过来，只顾愣愣地看着对方。

对方却看也没看她一眼，抬手就去敲门。

阿夏疑心自己方才在院子里与唐泛说的话都被这人听去了，不由得又羞又恼，加快了脚步，带着几分落荒而逃回到隔壁李家。

那头唐泛送走了人，又去看那个篮子。

刚才阿夏在，他要保持风度，现在人走了，自然就没有顾忌了。

李家厨子的手艺水平唐泛也是品尝过的，这会儿看到里头的茯苓糕和酸梅汁凉拌山药，便将那碟凉拌山药拿出来，拈起一块放到嘴里。

山药是切成条状之后冰镇过的，然后再淋上酸梅汁，酸甜清脆，既消食又爽口。

吃完一块，一个没忍住，又拿了一块。

唐大人喜滋滋地将篮子提起来，准备拿到房间里头去享用。

外头传来敲门声。

唐泛以为是阿夏去而复返，皱了皱眉。他实在不想给那个少女任何可能引发误会的遐思，只好放下篮子，走了过去，准备直接给门上闩。

结果就在这个时候，外头的人似乎等得有点不耐烦，直接把门推开了。

嘴里还叼着凉拌山药的唐泛："……"

隋州站在外头。

唐泛松了口气："是隋总旗啊，快请进吧！"

他看了隋州的身后一眼，很好，没有人了。

"隋总旗用过晚饭了吗？可要来一点？"唐大人慷他人之慨，很是大方。

夜里清凉，隐隐还能闻到山药的清香，隋州看了他一眼，也捧场地拿起一块山药。

咬了一口，他点点头："不错。"

唐泛哈哈一笑："隔壁厨子做点心的手艺可比仙客楼的厨子还要好上几分，隋总旗还请入内，这点心还得配茶来喝才好！"

隋州上次也来找过唐泛，却没有进屋，只在院子里坐，此时见里里外外别无旁人，就问："唐大人一个人住？"

唐泛烧水泡茶，自我调侃道："是啊，我是一人吃饱，全家不饿。这里有些简陋，也没有备上上好茶具，平日都是我一个人在喝，还请隋总旗不要嫌弃，不过茶叶倒还可以，虽然无名，却是山上野茶树上采摘的，来，尝尝！"

隋州拿起一杯热茶，先闻了闻茶香，又浅浅尝了一口，微微颔首："苦而不涩，是好茶。"

唐泛笑道："这次多亏了你的奏疏，才令内阁对顺天府的责任轻轻放下，我还未向隋总旗道谢，改日得空，还请赏光让我请吃饭才是！"

隋州："广川。"

唐泛一愣："嗯？"

隋州："我表字广川。"

唐泛会意："既然如此，你也不必口口声声叫我唐大人了，喊我润青便可。"

隋州点头。

唐泛："我眼下虽然高你半品，可以你的能力，平步青云只是迟早的事情而已。这次顺天府能够免责，多赖你从中出力，潘大人也托我向你表示感谢。"

隋州不置可否："若没有你，潘宾也只是一介庸官，本该降职贬谪的。"

唐泛一笑："潘大人其实能力不差，只是在官场待久了，考虑事情难免多了一些顾虑，说不定过几年，我也会如同他一般。"

他话锋一转："不过话说回来，我总觉得，此案仍未算了结。"

隋州："百会穴。"

跟聪明人说话就是省心，唐泛点头："不错，郑志和蕙娘虽然认罪，但此案还有一个疑点，郑诚百会穴上的凹陷之处仍旧没有合理的解释。"

隋州："我盘问过蕙娘，她并不知道郑诚身上有这一处伤口。根据她的交代，郑诚已经许久没有进过她的房间了，这点侯府其他人也可以做证。"

唐泛："我们之前已经讨论过，一个人不可能在清醒的状态下被人敲击百会穴而不自知。所以这个人跟郑诚的关系必然亲近，起码要有一段时间与他同床共枕过，根据这个条件，蕙娘并不符合，郑志就更加不可能了。"

隋州："你心中可有人选？"

唐泛："符合这个条件的人不多，但也不少。武安侯府里，郑诚的妾室玉娘就是其一，听郑福说，郑诚外头还有外室，他最近也常上青楼，所以这些都是可疑的人选。”

隋州皱了皱眉：“但那些人都没有合适的动机，说来说去，还是那个玉娘的嫌疑最大。可惜锦衣卫的人手已经从武安侯府那里撤走了，若是有必要，我再让人去盯梢。”

唐泛笑道：“暂时不需要，顺天府的人手虽然不如你们北镇抚司多，不过有些时候还是能派上用场的。早在案件重新调查的时候，我便已经安排了人手下去，且稍待时日，说不定很快就有消息。”

隋州见他说得笃定，也就不再多问，直接吃茶用点心。

隋州虽然寡言，但不是完全不说话。他在北镇抚司待的时间比唐泛当推官要长得多，更参与过不少案件，在这方面，他的一些经验更值得唐泛借鉴学习，是以一问一答，倒也觉得时间飞快。

闲聊间，一盘茯苓糕和一碟凉拌山药不知不觉就见底了。

两人不约而同地伸向最后一块茯苓糕。

身为主人总不好跟客人抢，唐泛依依不舍地缩回手，看了那块可爱的茯苓糕一眼。

那眼神缠绵得就跟刚刚阿夏姑娘看他一样。

隋州：“……”

却说阿夏心事重重地回到李家主母居住的院落，正巧阿春掀了帘子从里头走出来，看见她便嗔道：“你怎么送个点心也那么久？太太正等着你回话呢！”

李家太太姓张，年过四旬，保养得也还可以，起码比起普遍早衰的同龄人来说已经不错了，可脸上眼角难以避免还是爬上了许多皱纹，身体微微发福，面目倒是慈祥，见了阿夏走进来，就笑问：“点心送过去了？”

阿夏福了福身：“是，唐大人很欢喜，说太太费心了，让我谢谢您。”

张氏笑道：“唐大人也帮了我们不少，我们平日只是送些吃食，又怎么算得上费心？阿夏，你过来，我有话与你说。”

阿夏忙走过去，见张氏一直看着自己，有些惴惴不安，低声道：“太太有何吩咐？”

张氏噙着笑：“别紧张，我问你，你是不是对隔壁唐大人心怀倾慕之意？”

阿夏心头一跳，结结巴巴道：“太……太太？”

张氏：“你老实说便是了，我总不会害你的，是或不是？”

阿夏声如蚊蚋："是……"

张氏笑道："这便好，唐大人单身在京城为官，身边也没有个知冷知热的人照顾着。你如今也十七了，早该成亲嫁人了，我知道你对唐大人有意，不过以你的身份，想要嫁与他当正妻怕是有些勉强，若是为妾，应当就没什么问题。不过你生得好，这些年跟在我身边也学了不少，若将卖身契放还给你，你出去嫁个小户人家做当家奶奶，也是够格的。我不知道你的想法，是以将你唤来问一问，你是愿意伺候唐大人呢，还是愿意出去嫁人？"

阿夏想起自己方才被拒绝的事情，脸色涨红道："婢子，婢子方才没羞没臊，已经主动向唐大人表明了心迹！"

张氏吃了一惊："你这丫头，有什么好害臊的？男大当婚，女大当嫁。你自幼便是我看着长大的，不光是你，还有阿春、阿秋她们，我都是乐见你们找到一个好归宿的，快快起来，唐大人是怎么说的？"

阿夏跪了下来，强忍的泪水流了出来，抱住张氏的腿泣道："太太，唐大人看不上我，我……我不活了！"

张氏将她扶起来："一点回旋的余地都没有吗？唐大人是如何说的？"

阿夏抽抽噎噎，将方才经过都说了一遍。

张氏听罢，叹了口气："看来唐大人是真没有那想法，照理说以你的品貌，唐大人本不该不愿意的。但世间男人，并非所有都是贪财好色之徒，总有例外的。也罢，我会为你另觅良缘的，这府里头有哪个你看中了，也由得你挑吧！"

阿夏低声道："婢子无状，斗胆恳求太太出面，帮我在唐大人面前说，说上一二……"

张氏摇摇头："这真是前世的冤孽，罢了罢了，听说这几日唐大人早出晚归，忙碌得很，待过了这阵子，我便让人将他请过来吧。"

阿夏破涕为笑："婢子多谢太太，您的大恩大德，阿夏一辈子都记得！"

一双小脚轻轻地踩在绣楼的走廊上。

繁丽精致的裙摆本已将脚密密实实地盖住，又出于走路的缘故，裙摆轻轻摇荡，不时露出下面的绣鞋，诱人遐思。

仿佛她脚下踩的不是台阶，而是云朵。

她在一扇门前停了下来，举手敲门。

"谁？"里头传来声音。

“鲁妈妈，是我。”她道，声音轻轻柔柔，带着一股江南女儿家的绵软，便是生气听上去也像在撒娇，寻常男人听了，骨头也要酥上半边。

里面的人并没有像寻常一样立马过来开门，然后笑容满面，而是窸窸窣窣，过了好一会儿，才道：“等等，来了！”

隔着窗棂的糊纸，隐约看到人影由远及近，然后咿呀一声打开门：“是清姿啊，快进来！”

清姿奇怪道：“妈妈这是生病了？脸色有些不好看呢。”

老鸨勉强一笑：“没有的事，来，进来坐吧！”

她又探头朝外面喊：“小六子，上茶！”

清姿阻止了她：“不用麻烦了，鲁妈妈。这次来，我有件事想和你商量。”

老鸨哎哟一声：“有事就说嘛，干吗那么严肃？平常你有哪件事我没答应你的，说吧说吧！”

清姿斟酌片刻，似乎终于下定决心：“我要自赎。”

老鸨菊花般的笑容消失了：“你说什么？”

清姿叹了口气，语调却更为坚定：“我要自赎。”

老鸨再也没了之前的淡定，一蹦三尺高：“不行，我不同意！”

清姿定定地看着她：“鲁妈妈，之前我们说好的，若是我能凑足五千两，便让我赎身的。”她从怀中摸出一张票据，“这是五千两的银票，汇通钱庄开的，如假包换。”

老鸨缓和了语气：“清姿啊，别说妈妈言而无信，妈妈也不知道你从哪个公子哥手里拿到的这五千两，只是五千两不是小数目，这笔钱对你来说已经是全部了吧，你都拿了出来，往后就算赎了身，又要靠什么生活，还不如多待几年。

“再说了，我见过不少姑娘，从这欢意楼出去之后，很快就把银钱花光了，还不得重操旧业？但到时候身价就降了许多，就算重新出来挂牌，也卖不到原来那种身价了。清姿啊，鲁妈妈可不会坑你，与其自己给自己赎身，还不如嫁给哪位对你有意的公子当妾室，那样才是正正经经的日子呢！”

清姿：“鲁妈妈，来青楼的男人能有几个是好的？这话你何必拿来哄我呢？我如今已经十九了，再做也做不了几年了，我们相处这么久，没有情分也有缘分，鲁妈妈何必扣着我不放呢？就让我去过几天清清静静的日子不行吗？”

老鸨见她十分坚决，脸色变得很难看，嘴唇翕动两下，似乎想要放什么狠话，但眼珠子转了转，最终还是换上一副笑脸：“罢了罢了，既然话已经说到这份儿上，妈妈我也没什么好说的，但你自小就跟着我，我总怕你在外面吃苦受罪。这样吧，五千两我只收四千两，其余那一千两，你自个儿留着，以备不时之需。”

清姿大感意外，万万没想到平日嗜钱如命的鲁妈妈竟然如此好说话，不仅肯轻易放她走人，还肯退还自己的钱。她也有些感动，朝老鸨福了福身：“这么多年来，有赖妈妈的教导，清姿感激不尽，无以回报，这五千两，妈妈还请收下吧。清姿还有些小体己，一时半会儿也饿不死的。”

“清姿啊，”老鸨拉着她的手坐下来，压低了声音，“你老实告诉妈妈，这银票是不是先前郑公子给你的？如今他人已经死了，听说事情还闹得很大，这些钱不会惹什么麻烦吧？”

清姿：“鲁妈妈，你想到哪儿去了？这些银子不是郑公子给我的，他一个纨绔子弟，就算手头有些花用，也不可能一口气就拿出五千两帮我赎身，这些钱都是正经来路，妈妈不必担心。”

老鸨：“你不与我说个明白，我心里总是七上八下的，要知道郑公子死的前一天可是歇在我们欢意楼的，这事说起来就不清不楚。万一那些贵人要是想做点什么文章，拿我们开刀，也是轻而易举的。”

清姿：“这案子不是结案了吗？据说凶手是武安侯府的二公子，对方跟郑公子的姨娘勾结起来，暗害郑公子，与我们又有什么关系？”

老鸨强笑：“话虽这样说，可我听说，北镇抚司的人还在调查，说是案件还有疑点，也不知道是什么疑点。平日你的花销都是我在掌管，怎么一口气就能拿出五千两？我也不是要强留你，可此事你得给我交个底，免得到时候这钱惹了麻烦，咱们谁都跑不掉！”

清姿沉默片刻：“这钱的来历我也不能说，总之是某位恩客给的，他对清姿有意，曾想娶我进门，只是碍于家中有位母大虫坐镇，所以成不了事。”

老鸨眼珠转了转：“既然你这样说，我就放心了。不过我还有一事不明白，等着你给我解解惑。”

清姿：“妈妈有话不妨直说。”

老鸨露出笑容：“清姿啊，我听说你在外头置了宅子，可有此事？”

清姿脸色一变：“妈妈这是何意，你找人去查我？！”

老鸨也沉下脸：“你是我的女儿，难道还有什么事瞒着我，我问问又有何妨？你老实说吧，这宅子是从哪里来的？”

清姿腾地起身，冷笑："看来今日是话不投机半句多了，妈妈既然不肯放句痛快话，那我改日再来就是，只盼你到时候不要后悔！"

然而还没等她拂袖而去，屋子里就响起一个陌生男人的声音："清姿姑娘如果不将宅子和银钱的事情交代清楚，今日只怕是走不了了。"

却见那屏风后面转出两个人，一人手提兵刃，高大冷峻；一人则着竹青色直裰，文质彬彬。

清姿脸色大变，待要往门口退去，门口却不知什么时候已经堵上两个兵丁。

清姿："你们是何人？"

唐泛看到她半掩在衣袖下紧紧握着的拳头，这是内心相当紧张的一种表现。

"顺天府唐泛，关于武安侯府案，还有些问题，想请清姿姑娘解答。"

清姿："不是已经结案了吗？"

唐泛摇摇头："还未结案，因为我们发现此案还有一个凶手，清姿姑娘想知道吗？"

清姿："那关我什么事！"

唐泛："郑诚怎么说也与姑娘有过露水姻缘，一日夫妻百日恩，姑娘何必绝情至此，冲着你与郑诚的情分上，听一听也好吧？"

清姿神色紧绷，腰板却挺得直直的："听唐大人言下之意，是暗示我跟郑诚的死有关了？"

唐泛："郑诚的死因有两个：一是他吃的壮阳药里，被擅自加入的柴胡，这味药使得他元气下脱以致脱阳而死；二是他头顶的百会穴处，被人数次敲击，以致颅中经脉破裂。改药方的人已经抓到了，想必清姿姑娘也有耳闻，正是武安侯府的二公子郑志及郑诚妾室蕙娘。但我们在审问郑志和蕙娘时，发现他们对百会穴一事一无所知，而不管是蕙娘或者郑志，都没有在郑诚昏睡不醒的情况下不停敲击其穴道的条件，此人必然要跟郑诚同床共枕过一段时间。符合这个条件的人有三个，你、郑诚的妾室玉娘，还有郑诚的外室赵氏。"

清姿："那大人为何不去找她们，而要来找我？"

唐泛："自从发现这个疑点，我就一直派人埋伏在欢意楼外、武安侯府外面，以及郑诚外宅那里，盯着你们三个。但凡杀人，必然要有动机，也必然会有目的。这半个多月来，玉娘和赵氏那里都平静，她们并未与什么可疑人物往来，也未有大笔银钱出入。唯有你，虽然身为欢意楼头牌，恩客所给银钱一直掌握在老鸨手中，却忽然有钱让婢女在外头偷偷购置宅子，还拿得出钱给自己赎身。”

他话刚说完，外头又进来两个衙役：“大人，在她屋子里搜到这些！”

唐泛颔首：“我看看，在哪里发现的？”

衙役：“床褥下面，她藏在床板和床褥之间的角落。”

清姿看见对方手上的香囊，原本已经逐渐冷静下来的神情再一次慌乱起来。

唐泛将香囊解开来，闻了闻，又递给隋州，然后对清姿道：“我猜这里面就是让郑诚能够昏睡不醒、任你施为的关键所在吧？里面的粉末很少，应该早被你倒掉了，但没倒干净，还有一些残留，你为什么不索性将整个香囊都丢掉或烧掉呢？这样还能容易更不留痕迹。”

清姿冷冷道：“唐大人一看就是不解风情之人，女人亲手绣的香囊，要么是送给心上人的，要么就是留给自己最亲近的亲人，怎么会说扔就扔呢？”

唐泛想起阿夏那个被自己拒绝了的荷包，摸了摸鼻子：“这么说，清姿姑娘承认自己是凶手了？”

清姿：“不错，确实是我将郑诚迷昏了之后又敲打他的百会穴，如此一月左右，人就会死得不留痕迹。早知道还有别人想要郑诚死，我也用不着动手了。”

唐泛：“你为什么要这么做？”

清姿：“这有什么为什么，唐大人不是抓到凶手就可以去邀功了吗？难道还要寻根问底？郑诚这人可恨得很，还总喜欢在床上玩些新花样，我早被他折磨得受不了，既能从他身上坑点钱，又能让他彻底消失，何乐而不为？”

她的眼睛一转，看向老鸨，恨声道：“这个毒婆娘从小到大不知道坑害了我多少，我本想在离开之前把她也弄死，没想到被你们坏了好事！”

老鸨早被她的自白吓呆了，见她望向自己，不由得往唐泛身后躲去，结果才堪堪抓住唐泛的衣袖，被旁边的隋州衣袖一震，人就不由自主地被推开，往后撞翻了一张椅子又跌倒在地，哎哟哎哟地叫唤起来。

隋州自然没兴趣听她继续说下去，冷冷道：“带走，回去再审。”

左右随即上前，将她押了下去。

隋州对充斥鼻间的浓郁脂粉味表达了充分的厌恶，但仍是亲自跟唐泛到清姿的屋子里搜了一圈，将一些可疑的东西拿上，二人才离开欢意楼。

唐泛叹道：“一开始发现蕙娘的时候，我以为我们就已经算是找到真凶了。没想到最后竟然有两拨人不约而同想要郑诚死，他真是不死都不行了！”

隋州：“那女人除了让婢女出去购置宅子之外，还和谁有往来？”

唐泛摇摇头："没有了，她……不对！"

他倏然顿住脚步。

隋州也停下来，看着他，有些不明所以。

唐泛顾不上和他多说："得快点把清姿追回来，我们刚才漏了一个问题！"

隋州也不多问，直接提纵身形往前掠去，很快就不见了人影。

等唐泛气喘吁吁赶到顺天府大牢时，就看见清姿躺在地上，已经断了气。隋州站在旁边，盘问那几个衙役。

衙役们说，他们将清姿押走的时候，因为她很配合，又见她一个弱质女子，也就没有搜身。谁知道就在刚才，她忽然从身上摸出一把短小的匕首，直接就往自己胸口捅，转眼就不行了。

唐泛抱着一丝希望蹲下身去按清姿的脉搏，却发现已经回天乏力了。

面对清姿的尸体，唐泛不由得苦笑，对隋州道："我们太大意了！"

隋州皱着眉头："她在代人受过，隐瞒真凶。"

唐泛点点头："方才她承认得太痛快了，我就觉得有蹊跷，本想将她带回来之后再细细审问，没想到她竟然如此决绝，转眼就自杀了！"

隋州："你方才想到什么？"

唐泛："东厂！就算是清姿自己起意想要杀死郑诚，且不说她如何从郑诚身上弄来的钱财，还有她如何熟谙穴道之事，只说她一介青楼女子，为何能够使得东厂插手，从你们北镇抚司手里抢走尸体，这就大有可疑了！"

隋州点点头，很明显他刚刚也想到了这一点。

两人在许多思路上同步，这使得他们在查案时难得多了一份有别于他人的默契。

隋州道："东厂那边我去查。"

唐泛会意："清姿这边我也会继续查的。"

隋州微微颔首，也不多话，随即就离开了。

唐泛看着躺在地上的清姿，美貌依旧，但没了当花魁时艳冠群芳的气质，胸口深深插着一把匕首，流出的血已经慢慢地凝固了，身体也开始僵硬。

人死如灯灭，一脚踏入阴阳河，就什么都没有了。钱财再多，貌美无双，也是枉然。

清姿会自杀，分明是怕进了大牢之后被审问出什么，再扯出背后的真凶。但千古艰难唯一死，能够在这么短的时间内做出如此决绝的举动，说明肯定有什么人或事，促使清姿一定要为真凶掩护。

但她一死，唐泛他们真的就断了线索，追查不下去了吗？

显然不是。

清姿再有魄力，终究只是一个青楼女子，眼力有限，也不可能想得太长远，只以为自己一死了之，就什么事情都解决了。

唐泛开始从别的角度来揣测。

她在外面购置宅子，又要赎身出去，不是为了自己，就是为了别人。如果是为了自己，那她就不可能自杀。因为贪生怕死的人，只要有一丝苟延残喘的机会就不会放过，那么她就肯定是为了别人。

正因为知道自己已经被查出来，无论如何下场也不会好到哪里去，与其挨不住受刑吐露实情，还不如干脆自杀，这样才可以保住背后的人。

背后的人……

唐泛站起来："老王。"

老王："唐大人？"

唐泛："你之前说过清姿让她身边一个婢女帮自己购置宅子，现在那婢女在何处？"

老王："大人，那婢女今日不在欢意楼，想必是被支开了。不过我们跟踪了她多日，知道清姿姑娘把宅子买在何处，我还让老高在那宅子外头守着呢！"

唐泛点头赞赏："现在你去那里盯着，把老高换过来，我有些话要问他。还有，这位清姿姑娘的尸体，让人过来好生收殓下葬了。"

老王应"是"，匆匆离去。

老高很快就过来了，他将这些日子自己跟踪盯梢的成果一一向唐泛汇报："大人，那宅子是在外城城东孝壁街那一处。我向附近的人打听了，那里的宅子都不贵，不过有一点很奇怪，那个宅子自从被买下，就没有人入住过。"

唐泛："可有人进出？"

老高："除了那个婢女雇人进去里里外外地收拾打扫之外，也没有看见有人进去过。"

唐泛沉吟片刻："这样吧，你跟我走一趟，我要亲自去看看。"

老高忙道："大人，那里既脏又乱，怕是要玷污了您这样的贵人啊！"

唐泛失笑："我怎么就算是贵人了？有些事情让你问也问不清楚，还得我去了才能了解情况。"

老高眼见拦不住，只好跟在他后面一并出去。

等到了地方，唐泛才知道老高为啥会这么说。

所谓的城南孝壁街，其实就是贫民区。

由于靠近城郊乱葬岗，稍微有条件的人，肯定都不乐意住在这里，久而久之，这里就成了三教九流的会聚之所。不远处还立着一座破落的道观，近处污水横流，蝇虫乱飞。许多人的穿着都是缝缝补补，相比内城各大官署林立的体面，这里就像是另外一个世界。

相比之下，干干净净、白皙俊雅，又没有穿官服的唐泛站在这里就如同另类，瞬间吸引了许多不同的眼光，其中不乏挟带恶意者。

不过老高穿着衙役的服饰挎刀跟在他身后，倒也无人敢乱来。

两人来到一座陈旧的宅子面前。

“大人，这就是清姿让人买下的宅子。”

唐泛身处这样的环境里，就知道清姿买下这座宅子，绝对不可能是为了自己住进去。她连五千两赎身的银子都拿得出来，怎么会屈就在这里，再说以她的姿色，真要住在这里，只怕还不如在欢意楼来得安全。

宅子上了锁，但老高身手灵活，自有一套方法，三两下便将锁打开了。

唐泛推门而入，虽然这里头已经被重新装潢了，但依然可以闻出一股陈朽的味道，一看就知道曾经尘封过许多年。

老高跟在唐泛后面，心里有点凉凉的：“大人，这宅子阴森森的，怕是没有人住啊！”

唐泛打趣：“你老高不是还曾经跑到郊外乱葬岗去过夜吗？怎么这就害怕了？”

老高嘿嘿地笑：“瞧您说的，那都是年轻时候的事情了，那会儿不懂事呢，还在人家坟头上撒尿，现在再给我十个胆子也不敢了！”

院子里空荡荡的，很萧条，几棵老树无精打采，要死不活地枯立着。井边放着个木桶，不过看上去就跟这个院子一样破旧，底下还漏水，绳子也都腐朽了。

唐泛举步往里面走，一推开主屋的门，还是愣了一下。

这间不大的主屋里，没有安置任何椅子与茶几，只有正中一张条案，上面摆着一些水果。后面则是整整齐齐的四个牌位，正中两个牌位垫高了，稍低一些还有两个。

唐泛近前一看，这些水果放了也有一些时日了，按上去有些绵软。从时间上来看，跟前段时间清姿雇人过来打扫的时间是能对上的。

四个牌位，自然就是四个人。

先考冯氏迈渐公之灵位。

先妣冯秦氏之灵位。

二妹冯氏清安之灵位。

四弟冯氏清宁之灵位。

从牌位上的名字不难推测，清姿在进青楼之前，很可能就是姓冯，而且这些人都是她的家人。

父母早逝，家破人亡，确实令人唏嘘。

但这个世上没有无缘无故的爱，也没有无缘无故的恨。她在青楼那么多年，接过的恩客不知凡几，唐泛不相信她会仅仅因为忍受不了郑诚，就下手杀了他，从而背上人命案子。

父、母、二妹、四弟。

清姿从前在家里是排行第几呢？

如果是长女，那么冯家老三又去了哪里？

唐泛沉吟片刻："老高！"

老高："欸，大人有何吩咐？"

唐泛："你之前不是跟左邻右舍打听过这户人家吗？有没有问出这座宅子以前的主人？"

老高："问过了，但这块地方几年前曾经被一场大火烧了个精光，许多原先的住户要么被烧死，要么都迁走了。只有一个老人还有点印象，说是十数年前，这里有户姓冯的人家，后来不知道犯了什么事，官府的人就上门了，一夜之间家中男丁都被充军了，女的则病的病，死的死，惨得很，这个宅子也被查封了。他也不敢打听，后来都说这宅子闹鬼，也没人敢去住！"

唐泛皱眉："具体是十几年前？"

老高忙道："他都不记得了，应该是十三四年前。因为他们说清姿被卖进青楼那年才六岁，她今年十九，可不正好就对上了？"

唐泛沉吟半晌，忽然道："走，回顺天府去！"

老高："啊？您不看了？"

唐泛："不用看了，有头绪了。"

他一边说着，一边疾步往外走。老高回头看了看阴暗的屋子和那些牌位，不由得打了个寒战，连忙加快脚步跟出去。

唐泛一回到顺天府，立马就去找十三年前的卷宗。

身在顺天府有个好处，作为掌管京畿地区的最高行政机构，大大小小所有事件，全部都会分门别类地归纳出来。

唐泛将关注点集中放在十三年前的大案要案上，但很可惜，他翻查了一夜，也没有找到冯氏一家犯案的信息。

眼看天将蒙蒙亮，他才感觉到眼睛无比酸涩，脑袋也沉甸甸的。

难道自己寻找的方向错了？

十三年前，正是成化元年，当今皇帝登基那年。

唐泛撑着脑袋努力回想，那一年，发生了什么事？

父母去世之后，他只身出外游学，对于天下大事也都有所了解，并不仅仅是那些只会死读书的书呆子。像冯家这样全家男丁都被充军流放的情况，必然是犯了极重的罪，如果不是自己犯案，那就是被连累的。

连累……连坐？

唐泛在白纸上一笔一画地写下几个字。

成化元年，冯。

"大人，"检校杜疆站在门口禀报，"北镇抚司隋总旗来了，正在外头请见。"

唐泛不由得露出笑容，坐直了身子："快请他进来！"

隋州刚踏入这间官所，就看见唐泛对自己笑得甜蜜。

隋州："……"

唐泛起身相迎："广川啊，有件事要麻烦你帮个忙，我听说北镇抚司存有历年纪事卷宗，是也不是？"

隋州："不错。"

唐泛："可否借我一阅？"

隋州点点头，又道："上次东厂起火的事情有眉目了。"

唐泛精神一振："怎么说？"

隋州："当日值守的掌班叫孟岐山，是锦衣卫调拨过去的人手。他家世代为军户，父祖都曾在前任应城伯手下当差。”

东厂虽然是宦官掌事，但底下的人不一定都是宦官，还有很多是从锦衣卫这边借调过去的，所以隋州想要查点什么也比较方便。

唐泛沉吟道：“应城伯，应城伯孙氏？”

他忽而眼睛一亮。

隋州点点头。

唐泛半刻也等不得了，扯住他的衣袖往外走：“快带我去看看北镇抚司成化元年的卷宗，我倒是有些思路了！”

北镇抚司的卷宗果然要比顺天府齐全很多，这就是特务部门的好处了。许多顺天府那里一笔带过的档案，在北镇抚司这里还能够看到完整的前因后果和一些不为人知的秘密。

不过此时此刻唐泛自然没有心思去探寻无关本案的八卦隐秘，他直接就找到成化元年的卷宗，然后抽出来翻看，又将自己找上冯府的事情跟隋州说了一下。

隋州：“你是怀疑冯家跟应城伯也有关系？”

唐泛点点头：“我有这种想法，但是具体还要找到证据。否则光凭东厂起火那件事，我们很难将其定罪！”

隋州也不废话，直接低头就拿起一份卷宗开始翻看。

唐泛一夜没睡，原本疲倦得很，但是因为隋州一来，又多了一条重大线索，现在反倒神采奕奕起来。他看东西的速度很快，几乎是一目十行，很快就翻页。

实际上皇帝在成化元年的前一年就已经登基了，但当时沿用的还是先帝的旧年号，要等过了年之后才能正式改元。不过就在那一年，依旧发生了很多事情。

“土木堡之变”后，朝廷元气大伤，京军几乎全军覆没，还有不少天灾，许多积弊终于爆发。光是在那一年，就有起码四起地方叛乱，虽然最后都被扑灭了，可依旧让朝廷劳民伤财。不仅如此，白莲教也趁机作乱，迷惑乡民，打着神明的旗号跟朝廷作对……

所以那一年的卷宗注定厚厚一沓，足以让两人看上大半天。

成化元年正月，大藤峡瑶民侯大苟率众叛乱，先后……

不，不是这桩。

他继续往下看。

成化元年三月，四川山都掌系苗民叛乱，占江安、合江诸县，诏命襄城伯李瑾征夷，太监刘恒监军，至六月中……

也不是这桩。

成化元年五月，乱民赵铎假称赵王……

也不是这桩。

成化元年三月，荆襄流民刘通、石龙、冯子龙聚乌合之众，假称立国，拥众数十万，进犯汉中，得全胜，旋即……

唐泛的目光一凝，按在卷宗上的手指倏地顿住。

“广川，你来看看这个！”

隋州接过去，目光在唐泛指明的地方一扫：“冯子龙？”

唐泛：“正是，你们北镇抚司可能查到这冯子龙与冯家的关系？”

隋州点点头：“可以，似冯子龙这样的乱贼，一般都会有株连的记录。”

他很快就找到一份：“有了！冯子龙是荆襄人士，在成化元年时，他刚刚随同叛乱，还未被朝廷抓住。当时朝廷为了杀鸡儆猴，就下令将刘通、石龙、冯子龙三人族中所有男丁都抓起来充军流放，以此胁迫乱贼投降，京城城南的那一户冯家，正是冯子龙的不出五服的亲族。他们原本是应该流边的，但正好当时河南境内黄河泛滥，河南的官员上奏请朝廷派人修筑河堤，冯家的人正好就在那一拨里头。”

唐泛：“具体地点是？”

隋州一字一顿：“河南卫辉府！”

唐泛一震：“先前回春堂那个失踪了的药铺伙计，也正是河南卫辉府的籍贯！”

隋州：“不止如此，前任应城伯驻守的地点，就是河南。”

唐泛轻轻嘘了口气：“这样一来，所有事情就都连得上了！我们先前猜得没有错，杀郑诚的人有两拨，一拨就是蕙娘与郑志；另一拨，想来就是郑孙氏支使冯清姿了。蕙娘他们未必知道郑孙氏的作为，郑孙氏却知道蕙娘他们的动静，所以少不了让那个药铺伙计推波助澜一把。”

隋州道：“冯家牌位上少了两个人，一个是冯清姿，另外一个应该就是排行第三的男丁。从冯清姿的作为来看，那个男丁应该是还活着，而且受过应城伯的庇护，所以冯清姿才会帮郑孙氏去杀人，而且在事败之后不惜自杀来保全郑孙氏。因为她知道自己的弟弟会有人照顾，但如果她把郑孙氏供出来，自己同样难逃一死不说，郑孙氏还会报复她的弟弟。”

他难得一口气说这么多话，不过脸上表情却毫无变化。唐泛有点想笑，却还是忍住了，认真地点点头：“不错，从时间上来看，应该是蕙娘他们下毒在先，但郑孙氏也许觉得起效太慢了，所以又暗中推了一把。不过这些，现在都还是揣测而已，如果能够找到冯清姿的弟弟，或者那个伙计，才算是证明了我们的想法。”

隋州皱眉：“那个药铺伙计应该是找不到了，如此无关紧要的人物，只怕早被孙家人灭了口。倒是冯清姿的弟弟，还可以找上一找，郑孙氏为了挟制她，必然会将她弟弟放在自己看得见，又能让冯清姿放心的地方。”

唐泛道：“现在可以先瞒着冯清姿已死的消息，只让外头知道人在北镇抚司这里，再盯着武安侯府的人。冯清姿不在，有人肯定会担心她说一些不该说的话，从而露出马脚。”

隋州“嗯”了一声，也不废话，直接就起身出去吩咐手下做事。

锦衣卫和东厂无孔不入，在京城各处都会暗中安排人手，监视百官，以便在皇帝有需要的时候，可以随时向他汇报动静，这也是从永乐帝时就传下来的老规矩了。

等他折返回来的时候，就看见唐泛已经趴在桌上睡过去了。

唐泛一夜无眠，方才为了查阅档案勉强提起精神，现在一放松，立马就睡着了。

隋州原是想询问他与案子有关的事情，看见唐泛这样，倒也不好过去将他拍醒，便在旁边坐下，将刚才他们两人翻得乱七八糟的卷宗重新整理好。

他拿着卷宗走向柜子，视线无意间从唐泛脸上掠过，光线从外头照进来，暖暖地铺在他身上，连细微处都纤毫毕露，也更衬得他面色如玉，无一丝瑕疵。

平日里不觉得，现在借着光线和角度随意一看，便不难发现唐泛的睫毛既长又浓密，还微微卷翘，只是眼下微微青黛，一看就知道是昨夜睡眠不足。

注视片刻，隋州移开了视线，将卷宗放回原位，上锁。

第五章

张氏之死

老妇人已经足有六十岁了，满头花白，她的年纪和体力明显不足以支撑她快速地行走，但她仍然竭尽全力，脚下飞快，穿过重重院落，很快便气喘吁吁，额头冒汗。

“哎呀，崔嬷嬷，您这是打哪里来？快擦擦汗吧！”山茶从里头掀了帘子走出来，一眼就看见狼狈的崔嬷嬷，连忙从衣襟里掏出帕子递过去。

这崔嬷嬷是大少奶奶跟前一等一的红人，是跟着大少奶奶一道陪嫁过来的，连她这个大丫鬟也得罪不起。

崔嬷嬷却仿佛没有瞧见山茶的示好，直接就问：“大少奶奶起来了没？”

山茶脸上有点挂不住，但仍笑道：“起来了，刚起来的，您有事的话，且容我进去禀报一声！”

崔嬷嬷神色露出一点焦躁：“不必了，既然大少奶奶已经醒了，那我就直接进去！”

说罢也不等山茶说话，掀了帘子就进去。

山茶在后头恨恨地一跺脚，也跟了进去。

崔嬷嬷进了里屋，便瞧见梳妆台前坐了个年轻妇人在揽镜自照，身后一个小丫鬟，正捧着她的头发慢慢地梳。

“大少奶奶！”崔嬷嬷急急地走过去，气都未喘匀。

郑孙氏回过头，看到崔嬷嬷的样子，有些讶异，随即道："山茶、芍药，你们都先下去吧。"

两名婢女双双应"是"，便都退了下去。

崔嬷嬷不是没有看到山茶临走前不甘心的眼神，但此时此刻她已经没有心情去跟一个小丫鬟计较这些争风吃醋的小事，见两人离开，还特意走过去将门关上，才完全不再掩饰自己焦急的模样。

"少奶奶，冯清姿被他们抓走了！"

郑孙氏拿着梳子的手一顿："他们是谁？"

崔嬷嬷："北镇抚司的人！"

郑孙氏沉吟不语。

崔嬷嬷急道："您也知道，锦衣卫的手段最是厉害，也不知道会不会从她嘴里撬出点什么来，到时候可就糟糕了！"

郑孙氏却比她冷静多了："她被抓走是什么时候的事情？"

崔嬷嬷："就在昨日。"

郑孙氏想了一阵，道："不要紧，冯氏并不知道她弟弟住在哪里，盘问她也没有用，就算冯氏承认跟我们的关系，没有证据，我们是武安侯府的女眷，他们不可能随便进来问话的。"

崔嬷嬷脸色雪白，没有说话。

郑孙氏从她的表情里意识到不对："崔嬷嬷，怎么了？"

崔嬷嬷慢慢地开口："大少奶奶，我、我知道这个消息之后，担心冯清文那边有变，就特意绕了远路，到那间宅子附近去瞅了一眼，不过您放心，我没有靠近，更没有进去过……"

郑孙氏抿紧了唇，脸色也难看起来了："以锦衣卫的能力，若是跟在你后面，就不难发现那个地方。"

崔嬷嬷扑通一声跪了下来："大少奶奶，都是我的错，我不该自作主张，是我害了您哪！"

郑孙氏叹了口气，将她扶起来："起来吧，你也是一心一意为我着想，何错之有？此事本该天衣无缝，谁知最后还是到了如此地步，想来也是我的报应！"

崔嬷嬷愤怒起来："什么报应！郑诚那厮才真正是报应！您也是千娇百宠的侯府千金，他如何敢这般对你！死得好，就算没有你，那蕙娘和郑志不也会要他的命！"

二人正在里头说着话，却听见大门忽然被急促地敲着。

“大少奶奶！大少奶奶！”山茶的声音从外面传来。

崔嬷嬷连忙擦干眼泪站起来，回头喊：“什么事？”

“侯爷派人过来，请大少奶奶过去，说有事相询！”山茶道。

崔嬷嬷的脸色完全变了：“大少奶奶，侯爷是不是发现了……”

相比之下，郑孙氏倒有种破罐子破摔的冷静，她回转过身，对着镜子抚了抚发鬓。现在要为郑诚服孝，所以屋里人穿的都是孝服，打扮也都很素净，郑孙氏却从妆台上拿出一支宝石簪子簪到头上，又问崔嬷嬷：“还齐整吗？”

崔嬷嬷愣愣地瞧着她。

郑孙氏微微一笑，似乎也并不在乎对方的答案，她站了起来，对崔嬷嬷说：“把门打开吧。”

崔嬷嬷回过神来，扑上去抱住她的大腿：“不可以，您别去，别去！听我说，这事儿就让我一个人担着，我跟他们说是我做的，您什么都别说！”

郑孙氏将她扶起来：“别说了，你就留在屋子里，哪也别去，这事我来应付就好。”

前厅坐着几个人。

武安侯夫人因为儿子的死伤心过度而病倒了，至今没能爬起来，也就没能出现在这里。

这次的事情，不仅仅是死了一个郑诚，连带武安侯最宠爱的儿子也折在里头，武安侯府的名声便一落千丈。郑英虽然还没倒下，可看上去比之前老了十几岁，一脸沧桑疲惫。

对于唐泛和隋州的到来，武安侯的脸色难看至极，一连死了两个儿子，他只希望事情能够到此为止，不要再有什么进一步的发展。但事与愿违，唐泛和隋州还是找上门，而且指名要见郑孙氏，武安侯就是傻瓜也不难联想到这意味着什么。

武安侯：“我只问一句，希望两位如实相告，郑诚的死，是否与我那儿媳妇有关？”

事到如今，唐泛也不相瞒：“我们确实有此怀疑。”

武安侯却忽然眼睛一亮：“那志儿呢？如此说来他岂不是被冤枉的？”

唐泛摇摇头：“郑二公子杀兄一事罪证确凿，怎么会是被冤枉的？只不过凶手不止一个而已。”

武安侯到现在都不愿意相信自己儿子会杀害他的亲兄长，他闻言惨笑：“看来两位今日到来，是铁了心要让我郑家家破人亡的！”

唐泛拱了拱手：“侯爷言重了，凡事有因有果，我们也只是尽忠职守，想必侯爷更不希望令公子死得不明不白。”

一说到郑诚，武安侯终于不再言语，只是他目光游离，神色惨淡，眼中仿佛已经看不见唐泛和隋州了，也不知道在想些什么。

唐泛他们自从进了武安侯府，就觉这里气氛无处不压抑。但这也是正常的，武安侯死了一个儿子，还有一个被流放充军，不知道何年何月才能得赦归来，换了谁碰上这种事情都会受不了打击。也难怪他一开始就坚决反对继续往下查，想必心中早有预料。

不过话说回来，如果一开始不是他讳莫如深，示意潘宾草草结案，也不会引来汪直插手，各方势力介入，博弈之下反倒令真相浮出水面。

所以世间很多事情，冥冥之中，仿佛都被一根无形的线牵着，兜兜转转，最后又回到原点。

郑孙氏走进来看见他们的时候，表情十分平静，举止也未慌乱，依旧中规中矩地向武安侯行礼，低眉顺眼，如同旁人口中的贤惠。

武安侯叹了口气：“你们有什么话就问吧。”

“多谢侯爷通融。”唐泛先向他拱了拱手，然后对郑孙氏道：“郑诚可是你杀的？”

郑孙氏：“唐大人何出此言，难道顺天府推官干的便是往别人头上泼脏水的活计不成？”

她的语气斯斯文文，清清淡淡，也不含讽刺，似乎只是在问一个很寻常的问题。

唐泛：“蕙娘与郑志想要杀郑诚的时候，你察觉了，并且暗中推波助澜，通过那个药铺伙计帮他们配药，给他们提供方便。然而这种药见效毕竟慢，最后郑诚还未必一定会死，也许可能仅仅是不举。你一连等了很久都没有等到想要的效果，所以忍不住就联系了冯清姿，让她亲自下手，事后又通过挟制冯清姿唯一的弟弟，让她不会背叛你。

“你想要杀郑诚，又不想让人知道，于是就让人趁着郑诚睡觉的时候用锤子敲击他的百会穴。这确实是个不错的方法，能够做到这一点却不被察觉的人不多，冯清姿就是其中一个。

“百会穴位于头顶，又有头发遮掩，一般人不会轻易注意到那里。但是当时我在武安侯府里看到郑诚尸身的时候，他的头发是披散着的，等到了北镇抚司，他的头发却忽然被梳起来，你本想要更好地遮掩痕迹，但没想到弄巧成拙了。

“当我们追查到欢意楼的时候，那里的头牌清姿姑娘也承认自己杀死了郑诚，我们循着线索追查到她先前买下的宅子里，无意中发现了几座牌位。在那里头，我们才知道清姿姑娘原来姓冯，她的家人早在十三年前，就因为荆襄族亲冯子龙起事而受到牵连，所有亲人都死绝了，只有两个人幸存，一个就是她，另外一个，正是她的三弟冯清文。她因故流落青楼为妓，她的弟弟冯清文是男丁，按理说也要充军，当时黄河泛滥，河南修堤，正好那一批人就被应城伯要了过去，冯清文就是其中之一。”

唐泛看着郑孙氏：“你身边的崔嬷嬷在知道冯清姿被抓之后，生怕我们从冯清姿口中得到什么信息，迫不及待就跑到一个她平时从来不会去的地方窥探。结果反倒让我们找到了冯清文，这就证明我们之前所有的推测都是正确的。”

郑孙氏摇摇头：“唐大人，枉你还是得到圣上亲口赞过的！你也说了，这一切完全都是你的推测。不错，我确实听说过冯清姿，因为她弟弟冯清文在我伯父手下当差，这也不出奇，但她一介青楼女子，我是世家之女，如何会与她有所联系？至于你说的，我在挟制冯清姿的弟弟，就更为荒谬了，我猜你们从冯清文口中什么都没有问出来，因为他根本什么都不知情。”

唐泛：“推测归推测，但所有线索最后全部与你有关，你又如何解释？北镇抚司带走郑诚的尸体之后，东厂随即去抢人，结果好巧不巧，安置郑诚尸体的地方就在当夜起火，值守的人也正是你伯父从前的手下。还有，冯清姿忽然之间能够拿出五千两银子来给自己赎身，这钱的来源，难道不惹人好奇吗？据我所知，这几年，郑大公子除了去青楼，还经常上赌坊，武安侯府虽是世家，可武安侯并不止郑诚一个儿子，自然禁不起他这样挥霍，那么郑诚去赌坊的钱都是从哪里来的呢？不是从你这里要的，就只能去他的母亲武安侯夫人那里要了。因此，你一时之间凑不出五千两，又不愿意因为此事去向娘家借，所以就将自己的首饰拿出去典当，一共当得现银四千五百七十八两，请问那些钱票现在在哪里？”

郑孙氏沉默不语。

唐泛：“你将银票给了冯清姿，冯清姿拿去给老鸨要求给自己赎身，连同你让人拿到当铺里去典当的那些金银首饰，如今都被我们找了出来，你可要看上一看？”

武安侯原是一言不发地坐在椅子上，听到这里，忍不住伸手指着郑孙氏，咬牙切齿道：“是不是你？他说的是不是真的？！”

事已至此，郑孙氏再不承认又有何用，她脸色苍白，抬起头，毫无畏惧地看着所有人：“就算没有我，郑诚也会死，想要他死的人不止我一个！”

武安侯以前所未见的灵敏跳了起来，狠狠地甩了郑孙氏一巴掌。

郑孙氏纤纤弱质，如何承受得起，当即就噔噔噔一连后退了好几步，撞上旁边的柱子，倒在地上。

武安侯怒发冲冠：“家门不幸！家门不幸！我儿子怎么就娶了你这么个蛇蝎毒妇？枉我当初还觉得委屈了你！”

郑孙氏冷笑：“公公此言差矣，就算我恶毒，那也是因为这个家里面没有一个好人！我刚嫁过来的时候，何尝不想侍奉丈夫，孝敬公婆，好好过日子？可我嫁的是个什么人？一个镇日无所事事，只会上青楼玩女人的败家子！不只玩女人，他还一个接一个地往家里带！我也是世家女，你们要我的脸面往哪里放？满京城的人都说我贤惠，可暗地里呢，他们都在嘲笑我无能！”

武安侯痛心疾首：“你为什么不告诉我，不去告诉你婆婆？我们都能帮你主持公道，何至于就走到了这一步！”

郑孙氏冷冷道：“婆婆？婆婆只会想方设法从我这里拿钱，我那些嫁妆钱，被她借故拿得干干净净。我是想要维护这个家的太平，我是想要息事宁人，可是谁来维护我！谁来还我太平！第一年，第二年，第三年，我忍了一年又一年，结果谁又把我的忍耐当回事了？难道我要在这个火坑里忍一辈子吗？！”

她也不急着爬起来了，仰头看着武安侯，眼里毫不掩饰自己的鄙夷：“堂堂武安侯，把父祖的职务都弄丢了不说，还纵容宠妾横行，又对发妻的行径视而不见，教子无方，一个两个，不是被你教成二世祖，就是变成目中无人、只会杀兄的蠢货，你又有什么资格说别人？”

“你！你！”武安侯气得说不出话来，捂着胸口，倒退两步，坐倒在椅子里。

唐泛叹了口气：“郑孙氏，不管如何，杀人偿命，因果循环，这道理你总该知道，跟我们回衙门吧！”

郑孙氏幽幽一笑："杀人偿命？为什么恶人总是得不到恶报，却还要逼得好人亲自来杀，结果还要治好人的罪？唐大人，你倒是秉公执法，可你抓了我，你良心不会不安吗？"

唐泛："郑诚人品如何，并不是你杀人的理由，你若不喜欢他，大可和离，又何必下此毒手？"

郑孙氏像是听到什么笑话："和离？应城伯府与武安侯府联姻，如果郑诚不死，怎会让我和离？应城伯虽是我伯父家，可这次要不是我先将郑诚弄死了，孙家担心我牵连他们，才急急出手帮我善后。当初连给冯清姿买宅子赎身的钱，可都是我拿嫁妆凑出来的！你到底知不知道，只有他死了，我才能得到自由！"

她的脸色狰狞起来："想我从小到大也不曾做过恶事，本想成亲嫁人之后琴瑟和鸣，效仿古人举案齐眉，谁知到头来上天却给我安排了一个郑诚，我怎能不恨？！那种男人，我忍了他整整五年，连看到他一眼都觉得想吐，要想让我服法认罪，想都别想！他死有余辜，死得好，哈哈哈……"

笑声未歇，郑孙氏忽而身形一动，直接扑向最近的那根柱子！

唐泛："不好！快抓住她！"

隋州反应也很快，当即就上前一抓。

可惜已经来不及了！

方才郑孙氏进来的时候，男女有别，虽然同在一个厅堂内，但唐泛跟隋州都离得比较远，而此时郑孙氏的动作又十分决绝。

对一个抱着必死决心的人来说，任何事情都是阻止不了的。

隋州只堪堪抓住她的衣袖一角，结果因为郑孙氏冲力太大，衣袖反而被撕裂开来，却丝毫没能阻止她的去势。

砰的一声闷响，郑孙氏的身体顺着柱子软软地倒在地上。

头壳破裂，脑浆连着血液一起流出来，红红白白，可见用力之猛。

她当场就断气了。

武安侯被这一幕惊呆了，坐在椅子上，动也动不了。

站在外头的下人们也都乱作一团，尖叫声、呼喊声充斥着整个院子。

崔嬷嬷赶了过来，却只看到郑孙氏的尸体。她扑了过去，号啕大哭。

"都是你们，都是你们逼死了大少奶奶！她自嫁到郑家来，每日晨昏定省，战战兢兢，有哪里做得不好？可你们是怎么对她的？！郑英你个老不死的，还有刘氏那个老虔婆，你们教子无方，不得好死！不得好死啊！”悲痛欲绝之下，她也顾不上身份尊卑了，指着武安侯破口大骂。

武安侯想来也是遭受打击过度了，竟也愣愣地坐在那里发呆，不言不语地任由崔嬷嬷痛骂。

隋州原本还想将郑孙氏带回去详加审问，没想到人在这里死了。郑孙氏毕竟身份不同，而且又承认了罪行，如此一来就不能将尸体强行带走，否则只怕到时候应城伯府那边也不肯罢休。

隋州与唐泛二人分别吩咐北镇抚司和顺天府的人勘察记录一下，然后就告辞离去了。武安侯当然也不会有精力去挽留他们，他已经被这一连串事件打击得连站都站不起来了，看都没有看唐泛他们一眼，面色木然地呆坐着，任凭厅堂内哭声震天，人越聚越多。

谁也没有想到，事情会以这样一个结果告终。

想想刚才郑孙氏自戕的情景，唐泛忍不住叹息一声："武安侯如今一个儿子死了，一个儿子充军，连长媳也死了，年过半百，白发人送黑发人，也是悲哀！"

"他们一家自作孽而已，与人无尤。"隋总旗虽然不喜欢说话，可对方是唐泛，并不在他"懒得跟你说话"的对象范围内。

从前他很瞧不起文官这种唏嘘感叹，总觉得虚伪至极，仗义每从屠狗辈，负心多是读书人，说的就是那些假惺惺的两面派文人。但是唐泛终归是不同，他用实际行动令隋州改观，比起顺天府尹潘宾那种官场老油条，自然还是跟唐泛这种人打交道更加顺心。

更重要的是，两人一起办过案，还建立了初步的交情，隋州对唐泛这种务实不务虚的实干和才能还是比较欣赏的。读书读得好是一回事，做事做人也要能做好，这样的人才是前途无量，而唐泛三者齐备，能够跟这样的人共事，自然不会是折磨。

听了隋州的评语，唐泛又是一声叹息，没有作声。

郑孙氏可怜吗？可怜。

她一个娇滴滴的世家女子，出身好，教养好，若是能够嫁得一个好郎君，自然从此一生顺遂，再没有不如意。可偏偏明珠暗投，嫁给了郑诚这种有眼无珠的王八蛋，吃喝嫖赌样样不缺，男怕入错行，女怕嫁错郎，导致下半生全毁了。

她就算刚才没有自杀，下场也不会好到哪里去，武安侯府不会放过一个谋划杀了自己丈夫的儿媳妇，一定会追究到底，而应城伯府那边为了独善其身，肯定也会舍弃这个侄女，所以郑孙氏的自杀，实际上是一种不得已之下的选择。

还有郑诚，他可恨吗？当然可恨。

嫁给这种男人，注定要一辈子憋屈，郑孙氏但凡懦弱一点，这口气忍也就忍了，偏偏她外柔内刚，丈夫风流好色，家里婆婆又总爱拿捏儿媳妇，给她立规矩，公公向来不管内宅之事。郑孙氏忍无可忍，没有在沉默中灭亡，自然就在沉默中爆发了。

但这难道就可以成为郑孙氏杀人的理由吗？

冯清姿，这个女子为了能够获得自由，与弟弟团聚，而心甘情愿当了郑孙氏手上的刀，最后又为了保全弟弟而选择自杀。她的一生身不由己，最是可怜。

还有林朝东，那个药铺伙计，他的行踪成谜，只怕早就遭了毒手，也没有人会去关心一个小人物的安危。若是唐泛和隋州以此去查问应城伯府，他们自然会一退六二五，全部推到已经死了的郑孙氏头上，所以这个人注定是找不到了。

还有差不多已经被遗忘了的婢女阿林，如果不是唐泛和隋州二人剥丝抽茧，层层追查，她恐怕就要被扣上谋杀主家的罪名了。

如果唐泛现在不是朝廷命官，他当然可以尽情唏嘘，同情弱者。但他不是，在其位，谋其政，连郑志和蕙娘这种直接凶手都服法了，郑孙氏身为幕后主谋，自然也没有逃脱之理。

方才武安侯府的氛围十分沉重，等走出老远，两人才逐渐有种真相大白之后的轻松。唐泛伸了个懒腰——这个有些不雅的动作在他做来却是赏心悦目，懒懒道：“这桩案子令我最欣慰的便是那个阿林终于可以摆脱干系了！”

隋州道：“那个阿林起初便是意图勾结郑诚，可见也不是什么正经好人家的女儿。”

唐泛笑了笑：“她人品好不好，跟她是否应该被冤枉没有关系，与一个人相交，跟给一个人定罪是一样的，都要论其行，而非论其心。就像隋总旗，一开始你心中肯定瞧不起我这等文弱小官，可我要是以此来做定论，不与你合作，今日岂非要错失了一个好朋友？”

大明朝到了当今陛下，已经开始重文官轻武职，同样级别的武官在文官面前也得低头。锦衣卫虽然威风，但寻常文官对他们都是畏怕而非敬仰，唐泛偏偏反过来说，最后又将隋州捧到了朋友的位置上，可谓妙人。

这样一番话说出来，谁能不受用？

难怪旁人都说成化十一年的进士中，唐润青虽然不是状元，却朋友遍天下，这份好人缘就作不得假。

隋州深深地看了他一眼："你说的那间馄饨摊子在哪里？"

这种天外飞来式的问题令唐大人出现片刻茫然："啊？"

隋州："上次你和薛凌去吃的。"

唐泛恍然："你也喜欢吃馄饨不成？走走走，择日不如撞日，我带你去！那间摊子不光有馄饨，还有汤面，那摊主我认识，他家的汤底与别处不同，是用猪骨熬足七八个时辰熬出来的，尤其地道，你若是去的次数多了，混个脸熟，摊主还会多给你盛些……"

吃货唐大人为找到同好而高兴不已，一边走一边给对方洗脑。

两人朝城北走去，渐行渐远。

武安侯府命案算是彻底告一段落了，因为郑孙氏的事情，武安侯府跟应城伯府亲家变成冤家，双方把官司闹到御前，让消极怠工的皇帝陛下非常头疼，直接丢给了内阁处理。内阁也不想管这种狗屁倒灶的事情，捏着鼻子躲得远远的。

为了被流放的儿子，武安侯不得不求到汪直那里，希望他在皇帝面前说说好话，能让郑志早点回来。汪直看到武安侯愿意低头，自然也就乐意去找皇帝说情，有了汪直从中疏通，郑志最后由无限期充军流放改为三年可回。

但谁也没想到，就在最后一年，郑志得赦前夕，忽然暴病而亡。京城传闻说是武安侯夫人对郑诚的死怀恨在心，派人下的毒手，不过这些是后话了。

整件事绕来绕去，其实西厂得利最大。

汪直最开始只是想借题发挥，所以才会跟武安侯对着干，坚决要求彻查。

现在目的终于达到，他在勋贵中的权威自然也树立起来了，借事立威，从头到尾又不用自己出力，汪公公表示很满意。

话说回来，在今后很长一段时间内，相信武安侯也绝对不会再想看见唐泛和隋州了。虽然他们只是奉命办事，可正因为他们，武安侯府被搅得鸡犬不宁，估计以后武安侯一想起这两个名字就会心口犯疼。

不过此事也不是全无好处，最起码隋州就因为在此案中表现出色，办事得力，得到了上官的嘉奖，据说他的直属上司周千户有意在近期提拔他。

相比起来，唐泛就有点默默无闻了，一般文官升职要比武官慢上一些，因为军功是实打实的，政绩却有许多门道，一个萝卜一个坑。唐泛二十出头的年纪，能够当上从六品官员，本来就已经是许多人羡慕不来的际遇，办案乃分内之事，如果办好一个案子就要升一次官的话，估计现在京城的官位就不够做了。

以他二甲头名的履历，原本现在应该还在翰林院里熬资历，虽然枯燥，但这才是别人眼中的清贵职务，到时候从翰林院直接入六部，再进内阁，才是一个未来阁臣应该走的道路。像唐泛这样反而从翰林院跑到顺天府做事，在有些人看来是犯傻，是自降格调，因为只有那些没法进翰林院的进士，才需要外调为官，从地方官熬起。

但如果唐泛很在意这些，当初他也就不会答应潘宾的请求，到顺天府当推官了。

有些事，总还是要有人来做，没有接触过实务，怎能了解这个国家，将来又谈何治理国家？

大明建立之初，朝中重臣大半都出自国子监，而非科举。那才真正个个都是做实事的人才，只不过随着科举制度逐渐成熟，国子监逐渐没落，才有了非翰林不入内阁的潜规则。

所以不管别人如何替他可惜，唐泛也只是置之一笑，照样每天两点一线，上值散值。

但唐大人有个烦恼。

一直以来，都有不少人要给他做媒，最近尤甚。

唐泛进士出身，入翰林院，年少有为，前途无量，只要他自己脑筋不犯抽，就算将来做不成宰辅，这样一步一步往上爬，最后当个三品侍郎总是没问题的。

虽说明朝不兴榜下捉婿，但以唐泛如此优秀的综合条件，从三年前他中了进士的那天起，就有无数媒婆上门做媒。其中不乏朝廷重臣、翰林清贵、勋臣世家。

后来唐泛正式成为丘浚的关门弟子，丘浚意欲将小女儿许配给他，成就一段佳话，唐泛也答应下来了，还特意请来已经嫁往外地的亲姐过来帮忙操持。可惜丘家千金没有福气，及笄之后没几天就得急病死了。当时两家才刚定亲没多久，媒人们当然也不好表现得太急切，立马就上门去给唐大人找下一家，结果这事就此耽搁下来。

不过最近兴许是家中有适龄待嫁女儿的日益增多，又或者是武侯府命案令唐泛小有名气，让大家再一次想起了这位炙手可热的女婿人选，柳叶胡同这边又不时有冰人上门做媒。唐大人不胜其扰，只好尽量往外跑，幸好他白天要去衙门点卯，没多少时间留在家里，才避免了被聚众骚扰的可能性。

但是避得了外人，避不了邻居。这一日唐泛从衙门回家，就瞧见隔壁李家的人等在他的门口，那人却不是常见的阿夏，而是李家的管家——老李。

老李看见他，笑呵呵地迎上来，作揖行礼：“唐大人，您可回来了，让我好等！”

唐泛：“哦？有事？”

老李忙道：“是是，我家主母想要择日过来拜访大人，不知大人何日有空？”

唐泛笑了：“大家都是邻居，抬头不见低头见，何须如此郑重其事，若是李家太太真有事，我过去也可。”

老李赔笑：“大人愿意移步，自然欢迎得很，还请与小的进来。”

老李将他迎入李家厅堂，又让人奉上茶水，请他稍候片刻，便跑去禀报主人。

少顷，李家太太张氏在两名婢女的搀扶下走了进来。

按理说，唐泛是官，他们是民，自然是该李家太太向他行礼。不过唐泛租借了李家的院子，彼此还是租户与东家的关系，平时也比较熟，倒不必讲究太多，寒暄几句，便各自落座。

张氏笑道：“本该白日里过去拜访大人的，结果这么晚了还将大人请过来，老身真是过意不去！”

唐泛默默汗了一把，他白天都顾着躲那些媒婆去了，哪里会留在家里？

“李太太不必客气，不知叫我过来，有何贵干？”

张氏有些不好意思：“这事有些唐突，真要说起来还是老身孟浪了。说之前，还请唐大人不要介意才是。”

唐泛奇怪：“莫不是与房租有关？”

张氏失笑：“非也，唐大人误会了，如今的房租价格已是公道，老身随意加价岂不有失厚道？其实是喜事，我这不成器的阿夏，从小就养在我身旁，如同女儿一般。我也知道，以阿夏的身份，是断断不可能嫁与大人为妻的，可她又实在心慕大人风采，所以老身不惜觍着这张老脸来询问大人，不知您可愿将阿夏收下，令她侍奉左右？”

再看立于张氏身侧的阿夏，已是颊染桃红，又羞又赧。

唐泛：“……”

他最近是走了什么运，怎么千躲万躲，还是躲不过这种事情？

见唐泛沉吟不语，张氏就问：“大人可有何为难之处？”

男人三妻四妾，自古如此，现在是要给唐泛做妾，又不是让他娶妻，不算辱没了他，反正有了阿夏，唐泛照样也可以继续坐拥别的女人。一个家世清白、主动送上门的婢妾，有多少男人会拒绝呢？对唐泛来说，这完全就是锦上添花。

但出乎张氏意料的是，他仍然拒绝了。

“不管是娶妻还是纳妾，我暂时还未有这个念头。如今我年纪还轻，当以学问仕途为主，不想分心旁顾，还请李太太见谅。”

张氏呆了一呆：“唐大人当真不肯？”

唐泛摇摇头：“抱歉。”

人家明确说了不肯，那还能怎样，难不成硬塞吗？

张氏看了阿夏一眼，只见后者已经没了先前的娇羞，面色苍白，眼含泪意，默默无语。

张氏暗暗叹了口气，笑道：“这种事情还得讲究你情我愿才好，唐大人既然不乐意，老身自然不再强求。唐大人不如在舍下用过饭再走如何？麟哥儿许久不见大人，也是想念得紧。”

唐泛起身笑道：“不了，我已在外头用过饭，天色不早，我也该回去了，这就告辞。”

他走了之后，张氏对阿夏无奈道：“你也瞧见了，非是我不愿意帮你，实在是唐大人心意坚决，我也无能为力。”

阿夏拭泪道：“是婢子福薄，担不起太太的爱护，不过往后若是要去隔壁送东西的话，还请太太另找他人吧。我虽然身份卑微，可今番被唐大人拒绝之后，怎么都没有脸再登门了！”

张氏叹了口气，拍拍她的手：“这也是你们有缘无分，不必介怀，若是有机会，我会帮你留意的，必给你找一户好婆家。你的眼光还要放低些才好，以李家的门第，将来把你放出去当小户人家的当家娘子也是绰绰有余的。”

阿夏低声道：“婢子如今只想伺候太太左右。”

张氏知道她肯定不可能那么快就开怀，也就不再多劝，让她自己慢慢去想通。

但今晚与唐泛的一番对话，令张氏自己心情不快起来。

用过晚饭，张氏督促勉励儿子好生读书后，便让他回自己的小院去。阿春等人见她闷闷不乐，便问道：“太太因何事不开怀，可是与唐大人过来有关？”

张氏点点头，又摇摇头，叹息道：“这世间有男人喜欢左拥右抱，自然也就有男人坐怀不乱，像唐大人这样的男子，倒是少见！”

阿夏忍不住嘀咕道：“他恐怕是嫌弃婢子出身低吧！”

张氏笑道：“我看唐大人不是那样的人，恐怕是真心意不在此。听说前几年他与国子监祭酒家的千金定了亲，只是还没等成亲，女方就急病殁了，说不定他心中还念着那位姑娘，你也不需要因噎废食。”

阿春比阿夏长几岁，却知道主母方才的叹息和惆怅，只怕是正好想到自家的事情。

果不其然，过了一会儿，就听见张氏道：“想我当初嫁入李家的时候，那人也曾对我说此生有发妻足矣，如今却在外头也有了人……”

她又摇摇头：“这也怪我不能生养，能怪得谁去？”

原来这张氏嫁入李家数十载，却未能帮李家诞下一儿半女。久而久之，颜色老去，李漫自然要找别的女人来生养，连带如今养在家中、名义上是张氏儿子的李麟，其实也不是张氏的亲生儿子，而是李漫的一名侧室所生。

也难怪张氏会触景生情，发此感叹。

阿春连忙好一通劝，阿夏也暂且放下自己的心事，与阿春一起劝慰主母，劝了好一会儿，才将张氏劝去歇下了。

自从那天婉拒了张氏的好意，唐泛再看见阿夏，能避着走尽量就避着走。阿夏似乎也有这个想法，来唐家送点心的人换成了阿冬。

阿冬是个八九岁的小姑娘，稚气未脱的脸蛋圆滚滚的，很是喜气，说话很有意思。唐泛跟她多聊几句也是乐意的，毕竟他又不是情圣，实在没有兴趣跟一个暗恋自己的人周旋。

送了几回点心之后，阿冬跟唐泛混得很熟了，她也是个吃货，经常送一篮子点心过来，唐泛拿出来分享，她也不客气，三下两下、吭哧吭哧就吃掉大半。

今日唐泛回来，就瞧见阿冬小姑娘托腮坐在自家院子门口，盯着自己身前的点心，却没有平时那副馋样，显得愁眉苦脸。

唐泛走了过去：“阿冬，你怎么了？进来说话吧。”

阿冬一张小脸全部皱了起来：“唐大人，这是太太让我送来的荸荠糕和豆腐卷。”

唐泛看了一眼，篮子装得满满的，不由得调侃道："今日你怎么不偷吃了？"

阿冬唉声叹气、大义凛然地表示自己也不是只会偷吃的："再过两日我恐怕就没法过来给您送点心了。"

其实唐大人虽然是个吃货，但他生性随遇而安，并不会对生活质量太过苛求，有则最好，没有也无所谓。所以听了阿冬的话，他只笑道："怎么？你犯了错，要被禁足了？"

阿冬摇头："不是，不是，听说是老爷要带着他在外面新纳的小妾回来。太太很不高兴，而且阿春姐姐说，到时候老爷回来，家里就不是太太做主了，我们要出来也不是很方便。"

唐泛觉得很奇怪："就算你家老爷回来，她不也还是一家主母吗？怎会连送点心这种小事都没法做主？"

阿冬托着下巴："我也是听阿春姐姐说的，她让我不要随便往外说，您听了之后也不能告诉别人哟！"

唐泛一边拈起一块荸荠糕放入口中，心说李家厨子果然水平一流，一边逗她："那你还是不要告诉我了，我怕我会忍不住说出去的。"

古人早熟，小姑娘正处于八卦活跃年龄，巴不得有一个人一起分享，怎么可能会不说？见唐泛拒绝，她将小脸皱得紧紧的："那、那您不要跟我认识的人说，别人就不会知道是我说的了！"

唐泛扑哧一笑："好吧好吧，你要说就快说！"

阿冬道："我听阿春姐姐说，太太嫁到李家这么多年，一直没有所出，就连麟少爷也是老爷的妾室生的。因为这件事，老爷还总威胁说要休了太太，只是因为太太娘家有远亲当官，所以老爷一直有顾忌。这次老爷要带回来的小妾，听说已经有身孕了，所以太太这段时间都很不开心，连我们做事都要低调几分。阿春姐姐让我今天之后就先不要过来送东西了，免得被老爷碰见，生了误会，到时候也冲撞了您。"

唐泛讶异："就算如此，但你家主母在李家当家这么多年，你家老爷远行经商，她又为李家操持家务，你家老爷怎么可能对待她如同婢仆一般打发，想休就休？"

而且就他见到的李家太太，也不像那种没有主见、任人欺凌的人。

阿冬毕竟还是个小姑娘，闻言有点茫然，想了好一会儿，才道："阿春姐姐说，很久以前太太娘家那边出了点事，需要一大笔钱，别人都帮不了忙，只有我们家老爷将积蓄拿了出来帮助太太娘家。后来因为这件事，家里变得很穷，老爷没法继续读书当官，所以太太心里一直觉得亏欠了老爷。”

照理说，下人是不能嚼主人家的舌根的，还将这种内宅私事到处去说。不过一来阿冬还小，又把唐泛当成自己人；二来最近她也是因为觉得李家的气氛很压抑，才禁不住向唐泛偷偷吐槽。

唐泛恍然，原来还有这样的内情，之前他看那李漫又是纳妾又是打算休妻的，难免会想起郑诚和郑孙氏的事情来，但现在看来，李漫当年能够为了帮妻子娘家而散尽家财，也算十分仗义的了。

有前因必有后果，假如阿冬说的是真的，同为男人，唐泛不难理解李漫的心理：科举对于一个读书人来说比命还重要。当年夫妻情深的时候，他能够为了妻子娘家而拿出大笔家财，结果因为生计问题不得不放弃读书，改行经商。但随着时间的推移，夫妻感情慢慢变淡，他开始意识到自己当年没有继续读书参加科举的决定是多么错误，商人再有钱，毕竟社会地位还是不如读书人那么清高。所以李漫心里后悔，也是人之常情，毕竟不是所有人都愿意一味付出，不求回报。

不过说到底，这些都是李家的家事，跟唐泛没什么关系，唐大人也就是听一耳朵八卦，顺便脑补一下李漫的心路历程。对阿冬这种小姑娘，他当然也不会发表什么议论，反而道：“阿冬，你对我说说也就罢了，不可到外头去乱说。不然被你家老爷太太发现了，可有你的苦头吃了。”

阿冬点头如小鸡啄米：“除了您，我谁也不说！”

唐泛又拿了一块荸荠糕放入嘴里，点点头：“这就对了。”

他素来没什么架子，就连阿冬这种小姑娘与之相处几天之后，私底下也能如此随意了。

阿冬才意识到他嘴巴一直没停过，把篮子拽过来一看，傻眼了。

里面的荸荠糕竟然都被扫光了！

可是她明明看着唐大人吃东西的速度很慢啊！

注意到小姑娘目瞪口呆的模样，唐大人斯斯文文地笑了一下：“今儿个从衙门回来晚，晚饭还没来得及吃。”

阿冬很小大人地教训他道：“大人，您这样不行的，糕点毕竟不能填饱肚子当正食，您应该吃点粥啊饭啊之类的！”

唐泛无辜道："可是家里很少开火，我也只会煮点小米粥，若是天天喝粥，只怕在衙门里就能饿晕了。"

阿冬表示很同情，挽起袖子当仁不让："那您家灶房里头还有吃的吗？我去给您做点吧！"

说罢也不等唐泛阻止，噔噔噔就往灶房里跑去。

阿冬年纪虽然小，但她自小就被卖入李家当奴婢，虽然李家太太不会苛待下人，但该干的活儿阿冬依然是会的，别的不说，穷人的孩子早当家，烧火做饭那是基本功。

不到半个时辰，一碗香喷喷的葱花蛋炒饭就出炉了。

饭是现蒸现炒的，两个鸡蛋是她在唐家灶房搜刮的，葱花还是上回唐泛在街头买的，有些焉了，不过勉强还能用。

从这一点看，阿冬绝对是个合格的小厨娘。

唐泛毕竟是个男人，刚才那点荸荠糕当然没能吃饱，眼看这一碗蛋炒饭摆在眼前，他眨眨眼，毫不吝啬地夸赞道："阿冬，你真是易牙再世啊！"

阿冬茫然："易牙是什么？能吃的吗？"

唐泛："这不重要，不过你在这边耽搁太久了，应该回去了吧，不然你家主母该找你了。"

他其实还挺喜欢阿冬这个小姑娘的，起码相处起来比阿夏轻松多了。

每天在衙门里面对堆积如山的卷宗，入目的要么是夺产案，要么就是杀人伤人案，看多了容易心理阴暗，一回到家能够有这么个人聊天，其实也是放松心情的一种方式。不过阿冬终究不是唐泛的下人，不可能总待在这里。

阿冬吐了吐舌头："没关系的，反正我还小，回去也没事干。阿春姐姐她们都很疼我，不过我还是回去好了，免得被阿春姐姐说！"

阿冬告别唐泛，拎着篮子哼着小曲回到李家，刚踏进小院，就迎面撞上从主母房里出来的阿春。后者瞪了阿冬一眼，阿冬心虚地吐吐舌头，讨好地朝阿春笑了笑："阿春姐姐，你吃饭了没有？我去厨下看看，给你端一些过来？"

阿春戳了戳她的脑门："你又跑到唐大人那儿去偷懒了吧？唐大人贵人事忙，没空招呼你这小丫头，别以为我不知道你拿了点心过去都会偷吃，唐大人人好不和你计较，你别蹬鼻子上脸。这阵子太太心情不好，我们当下人的也要警醒些！"

“是是，我知道了！”阿冬知道她素来嘴硬心软，只管连声答应，看了看她手上端的饭菜，都没动过几筷子，“太太又不肯用饭了？不过今日不是阿夏姐姐当值吗？怎么是你去送饭呢？”

阿春叹了口气，将她拉到一边，低声道：“阿夏自从上回被唐大人拒绝，也难过得很，做事丢三落四的。我怕她冲撞了太太，所以帮她分担了一些。至于太太的事情，咱们这些当下人的也管不了那么多，你这阵子就别去唐大人那儿了，老爷就快带着人回来了，到时候肯定需要腾出一个新院子的，你做事机灵，多去帮忙收拾！”

阿冬自然一口应了下来，又道：“阿春姐姐，那你先去用饭吧，这里我来守着就好。”

阿春道：“里头还有碗碟没收完呢！”

阿冬推着她往外走：“我去收，我去收！”

阿春拿她没办法，只得先端着东西去厨房那边。

她前脚刚走，阿夏就回来了。

阿冬“咦”了一声：“阿夏姐姐，你脸色难看得很，身子不舒服吗？”

自从唐泛拒绝阿夏做妾的提议，她一直恹恹不振，不过今天的脸色比昨日还要更苍白一些。

阿夏强笑：“没什么，就是小日子来了，肚子有些不舒服。”

阿冬眨眨眼，她还没有大到经历这些事情的时候，不过平日里耳濡目染，自然也听懂了：“那你去休息吧，这里我来就好了。”

“没关系，”阿夏摸摸她的脑袋，“阿春呢？”

阿冬：“阿春姐姐忙到现在，还没吃饭呢，我让她先去吃饭了。”

阿夏：“那太太可有什么吩咐？”

阿冬：“阿春姐姐说太太没吃几口，里头还有一些碗碟没收，我正准备去收呢！”

阿夏：“那我进去收吧，待会儿你帮我拿到厨房去可好？”

阿冬：“好啊！”

她看着阿夏走进去，心想女人来小日子的时候果然很难受呢。阿夏姐姐连走路都别别扭扭的，肯定很疼，又想着再过几年自己也要经历这种恐怖的事情，不由得打了个寒战。

过了好一会儿，阿夏出来了，手里捧着碗碟，交给阿冬。

阿冬接过，利落地往灶房的方向走去。

那头阿春刚刚用完饭，从灶房出来，看见阿冬过来，忙道：“你怎的也过来了？碗碟可以先收出来放一旁。太太身边没人，万一她有事要吩咐怎么办？”

阿冬笑嘻嘻：“阿春姐姐别担心，阿夏姐姐已经回来了，她在太太那里守着呢！”

阿春蹙眉：“阿夏不是说身体不舒服吗？我还让她这两天去看病抓药了。”

阿冬道：“对呀，阿夏姐姐说她小日子来了，我看她走路似乎很难受呢！”

阿春讶异：“她小日子来了？我怎么没瞧见她的骑马布，莫非是今日刚来……”

话刚说完，似乎意识到自己的话对着一个八九岁的小姑娘说很不妥当，连忙住嘴。

“好了阿冬，你去歇息吧，太太那边有我和阿夏在就行了。”

阿春回到张氏的院子时，便见阿夏正好从里面出来。她仔细端详了一会儿，发现阿夏的脸色确实有些苍白，便迎上去：“阿夏，你今日去看大夫了吗？”

阿夏笑了笑：“去了，不过大夫那边人太多，我又怕这边太太有什么事情要吩咐，你一个人忙不过来，等不及就先回来了。”

阿春嗔怪道：“我做事你还不放心吗？让你去歇息的，又跑出来干活。行了，快回去躺下吧，太太这边我来就好！”

阿夏向她做了个噤声的手势：“太太刚歇下。”

阿春点点头，面有忧色：“太太还是心情不好吗？”

阿夏叹气：“是啊，我劝了她几句，让她早点休息。她说有点头疼，让我们今晚没事都不要进去打扰她。”

阿春：“太太睡在里屋，我歇在外间，不碍事吧？”

阿夏：“里屋和外间只隔了一扇门，太太让我们出去，应该是不想我们半夜在外间翻身的时候吵醒她吧，你也知道太太头疼起来就很浅眠的。”

阿春：“说得是，那我就在外头将就一宿吧。”

阿夏：“我陪你。”

阿春推了她一把：“不用，你快去歇息，你看你脸色都难看成这样了。”

阿夏：“今日本来就该我当值的，怎么能抛下你去休息？我陪着你吧。”

阿春：“阿冬方才不是说你小日子来了吗？”

阿夏：“是啊，今天刚来的，不过现在好多了，只要坐着就不难受。”

阿春拿她没办法，两人便在院子里的石桌旁边坐下。好在此时是盛夏时节，天气闷热，抬头便是星空，在院子里反倒是纳凉了。

两人有一搭没一搭地说着话，到了下半夜，她们都有些困倦，手臂撑着下巴，在那里打瞌睡。

阿春打了个呵欠，站起身："我进去瞧瞧太太睡得如何，门窗有没有关紧，免得着凉了。"

阿夏也跟着站起来："我去吧！"

阿春："行了，不用了，去关窗也需要两个人吗？你坐着吧！"

就在这个时候，屋内传来一声闷响。

阿春和阿夏对望一眼，两人走上前，阿春敲了敲房门，轻声问询："太太？"

见里头没有回答，阿春便直接推开门走进去。

里屋的门还关着，外间屏风后头却影影绰绰，仿佛有什么在动。

阿春心头咯噔一下，一边慢慢地走过去，一边探询地问："太太？"

等她绕到屏风后头，才发现原来是外头窗户没有关紧。外面的树枝在微风吹拂下婆娑起舞，树影子映在屏风上，连同挂在屏风后面衣架上的衣服，很容易让人产生错觉。

阿春松了口气，又特意探头往外看了一下。

外面连着一个小小的花园，此时明月在上，将一草一木照得清清楚楚，树枝轻轻摇曳摩擦，树丛里还传出一两声微弱的猫叫。

阿春摇摇头，将门窗关好。

阿春从屏风那头绕出来，便瞧见阿夏轻手轻脚地从里屋走出来。

"太太还睡着呢？"她悄声问阿夏。

阿夏点点头："好像睡得很沉，刚才也不知道是什么声音，没能吵醒她。"

阿春："那我们还是出去吧，太太这几日难得睡得好些，不要吵醒她了。"

两人退出屋子，阿夏问："方才是什么声音？"

阿春："兴许是野猫调皮，往上蹿的时候撞到了窗棂，先前也是有过的。"

被这通动静一闹，两人倒也精神了，索性坐在那里聊天。直到天蒙蒙亮的时候，阿春道："往常这个时候太太就该起来了，你先去打水，我去看看太太醒了没有。"

阿夏应下了，阿春则往张氏的屋子走去。

这本是她们寻常做惯了的，没有什么可描绘的新奇之处。阿春走进屋子，敲了敲里屋的门：“太太，卯时了，可要起来？”

里面静悄悄的，无人作答。

张氏本来就是浅眠的人，外头一点动静就能将她吵醒，就算昨夜睡得好，总不可能外头这样喊了还没动静，难不成是生病了？

阿春心里诧异，等不及张氏应声，直接就推开门。

结果这一推，却让她看见此生最为惊怖的一幕！

横梁上垂下一圈绳子，而张氏就挂在绳子上面，身体晃晃悠悠。从阿春这个角度抬头看，正可看见张氏的眼睛睁得圆圆的，直愣愣地瞅着她。

“啊……”

李家出了这样的事情，那真是跟天塌下来没什么两样。

只因李家男主人长期在外经商，这京城祖宅就是张氏在守着，她身为当家主母，既要主持家务，又要照顾这一家老老小小的起居。因为张氏不能生养，李漫后来又娶了两房小妾，这其中就有李家独子李麟的母亲。

李漫老来得子，对李麟自然十分宠爱，不单是他，张氏也将李麟当作自己亲生儿子一般。李麟从小就在张氏身边长大，对她也十分敬重，张氏非但没有隐瞒他的身世，对他的生母也同样照料。李漫那两房妾室也是老实人，掀不起什么大风浪，是以男主人虽然常年不在家，但李家因为有张氏在，多年来倒也稳稳当当，太平无事。

此时张氏一死，李家没了主心骨，李漫又没回来，全家上下号啕一片，完全乱作一团。

张氏连日来因为李漫即将把妾室带回来的消息而心情不快，郁郁寡欢，一时想不开自杀，好像也是很合理的。但谁让李家隔壁就住着唐泛呢，出了这种事，李漫不在，李家人第一个就想起唐泛了，急急忙忙遣了管家老李到顺天府来找唐泛，求他做主。

照理说，唐泛是不该管这个事的，因为顺天府辖下还有几个县，李家那一片正是该由宛平县来管。出了这种事情，如果李家人怀疑是他杀而非自杀，想要告官的话，首先要去找宛平县令。如果唐泛管了，那叫越俎代庖，是官场大忌，宛平县肯定会很不爽。

所以唐泛吃惊归吃惊，也只是安慰了老李一顿，答应先跟他去李家看看，如果是自杀，就不用惊动官府了；如果怀疑是他杀，再去宛平县告官。

唐泛跟着老李回到李家的时候，就瞧见一个陌生男人坐在厅堂里黯然神伤，旁边还站着一个美貌妇人。李麟则站在那里垂泪哭泣，阿春与阿夏则跪在堂中。

老李“啊”了一声，大喜过望，急急忙忙上前：“老爷，老爷，您可回来了啊！”

“老李，你去哪里了？”李漫满脸悲痛，泪光闪闪。他虽然纳妾，可对糟糠之妻终究还是有感情的，他的视线落在老李旁边的唐泛身上：“这位是？”

老李忙道：“老爷，这位是顺天府的唐大人，因为家中忽然遭遇此等变故，老爷您又不在，小的就自作主张跑去请了唐大人过来看看！”

李漫起身见礼：“原来是唐大人，小人失礼！不知唐大人与我家……”

唐泛租住隔壁院子时，李漫已经外出了，根本不曾见过唐泛，也难怪会有此疑惑。

老李解释道：“隔壁的院子是唐大人租下了，他还帮过咱家几回，对咱们有恩惠。老爷您不在，小的又六神无主，出了这种事，头一个就想起去找唐大人了！”

李漫点点头，拱手道：“原来如此，我先谢过唐大人！”

唐泛道：“不必客气，不过李家太太好端端的，为何会上吊自杀？”

此话一出，不单是老李，连阿春等人也不作声，气氛一时有些凝滞。

过了好一会儿，李漫方道：“老李，唐大人在问你话，你怎的不回答？”

老李唉声叹气：“回老爷的话，这事儿，小的一贯是在外院，昨日并未见过太太，不好胡说，还是让阿春她们说吧！”

李漫就道：“阿春、阿夏，你们说！”

阿春满脸惊魂不定，她是最先发现张氏尸身的人。那具吊在横梁上晃悠的尸体给人的冲击力太大了，她直到现在还没回过神来。

李漫只好让阿夏开口，阿夏看了李漫和他身旁的妇人一眼，怯生生道：“前几日太太听说老爷要从外边带人回来，又因自己多年未有所出，心情就有些低落，我们也劝慰了。后来，就是昨夜，太太说要休息，不让我们进去。我与阿春二人就守在外头，直到天快亮的时候才进去叫太太起来，谁知道阿春刚进去，就瞧见太太……”

李漫闻言，顿足痛惜道：“我与她夫妻一场，情分深厚，何尝埋怨过她！她怎会如此想不开！”

那美貌妇人哀声道："我跟着老爷回来，便是要拜见太太的，太太何故疑我至此，竟连一面都不让见！"

唐泛摇摇头，这种内宅私事、妇人心思，实在是不足为外人道，他也不方便插手，不过本着邻居情分，仍是道："若是方便的话，不妨带我去看一看你们太太，也好确定她是否真的是自杀。"

李漫拱手："多谢唐大人的好意，但拙荆毕竟是女眷，男女授受不亲，更何况死者为大，再上下检查未免有失体面。如今我家中遭逢大变，实在不方便招待唐大人，不如等小人先将拙荆丧事料理完，再上门致谢，唐大人看如何？"

唐泛深深地看了他一眼："若我一定要看呢？"

李漫愕然："唐大人身为朝廷官员，怎可枉顾朝廷法度与家属意愿？死者为大，小人不希望拙荆受到惊扰，死后还不得安宁，难道这也不成？"

唐泛道："可以，不过李家太太既然有可能是自杀，也有可能是他杀，我自然有权查看尸体。"

李漫沉下脸："据我所知，即使官府查探，也该是宛平县派人来查。唐大人虽然隶属顺天府，可终究错了一层，这不合法度吧？"

李家祖上为官，李漫从前又曾是读书人，如今又四处行商，交游广阔，自然不似一般百姓那样好愚弄，况且他说得也确实没错。

唐泛没有办法，只能道："那我到你们太太生前的房中走一圈总可以吧？"

话说到这份儿上，李漫当然也不能得罪唐泛过甚，只好亲自带着他到张氏生前的居所，让唐泛进去检查。

张氏的尸身已经被移到偏厅，此处等于是案发现场。不过张氏的尸体既然已经被移走，那么现场就等于被破坏了，很难第一眼就发现什么有用的线索。

阿春跟在后面，将自己进来之后的所见所闻向唐泛复述了一遍。唐泛听她说到关窗那段时，便先到屏风后面，打开窗台，仔仔细细看了一遍，然后才走向里屋。

张氏悬梁的那根绳子倒还系在横梁上，估计大家将张氏的尸体抱下来之后，也顾不上去把绳子解下来，旁边供张氏上吊的凳子也被踹翻在地上。

阿春惴惴不安地跟在他后面，眼看着唐泛在凌乱的床榻上翻找查看一阵，又掀起从床上垂下的床单，弯腰探看了片刻，又伸手去摸索。

等唐泛再次直起身体的时候，他手上多了一枚玉石耳坠，玉石被雕成莲花形状，下面还垂着银色流苏，十分精巧。

“你可认得此物？”唐泛问。

阿春点点头：“正是太太的东西。”

唐泛道：“这是我在枕头下找到的。”

阿春“啊”了一声：“想必是太太睡觉前忘了摘下来，不小心落在床上了吧。”

唐泛问：“那怎么只有一只？另外一只呢？”

阿春不确定：“兴许也在床上吧。”

唐泛点点头，将耳坠递给她：“那你先收好吧。”

李漫站在屋外，见唐泛出来，便问：“大人可有何收获？”

唐泛摇摇头：“并无收获，也许令正果真是自缢而死。”

李漫叹了口气，脸上有着显而易见的失望：“老实说，我倒希望她是被人所害，这样怎么也能将真凶找出来，告慰她在天之灵。”

唐泛道：“你能这么想，张氏心中定然安慰，想必也不会计较你从外边带妾室回来之事了。”

李漫被说得有些羞窘，随即又有点恼怒，就算唐泛是朝廷命官，但纳妾是家事，什么时候轮到对方来说三道四了？

唐泛也懒得照顾李漫的心情，离开李家之后，直接就前往宛平县，找到宛平县令，将事情说了一下，让他们派人过去查看张氏的尸体。

虽然李家不想告官，他却仍然想让宛平县的人去一趟，不为别的，就为了平时李家太太对他不错。如果她真的含冤而死，那自己无论如何也要为她讨个公道。

官大一级压死人，唐泛虽然只是从六品，但他怎么说也是顺天府的人，顺天府直接管着宛平县。宛平县令听了他的话之后也不敢怠慢，当即就派了县丞与主簿过去。

唐泛离开宛平县衙之后，先回了顺天府。

他刚踏进府衙大门，就看到检校杜疆匆匆迎上来：“大人，您可回来了，府台大人正到处找您呢！”

唐泛问：“你可知是何事？”

杜疆道：“属下不知，不过看府台大人好像挺急的。”

唐泛笑道：“我知道了，多谢你，你去忙吧。”

潘宾正负着手在偏厅走来走去，一见唐泛进来要拱手见礼，迫不及待地挥挥手：“行了，别讲这些虚礼了，你看看这张帖子！”

他递来的这张帖子红纸黑字，上面还撒着碎金，看上去颇为精致。

唐泛接过一看，面色古怪起来：“汪厂公请你吃饭？”

“是啊！”潘宾愁眉苦脸，“我又没有惹上他，他怎么要请我吃饭呢？”

唐泛见他整个人焦躁不安，便安抚道：“大人勿急，可知汪厂公所请为何？请了几个人？”

潘宾很郁闷：“我怎么可能知道这些？自从上回武安侯府案，汪直现在是越发骄横了，说一别人就不敢说二，无事不登三宝殿，这回肯定宴无好宴，也不知道顺天府又摊上了什么麻烦事！”

汪直是个宦官，首先，宦官跟文官就是天然的对立阶级，利益永远不可能一致，除非互相勾结，但那样一来，文官本人就要做好身败名裂、遗臭万年的心理准备。

潘宾不是清官，但也绝对不想当昏官，他只想当个平步青云的太平官。不过世上没有这么美的事情，人在官场，难免就要跟各种各样的人打交道。

跟文官打交道，大家都是同行，可以用文官的规则来玩。但跟宦官打交道，文官那一套就行不通了，潘宾搞不明白汪直的目的，既不想和他搅和到一块去，又不想得罪汪直，所以纠结得很。

唐泛很理解他这种心情，所以表示深切的同情。

但潘宾不需要同情，他对唐泛道：“你不是和锦衣卫的人很熟络吗？也许他们那边知道什么情况呢，不如去问问！”

唐泛有点无语：“大人，西厂的情报防范未必比锦衣卫疏松，去问了只怕也没什么用吧？”

潘宾道：“有用没用暂且不论，你去问问，说不定他们那边会有什么消息呢！”

唐泛知道，不管自己现在说什么，对方都听不进去，只好道：“承蒙大人错爱，下官先去打听打听，不过未必能够打听出什么，还请大人见谅！”

潘宾这才高兴起来：“这才是本官的好师弟，叫什么大人，太见外了！”

唐泛唯有苦笑，对这位潘师兄大人很是没辙。

自从上次武安侯府案以后，唐泛跟隋州确实有了几分交情。不过北镇抚司比起顺天府来，只会更忙，不会更闲，只因锦衣卫不仅身负皇命检查百官，同时还要查大案要案，负责御前仪仗，甚至就连民间那些私自自宫想要以此进宫博取富贵的人，也都是锦衣卫抓了之后一个个发配原籍的。

实际上很多顺天府该干的活儿，锦衣卫同样在干；不该顺天府干的活儿，锦衣卫也照样在干。所以作为北镇抚司里的小头目，隋总旗的忙碌程度一点也不比唐大人低。

不过唐泛去北镇抚司的时候，依旧得到了一点特殊待遇。隋州的副手薛凌亲自迎了出来，这个平日里也鲜少言笑的汉子对唐泛倒是挺热情的，只不过他说出来的话就有点令人失望了："润青兄来得不巧，百户大人如今正在外头办差，估计要过几天才回来。"

唐泛"啊"了一声："广川兄升官了？这真是可喜可贺啊！"

总旗上头还有试百户，也就相当于副百户，然后才到百户。隋州却跳过试百户这个职位，直接当到百户，一来肯定是因为在武安侯府命案里表现出色，二来他毕竟跟一般锦衣卫不同。一个有背景又有能力的人，不管在哪里，升迁肯定会容易许多。

所以隋州的升职，虽然有些意料之外，不过仔细想想，又会发现在情理之中。

当然，作为朋友，唐泛自然是替他高兴的，旁的不说，有一个百户朋友在北镇抚司里，以后要办什么事情也会方便三分。

薛凌嘿嘿一笑："可不是，大哥觉得没什么，我们也还没来得及宴请帮他庆贺一下，他就被派外差了，到时候我们预备在仙客楼摆酒，润青兄可要一起来？"

唐泛笑道："这等喜事，自然是要去的，不如让我来做东如何？说起来上回武安侯府案，多亏广川兄和你帮忙，我还未好好谢谢你们呢！"

薛凌道："润青兄是个豪爽人，不过不必了。这回是北镇抚司几个弟兄出钱宴请大哥的，你到时候来就好了！"

唐泛自然答应下来，又道："老薛，我有件事想跟你打听打听。"

薛凌："但说无妨。"

唐泛道："你可知道西厂汪厂公那边，最近有什么事情发生？"

薛凌想了想："没有啊，怎么这么问？"

唐泛苦笑："汪厂公忽然请我家府台吃饭，不知有何用意。我家府台大人心中不安，所以我过来叨扰一下你，希望能得到一点头绪，也免得府台大人去赴宴时不明就里，得罪了汪厂公。”

汪直的凶名京城皆知，不单顺天府怵他，锦衣卫也怵。薛凌一脸同情：“我没听说有什么事情发生，不过我可以帮你打听一下，潘大人几时去赴宴？”

唐泛：“两日后。”

薛凌点点头：“那还有时间，如果有消息我就告诉你。”

唐泛感激道：“那实在是多谢你了！”

薛凌：“润青兄不必如此客气，举手之劳而已！换作是大哥在，肯定也会帮这个忙的，至少我可从未听他开口夸奖过什么人，你润青兄是头一份，就冲着这点，我怎么都要帮你啊！”

唐泛奇道：“他夸我什么？”

薛凌哈哈笑：“说你不废话，会做事。”

唐泛苦笑，这还真像隋州夸人的风格！

又寒暄了两句，唐泛辞别薛凌，离开北镇抚司，回顺天府。

潘宾听说锦衣卫愿意帮他打听，也很满意，不像之前那样愁容满面了。唐泛解决了他那边的事情，前脚刚回到自己的值房，后脚就听见衙役来报，说宛平县那边派人去李家的事情有结果了，张氏死因可疑，只怕不是自杀，而是被人勒死的。

第六章

西厂汪直

上吊和被勒死的尸体是不一样的，后者的脖子后面会出现交叉的绳勒痕迹，而且但凡是被勒死的人，死前肯定会有过剧烈挣扎，就算脖子上没有被指甲抓破的痕迹，身上肯定也会有其他挣扎撞伤的瘀痕，这点早在南宋的《洗冤集录》里就说得明明白白了。

以一个普通仵作的水平，要辨别是自杀还是勒死不难，熟读《洗冤集录》就可以了。

对于这个结果，唐泛并不是很意外。因为在他看来，李家太太张氏是个和善人，性格无害，这种性格的人一般忍耐顺从，将世俗礼教视如常事，并且下意识去遵守。在将那个美貌妇人带回来之前，李漫就已经有两个妾室了，也没见张氏对她们怎么样，她就算愤怒伤心，也不可能因为这件事就跑去上吊自杀。

换了性情激烈极端一点的，倒是有可能，又或者像郑孙氏那种，直接对丈夫下手。

所以张氏自杀的可能性就不是很大了。

既然不是自杀，那么就要找寻凶手，这件事也再由不得李家人自己做主了。

唐泛就住在李家隔壁，于情于理都要过去看看。

不过这次他没有像早上那样孤身过去，而是点了衙门里老王等几个衙役，连同检校杜疆，与自己一道前往。

张氏的尸身就停放在李家厅堂正中，宛平县的县丞和主簿俱在，旁边还有县里的仵作。

宛平县直属顺天府，他们也是认识唐泛的，见唐泛过来，便都齐齐迎上来见礼。

唐泛问："二位不必多礼，事情进展如何？"

宛平县丞道："李家人都说那天晚上没有看见可疑的人进入他们主母的房间，只有那两名婢女是在外头守夜的。如今我们已经将她们抓了起来，大人可要问问？"

唐泛道："她们呢？"

宛平县丞让人将两人押过来，阿春与阿夏俱是柔弱女子，身后有人看着，也用不着捆绑。只是她们神色萎靡不振，比早上看到时还要差。

宛平县丞将自己盘问的内容简单说了一下，其实同样的内容，唐泛早就问过一遍，此时听来也没什么新意。

李漫冷眼旁观半天，终于忍不住上前，愤然道："唐大人这般逞官威，将我家弄得一团混乱，心中可是得意得很？既然查不出什么，何不让我等先为拙荆操办丧事，也好让她早日入土为安！"

宛平县丞喝道："小民休得无礼，如今既然出了命案，就不再是你家的事情。张氏的尸身当由官府接管，直到真相大白为止！"

李漫冷笑："内人横死，我亦悲痛万分，只是拦着不让办丧事又是怎么回事！诸位大人这是欺我李家无人不成，想我祖父也曾为三品侍郎，朝中如今仍有一二故旧前辈，若是我因此告上去，只怕诸位大人就要吃不完兜着走了！"

宛平县丞和主簿都为一个商人敢威胁他们感到不满，但他们又拿捏不定李漫所说是真是假，是以全都望向唐泛。毕竟三人之中，唐泛官职最高，自然要唯他马首是瞻。

唐泛呵呵一笑："不知你说的故旧前辈是哪位大人，不妨说来听听，说不定本官恰好也认识呢！"

李漫顿了顿，又软下语调相求："大人，小人并非故意闹事，只是如今天气炎热，尸身存放不易。内人帮我操持家务数十年，没有功劳也有苦劳，查案是大人们的事，与小人无关，我只是希望她能早日入土为安，免得九泉之下还死不瞑目。死者为大，这也是应有之义，几位大人想必也能体谅吧？"

未等唐泛应声，他又道："小人有内情通禀，还请唐大人借一步说话。"

李漫殷殷期盼地看着唐泛，后者点点头："可以，带路吧。"

李漫将唐泛带到隔壁内室，二话不说，扑通一声直接跪了下来！

"关于拙荆身死，其实别有隐情，此处有状纸呈上，请大人一阅！"

他双手呈上叠好的纸张。

唐泛接过来，却觉得手中沉甸甸的，再打开一看，层层叠叠的白纸中间，竟然夹着十数张汇通号的银票，有些一百两，有些五十两，这总数合起来起码也有两千两了。

要知道此时一两银子便可购买两石多的大米，两千两就相当于可以买四千多石的大米。而像六部尚书那样的正二品官员，每个月也就六十一石。

但有穷人就有富人，对于李漫这种还算成功的商人来说，两千两并不是无法负担的数字。之前冯清姿想要赎身，就得要五千两，欢意楼的老鸨并不是狮子大开口，对真正的富人而言，五千两也是小意思。

不过相对于俸禄很低的朝廷命官，这两千多两实在是一个天大的数目。

唐泛拿着银票，似笑非笑："怎么？你这是要行贿？"

"岂敢岂敢！"李漫忙拱手道，"我听老李说，李家多年来蒙唐大人照顾，在下感激涕零，无以为报，所以小小意思，不成敬意，还望大人笑纳。"

唐泛掂了掂银票："你是希望这个案子不要再查下去？"

李漫苦笑道："拙荆的死，在下同样伤心欲绝，大人要查案，在下自然不敢相拦，只是希望我们一家能过上几天安生日子。若是几位大人三天两头地上门，不光丧事办不成，只怕那些下人也都心中惶惶，无心做事了！"

唐泛点点头，将银票纳入怀中："你的意思，本官明白了。"

说罢转身走了出去。

李漫见他收下银票，自然知道事情这是成了，不由得大喜，连忙跟了上去。

却说唐泛二人回到厅堂，宛平县丞与主簿都迎了上来，询问他的意见："大人，这案子查还是不查？"

唐泛奇怪地反问："查呀，为何不查？连凶手都有了，你们打算任凭真凶逍遥法外不成？"

宛平县丞与主簿二人皆大吃一惊："真凶在何处？"

唐泛指着李漫道："这不就是真凶吗？"

没等李漫说话，他又喝道："来人，将他绑起来！"

他自己从顺天府带了人，倒也不劳烦宛平县丞他们动手。老王他们听得唐泛号令，当即就应诺一声，大步上前，将李漫双手往后一拽，绳子一绕牢牢捆了起来。

"你！你怎敢冤枉好人，草菅人命？我要告你！我要去告你！"李漫完全没想到唐泛说翻脸就翻脸，他又惊又怒，拼命挣扎起来。

唐泛挑眉："冤枉好人？未必吧，你连发妻都下得了手，怎么还叫好人呢？若是不服，倒也无妨，少安毋躁，且由我为你一一道来。"

他转头问阿春："那日我交给你的玉石耳坠可还在？"

阿春道："在的，我将其放回太太的妆奁盒了。"

唐泛："你去拿出来。"

阿春应"是"，起身去将整个妆奁盒捧过来："唐大人，就在最后一个格子里。"

唐泛打开最后一格，果然发现里头的莲花玉石耳坠。

他示意阿春放下盒子，又从怀中摸出一只一模一样的耳坠。

阿春惊呼一声："大人找到了另外一只？"

唐泛点点头，将那玉石耳坠举高："这另外一枚坠子，是在你们太太房间的床底下找到的。"

唐泛问："平日里，你等在你们太太的屋里，可曾追逐嬉戏？"

阿春道："自然是不曾的，太太虽然心善，可毕竟主仆有别，规矩摆在那里，我等不可能放肆。"

唐泛又问："那你们太太平时睡觉时可会有手舞足蹈或者起来夜游的习惯。"

阿春回道："那就更不曾有了，太太睡相再好不过，有时候一整夜连翻身都不曾翻的。"

唐泛道："我再问你，先前你说，半夜时，你曾经进过屋子去关窗，是也不是？"

阿春道："是的。"

唐泛问："当时你进过里屋去吗？"

阿春道："没有，当时我只在外头关窗，里屋是阿夏去查看的。"

唐泛又问阿夏："那么你进里屋的时候，可曾见过什么异状？"

阿夏道："没、没有，当时太太背对着我，身上盖着被子，看上去睡得很沉。我便没有走近去看，生怕惊动了她。”

唐泛问：“你可曾往床底下看一眼？”

阿夏摇摇头：“床上有床单盖着，一般只有在打扫的时候才会掀开去清扫床底。”

唐泛道：“一个女人在自己的房间里睡觉，又是睡相极好，便是不小心将坠子遗落在枕头边，又如何会无端掉到床底深处去？那就只有一个解释，你们太太这对耳环，并不是自己不小心遗落的，而是在被人勒住脖子的过程中，剧烈挣扎，以致坠子从耳朵上甩脱出来，掉到地上，又被凶手不小心踢到床底下去的！”

阿春面色发白：“难道那凶手，当时就在床底下？”

唐泛：“不，你们进去关窗的时候，凶手正好跳窗逃走。如果我没有猜错，你当时只顾着往窗外远处看，却忘了瞧一瞧窗户下面的树丛？”

阿春道：“是，是，当时我就往花园里瞅了一眼，又听见猫叫，便以为是先前忘了关窗，导致野猫跑进来……”

李漫大喊起来：“我与拙荆夫妻数十载，鹣鲽情深。她贤良淑德，我为何要杀她？！你这庸官，就凭着这些子虚乌有的猜测，就随口断定我是凶手，我定要上告刑部与大理寺申冤，你莫要欺我李家无人！”

唐泛淡淡道：“你虽与张氏数十载夫妻，原本确实鹣鲽情深，只因时过境迁，由浓转淡，便开始后悔当年为她散尽家财，放弃科举前程，娶了这么一个不会生养的妻子，又有年轻美貌的妾室从旁怂恿，本想着将她休了，另娶新人。可是因为张氏娘家有人做官，你生怕休妻不成，反倒跟张家结仇，于是一不做二不休，恶念顿生，直接先下手为强，将她杀死，是也不是？”

李漫冷笑道：“不是！当然不是！你血口喷人！张氏死的时候，我明明身在外地，今日才赶回来，既然不在，如何杀人？”

唐泛冷冷看着他：“有胆子做，就不要没胆子承认，你还不知道吗？你右脚的鞋底已经暴露了你。”

他这一说，引得所有人都不由得望向李漫的鞋子，连他自己也不由自主低头往下看。

老王弯下腰，直接将李漫右脚的鞋子脱了下来，递给唐泛。

唐泛将鞋子翻过来：“你说对了一点，你确实是从外地回来的，只不过不是今天才赶回来的，应该提前了几天。为的就是制造不在场证据，借以躲过杀妻的嫌疑，但这双鞋子出卖了你。”

没等李漫说话，他又道：“你生怕偷潜回家杀人时留下痕迹或脚印，特意事先将鞋子擦得干干净净，可惜这样反而不对！千里迢迢赶路，鞋底本该肮脏不已，你的为什么会干干净净呢？难道说你赶了那么多天路，好不容易回到家，却不急着回家，反倒先找个地方擦鞋子吗？！”

唐泛微微一哂：“还有，你跳窗逃跑时，不慎弄出声音，又担心阿春她们进去查看被发现，情急之下跳窗，结果鞋后跟在窗台的墙壁上狠狠摩擦了一下。我已去看过那道痕迹，跟你鞋子上这一处磨损，正好是一模一样的！”

他将鞋子往地上一扔，人往椅子上一坐，指着张氏的棺椁道：“说吧！当着你发妻的面，说说你为何要这么做。她嫁与你数十载，就算不能生养，可也已经极尽贤淑之能事，不仅为你操持家务，也不禁你纳妾生子，对庶子视如己出。虽说世俗对女子约束甚多，可世间真正能做到如你妻子那份儿上的少之又少！”

唐泛脸色一沉，厉声道：“你到底有什么不满足的，竟要到杀妻的地步？！你还是人吗！”

李漫木着脸，半晌，终于开口：“你以为我想吗？她嫁与我的时候，两人年纪相仿，举案齐眉，是旁人羡都羡不来的好姻缘。她娘家遭难，需要一大笔银钱，她家中兄弟姐妹三人，却无一人靠得上。当时我还在寒窗苦读，家中积蓄皆是祖产，为了帮她娘家渡过难关，我咬咬牙变卖了家产，将钱给了她。我自己则不得不为此放弃了科举，将剩下的积蓄用作本钱，改为经商，才令家境渐渐好转。此时，我二人已经成亲十载，却仍然膝下无子，在我的再三要求下，张氏才松口同意纳妾，如今李麟便是这么来的。我外出经商，时常需要与人交际应酬，张氏却目不识丁，没法跟着我出门。她看上去贤惠，实际上给我纳的那两门妾室，不是貌若无盐，就是和她一样不通文字。唯独我现在的妾室陈氏，温柔贤惠不说，又长袖善舞，在我忙于经商之时，还能帮我与官商女眷交际应酬，近来有几笔大买卖，都少不了她的功劳。”

他说到陈氏，众人便都望向之前跟着李漫一道过来的美貌妇人。唐泛见那妇人眉目精明，又听李漫说她对自己助益甚大，就知道这女人不是什么易与之辈。只是李漫被揭穿是凶手之后，她就有意无意地保持低调，仿佛想将自己融入背景一般。

此时听得李漫这样说，陈氏盈盈跪了下来，抬袖拭泪：“妾何德何能，得相公这般厚爱，实在羞愧。你若是不在了，妾独活又有何用啊！”

她唱作俱佳，催人泪下。唐泛却面无表情，看也不看她一眼。

李漫仿佛没有听到陈氏的话，他的心思都沉浸在回忆里了，顿了顿，便接着说下去：“我本来也没想过杀她的……很久之前，我便向张氏提出和离，又愿意贴补家产给她，可张氏并不愿意。后来我又提出将一半家财送与她，让她晚年无忧，可这样她仍旧不肯和离，说是让我不要忘了当初的誓言。如是几次，我实在没有法子！”

他的面色有些狰狞起来：“她明明什么都不会，又不能帮到我，比她貌美能干的女人比比皆是。当年为了她，我已经散尽家财，对她也算仁至义尽了，既然不能生儿育女，又何苦霸占着正妻的位置？我自然忍无可忍，不是我欠了她，而是她欠了我！是她欠了我！”

厅中一片静寂，所有人吃惊地望着李漫，尤其是李家的人。

李漫虽然很少归家，可他在人前，与妻子张氏向来都是相敬如宾的，对下人也并不苛刻。李家上下对他都很尊敬。

但谁也不知道，在李漫平和仁善的外表下面，竟然潜藏着这样一头野兽！

李家少爷李麟更是完全惊呆了。他望着父亲，喃喃道：“父亲，为什么你要这么做？”

唐泛冷声道：“你非是觉得她帮不到你，更不是因为她不能生养，而是在你心中，一直耿耿于怀，你怨她娘家拖累了你，害你付出那么多！当年你们还年轻，情到浓时，就觉得这些付出是可以接受的，可等到年纪一天天增大，你在商海里摸爬滚打，看遍人心，知道士农工商，还是唯有读书人清贵，就渐渐后悔自己当年的选择。这种后悔一天天堆积，在你心中变成心魔，只要有外因稍稍撩拨，这心魔就会迫不及待出来为害！现在你说的所有理由，只不过是在为你犯下的错事寻找借口！

“你早年固然付出良多，可这么多年来，张氏为你操持家务，又帮你照顾儿子，就算欠了你，也早就还清了！你想休了她，她不肯又有什么错？她犯了七出里哪一条？你以为就算是和离，女子就不用遭遇白眼了吗？你贴补家财又如何？这么多年来，她对你的深情厚谊，难道是银钱可以衡量的吗？”

李漫冷笑：“你不懂，你不懂！我祖上也曾是三品侍郎，何其风光，就因为我放弃科举，改投商道，便处处遭人白眼。李家有今日，是我费尽多少心血才赚回来的，她什么都不必做，就在家中安享富贵，我不甘心，我不甘心！当年若是我也能参加科举，今日只怕早就玉带缠腰了，你们这些芝麻小官，也要在我面前折腰的！”

饶是唐大人修养再好，听了这番话也忍不住翻了个白眼：“张氏娘家发生变故那年你已经年纪不小了吧？就算你五岁启蒙好了，也就是说你整整读了十几二十年的书，竟然连个秀才都没考上，就算再给你二十年，估计你也考不出个花样来。醒醒吧，就你这品行还想当我上官？我怕你有命当官，没命享福！”

李漫呵呵冷笑：“我自然知道，你们这些朝廷命官，永远就是这么一副高高在上的嘴脸，明明伸手拿钱，还非要装出一副大义凛然的面孔，虚伪透顶，令人作呕！”

唐泛没有急着让人将他押回去：“你提前回来杀妻，又不欲令人知道，必是要有人里应外合，帮你遣开那些下人。按理说，李家有内外宅之分，你若从前门进来，必是要经过外宅与内宅，又要瞒人耳目，麻烦至极。但如果从后门进来就省事多了，后门连着花园，花园前便是张氏的屋子，对方只需要帮你看着，并且以不要惊扰了太太休息为名，让人当夜不要在后花园处徘徊即可。这个人是谁？”

李漫没有回答，唐泛也没有让他回答的意思，他的目光从神色不一的李家众人身上扫过，最后落在某人身上。

“阿夏。”

阿夏愕然抬首。

唐泛深深地注视她：“李家太太对你何止不薄，简直可以称得上仁至义尽了，可你为什么要这样对她？”

阿夏连连摇头：“没有，我没有……”

“还敢说你没有！”唐泛凌厉道，“当夜你原本身体不适，阿春已经说了要代你守夜，你却坚持不肯，还要带病与她一道守夜，此其一！

“其二，你们太太屋里有异响，你与阿春二人进屋查看，阿春没有进里屋，只有你进去了。然而你进去之后非但没有上前查看，反倒只在门口看了一眼，还阻止了阿春进去。当时李家太太已经遇害，你生怕阿春进去之后发现异状，不是心里有鬼是什么？说！”

李漫在确凿的证据面前尚且无可抵赖，更何况是阿夏这种没有经历过什么世面的女子。唐泛那个“说”字一出，她当即就崩溃了：“我没有！我没有！是老爷威胁我！我是被逼的！我没有杀太太！”

唐泛："他威胁了你什么？"

阿夏捂着脸泣道："那日我身体不适，出外看病抓药，结果就遇上了老爷，他将我诱骗到一处地方，然后，然后便对我……又跟我说，如今我已经是他的人了，如果不听从他的话，他就要告诉太太，说我勾引他，让太太将我发卖了！他想让我下手杀太太，我不肯，他就让我帮他把风，帮他遣走李家的下人，说要亲自动手，我、我实在是没有办法……当日你为何不答应太太要下我？如果当时你将我要走了，后面那些事情就不会发生了！"

唐泛的嘴角平日里都是微微扬起，带着温暖的笑意，见者如沐春风。然而一旦他面无表情的时候，别有一股令人不敢直视的威严。

"人总喜欢为自己犯错寻找各种逼不得已的借口，你家太太平日对你如何，难道你还不了解她的为人吗？仅仅因为李漫玷污了你的清白，你便帮着他行凶，你敢当着你家太太的面，说一声问心无愧吗！"

阿夏痛哭失声："太太，我对不住您，我对不住您！"

唐泛不再理她，转头对宛平县丞等人道："这桩案子本该由宛平县受理，如今我越俎代庖，钱县丞不会怪我吧？"

宛平县丞忙道："不会不会！大人断案如神，下官钦佩至极！"

唐泛："那接下来就劳烦二位接手了。"

宛平县丞："这是下官分内之职！"

唐泛："老王，将李漫与阿夏交与钱县丞他们。"

老王应声，将阿夏押了起来，交由钱县丞带来的衙役。

唐泛又道："钱县丞，这阿夏虽然有从犯之嫌，但毕竟未亲手参与杀人，又已经交代了罪行，一切审问当以国律为准，还请不要私下用刑才是。"

阿夏停了哭声，怔怔地看着他，眉间凄苦，也不知道在想什么。

兴许是感叹自己命苦，没有福气跟着唐泛；也许是后悔自己不应该一时鬼迷心窍受了李漫的要挟，就帮他做下这等错事。

然而早知如此，何必当初。

唐泛转头看向李府管家："老李，你过来。"

"唐大人。"老李神色惨淡，他对李家忠心耿耿，却没想到自家老爷杀了太太。这个突如其来的打击实在太大，以至于他的腰一下子弯了不少。

唐泛从怀中掏出一沓银票："这里头有两千两银票，方才你们老爷把我叫入内室，给了我这沓东西，想让我不再追查下去。这些银钱你拿着，回头好生照顾你们家少爷吧。”

老李接过，垂泪道：“多谢唐大人，您对我们李家的大恩大德，小的没齿难忘！”

李漫漠然道：“拿着我李家的钱做人情，唐大人倒是好算计啊！”

唐泛笑眯眯地道：“你行贿不成便恼羞成怒了吗？还是赶紧闭嘴吧！杀人者当诛。如今李家的钱也与你无关了，那都是你儿子的了。”

李漫被他气得满脸通红，两道怨恨的眼光几乎要在唐泛身上灼出洞来，阴声道：“我不会死的，你别高兴得太早！”

唐泛对宛平县丞道：“这般态度恶劣的嫌犯，在这里咆哮朝廷命官，似乎不妥吧？”

宛平县丞如梦初醒，连忙挥挥手，让人将李漫和阿夏押回去。

唐泛等人将要离开之际，老李叫住了他：“唐大人，家门不幸，如今老爷这样，太太又过世了，家中余下少爷一人，两位姨太太也是未曾主过事的，群龙无首，小的唐突，想求大人帮忙拿个章程。”

唐泛看了呆若木鸡的李麟一眼：“你们老爷或太太家中，若还有什么靠得住的远亲，可以请过来帮忙主持一下。如今你家少爷也算半大少年了，他往后总要挑起这个家的，凡事也可与他商量着去办。”

老李连连点头：“唐大人说得是！”

出了李府大门，唐泛叫住宛平县丞，似笑非笑：“此案并不复杂，以钱县丞的聪明才智，未必断不出来，却为何非要将我叫过来，难道别有原因？”

宛平县丞尴尬赔笑：“大人说笑了，要不是大人说破，下官都还不知道有这么多的内情呢，只怕会冤枉好人！”

实际上李漫贿赂过唐泛，自然也贿赂过宛平县丞和主簿他们。只不过因为这案子最开始是唐泛接手的，所以钱县丞他们就是想收，也怕唐泛会将他们捅出去，所以就把唐泛先请过来，看唐泛收不收。如果唐泛收下李漫的贿赂，决定将凶杀改为自杀，有他在头顶上顶着，钱县丞他们自然也就收得心安理得了。

唐泛明白这一点，却也没有去揭穿他们，水至清则无鱼，人至察则无徒，揭穿钱县丞的用心，只会让他恼羞成怒，除此之外别无用处。很多人不会因为你大义凛然地教育一通就幡然悔悟，反倒容易因此记恨你，当清官并不难，难的是当有作为的清官。

所以唐泛仅仅是点到即止，让他们自己醒悟。

隔天一大早，薛凌那头就派人过来，告诉唐泛，说并没有从汪厂公那里打听到什么消息。

也就是说，锦衣卫查不出汪直干吗要请潘宾吃饭。

他将这个消息转告给潘宾，后者听了这个消息，果然愁眉苦脸。

唐泛安慰他："师兄不必担心，武安侯府命案间接让汪直得了利，顺天府无心栽柳，说不定他是想表达感谢之意呢。"

潘宾："你觉得可能吗？汪直连内阁阁老们都不放在眼里，哪里需要请我这种小人物吃饭。这样吧，要不明晚你与我一道过去，有什么事也好给我提个醒。"

唐泛："这不好吧？他请的只有你，我不请而至，只怕会让他不高兴吧？"

潘宾摆摆手："没事，到时候你不要以顺天府推官的身份，以我师弟的身份，就这么说定了！"

仙客楼的出名，可不仅仅是靠吹出来的。自英宗皇帝起，这间酒楼就在京城声名鹊起，这主要是因为仙客楼的东家很有生意头脑，花重金特地请了两位分别擅长北地菜与江南菜的大厨来掌厨，又买下仙客楼后面的私宅，另外辟了一处地方，称为仙云馆。

客人们要请客吃饭的话，不讲究那么多的，便在前面的仙客楼，价格也亲民许多。若是达官贵人喜好个清静的，那便到后头的仙云馆，装潢自然也比前头高档许多。

两处虽然挨在一起，却各自有各自的门户独立开来，互不干扰。

汪直请潘宾吃饭，便是在仙客楼后面的仙云馆里。

两相约好了时辰，潘宾还特意提前了一刻钟，结果他带着唐泛在伙计的带领下来到其中一个包间时，却发现那位汪厂公已经坐在席上。

对方今天虽然青衣小帽，与外头的寻常客人无异，底下那张脸阴柔俊秀，年轻得令人惊讶，却又带着一股睥睨众人的锐意。潘宾丝毫不敢怠慢，连忙上前笑道："汪公来得好早，失礼了，失礼了！"

汪直依旧坐在原位，只抬手一引："是我来早了，潘大人请入座。"

他眼睛一扫，落在唐泛身上："这位想必就是丘大人的另一位高徒，唐泛唐大人吧？"

唐泛拱了拱手："在下乡野出身，没见过大场面，听闻厂公宴请我师兄，便想跟着过来开开眼界，不请自来，还请厂公恕罪。”

汪直摆摆手：“无妨，坐。”

实际上，汪直的年纪比在场二人都小，可能还未满二十。但他身居高位，举手投足都有些居高临下，潘宾也不敢有什么异议。

汪直道：“既然人已经来齐了，那就让他上菜吧。”

说罢他拉了拉饭桌旁边垂下来的引绳。不一会儿，外头就有人推门进来，手中端着托盘，陆续上菜。

汪直道：“不知道你们喜欢北菜还是南菜，今夜叫了南北各半，正好各得其所。”

潘宾道：“汪公费心了，不知汪公……”

他本想询问汪直请自己吃饭的用意，没奈何刚开口就被汪直摆手打断了。

汪直提箸道：“吃完再说，吃完再说。”

潘宾只好闭嘴。

在仙云馆请客，一顿饭没有百来两是下不来的。作为西厂提督，汪直更是不落人后。

杏仁佛手、龙井虾仁、凤尾鱼翅、金丝酥雀、绣球干贝、奶汁鱼片、二龙戏珠、翡翠荷叶羹……

一道道菜肴如流水般地端上来，令人目不暇接。潘宾身为三品大员，平日交际应酬也算见过不少世面了，但见偌大桌面瞬间被摆得满满当当，也不由得咋舌不已。

既然没法开口，那就只好闷声吃饭了。

于是桌边三人，皆都默默低头品菜，一时之间，氛围竟有些古怪。

潘宾心中忐忑不安，再美味的东西在他嘴里自然也失了味道。他一边吃还要一边琢磨汪直的用意，结果吃饭的速度就比另外两人慢上许多，等他刚刚第三次伸出筷子的时候，那头汪直已经放下筷子，抹了抹嘴，表示告一段落。

潘宾只好也跟着放下筷子，结果眼角一扫，唐泛却还在继续吃菜，虽然动作慢条斯理，并不显得粗俗，但是这会儿怎么看怎么都觉得突兀。

潘大人嘴角抽了抽，连忙朝自家师弟使眼色，结果唐泛也不知道是没看到还是装作没看到，竟然还伸筷子夹菜。

反倒是汪直哈哈一笑，露出颇为欣赏的表情，还击节叫好：“好！吃饭就图个自在！唐大人这才是性情中人啊，老潘，相比之下你未免就太拘束了！”

好嘛，自己明明比汪直还大个二十来岁，倒被他一声老潘叫没了。

潘宾说不出的别扭，又不敢纠正汪——只好扭曲着脸笑了笑：“年轻人总要更活泼一些，我老了，我老了！”

唐泛喝完碗里的汤，终于放下筷子，向汪直告罪：“厂公恕罪，只怪这里菜肴风味绝佳，我一时忍不住，就多吃了几口。”

虽然他的表情举止一点都没有体现出“没见过世面”这个特征，但汪直仍旧听得很高兴：“唐大人要是喜欢，下次我再请你来嘛！”

唐泛笑道：“好菜要久久吃一次，才会回味无穷，若是轻易吃到，反倒失去珍贵了。”

既是婉拒，又不着痕迹地捧了汪直一下。

对方果然没有生气，反倒露出很受用的表情。

从这一点来看，唐泛面对汪直，反倒比潘宾放得更开，并不像潘宾那样因为忌惮汪直的身份权势就束手束脚。

汪直敲了敲桌面，总算不再吊潘宾的胃口：“今日请潘大人前来，却是有件事相求。”

潘宾忙道：“汪公言重，何至于‘求’字！”

汪直道：“我丢了一件东西，想请顺天府帮忙找回来。”

潘宾吃了一惊，小心翼翼地问：“不知汪公丢的是……”

汪直道：“一只白玉雕成的骏马，半尺来高。”

潘宾问：“可有模样，是如何丢失的？”

汪直将放在旁边高几上的卷轴拿了过来，递给潘宾：“就是这般模样，我将其放在家中观赏，某日忽然丢失，也许是内贼偷了出去发卖，不知去向，至今也未能找到。”

潘宾打开画轴，上面画着一匹玉骏马，画工一般般，不过也足以让人记住它的模样了。

潘宾道：“那么汪公可有什么线索？”

汪直似笑非笑：“我若是有线索，又何必找你来？”

潘宾意识到自己说错话，忙道：“在下会争取尽快破案，帮汪公找回那尊白玉骏马的。”

汪直满意地点点头：“那就劳烦潘大人了。”

目的既已道出，汪直自然不会再浪费时间陪两个小人物枯坐，当即就借口自己有事先行一步。

到他这个位置，许多事情都与皇帝有关。潘宾不能问也不能打听，赶紧与唐泛将人送到门口。

汪直摆摆手："二位可以继续叫菜吃，钱我已经让掌柜记在账下了。"

今夜汪直便装出行，青衣小帽不引人注目。但兴许是他穿惯了华丽蟒袍的缘故，转身离去时衣袖一拂，竟有几分大太监出行时的威风凛凛，仿佛还在西厂。

唐泛看得想笑，却是忍下了。等汪直走远，他才问潘宾："师兄，接下来我们是继续吃，还是回去？"

汪直一走，潘宾的脸就拉得老长，气鼓鼓地一拂袖："回去！"

仙云馆里的包间是汪直订的，潘宾有所顾忌。等到两人离开老远，他才忍不住开始抱怨："一个靠宠妃起家的宦官，气魄竟装得比内阁首辅还要大，真是世风日下，人心不古！家里丢了一个摆件，也有脸特意让我们过去，真当顺天府是他家后花园了？难不成我们还是他的私仆，想怎么使唤就怎么使唤吗？！"

唐泛等他发泄够了，才道："大人以前可见过汪直？"

潘宾犹自气哼哼的，他虽然在京城官场算不上大人物，但怎么也能称为三品大员了。结果汪直对他的态度就跟对自己手底下的人一样，这让他心里很别扭。

"见过，不过没有如此近距离地打过交道！"

唐泛问："那大人瞧汪直为人如何？"

潘宾想也不想就道："跋扈！嚣张！目中无人！"

唐泛一边回忆方才的情形，一边点点头："他少年得志，确实也有嚣张跋扈的本钱。不过我觉得，汪直不会为了区区一个把玩观赏的摆件，就将您叫过去，说不定其中有什么缘故。"

潘宾没好气："还会有什么缘故？偌大京城，要找那么个东西，无异于大海捞针。若是被人弄到当铺里也就罢了，凭着西厂的能力，怎么可能找不到？除非是那白玉骏马已经被摔碎了。汪直让我们去找一件根本不可能找到的东西，要么就是那东西在汪直也没法去要的地方，说不定已经流入哪个权贵人家了！"

他虽然诸多缺点，不过能坐到如今顺天府尹的位置上，却必然是有几分能耐的，所以寥寥几句话便将汪直的用心点了出来。

唐泛道："大人是不是在哪里得罪了他？"

潘宾摇头："怎么可能？我根本没与他打过多少交道，也就是上次武安侯府……”

他一顿，有些惊疑不定：“难道是上次武安侯府的事情得罪了他？可是后来真相水落石出，他借此立威的目的不也达到了吗？为什么还会来找我们的麻烦？关我们什么事？就算要找，也应该找锦衣卫吧？”

唐泛道：“应该不是这件事，也许有别的什么缘故。”

潘宾冥思苦想，想了半天也想不出什么结果：“这样吧，要不明天你去北镇抚司找那位隋总旗问问。”

唐泛：“……”

喂，大人，你醒醒，堂堂北镇抚司不是咱们顺天府的后花园啊！

他无奈道：“隋总旗出外差去了，还未回来。上次我请他们帮忙打听汪直请我们吃饭的事情，他们也打听不出什么结果，只怕是爱莫能助。”

潘宾感叹：“如果太祖皇帝还在，瞧见锦衣卫被宦官欺压得如此无用，只怕会暴跳如雷吧？”

唐泛为自家师兄丰富的想象力抽了抽嘴角。如果太祖皇帝还在，知道两个朝廷命官跟一个太监在外面吃吃喝喝的话，明天他们三个人就可以一起去菜市口执手相看泪眼了。

他只好提了个建议：“依下官看，不如大人明天先派出人寻找。我再去打听一下消息，东西二厂的吏员大都是锦衣卫调拨出去的人手，说不定他们会听到什么风声，这样可好？”

潘宾满意地摸着下颌胡须：“这样甚好，润青，那就辛苦你了。”

其实唐泛觉得每次一有事就去找薛凌他们，实在是挺不好意思的。一来显得顺天府无能，二来钱债好还，人情债难还，现在三番四次麻烦人家，等到有朝一日人家想让你做什么为难的事情，就很难拒绝了。所以他一开始并没有马上去找薛凌，而是先等等老王他们的消息。

不过很可惜，一连好几天过去，老王他们寻遍了京城各处当铺，都找不到那尊白玉骏马。当铺掌柜也都说从来没有见过那样的东西。

唐泛没有办法，只好再次找上薛凌。

薛凌倒是豪爽得很，拍拍胸脯就答应下来，说一定会帮他去打听的。

那边唐泛又碰上了一件麻烦事。

不是别的，他快要没地方住了。

他住的地方，本来就是租用隔壁李家单独隔出来的院子，独门独户，麻雀虽小，五脏俱全，一直住得也挺不错。但是因为李家出了变故，李家两个主人，一个死了，一个被关进大牢，李漫杀妻罪证确凿，由宛平县确认之后层层上报，现在卷宗还压在刑部那里。

古来律法轻男重女，妻杀夫要凌迟，夫杀妻则要分情况。不过像李漫这种无端杀妻的情况，无可辩驳。如无意外，自然还是要斩首的，但也并没有这么简单，案子要经过三司会审，由刑部最终核定之后才能判下来。

李家没了男女主人，日子还是要过的，李家少爷李麟就成了新的主人。

李麟今年十多岁，因镇日埋头读书，不通庶务，乍然接手李家也不知道如何是好。管家老李没有办法，他资格虽老，但毕竟是下人，又是外人，只好请来李漫的一位堂亲暂时帮忙料理张氏的丧事。

那位李家堂亲家在南京，千里迢迢赶来京城，难免水土不服。他倒也不是贪图李家财产，只是见李麟一个半大少年，被养得什么事也不懂，只知道读书，觉得有些不妥，便建议李麟和老李他们跟自己迁到南京去住，大家都是亲戚，相互之间也有个照应。

嫡母被生父所杀，这样的事情也使得李麟本人受了不小的刺激。他一点也不想待在这个充满心理阴影的宅第里了，就跟老李商量了一番，决定接受那位堂亲的建议，举家迁往南京，离开这个伤心地。

不过李漫现在毕竟还在牢里，为人子不能抛下父亲就走，起码也要等到案子判下来再说。但是一些东西可以先发卖掉了，宅子也可以先托人估价代售，到时候连同唐泛现在住的这个小院子，也会一并被卖掉。

京城房价高，唐大人家道中落，他一个从六品官员是没钱把宅子买下来的，所以只能搬走，另觅住处。好在李麟他们也不是马上就走，还有一段缓冲的时间，可以让唐泛去物色宅子。

不过这房子实在是不好找，地段好的，租金高，地段不好的，离衙门远。牙行的行老带着唐泛看了几处地方，唐泛都不是很满意，一边还要兼顾衙门里的差事，以及汪厂公的那尊白玉骏马的下落，简直称得上焦头烂额。

就在这个时候，阿冬小姑娘哭哭啼啼地找上门来，二话不说跪在唐泛跟前：“唐大人，你收了我吧！”

啊？！

唐泛吓了一大跳，以为又来一个阿夏，还好阿冬接下来的话让他知道自己是想多了。

“唐大人，你可不可以去和管家说，将我要到你这里来啊。我会做蛋炒饭给您吃，还会帮您打扫屋子，我不想去南京。”

阿冬小姑娘仰着头期待地问，哭得一把鼻涕一把眼泪。

唐泛将她扶起来：“这是怎么回事？你是李家签了死契的奴婢吧？能离开李家吗？”

阿冬吸了吸鼻涕：“是签了死契的，但阿春姐姐说只要您去跟少爷要，少爷应该会给的。”

唐泛听糊涂了：“你从小在李家长大，不是对李家很熟悉吗？怎么突然之间想要到我这边来？”

阿冬难过道：“太太死了，李家不是那个李家了。少爷跟阿春姐姐说，等丧期过了，想纳她为妾，阿春姐姐不愿意，不过没有办法，由不得她做主。阿春姐姐还对我说，少爷虽然人不算太坏，但耳根子软，读书读得有些呆气，如果让他当家，李家只怕不会比从前更好。”

唐泛问：“那其他人呢？除了你和阿春之外，李家其他人要如何处置？”

“李管家要陪着少爷一道南下，家中到时候没有签死契的奴婢都会提前打发走人，签了死契的，也要发卖一部分。阿春姐姐说如果我不想去南京，可以趁这个机会找个出路。”

她咬着手指，可怜兮兮地瞅着唐泛：“唐大人，你可不可以收留我？我会很勤快的，不给你添麻烦。我不想去南京，我跟少爷不熟！”

唐泛啼笑皆非：“你愿意给我当厨娘，我倒乐得轻松，可问题是李家少爷愿意放你走吗？”

阿冬听他口气松动，顿时兴奋起来：“愿意的，愿意的。我听管家说，李家现在人口太多了，以后用不着那么多人，他们巴不得裁少一些呢。我那么能吃，干的活儿又不多，他们肯定愿意放我走，让我去祸害别人家！”

唐泛：“……”你这么直白真的好吗？

阿冬吐吐舌头：“说错了，说错了！都怪我太高兴了，唐大人您千万别往心里去，其实我很好的！您就装作没听到我方才的话好了！”

唐泛看她这么高兴，也笑了：“好吧好吧，那我就权且去问一问。不过咱们先说好，来了我家，我的伙食可就由你包下了。”

阿冬点头如捣蒜，她虽然从小就在李家长大，但现在张氏已经不在了。上头三位最亲近的姐姐，阿春劝她离开，阿夏胁从杀人，阿秋则很有可能跟随南下，一夜之间，如家人般的氛围支离破碎。阿冬对南下这件事打从心底抗拒，相比之下，自然是唐泛这边更自在，更好相处。

她信心满满地保证："放心吧，唐大人，我一定会把您喂养得白白胖胖，像猪一样的！"

唐泛："……"

他开始怀疑阿春是不是怕她这张缺根筋的嘴在李家很容易得罪人，才忙不迭将她打发出来的。

不过当唐泛去向李家要人的时候，却并不顺利。

管家老李听了他的来意，虽然没有一口拒绝，也是面露难色："唐大人，阿冬是签了卖身契的，眼下李家并不由我做主，不如让我去问问少爷？"

唐泛自然点头："现在李家少爷当家，这是应当的。"

老李请他在客厅稍坐，便去请示李麟。少顷，李麟出来了。

"唐大人是要给阿冬赎身？"李麟问。

他长得与李漫其实很相似，连身量都差不多，只是李麟看上去更加年轻一些。

家中变故使得李麟脸上褪去了原本的青涩，变得有点阴沉，倒更像他父亲了。

唐泛颔首："我听说当时李家买阿冬，花了五两银子。如今你们要举家南下，阿冬年纪不大，恐怕带着她也不甚方便，我愿意出十两银子，不知可否将阿冬的卖身契转让？"

李麟对唐泛的观感有些复杂，对方既是帮忙找出杀害自家嫡母真凶的人，可又是亲自将自己父亲送入牢狱的人，自己本该感谢他，可又有些恨他。李麟甚至不只一次地想，如果不是唐泛，那自己现在也就不用失母又失父了。

他冷冷淡淡道："阿冬是我李家的奴婢，恕难从命。还有，我听老李说，契约原本约定的租期将至，我们这座宅子要卖掉，也就不打算续约了，所以还请唐大人尽快从我们隔壁搬离吧！"

第七章

白莲妖徒

管家老李一听这话就急了，连忙道：“少爷，唐大人于我李家有大恩……”

李麟打断他：“老李，现在这个家到底是谁做主？是你还是我？”

老李何等忠心，听了这种话，惶惶不安，连声道：“自然是少爷您啊！”

李麟不耐烦：“既然是我，你就不要管了！虽然他是官，我们是民，可难道官就可以无法无天了？这里是京城，可不是什么穷乡僻壤，若不是他，父亲又怎么会变成杀人犯？”

唐泛微微一哂，这李家少爷莫不是读书读傻了：“李麟，张氏虽然不是你的亲生母亲，可也从小抚育你长大，不曾假他人之手，这片慈母心肠，任谁见了都要感动，生恩养恩，岂有轻重之分？李漫虽然是你的父亲，可他同样也是杀了你母亲的凶手，你心情矛盾，左右为难，我可以理解，但如果你因此就是非不分，那寒窗苦读那么多年又有何用？”

李麟梗着脖子道：“谁不知道那只是因为她没有自己的儿子，才会对我好的！”

唐泛目光转冷，摇摇头：“看来你那些书都读到狗肚子里去了，我真为你那九泉之下的嫡母不值。”

李麟怒道：“既然如此，那就请唐大人离开吧。我知道你是顺天府推官，不过满京城都是官儿，你这从六品的推官还真不算回事。阿冬是李家的奴婢，要怎么处置自然要由我来决定，我说不卖就是不卖！”

这李麟也是个奇怪的人。

说他读书读傻了，不通俗务吧，说话有时候又挺一语中的，他还真说对了，像唐泛这种品级的官员，在京城也确实算不上什么，而且他一个推官，也管不到人家李家要卖奴婢的事情上去。如果他今天强行将阿冬带走，李麟要是闹将上去，虽然唐泛未必会如何，但是免不了被御史弹劾一个“与民争婢”，对名声也会有影响。

但要说李麟聪明，从他刚才那一番“嫡母对他好是别有居心”的论调，唐泛立马就对他的观感一落千丈。

不管李漫跟张氏之间有什么恩怨情仇，那是长辈们的事情。作为晚辈，李麟会有矛盾痛苦的心情是正常的，但他宁可无视张氏对自己的付出，一味地袒护生父。

当然这也可以说是孝道的一种，不过就算是孝，也是愚孝。

做人并非一定要刚正无私，但起码要恩怨分明，如果好坏不分，那这个人也不会有太好前程的。

唐泛点点头：“阿冬是你家的人，自然由你处置，这是应当的。”

说罢他也懒得再看李麟一眼，直接就转身离开。

等唐泛出了李家大门，身后老李匆匆追上来，气喘吁吁道：“唐大人，少爷还小，您大人有大量，别和他一般见识，小的给您赔罪了！”

唐泛失笑：“他不小了，想我十五岁时已经中了举，又送长姐出嫁，足以撑起一个家了。”

他见老李惶惶然，又道：“不过你放心便是，就是冲着你家太太的面子，我也不会对他怎么样的。但是你家少爷这样下去，只会害了他自己。”

唐泛从李家离开，直接就回到顺天府，见自己的副手、校检杜疆正坐在他的值房内，便笑道：“小湖今日得闲了？”

杜疆听了他的调笑，却并没有跟着笑起来，反倒一脸严肃：“大人，陈氏不见了。”

唐泛拿起茶盅的手一顿：“怎么回事？”

杜疆道：“李漫入狱之后，她就被李家的人赶了出去，然后就找了一间客栈落脚。我听了您的指示，就让人在客栈外盯着。谁知道昨天一天都未看见陈氏外出，衙门的人就去问客栈掌柜，掌柜说陈氏昨日就退房了，并没有说要去哪里。”

李漫杀妻，虽然有凭有据，有前因有后果，从头到尾看似跟陈氏没什么关系，但唐泛总觉得这美貌妇人肯定在其中没少推波助澜。又见她从头到尾低调异常，既没有因为李漫入狱而害怕，也没有因为被赶出李家而惶恐，表现得太过镇定，反倒不同寻常，便让人去盯着那个陈氏，却没想到居然还让对方溜了。

唐泛道：“你让人去她住过的那间房里搜查过没有？”

杜疆点点头，他做事细致谨慎，这些事情本不用唐泛吩咐。

“搜查过了，也没什么异常的，陈氏随身的行李本来就少。后来我又亲自去了一遍，结果在墙边角落里发现了一个很小的标记，痕迹好像是新刻上去的，约莫两个指节那么高，也不知道是不是与陈氏有关。”

唐泛被挑起了好奇心：“长什么模样？”

杜疆拿来纸张，凭着记忆在上面把标记的大致模样画了出来。

唐泛一见，就脱口而出：“白莲教？！”

杜疆也是悚然一惊：“什么？难道那妇人还与邪教妖徒有关，这难道不只是一桩普通的杀妻案？”

唐泛面色也渐渐凝重起来：“我原本也只是觉得这妇人有些可疑，所以才会让你去盯着她，谁知道还牵扯出这么一件事情来。”

杜疆道：“这下可就有些难办了。她既是与白莲教有关，却待在李漫身边，甘为妾室，想必没少怂恿他去杀妻，也不知道有何目的。”

唐泛苦笑，这下好了，一波未平，一波又起。那头汪直的白玉骏马还没有下落，这边李家的事情又跟白莲教有关，麻烦事都一起上门了。

他想了想：“这样吧，你继续让人寻找陈氏的下落，那客栈房间已经有人进去过，现在打草惊蛇，估计就算跟白莲教有关，他们也不会再出现了。不过你还是派人盯着，以免有什么遗漏，再去和潘大人禀报一下。我这就去找北镇抚司的人，跟他们知会一声，锦衣卫之前就曾追查过白莲教的事情，说不定他们会有什么头绪。”

说到这里，唐泛又想起之前他半夜被人掐脖子的事情，对方故意在他面前装神弄鬼，事后也证明了与白莲教有关。看来李子龙的事情之后，白莲教余孽一直就没有离开过京城，只不过由明转暗，潜藏起来罢了。

两三年前，妖道李子龙暗中结交宫内宦官，差点把皇宫都翻了天，连皇帝差点也被放倒。也就是在那次事件中，皇帝觉得锦衣卫和东厂很无用，汪直则利用皇帝这种心理趁势而起，短短时日就爬到高位。自那之后，锦衣卫才警醒起来，将京城翻了个底朝天，其间没少与白莲教教徒发生冲突，折损不少人手，才将白莲教的气焰压了下去。谁知道时隔两三年，白莲教一直没有被彻底铲除，稍微遇到一点机会，就能春风吹又生。

不过白莲教既然能够从宋朝一直延续下来，又经历过宋末的混乱，元朝的黑暗，元末的乱局，直到今天，如此历史悠久、存在数百年的邪教组织，肯定也有自己的一套生存方法。锦衣卫想要在短短两年内就将其彻底剿灭，那几乎是不可能的。

唐泛交代完杜疆，就先去了北镇抚司。

很不巧，薛凌不在。在北镇抚司当值的也不是唐泛认识的熟面孔，唐泛询问了两句，见他们不肯透露，便也不勉强，转身就欲离开。

却听身后传来熟悉而冷淡的声音："你找老薛作甚？"

唐泛回过头，喜道："广川兄，你回来了？"

隋州还是那一副八风不动的冰块脸，不过他见了唐泛脸上毫不作伪的喜色，眼中随之流露出一点笑意，点点头："嗯，你找老薛？"

唐泛笑道："本来是想找你的，前几天来过一趟了。那会儿老薛说你出外差去了，没想到你这么快便回来了，若是你方便的话，正巧有些事要和你说。"

隋州道："你拜托老薛的事情，我也听说了。"

他顿了顿，脸微微一侧，示意自己身后的人："以后若是我和老薛都不在，你可以找庞齐。"

庞齐也是一身锦衣卫的打扮，不过看上去官职要比老薛略低一些，人也比老薛年轻，一张娃娃脸的面孔，逢人就笑，很是温和无害。

不过唐泛不敢因此就小看他，能够在北镇抚司任职，看遍诸般刑狱都面不改色，那一定不能用普通人的标准来衡量。行走在外，知人知面不知心，往往长得越是无害的人，很可能越是厉害角色。

唐泛朝对方点头致意，并自我介绍："唐泛唐润青，顺天府推官。那日你跟着广川兄去回春堂查案的时候，我们已经见过面了。"

能够直接以字相称，又听了隋州那句"以后有事可以找庞齐"，庞齐就是再傻也知道这个人跟自家上司关系很好，不能得罪，便连忙也拱手见礼："唐大人太客气了，以后有事吩咐一声就好！”

隋州却没什么耐心再听两人说什么没有营养的场面话，直接就打断他们：“见贤，你有事先去忙。”

庞齐应声离去，隋州二人则离开北镇抚司，往外漫步而走。

隋州道：“你上次拜托老薛查那尊白玉骏马的下落，已经查到了。”

唐泛忙问：“在哪里？”

隋州道：“就在东厂厂公尚铭家中。”

唐泛面色古怪：“……”

隋州道：“那尊白玉骏马本来就是尚铭花高价从英国公手中买下来的，当时汪直也想要，不过没能抢过尚铭，所以那东西跟他没什么关系。”

唐泛苦笑：“潘大人这下可要为难了，只不过汪直好端端的，为何要如此作弄他？”

知道了白玉骏马的下落也没用，难道顺天府还能跑去找尚铭要？别说这东西本来就是尚铭的，就算不是，以潘宾的面子，难道去要了，尚铭就会给？

换个角度说，汪直难道会不知道那东西在尚铭那里？可他还让顺天府去找，这不是摆明了想作弄、为难潘宾吗？

难道汪直真的就像外界传闻的那样，跋扈任性，随心所欲？

隋州想了想，道：“汪直跟尚铭一向不和，可能只是想恶心一下尚铭而已。”

唐泛摊手：“但是毫不相干的潘大人因此被拖下了水。”

隋州：“那你们要如何应对？”

唐泛摇摇头：“我回去将这个消息告诉潘大人再说吧。对了，有件事要告诉你。”

他将李漫杀妻与陈氏失踪的事情简单说了一下，又提到那个白莲教印记。

隋州颔首：“白莲余孽死灰复燃，只会暗中捣鬼，我会让人留意的。”

不知道为什么，只要有隋州的这一句话，唐泛就知道他一定会用心去做，而自己也就产生一种重任被托付出去的放心。

兴许有些人办事靠谱，天生就能让人放心，而隋州就是这样的人。

唐泛笑道：“那就拜托你了，原本你从外地回来，我是该与你坐下来畅聊的。不过白玉骏马的事情，潘大人一直很上心，我得先回去告诉他一声，不如咱们改天再约？”

隋州“嗯”了一声，冷场片刻，忽然问：“你今日几时回家？”

唐泛："若是无事的话，便与寻常时间一样下衙归家，怎么了？"

隋州："那今夜我去找你。"

唐泛下意识应"好"，回头想想又觉得好像有哪里不对劲。

到底有哪里不对呢？

聪明绝顶的唐大人在回去的路上苦思冥想，也没想出个所以然来。

且不提潘宾得知白玉骏马的消息之后是多么纠结，没了阿冬过来送点心，唐泛散值之前都先在外头解决了晚饭问题，然后再回家。不过想想今天白天隋州说过要来，唐大人就又拐到街边杂食铺里买了点卤味，在旁边酒铺里买了一小坛黄酒带回去。

兜了一圈远路，等他慢悠悠地回到家，发现家门口已经站了个人，可不正是隋百户。

"早知你这么早过来，我就先回家了，免得你在门口枯站！"唐泛连忙加快脚步朝他走过去，脸上露出歉意的笑容。

"无妨。"隋州道。

唐泛发现他手里也提着一些吃的。

隋州："我家离你这里远，今夜索性在你这里住下，你不介意吧？"

唐泛："啊？不介意，不介意，明日休沐，正可秉烛夜谈！"

两人将东西放下，唐泛去拿杯子倒酒，隋州则将包着吃食的纸袋一一解开。

唐泛买的是卤猪耳朵和猪舌，鲜香可口，最是下酒。

隋州买的则是花椒脆肠、酥炸豆腐、盐渍花生和凉拌黄瓜。

"来就来了，何必还带东西来？你我这么熟，下次勿要破费了！"

唐大人假惺惺地说着场面话，一边夹起酥炸豆腐咬了一口，豆腐外皮炸得酥脆，咬下去之后，里头却是白白的，如同豆腐花一样，软得像是要从里头流出来，豆香四溢。

"你这酥炸豆腐是在哪里买的？怎么这般好吃？"唐泛奇怪道。

"家里有些食材。"隋州言简意赅。

"你会烧饭？"唐大人万分震惊。

隋州难得嘴角往上一勾，没有言语。

几个呼吸过去，唐泛还沉浸在震惊的情绪里："广川兄，你竟然会烧饭啊！真是，真是，真是……"

他“真是”了半天也没“真是”出个所以然来，外头就响起急促的敲门声。

“真是太厉害了！”唐大人长嘘口气，将感叹补充完毕，然后才起身去开门。

外面站着阿冬，她没等唐泛开口，就急急道：“唐大人，救救我！”

小姑娘要跪下，唐泛拦住她：“发生了什么事？”

阿冬哭丧着脸：“阿春姐姐告诉我，说管家爷爷让人明日去找人牙子过来，要将我发卖了！”

唐泛吃了一惊：“只卖你一个？”

阿冬点点头：“前些日子已经卖了一批，管家爷爷知道我想来您这儿，原本也是没什么意见的。谁知道今日他们忽然改变了主意，说要将我卖掉！”

为了将事情说清楚，她咬牙忍住眼泪，但说到后边，还是忍不住哽咽起来：“唐大人，怎么办？您去跟管家爷爷说好不好？我不想被卖掉！”

唐泛知道，这一定不是管家老李的意思，九成九是李家少爷李麟的主意。

估计是早上那件事情使得李麟心中怨恨，又不能直接跟唐泛对着干，索性就准备先下手为强，将阿冬卖掉，让唐泛的打算落空，反正这是李家的奴婢，谁也管不着。

想到这里，唐泛一时也有些无语。

张氏在世时，唐泛也曾见过李麟几面，当时见他生性羞涩，话也有点少。不过同为读书人，他对年纪轻轻就考中进士的唐泛很有几分景仰，唐泛也指点过他几句。

没想到时过境迁，因为家中变故，李麟心性大变，变成如今不近人情的模样。

也不知道张氏九泉之下，会作何感想。

说到底，李麟要卖阿冬，也是天经地义的，唐泛确实管不着。他本想这几日再想想办法，谁知道李麟竟然马上就要把人卖掉，如果被卖到不好的人家，那以后阿冬可就要吃苦受罪了。

看着这个可爱的小姑娘，唐泛有些不忍心：“这样吧，别着急，你先回去，我想想办法。”

阿冬对他有种天然的信任感，闻言很听话地点点头，抹着眼泪回去了。

她是偷偷溜出来的，自然不能从正门出来，回去的时候也要绕一大圈从后门回去。

唐泛一边目送着她的身影消失在视线里，一边在心里想着办法。

却听身后有人道："你想要她？"

唐泛点点头，又觉得这句话好像有点歧义，就把阿冬的事情略说了一下："正好我这边也缺个打扫烧饭的人，阿冬倒也勤快，可以胜任。"

隋州点点头："其实这件事也不难，你不用管了，我帮你解决。"

这样仗义的朋友上哪儿去找，唐大人那个感动啊，连忙拱手道："那就多谢广川兄了！"

隋州又道："你既与李家闹出这般矛盾，住处的事情又要怎么办？"

唐泛并没有和他说自己正在四处找房子的事情，隋州却能注意到这一点，可见其心思细腻。

"京城大，房子也多，想必还是能找到的。"唐泛道。

隋州沉吟片刻："你若愿意，可以搬去与我同住。"

唐泛一愣："这……不妥吧？嫂夫人不会不高兴吗？"

隋州："我尚未娶妻。"

唐泛："那如夫人总有吧……"

隋州不悦："既未纳妾，也无侍婢。"

没等唐泛再问出什么，他又道："父母与长兄同住，我一个人搬出来，不必担心。"

话都说到这份儿上了，对方诚意邀请，唐泛再拒绝就不好了。他长揖到底，诚恳道："那就暂且叨扰广川兄了！"

其实隋州人冷归冷，却并不难相处，两人也有共同话题，而且最重要的是，人家不止会烧饭，手艺比自己还要好上百倍不止。

这么一想想，唐大人其实还有点小激动呢。

隋州冷漠的嘴角终于微微一勾。

"你我熟稔，何必客气？"

隋州的住处是一座小三进的宅子，如果一大家子住的话，还是有些拥挤，但若是像现在隋州只是一个人住，那就宽敞得过分了，再加一个唐泛也不过分。三间主房，三间厢房，除了隋州自己住的一间主房，一间厢房用于存放杂物之外，另外两间主房和厢房都任由唐泛挑选。

备注：不收房租。

唐泛没想过白吃白住，不过隋州并不缺他这点租金。反正就算唐泛不来，这么一大间宅子，他照样也是一个人住。

隋百户既然冷着脸说不收钱，唐大人也就没有坚持。不过只要有空，他就会往家里搬些米和面，以及其他一些食材，等于承包了伙食费，对此隋州没有任何意见。

唐泛挑了一间厢房作为自己的房间，这不是因为他扭捏客气，不敢住正房，而是那间屋子朝东，开门就是院子，视野光线都不错，有空闲的时候还可以在院子里和柱廊下种种花草。

找了个休沐的日子，他就将自己的东西搬了过来。

李麟没想到自己拿捏唐泛不成，对方还这么快就找到了新住处。

阿冬的事情同样很快得到解决，唐泛不好出面，隋州却完全没有这个顾忌。

他连面都用不着露，北镇抚司的人只要往李家一站，说李漫的案子还没结，要将一干人等提去问话。把阿春、阿秋、阿冬等仆役通通拉走，放回来又提过去，放回来又提过去，这么整上几回，李家就吃不消了。李管家拉着锦衣卫求他们高抬贵手，偷偷地塞银两，北镇抚司的人也不干，最后李家只好双手奉上卖身契，不单是阿冬的，还有阿春的。

张氏不在了，阿春也不愿意再留在李家，她最大的愿望是能够恢复自由身，出去嫁人，之前李麟想要她做妾，她不愿意也没办法。唐泛好人做到底，既然决定搭救阿冬了，就顺带连阿春一并带出来，阿秋愿意留在李家，就由得她去。

三天时间，事情就办得妥妥当当，让唐泛不由得感叹北镇抚司确实效率奇高，而且能人之所不能，难怪人人听见锦衣卫几个字都要变色。

阿冬自小就被卖入李家，离开了李家就只能来找唐泛，别无去处。

不过唐泛没有拿捏着阿冬的卖身契，而是当着她的面将卖身契烧掉，跟她说好，将她收为义妹。十五岁之前收留她，十五岁之后如果她想嫁人，也不强留，到时候唐泛自然会拾掇一份嫁妆，给她找一户好人家。

阿冬自然千肯万肯，当即就改口称唐泛为大哥。原本没有姓氏的她，从今往后名字前面也多了个姓氏——唐冬。

家里原本住着两个镇日早出晚归的大男人，家务活通常只能雇短工来干，就算隋州会烧饭，也不可能天天都有空做。阿冬来了之后，短工也不用雇了，饭也由她烧了，主动承担起家务活。她年纪虽小，又有些贪吃好玩，但干起活却也利落，不过两天，里里外外就都焕然一新，还真种上了不少花花草草，隋州和唐泛都表示很满意。

唐大人从此过上了不用操心打扫卫生和做饭的幸福生活。

那个很可能与白莲教有关的妇人陈氏的下落还在被追查着，潘大人那边却焦躁了。

无他，白玉骏马的下落虽然有了，但是汪直也给潘宾出了个难题。

白玉骏马明明在尚铭那里，汪直却非说是自己丢失的东西，可难道潘宾能对汪直照实说吗？万一汪直说“尚铭那尊白玉骏马不是我的那尊，但我的那尊与他一模一样”，那让潘宾上哪去变出另外一尊一样的给他？

潘宾原先还疑心汪直这是故意整自己，但是后来他去打听了一下，才发现完全不是那么回事。

这阵子东厂抢了西厂两桩“生意”，在皇帝面前狠狠出了一回风头。再加上汪直出来经营西厂之后，跟万贵妃的关系就逐渐疏远，万贵妃也不怎么帮他在皇帝面前说好话，少了枕边风的效果，汪直就被尚铭压了一头。

潘宾帮汪直寻找白玉骏马的事情传到尚铭那里，肯定会让尚铭气歪了鼻子：什么意思，这明明是我的东西，你非说是你丢的，敢情成我偷的了！

汪直毕竟不到二十岁，年少气盛，不如宫中那些熬了数十年的宦官那般老成，会想出这种点子来恶心尚铭也不奇怪。

两个宦官争宠斗法，这本来也不关顺天府的事情，但汪直闹了这么一出，连带把潘宾也拖下了水。尚铭恶心汪直的同时，肯定会把潘宾也记恨上。

一想到这里，潘宾就跟吃了黄连一样苦，那心情和寒冬腊月里的小白菜似的，瓦凉瓦凉。

他觉得自己特别命苦：我这是招谁惹谁了？好不容易熬到三品官，结果头顶上还是大山一座大似一座，座座都得罪不得。这回更是人在家中坐，祸从天上来，早知如此，当初还真不如外调当个四品知府呢，起码天高皇帝远，没这些糟心事，舒坦！

现在发这些牢骚也晚了，最好的办法就是谁也不要得罪，把这件事揭过去。两个死宦官爱怎么斗就怎么斗，最好都别扯上顺天府。

但两全其美的办法岂是那么好找的？

潘宾想了半天也没想出什么好法子。

跟汪直说“您那白玉骏马找不到”？

当然不行，汪直一个办差无能的折子上去，弹劾潘宾绰绰有余。

跟汪直说“您那白玉骏马就在尚铭家里”？

也不行，那就等于得罪了尚铭。

跟汪直说“要不别整我了，您要是看尚铭不顺眼，就直接去找他死磕啊，何必为难我这个顺天府尹呢”？

那就更不行了，官场上没这么直来直往的。

潘宾简直都快愁白头发了，他又想起了自己的师弟。

上回唐泛跟着他去赴宴的时候，汪直对他的印象好似还不错，说不定会有什么法子。

潘宾将唐泛找来，语重心长道：“润青啊，有师兄在顺天府一天，有事还能多照顾你一些。若是我被外放贬谪，到时候上官换人，你自己可要多加留心，好好照顾自己了！”

唐泛苦笑，他知道潘宾这是以退为进，博取同情呢，也不废话：“师兄有什么事就吩咐吧！”

潘宾道：“也没什么大事，就是这次寻找白玉骏马一事，汪直摆明了要故意为难，我怎么回复都不合适，得罪他简直是板上钉钉的事情了。”

唐泛沉吟片刻：“其实也不是完全没有法子，就看师兄有没有胆子说了。”

潘宾大喜过望：“好师弟，师兄就知道你足智多谋，有什么法子，快快道来！”

一日后，同样是仙云馆，同样还是那个包间，汪直坐在席上，似笑非笑地看着潘宾：“潘大人找我前来，想必是已经寻到白玉骏马的下落了。”

潘宾在心里骂了好几百遍死太监直娘贼，面上依旧笑容可掬：“不瞒汪公，白玉骏马还未找到。”

汪直挑眉：“那你叫我来作甚？潘大人故意要我不成！”

潘宾道：“汪公少安毋躁，且听下官道来。下官打听到，那东厂尚厂公家中，其实也有一尊白玉骏马，模样与汪公要找的甚为相似，但下官知道，尚公对那尊白玉骏马甚为喜爱，想必是不肯割爱的，而对于汪公而言，白玉骏马还在其次，您当前有更大的危机。”

汪直哂笑：“潘大人危言耸听，无非是想逃脱责任吧？”

潘宾摇头："非也。汪公如今上得陛下信重，下则统御西厂，可看似鲜花着锦，实则烈火烹油。听说汪公能得陛下青眼，除了汪公本身精明能干之外，还有赖万贵妃出言推荐。但如今您在外掌握西厂，涉及外政，万贵妃毕竟是宫闱中人，不好多加过问，如此一来也就很难帮您说得上话。而在陛下那边，尚铭终究是跟了他许多年的人，比起您，陛下对尚铭还是要更为亲近一些，若是尚铭在陛下面前多进谗言，您难免要吃亏。"

汪直心头一动，潘宾所言，正好说中了他的心事。

他为什么急吼吼地要揽权？为什么办了西厂之后还要扩张势力，跟尚铭对着干？正是因为他知道自己在皇帝面前的宠信不如尚铭，所以更要通过多立功劳，来巩固自己在皇帝心目中的地位。这一点，万贵妃终究是后宫的人，她是帮不上忙的，只有汪直自己去努力。

要怎么努力呢？汪直想不到别的办法，京城的地盘已经被东厂和锦衣卫瓜分得差不多了，他只能从两者嘴里夺食，跟尚铭争宠。

但不管怎么说，西厂成立才两年，根本没法跟东厂和锦衣卫这种富有悠久历史底蕴的老牌特务机构相比。皇帝成立西厂也是一时心血来潮，所以汪直必须表现得更加积极，立下更多的功劳，才能彻底巩固自己的地位，赢得皇帝信任，从此走上人生巅峰，屹立不倒。

在竞争压力与日俱增的情况下，大家为了争宠各出花招，千奇百怪，汪太监的压力也与日俱增。

汪直看向潘宾："那么依潘大人之见，我该如何做呢？"

潘宾也不忙着开口说话，单用手指蘸了蘸杯中酒水，在红木圆桌上写下四个字：军功、东宫。

汪直此人，在许多手握大权的宦官之中，算是非常有个性的。

他做事不是一味冲动，什么人能得罪，什么人不能得罪，他清清楚楚，也很会博取皇帝的欢心。不过因为年轻气盛，凡事喜欢出风头，所以才会想出让潘宾帮他找白玉骏马这种损人也不利己的点子来恶心尚铭，这也让他容易树立仇敌。像现在，潘宾虽然不敢怎样，但心里早就把他骂上几百遍了。

除此之外，汪直还很喜欢插手军事，虽然他未必精通，但只要一想到能够像名留青史的名将那样驰骋边疆，立不世之功，汪公公就觉得浑身热血，仿佛身上从来没有少过零部件。

所以潘宾写的"军功"很好理解，也正合了他的意。

汪直终于对这个话题感兴趣了。

不过后面两个字就有些奇怪了。

汪直就问："东宫是何意？"

潘宾道："内宫之事，我等臣下也不敢妄议。不过听说当今东宫太子殿下好学勤勉，大臣俱赞曰有明君之相。"

现在世人皆知，万贵妃跟当今太子不和，处处看他不顺眼，还打算撺掇皇帝废了太子。

但汪直本身是万贵妃提拔上来的，让他去支持太子，万贵妃恼怒之下，他的西厂厂公也就当到头了吧？

所以他摇摇头，觉得潘宾出了个馊主意，还讥讽潘宾："潘大人是顺天府尹，管好京畿一亩三分地也就罢了，对朝廷大事知之不详，就不要指手画脚！"

潘宾叹了口气："汪公误会了，我非是让汪公站队。世上有万岁皇帝，岂有万岁贵妃的？汪公不为现在着想，也该为以后着想。若有机会，结个善缘，以后指不定也多一条退路。进退得当，才是万全之策啊！"

汪直原本还不以为然，听到后面，却若有所思起来。

潘宾说得没错，虽然说太子以后未必能够当上皇帝，但是太子现在众望所归，在朝中风评很好，甚至有人私底下说太子将来肯定比他老子好。而自己还年轻，怎么都要为以后打算，如果能够找机会给太子卖个好，说不定连带那帮文官以后也不会处处找自己的麻烦，看自己不顺眼了。

想明白这一层，汪直终于道："潘大人有心了，白玉骏马之事暂且作罢，这东西丢了就丢了吧，我也不想找回了。"

潘宾等的就是他这句话，不由得长舒了口气。

汪直似笑非笑地看着他："以潘大人你的个性，不太像是会给我出这种主意的人。这些话，莫不是令师弟说的？"

这死太监说得还真准！

潘宾尴尬一笑："没有的事，没有的事！"

汪直感叹："令师弟真乃人才也，虽然官位不高，难得眼光却不错，可惜没有文官进东西厂的先例，否则我定会引他为左右臂膀的！"

潘宾："……"

我真是代我师弟谢谢你全家了！

潘大人终于将头疼的白玉骏马事件解决了，也算松一口气。

这头唐大人的同居生活过得也挺惬意。

他从外头弄来不少花草树木的种子栽种在院子里，由阿冬负责照料。有些花买来的时候就已经开得不错了，一瞬间，空荡荡的院子被各种颜色填满，变得五彩缤纷，感觉整个院子一下子就鲜活起来了。

唐大人本人烧饭水平虽然不咋的，但他从外头搜罗来不少食谱，美其名曰教阿冬提高烧饭水平。

休沐时分，趁着阿冬烧饭，闲来无事的唐大人就开始给阿冬念食谱："扫落梅英净洗，用雪水煮白粥，候熟，入英同煮……"

阿冬被念得禁不住捂着耳朵哀号："大哥，我不识字的，你这念的都是什么？我听不懂啊！"

唐大人很无辜："也不是很难懂吧？来，我先教你认字。"扫落梅英净洗"的意思呢，就是冬天有梅花的时候，等花瓣落下，收集起来，洗干净，用雪水加入白粥一起煮……"

阿冬："可现在不是冬天啊，哪来的梅花？"

唐泛："一物通而百物用，不单是梅花，像槐花、梨花也是可以入粥的，而且各有各的效用。"

阿冬眨眨眼："但是梅花粥吃起来有什么味道？满嘴吃花瓣吗？"

唐泛："你可真没情趣，好吧，那咱们换一样，嗯……有了！这道菜叫槐叶淘，要专门采摘槐树高处的叶子，然后捣汁成面，搓成细细的面条，煮熟之后放冷水浸泡，变成冷面。再将大蒜切碎，和醋、香油一起淋上去。对了，咱们家后面不是有槐树吗？眼下也正好是夏天，要不然下回试试这个？"

阿冬跟着流口水："这个听起来好像很好吃的样子，槐树也不是很高，要么明天我去试试看！"

唐泛义正词严："不行，你年纪太小，摔了怎么办？有事大哥服其劳，我去摘就是。"

阿冬："啊？大哥你还会爬树？"

唐泛："当然，我小时候也是上蹿下跳，上树下河的。怎么，你不信？"

阿冬上下打量了他一番，摇摇头。

唐泛挽起袖子，喜滋滋道："不信我现在就爬给你看，反正天色还早，等我把叶子摘下来，咱们晚饭就吃这个吧！"

阿冬为难道："可是我都已经把米下锅了，而且你还是不要去的好，万一摔下来，被隋大哥骂怎么办？"

唐泛："没关系，他还在书房里看卷宗呢，一时半会儿也管不着我们的。"

说完这句话，刚转过身，就看见站在身后的人。

唐泛打了个哈哈："广川兄，这么快就忙完了啊？"

隋州点点头："听说唐大人要爬树，特来旁观。"

唐泛大汗："爬树有何好看的？我这也是为了让大家能吃到更好的东西嘛，难道你不想吃吗？"

隋州面色平淡："是谁上次说要做什么拨霞供，非让我弄一只兔子来，按照所谓古方鼓捣一阵，结果又酸又涩，压根儿入不了口。"

唐泛默默擦了一把汗："那是意外，我忘了要先用酒腌制过一遍。"

隋州："那又是谁上上次自告奋勇要做竹笋汤，结果把一锅汤都煮煳了？"

唐泛："……"

阿冬的脑袋从后面探出来，毫不留情地出卖了他："是大哥！"

唐大人被训得抬不起头，后者数完他的前科，直接将人拎走："所以你还是负责吃就好了，灶房这种地方不适合你进来。"

一锤定音，唐大人的饭桶头衔就此被冠上。

面无表情的隋州一边走还在一边教训他："以后阿冬在烧饭的时候，你就不要进去打扰她了。"

唐大人自知理亏，连忙受教："是是是！"

隋州："阿冬做什么就吃什么，别老整些奇怪的花样让阿冬去乱试，要吃精致的可以到外面酒楼吃。"

唐大人点头如捣蒜："是是是！"

隋州："还有，晚上要少食，偶尔吃点零嘴是放纵，不可日日为之。有一次阿冬说给你打扫房间的时候发现桌子下头有糕点碎屑，起初还以为有鼠出没。"

"是是是！"

唐大人很无奈：以前我一个人的时候都是这么过的啊，怎么现在认了一个妹子，多了一个朋友，却好像瞬间给自己找了两个老娘似的？

时日一久，跟隋州身处同一屋檐下，他发现对方的生活简直是简单到有些枯燥。

平时上班时间，隋州跟唐泛两人差不多时间出去，两人回来的时间虽然不一样，不过大多数还是可以一起吃晚饭的。

吃完晚饭之后，聊上一会儿天，然后就各自回房间看书。有时候两人也会玩些棋类游戏，不过隋州的棋力不怎么样，基本每回都输，被唐泛杀得一败涂地。

更多的时候，北镇抚司总有做不完的事情、看不完的卷宗、抓不完的犯人、侦查不完的秘密，比唐泛还要忙上好几倍。宫内的事他们要管，宫外的事他们也要管。

到了隋州这个位置，有时候彻夜不归也是常事，偏偏隋州生性严谨肃穆，又不像其他人那样偶尔还去吃喝嫖赌一下，他的生活轨迹比唐泛还要简单，完全不像一个高级官宦子弟。

唐大人自觉身为朋友，很有义务改变隋州这种无趣的人生，所以闲暇时他也会想一些点子，希图丰富一下对方的业余生活。

譬如此刻。

“来来来，兄弟，这些都是我珍藏多年的话本，你有空就看看，不要总是埋头公干，这样会早衰的，虽然职责很重要，可也得有命在，是不是？”唐泛将一大摞书堆在他的书案上，笑吟吟道。

跟唐大人相处久了，隋州也算是领教了他温雅外表下偶尔的不着调，闻言只好搁下笔，有点无奈地翻了翻他拿来的书，然后道：“《拾珍记》《一枝花话》《莺莺传》《取经诗话》《武王伐纣平话》《金玉良缘》《多情记》，这些我都看过了。”

“你都看过了？”唐泛大吃一惊，人不可貌相，真没看出来啊！

隋州道：“前段时间白莲妖徒借书言志，散布谣言，蛊惑人心，所以北镇抚司需要彻查市面上的话本评书，免得有心之人借话本为名行谋反之实。”

他翻到最下面一本，将其抽出来：“这本《梨花缘记》是什么？”

唐大人“哦”了一声，难得有点不好意思：“那是我写的。”

成化十四年

东宫案

THE SLEUTH
OF
MING DYNASTY

第八章

入宫面圣

隋州实在不知道用什么表情来面对唐大人。

你说一个拥有状元之才的人，虽然最后没能当上状元，可那也是全国第四，受过圣上亲口嘉奖的，要是写点什么《论语释义》《朱子新解》之类的，也算是学以致用，得归其所了，但是现在跑去写那些风月话本……

唐大人笑眯眯，不以为耻，反以为荣："俸禄低，赚点润笔费嘛。广川不必如此吃惊，反正除了你之外也没人知道那是我写的，不过这本书被书商刊印了一千册呢，算是卖得极好的了。"

隋州倒是被彻底勾起了兴趣，他将此书单独抽了出来："我会拜读的。"

唐泛："那真是太好了，收了我的书，正有件事要麻烦你。"

隋州挑眉表示疑问。

唐泛觉得对方收下自己的书，那他也可以麻烦对方做一件小小的事情了："你帮我去把外头那些槐叶摘下来怎么样？"

隋州："……"

他以为这是人情交换啊？

敢情闹了半天，对方还没放弃吃冷面？

真乃天下第一吃货啊！

唐大人当然不会这么认为，他觉得像自己这么富有生活情趣的人，天生就是要来拯救隋州这根木头的。瞧瞧，有了自己的加入之后，对方的生活立马充满了阳光。

不过直到最后，他心心念念的槐叶淘也没能吃成。

因为隋州直接带着两人到外头馆子搓了一顿。

没有槐叶淘冷面，却有蟹酿橙和清蒸虾。虾是刚从河里捕捞上来的，没有海虾那般鲜甜，可也不赖，点上酱油、香油，再加上切碎的蒜，把虾子剥了壳蘸上一口，正是人间享受。

唐大人吃得满足，幸福感油然而生："广川，你看这喧喧嚣嚣、熙熙攘攘，能够偷得浮生半日闲，边吃东西边看人间百态，那是求都求不来的空闲，也是一种享受，足可坐下来慢慢品味。"

这人倒是好养得很，既不似那些清官直臣那般刚直过甚，难以交往，又不像世上更多的人那样想要黄金屋、千钟粟，要醒掌天下权，醉卧美人膝。

隋州冷冷淡淡的眼睛里流露出一抹笑意，他摇头道："即使是休沐，我一般也是待在北镇抚司查阅卷宗，少有出来。否则以我这样的年纪升任百户，若不努力一些，只会令人认为是凭着裙带关系升迁的。"

唐泛"哎呀"一声："别人喜欢怎么想，那是别人的事情。咱们一人一双手，谁也堵不住悠悠众口，只要问心无愧便罢了，平日里该享受的还是要享受。"

这话很是入理，隋州正想说什么，却听唐大人话锋一转："那个啥，等会儿让店家给咱们打包两份冷菜回去吧，正好晚上当夜食。"

隋州面无表情地看着他。

唐大人眨眨眼："那一份总可以吧？"

阿冬在旁边早就忍不住捂着嘴巴笑倒了。

虽说唐泛私底下的日子过得还算惬意，但陈氏那边的行踪追查并不顺利。

假如陈氏现在只是孤身一人，那她肯定跑不了多远，因为严格盘查起来，出城入城都要通牒文书。但如果像唐泛猜测的那样，陈氏与白莲教有勾结，那么在组织的庇护之下，她想要混出城就不难了。

一旦出了城，那就如鱼入大海，真正是海阔天空了。

以锦衣卫的神通广大，一连数日地搜寻，也没有在城中发现陈氏的踪迹，这个女人像是完全消失在人海里一般。

案发当日，唐泛本是可以将陈氏也一并羁留起来的。但当时他已经发觉这个女人有些古怪，便想着放长线钓大鱼，看她还有没有同党或后招。谁知道这女人竟然如此狡猾，趁着所有人觉得她还不算太重要，只是派衙役远远盯着的机会，转眼就跑得无影无踪。

另一方面，在李漫被从宛平县狱押出来，准备移往刑部大牢的前夕，却发生了一件更加离奇的事情。

李漫死了。

他是自杀的。

李漫将狱中给犯人盛饭菜的碗摔碎之后，故意将锋利的碎片藏起来，然后在夜深人静之时，直接插入自己的胸口。因为伤口致命加上失血过多而死，发现的时候已经没气了。

而在他尸体旁边的墙壁上，写着他用心头血一笔一画写出来的两个字。

唐泛。

这两个血红血红的字实在是触目惊心，映着李漫直愣愣睁着眼睛死不瞑目的尸体，吓得见惯这种场面的狱卒当时也惊叫起来。

历来在监狱里受不了折磨而自杀的犯人不少，但千古艰难唯一死，很多人就算判了秋后问斩，还是宁愿挨到最后一刻才被砍掉脑袋，也没有自己结束性命的勇气。

更何况像李漫这种犯人，刑部那边还没有定案，说不定最后还有翻案的机会，也有可能是充军流放，而非直接问斩。

唐泛闻讯过去察看的时候，李漫的尸体已经不在了，原先关押他的那个牢房里昏暗潮湿，大白天也要照着烛火才能看清里头的情形。那两个用血写成的字已经凝固变色，但依旧可以看出写的是什么。

李漫罪有应得，唐泛直接将他的杀人动机和心思赤裸裸地揭露出来，他会恨唐泛也不出奇，然而这种恨意能够大到临死之前还念念不忘，非要将唐泛的名字刻在墙上的地步吗？要知道就算没有唐泛，这个杀妻案也很可能是由别的人来揭开，根本没有悬念。

而在李漫临死的时候，他惦记的不是家里的独子，不是自己的家财，不是对求生的渴望，而是对唐泛的恨意？

看着这两个血字，唐泛总觉得自己心里还有许多谜团在萦绕着，也有许多疑惑等待解开。

他又赶到了李家。

李漫的尸体在被仵作验明确实已经死亡之后，就由李家人带了回去，准备收殓下葬。死者为大，连谋反都要允许人家收尸呢，更何况李漫只是杀妻。

李家人并不欢迎唐泛，尤其是李麟，一见唐泛，脸色难看极了，直接就上手赶人。

唐泛道："本官只是来看一看，看完马上就走。"

李麟冷笑："有甚好看的？难道我父亲死了，你连尸体都不肯放过吗？我可都听说了，他临死之前在墙壁上写了你的名字，我还未问唐大人，我父亲的死，你到底从中做了什么手脚？"

唐泛反问："我与你们李家无冤无仇，为何要做手脚？"

李麟："那可就难说了，谁不知道先前阿夏倾慕于你，后来阿夏那样，你存心想为她报仇也不无可能，反正我父已经进了监狱，你大可以为所欲为了。"

唐泛也懒得辩解了："李漫犯罪自有国法制裁，我身为朝廷命官，如今他已死了，我自然要过来查明情况。"

李麟寸步不让："我父已入了棺椁，不日便要下葬，任何人都不能惊动他！国法也没有说死人还要受制裁的！"

唐泛直接挥挥手，身后左右衙役上前，将李麟等人拨开。唐泛越众上前，让老王推开棺材盖子。

一张苍白毫无血色的脸露了出来，身上衣物也换了一套新的。

但确实是李漫无疑。

就在唐泛沉吟不语的时候，李麟直接冲上前将老王他们一把推开，护在棺材前面，愤恨地看着唐泛："看够了没有？我父亲不想看见你们，滚！"

他一介平民，却竟然敢对朝廷命官如此无礼，老王等人都很愤怒，上前就要斥骂，不过被唐泛伸手制止了。

李家人本来就打算要举家南下的，如今李漫身死，倒也直接就将厅堂简单布置成灵堂，家属来客吊唁上香。不过李漫因为犯了杀妻罪，张氏娘家人是断然不可能来的，所以灵堂里冷冷清清，李麟一身孝服，越发显得孤苦无依。

若有外人在此，看见两方对峙的情景，定要以为唐泛仗着身份在欺负李麟。

唐泛没有说什么，只是绕过棺椁，亲手给李漫上了一炷香，然后对李麟道："死者为大，我就不打扰了。不过还望你看在你死去嫡母的面上，好生读书，正经做人，勿要重蹈你父亲的覆辙，想必你父亲九泉之下，也愿意你长进的。"

李麟冷冷地盯着他："这就不劳大人惦记了。"

嫡母死后，他的声音就变得喑哑起来，估计私底下也没少哭喊，以至于几近失声。

唐泛皱了皱眉，只觉得这少年自父母死后就心性大变。以前他见李麟的次数虽然不多，可对方绝不是像今天这样丝毫不讲道理、不近人情的模样。

兴许张氏和李漫的死，对于他来说确实打击很大吧。

眼见李麟如此不欢迎自己，唐泛也没有多作逗留，很快就离开了李家。

然而事情还未算完结。

在唐泛来过李家的当夜，李家就起了大火，李麟连同李家其他下人都逃了出来，唯独管家老李因为要护着李漫的尸体，错过了逃生的机会，被烧死在里头。

再加上李漫临死前在狱中写的两个血字，使得整件事情蒙上了一层神秘的面纱。

过了几日，唐泛便被弹劾了。

弹劾唐泛的人，是刑科右给事中，叫濯兴。

刑科不是刑部，在大明朝，除了六部之外，还有一个部门叫六科。这里头的官员不是正七品就是从七品，品级低得很，跟六部没法比，但他们还有一个统称，叫科道言官。

六科是太祖皇帝当年设下的，为的就是让这帮人专门监察百官，看到什么贪赃枉法的都可以弹劾，赋予了他们极大的权限，连内阁都不能扣住他们的奏章。但为了防止他们无法无天，就给他们定了最低的品级，算是互相辖制。

先前李漫曾经威胁唐泛，说他家祖上是三品侍郎，朝中也有故旧长辈，这话倒不是虚言恫吓。因为这濯兴的父亲跟李漫的祖父就是旧交，不过那都是上一辈的交情了，到了李漫这里，交情浅得很，否则也不至于他入狱之后还没人帮他说话。

但香火情总归还是有几分的，先前李漫罪证确凿，刑部也没有最后核定，濯兴不好帮他说话。现在李漫已经死了，临死前还写了唐泛的名字，一切似乎疑点重重，所以濯兴就上奏弹劾唐泛查案失误，认为李漫在定案之前忽然死去，跟唐泛脱不开嫌疑。

在大明朝，谁家身上没有背上几本弹劾奏折，出去都不好意思说自己是当官的。而且李漫这件事也确实有几分蹊跷，为了避嫌，唐泛索性暂且卸下职务，在家面壁待罪。

他自己觉得没什么，潘宾倒是气坏了。

虽说潘大人平日里对这位小师弟也谈不上多么好，可那毕竟是他的人，现在好端端被人欺负到头上。潘宾对着汪直、武安侯等人，因为大家工作领域不同，权力不同，不得不退让几分，装得跟孙子似的，但是现在面对同为文官的同僚，他就没有这么客气了。

谁都有几个故旧同年，你有，难道我就没有？

潘大人一气之下，也发动关系，随即有言官弹劾翟兴立身不正，明知李漫证据确凿，无可辩驳，还意图为他翻案，为了一介商人污蔑朝廷命官，也不知道收受了李家多少贿赂。

这一来二去，双方嘴架打得热闹。

身为当事人的唐泛，却独坐家中思考。

为什么李漫好端端会在牢里自杀？

为什么他临死前会写自己的名字？

为什么李家会忽然起火，又正好把尸体烧了？

管家老李的死，是不是同样有蹊跷？

桌上摆着笔墨纸砚，唐泛在上头分别写上几个名字。

李漫，李麟，张氏，陈氏，阿夏。

天色已晚，隋州仍未回来，估计又被北镇抚司的事情耽误了。

阿冬已经将饭菜做好了，都放在锅里温着。

她与唐泛二人一面坐在院子里乘凉，一面等隋州回来开饭。

阿冬托着下巴，好奇地瞅着唐泛写的那几个字，因为个子还小，两条腿够不着地，就在半空晃啊晃。

“大哥，这几个字怎么念？”

唐泛一个个指着教她念，又告诉她这几个字的意思，给了她一张纸和一支笔，让小丫头自己去涂鸦练习，他则开始整理头绪。

张氏已经死了，在这桩案子里，她是最初的受害者。

李漫要杀她的理由也很简单：日久天长，因爱生恨，嫌张氏碍眼，又见她不肯和离，所以不惜下此毒手。

阿夏现在还在牢里，唐泛也已经去问过了，她什么事情都不知道，从头到尾，她只是一个被利用了的可怜人，因为没了清白，不得不屈从于李漫，帮他作恶。

剩下的还有三个人，不，是四个人。

唐泛发现自己还遗漏了一个管家老李。

李漫在牢里自杀，临死前写了他的名字。李家起火，李漫的尸体在里面，老李也没能跑出来。

李家人在将老李和李漫下葬之后，匆匆就离开了京城，像之前说的那样南迁了。

李漫刚死，李家就起火，这未免也太巧了。

或者不妨先大胆假设一下，李漫根本就没有死，而是有人代替他死，为了避免以后被人发现蹊跷，所以要毁尸灭迹？

这个可能性其实是存在的，因为李漫是被关在宛平县狱，虽然案情重大，但是中间还有许多机会可以做手脚，难保不会有狱卒贪图重利，愿意帮着他一道偷天换日。

但唐泛又想不通，自己那天去李家的时候，明明也看见李漫的尸体了，总不可能是他躺在里头假死吧。要知道尸体出狱之前也是要经过仵作检验的，难不成他把仵作也收买了？

不，等等，等等。

他觉得自己应该还是遗漏了什么重要环节。

他问阿冬："李家少爷平日是个怎么样的人？"

阿冬歪着脑袋："少爷不怎么爱说话，也挺害羞的，对我们还好，不过我不常见到他，因为少爷镇日都被关在房里读书，他也有自己的丫鬟。"

唐泛道："那他对你们太太如何？"

阿冬："很孝顺啊，少爷自小就是被太太带大的，反倒是老爷，一年也没回来几回，少爷对他又敬又怕。"

唐泛起身，负着手在院中走来走去。

孝顺，害羞，不爱说话。

是啊，自己从前对李麟也是这种印象的。

唐泛还记得，李漫被抓走之后，自己去跟李麟商量给阿冬赎身的事情，那少年对他戒备而又仇恨的态度，以及那一番偏激的话语。

当时他还觉得是李麟受了刺激之后心性大变，但现在看来似乎又不是这样。

他倏地回头，问阿冬："你觉得，李麟跟李漫像不像？"

阿冬点点头："很像呢，太太常说少爷和老爷就像一个模子印出来的。"

她虽然出了李家，不过语言上的称呼习惯还是改不掉。

唐泛没有再问她，脚下却加快了踱步的节奏。

这就对了，这就对了！

其实从一开始，他们就应该从另外一个角度来想。

假设从李漫在被抓走之后，到唐泛在李家见到李麟之前的这段时间里，李漫跟儿子李麟已经互换了身份。在李麟前去探监的时候，他很可能说服儿子，让儿子顶替自己入狱，哄骗他自己出去想办法将案子压下去，以李麟懦弱害羞的性子，怎么都不可能反对父亲的意见。这期间如果塞一些银钱给狱卒，又找个借口让狱卒打开牢房门让他们父子团聚片刻的话，想必狱卒肯定是会答应的，所以等李麟探完监出来，其实那个李麟就已经是李漫了。

既然李漫和李麟两父子身量相同，模样又差不多，李漫只要稍加改扮，又刻意模仿儿子的说话语气，下人们就算心里有怀疑，估计也不敢说什么。唯一有资格在李漫面前提出质疑的，估计就是李家忠心耿耿的管家老李了。

老李很可能发现了李漫父子身份对调的事情，以他忠厚的性格，肯定会劝李漫不要那么做。李漫生怕他将事情捅出去，索性一不做二不休，将老李连同李麟的尸体，一起烧死，正好毁尸灭迹。

至于李麟的死因，还有些存疑，但现在想来，估计自杀的成分居多。

有孝道在头顶上压着，懦弱的他对父亲提出互换身份的要求，肯定不得不遵从。但是因为嫡母的死，以及父亲的冷血无情，李麟内心肯定又充满了痛苦挣扎——这些事情完全是跟他以前读过的圣贤书相违背的。

这种矛盾的心情使得这个十几岁的少年无比纠结，最后选择了以自杀来逃避一切。

但他在临死的时候，依旧为了嫡母的死和父亲的残酷而耿耿于怀，所以在墙上写下唐泛的名字。为的不是怨恨唐泛，反而是在暗示唐泛，希望他能够揭开这一切的谜底！

这样一来，所有事情就都说得通了！

想到这里，唐泛的呼吸不由得急促起来。

他不是因为自己想通了一切而兴奋，而是觉得李漫这个人实在是太可怕了。

原本一起并不复杂的杀妻案，最后却以这样一种结果出现！

从李漫杀人的那一刻开始，他想必就已经做好了两种准备。如果能够贿赂官员，将案子大事化小，那自然最好；如果不能，那就一切按照计划进行，瞒天过海，用儿子来顶替自己，最终逃之夭夭。

李家前两天就已经举家南迁了，唐泛可以肯定，就算现在自己派人去追，估计也只能追到四散的李家下人。至于假扮儿子的李漫，肯定早就携带李家家财不知所终。

再结合之前陈氏失踪的事情，说不定这些事情里头还有白莲教的影子。

“大哥！大哥！”

他的袖子被摇晃了几下，唐泛回过神，见阿冬一脸莫名地看着他。

“怎么了？”

“大哥你在想什么，我一直喊你都没反应，吓死我了！”小丫头拍拍心口，指指风尘仆仆刚从外头进来的隋州，“隋大哥回来了呢，准备开饭了！”

唐泛蹙着眉头：“广川，关于李家的案子，我想到了一些事情，正要和你说，这回恐怕又得劳烦你们北镇抚司了。”

隋州点点头：“先吃饭。”

阿冬端着菜从里头蹦蹦跳跳地跑出来，闻言附和道：“对啊对啊，先吃饭吧，我都快饿死了！”

隋州拍拍唐泛的臂膀：“吃完再说。”

话虽简单，语也平淡，却从平淡中透出一股足可令人充分信任的感觉。

唐泛没发现自己的神色一下子就舒展开了。

他点点头，对隋州笑道：“今天多亏了阿冬，可终于吃上槐叶淘了，我都馋好久了！”

阿冬嚷嚷：“大哥你还好意思说，跑去爬树险些摔下来，为了接住你，我骨头都差点折了！”

隋州：“……”

他本以为那天带他去外面吃过之后，对方就已经放弃这个想法了。谁知道唐大人趁着自己被弹劾在家的空闲，竟然还亲自去爬树摘叶子。

隋州总算见识了什么叫吃货的执着了。

阿冬是个馋货，跟唐泛一模一样的，当初在李家的时候，她便日日去李家厨子那里打转拿吃的，人家厨子做糕点给太太少爷们吃，装盘之后还多出一两块，常常就便宜了阿冬，以至于她如今已经八岁了，身形半分未见少女的苗条，反倒逐渐有向圆滚滚发展的趋势。

不过在厨房的日子不是白待的，起码阿冬也从李家厨子那里偷学了那么一两手，能够充分满足自家吃货大哥的各种需求，譬如这槐叶淘，她听唐泛描绘之后也有些嘴馋，兄妹俩一个爬树，一个捣汁和面，最后还真就生生给他们鼓捣出来了。

白玉一样的碗里装着被擀得又薄又细的槐叶汁面条，然后淋上蒜末、香油和醋，霎时醋香四溢，唐泛和阿冬不约而同闭着眼睛做陶醉状，说他们是半路认来的兄妹还真没人信。

“来来，快吃吃看！”唐泛亲手给隋州盛了一碗，笑吟吟地将调料和勺子往他那边推了推。

隋州也不言语，低头尝了一口，味道确实很不错。这新鲜采摘下来的槐叶还带着草木清香，捣汁之后又渗入面条里头，连带面条吃起来也有一股槐香，清新可口，夏日最佳，难怪唐泛会念念不忘。

见他点点头，唐泛眼睛一亮：“那下回咱们再试试黄金鸡好了！”

隋州还未说话，旁边阿冬已经叫了起来：“大哥，别忘了你早上爬树的时候手都划伤了，下次再去捉鸡，那得被鸡啄了吧？”

唐泛瞪了她一眼：“我是久未爬树，记忆生疏了而已，再来几次就熟练了。”

阿冬哀号：“还来啊，早上我在下头照应着你，心里就七上八下的，生怕你掉下来呢，后来果然掉下来了，可别再有下次了，我怕我会被吓死！”

唐泛伸手要去揪她的耳朵：“小丫头有吃的就不错了，还成天唠唠叨叨，小心以后嫁不出去！”

别看阿冬白白圆圆的，动作倒是出奇敏捷，蹦起来一闪身就躲到隋州后面去了，对着唐泛笑嘻嘻地扮鬼脸。

隋州问：“你受伤了？”

唐泛摇头：“别听阿冬那丫头胡说，就是被树枝划了一道口子而已。”

隋州点点头，没再说话。

槐叶淘、凉拌黄瓜、酱牛肉，一荤二素，且都是清爽好下口又开胃的菜肴，便是原本满身燥热，吃完之后也觉得畅快。

隋州往常一个人住，就算会烧饭，也都因为忙碌，许多时候都是将就着应付。要么就是在衙门里随便解决，往往都是一边翻卷宗，一边吃饭，连什么味道都没尝出来，鲜少能像如今这样，三两个人围坐在一起，吃饭的时候聊聊天，饭菜里同样也可以吃出精心准备的味道。

起初他觉得公干到很晚还要回来吃饭有些没必要，只是碍于唐泛的坚持，所以才会这么做。但现在习惯了之后，无论多晚都要赶回来。

不知不觉，潜移默化。

吃完饭，阿冬去收拾碗筷，隋州则对唐泛道："跟我来。"

他带着唐泛来到书房。

"袖子。"隋州道。

他说话素来都是言简意赅，能不说话就不说话，非说话不可的时候能精简字句就精简字句。

唐大人心想，也亏得自己聪明，否则绝难从这没头没尾的话里领会到他的意思。

等他挽起袖子，便见右手臂外侧多了一道长长的口子，口子不深，但估计先前血流了不少，现在止住血后上头有一道血疤，看着有点骇人。

隋州看了一眼，从桌上的瓶瓶罐罐里拿出其中一瓶膏药，用手指蘸了一点，均匀地涂抹在唐泛的伤口上。

伤口火辣辣地疼，只不过那疼还能忍住，唐大人也没有露出龇牙咧嘴的表情。不过那膏药抹上去之后，伤口处立时传来一股舒服的清凉感，似乎连疼痛都缓解了不少。

唐泛开玩笑道："你这药可真管用，以后我再摔着可就不愁了。"

隋州："还想有下次？"

唐泛赶紧闭嘴。

唐大人忍了又忍，还是没忍住："可那槐叶淘真的挺好吃的，你不觉得吗？"

腔调委委屈屈的，隋百户忍不住嘴角微扬，却是正好转过身去了，没让唐大人瞧见。

"往后若还想吃，与我说一声。"半晌之后，只听得隋州如是道。

唐泛眉开眼笑："果然是好兄弟啊！"

因为愿意爬树摘叶子就被冠以"好兄弟"头衔的隋百户很无奈："你不是要说李家的事情吗？"

唐大人记起正事，将自己所有的猜测从头到尾说了一遍，末了道："我曾经听老李讲过，他说李漫当年放弃科举，改行经商之初，曾经因为经验不足吃了不少亏，将老本也赔了进去，李家欠债累累，濒临绝境。后来不知道因为做成了什么生意，李家一夜之间就好转起来，老李只是管家，所以也知之不详。但现在想来，说不定李漫之所以能够绝处逢生，恐怕也有白莲教的从中助力，双方早有勾结，否则以李漫如今妻贤子孝、家产万贯的情形，又如何会被蛊惑到杀妻灭子的地步？"

隋州点点头："此事我会上报，继续追查李漫和陈氏的下落。近些年来白莲教越发猖狂，几十年前'土木堡之变'中，就少不了他们勾结瓦剌人的传闻。"

他一提起几十年前那场剧变，唐泛叹了口气。

当年发生这件震惊天下的大事时，他还未出生，可并不妨碍他对这件事情的了解。不单是他，只怕全天下的人提起这件事，都要像唐泛一样先叹口气。

因为皇帝的任性和无知，导致数十万人殒身其中，其中不乏文武百官、功臣世勋，更有京师三大营几乎全军覆没。后人为尊者讳，将英宗皇帝后期的仁政拿出来说了又说。

但唐泛觉得，如果一个人的成长需要用数十万人的性命来堆积，那未免也太惨烈了，做过就是做过，再多修饰，也掩盖不了他曾经犯下的错误。皇帝为人所掳，成为举国耻辱，当时瓦剌人长驱直入，京师毫无防守，如果不是于谦挺身而出，力排众议，坚持不迁都，还立了新天子，身先士卒发起保卫战，北京城现在会如何，大明现在会如何，那还难说得很呢。

唐泛提醒道："从土木堡的事就可以看出，白莲教所图甚大，只怕李漫的事情也只是冰山一角。"

一牵涉到白莲教，那就不是唐泛一个人能够解决的事情了，北镇抚司在这方面经验更加丰富，交给他们去追查显然才是更合适的。

隋州颔首，又冷冷道："以李漫其人的心性，便是没有那陈氏，没有白莲教的怂恿蛊惑，估计也会做出那种事。"

他摆明对这种杀妻灭子的男人没什么好感。

唐泛道："这天下间像李漫那样的人不在少数，是以才有了白莲教的可乘之机。"

他又见隋州面露疲色，就问："可是遇到了什么棘手的事情？"

隋州摇摇头："也就是上回和你说过的，白莲教妖徒借着风月话本，从中夹杂谣言，借以横行魅惑世人，近来无非都在查封书籍罢了。”

唐大人“啊”了一声，笑得有点谄媚：“广川啊，咱们能打个商量不？你们要是瞧见了一本叫《梨花缘记》的，要是翻阅之后没有问题，能不能别查封？还有一本叫《飞剑记》的……”

他的声音在对方面无表情的注视下越来越小，最终露出心虚的表情。

隋州道：“上头有命令，但凡风月话本，一律查封。那些去查的人仅仅是随意翻阅，很难发现里头是否出了问题，所以宁可查封，不能放过。”

“而且，”他顿了顿，看着唐泛，冷峻的表情终于浮现出一丝无奈，“你一个朝廷命官，跑去匿名写那种话本，万一被发现了，只怕名声不保。”

唐泛嘿嘿一笑：“那有什么，其实不光是我，朝中有不少人，都在干这种事，反正用了笔名，谁也认不得谁。否则光靠俸禄，怎么够养家呢？若是不想贪腐，也就只能另辟蹊径了。不妨告诉你吧，礼部何侍郎你认识吧，那本《潮声弄月》便是他匿名写的；还有我一个同年，原先同为翰林编修的，不过如今已经被外放了，他也曾为了生计写过一两本话本，因为比我放得开，内容香艳，深受书商欢迎，润笔费也比我多呢。还有礼部的人，每回会试完毕，都会将名次高者的答卷卖给书坊，以从中赚取费用，自有想要高中的学子们前仆后继去买了来参考揣摩，那可比我们写话本的赚得多了！”

隋州听对方如数家珍，木着一张脸。

他自然记得唐泛说的礼部何侍郎，那可是以刚正严肃出名的一个老头儿。隋州很难想象何老头儿会在私底下写这种风月话本，而且以锦衣卫的侦讯手段，竟然还会不知道这种事情，看来也需要反省一二了。

又听唐泛在那里长吁短叹，博取同情：“所以啊，你看我们这些文官，看着威风八面，实际上寒窗苦读数十载，一朝当了官，礼尚往来，没钱寸步难行。上官做宴，你不送礼，等于得罪了人，以后再难寸进，如果要送，又没钱，就只能去下面搜刮，百姓因此苦矣，说到底也不能全怪他们。不过我并非为他们开脱，毕竟没有几个人能像我这样聪明机智，写得出本子、拿得到润笔费嘛……”

隋州：“我有俸禄。”

唐泛还在继续：“你说是不是啊？广川……啊？你刚说什么？”

隋州：“我有俸禄，不必担心。”

唐泛听了他的话，愣然半晌，然后狂笑起来，最后不得不扶着隋州的肩膀稳住身形，一边揉肚子一边笑：“哎哟喂，那我兄妹二人以后就赖上隋百户了，等我真把俸禄花光了，你可要接济我啊！”

隋州：“嗯。”

唐泛还是忍不住笑，却也有些感动，他知道，不是谁都有资格让对方说出这样一番话的。

“广川，老实说，从前我对锦衣卫的印象平平而已，但自认识你之后才知道，锦衣卫之中，竟也有你这般值得结交、引以为知己的真汉子！”

隋州冷冷淡淡的眼睛里多了一丝暖意，虽然依旧还是言简意赅地“嗯”了一声。

“过两日，我外祖母做寿，你可愿一同前往？”他问道。

隋州的外祖母姓周，身份可不一般，正是当今周太后的姐姐。

隋家托周太后的福，隋州的父兄也在锦衣卫里挂了一个虚职，这种虚职光拿钱不做事，同样很招人眼红。他们又还不是周太后的直属亲戚，也不姓周，彼此更隔了一层，所以隋州进锦衣卫后，也只能从一个小旗做起，慢慢升迁。

既无实权，又是外戚，一般文官都不愿意跟隋家交往，一是为了避嫌，二是不想自降身份。

不过唐泛听了他的话，却想也不想就道：“兄弟一场，你外祖母自然也就是我外祖母了，过两日你喊上我，一道前往便是。”

隋州心头微暖，“嗯”了一声。

因与白莲教有关，对李家的事情，经由隋州上报，北镇抚司对其十分重视。但正如唐泛所预料的那样，李漫与陈氏既是早有图谋，肯定已经做好了万全准备。当北镇抚司的人在保定府境内追上疑似李家人的马车时，却发现里头仅仅剩下阿秋和其他几名李家仆人。

根据阿秋等人的说法，身为主人的“李麟”，在一出京城后，并没有像原先说好的那样举家迁往南京，而是立马给每个下人分了一些银钱，将所有人就地遣散，让他们往不同的方向走，自己则坐着马车只身往北，不知所终。

而阿秋他们，至今也不知道他们所看到的“李少爷”，内里很可能早就换了个人。

事到如今，寻找“李麟”和陈氏已非一日之功，也不在顺天府的职权范围内了。隋州将此事交接给同僚之后，唐泛也就可以甩手不管了，但他每回看到阿冬的时候，仍旧偶尔会想起张氏和阿夏等人，心中不免感慨造化弄人。

有了隋州出面做证，又加上事情种种可疑之处，这桩案子就成了悬案，弹劾唐泛的事情也就不了了之。潘宾特地派老王他们过来找唐泛回去复职，这位府尹师兄虽然常常给唐泛制造各种麻烦，但心地并不坏，还有同门之谊。若非如此，当初唐泛也不会肯放弃翰林院编修的清贵官职，到他师兄的麾下来。

过了两日，周老太太做寿那天，唐泛便带上阿冬，随着隋州一道上隋家，为他的外祖母庆生。

周老太太只生了一儿一女，女儿便是隋州的母亲。

隋母嫁给了隋父之后，生三个孩子，隋州排行第二，上头还有个长兄隋安，下边还有个幼妹隋碧。

虽然跟周太后沾了亲戚，可隋家说到底也是普通人家，并没有像武安侯府和李家那样三妻四妾，乌烟瘴气，隋州的父亲只有隋母一个妻子，而隋州的祖父、祖母也都过世了。

周老太太的儿子一家在外地当小官，只有女儿一家还留在京城，兄妹二人两相合计之下，为了不让老母亲舟车劳顿跟着到外地过晚年，就决定依旧让周老太太住在京城，隋家则买下老太太隔壁的宅子，搬过来与老太太比邻而居，这样既可以照顾到老太太，又不至于让人说闲话。

在听了隋家的亲属辈分之后，唐泛就有些奇怪：“如此说来，你家倒是人口简单，何以你还要单独搬出来居住？”

隋州淡淡道：“我的兄长荫封百户，但只是虚职，他在锦衣卫里当差当不惯，还想着靠读书出人头地，不过如今仍未中举，我虽然起点比他低，如今却也算有一官半职，所以我那嫂子看我有些别扭，与其成日在家龃龉不断，倒不如搬出来清静。”

唐泛这下明白了，果然是家家有本难念的经。

隋安是长子，将来是要继承家业的，所以父母肯定会偏心看重几分，照隋州的性格，必然不耐烦在这些家居琐事上啰唆，便索性搬了出来，也避开矛盾，免得兄弟阋墙。

周老太太的大寿，儿子一家在外地赶不回来，自然由女儿为其操办，本来以周老太太和周太后的关系，隋家也不敢慢待，不过老太太自己不想大办，她说自己出身寻常人家，沾了太后的光才有今日富贵，更应该惜福，所以与其大肆操办，浪费钱财，叫一堆不认识的人到跟前来贺寿，还不如将自家儿孙叫在一块，热热闹闹地吃顿饭也就罢了。

寿宴是在周家老宅办的，隋州他们一家只需要从隔壁过去给老太太贺寿，倒也方便。

等唐泛到了周家，才发现除了他和阿冬，其他的都是隋家自己人。

周老太太年逾六旬，满头白发，慈眉善目，见到隋州就笑眯了眼，伸手来拉他："我的乖孙孙来看我了，快快，过来，过来！"

饶是隋州常年习惯冷肃着脸，瞧见周老太太，也不由得柔和下来，先给周老太太行礼拜寿，然后又呈上礼物，恭恭敬敬地喊上一声外祖母。

"好，好，好！"周老太太一连说了三个"好"，见站在隋州旁边的唐泛和阿冬，又笑道，"阿州，这是你朋友吗？"

没等隋州回答，旁边就有人道："二弟，今日是家宴，老太太说了不要带外人来的，你怎么还将不认识的外人带来，这里还有女眷在呢，也不是通家之好，未免太不讲究了！"

发话的人是隋州兄长隋安的妻子焦氏。

已婚的兄弟不和，十有八九都是因为妯娌的矛盾，隋州还未成亲，不过既然焦氏看他不顺眼，成日在丈夫面前吹枕头风，久而久之，兄弟关系确实也会受影响。

更何况隋州自小在周老太太跟前长大，父母偏爱长子，周老太太却偏爱隋州，锦衣卫是热门大肥缺，隋州是二子，又不姓周，世袭荫封原本是没有他的分儿的，可周老太太在周太后面前说了话，隋州的工作立马就变成比虚职还抢手的实职，这份差别待遇，也难怪焦氏会眼红。

但她忘了，隋州可不是她能随意捏圆搓扁的人物。

她这头话刚说完，隋州便淡淡接道："从今往后，就是通家之好了。"

这话说得霸气，以至于所有人一时说不出话，全都瞪着隋州瞧。

这里不是唐泛的主场，一开始没有他说话的分儿，不过这并不妨碍他习惯性地运用看案情的眼光去分析人心，如此一眼扫过去，从各人的言行举止之中，就能看出不少端倪来。

譬如说隋州的父母都是老实人，否则隋州嫂子焦氏说话的时候，隋州的母亲就该出声喝止了；又譬如说隋州的兄长同样也是闷不吭声的寡言汉子，这点倒与隋州有些相似，不过隋州是因为没必要开口所以不出声，在分析案情需要说话的时候他并不吝惜言辞，而隋州的兄长则更像是性格习惯使然，讷于言语。

唐泛看得暗暗摇头，他曾听隋州说过，兄长隋安想考科举，但这样的性格，即使将来侥幸让他考中了，只怕也很难在官场上混得长久。相比丈夫，焦氏又显得伶牙俐齿，太急于出头，长辈是老实人，弹压不住她，估计她平时在家中也是为所欲为，难怪隋州最后要搬出去。

在隋州说出这句话来之后，唐泛就不能再沉默了，他站出一步，向周老太太拱手行礼："在下唐泛，字润青，老太太叫我润青便好，我在顺天府任推官，与广川乃是朋友，今日带舍妹阿冬前来祝寿，祝老太太福如东海，寿比南山。"

阿冬也跟着乖巧行礼，一面道"周老太太万福"，一面将贺礼奉上。

周老太太笑得合不拢嘴："好，好！既然是通家之好，那也就不必讲究那么多了，我家阿州难得带朋友回来，还是给我祝寿，可见你这孩子必定是好的，小姑娘也长得灵秀，不错，不错！"

这年头送礼流行将礼物当着主人家的面拆开来，不管贵贱，只要寓意好，主人家就很高兴。

焦氏接过礼盒，伸手就拆开裹着盒子的绳子，将盒子打开来，却见里头放的是一个玉石雕成的寿桃，玉色温润，灵巧可爱，手掌大小，正适合拿在手中把玩。

周老太太寿辰，宫中也送了礼物过来，不过她勤俭一辈子，不想大肆铺张，所以寿宴也只叫了女儿一家过来吃饭便罢了，见了这礼物，又是喜爱又是吃惊道："人来就好了，何必破费买这么贵的礼物！"

唐泛笑道："并不费什么钱，好教老太太知道，我俸禄微薄，若真要买，也买不起，这寿桃原是家中传下来的，如今长辈俱已不在，便被我拿出来借花献佛，望老太太不要嫌弃才好！"

他虽然说得谦虚，但单看这玉的成色，隋州便知道玉桃绝对价值不菲，而且颇有年份了，能够收藏这样的东西，唐家从前想必也差不到哪里去。

能送出这样的东西，也足见送礼人的心意。

周老太太本是太后的姐妹，这些年隋家也跟着见过不少达官贵人，而且大明朝素来有敬老的习俗，老太太当街骂官员，骂得官员轿子绕道而行也是有的，所以先前隋州介绍唐泛是顺天府推官时，隋家人还真没觉得如何震撼，要知道隋州父兄身上可还有锦衣卫的袭职呢。

不过这玉桃一出，焦氏也识趣地闭上了嘴巴。

那头老太太还在连连摇头："以后千万不要如此破费了，人来了就好，我瞧见你们啊，就打从心里头高兴！"

唐泛噙着笑："老太太可说错了，等将来您耄耋之寿，不仅要破费，还要大大破费呢，到时候我定要再给老太太寻摸个更大的寿桃来！"

周老太太被逗得直笑："润青这张嘴，可比阿州、阿安他们都甜上百倍了。要是有人欺负你，你可得跟我说，我给你做主！"

虽说是家宴，不过桌上的菜也都看得出经过精心烹调，虽然隋家人不善言辞，但有唐泛在，同样逗得老太太前仰后合，隋州的妹妹隋碧比阿冬大上几岁，两个小姑娘倒挺合得来，不一会儿就凑到一起低声说着话。

相较起来，隋州的父母兄长就像陪坐似的，鲜少言语，从头到尾埋头吃饭，焦氏倒想插嘴，老太太却好像不太喜欢与她说，拉着唐泛的手一直询问，当听到唐泛说自己父母早亡，长姐远嫁，又还未成亲时，便连连叹息道："可怜见的，一个人在京城当官，也没个冷热知心的人体贴着，像你这样的人品，只怕媒婆早就踏破了门槛吧，你喜欢什么样的女子，来，和我说说，我也帮你物色物色！大不了我去找太后，让太后帮忙，若说寻常女子看不上，公主郡主总归是不差的吧？"

唐泛哭笑不得，正想阻止，却听旁边焦氏酸溜溜地半开玩笑道："老太太可真偏心啊，你与润青也还认识不到半日呢，就记着帮人家拉纤保媒了，不知道的还当您新认了个孙子呢！"

周老太太呵呵一笑："我与润青这孩子投缘，给他做媒怎么了？难不成你也要？我倒是乐意给阿安保个郡主，可那样一来你就得靠边站了吧？"

焦氏立马不吱声了。

唐泛好说歹说让老太太打消了主意，吃完了饭，阿冬因与隋碧投缘，便又被多留了半日，他则与隋州告辞了老太太，又答应老太太常来看她，才被放行。

他们饭后消食，安步当车，往家的方向走去，步履缓慢，意态悠闲。

两人快要到家的时候，便见到薛凌站在门口来回踱步，旁边还跟着好几个锦衣卫。

其中一个看见了隋州他们，连忙上前跟薛凌说了句，薛凌猛地抬头，眼睛一亮，大步迎上来，明显一副等候依旧的模样。

“大哥，你可总算回来了！”他的神态不掩焦灼，急急出声道。

“何事？”隋州道。

薛凌看了唐泛一眼，倒也没有瞒着他的意思，只是上前半步，对隋州低声道：“出大事了！”

隋州眉头一皱，当下就道：“我进去换个衣服就走！”

唐泛是顺天府的，与他们的职责并不相干，兼且品级太小，也不可能去打听什么信息，所以也很识趣地没有多问，跟薛凌打了一声招呼，便准备回家。

反倒是薛凌有些不好意思，对唐泛道：“润青兄，今天实在是匆忙，改日再请你吃酒啊！”

唐泛摆摆手：“凭你我的交情，还用得着说这些虚的？你有公务在身，自然耽搁不得……”

他话未说完，却见薛凌压低了声音苦笑道：“只怕这次的事情棘手得很了！”

唐泛一愣，正待琢磨他这句话的深意，薛凌却已经闭口不言了。

隋州的动作很快，转眼就从里屋出来，也来不及与唐泛说上一句，一行人便匆匆离去。

对方如此行色匆匆，实在不由得他不多想，能够让薛凌如此愁眉苦脸的事情，那一定小不到哪里去，说不定还是与宫里头有关。

既然如此，唐泛就更加不能瞎打听了。这年头，知道得越少才越安全，自作聪明的人反倒死得快。

唐大人心宽，自觉官小位卑，没什么需要操心的，便悠然自在地躺在院子里看书。

约莫过了一个时辰，却有隋家那边的下人上门，说是阿冬跟他们家三姑娘隋碧投缘得很，三姑娘再三挽留，阿冬今夜就在隋家过夜，和三姑娘一起睡，明天再回来。

小姑娘熟得快，感情好，唐泛是可以理解的，但阿冬不回来，他就发愁了：晚饭怎么解决？

已经被这阵子的伙食宠坏了的唐大人只要一想自己唯一会煮的白粥就觉得嘴巴里寡然无味，最后还是决定上外头去吃。

那间常去的馄饨摊子，因为搬到隋州这边来，又有阿冬与隋州固定投喂，唐泛近段时间已经很少去了，馄饨摊子老板还认得他，一见唐泛就笑容满面地打招呼："唐大人，这是家里没人开伙呢？"

唐泛苦笑："是啊，这不上你这儿来吃饭了！"

老板道："还是老样子？"

唐泛："老样子！"

不一会儿，热气腾腾的馄饨端了上来，老板知道他喜欢吃香菜，还特地多撒了一些，碗里满满的青葱翠绿，令人垂涎。唐泛看得心喜，执起筷子，正要下口，耳边便听见有人道："好你个唐润青，在这里偷得浮生半日闲啊！"

唐泛抬头一看，哈哈笑道："我说喜鹊怎么今天一大早就在枝头叽叽喳喳地叫，原来是于乔兄啊，来来，坐坐，我请你吃馄饨！"

来人正是谢迁，成化十一年的状元，与唐泛同年，如今刚刚年过而立，也是一派俊朗潇洒的风范，不比唐泛逊色，只因当年殿试点三甲时，唐泛因过于年轻与状元错身而过，最后却被谢迁摘得桂冠，这桩流言传得沸沸扬扬，所以许多人都觉得两人彼此之间肯定会有些疙瘩，但实际上他们私底下的交情还是挺不错的。

不管是唐泛，还是谢迁，都不是那等心胸狭隘的人。

谢迁一笑，也不客气，长衣一拂，直接往唐泛对面坐下。

唐泛调侃："今日休沐，你怎么不在书房里流连，倒舍得跑出来逛街了？"

他扭头又让老板多上一碗馄饨。

谢迁白了他一眼："今日本该到我轮值的，哪能似你这般悠闲？"

唐泛拍拍额头："对对，离开翰林院一年不到，我竟连规矩也忘了！"

馄饨很快端上来，唐泛将碗往谢迁面前一推："试试，这里的馄饨味道不错！"

谢迁二话不说，先舀了一口汤喝，神态随意，由此可见两人之间关系融洽，并不像外人所揣测的那样。

"是不错，爽口！"谢迁赞了一声，又摇摇头，"照我说，你真不该离开翰林院，那里虽然枯燥了点，但将来入阁参政最是方便！"

唐泛笑了笑："我这人闲不下来，若让我像你一样静下心待在翰林院，那我估计得闷死。"

谢迁又白了他一眼："得了吧，我性子比你急多了，不也是在那里熬着？但话说回来，你甘愿放下身段到顺天府做事，光是这份胸襟，就足以令人心服口服。"

顿了顿，他叹道："三年前若不是我抢了你的状元之位……"

"得，打住！"唐泛抬手制止他，真心诚意道，"谢于乔何等潇洒的人物，怎的也学得如此婆婆妈妈的作态了？当年咱们进殿的时候，名次早已宣布，不过是去走个过场，那些所谓的隐情流言，都是人云亦云罢了，几时你也相信起这套说辞了？你于乔兄得状元，那是众望所归，心服口服，我亦同样如此，往后这种话，还是不要说了。"

谢迁扑哧一笑："行行行，不说就不说，我不过是提了一嘴，便引来你这长篇大论。"

他凑近唐泛，压低了声音："宫里恐怕出事了。"

先是薛凌和隋州，现在又是谢迁说这番话，唐泛心头一凛，也低声问："何出此言？"

谢迁道："钟学士原是奉命进宫献应景诗词的，但刚进宫没多久，又提前回来，我还听说几位内阁阁老匆匆入宫面圣，今日本是休沐日，如此不同寻常，必有蹊跷。"

他是直性子，又跟唐泛交情不错，也知道他不是会张口出去胡说的人，便将自己的疑虑顺嘴说了出来。

唐泛想了想，道："我等官位卑微，多加揣测也无用，若真有大事，还是早些回家，别在外头多逗留，免得被御史抓住话头弹劾。"

谢迁点点头："你说得是，吃完你这碗馄饨，我还是尽早回去好了，免得生出什么是非。"

唐泛笑道："对对，快回家去陪美娇娘吧！"

谢迁去年刚成的亲，在这个时代也属于晚婚了，正是情到浓时。

两人又聊了一会儿，将馄饨汤喝完，便各自告辞回家了。

天色很快暗了下来。唐泛用完晚饭，散会儿步，就该洗漱就寝了。

外头已经万籁俱寂，打更的声音远远飘来。隋州还未回来，唐泛心想必是宫里头的事情颇为棘手。

偏偏就在此时，院子外头响起震天的擂门声，砰砰砰，吵得人耳朵嗡嗡生疼，在寂静的夜里显得分外刺耳。

唐泛皱了皱眉，将本来已经脱下的外衣又穿上，他心知来人必然不可能是隋州，也不知道大半夜上门来的是何方神圣，一边心下思量，一边朝院门走去。

抬起门闩，打开门，却见外头站着几名高帽灰衣的厂番，手中提着灯笼，腰间挎着刀，个个神态冷漠，面无表情，看到唐泛出来也没什么反应。

为首那人冷冷问："你就是唐泛？"

唐泛的视线从他们袖口上绣的那个"西"字掠过，点头道："不知诸位是……"

对方道："西厂奉旨办案，即刻随我们进宫一趟！"

唐泛问："敢问诸位所为何事？"

对方语气生硬，并不容他细问，也没有兴趣与他攀谈。手一挥，后边两人随即上前，一左一右将唐泛挟住，一副押解犯人的架势。

唐泛暗自苦笑，不知道这回汪直又给他挖了个什么坑："那总得让我回去换上官服吧？进宫面圣岂可失态。"

对方死鱼一般的眼珠子在他身上转了一转，冷冷喝道："那就快去，别耽误了时辰！"

东西厂真是嚣张至极，别说唐泛这等从六品小官，就是潘宾来了，也得不到他们一个好脸色。

虽然为两厂办事，但他们本身并不是宦官，而是从锦衣卫那边调派过去帮忙的人手，个个都是再正常不过的爷们儿。不过身在东西两厂久了，耳濡目染，竟然比寻常锦衣卫还要嚣张几分。

跟这等人根本有理说不通，唐泛也懒得与他们废话，转身入内换上官服，不过一刻钟就出来了："可以了，走吧。"

西厂的人见他很配合，倒也没有再像之前那样摆出胁迫的架势："会骑马吧？"

唐泛略一点头。

一名番役随即牵来一匹棕色毛发的马，唐泛翻身上马。

马蹄声嘚嘚响起，一行人很快消失在茫茫夜色之中，只有几盏灯笼远远摇曳，若明若灭。

从西厂的人上门的那一刻起，唐泛就开始思索他们的来意。

隋州自下午入宫至今未归，薛凌也说过宫里头可能出了不同寻常的事情。

如今看来，事情只怕远远超乎他们的想象，但将自己这么一个八竿子打不着的人叫进宫又有何用呢？

一行人疾驰而来，夜风迎面刮过，衣袍猎猎作响。

这个时辰，宫门早就落了锁，但西厂奉的是皇命，谁也不敢拦着，军士查看了一下番子们的腰牌即刻放行，对于唐泛，则多盘问了几句。不过带唐泛入宫的那人开口闭口都是“汪公公说”，整得那几个禁卫军脸色大变，最后挥挥手，赶紧让他们进去。

入了宫门则要下马，这是铁律，没有谁能违反，那些内阁阁老、顾命大臣，顶多就是一顶小轿抬行。像汪直、尚铭这等权宦进了宫，尚且没有那等特殊待遇，全都要下马步行，唐泛他们自然更加不可能例外。

只是带唐泛进来的那些内厂番子着急得很，脚下步履飞快，他们是武夫，唐泛跟了一阵便有些跟不上，气喘吁吁。为首那人心里着急，忍不住让左右手下挟住唐泛两边肩膀和手臂，将人半抬起来，快步往前走。这下好了，唐泛自己不用使力，双脚只有脚尖跟着在青石板上踩，像瞬间学会了轻功似的。

他也乐得轻松，嘴里还会说好听话：“在下体力不济，拖累了诸位，倒让诸位费心了！”

紫禁城中一片黑暗，远远的只有前方一些宫殿里还亮着微弱的烛火，除此之外就是偶尔路过执勤的兵士手中提着的灯笼，以及他们这一行人手中赖以照明的几个灯笼。

皇帝固然富有四海，但若是让这偌大宫城灯火通明，那也是一笔巨大的开销，根本承担不起。唐泛倒还没见过晚上的紫禁城，反正现在又不需要他自己看路，借着分神的当口，他遥遥观望了一下这座雄伟辽阔的宫城，心中浮现的不是膜拜景仰，而是在黑暗的掩盖下，宫城里头这一座座宫殿一个个房间里头，也不知道上演了多少不为人知的恩怨情仇、人间悲喜。

在烛火摇曳不定的照耀下，唐泛却显得异常平静，既没有被深夜召见入宫的惊慌，也没有跟西厂打交道的害怕。

虽然为首那个内厂番子也不知道汪公为何会忽然让他将这小官叫进宫来，但唐泛的这番表现，无疑让对方有些另眼相看。

幸好他不知道唐大人现在心里在想什么，要不然非得崩溃不可。

加上这次，唐泛是第二次来到这里。上一次还是三年多前，宣布殿试名次的时候，他与众多同年一道入宫，在庄严肃穆的氛围下，跟着文武百官一道拜见天子。

遥想当初，天子的风采，那可真是，喀……离太远了，看不清。

一行人约莫疾走了两刻钟，穿过一座又一座宫门，见过一道又一道宫墙，他们的脚步终于缓了下来。不远处一座宫殿人影幢幢，烛火通明，大门敞开，宫殿门口乃至外围还有好些人在来回走动巡逻，守卫很是森严。

这就是他们此行的目的地了，唐泛知道。

番役们终于将他给放了下来，脚底踩上略显粗糙的石板，唐泛顿时有种脚踏实地的安心感。

人轿虽然快捷，可也不是能拿来享受的，眼下他的两条胳膊就隐隐生疼。

“走。”直到现在，为首那内厂番子才终于吐出这么一个字。

唐泛不由得低声问：“敢问阁下，那里头是……”

“进去就知道了。”对方一句也不肯多说。

唐泛本是想让自己有些心理准备，见他如此郑重其事，心底倒是有了计较，便也不再多问，跟着那些人走上台阶，接受门口卫兵的搜身和盘问，好半天之后才被放了进去。

带他进去的却不是刚刚一路带他入宫的那个内厂番子，而是换成了一个面目陌生的年轻宦官。

对方想来是经常在这里值守的，先和唐泛说了一声“等着”就进去了，过了好半天之后才出来，又说了句“跟我来”，便再次转身入内。

进了里头，看到殿中种种摆设，唐泛面上虽然不显，心里却已经有些底了。

等被领到内殿正堂，眼见正殿之中的人或坐或站，正中更坐着一名黄色绫罗圆领袍的中年男人。他没有怔愣失礼，直接就下跪行礼道：“臣唐泛，参见陛下。”

第九章

宫门奇案

“免礼。”成化帝道，声音是万年不变的懒洋洋，但他不是故作慵懒，而是真懒。

唐泛起身谢礼，负手而立，并未抬头东张西望，面色依旧平稳。

成化帝对这个小人物的到来并不在意，他也不会记得自己曾经在三年前还夸过对方“清隽丰采”的。

他已经很疲倦了，只是今天所发生的事情，实在是太严重了。这不，连内阁三位阁老都还在这里，没有离宫，所以皇帝也不得不强打起精神来。

他望向汪直：“汪内臣，人是你推荐入宫的，由你来说吧。”

“是。”汪直恭敬应道，全无在宫外时唐泛所见到的跋扈飞扬。

“唐泛。”汪直道。

“臣在。”唐泛还是保持着微微垂首的姿势。一般来说，如果没有得到许可，臣下是不能随意直视圣颜的，这显得不敬，但他在刚刚进来的时候就已经飞快地将在场所有人都纳入眼底了。

皇帝、太子都在。

万安、刘珝、刘吉，赫赫有名的纸糊三阁老们也在。

这些大佬已经等于是掌握帝国大权的巅峰级人物了。

还有其他一些仆从宫婢、禁卫军士，自不必提。

人虽多，却愣是没有发出半点声息。

除此之外，唯有殿中烛火不时噼啪作响。

不过唐泛眼力所及，发现就在皇帝身后的屏风后面，似乎还藏着一个影影绰绰的人影。

那隐而不露的人身份为何，似乎呼之欲出。

那头汪直已经开始说起召见他进来的原因。

如今这位东宫太子朱祐樘，虽是长于皇宫之中，却直到三年前才刚刚被立为太子，身世堪称坎坷。

但既然名分已定，读书习字，一切就要按照储君的规格来培养。

太子的老师班底很强大，但除了老师之外，还要有伴读。

而太子伴读一般都是从宫内的宦官里选，不过有时候也会从大臣的子侄里挑选。当今太子的其中一位伴读叫韩早，其父韩方，是成化帝当太子时的老师之一。

韩方因为身体不好，早两年就准备辞官了。但皇帝顾念老师的情谊，就赠了韩方太子少师的虚衔，又让韩方的儿子韩早进宫当太子伴读。

这不是那种太子做不好作业就要代罚受罪的奴才，而是实打实的伴读加玩伴。韩早跟太子年龄相当，成日在一起读书，感情也很融洽。

但就在今天，太子他们正在上课的时候，韩早忽然喊着肚子痛，结果还没等太医过来，韩早就忽然往地上一栽，没气了。

这还得了！东宫顿时就沸腾了，太医火速赶来，左看右看，都看不出韩早到底是为什么死的。

好巧不巧，就在韩早喊着肚子疼之前不久，万贵妃曾经差人送来两碗绿豆百合汤。太子没喝，韩早喝了。

结果就发生了接下来的事情。

谁都知道，万贵妃当初也是有儿子的，还是皇长子，只是生下来没多久就夭折了。后来贤妃柏氏又生了一个，被立为太子，结果没过两年又死了。自那之后，后宫里就再没有皇嗣诞生过，大家都说是万贵妃不准除了她之外的后宫女子诞下子嗣的缘故。

以万氏的雌威，如今这位太子能够重见天日，其中经历的种种波折，更是闻者伤心，见者落泪。

好了，说到这里，韩早为什么会死，似乎已经非常明了，审也不用审。

作为皇帝最心爱的女人，别说太子没死，就算死了，万贵妃很可能也不会被怎样。最聪明的做法就是赶紧大事化小，随便找个借口掩饰过去，大家继续保持表面上的和平。

但问题来了，万贵妃在知道这件事之后，极其震惊，哭天喊地，当即就跑到皇帝面前闹，指天誓日地说这件事绝非自己所为，坚决要求皇帝彻查到底，查出真相，还自己一个清白！

正因为如此，事情涉及了太子、万贵妃等人，其中还有成化帝老师的儿子，成化帝头疼之余，不得不将宰辅们召入宫商量对策。

宰辅的职责是治理国家，虽然现在内阁为首的三位阁老都是在混日子，国家治理得很不行，可也并不代表他们破案断案就该行了。

首辅万安从政治和大局的角度考虑，建议皇帝将此事轻轻揭过算了，反正太子殿下万幸无事。至于韩早，朝廷可以下旨对韩家加以厚恤，这样皆大欢喜。

但万贵妃不干了，不管大家心里信不信，她都再三坚持自己在这件事里是完全无辜的。她很明白，所有人都知道她讨厌太子，欲除之而后快，所以她在这件事里的嫌疑是最大的。如果皇帝真的将此事含糊过去，那她就真是跳进黄河也洗不清了。

在心爱女人的坚持下，成化帝没有办法，只得一面让人去请阁老们进宫，一面去通知韩家人。

两碗绿豆百合汤，太子没喝，他那碗给了韩早，剩下的一碗让旁边一个小内侍喝了。内侍没事，韩早却死了。

在唐泛进宫之前，已经有人检查过了，那锅糖水已经没剩了，查不出里头是否放了东西，但碗和勺子本身都是没有抹毒的。

如果绿豆百合汤有事，为何侍从喝了却无事？

难道只有韩早喝的那一碗有事？

送汤过来的是万贵妃宫里的宫婢，无论如何也不承认是自己下了毒。

再说韩早不过一个幼童，哪里会有什么仇人，就算要害，害的也是太子，谁又看太子不顺眼？

宫中上下，也不过就是那个人。

不过这些事情不好说，也不能明说，所以首辅万安的提议在被万贵妃否决之后，他就干脆不开口了，免得得罪了万贵妃。

万首辅跟万贵妃都姓万，但两人没有一文钱的关系。只是他知道万贵妃深受成化帝宠爱，所以借着大家都姓万，千方百计跟万贵妃攀上亲戚，所以首辅位置坐得很稳。

这点很为其他人不耻，大家私底下给他起了个绰号，叫万岁阁老。除此之外，还有针对内阁宰辅们各种搞笑的绰号，比如说三辅刘吉，就被叫作刘棉花，因为他脸皮很厚，不怕弹，所以大家背地里喊人，直接就喊刘棉花如何如何。

言归正传，汤和碗都没有问题，太医即使能给死人把脉，也证明不了韩早是不是本来就有病。但是根据内宦和太子所言，韩早原本是好端端的，往日里身体也没出过什么毛病。

假如真是有人下毒，那谁也不会相信单单是冲着韩早这一个小伴读去的。大家更愿意相信这是一场蓄意杀人下毒案，而目标就是当今太子殿下。

如果彻查起来，内宫之中也不晓得又要掀起多少风雨，冤死多少人。成化帝不是不疼爱太子，但这种疼爱是有限的，太子从小就没有在他身边长大，现在为了国本立了太子，该给他的，成化帝都不吝啬。但他不愿意为了此事再兴风浪，更何况在他心里，也觉得这件事可能跟自己心爱的女人万贵妃有关。

太子本人也很懂事，他虽然伤心伴读的死，却没有哭着喊着要为自己的小伴读报仇，当皇帝问到他的时候，他也只是说遵从父皇的意思。

大家都希望大事化小，只有万贵妃不愿意。

皇帝陛下非常无奈，又不愿拂逆了心爱女人的意思，事情就此僵持在那里。在唐泛来之前，他已经将自己最信任的两个宦官，东厂的尚铭和西厂的汪直都找了过来。

尚铭为了揽功，马上就主动请愿交由东厂来查办。汪直却很明白皇帝的意思，既想知道真相，但又不想大肆声张，在皇帝看来，偷偷地去查，万一发现跟万贵妃有关，也好遮掩。

所以他向皇帝推荐了一个人——唐泛。

汪直推荐唐泛的理由是：唐泛人很聪明，目前在顺天府任推官，职业挺对口，在先前武安侯府案里也有出色的表现，可以让他来调查。

皇帝同意了，于是就有了唐泛的进宫。

旁人还奇怪唐泛什么时候跟汪公公搭上线了，唐泛自己听完来龙去脉，却只想苦笑：汪直这是在把我往火坑里推呢，谁愿意沾这种棘手的事情啊！

这位汪太监果然是年轻气盛，任性至极，想一出是一出，这也不要紧，却将唐泛拖下了水。

“唐泛，现在事情你知道了，对于此案你可有什么看法？”汪直问。

唐泛对汪直这种身居高位就喜欢自作主张、不把别人当回事的行为相当反感。

但他不是一个会抱怨的人，事到如今，既然已经被架上了火堆，当着皇帝内阁的面，也没有给他任何拒绝的权利。唐泛的怒意仅仅是一闪而逝，随即就被他压到心底，转而开始思索起解决之道。

他想了想便道：“下官能力有限，当着陛下与诸位宰辅的面，更不敢随口胡说。如今更只是听了个大概，既未见到韩早的尸体，也未曾询问过所有与案件有涉的人员，所以暂时没有什么可说的。”

成化帝闻言有些失望，他本来也没打算让唐泛一上来就能立马揭开真相，真有这能力，那比神仙还厉害了。但听他这样说，成化帝仍然忍不住对汪直抱怨：“汪内臣，你方才还说这人如何厉害。依朕看来，也就是跟外头那些言官御史一样，嘴上功夫天下无敌罢了！”

唐泛眼观鼻，鼻观心，装死，好像皇帝说的不是他一样。

汪直暗暗觉得唐泛不识抬举，没有赶紧表忠心，还杵在一边跟木头人似的，忙道：“陛下容禀，如今许多事情如同一团乱麻，确实也很难立时发现什么，不如请陛下宽限一些时日，好让唐泛慢慢去查。好教陛下知道，成化十一年金殿题名，唐泛得中二甲第一，当时还蒙陛下亲口夸过呢！”

他为了证明自己眼光不错，将陈年往事搬了出来。成化帝掀了掀眼皮，依稀记得好像确实是有这么回事，对唐泛的印象略略有了一些好转。

“既是如此，唐泛，这桩案子就交由你负责吧，不过……”皇帝看了汪直一眼。

汪直会意，随即道：“此案事关重大，切不可对外乱说，否则当重重惩之。”

众目睽睽之下，唐泛终于出声，一开口却是石破天惊：“臣不敢奉命。”

什么？！

这人疯了不成？！

他知道自己说了什么吗？！

这种场合，也是能耍脾气的？

所有人，包括那些充当背景的宫婢侍卫，个个都忍不住睁大了眼睛，瞪着唐泛。

首辅万安抢在所有人面前大声叱喝：“大胆唐泛，岂敢不尊圣意，目无尊上！”

汪直心里更是恼怒，他知道唐泛对这桩差事，很可能心存不满。但汪直也有自己的打算，就算唐泛再不乐意，眼下也只有乖乖听命的份儿，怎由得他喧宾夺主？一个小小的从六品推官，还真把自己当成一棵葱了。皇帝金口玉言，他竟然还说“不敢奉命”，这是要打皇帝的脸不成？

“唐泛，你是患了失心疯吗？这是什么场合？由得你在这里放肆！若敢有二话，项忠、商辂便是你的前车之鉴！”

项忠和商辂，一个是前兵部尚书，一个是前首辅，两个人都曾因为反对汪公公而下台，一个被革职为民，一个自己辞职跑路了。汪直拿他们出来，显然是要威胁唐泛：你若还敢说三道四，那他们就是你的下场！

万安暗暗摇头，心想汪公公也是怒火攻心，口不择言了，要知道唐泛现在也只是一个从六品推官，你拿项忠他们两个来举例，那不反而是在抬举唐泛吗？

成化帝则皱起眉头，盯着唐泛，面露不悦。

他不是一个喜欢杀人的皇帝，这是他好的一方面。但如果对一个人看不顺眼，他挥挥小手，要么将人罢官，要么将人贬职发配，那也足够让对方喝一壶了。

太子朱祐樘同样不发一言，只是好奇地看着唐泛。

案子事发至今已经过了大半天，眼下本该是就寝的时辰，但因为事情与自己有关，他仍然不能去休息。但太子并没有流露出不耐烦的神色，虽然有些累，却依旧站在父亲身边，恭谨如初。

等到疾风骤雨般的斥骂告一段落，唐泛才拱了拱手，缓缓道：“陛下容禀。臣身为推官，推的是死人，推不了活人，此案粗粗一看，只怕复杂程度远超想象，故而若陛下将此重担交由臣，臣不敢不接，但有些事情不能不事先问清楚，还请陛下恕臣无罪。”

成化帝道：“你只管问，恕你无罪。”

唐泛点点头：“那臣就斗胆问了。陛下可敢担保，此案的的确确与万贵妃无关？”

此话一出，四下惊诧更胜方才。

所有人都觉得唐泛不仅是失心疯，还是一个愣头青。

这种疑问放在心里也就罢了，哪是可以直接说出来的？

就连首辅万安也是一愣，然后才禁不住暗自摇头，他想的却与旁人不同：

不得了，真不得了。唐泛明知那位在场，故意有此一问，为的是先声夺人，将案子摊开来说，免得日后自己遭了暗算。

万安自然也还记得，三年前，正是自己一句话，使得这个年轻人原本应该到手的状元之位，转眼成了煮熟的鸭子飞了。

果不其然，就在万安这么想的时候，屏风后面一道人影，已经按捺不住，怒气冲冲地转了出来。

“若此事是我所为，我便天打雷劈不得好死；若非我所为，你便天打雷劈全家死光！”

万氏一代宠妃风范，果然一张口就非同凡响。

却听见唐泛依旧用那个不紧不慢的语调道：“好教贵妃知道，臣父母早逝，家姐外嫁，不算唐家人，严格说来，确实是全家死光了。”

所有人嘴角抽搐，都为这番话而绝倒。

连万氏也是一愣，瞬间忘记自己要骂什么了。

唐泛话锋一转：“臣说过，臣乃推官，推的是死人，而非活人。既然有贵妃这一番话，那臣也就可以安心追查此案了。”

这件事，他已经被牵扯进来，骑虎难下，不能不接。

万贵妃当众否认此事与自己有关，那就等于当众立下誓言。有了这句话，唐泛在调查的时候受到的掣肘也就会相对少一些。

但唐泛也不会因为万贵妃的话，就认为此事真的跟她没有关系了。

直接下毒的办法虽然看起来很笨，但如果有效的话，也并非没有可能。万氏宠冠后宫，就算太子死了，皇帝也未必会追究她，多的是借口可以帮万氏撇清责任，既然如此，为什么万氏没有可能赌一赌呢？

总而言之，案子未必复杂，但因为案情牵涉的人物全都是重量级的，所以便格外让人头疼。

本来这样一件案子，怎么都轮不到唐泛来负责，起码也该是刑部或大理寺接手。但因为推荐他的人是汪直，汪直又是万贵妃的人，在场的内阁宰辅基本又都是不愿意跟皇帝对着干的，所以全场一时竟也保持了一种奇异的沉默，无人出声反对。

再仔细想想，反正大明朝稀罕事从来就不少。既然有抱养儿子当作自己所出的太后，有装聋作哑的文武百官，有被异族俘虏为人质的皇帝，还有比皇帝大十六岁依旧能得宠的贵妃，更有不到二十就让百官畏惧的太监，那么让一个从六品的小小推官来查这件案子，似乎也不是那么让人难以接受了。

成化帝打了个呵欠，折腾大半夜，他是真困了："既然如此，那就这样吧，现在也晚了，太子先回去歇息，各位阁老也都先回去吧。"

汪直询问："陛下，那案子……"

成化帝摆摆手："明日再说吧，唐泛也可以先回去，明日再进宫，到时候有什么需要问的要查的，汪内臣你尽量配合便是。"

汪直只得应下来。

万贵妃走过去挽住成化帝的手臂，冷冷地看着唐泛，意味深长道："此事身系我清白，还请唐大人务必查个水落石出，免得让我平白背了污名！"

唐泛仿佛没有听出她的警告，拱手道："臣当尽力为之。"

皇帝太子一走，三位阁老自然也不想多待，瞬间走了个干干净净。尚铭让汪直抢了风头，一腔火气全发泄到唐泛身上，不阴不阳地笑道："唐大人，案子烫手，你可要好自为之啊，别查着查着，把自己的小命给搭上去了。"

唐泛"哦"了一声："多谢尚公提醒。"

汪直假笑："尚铭，可别说我没提醒你，别总想着内斗抢功，多想想如何为贵人们分忧解难啊，有本事你也去把凶手找出来，贵妃定会记住你这个大人情的！"

东西两厂向来不对盘，尚铭和汪直两人对视的目光里几乎可以冒出实质性的火光了。最终，前者翻了个白眼，哼了一声："别得意得太早，若是姓唐的没能拿出个满意的结果，你也得跟着倒霉！"

说罢他腰身一扭，甩袖走了。

汪直看着他的背影冷笑一声，转而对唐泛道："唐大人，我送你出宫吧。"

唐泛知道他这是有些话要说，也没拒绝。二人出了慈庆宫，便一路往宫门的方向走去，汪直只准让闲杂人等远远跟着，他自己则跟唐泛一人一个灯笼，并肩而行。

"汪公，你我往日无冤，近日无仇，你这次可把我害惨了。"唐泛淡淡道。

汪直呵呵一笑："富贵险中求嘛，你那么聪明的一个人，在潘宾那种庸人手下岂不可惜了？如果这次能帮万贵妃洗刷冤屈，这可是一份天大的机遇和人情，到时候升官发财，平步青云，还不是指日可待？"

唐泛面无表情：“汪公也太瞧得起我了，只怕到时候还未升官，我小命就先不保了。”

汪直道：“这一次的事情纯属意外，谁也不希望发生。唐大人知道我是如何跟尚铭平起平坐的吧？当年西厂的建立，同样也是意外，但既然已经发生了，我们就要将意外化为机遇。”

唐泛道：“汪公就不必绕圈子了，有话直说。”

汪直对他的语气不以为意：“我不妨先给你交个底，这件事不是贵妃所为，否则贵妃断不会强烈要求陛下彻查到底，非但如此，贵妃私底下其实已经隐隐认定了凶手。你知道是谁吗？”

唐泛微微挑眉。

汪直也没卖关子，一字一顿道：“贵妃觉得，此事是太子所为。”

唐泛眉毛一跳，继而深深皱起。

汪直道：“其实以你的聪明，并不难想到这一点，对吧？三年前太子生母的死，想必你也有所耳闻，贵妃认为太子年纪虽小，却已经记事，所以怀恨在心，想借此事栽赃陷害她。”

唐泛皱眉：“但太子还小……”

汪直打断道：“不错，但太子身边有的是忠心耿耿的人，连你们这些文官，不也有许多人向着太子吗？”

万贵妃把持后宫多年，但凡宫中有子嗣诞生，最后总逃不过夭折的命运，太子朱祐樘的存活堪称奇迹。在万贵妃身边的宦官张敏、废后吴氏、周太后、掌印太监怀恩，还有许多宫婢内侍的帮助下，朱祐樘瞒过了万贵妃的耳目并一直活到他被册立为太子。

从另一个角度来看，可以想象万贵妃在得知这个消息的时候是多么震怒。但那个时候，除了朱祐樘之外，皇帝膝下没有子嗣，朱祐樘是名副其实的长子兼独子，万贵妃没法把朱祐樘塞回他娘的肚子里去，也就没法阻止他被册立为太子。

三年前，也就是朱祐樘被册立为太子的同年底，太子的生母纪氏就暴病而亡。虽然没有证据，但许多事实都表明这是万贵妃的杰作。

万贵妃见太子名分已定，就想将太子认在自己名下，纪氏成了碍眼的存在，所以非死不可。

但在那之后，太子似乎心存芥蒂，对待万贵妃也是疏远有礼，轻易不主动靠近。万贵妃想把太子养熟的计划泡汤，对太子又恨了起来，总觉得他很难忘记生母的死，总有一天要向自己报仇。

这段往事不是什么秘密，唐泛也略知一二。

汪直缓缓道："上回潘宾给我出了个主意，让我多与东宫结善缘，这个主意其实是你出的，对吧？我听了你的话之后，觉得挺有道理的，没承想眼下就有个现成的机会送上门来了。如果你能够证明这件案子既与万贵妃无关，又非太子所为，不单万贵妃对你另眼相看，连太子都要感激你。你能从这件事里得到的好处，还需要我多说吗？"

从汪直刚才点出太子，唐泛就已经猜到了他要说的话。他淡淡一笑："汪公，那个主意是给你出的，不是给我出的，既然如今案子已经到了我手，我想怎么查，自然还得照我的规矩来。倒是汪公你推荐了我，如果我到时候破不了案，你可要被我连累了。"

汪直怒道："唐润青，我警告你，你可不要乱来！难道我还说得不够明白吗！以你的聪明和手段，案子会往哪个方向走，还不全由你来掌握吗！这件事办成了，你我都有好处，别不识抬举！"

唐泛倒还一派悠然平静："你本来就没事先征询过我，结果现在事到临头了，就强摊到我头上来，这也太不厚道了吧？不错，照你说的去做，我们确实都有好处，但我瞒不过我的良心，为官者就算不能为百姓谋福，起码也不能颠倒黑白。现在咱们都在一条船上，我只能答应你尽力去查，但最后真相如何，不是汪公你说了算，也不是我说了算，而是事实说了算。"

话到此处，两人已经走至宫门附近。唐泛也不再搭理他，将快要熄灭的灯笼往前面引路的小黄门手里一塞，一反刚才的慢吞吞，大步便往宫门外面走去。

夜风拂起他的衣摆，遥遥望去，在广阔宫城的映衬下，唐泛整个人显得如此渺小，又如此遗世独立，渺渺淡淡，直欲凭风而去。

汪直没有追上去，只站在原地，眯着眼，目送着他的背影渐行渐远。

"汪公，夜深风大，唯恐着凉啊！"后头的小黄门凑上来，露出几分小心与讨好。

汪直没有说话，表情高深莫测，良久，才发出一声哂笑："本以为又是个刘棉花，谁知道却碰上个商弘载……文官，哼！"

小黄门不明所以，满脸茫然。

唐泛进宫的时候没有碰上隋州，回家之后也没有见到他，直到天色蒙蒙亮，他刚刚有些睡意，就听见外头隐隐传来院门被打开的声音，披衣出去一看，果然是隋州回来了。

后者不掩满面风尘和倦色，但眉目神色依旧冷峻锋利。他抬眼也瞧见了从里头走出来的唐泛，立时就拧起眉毛："听说昨夜你也去了？"

唐泛点点头："是。"

隋州的眉毛拧得更紧了："你不该去。"

唐泛摊手："人在官场，身不由己。"

他见隋州还是面色凝重，不由得扑哧一笑："行了，船到桥头自然直，你还未吃早饭吧，走走走，出去寻个早点摊子，先吃点东西暖暖胃，也精神些。"

这时辰，该上朝的早就上朝了，该去衙门的也早该坐在衙门里了。但唐泛昨夜大半夜都在宫里，如今身上又担了东宫案，精神实在有些吃不消，索性就准备抱病告假了，等明日去衙里的时候再补上假条。

这一带是居住区，街上卖早点的摊子不少。隋州和唐泛随意挑了一间做油条油饼的摊子坐下，要了一盘油饼和两碗豆浆。

唐泛便将昨夜的事情简单说了一遍。

其实大致情节，隋州也都已经知晓了，韩早死了之后，锦衣卫这边就得到消息，随即入宫。因为情况尚未明朗，兼之两年前妖道李子龙意图夺宫的事情还历历在目，北镇抚司的人被分成好几拨，分往皇宫各处执勤。隋州因为级别较高，又有周太后那边的关系，所以知道的也比较多，只是毕竟没有像唐泛这样详细。

在唐泛这一番描述之后，他对事情的了解也随之更加清晰。

闹市之中，二人坐在角落喁喁私语，其中一人又是吓人的锦衣卫，自然无人靠近，说话倒也方便，不虞有人窃听。

隋州听罢唐泛描述，眼神一冷，直接便道："汪直不怀好意。"

唐泛点点头，苦笑："不错，凡事有因必有果。我没想到前些日子给潘宾出了个主意，兜兜转转，倒把自己绕了进去！"

隋州语带淡淡关切："那你打算怎么办？"

唐泛笑了笑："事到如今，还能怎么办，无非一个'查'字，只是怎么查，从哪里查，也是有讲究的。不过我昨夜在宫中，也只是听了汪直的片面之词，兼之陛下与万贵妃都在场，肯定有许多话不好说。不知道你在北镇抚司那边，可有探听到什么消息？”

隋州想也不想：“我与你一起查。”

唐泛摇摇头：“我一个人就足矣，怎好将你也牵扯进来？弄不好是要丢乌纱帽的。”

隋州道：“我无妨。”

唐泛断然道：“但我不能这样对朋友！”

隋州深深地看了他一眼：“既然是朋友，就不必拒绝，我意已定。”

唐泛有些感动。

相处久了，他知道隋州其实是一个外冷内热的人，但这份热，也不是针对所有人，而只是用在他所看重的人身上。譬如阿冬，唐泛很清楚，若她不是自己的义妹，隋州绝不会对她高看一眼。

然而事实上，他与隋州之间，也并没有多少年的深厚情谊，仅仅是在武安侯府一案中所建立起来的交情。

白首如新，倾盖如故。

有些人天生便有这样的默契，“朋友”二字，也不在于时间长久，而在于彼此是否意气相投。古人尚有为了一面之交就以命相托的。

他唐泛何其有幸，遇到了这样一个朋友。话说到这个份儿上，拒绝反倒是打脸了，唐泛哂然一笑：“那我就却之不恭了！”

隋州面色淡淡：“本该如此。”

他顿了顿，道：“我得到的消息其实并不比你多，但有一点可以确认，韩早绝不是急病而亡。”

唐泛精神一振，这句话可太重要了，能直接决定他们查案的方向，忙问：“此话怎讲？”

隋州道：“韩早是韩方的老来子，韩方四十岁上才生的他，一家人爱若珍宝，这韩早顽皮异常，从小身体就结实，经常爬树下水。三日前，韩早与太子一道在周太后那里用膳，正巧太医过去请平安脉，太后便让太医也给韩早号了一下，当时太医的结论是韩早身体康健，反倒是太子先天不足，略显瘦弱一些。”

唐泛沉吟道：“如此说来，韩早致死的原因，并非生病，果真是人为？”

隋州摇摇头：“不知道。案发之后，韩早的尸身就被转移到西厂去了。如果要查的话，就得尽快，否则等到尸身腐败，又或者韩家来要，会更加棘手。”

唐泛点头：“正有此意，你一夜未眠，先回家歇息吧，西厂那边我去就好。”

隋州看了他一眼，没说话，但那寓意很明显：你一个文弱书生都没喊累，我会比你更累？

二人将早餐吃完，直接就朝西厂而去。

隋州这一身锦衣卫服饰在西厂颇为显眼。不过唐泛奉旨办案，那些内厂番子想来是早已得了吩咐，一听唐泛报上身份，便将他们领了进去。

接待他们的掌班原先也是锦衣卫的人，叫边裕。从他的表现来看居然还是认得隋州的，态度非常热情："汪公说了，唐大人想查什么，让我们都尽力配合您。韩早的尸体确实也存放在这里，一大早韩家的人就来要过一回了，不过我们没给。"

唐泛点点头："我想先见一见贵妃宫里给太子送汤的那名宫女，听说她也在你们这里？"

边裕道："是，她昨夜就被带过来了，我带大人过去。"

他又看了隋州一眼，笑呵呵的脸上带着一丝为难："隋百户，您也知道，西厂与锦衣卫向来不怎么对付，汪公要是知道我放您进去，定要追究我的责任……"

"我不追究你的责任。"

汪直的声音响了起来，三人循声望去，这位西厂的始创者兼一把手走过来，脸上带着笑容。

"润青兄啊，昨夜睡得可好？"

要知道昨晚唐泛和汪直两个人一言不合，说得差点翻脸，汪直还指着唐泛的鼻子叫他不要不识抬举。唐泛虽然不畏惧，但也绝对不认为汪直会大度到不记恨。

没想到才隔了半个晚上，汪公公就表现得好像完全忘记了昨晚的不愉快似的。

在人前的嚣张跋扈，在皇帝和贵妃面前的小心翼翼，最初见到唐泛时的高高在上，以及现在的平易近人，无不显示了这位御前红人的多重面孔。正所谓人在江湖飘，不学会几门绝技是不行啊，即便年纪轻轻的西厂厂公，对变脸这门技艺，也是掌握娴熟。

唐泛同样不遑多让，他微微一笑："多劳汪公惦记，昨夜得见圣颜，心中着实激动忐忑，辗转反侧，不知汪公睡得如何？"

边裕几时见过威风凛凛的厂公给过别人好脸色，吃惊得下巴都快掉下来了。

要知道就连内阁首辅来了，汪公也是爱答不理的模样。如今对着一名从六品的小官，却难得摆出笑容，这真是太阳从西边出来了！

汪公公现在不能不摆出好脸色啊，他昨夜推荐唐泛之后，就已经将唐泛绑上了自己的船。要是唐泛给他整出点什么状况，那他这个推荐人，免不了得一起担上责任，要知道尚铭还在旁边等着看自己的笑话呢。

西厂刚成立没多久，比不上东厂那样有历史底蕴，却也是不折不扣的香饽饽。谁不想过上跟东厂平起平坐，底下又有无数小弟，前呼后拥，大权在握的日子？就连梁芳等中官也都对西厂虎视眈眈，垂涎三尺，就算有万贵妃当后台，汪直也不得不谨慎三分。

这件案子刚出，万贵妃召汪直入宫奏对，问他如何是好时，他立马就想到了唐泛。

汪公公认识的官员不少，手下也多的是愿意为他鞍前马后效劳的人。但论起判案断狱，在他认识的人里边，好像也就唐泛比较靠谱了。从唐泛通过潘宾为他出主意的事情来看，他断定这个人比较聪明，会做事，圆滑又识时务，应该是一个类似内阁三辅刘吉那样的人物。

当时事态紧急，仓促之间，汪直也来不及跟唐泛先通好气，就直接推荐了他，心想以唐泛的聪明，想必很快就能领会这件案子的个中玄妙，也不至于出什么差错的。

谁知道这家伙看似圆滑，实则刚硬，先是在皇帝和贵妃面前欲扬先抑，把汪直吓出了一身冷汗，后来又跟汪直说了那样一番话，使得汪公公回去之后一夜都睡不好，心里那个后悔呀，觉得自己完全是看错了人。

但事已至此，他也不可能再跑到皇帝面前说自己推荐错了人，要换人，他只能放下身段，过来跟唐泛打声招呼，探听探听风声，免得到时候唐泛一个犯浑，把自己一块拉下水。

汪直无视一旁的边裕连眼珠子都快凸出来的表情，直接拍上唐泛的肩膀，笑容可掬道："我自然睡得也不错！"

一边说着，他一边揽住唐泛的肩膀往前走。

唐泛心道这汪公公的力气着实不小，都快赶得上隋州了，这一拉一扯，他就身不由己了。

汪直一背过边裕他们，脸色就沉了下来："唐润青，本公好心告诫你，此事事关重大，你若有什么发现，都要随时与我通气，切勿擅作主张，别到时候怎么死的都不知道。陛下虽然心软不爱杀人，可也不是没有例外的。"

唐泛笑道："汪公公未免太看得起我了，我一个小小推官，如何能左右大局？更何况现在八字还没一撇，事实究竟如何，还难说得很。汪公公既然已经说了此事非贵妃所为，又何必如此紧张？"

汪直的声音压得更低了："你少装蒜！若不是为了你那句跟东宫结下善缘的话，我又何必让你过来？总而言之，我给你把话撂这里了，凶手必须不能是贵妃，更不能是东宫！"

唐泛摇摇头："汪公不必杞人忧天了，依我之见，东宫应与此事无关。"

汪直狐疑地看他："当真？"

唐泛耐心道："在翰林院时，我曾见过太子所作的一篇文章。其时太子不过刚刚进学，文笔稚嫩，不值一哂，但正所谓文如其人，太子年幼，不善掩饰，若心怀险恶，必会忍不住在字里行间流露。可就我看来，不管是文章也好，临摹字帖也好，一笔一画，皆流露自然，中正平稳，又略带柔和，可见太子其人同样心肠柔软，心性光明，并未因幼年坎坷便怨天尤人，心怀叵测。这样的人，不大可能会以同伴性命去栽赃陷害贵妃，万贵妃实在是想太多了。"

汪直不由得舒了口气："若你所言属实，那就最好了。"

唐泛失笑："我骗了你有何好处？国有明君，乃天下大幸，若非如此，我又怎么会建议汪公去与东宫结下善缘呢？"

在大明朝，大多数文官，即使不得不跟宦官打交道，但实际上内心都不大看得起他们。就算是名声很好的宦官，在史书上的篇幅也未必比一个混得普普通通的文官多。文官们对宦官的要求，更加比自己还高，稍有权柄在握，任性妄为的举动，就要被冠上权宦、奸宦这样的头衔。

不过唐泛稍稍有不同的看法。

身在官场，想当贪官庸官不难，有机会就捞上一把，但别捞得太过分，关键时刻站对立场，别跟皇帝对着干。坚持这条路线，就能混到光荣退休，颐养天年。

想当个清官直臣也不难，怎么大义凛然就怎么来，谁也不买账，看谁有把柄就骂上一嘴，连皇帝也不放过，最好能骂到被流放，进诏狱，那就千古留名了。

想当一个做点实事的官员，却难之又难，上下左右大部分都是无所作为的同僚，能够怎么办呢？无非只有团结能够团结的人，不要把好人与坏人的界限分得那么明确，只要能够做事，或者能够帮助自己做事的，那就是可以拉拢结交的。

按照这个标准，其实汪直并不是那么坏，他同样也想做事，也有自己的底线。只是宦官的身份限制了许多，又因为生性跋扈，掌握着西厂，被他拉下马的官员着实不少，导致他的名声不是很好。

所以唐泛上次给汪直出了那个主意，就是希望能够引导他利用自己手中的权力去多做点有用的事情，别整天跟尚铭似的把心思都放在排除异己和钩心斗角上面。

宦官也应该有宦官的追求嘛。

令人高兴的是，汪直将他的话听了进去。

不幸的是，汪直把主意打到了唐泛头上。自作孽，不可活，唐泛无奈之余，被汪公公缠得没办法，只得将自己先前对太子的判断分析给他听。

汪直终于满意了，在发现唐泛没有跟他对着干的意思之后，他的脸色多云转晴："那你觉得凶手会是谁？"

唐泛无奈道："现在案子还没开始调查，我又不是神仙，怎么会知道？就连方才那段话，也仅仅是出于我个人的判断罢了，充其量只能作为案情的补充，许多事情都要有凭有据才行。"

汪直呵呵一笑："你若能顺利查出此案的真相，我保证会在陛下与贵妃面前为你美言，到时候你的品级肯定还能提上一提！"

唐泛叹气："品级提不提的还在其次。我只求汪公手下留情，下回莫要二话不说便将事情摊派到我头上。"

汪直点点头："好，那下回我先知会你一声。"

唐泛："……"

汪直心情大畅，阴柔秀美的脸庞因此看上去更像一名少女了。只是领教过他力气的唐泛，无论如何也不会将他视如那些娘娘腔的宦官。

鉴于这件案子的特殊性，本来是不能过于声张的，不过眼下汪公公看了隋州一眼，也未刁难他的锦衣卫身份，反倒意味深长地扬起一抹笑容："听说你与隋百户交情好，还同住一屋，传言果然不差啊，如今连办差都要一道了！"

等等，什么叫同住一屋？

唐泛越听越不对，连忙澄清道："京城房租贵，正巧隋兄独住一宅，便邀我与舍妹搬过去同住。如今案件棘手，顺天府的差役指望不上，我便厚颜请求隋兄援手，也亏得隋兄仗义，没有推辞，这份恩情，我实在感激不尽！"

汪直"哦"了一声，语调拖得长长的，一脸暧昧。唐泛也不知道对方在暧昧个啥，便听汪公公道："我在京城中也有空置的宅第，若润青不弃，可以搬过去住，这样就不必劳烦隋百户了。"

唐泛当然想也不想就拒绝了："多谢汪公厚爱，我生性惫懒，也懒得搬来搬去，就不必劳烦了。"

开玩笑！与宦官结交是一回事，住宦官的房子，那可就完全是另外一种性质了。

汪直笑眯眯地道了一声"可惜"，也没有坚持，又对边裕道："这阵子你与你手底下的人就听凭唐大人差遣吧，有什么需要尽可满足，若是你权限不及的，来通报我一声也就是了。"

这边裕可不是一般的差役，西厂与东厂职位雷同，厂公之下，按照子丑寅卯十二时辰设十二掌班。边裕就是卯班的掌班，可以直接跟汪直汇报情况的。

先前虽说汪直已经吩咐过一次，但现在当着唐泛的面又说一遍，意义自然更加不同。

边裕可不知道汪直和唐泛私底下说了什么，他只看见对谁都不买账的汪直对唐泛的态度亲切和蔼，两人交情好得很，他心里头自然也跟着云翻浪滚。汪直一走，边裕对唐泛的热情程度登时又上了一个新台阶，大有让做什么就做什么的架势。

唐泛也不客气，当即就让边裕带他们去见那名送汤的宫女。

因为是万贵妃的人，那宫女并没有受什么折磨，只是被幽禁在一个小房间里，管吃管住。但心理上的折磨就够她喝一壶的了，在得知韩早喝了自己送过去的甜汤就死掉的消息之后，那宫女一直处于惶惶不安的状态之中。此时一见唐泛他们，立时就痛哭流涕地跪下来，大喊冤枉。

"别哭！"旁边的番役一声断喝，那宫女像是喉咙被捏住了一样，顿时没了声息，只睁着一双大眼睛瞅着他们，可怜兮兮。

唐泛道："别紧张，我奉命调查此案，若你无辜，自然会还你清白。现在我要问你几句话，你要如实答来，可晓得？"

宫女连连点头。

唐泛问："你叫何名？"

宫女道："福如，奴婢叫福如。"

唐泛："福如，我问你，那两碗绿豆百合汤，是你奉万贵妃之命送过去给太子的吗？"

福如："是。"

唐泛："在此之前，万贵妃给太子送过吃食吗？"

福如："没有。"

唐泛："既然之前没有，为何忽然会送？详细情形，前因后果，你且一一道来，若有隐瞒，我也帮不了你。"

福如定了定神，组织了一下措辞，道："是这样的，贵妃听说周太后那边日日给太子送吃食，又听说太子喜欢喝绿豆百合汤，便也差人送了一份过去。当时我还劝阻贵妃，不过贵妃依旧坚持要送。"

唐泛问："当时你与贵妃是如何说的？"

福如道："我与贵妃说，太子已经记事，只怕尚未忘记生母，反正他与您也不亲，您又何必去招人嫌疑，若是太子有什么差池，只怕大家就要责怪您了。但贵妃说，他立了太子，别人都上赶着巴结，唯独我不搭理他。陛下昨儿还与我说过一遍，让我不要与太子疏远，哼，我只当是为了陛下罢了，免得说我这当贵妃的容不得人！"

唐泛："然后呢？"

福如："然后贵妃就让膳房做了两碗绿豆百合汤，差我送过去。做汤的是贵妃宫中的小膳房，并非宫中众人所用的膳房，贵妃饮食皆出自小膳房，那些汤又是由我亲自送去的，一路未曾假他人之手，所以定然是没有问题的。"

唐泛没有再问什么，安慰了福如两句，便与隋州、边裕他们一道离开。

边裕主动道："韩早的尸身也在这里，唐大人可要去看一看？"

唐泛先望向隋州："广川，劳烦你跟边兄先去查看一下。我进宫一趟，将当日给韩早把脉和查验的太医带来。"

隋州颔首："去吧。"

以唐泛的品级和身份，平时是绝对不可能随意出入宫门的。不过昨夜受到成化帝召见之后，汪直那边就给了他一块令牌，权作调查方便之用，否则每回进宫都要层层通报，那就太浪费时间了。

正巧，唐泛到了太医院一问，当日给周太后和太子请平安脉时，顺道也给韩早把脉的孙太医，正好跟韩早死时赶到现场查验的太医是同一个人，而且今日也是他当值，这就省了唐泛来回跑的工夫。

孙太医听说唐泛的来意，叹息道："实在是让人没想到啊，先时我给韩小公子把脉的时候，他的身体明明很健壮，一丝毛病都没有的，谁能想到会这样死了！当日我赶过去时，他还有一丝气息，可惜为时已晚，一时半会儿很难对症下药，而我毕竟不是仵作，更不会给死人把脉，所以也看不出什么蹊跷。"

唐泛道："无论如何，还得劳烦您跑一趟，毕竟您是最早到的，说不定有些细节我们未曾发现的，还需要您帮着掌掌眼。"

孙太医倒也爽快："这是应当的，我虽未能救回韩小公子，可若能略尽绵薄之力，也能稍慰良心。"

唐泛带着孙太医出了宫，孙太医年纪大，路途不耐久走，二人便雇了轿子，直接从宫门外赶往西厂。

那头隋州正带着西厂的仵作在查验尸体，见他们到来，只是略略抬眼，说了一句："没有发现。"

唐泛有些失望，但仍旧问了一声："都检查过了吗？"

那仵作解说道："韩小公子身上既无外伤，也无瘀血，便不是钝器击伤致死。"

唐泛便问："若是中毒呢？"

仵作问："敢问毒性是立时发作，还是经年累月的毒？"

孙太医接口："若是中毒，应该也是急性剧毒。"

当时韩早喊着肚子疼倒地的时候，东宫的内侍跑去太医院喊人，孙太医赶过去，但韩早随后就死了。从韩早倒地到孙太医到场这段时间，不过小半个时辰，所以孙太医才会这么判断。

仵作摇摇头："那就更说不通了，如果生前中毒骤死，纵然没有外伤，也必会有留痕，譬如全身青黑，又或者指甲瘀血、眼睛外凸等，但是从韩小公子的尸身来看，确实没有这方面的迹象。"

伴随着仵作的话，唐泛仔仔细细地查看着韩早的尸体，确实也没看出什么端倪来。仵作这一行讲究经验和师傅手把手地传承，而且西厂仵作的水平肯定要比顺天府的高一大截。唐泛不会怀疑他这个结论的真实性。

说验不出来就是验不出来。既然不是急病，又看不出中毒的痕迹，那只能更加说明凶手的狡猾和高明超乎了想象。

这种案子向来是当官的最头疼的，放在地方最后估计也就是个悬案，又或者为了履历考察不得不随便抓个人交差。但现在因为所有当事人的身份都非同一般，就算毫无头绪，也非得找出一条线索来，就算没有路，也非得踩出一条路来。

隋州忽然道："将头发剃掉看看，再不行就解剖。"

唐泛明白他的意思，隋州肯定是想到了上回武安侯府案里的经验。当时他们正是在郑诚的头顶上找到了一个凹痕，而一般人很少会注意到头发覆盖下的地方。

解剖尸体是小事，西厂的手段向来不少，只是考虑到当事人的身份，旁边的边裕迟疑道："这不大好吧，万一韩家人不愿意……"

唐泛想了想："先剃头发吧。事到如今，目标只有一个，其余都是可以商榷的，韩家那边我担着。"

有了他这句话，边裕也不再说什么，直接让人拿来剃刀，仵作亲自上手，那剃刀真锋利，三下两下，一缕缕头发掉下来，韩早成了光头一个。

身体发肤受之父母，即使人死了，这样总归不好。孙太医看着隋州和唐泛两个人直接上手，在韩早头上摸来摸去，抽了抽嘴角，有些不忍目睹地扭过头去。

这时，他却听见唐泛"咦"了一声，忍不住又扭回头来看，便看见唐泛弯腰凑过去，指着韩早头上颅门骨处问道："这里好像有些红，是方才剃刀不小心磨到了吗？"

仵作道："没有，小的剃得很小心，而且韩小公子已经死了……"

他也凑近去看，有些奇怪道："这里怎么好像有些血晕？"

又上手摸了摸："可是并没有伤痕啊！"

孙太医忽然道："等等，都别动！"

他的声音大了些，以至于大家齐齐回头看他。

孙太医有些不好意思，忙走过去，顾不上洁癖了，先摸了一阵，又眯着老花眼在那里仔细端详。

"有血晕，有血晕……"

他反复唠叨着，唐泛忍不住问："孙老可有什么发现？"

孙太医点点头，又摇摇头："等一等，等一等。"

见他如此，其他人也都停下动作，看着他又是摸索又是思考的。

只见孙太医的手沿着韩早颅门处往下，一路摸过面门，下颌，脖颈，胸骨，最后在脐上一寸停住。

然后，所有人都看着孙太医弯着腰一边在那里仔细端详，一边缓缓抚摸，表情从严肃凝重到吃惊愤怒，变幻不定，嘴里还一直喃喃："果然如此，果然如此啊！"

唐泛问："孙老有何发现？"

孙太医朝他招手："唐大人，你过来看。"

唐泛走过去，孙太医又让出手，让他按照自己刚才摸索的位置，也依样画葫芦。

唐泛不明所以，却仍是照做了。韩早死了一天一夜，尸身已经慢慢僵硬并失去弹性了，但也正是如此，唐泛按了一下，就感觉到不对劲。

底下有东西！

他望向孙太医，孙太医点点头："我摸着好像是半截针，但还要取出来看看才能知道。"

仵作接手摸了摸孙太医说的位置，然后拿来锋利小刀，小心翼翼地划下去。

皮肤随之破开，不过没有鲜血流出来，仵作很快用镊子从中取出异物。

众人仔细一看，不由得骇然。

那是一截不到半寸、可以称得上只有毫厘的银针。

银针细如毫毛，又那么短，丢在地上也很难被看见。

但这样一截银针，会出现在韩早的肚子里，那就太不正常了。

孙太医叹了口气："歹毒啊，太歹毒了，医者父母心，怎会有人如此歹毒，想出这样的法子来害人呢！"

唐泛忙问："孙老，这里头可有什么说法吗？"

一般来说，一截如此细又如此短的银针插入人的身体里，这个人说不定都不会有什么感觉，顶多只会觉得有点细微的疼痛，何至于就到了谋害性命的地步呢？

而这截银针与韩早颅门处的血晕又有何关系？何以孙太医能从血晕看出异样，又顺藤摸瓜找出这截银针来？

第十章

废后吴氏

孙太医指着刚才从韩早身上拔出细针来的位置道："此处有一穴位，名曰水分穴。北宋《铜人》早有云：若水病灸之大良，或灸七壮至百壮止。禁不可刺，针，水尽即毙。故有可灸不可针之说，其实并非不可针，只是有些人学艺不精，很容易刺入太深，酿成大祸。"

唐泛等人一下子就听明白了，但凡人体穴位，必是有用处的，像这个水分穴，用手指按摩或者艾灸，可以治疗水肿腹泻等症状。但事有两面，反过来它与百会穴、太阳穴一样，都是人体的重要穴位，如果治疗不当，对身体同样也有损害。

孙太医道："水分穴属任脉，与颅门骨正好一脉相承，是以针入水分，颅门上会出现血晕，往常我只听我师父说过，若不是今日亲眼所见，断断不会相信竟然真有人会想出这种法子来害人！此人必然熟读医书经典，指不定自己还是大夫，只是如此本事不用在救人上，反倒用来害人，实在是令人气愤！"

孙太医为凶手害人而犹自愤愤，唐泛等人却都面色凝重起来。

他们原本以为韩早是中毒而死，没想到是被针刺入要穴。这种死法何等隐蔽，如果不是今日孙太医在场，看出颅门骨与水分穴之间的奥妙联系，只怕他们别说把韩早剃光头发，就是把他的身体开肠剖肚，也未必发现得了问题。因为那截针是如此细小，他们先前却将重点放在中毒上，到时候就算解剖尸体，也只会奔着喉管和胸口去看，未必会去注意水分穴这个位置。

唐泛问："若是韩早体内有断针，把脉能把出来吗？"

孙太医明白他要问什么，摇头道："不可能维持那么久，前几日我给韩早把脉时，确认他是无碍的。也就是说，发作时间是很快的，就算这根针极细极短，但因为这个穴位特殊，所以如果出问题，那时间绝对不会超过半天。"

唐泛不解："也就是说，韩早的针，是在当天被刺入的。但若如此，韩早也不是不会说话的小儿，怎会在针扎入时毫无察觉呢？"

孙太医道："一来，这断针比毫针还要细，这样一根细如牛毫的针刺入体内，人未必会有很明显的感觉。二来，这是一根断针，如果完全没入体内，韩早又不能发现问题的话，旁人只会以为是寻常腹痛，他这个死法大出意料，很少有人会联想到那上头去。"

隋州在旁边回应了孙太医的说法："以我为例，我确实可以轻而易举将这根断针透过衣服刺入对方体内，而不被他察觉。若此人是懵懂孩童，警觉性低，就更容易了。"

唐泛听了他们的话，蹙眉道："如此说来，问题就集中在谁在韩早身死的当天内与他有过近身接触。此人八成会是韩早认识的人，否则一般不可能通过这样亲密的接触，将断针送入他体内。"

这就不是孙太医擅长的领域了，而且此事涉及面广，更有可能牵扯到某位宫中人士。唐泛不想让他为难，就先让边裕派人将孙太医送回去。

唐泛对隋州道："我记得，韩早是早晨卯时入的宫，辰时一刻左右，周太后差人送来冬笋饼，辰时二刻，万贵妃送来绿豆百合汤，辰时四刻左右，韩早道腹痛，然后就暴毙。也就是说，要从卯时开始算起，其间一共一个时辰外加四刻钟左右。"

隋州："不，要将他晨起出门前也算进去。"

唐泛想了想："你的意思是，韩家的人也有嫌疑？"

隋州道："我先前办过不少案子，往往最后都出在最不起眼的那个人身上。这只是为了保险起见，增加一个可能性。"

唐泛点点头："一般来说都是寅时起床洗漱进宫，孙老也说过，水分穴被刺，随着身体走动而破入更深，发作时间很快，两个时辰外加四刻，左右不会更长了。"

就在这个时候，外头来了东宫的人，说是太子殿下想见唐大人。

唐泛并不意外，就算太子不找他，他也是要找太子的。

有了昨夜的经历，再入宫时已经不会有太多的感触了。更何况唐泛现在满脑子都是东宫案的线索，也顾不上去多看几眼宫殿风景。

太子昨夜也见过了，不过白天来看，自然多了一份清晰。

他今年刚满八岁，但从小为了躲开万贵妃的耳目，在宫中东躲西藏，吃的也都是宫女宦官们省下来的口粮，身体偏于瘦弱，看上去倒像才五六岁的样子。一身东宫袍服穿在身上，也有些空荡荡的，令人心疼。

不过虽然没有一出生就锦衣玉食，却看得出他十分用功努力，礼仪举止也都是进退有据，挑不出错误。当唐泛行完礼之后，太子马上道："来人，给唐推官搬个凳子来，赐座，上茶。"

唐泛推辞道："多谢殿下体恤，臣站着便行了。"

太子道："唐推官是为父皇办案，身负皇差，不必客气的。"

唐泛便也不再客套，道了谢坐下。

太子问："这桩案子，唐推官可有什么发现？"

他本来也只是随口问问，这才一天，能够有什么发现。谁知道唐泛却道："确实有些发现。"

唐泛将韩早的死因说了一下，太子听得睁大眼睛，忍不住从座位上站起来："怎会这样？怎会这样？小早好惨！"

他再勤奋克制，毕竟还只是一个八岁稚童。虽然从小就经历了各种磨难，但在听说朝夕相处的小伙伴惨死时，仍旧忍不住眼泪汪汪。

"唐推官，究竟是谁害了小早？你查出来了吗？"

太子在说话的时候，唐泛也在仔细观察他。

一个人的言行举止虽然不能作为实质的证据，却可以作为参考补充。

太子幼年时遭遇的苦难，可能比一个普通人还多。他随时要面临死亡威胁，所以不得不在宫中跟着忠心的宫女内侍们到处转移阵地，避开万贵妃的迫害。这放在话本传奇之中可能还略显狗血的情节，在成化当朝却是确确实实发生过的事情。

他的生母纪氏，在三年前，他刚刚被封为太子的同年就暴毙了。当时可没有人跳出来喊着要深究彻查到底，大家都很有默契地将此事揭了过去，都以为太子年幼，不会放在心上。

但一个早熟的小孩，如何会不知道自己的母亲经历了什么，整座宫廷的流言蜚语，怎么可能不从他耳边流过？

然而遭遇过这么多的坎坷，太子整个人却没有因此变得阴沉，反而散发着一股安静柔和的生气，眼神也澄澈见底，并未被世事的险恶复杂所污染。

唐泛自问也经历过不少世事人心，以他的观察，从太子对韩早的真情流露上，对方应该是跟此案没有关系的。最起码不会像万贵妃怀疑的那样，为了报复她而故意栽赃。

所以小人看君子，永远都是以小人之心度君子之腹。他们不会知道君子在想什么，更不会理解君子的想法。

他摇摇头："目前仅仅查出死因而已，即使太子不来找臣，臣也准备过来请见太子的。臣想知道，从韩早入宫到他倒毙的这段时间里，他究竟做过什么，与什么人见过面。"

太子眨了一眨眼，呆愣了好一会儿，然后才摇摇头："没有，他就一直和我在这里读书，哪里也没有去过。"

唐泛又好气又好笑，这位太子殿下一看就不擅长说谎："殿下此言当真？此事事关重大，若对方并不单单是为了针对韩早，而是别有他意，只怕殿下也会有危险的。"

太子沉默下来。

唐泛决定逼一逼他："若是殿下不肯说实话，臣只好去请陛下出面了。"

他说罢起身拱了拱手，就要往外走。

太子连忙喊住他，甚至失态地追上来："别走，别走！你等等！"

唐泛转过身。

太子咬住下唇："我可以告诉你，可是那个人绝对不会害我的，更不会害小早。你须得答应我千万不能向父皇说。"

唐泛点头道："只要与本案无关，与凶手无关，臣自然不会深究。"

太子不吭声，站在那里犹豫，唐泛也拢袖等着，没有催促。

好一会儿，太子屏退了左右宫人，对唐泛道："小早卯时入宫之后，我们便在一处读书。中途我让他去一处地方看一个人，来回也只有小半个时辰，而且那个人是绝对不会害小早，更不会害我的！"

唐泛问："那人是谁？"

太子道："吴娘娘。"

唐泛一时没反应过来："哪位吴娘娘？"

太子道："就是父皇的第一位吴皇后呀。"

哦，是那位吴皇后。

唐泛想起来了，那位吴后因为杖责万贵妃，而被当今天子废弃，逐入西宫。在那之后，宫廷内外就很少听起那位的名字，这个女人仿佛被彻底遗忘在众人的视线之外。

太子道："吴娘娘住在西宫，那里经常缺衣少食，我不方便亲往。只有小早年纪小，身份特殊，不会惹人盘问，所以我有时候会让小早送些东西过去。"

唐泛何等聪明的人，稍微一点拨就明白了："吴后可是曾经帮助过殿下？"

太子没有说话，黝黑的眼珠子一动不动地瞅着他。

唐泛温声道："殿下放心，与本案无关的事情，臣一个字也不会往外吐。这件事臣会当作没有听过的，不过西宫那边，臣还是要去一趟。"

太子着急起来："不行，到时候父皇知道你过去的事情，贵妃肯定也会知道，他们要是问起你为什么会去找她，当年的事情就又会被提起来，到时候贵妃不会放过吴娘娘的！"

唐泛道："那就说是韩早贪玩，趁着中途休息的机会溜出去玩了，臣必须将他可能跑到的路线都查问一遍，到时候不单是西宫，那附近臣都会去。如果吴后与此事无关，万贵妃自然也就不会怀疑当年她抚育帮助殿下的事情了，如何？"

太子微微将嘴巴张圆，不可思议地看着他，似乎不敢相信一个臣子会当面跟自己商量欺君罔上的事情。

唐泛微微一笑："这也不算欺君，只是稍微将事情变通一下。臣为殿下着想，也请殿下为臣保密才是。"

太子道："你不怕得罪贵妃吗？如今满朝上下，没有人敢得罪贵妃，你为何不怕？"

唐泛道："臣不是不怕，只是君子有所为，有所不为。吴后帮助殿下的善举，与本案并无关系，原本该是秘密，这世上本来就不应该有人因为做了一件好事而得到恶报。臣查案也是为了找出凶手，不能打着大义的名义而使好人受到伤害。当然，若是吴后与本案有关，到时候还请殿下恕臣不能徇私。"

太子连连点头："吴娘娘是好人，她绝对不会做出那种事的。不过吴娘娘在西宫待了很久，神志有些恍惚，有时候会有癫狂之举，请唐推官不要和她计较。"

唐泛拱手道："殿下放心，那臣这就先告退了。"

他退了几步，转身欲出。

“等等！”太子喊住他，又快步追上来。

唐泛转身，不明所以。

太子对他道：“唐推官，你方才说，这世上本来就不应该有人因为做了一件好事而得到恶报。我觉得你说得很有道理，也很喜欢这句话，你以后还会有机会进宫吗？我想多与你聊聊天。”

唐泛一笑：“这可不是微臣能够做主的，不过殿下身边英才荟萃，都是比微臣有才的大学问之士，臣这微末之身，实在入不得殿下法眼。”

太子也露出小小的笑容，清秀的面容不太像成化帝。唐泛猜测他应该更像那位早逝的生母：“唐推官，你太谦虚啦。我听说过你的，成化十一年的传胪，对不对？我还拜读过你的文章，写得很好呢！”

唐泛道：“多谢殿下夸赞，以后若有机会，臣定还能来拜见殿下的。”

太子点点头：“好，我等着，还请唐推官一定要找出凶手，以告慰小早的在天之灵。”

唐泛拱了拱手：“臣定当尽力而为！”

他不再耽误时间，从慈庆宫这边出来，便匆匆去觐见成化帝。

皇帝陛下对朝政大事得过且过，但是这桩案子关系重大，幕后真凶目的未明，而且韩早死因诡异，还真就勾起了他不小的兴趣，听说案情有进展，便很快同意召见唐泛。

虽然如此，但唐泛仍旧在外头等了老半天才得以进入。

一见面，唐泛也没有一副小官难得见到天颜，激动得只顾着拍马屁的模样，而是开门见山，直奔主题。

韩早的死因，在他过来觐见太子那会儿，西厂的人肯定就已经上报成化帝了。所以唐泛只是略提一嘴，就直接跳过去，将自己的分析一说，并请求开放宫中一些地方，让他逐一去查问。

实际上他只是为了去找吴废后问话，但碍于万贵妃对吴氏的仇恨。如果她知道了当年吴氏帮助太子，而太子现在还不时派人偷偷去探望吴氏的话，一定会对吴氏采取报复措施。唐泛既然答应了太子不将吴氏暴露出来，就只能迂回着来。

成化帝被当年李道士窥探内宫，企图刺杀自己的事情搞怕了。听到韩早的死，第一反应就联想到凶手要对付的可能是太子甚至自己，倒也没有多犹豫，就同意了唐泛的请求。不过鉴于唐泛是外臣，成化帝要求他在宫中行走的时候，必须得有内宦陪同，也不能随意离开既定的地方，跑到没有事先禀报的地方去。

唐泛自然一一应承下来，这一番周折，等他从宫中出来的时候，已经将近傍晚了。可怜唐大人一天下来尽在奔波，连口饭都没能吃上。他官位低，虽然奉了差事，可也没有个留饭的待遇，若现在换了内阁大学士或是六部尚书在干活，肯定就不是这个待遇了。

尽管这样，他跑得嘴上起泡，却仍旧没有溜号去找吃的，而是先去了西厂。因为他上午离开的时候，韩早的尸身还在那里搁着呢。

听说他回来，边裕很快就过来了。

唐泛问他："隋百户什么时候走的？"

边裕道："您走了之后不久，他也走了。后来派了人过来，让我转告您，北镇抚司那边临时有差事，隋百户要出一趟远门，要数日到半月，让您不必等他。"

唐泛叹了口气："他走得可真不是时候，这让我一时半会儿上哪儿去找个合作默契的老伙计来帮忙？"

"这不还有我吗？"

伴随着说话声，大明西缉事厂提督汪直汪公公从门口走了进来。

唐泛简直无语，这真是阴魂不散了。

"汪公日理万机，何必专程过来陪我啊？"

"哟呵，我看你还挺不乐意，你不是要进宫调查吗？那是陛下让我看着你，免得你去了不该去的地方！你以为隋广川能跟你一道在宫中转来转去啊？那是什么地方？他就是太后的亲戚，也没这么大的脸面！"

汪直哂笑，一反在皇帝跟前的小心恭谨。对着唐泛说话，他当然用不着客气。

"怎么着？有我陪着你，还不满意？是你求都求不来的幸事，多少人想见我还见不上呢！从今儿起，到案子了结之前，我都跟着你，有什么事要办呢，我一声吩咐下去，西厂的效率可比隋广川那劳什子锦衣卫高多了，更何况他还仅仅是一名百户。你也甭担心，我不会碍着你的事儿，既然此案交由你做主，那就全权由你做主。"

话都让汪直说完了，唐泛还能说什么，他只能无奈道："如今宫门将闭，要查也不急于一时，只能留待明日了。"

汪直“嗯”了一声。

唐泛见他还不走，奇怪道：“汪公可曾用了饭？”

汪直：“吃了，干吗？还想让我请你？没门儿。”

唐泛：“我两顿没吃了，若汪公不弃，就跟着我再去吃一顿吧。”

唐泛本以为自己这样说，汪直肯定甩甩袖子走了。结果这位厂公竟然还真的就换了身衣服，又给了他一身常服，让他也换上，然后跟着唐泛从西厂走到城北的馄饨摊子。

直到汪直在他旁边的凳子上坐下，唐泛还是觉得有点不可思议。

他并不是畏惧汪直，只是不知道为什么堂堂一个西厂提督，平时对着六部内阁也是颐指气使的人物，现在竟然有闲情跟着他在这里吃馄饨，还赶也赶不走。

汪公公今儿个是吃错什么药了？

而且，表示跟汪直并不熟的唐大人也觉得被一个太监这么跟着很别扭。他本来还想顺道拐去书坊看看最近有什么新出的话本，结果现在这样，让他怎么去？

跟着太监手拉手到书坊看风月话本，这个世界是不是太玄幻了一点？

“你看着我作甚？不舍得请我吃饭？别忘了上回我还请你们吃仙云馆，那里光是一盘菜的价格，就够你在这里吃上一百回馄饨了！”汪公公道。

唐泛无奈：“请请请，汪公想吃什么就点什么，下官乐意之至。”

“这还差不多，不过你这也没什么好点的啊，吃来吃去还不都是馄饨！”汪直嫌弃道。

“那汪公可就真猜错了，这里的老板做馄饨是出了名的，不过汤面也不错，尤其是那老火熬出来的骨头汤，真是一绝，仙客楼也未必有这份用心。他们开的是夫妻店，老板娘负责擀面拉面，老板负责包馄饨，不过现在这么晚了，面估计是卖完了，馄饨可能还有的剩，到时候骨汤馄饨撒上香菜芝麻，您可真要尝尝了！”说到吃，唐大人那必然是如数家珍的。

这摊子的生意确实很火，他们刚刚坐下，老板娘才过来擦桌子收拾之前客人留下的残羹，这还是看在唐大人是熟客的分儿上。

“唐大人，要老样子吗？这位客人要什么？”老板娘笑着招呼。

唐泛笑道：“于娘你可真不厚道了，明明就剩下馄饨，还问我们要什么。”

老板娘“哎哟”一声：“那您可就冤枉我了，今日面多，还有的剩，又新炸了油饼，怎么？要不要来上几份？”

唐泛忙道：“要要，油饼来四个！”

他又转头问汪直："您要馄饨还是面条？"

汪直微微一愣："那就馄饨吧！"

唐泛又对老板娘道："一碗馄饨，一碗面条，多放香菜！"

"行嘞！"老板娘又笑着顺嘴打趣一句，"唐大人，您在北镇抚司的朋友可真多，上上次是薛大人，上次是隋大人，怎么？这回又换新人了？"

唐泛轻咳一声："我这不是给你们老两口招徕生意嘛。这位不是锦衣卫，是西厂的汪大人。"

在皇城根下做生意，谁的消息不灵通？整个西厂上下，也就一位姓汪的，一听这名头，老板娘先是茫然，然后脸色立马就变了，哆哆嗦嗦喊了声"汪大人"，瞬间跟脚底抹了油似的，拿着抹布飘没影了。

他们这还没坐稳匀过气来，两碗馄饨汤面外加四个大油饼就端过来了，分量看着都比往日满上两分。

唐泛不由得笑道："看来汪大人之名威震四海啊，连馄饨摊都吃得开了！"

汪直闷哼一声："看来跟你在一起，我要小心你拿着我的名号招摇撞骗了！"

别的文官见了他，要么战战兢兢，要么戒备十足。唯有唐泛是个例外，说话风趣，言语诙谐，该调侃就调侃，也谈不上轻慢，却让人感觉分外随和舒服。像汪直这种久居高位的人心里都有点犯贱，别人对他恭恭敬敬，他反而不大看上，若是像唐泛这样的，他却觉得新鲜了。

唐泛将油饼盘子往他面前一推，笑了笑，正想说什么，另外一边又来了人，见所有桌子都坐满了，唯独他们这桌还剩下两个座位，便走上前来，问也不问就坐下了。

汪直一瞪眼："没长眼哪？这还有人坐着呢！"

对方"哟呵"一声："还挺嚣张，这桌子写了你的名字，我们就坐不得？知道大爷我们什么人不？"

完了。

唐大人低着头喝了一口汤，默默地为对方默哀一下。

果不其然，只听得汪公公冷笑一声："我管你们是谁，在我面前，是龙也得盘着，是虎也得卧着，这里不是你们能坐的地方，滚！"

唐泛抬起头，发现对方二人也是穿着寻常服色，却掩不住一股剽悍嚣张之气，身材精壮，看上去也是能以一敌几的好手。

在京城这种地方，随时随地都能遇见数得上号的人物，这简直太不稀奇了。官面上的，见不得光的，还有黑道上的，诸般神仙妖怪，应有尽有。而且别以为是在京城，就没有黑道人物了，照样有。不仅有，还跟官府时有往来，甚至互相勾结，虽然不如漕帮在江南那样势力庞大，一手遮天，可也是能在京城横着走的人物。

当然，这里毕竟是京城，对着真正的高官显贵，这些人也不太敢放肆。但是一般官员，他们也不是很放在眼里的。

眼前这两个人，满脸蛮横之气，乍看上去完全分辨不出究竟是白道上的，还是黑道上的。

唐泛从宫中出来之后，就顺带跟着汪公公一道换了常服，免得招眼。只因他这小小的从六品在京城里实在算不上什么，吓唬吓唬升斗小民不算本事，对真正的达官贵人也起不了作用，还很可能招致一些不必要的麻烦。

结果换了常服，汪公公还没从角色里脱离出来，这不，就惹上麻烦了。

对方根本就没把汪直的话当回事，闻言依旧坐了下来，还大笑："我们就坐下了，怎么着？"

汪直待要发怒，唐泛连忙按住他："行行好，我一天没吃饭了，让我先吃顿安生的！"

他这头忙着灭火，那两个人却还不知死活，见汪直和唐泛两个人，一个阴柔秀美如同女子，一个明显就是个斯文书生，便张口调笑道："这是哪家的书生跟女扮男装的小娘子出来逛街游玩了？小小女子脾气还那么大，以后成了亲怎么得了？还不成了母狮子，将丈夫驯得服服帖帖的？"

他那同伴跟着笑道："这你可就错了，说不定人家关上房门就不一样了，若是能把这泼辣劲儿用到床上去，啧啧，那可真是享受了，只怕这书生文绉绉的，应付不了这样的泼辣小娘子啊！"

唐泛："……"

他不知道宦官的心理是什么，但从正常男人的角度来看，他们是绝对不会喜欢被错认为女人，尤其是汪公公这样位高权重，连内阁六部都不放在眼里的人，敢当面侮辱他的人估计还没出生。

仿佛是为了印证他的想法，汪直直接就一拍桌子："妈了个巴子，你们活腻了是吧！"

都说权力才是最有用的春药，别看汪公公是宦官，长相也被那两个人拿来取笑，实际上人家的言行比爷们儿还要爷们儿，他的力气，唐泛也是亲自体会过的，比自己强多了。

眼下汪公公一拍，桌子虽然没有像传奇话本里那样顿时开裂四碎，但所有碗筷皆往上跳了一跳，汤汁飞溅出来，连带唐大人的衣襟袖子也都湿了一片。

唐泛：“……”

他今天到底是招谁惹谁了啊！

这种情况下，馄饨也甭想吃了，没等那两个人发火，汪公公直接一碗馄饨就砸了两人一头一脸。

那两人大怒，大喊一声“鸟泼才”，连袖子都不挽，拳头就砸了过来。

汪直冷笑一声，他自小在宫中内书堂长大，那里除了教授宦官读书认字，还会让师傅教导他们功夫，为的是让他们能够在遭遇不测的情况下保护皇帝，皇家请来的师傅，那必然不是花拳绣腿级别的。所以汪直还真不怕这个，就算没有一大帮手下，汪公公也断然没有挨打的份儿。

他直接上手就是以一敌二，整张桌子被他掀翻了，往两人身上砸去，汤汤水水洒落一地，连带碗筷盘碟也都乒乒乓乓碎裂开来。

那两个人躲闪不及，多少也被泼溅了一些，他们一人一边，从两侧包抄上来，就要抓汪直。

汪直不躲不闪，一手捏住其中一人伸过来的拳头，位置不偏不倚，正好捏在对方的手腕上，只听得“咔嚓”一声，对方的手腕关节被他顺势一扭，也不知道是脱臼还是捏碎了。对方哀叫一声，汪直曲起膝盖，朝他胯下狠狠一顶，对方整个人就软了下来，唐泛在旁边看着都替他疼。

此时另外一人的身形正好扑上来，汪直直接将他制住的那个人抓过来一顶一推，对方就无法控制地朝同伴踉跄跌去。那同伴身手还算灵活，直接躲过，旋了个身，拳头依旧砸向汪直的面门。

这一切的发生不过是电光石火之间，双方都是有功夫的人，身手灵敏，拳拳生风，旁人看着只觉眼花，然而局势已然过了大半。

汪公公阴森森地道了声“来得好”，侧身一让，趁着对方冲过来的当口，他直接抓住对方的腰带，另外只一手则借着他拳头的去势，顺势一推一转一扭，将那人整个掀翻在地，大有以柔克刚、借力用力的奥妙。还没等那人爬起来，汪公公直接一脚就踩上他的胸口，让他动弹不得。

“还打吗？”

现在正是馄饨摊子生意最好的时候，要不然那两个人也不至于没有座位，要跑来跟唐泛他们同桌。不过那两个人的嘴也确实是欠了点，又有眼不识泰山，结果得罪了一个大魔王。

老板娘方才知道了汪直的身份之后，想来是又告诉了老板，此时眼见桌凳被砸，碗筷摔落一地，两口子也不敢过来劝架，只能缩在一边干瞧着。

旁边的人不明所以，光看着三人打来打去，阵仗大又热闹，又见汪直以一敌二，双拳力压四掌，实在比戏台上表演得还精彩。大伙儿看热闹不嫌事大，竟然还给汪直大声鼓掌叫好，有的人甚至在喊“再来一个”。

唐大人袖手站在旁边，木然着脸，内心在咆哮：天哪，地哪，我晚饭还没吃啊！

话说他在这馄饨摊子来来回回吃了不下数十次，从来也没有遇到这种事，结果今天多了个汪直，麻烦就从天而降……

不，这麻烦一开始就是汪公公招惹来的！

那两个人在地上爬不起来，一个是被踢到了裤裆，一个是被踩住了胸口。不过这种时候，照例还是不能服软的。

一个人就叫嚣道：“知道我们是什么人不！你敢打东厂的人，有本事别走！”

轰！

一听见是东厂的，看热闹的人立刻散了大半，剩下还有一小撮坚持不懈地站在那里，要将看热闹进行到底。

原来是东厂的人，难怪那么嚣张，这下汪公公肯定更要借题发挥了。

唐泛揉揉额头，现在他不仅是肚子饿了，还头疼。

东厂这个名号，便是在满地是官的京城里，那也是神惊鬼怕的。那两人满以为一报出自己的来历，对方这下可要趴下来跪地求饶了，结果没想到那个长得像女人的小白脸竟然不惧反笑，慢吞吞道：“哦，东厂的，东厂哪个掌班手下的啊？”

出门没看皇历，合该这两个人倒霉，仗着东厂的威风，他们平日里在京城也是横着走。谁知道今天居然撞上一个不怕东厂的，简直是太阳从西边出来了。

一个还在叫骂，让汪直报上名来，另一个总算还有些脑子，就问：“不知道阁下在哪里高就？还请画下道来！”

这实在不能怪他们没往宦官头上想，一来汪公公虽然长相阴柔，行止却并不女性化，从刚才打架出手就能看出来了，比他们东厂的还狠，尽往别人软肋上招呼。二来京城的宦官们也有不少权高势重的，就如他们的老大尚公公一样，可人家那都是前呼后拥，众星捧月的，谁会坐在这里吃一碗几文钱的馄饨？

汪直哼笑一声，还未说话，便听见由远及近，传来一阵纷至沓来的脚步声。

“让来让开！五城兵马司办事，闲人避让！”

嗬！又是一拨官家人！

人群纷纷往两边避让，穿戴头巾罩甲的五城兵马司官差出现在视线之内。

都说京城衙门多，外地人来京城办事，想拜码头，都不知道先去哪个好。

而且许多部门之间的职能还互有重叠，就拿京城治安来说，顺天府可以管，顺天府辖下的各个县也可以管，锦衣卫可以管，东厂、西厂可以管，还有个隶属兵部的五城兵马司，也同样可以管治安。

这样一来难免就乱了，有时候一件事，大家都抢着管，有时候又都互相推脱。不过幸好在天子脚下，还不算太离谱，这不，架都打完了，五城兵马司的人才姗姗来迟。

为首那名官差左右一看，眉头都皱起来了：“怎么回事？都报上名来，上兵马司走一趟吧！”

捂着裤裆的那哥们儿扭曲着一张脸，指着汪直大喊：“我们是东厂的，邹掌班手底下的人。他敢殴打东厂的人，把他抓起来！还有他旁边那个书生，他们都是同党！”

兵马司的人一听是东厂的，暗道一声倒霉，觉得自己还是来得太早了，本来应该彻底装聋作哑的，但这时候也不好掉头就走，便沉下脸色，装模作样地问汪直：“你们胆大包天，竟然敢殴打官差，眼里还有王法吗！”

汪公公掸了掸袖子，拂去衣服上的灰尘，闻言嗤笑一声：“尚铭来了我也照打不误，更别说这两个货！你们想管这事，就把这两个人带走，让尚铭自个儿去领，要是没胆子管，现在就马上消失，别在这里装羊！”

兵马司的人一听这话，就知道对方也是有点来头的，竟然连得罪东厂都不怕。说话不免带上了几分恭谨，也不敢大声叱喝了，拱手便问：“不知阁下是……”

汪公公负着手，冷冷道：“西厂汪。”

西厂汪，西厂汪，京城数得上号的人物什么时候多了一个姓西的，名字还那么稀奇古怪？

兵马司的官差一直没转过弯，还在那儿想着，躺在地上的那两个人却似乎已经反应过来，脸色煞白一片，连牙齿也禁不住上下打战。

汪公公还站在那儿摆谱。唐泛见他架也打了，人也骂了，气也差不多了，忍不住过来对他道："能不能差不多就行了？您是吃饱喝足了不碍事，我这可还饿着肚子呢！"

见他有气无力，汪直撇撇嘴："百无一用是书生！"

那头兵马司的人也反应过来了，脸色大变，心里那个后悔呀。早知道他们就不出面来管这摊闲事了，东厂对西厂，这不是狗咬狗……咳咳，神仙打架，有他们兵马司什么事啊！

对方连忙凑上前去，扯出笑容，连连道："小的有眼不识泰山，未知汪公驾临，不过汪公，这两个人是东厂的，我们也得罪不起，不如……"

汪直冷哼一声，对那两个东厂的人道："你们要是不服，要想找回场子呢，就让尚铭亲自来找我！"

说罢甩甩袖子，扬长而去。

唐泛那个无奈啊，他还得过去给汪公公收拾残局，拿了点钱赔给馄饨摊子的夫妇俩，让他们不必害怕云云。

等他安抚好馄饨摊的老两口，走出人群，才发现汪公公正站在不远处的烤羊肉串摊子前，一手拿着一串烤羊肉吃得正欢，见唐泛找过来，便将另外一只手上的羊肉串递过去，一边还吐槽："你们这些文官就是光长张嘴在吹，骂人比谁都溜，真有事的时候就指望不上了！"

唐泛接过羊肉串，那上面撒了茴香和芝麻，香味阵阵扑鼻。他也顾不上跟汪公公抬杠了，三两下就将肉吃了个干净，又向摊主伸手："再来两串！"

"好嘞！"摊主手脚麻利，将刷了油的羊肉串来回翻转，手里一把香料均匀地撒上去，再将肉烤得金黄流油，里嫩外香，就拿起来递给唐泛。

两串烤羊肉下肚，唐大人总算才有了些说话的力气："汪公，您是做大事的人，我不能跟您比。不过您要是想和我在一起，还得劳烦您高抬贵手，体恤一二，行事低调一些，不然明天弹劾我的奏章就得堆成山了！"

他说话软中带硬，并没有因为汪直位高权重，就吓得不敢吱声，这其实也正是汪直跟他相处得还不错的原因。汪直这人虽然嚣张，对有真本事，他看得上眼的人，也愿意容让一二。否则高处不胜寒，当真连一个能说话交往的人也没有，做人还有什么趣味可言？

听他这样说，汪公公很不以为然："怕什么？只消我在陛下面前帮你美言一句半句，管那些言官怎么说，骂破天了你也不会怎样！”

唐泛摇摇头，文官是要讲究名声脸面的，哪能真像汪直说的这样。不过他也没有就这个问题跟汪直多加辩驳，只是道：“时辰不早了，我也该回家了，明日进宫再劳烦汪公与我一道吧！”

汪直狐疑道：“怎么？你这就回家了？”

唐泛莫名其妙：“不回家还能干吗？”

汪直露出“你就别装了”的表情：“秦楼楚馆啊，你们不是最喜欢在华灯初上的时候去那里吗？”

唐泛一脸黑线：“朝廷明令官员不得嫖妓！”

汪直哂笑：“还装？说是这么说，有几个人真正遵守？上回内阁里那个谁请我吃酒，不也找了歌伎来作陪，难不成你不喜欢歌伎，喜欢小倌？”

面对这胡搅蛮缠又霸道的汪公公，唐泛真是有嘴也说不清，再好的修养在对方面前也能通通化作乌有。唐泛哭笑不得：“汪公有兴致，我却是不奉陪了，身负皇命在身，哪里还敢放肆？今日我真是累得很了，又是查案，又是来回奔波，还陪你打架，有什么事不如明日再说吧！”

汪直：“什么陪我打架？你就站在那里看着！”

唐泛：“是是是，看你打架。”

汪直看他一脸疲惫欲死的模样，只好一边骂他没用，一边放他回去。

辞别汪直，唐泛总算松了口气。

等他回到家，就发现一个蹦蹦跳跳的身影过来开门。

“大哥，你可回来啦！用了饭没有？我做了桂皮炖肉和酿苦瓜，你吃不吃？”阿冬嚷嚷着，大惊小怪，“天哪，我怎么一天没回来，你都憔悴成这样了？有这么想我吗？”

唐泛这才想起来，阿冬去隋家过夜，今天白天是该回来了。不过自己因为东宫的案子早早就去了宫里，倒忘了这茬儿。

他自从出宫，本来要吃的馄饨汤面和油饼都被汪公公搅和了，烤羊肉串也就吃了三串，只能塞塞牙缝，这会儿一听说还有吃的，简直感动得泪流满面，忍不住摩挲着阿冬的脑袋道：“真是家有一妹，如有一宝啊！”

阿冬乐得咯咯直笑：“快去净手呀，开饭了！欸，隋大哥不回来吃了吗？”

唐泛洗净手坐到饭桌旁边，道：“嗯，他又出外差去了。”

阿冬道："对了，今日有几个人过来，说姓韩，要拜见你的。我说你不在，他们就走了，留下一张帖子。"

唐泛眉毛一挑："姓韩？"

阿冬："是啊，他说他叫韩晖，是韩少傅家的人，奉家父之命前来。"

唐泛点点头："我知道了。"

他没有再问，也没去看那张拜帖，吃完饭就去洗漱，然后便熄灯睡觉了。

第二日一大早，唐泛就直接前往宫门处。

他到得早，没想到汪直到得更早，对方面色严肃，入了宫便端着一张脸，也没了昨日的言笑无忌。

唐泛自然也没心思说笑，他照着昨日与汪直说好的，先从慈庆宫开始查问，然后一路往西，但凡韩早有可能去过的地方，一一都要查问。

如此忙活了一上午，所获自然甚小。不过唐泛按照跟太子的约定，并没有一开始就直接往西宫去查，免得被人看出问题，现在也算尽心尽力了。

但汪直的眼力何其厉害，即便这样，依旧是让他发现了问题："我怎么觉着你是在兜圈子找人呢？"

唐泛不动声色："韩早年纪小贪玩，虽说宫禁森严，不可能让他到处跑，但他在宫中日久，与太子又是玩伴，孩童玩心重，喜欢到处跑也是有的。别人顾忌他与太子的身份，未必会盘查，与他接触过的人都有嫌疑，我自然要一一问过。"

汪直不耐烦道："你说的这些我都知道，不过明人不说暗话，咱们俩现在在一条船上，有什么事你最好别瞒着我，不然出了什么事情，我都帮你兜不了！"

唐泛知道汪直想要跟太子结善缘，否则也不会让他过来查案，但他跟汪直毕竟还没有熟到无话不谈的地步，也不知道汪直的底线究竟在哪里，更不知道汪直知道这件事之后会不会借题发挥，拿着吴后的事去向万贵妃邀功。如果万贵妃因此迁怒废后，那他就等于违背了与太子之间的约定。

所以唐泛思虑再三，仍然只道："汪公放心就是。"

汪直冷冷地看了唐泛片刻，也不知道看没看出什么，反正是没再说话了。

唐泛虽然不能明说，不过也可以释放一些诚意，免得真惹恼了汪直，大家一拍两散，对彼此都没有好处。他就道："其实从时间上来看，韩早的死，未必跟宫里头有关，我只是循例查上一查，韩家那边我还要去的。"

汪直眼睛一亮："你是说，韩家的人也有可能是凶手？"

唐泛一看他的眼神就知道他在想什么，强调道："只是可能，从韩早离家出门前，到他倒毙身亡，这两个多时辰内接触到的人，都有可能。"

汪直不以为意："你这一说，我倒想起来了，这个可能性是存在的。"

唐泛正想了解韩家的情况，便顺势问了起来。

汪直道："韩方没有纳妾，只有一妻林氏，夫妻感情不错，但膝下一直无子，所以就过继了一个儿子，叫韩晖。谁知道过了数年，林氏老蚌生珠，生了个儿子出来，也就是韩早了。"

唐泛道："那不是挺好的吗？"

汪直古怪一笑："韩家世代为宦，韩方的父兄皆是朝中大员，他们祖上是江西人士，不过从韩方父亲那一代起，就搬到京城来定居了。韩方之父韩起，底下有三个儿子，长房韩玉，二房韩方，三房夭折，不提也罢。这三房都出自韩起的妻子周氏，不过韩家私底下一直有种说法，说韩方的母亲不是周氏，而是周氏从早逝的婢妾手中抱养的。"

汪直道："韩起和周氏偏爱长子，对次子韩方有所不及，对二儿媳妇林氏尤为苛刻。这就更加助长了流言的蔓延，连韩方自己也是这么认为的。林氏年轻的时候因为不能生子，受了不少磋磨，连养子韩晖，也是因为她不能生育，韩方又不肯纳妾，所以周氏强逼着韩方收养的。"

唐泛八卦地问："那韩方到底是不是周氏亲生的？"

汪直睨了他一眼："此事与本案无关。不过等陛下登基，韩方身为陛下的老师，身份跟着水涨船高，林氏也生了韩早，用不着再受气了，也能挺起腰杆跟婆婆说话，这些年来，她与妯娌王氏的关系一直不是很好。还有，周氏曾经以无子为由，想让韩方休了林氏，另娶自己的侄女小周氏为妻，韩方不肯休妻，小周氏也不肯做妾，这事就耽搁下来，不过如今小周氏是寡妇，一直客居在韩家。"

唐泛跟在听故事一样："如此说来，林氏还真是树敌不少。"

说话之间，两人已经走到西宫。

这里是名副其实的冷宫，大白天也凄凄冷冷清清，脚下的石缝里杂草丛生，无人打理。太阳照在别处的宫殿，显得金碧辉煌，威严无比，唯独在这里，别有一种凄冷的味道。

先帝一些嫔妃都住在太后那附近的宫殿，数十年来被厌弃废位的，唯有吴氏一人。所以唐泛他们倒也好找，直接就找上吴氏住的那间宫室。

西宫门口守着两个内侍，唐泛和汪直过去的时候，便有汪直身边的小黄门上前说明他们的身份来意。那两名内侍立时赶过来，对着汪直结结巴巴地奉承，又热情地亲自给他们带路。倒是汪直很不耐烦，挥挥手让身边的小黄门打赏了两人，便将他们撵下去了。

此时还是大白天，吴氏搬了张椅子坐在宫室外头晒太阳。

在她身边伺候的只有一名宫女，对方正在给吴氏的后背垫上软靠。

吴氏虽然被废，但起居不可能无人照料，伴随着她的失势，从前皇后宫中的一些侍女内宦，也跟随着到这里来继续伺候她。当然日常用度不可能再和从前一样了，每日也不会再有打扮得花枝招展的嫔妃到这里来给她请安。当初被指派去侍奉吴氏的人以为自己攀上了高枝，谁知道一转眼，皇后成了阶下囚，他们也跟着遭难。

患难见人心，这么多年来，有些人托门路走了，有些人还留在吴氏身边，来来去去，人员变动，也是正常的。

久未有生人到来的冷宫竟然出现外人，那宫女有些吃惊地停下手上动作，看着他们。

唐泛走过去，对吴氏拱手道："下官唐泛，受命调查韩早一案，有些事情想求问吴娘娘。"

吴氏连理都没理他，兀自看着前方远处。

太子说过，吴氏因为被废太久，早就有些神志失常。唐泛和汪直不知她是真疯还是假傻，也不可能将威风撒在这样一个妇人身上。

唐泛见状也不气馁，便将事情经过略略说了一遍。

听到韩早死去的那段，吴氏的脸色微微一动，终于看向唐泛。

"韩早死了？！"那宫女忍不住惊呼起来。

唐泛点点头，当他提及万贵妃因为此事而名誉受损时，吴氏呵呵呵地笑了起来，没头没尾道："善恶到头终有报，善恶到头终有报，不是不报，时候未到啊！"

唐泛道："听说韩早死前，曾经到过西宫来玩耍，还请吴娘娘将此事经过说一说，也好让下官早日查出真凶。"

吴氏又不搭理他了，一直在那里翻来覆去地念叨"善恶到头终有报"。唐泛下意识觉得她压根儿就没疯，只是不想和自己说话而已，但他知道这其实也是吴氏一种无奈之下的自我保护。假使吴氏不对外传出疯癫犯病的风声，估计万贵妃也不会放过她。

此时那宫女上前道："二位大人，我在吴娘娘身边伺候，终日须臾不曾离身，如今娘娘神志不清，难以交流，我能否代娘娘作答？"

唐泛道："自然可以。"

宫女面露难过之色："数日前，确实有一名孩童贪玩迷路误入这里，不过很快就被领走了。当时我还问过他的姓名，他说自己叫韩早。没想到……"

唐泛知道，若太子有时候会托韩早借迷路贪玩的名义过来探望吴氏的话，那这个宫女必然也早就跟韩早认识了。此时她为了吴氏和太子之间的联系不被暴露，在这里睁眼说瞎话，唐泛也不能拆穿她。

不过她脸上的悲伤倒不像是故意装出来的。

太子身份特殊，不能亲自过来探望，他身边的人也时时处于万贵妃的监视下，唯有托付韩早这个局外人，才有可能偶尔过来一趟。冷宫寂寞，对吴氏和这名宫女而言，韩早一定是她们为数不多的慰藉了。

唐泛问："我且问你，韩早在这里，除了你与吴娘娘之外，可曾接触过别人？"

宫女摇头道："不曾。"

唐泛道："他死因离奇，乃被人用断针刺入水分穴而死。"

说这句话的时候，他的眼睛一直在那宫女和吴氏之间来回观察，却见两人不由自主都露出惊讶的神色，不似作伪。

唐泛也曾调查过，吴氏本人对医理是一窍不通的。这宫女则是天顺七年入的宫，出身贫寒，一年后便被分配到吴氏身边侍奉，在此之前从未去过太医院，也没有跟医女有任何往来。

他又问："你仔细回想一下，韩早在你这里的时候，可曾表现出身体上的异状？"

宫女仔细回想了一下，内疚道："当时他确实好像总用手去挠肚子。我问过他，他说觉得有点痒、有点疼，我只当是被蚊虫叮咬了，也不曾想到别的上面去，若是早些发现，说不定还能救他一命！"

唐泛问："他走的时候，是谁过来带他的？"

宫女道："是太子殿下身边的内侍，名唤元良。"

第十一章

韩家内幕

元良此人，唐泛是知道的。在太子那里的时候，他就已经问过韩早从入宫到死亡时身边可能出现的人。

韩早入宫的时候，是韩家人送他到宫门口，然后由那个叫元良的内侍带他到东宫，中间走路进宫的过程，元良不大可能有机会专门对韩早找准穴道进行谋害。而且据太子说，元良在他还未封太子的时候就已经跟着他了，忠诚度很高，也不可能无端端去谋害韩早。

而韩早中途离开东宫，受太子暗中托付前往西宫去探望吴氏的过程中，也只有元良全程跟着，别人下手的可能性不大。唯有在西宫这里，元良在外头帮忙望风，韩早则单独跟吴氏她们待上一小段时间，转达太子的问候和近况。

本来以吴氏的境遇，她有充分的动机和条件去筹划这桩案子，嫁祸给万贵妃。唐泛也正是考虑到这一点，才会坚持要来西宫查探，有时候光问是问不出个所以然的，当面对质，对方的神态变化、表情动作，也是很好的补充证据。

不过现在看来，吴氏的嫌疑确实可以排除了。

既然如此，也就是说，杀害韩早的人，很可能不是出自宫内。

从西宫那边出来，唐泛一直在脑海里整理思路，重新将韩早在宫中的经历整理了一遍。确认凶手的来处，才方便进行下一步。

汪直从方才在西宫便一反常态地没有出声，唐泛与吴氏等人对话时，他也只是站在一旁冷眼旁观，此时却忽然嘿嘿笑了起来：“唐润青，你与废后默契无间，演的好一出戏啊！”

唐泛道：“汪公在说什么？下官不太明白。”

汪直冷笑：“还跟我装糊涂？吴氏与太子之间明明一直有联系的！让我来猜猜，韩早就是他们的中间人吧？东宫的人确实是够忠心的，竟然瞒得滴水不漏，连我都被蒙在鼓里，你说贵妃要是知道了这个消息，会怎么样？”

唐泛叹了口气：“汪公，做人留一线，日后好相见。”

汪直没理他，径自道：“吴氏因为被废，心中怨恨。她毕竟是废后，身边依旧有人愿意供其差遣驱使也不出奇，所以设计趁贵妃送汤的时机，将贪玩离开东宫的韩早引至西宫，杀死韩早，借以嫁祸给贵妃。案子这样破，陛下的难题解决了，贵妃的嫌疑解除了，也牵扯不到太子身上，皆大欢喜，就这样报上去，不错吧？”

唐泛还真怕他会这样去做，忙道：“到时候贵妃肯定不会满足于只杀废后，而会趁机再掀起一场风波，将后宫那些她看不顺眼的人通通铲除，太子肯定也会被波及，汪公何必做这样有伤天和的事情呢？更何况废后明明就与此事无关。”

汪直冷哼：“你既然知道害怕，就别想着隐瞒，将太子与吴氏之间的联系一五一十地告诉我！”

能够身居高位，没有一个不是聪明人，就连内阁那些看似无所事事的阁老，也都是十足十厉害精明的人物。唐泛不会因为他们不干实事，就不把他们当回事。

但他发现自己仍然低估了这位西厂提督，对方的洞察力实在是一等一地敏锐。唐泛自认他与废后和那宫女说话的时候，已经尽量小心，没有露出什么破绽，却没想到仍是让汪直看出了端倪来。

事到如今，唐泛自然没法再瞒着汪直了，他将太子当年落难时，得蒙废后照料的事情说了一下，然后道：“太子孝心可嘉，吴氏虽非其生母，可他因为这份恩情，即使当上太子也未曾忘记。记仇不难，难得的是记恩，一个没有忘记别人恩情的人，将来一定不会是大奸大恶之人，如果善加引导，更有可能成为一代明君。汪公虽得陛下与贵妃知遇之恩，但人总要为以后考虑。对下面的人来说，一个宽容的太子，总比一个锱铢必较、心思阴暗的储君好，对不对？”

汪直哼了一声："你也不必害怕，我既然着意要结下这份善缘，就不会出尔反尔！若不恫吓一下你，你怎么会知道害怕，对我吐露实情？"

唐泛心道我真是要被你吓死了，你要是把事情去向万贵妃一说，吴氏要玩儿完，太子也要受牵连，他这个小卒更不必说，面上却仍是苦笑道："汪公见谅，此事是太子让我保密的，毕竟知道的人越少，就越没有外传的危险。"

汪直眯起眼，盯住他："既然要合作，就得讲究诚意。我也不妨告诉你，太子那边呢，我是不会出卖的；吴氏，我也可以放过她。不过往后你与太子之间有什么往来，我必须知情！"

唐泛笑道："这是自然的，汪公开诚布公，我也愿意坦诚相待。"

汪直看了他半晌，方才道："那么，这件案子，确实与吴氏无关？"

唐泛将自己方才关于吴氏的推断一说，然后道："确实与她无关，兴许要换个方向，从韩家那边查起。"

汪直道："关于韩早的死因，确定是水分穴的缘故了？"

唐泛道："确定了。"

汪直道："韩家那边听到消息之后，就到陛下面前陈情，想要回韩早的尸身去入殓下葬。你知道，韩方曾是陛下的老师，陛下又是个心软的人，他们的请求，已经同意了。如果韩早的死与韩家那边的人有关，我们可以顺水推舟，说不定凶手会自己按捺不住对韩早的尸身做些什么，到时候我们就来个瓮中捉鳖，怎么样？"

唐泛心说，不怎么样。但此时他跟汪公公刚刚达成合作协议，万万不能再刺激对方了，不然他一个恼羞成怒，头脑一热，真跑到万贵妃面前告状，那可就不妙了。所以唐大人连忙竖起大拇指，顺着汪公公的毛捋，表现了自己的赞同："高！这招真是高！汪公不愧是汪公！"

汪直嘿嘿冷笑："假！太假了！"

唐泛："……"

汪直斜眼看他："你知道外头的人要拍我马屁，是怎么个拍法吗？"

唐大人谦虚好学："愿闻其详。"

汪直负手傲然道："我去年曾奉命出京办事，地方上率众迎接。当地那县官看见我风尘仆仆而至，鞋履沾尘，又因他们过来迎接时只备了酒水，没有其他，便先让我坐下来，然后亲自脱下我的靴子，亲自低头将我靴子上的灰尘舔干净，又亲自帮我穿上。唐润青，你能得他一分真传否？"

以汪直的圣眷和权柄，地方官为了讨好他而无所不用其极地放低姿态，虽然听上去骇人听闻，但是若能就此抱上汪公公的大腿，说来也是值得的。

唐大人的反射弧有点长，过了片刻才“啊”了一声：“口水啊！”

汪直：“……”

唐泛道：“那靴子沾了口水，汪公当时就穿了一路吗？虽然牛皮挺厚，不过要是对方有点肺痨什么的病，那口水连着黄痰挂在靴子上，又因为靴子是黑色的不大瞧得出来……”

他一本正经地分析着，关注点早就歪到九霄云外去了。

汪直禁不住怒喝一声：“唐润青，你的脑子里到底都在想些什么！”

唐大人眨着纯洁无辜的眼睛回望。汪直本想炫耀别人对自己的巴结，顺便敲打敲打唐泛，结果被他一说，也没来由地恶心起来。

“跟你说话可真晦气！”汪公公怒气冲冲地道，拂袖便走，直接把唐泛甩在后头，也没管他跟不跟得上。

唐大人在后头慢悠悠地喊：“哎呀，汪公别走那么快，我老胳膊老腿的，跟不上哪！”

这件案子事发于东宫，干系重大，一举一动，都有人盯着，就连天子也关注异常。唐泛虽说身负皇命，可他的品级毕竟摆在那里，不是想陛见就能陛见的，这时候汪直就起了非常重要的作用。

他虽然不是主要查案的人，却在皇帝和万贵妃那里都说得上话，也能随时觐见，等于充当了皇帝和唐泛之间的联系人。案子每进行到一个阶段，有了什么进展，汪直都需要事无巨细地往上汇报。

现在初步查明可能与宫中没有太大关系，所有人都松了口气，皇帝对这个结果也很满意。既牵扯不到自己心爱的女人，也不需要掀起一场宫廷风暴，虽然有些对不住自己的老师，但这样确实是最好的结果了。

皇帝很痛快地答应了韩家的请求，派人将韩早的尸身给他们送回去。太子那边，则由唐泛和汪直去汇报结果，在听说与吴氏无关之后，太子也很高兴，亲自向唐泛道谢。

唐泛苦笑：“殿下莫要急着道谢，此案到现在，凶手仍未露出端倪，尚且疑点重重，一切真相不明。我只能说可能与宫中无关，不能说一定无关。”

太子露出羞涩的笑容：“我知道，这件事，唐推官那边肯定承受了不小的压力，而且若真能找出杀害小早的凶手，我自然要向唐推官道谢的！”

他年纪虽然小，看人看事却有种超乎年龄的透彻。

都说穷人的孩子早当家，太子当然不是穷人家的孩子，可他幼年数次遭遇磨难，险死还生，比寻常穷人家的孩子还要艰难。当初柏贤妃的儿子也曾被立为太子，没过两年，就莫名其妙地死亡，人人都知道凶手可能是谁，可人人都不敢说。所以如今朱祐樘虽然被立为太子，但他在宫中的境遇，仍然是步步惊心，如履薄冰的。

唐泛道：“细论起来，汪太监奉命协查此案，同样尽心尽力为之奔走，比之微臣也不遑多让。此番韩早出事，贵妃对东宫有所疑虑，也多亏汪太监在陛下和贵妃面前极力澄清！”

汪直尽心尽力是为了啥？还不是为了让自己也能在太子心中留下好印象！

既然如此，唐泛很乐意在太子面前做个顺水人情。

汪直没想到唐泛如此上道，心中欣喜之余，连忙对太子行礼道：“臣不敢妄称辛苦，无非是为了告慰死者，查出真相，让陛下、殿下都安心罢了！”

般来说，宦官、宫女是要自称奴的，但到了汪直、尚铭他们这种地位，已经不是身份低贱，任人呼来喝去的宫奴可比了，连皇帝都要称呼他们一声内臣，他们自然也就可以跟外头的朝廷大臣一样自称臣了。

太子知道汪直是万贵妃那边的人，万贵妃很讨厌自己，他也是知道的。

韩早出事，很多人都觉得是万贵妃干的，而万贵妃也怀疑是太子故意栽赃自己。这个时候汪直能在万贵妃面前解释几句，让万贵妃解除对太子的疑虑，这个人情可就大了。

太子惊讶之余，连忙道：“汪内臣过谦了，你尽忠职守，我也是常听父皇提起的。这桩案子，还有赖你多多费心了！”

汪直郑重道：“殿下所托，臣焉敢怠慢，自当尽力耳！”

出了东宫，汪直脸上才有了笑影：“行啊，润青，我果然没有看错你，够仗义！”

瞧，之前生气的时候就连名带姓地喊，现在又亲亲热热地喊表字了，汪公公这翻脸可比翻书快多了。唐泛意有所指地调侃：“汪公你瞧天上，方才还是乌云密布呢，怎么这会儿就放晴了？这真是六月天，说变就变啊！”

汪直呵呵一笑，手指点了点他：“本公大度，不跟你计较，你试试这话去跟尚铭说去，保管他怀恨在心，整得你哭爹喊娘！”

唐泛道：“要不我怎么跟汪公合得来，而不是跟尚铭凑一块呢？这就叫人以群分啊！”

汪直简直拿他没办法了，这还有人变着法儿夸自己的？

你说唐泛说话不经大脑吧，人家的话句句都是有深意的，还风趣诙谐，看似得罪人，又没真得罪。连汪直也是有时候又气又恼又忍不住去招惹他，别的人他都看不上，就愿意跟唐泛拌嘴。

他成日里跟人来往，要么得谨言慎行，要么得时时防着别人算计，或者得去算计别人。这样一来，能和唐泛唇枪舌剑几句，倒是放松心情，也不失为一种乐趣。

二人也没有耽误工夫，离开皇宫之后，便直接去了韩府。

韩家人经过皇帝的许可，刚刚从西厂那边领回韩早的尸身，正准备给他办丧事。汪直身份摆在那里，又有皇命在身，谁也不敢怠慢。韩起率领全家开中门出来迎接，但身为韩早的父母，韩方和林氏都不在，代表二房的是韩方的养子韩晖。

韩晖年方弱冠，十几年前，林氏嫁给韩方没几年，因为无子，韩方又不肯休妻或纳妾，周氏便让韩方和林氏认了同族的韩晖为养子。

韩起一边小心翼翼地向汪直他们致歉，一边苦笑道：“犬子夫妇听说阿早的事情之后，大受刺激，都卧床不起。昨日韩早的尸身送回来之后，林氏又强自起床，不顾劝阻一定要给他守夜，结果今天一早就再次病倒了。还请汪公与唐推官稍坐片刻，我这就去让他们过来见礼。”

长房韩玉如今在外地为官，韩起如今六十开外，官运不如两个儿子。先前只当到了一个小小的六部主事，眼见年纪大了，升官无望，索性就辞职赋闲在家颐养天年了。

虽然两个儿子都有官职在身，二儿子韩方还曾经是皇帝的老师，但那也是曾经的事情了。而且别说是皇帝的老师，就算儿子现在是实权尚书，韩起也万万不敢得罪汪直。

汪直摆摆手：“不必了，查案要紧，若有需要，我们会亲自过去问话的，还请他们二位节哀顺变。我们此番前来吊唁，就顺便在府中走走，还请找个人在前带路即可，也请事先通知家中女眷一声，免得不明何故被惊扰。”

他年纪虽轻，却颇有威严，一身华丽的麒麟服穿在身上，举手投足皆是说一不二，阴柔顿时就化作凌厉。在这位手握大权的汪厂公面前，韩家人连呼吸也不由得放慢了几分。

相比之下，唐泛纯粹就是个添头，坐在那里成了陪衬。

不过唐泛自然是无所谓的，相反还乐得清闲，偶尔跟着附和两句，大部分时间只看汪公公与韩家人应酬便可。

对于汪直的话，韩家人自然赶紧唯唯应“是”，然后就将韩晖派了出来，又吩咐韩家上下要配合调查，不得冲撞了汪直和唐泛他们。

汪公公不耐烦跟韩起多寒暄，韩起对着汪公公也觉得不自在，有了韩晖出面，韩起借故避开，彼此都更加自在。

韩早属于年幼夭折，跟郑诚又有所不同，丧事是不宜大肆操办的。除了韩晖和二房的下人满面愁容之外，对韩起和周氏等人倒没有什么影响，由此也可见二房与父母和长房兄弟那边的关系都是平平。

他问唐泛他们：“二位大人想从哪里看起？我都可以带二位前去。”

韩晖是个文质彬彬的年轻人，身量不高，说话举止都很柔和有礼，他听说幼弟夭折之后，就从国子监请假赶了回来。如今韩方和林氏都不能视事，里里外外的丧事事宜，基本都是他在仆从的帮助下料理的，一天下来也是面容憔悴，两眼通红。

唐泛就问：“韩早是韩家幼孙，本该金贵无比，怎么我看令祖父祖母脸上却殊少悲戚之色？”

韩晖苦笑：“儿孙不言长辈之过，这话本不该由我来说，既然大人问起，我也只好如实相告。祖父与祖母他们不喜欢我母亲，所以连带着对小早颇为冷淡，相比之下，他们更疼爱的，是我大伯父那边所出的堂弟。”

唐泛道：“你祖父祖母与你父亲关系如何？”

韩晖犹豫道：“据我观察，似乎也是平平而已。”

唐泛转而问道：“韩早当日出发去宫里的时候，是谁负责护送的？”

韩晖悔恨道：“我在国子监走读，平日里多是由我送小早入宫。但那一日正好要旬考，所以当天我很早就起身，先行返回国子监了，改由小早的书童送他入宫。这件事说起来都怪我，若是我那一日像往常一样送他入宫，说不定也不会发生那样的事情。”

唐泛道：“你与韩早的感情很好吧？”

韩晖难过道："是，我比小早大了十来岁，他可以说是我看着长大的，平日里因为府里其他人都不大喜欢小早，他总喜欢缠着我一个……"

唐泛打断他："谁不喜欢他？"

韩晖道："我祖父祖母，长房那边的人都不大喜欢小早。我母亲虽然对小早溺爱异常，可是她……"

韩晖没有再说下去，只摇摇头苦笑。

唐泛道："韩早的书童可在？"

韩晖点点头，道："在的，只是小早出事之后，他就被我母亲命人关到柴房，不让给吃的，还是我偷偷给他送了一些，不然他早就饿死了。不过他现在被我母亲的人看守着，二位若想见他，能否先去见见我母亲，否则若是我母亲怪罪下来，我怕我担当不起。"

汪公公做事，什么时候还要问过不相干的人，若说是韩方，他还要给几分面子，毕竟人家曾经担任过成化帝的老师，对于林氏，他却没有那么多的好脸色了："无知妇人，我等奉命查案，岂容她说三道四，不必见了，你直接去将那书童提过来见我们就是！"

唐泛却道："汪公少安，林氏乃韩早之母，又是韩少傅的夫人，我们去拜会一下也是应当的。"

汪直白了他一眼，没有表示反对。韩晖算是看出来了，眼前两位大人，汪太监身份更高，查案的时候，却是以唐泛为主。

他对唐泛感激地笑了笑："那二位请随我来。"

在韩晖的带领下，唐泛和汪直来到二房住的正屋。韩方听说他们来了，抱病起床接待了两人，他也确实面色苍白，带着病容。

"我儿惨死，圣上天恩，下令调查，二位辛苦了，我实在感激不尽！"

他们跟着寒暄客气两句，唐泛就问起书童被林氏下令关起来的事情。

韩方苦笑道："说来惭愧，拙荆当年嫁给我之后，吃了不少苦头。我那时候成日忙碌不休，也顾不上关心内宅之事，等到发觉她郁郁寡欢，以至于性情偏激时，已经有些晚了。幸好后来有了君吉，又生了阿早，拙荆才渐渐好了许多。是我有负于她！"

君吉就是韩晖的字。

唐泛道："如此说来，尊夫人与家中女眷的关系，似乎不是很好？"

韩方叹了口气："是，因为往年恩怨，拙荆与我母亲和兄嫂皆有些龃龉。"

看来之前汪直所说的，关于韩家的事情全都是对的。从韩方和韩晖的话里，唐泛不难勾勒出一个性情褊狭的妇人形象。清官难断家务事，正因为跟林氏有怨的人实在太多，所以若是其中有人为了报复她，对韩早下手，那也是不奇怪的。

唐泛就道："我们想先见见那个书童。"

韩方道："拙荆就在后面堂屋养病，待我先去与她说一声，二位稍等。"

一件小事，他本来自己可以做决定的，却说还要先问过妻子，爱之深，怕之切。林氏虽然跟韩家其他人关系不好，却得韩方真心相待，至今也未纳妾，也算是有舍有得了。

唐泛道："既然已经来了，我们便与韩少傅一道去探望一下尊夫人吧。"

韩方道："也好。"

儿人来到后面的屋子，韩方问外头的婢女："夫人可在？"

婢女应道："夫人正在里面歇息。"

话刚说完，里头便传来一声询问："谁在外面？"

婢女忙掀起帘子往里头说话："嬷嬷，是老爷来了，还有几位大人，说是要问问早少爷的事情。"

过了一会儿，里头回应道："请进。"

唐泛他们跟在韩方后面走了进去，绕过屏风，就看到一名中年妇人半躺在床上，正要掀被下床，旁边还有一名老妇在服侍。

韩方连忙上前阻止道："你身子不好，就躺着吧。这位是西厂汪公，与顺天府唐推官，他们奉陛下之命前来调查阿早死亡的案子，想见见阿早的书童。"

唐泛也道："夫人若是身体不适，就不必起身了，我等只是过来问候一声。"

林氏虽然不年轻了，却还风韵犹存，姿色是上上之选。也难怪这些年来韩方对她一直倾心不移，只是面色略显病黄，眉间有股阴郁之色萦绕不去。

"为了我儿的事情，有劳二位大人奔波，实在过意不去……"林氏说道，言语还算温和得体，却见她忽然看见了站在韩方身后的韩晖，面色倏地一变。

"谁让你进来的！"林氏对着韩晖厉声喝道。

韩方："萱娘……"

林氏理也不理他，只死死盯住韩晖，怨恨地道："出去，听见没有！你害死你弟弟还不够，又想来害我了？！”

韩晖手足无措：“娘……”

林氏尖声道：“我没你这种儿子！那天你明明可以送小早进宫的，为何没送！你是故意的，对不对！你想着让小早死了，你就是二房名正言顺唯一的儿子了！我告诉你，你别想得太美！我没生过你，你找那老虔婆去，是她让你来韩家的，你去给她当儿子去！”

韩方见她越说越不像话，忍不住喝了一声：“萱娘！”

林氏喘着粗气，情绪瞬间崩溃，捶着胸口又哭又叫：“小早！小早！娘的心肝啊！你死得好惨！谁那么狠心要害你！是周氏还是王氏，你给娘托个梦啊！等娘给你报了仇，娘就下去陪你！我的儿！”

妇人那尖厉的哭喊声直刺耳膜，令唐泛也忍不住皱起眉头。汪公公更是早就受不了了，直接丢下一句“不知所谓”，甩袖就转身出去了。

韩晖连忙跟在他后面避让出去。唐泛没办法，看着韩方在那里细声劝着妻子，慢慢地将她劝得消停下来，也没有再问什么，转身就出去了。

唐泛出了里屋，就看见汪直等人都站在院子里，韩晖正在给他又是作揖又是赔礼。见了唐泛出来，韩晖冲着他就是一阵苦笑：“还请大人见谅，从几年前开始，我那母亲的精神便有些不太好，有时候忽然之间受到刺激，就会发作起来，六亲不认！”

从他的笑容可以看出来，韩晖平时一定也受了不少罪，而且刚才林氏说的那番话实在是戳人心得很，虽说是受到刺激口不择言，但那些话总会包含几分下意识的真心吧？养母竟然是这样看待自己的，韩晖心中真不知作何滋味，连唐泛听了都忍不住为韩晖感到不平呢。

从方才林氏房中那些婢女、嬷嬷小心翼翼的表现来看，平时林氏估计也没少这样发作，脾性极差，动辄摔打东西。如果唐泛没有猜错，这应该是林氏嫁入韩家之后，日夜压抑，才生出来的病症，韩方觉得有愧于妻子，所以这么多年来一直让着她。

他问韩晖：“她这种情况持续多久了？”

果不其然，韩晖道：“我也不大记得了，从我小时候记事起就这样了。母亲觉得我是祖母强塞给她的，所以很不喜欢我，直到小早出世，这种情况才好了许多。不过前几年，因为姑姑的事情……”

他迟疑了一下，看了唐泛他们一眼，没有再说下去。

唐泛："怎么不说了？"

韩晖苦笑道："这其实也是我那母亲在捕风捉影……我祖母的侄女，也就是我父亲的表妹，守寡之后便来京投靠我们，客居在韩家。我祖母曾经想让我父亲休了母亲，然后娶她为妻，不过我父亲拒绝了。"

唐泛点点头，这事他已经听汪直说过了："然后呢？"

韩晖道："我父亲不愿纳妾，我那位周姑姑也不愿意委身当妾室，所以这事就没人再提起了，可不知怎的被我母亲知道了，结果到周姑姑那里好一通闹，闹得周姑姑当时羞愤交加，差点寻死。因为那件事，我母亲的性情越发褊狭，对小早也多有约束，因为周姑姑对小早挺好的，小早也愿意和她玩，但我母亲知道之后，就严令禁止小早去找周姑姑，也不准他去我大伯他们那边的院子……"

这说起来都是一堆乱七八糟的家事，韩晖也越说越不好意思，尤其这些谈论的对象又都是他的长辈。

"大致便是这样。总而言之，你们也看到了，我母亲如今越发受不得刺激，总觉得别人对她不怀好意，现在小早一死，她就更加……"

韩晖脸上露出难过的神色。

唐泛拍拍他的肩膀："难为你了！"

韩晖摇摇头："没什么，二位大人不是要见小早的书童吗？我带你们过去吧。"

韩早的书童叫小糕，这个不伦不类的名字还是韩早起的。他比韩早大不了几岁，被关了几天已经瘦得形销骨立，见了韩晖便激动得热泪盈眶："大少爷您可来了！小的是冤枉的，小的没有杀二少爷！求求您帮我向夫人说说情啊！"

韩晖安抚他："我知道，你别着急，夫人这两日身体不好，我们都不敢去刺激她，你先委屈一下，在这里待几天，我会让他们多给你送些吃的来，等夫人心情平复一些，就没事了。这两位是朝廷派来的大人，为了调查小早这桩案子的，你配合些，问什么你都要如实答来，如果你是清白的，这两位大人自然会还你一个公道。"

小糕连连点头："是是是！小的一定知无不言！"

唐泛对他说："你将那日陪韩早出门的始末原原本本仔细说一遍。"

小糕平复了一下情绪，回想了一下，就道："那一日，我们和往常一样出门。小婵喊了二少爷起床，伺候他洗漱吃饭，我就在外头等着。约莫寅时三刻出的门，少爷看上去精神很好，也没有什么不妥，出了门之后，少爷上轿，我就在旁边跟着……”

唐泛打断他：“你们出门前有没有遇到什么人？”

小糕道：“有有，遇到了周姑姑。”

唐泛：“小周氏？你们老爷的表妹？说仔细些。”

小糕道：“对，就是她，周姑姑跟二少爷说了一会儿话。二少爷吃饭吃得快，袖子有些褶皱，周姑姑还帮二少爷整理好。”

唐泛道：“她平日与你们二少爷感情如何？”

小糕道：“挺好的，二少爷很喜欢她。不过夫人不喜欢周姑姑，所以不准二少爷去找她，还吩咐我们平时要看好二少爷。”

这与韩晖说的是一样的。

小糕又道：“但是遇上了周姑姑，二少爷还是会与她打招呼。周姑姑知道夫人的心病，并没有专门来找二少爷，只是有时候会趁见面的时候送二少爷一些小玩意儿。”

唐泛：“什么小玩意儿？”

小糕：“吃的玩的都有，有时候是在外头买的云片糕，有时候是她自己缝的小布鱼。二少爷都很喜欢，他还让我们帮忙瞒着夫人。”

唐泛问：“那天你们出门之后，又遇到过什么人吗？轿子可曾中途停下来过？”

小糕摇头：“不曾，出了门之后就一路到宫门口了，我看着二少爷被宫里的人带走，我就回来了。本来说好是要傍晚再去接人的，谁知道，谁知道少爷就……”

唐泛觉得没有必要再问下去了，他看向韩晖：“我们想去见见小周氏。”

韩晖点点头：“请随我来。”

小周氏显然也已经得到了消息，她迎出来的时候，双目通红，楚楚可怜。从年纪上看，确实要比林氏年轻一些，也难怪林氏会对她防范甚深。

小周氏听韩晖介绍了唐泛他们的身份，先朝他们行了一礼，然后道：“寡居妇人，原本就不祥，若不是我总去看望小早，说不定小早也不会出事了。”

唐泛自然没有安慰她的义务和心情，直接就问：“我听小糕说，韩早出事的当日，在他出门前往宫中之前，你见过他？”

小周氏点头道："是，那会儿我准备去前院给姑妈请安，正好就遇上了小早。我知道表嫂不喜欢我与小早多接触之后，也没怎么去找他玩儿了。但是小早这孩子惹人疼，一碰上他，我就忍不住要逗逗他，跟他聊上一会儿。那天我就跟小早说了一小会儿话，大约也就一盏茶的时间，当时小早的书童小糕在场，我的侍女腊梅也在场。"

她说的腊梅，就是站在小周氏身后的年轻婢女，跟韩晖差不多年纪，低着头，双手交握搭在腹部。见小周氏说到自己，腊梅就朝唐泛他们行了行礼。

唐泛看了她一眼，重新望向小周氏："你还帮韩早近身整理过衣裳，对吗？"

小周氏愣了一下："对，这，这有什么关系吗？"

唐泛没有作答，只说道："我想看看你的房间，可以吧？"

小周氏看着唐泛，惊愕交加："大人，大人这是怀疑我吗？"

唐泛淡淡道："是与不是，先看了再说吧。"

小周氏咬着下唇，一个女人被人搜查屋子，实在是莫大的侮辱，而且这本身似乎就向外人传达了一些信息："若是我不答应呢？"

唐泛望向汪直。

一直在旁边充当布景板的汪公公出场了，跟唐大人配合无间的他立马狞笑道："现在让我们搜，还是等我把你带回西厂再搜，你自己选。"

唐泛暗暗地朝汪公公竖起大拇指。

这句话从西厂提督口中说出，效果是十倍加成的。若是让唐泛搬出顺天府，那就毫无威慑力了。

唐大人心想，当初陛下让汪厂公亲自出马来监视自己外加帮忙，其实也不是一无用处的嘛。

西厂的威名，连闺阁妇人也如雷贯耳，小周氏的俏脸一下子就失去了血色。

她往后退了两步，腊梅连忙扶住她。

小周氏盈盈下拜："二位大人容禀，此事与我确实毫无关系，我将小早当成子侄一般疼爱，如何会去害他？我一介妇人，若是让人搜了屋子，以后传出去还如何做人？个中缘由，还请大人们体谅才是。"

唐泛的声音很温柔，语气却不为所动："奉差办案，也请你体谅了。"

说罢也不管小周氏了，他直接当先就向屋子走进去。

汪直带来的人此时就派上了用场，他们外加汪直和唐泛，几个人在屋子里搜了起来。

西厂的人办事当然不可能温柔到哪里去，不一会儿，那些被褥妆奁之类的就都被查找得一团凌乱。

作为一个妇道人家的闺房，能被汪厂公亲自上手搜的，小周氏也算是头一个了。

不过汪公公上手更是粗暴，他专门挑那些很少有人注意的角落去查看，连床幔帐顶都被他扯了下来。

最厚道的是唐泛，他找的是墙角床脚这样的地方，很少造成毁灭性的破坏。

韩晖不方便进来，就在外头等着。

无法阻止，只能跟在唐泛他们后脚进来的小周氏看到这一地凌乱，当即就腿一软，差点没昏厥过去。腊梅慌忙扶住她。

“厂公！”汪直带来的两人之一忽然叫了一声。他站在窗台处，一手拿着块磁石，正从窗台关合窗户的缝隙处吸出一根细针。

汪直和唐泛随即应声走过去查看。

近前一看，他们才发现那根细针两寸多长，与头发一般粗细。若不是西厂这个探子听了唐泛的话，特意带了磁石过来，还真未必能发现此物的存在。

“这是根断针！”汪直道，然后转向瘫软在地上的小周氏，目光阴冷，“韩早正是被断针没入水分穴而死，你还敢说不是你做的？”

小周氏睁大了眼睛，猛摇头：“不是我！不是我！我不知道那针是谁的！”

汪直也不听她辩解，直接就对左右道：“先将她捉起来！”

小周氏哭喊：“冤枉啊！大人，冤枉啊！”

腊梅也拉住她的衣袖惊叫起来。

韩晖想是听见了里头的动静，连忙走进来，见到这番情景不由得目瞪口呆，连忙问汪直：“汪公，这是怎么回事？这其中是否、是否有什么误会？”

汪直冷哼一声：“是不是误会，带回去问一问就知道了！”

若是唐泛带着顺天府的人在此，必然是不方便这样直接带人走的。因为不管怎么说，韩家都是官宦之家，韩方还有成化帝那边的关系，但是汪公公就没有这番顾忌了，他直接挥挥手，让人将小周氏带走。

韩晖是完全阻止不了的，他在韩家说不上话，也无官职在身，这从汪直根本都懒得与他多作解释上就能看出来了。韩晖没有办法，只好追在两人的脚步后面出去，赶紧去禀告韩方。腊梅一个侍女，更是手足无措，满脸慌乱，她看了看还在屋里的汪直二人，也跟着跑了出去。

汪直回头，看见唐泛还站在窗户那里，乍看好像在看风景，近身一瞧才发现他是在对着窗外发呆。

“舍不得走了？”汪直皱了皱眉，直接一掌拍向他的后背。

唐泛差点没被他拍出毛病来，顿时咳个不停。

他一边咳一边道：“这事也太巧了，我们过来说要搜查，正好就发现断了一截的针。这么细一根针，随便往花丛里一丢，往泥土里一插，要找出来不是更费劲吗？小周氏脑子又没毛病，怎会塞在窗户缝隙那里，等着我们去发现？”

汪直道：“闺阁妇人有何见识可言？林氏那般痛恨她，几次三番找她麻烦，又羞辱得她差点去上吊，小周氏怀恨在心，想要害死韩早来报复林氏，让她痛不欲生，一点都不出奇。她杀了人之后心中慌乱，自然不会去想太多，将银针随处一藏，也没想到我们会找到这里来……你老看着我干什么！”

唐泛淡淡问：“以汪公的精明，不觉得自己这番话漏洞百出吗？”

汪直冷笑：“你什么意思？”

唐泛道：“我能理解汪公想要尽快结案的心情，但是在案情未明，凶手还没有真正找出来的时候就下定论，是不是为时过早了？”

汪直双手负于身后，眯起眼，阴柔顿时化作凌厉。

唐泛无惧对方流露出来的淡淡杀气，依旧平静地迎上对方的眼神。

二人对视片刻，汪直微微缓下语气，道：“本公明白你想立功的心情，这件案子一了结，本公自会上奏为你请功。虽然现在还未能完全确定凶手，但小周氏嫌疑颇大，已经毋庸置疑，本公自会让人严加审问，你若有兴趣，自然也可以加入。”

官场上没有真正的敌人，也没有真正的朋友，之前汪直和唐泛处于合作关系，两人有一个共同的目标，就是这桩东宫案。但细论起来，各自的侧重点又有所不同。唐泛的侧重点是找出凶手，汪直的侧重点是解决这件事，不要引起太严重的后果。

现在小周氏动机充足，作案过程也有了，还有人主动把证据送上门来。最妙的是，她跟宫里的人毫无牵扯，也不算韩家的人，保全了皇帝想要安抚自己老师的愿望。

如此条件，不用白不用，汪直觉得这简直是上天送给他的最佳凶手人选了。如果再让唐泛深挖下去，难保会牵出什么丑事来，那时候就不是这样皆大欢喜的圆满结果了。所以汪公公不是不精明，他是太精明了，将各种政治考量因素加入一桩凶杀案里。

这就是他跟唐泛的分歧。

聪明人不需要说太多话，就已经明白彼此的想法。

明白归明白，唐泛却不打算照汪直说的去做。他微微一笑："汪公好像忘了，当初陛下说的是让我主导此案，而只是让你协助调查罢了。"

汪直怒道："唐润青，你别给脸不要脸，这件案子该怎么办，我比你清楚多了，这就是最好的结果！"

唐泛淡淡道："但不是最真实的结果，若小周氏不是凶手，岂非白白背了冤名？我辈读书人，做事做人都要对得起天地良心，虽然现在满朝文武，大都碌碌无为，可并不代表所有人都忘记了这句话。当年干公所言，我一日不敢忘。"

说罢朝汪直拱了拱手，便转身出去了。

汪直皱起眉头，想了好一会儿，才想起那句"当年于公所言"指的是什么。

唐泛口中的于公，指的自然是于谦，这位在英宗时被冤杀了的旧时宰相，在成化初年又被平反，他生平为人，正应了他自己写的诗。

粉身碎骨浑不怕，要留清白在人间。

唐泛的性格不像于谦那样刚强，但于谦身为天下文臣的偶像，这份傲骨，是许多人都向往的。

只是有人有勇气做出来，有人却只能停留在嘴上说说而已。

汪公公自从逼得商辂辞职，横扫朝中反对势力，什么时候遇到过这种敢于当面否决他提议，跟他唱反调的人？

呸，果然跟商弘载那厮一样，看着软和，实则软硬不吃！

汪公公骂了好几声，脾气一上来，连韩方都懒得应付了，直接拂袖便走。只是回头派了个人过来跟韩方说明前因后果，就当是照顾他的面子了。

唐泛其实心里也有几分气，你要么就别让我办这个案子，说好让我负责，结果现在又诸多插手！

但他也明白，当下风气就是如此，要做一件事何其之难。以至于连商辂贵为首辅，都受不了，直接撂挑子跑了。

但唐泛并不打算放弃，他与汪直吵嘴之后就直接去了北镇抚司。

薛凌跟着隋州办差去了，但他另外一个手下庞齐还在。

唐泛让庞齐帮忙查了小周氏的背景来历。

既然跟汪直有分歧，他就不打算让西厂那边帮忙。如果有汪直的授意，西厂想捏造一点什么证据出来，那是再容易不过的。

然而庞齐调查出来的结果让唐泛很意外。

小周氏是丈夫死了之后离开原籍，客居在韩家的，这件事唐泛早就知道。但原来小周氏的先夫是一个坐堂大夫，以前在当地经营一家小药铺，小周氏本人也略懂医理，还帮忙打理过铺子，只是后来小周氏的丈夫早逝，她一个女人不善经营，只好关门了事，北上投奔韩家。

当初调查韩早死因的时候，孙太医就说过，水分穴是一个很危险的穴道，操作不当容易致人死亡。但这种事情一般人肯定不会知道，只有熟读医书，懂得医理的人，才会想到要用这种法子来杀人。

而现在，小周氏正好符合了这个条件。

跟韩早之母有仇怨，在韩早死亡当日曾经近身接触过他，自己本身又是略通医理之人，还在她房中发现了至关重要的银针，如此说来，小周氏难道真的就是杀害韩早的人吗？

唐泛的眉头紧紧皱起，他觉得这种感觉太诡异了，就像是有人故意引着他们往一个方向走，将“凶手”送到他们面前，还提供了完美无缺的证据。

但就是因为太过完美了，所以才更加令人怀疑。

不过这样的结果，想必对于汪直来说，肯定是最好的。他想要阻止汪直直接把小周氏定为凶手，就得找出更加有力的证据，证明小周氏的清白。

第二天，唐泛先到顺天府去点个卯。

虽然他现在办的案子不归顺天府管，但不管如何，他还是顺天府的推官。潘宾才是他的顶头上司，于情于理，唐泛都要照规矩来，更要顾及潘宾的感受，不能让潘宾觉得自己攀上了大树，就忘了旧人。

潘宾对唐泛的识大体很满意，他对唐泛查办东宫案这件事本身没什么意见。唐泛是从顺天府出来的人，论私还要叫他一声师兄，不管将来有什么造化，这份香火情是去不掉的，与其去忌妒唐泛造化大，一下子就搭上宫里头的关系，还不如趁着现在的机会好好经营感情，将来才有回报的一天。

面对师兄的热情，唐泛却只想苦笑。

别人看着他一个小小的顺天府推官，一下子被皇帝直接委任办案，好像很了不起的样子。实际上他却随时随地有可能因为查出一个不合上意的结果而倒霉，福兮祸所伏，就是这个道理。

但他并没有和潘宾说太多，只是随意应付几句，然后借口要查案，直接前往西厂。

在西厂，他见到了小周氏，后者还是翻来覆去地哭诉喊冤，不过她没有受到什么毒打刁难。倒不是因为汪公公忽然知道怜香惜玉了，而是这件案子上达天听，有充足的证据就够了。最后自有皇帝来定夺，汪直用不着再做些吃力不讨好的事情。

看到唐泛到来，汪直拿出一份轻飘飘的卷宗，丢在旁边的桌子上。

“你自己看看，别说我想故意制造冤狱，小周氏的先夫就是大夫，她自己也懂得医理，若非如此，怎能知道在哪里用针！”

唐泛苦笑：“此事我已经知道了。”

汪直微微扬起下巴，等着他服软：“如此就好，小周氏因为怨恨其表嫂坏她名节，进而对韩早下手，如今证据确凿，却还死不承认，前因后果清清楚楚。等会儿进宫见了陛下，你应该知道怎么说了吧？”

唐泛摇摇头：“抱歉了，汪公，我没打算与你一道进宫。”

汪直没想到他不仅不服软，还如此固执，怒道：“唐润青，你别以为我不敢对你怎样，要不是看在你被陛下亲自委以重任的分儿上，我早就把你踢到一边凉快去了！”

唐泛倒还是一副慢条斯理的模样：“汪公不必如此上火，在我看来，案子还未完结，那就要继续查下去。你若想进宫禀报，自去禀报你的，我则查我的案子，咱们两不相干。”

两不相干个屁！

汪直差点要爆粗口了，你这头继续查下去，我去兴冲冲地结案领功。到时候若是出了什么问题，老子还不是要跟你一道陪葬？！

他现在已经开始后悔自己当初为什么要在皇帝面前推荐唐泛了，直接交由西厂办理，自己想怎么查就怎么查，哪来现在这么多麻烦？

汪直深吸了口气，将满腔怒火压了下去：“你到底想怎样？”

眼看汪公公被自己逼得如此失态，唐泛也不能再一味强硬，不然到时候案子查不成，谁都落不到好处。

唐泛拱手道：“请汪公少安毋躁，我认为韩家还有可查之处，想再到韩家去一趟，若汪公愿与我同行，我在路上再向汪公解释，如何？”

这人软硬不吃，眼下汪直还真是拿他半点办法都没有，不过现在没办法不等于以后没办法。这次只是因为汪直自己推荐了唐泛，难免怕他牵累了自己，太监报仇，十年不晚。他将这笔账暗暗记在心里，心想等这件案子结了，不把你整得哭爹喊娘，我就不姓汪！

心里存了这种想法，汪直的语气和脸色就稍稍好了一些：“唐泛，陛下让我们共同负责这桩案子，既然如此，彼此就要坦诚相待，我不希望下次继续出现这种情况！”

明明是汪公公心急要随便抓个凶手了事，却还恶人先告状，颠倒黑白。不过唐泛也拿他没办法，只能捏着鼻子点头认下。

见他摆出服软的低姿态，汪直终于舒坦了一些：“说吧，你有什么发现？”

唐泛道：“此事也只是我的猜测，未知能不能作准，还要去了韩家才知道。”

见汪直又朝他瞪眼，唐泛苦笑：“行行行，我说，我说。我认为小周氏的婢女有些可疑。”

汪直：“哦，那个什么，她叫啥名字来着？”

唐泛：“腊梅。”

汪直：“对，腊梅，你为何会觉得她可疑？”

唐泛：“你给我的那份卷宗我已经看了，之前我也请北镇抚司的朋友帮忙调查过小周氏……”

汪直嗤之以鼻：“我还当你找的谁，北镇抚司那种废物衙门怎么能跟西厂比！”

这根本不是重点好吗？而且整个大明有数的侦缉部门除了锦衣卫，就是东厂和西厂。锦衣卫是废物，那还有谁不是废物？

唐泛无力：“我要说的不是这个。小周氏还未北上的时候，这个腊梅就已经跟随在她左右了，腊梅今年十七八岁，也就是说，她跟在小周氏身边已有数载。这样一个人，按理说应该跟小周氏相依为命，主仆情深才是，可她昨日的表现，很令人怀疑。人在情急之下，总会有一些冲动的行为，但腊梅在小周氏被捉起来的时候，只是不咸不淡地扯住她的袖子，叫的比做的还多，像是生怕被番役碰到似的。还有，在小周氏被带走的时候，她也仅仅是追在后面哭喊，未免令人觉得太过冷静了些。”

汪直嗤道：“这又有何出奇？女子本来就胆小，更何况是像她那样没见过多少世面的？主子出事，她为自己打算，担心被牵连，人都有私心，也是正常的。”

唐泛摇头道：“汪公且想想，当初腊梅能陪着小周氏北上投奔韩家，两个弱女子，就算有一二家丁护送，路上肯定也少不得跋涉之苦吧？千里迢迢，腊梅怎能还说没见过世面？就算再胆小内向，也早该锻炼出几分胆色了才对。”

还有一桩可疑之处，他并没有说出来，要等到见了腊梅，一切才有分晓。

汪直挤对他：“唐润青，人不可貌相啊，真没看出来哪，你口口声声读圣贤书，对女人竟也如此了解！”

唐泛无语，这都什么跟什么啊？

这位汪公公的性情也实在是喜怒不定，一会儿谈笑自如，什么玩笑都开得，一会儿又换上一副公事公办的面孔，精明厉害得令人心惊。也难怪他那帮手下成天苦着张脸，面对这样难以讨好的老大，能不愁眉苦脸吗？

韩府的人看到汪直他们到来，拦都不敢拦。下人一边急急忙忙去通知韩起等人，一边任凭他们直接登堂入室，朝小周氏住的院落走去。

结果汪直和唐泛刚到小周氏的院落外头，就跟匆匆赶过来的林氏撞了个正着。

“怎么又是这个疯婆子，真是晦气！”唐泛听见汪直在旁边嘀咕。

接下来的发展应验了汪直的牢骚，只见林氏一看到他们，直接就扑过来。

动作之快，迅雷不及掩耳。

汪公公身怀绝技，往旁边敏捷地一闪，立马就躲开来。

结果唐泛被她扑了个正着。

汪直对唐泛露出了一丝“死道友不死贫道”的狡黠笑容。

唐泛：“……”

果不其然，林氏的神色疯狂，一揪住他的衣服就再也不松手。

林氏盯着他：“我听说你们捉住凶手了，对不对！”

唐泛道：“夫人，你先放开我……”

林氏对他的话置若罔闻：“我就知道是她，我就知道是她！她这个不要脸的贱人，看我有儿子，她没有，便心生忌妒，还想让那老虔婆休了我，嫁给老爷，一计不成，又生一计，我当初就觉得她一定会做出这种事……”

她的力道越来越大，唐泛被揪着衣领勒得脖子生疼，忍不住退了两步，林氏却还死不松手。汪公公又站在一边看热闹，没有他的命令，西厂的人也没有上前来解围。唐泛不得不直接伸出手，用上蛮力，将林氏一把推开，然后高声道：“小周氏不是凶手！”

话一出口，所有人都是一愣。

林氏被他推得往后踉跄，差点跌坐在地上，却顾不上喊疼，直接扶着婢女的手勉力爬起来，便朝唐泛行礼道歉：“妾方才心念幼儿之死，一时迷了神志，言行无状，请大人宽宥。若小周氏不是杀我儿的凶手，那究竟会是谁，还请二位告知。”

她神色一整，说话条理分明，跟刚才的疯狂判若两人，仿佛完全换了个人似的。

唐泛整整衣领，没有回答她的问题，反而道：“腊梅在哪里？”

刚才给他们领路的韩府管家忙道：“她还住在这院子里。”

汪直一声令下，早有西厂的人先一步闯进去一通寻找，里屋外屋搜了个遍，又匆匆跑出来对汪直禀告道：“厂公，没有发现人，床边的绣活做了一半；另有小院的后门开着，想来是刚离开没多久！”

禀报的人说这话的时候，另有西厂的番子已经循着那道门出去追赶了。

小周氏住的院落，后面小门通着外头的花圃，是让那些下人进出的。

虽说腊梅对韩府路线更熟，但她一个弱女子，如何快得过西厂番子的脚程，不一会儿就被抓了回来。

她神色慌张，鬓发凌乱，想来在被追赶抓住的过程中也没少挣扎。

唐泛问：“腊梅，你为何要跑？”

腊梅嗫嚅：“我、我没有……”

唐泛的目光在她脸上扫过：“昨日我们在里屋窗台上发现的那根银针，是你放的，对不对？”

腊梅：“不、不是！”

唐泛冷冷看着她：“事到如今，你还要说谎吗？说吧，你腹中怀的骨肉，是谁的孩子？”

第十二章

何为恩义

腊梅面露骇然之色，看着唐泛的表情就如同看见了鬼。

不光是她，其他人听到这句话，也都十分震惊意外。

汪直何其精明，一看腊梅的神色，就知道唐泛说对了。他不可思议地看着腊梅的肚子，又问唐泛："真的假的？你是怎么知道的？"

唐泛没顾得上回答汪直的问题，依旧紧紧盯着腊梅的神色变化："你与小周氏主仆多年，如果不是事出有因，本不可能背叛嫁祸她的，是不是为了护着你背后那个人？他是谁？你孩子的父亲吗？"

腊梅几曾见过这等场面，被他一个接一个的问题逼问得走投无路，只能不断摇头，想要辩解，又不知道从何辩起。她本来就是不善言辞之人，先前她沉默寡言，正好起了不引人注目的作用，但现在被唐泛说破之后，别人仔细一想，就觉得腊梅身上还真有不少疑点。

见腊梅低头不语，似乎铁了心想要隐瞒到底，汪直微微一抬下巴。

西厂番子立时会意，作势就要用随身刀柄去捅腊梅的肚子。

汪直淡淡道："这一击下去，你腹中孩儿必然不保，若医治不及时，还有可能一尸两命。"

对付这种人，西厂自然是手到擒来。

果不其然，腊梅听了这话，脸色完全变成惨白一片，整个人瑟瑟发抖起来，咬着下唇，泪如雨下。

唐泛和汪直还有耐心等着她自己心理崩溃，林氏却早已按捺不住，直接扑上去，扬起手左右开弓，直接几巴掌就把她打得口角流血，两颊肿起一片。林氏张口开骂：“你不是已经和前院管事的儿子定了亲事吗？这野种是他的吗？是不是周氏让你干的？说！说啊！”

儿子横死这件事令她悲痛欲绝，歇斯底里。

只是为了问出凶手，林氏死死憋着一口气，不至于像先前那样神志迷失。

唐泛和汪直二人微微皱起眉头，没等他们发话，韩方已经上前强自将人扶开。

“萱娘，萱娘！你冷静些，等她自己说！”

“老爷，阿早那么可爱懂事，那些人怎么忍心！怎么忍心！”林氏哭倒在韩方怀里。

“我知道，我知道！”韩方也是一脸悲痛，一边拍着她的背低声安慰，一边与林氏的婢女一道将人扶到一边去。

唐泛看着怔怔无语的腊梅，忽然问道：“是韩晖？”

腊梅微微一震。

唐泛越发肯定了自己的猜测：“你腹中孩儿的父亲是韩晖！”

汪直反应更快，一听唐泛的话，再见腊梅神色，便直接下令：“马上去将韩晖带过来！”

“是！”西厂的人领命匆匆而去。

汪直又问唐泛：“你如何推断腊梅与韩晖二人有苟且之事？”

唐泛这才道：“上回我们来韩家的时候，见到韩早的书童，他说的第一句话，你可还记得？”

汪直莫名其妙：“我怎么可能记得？他说什么了？”

唐泛叹了口气：“当时，韩早的书童一看见我们和韩晖，就说了一句话：大少爷您可来了！这说明什么？说明在此之前，韩晖并没有跟韩早的书童见过面，而这恰恰是最大的破绽！要知道韩晖他自己也说了，他跟韩早兄弟情深，从小看着他长大，结果现在弟弟死了，原因不明。当天还是韩早的书童与他一道出发去宫里的，韩晖竟会因为林氏将他关起来，就不去盘问弟弟的死因，这不是不合常理吗？如此说来，只有一个可能：那就是韩晖对于韩早的死心知肚明，也不想多事露出破绽，正好林氏将人囚禁起来，他也就故作不知了。

“还有，韩晖跟我们说话的时候，有意无意就将话题往林氏那里引。又借着见林氏的机会，让我们亲眼看到林氏的性情反复，以此来证明林氏脾气不好，在韩家处处皆是敌人。这样一来，有人因为不满林氏而对韩早下手，也就很正常了。于是我们一开始，难免会觉得韩早之死，是跟内宅的妇人矛盾有关，尤其还有小周氏这么一个人的存在，她跟林氏本来就有不小的仇怨，先夫又是大夫，各种条件都具备了。

“但我早就说过，世上许多事情，都是有迹可循的，不做就不错，多做就错多，露出的痕迹也就越多，要想人不知，除非己莫为。韩晖将小周氏所有犯案的证据都准备得整整齐齐，连那根银针都主动放到我们眼皮底下让我们去发现，天底下哪有这样完美的事情？

“然后我们上次来的时候，我屡屡看到腊梅有个小动作，她不时会用手抚摸自己的小腹。什么人会有这样的动作？如果胃部不适，会时常以手抚之，若是头部不适，也会时常以手按之，那么小腹呢？难道腊梅是肚子疼吗？可她当时神色分明一切如常，只是看到小周氏被带走，也不敢上来拦阻，好像生怕被推撞到一样，若细心观察，不难有所联想。”

什么叫不难有所联想？汪直对唐泛这句看似谦虚的话暗自撇撇嘴。

他自认为观察力也算十分厉害的了，可偏偏当时就没有注意到这些细节。

又或者说，有些人注定天生就是吃这碗饭的。

汪直绝不承认自己会对唐泛表示佩服。

那头唐泛说完这一切，重新望向腊梅：“是与不是，找个医婆过来把一把脉就知道了。”

汪直在一边凉凉补充道：“那就顺便把孩子也打掉了吧。”

腊梅这才真正害怕起来，她不停落泪，似乎想要扑过来，却又被西厂的人死死按住，故而只能望着唐泛，苦苦哀求道：“不要，大人，求求你，饶了我，饶了我的孩子吧，他是无辜的！”

唐泛盯着她，又问了一遍：“是不是韩晖？”

“是。”说完这个字，她好像全身失去了力气一般瘫软下来。

唐泛道：“若想得到从宽处理，就将一切原原本本地交代出来。”

已经走出第一步，接下来就没什么好为难纠结的了。

腊梅擦干眼泪，开始讲述她与韩晖认识的过程。

小周氏丧夫，腊梅跟着小周氏北上。此时她不过是一个从小门小户出来什么也不懂的小丫鬟，与小周氏一道在韩家寄人篱下。虽然再也不用担心年轻寡妇被人欺负，可韩家家大势大，内部同样有不少矛盾。

韩家二房的少爷韩晖，知书达理，脾气温和，偏偏遇上了林氏这样的养母，对他诸多挑剔，更觉得他是婆婆派来监视自己的，母子关系十分不谐。

腊梅看多了韩少爷在养母面前低声下气、战战兢兢的模样，未免对他心生同情，偶尔因缘际会，两人也会说上两句话。腊梅情窦初开，韩晖也对这个眉清目秀的丫鬟生出好感。

久而久之，两人就有了男女之情。不过当时小周氏听了姑母的话，便做主将腊梅与前院管事的儿子定了亲。小周氏自认为这对腊梅来说也是一桩好亲事，却没料到腊梅早已芳心别许，所托另有其人。

腊梅知道之后如晴天霹雳，就去找韩晖。

韩晖倒不是有意玩弄腊梅，他是想将腊梅正正经经纳为妾室的，腊梅的身份当然不可能当正妻，她也有自知之明，能给韩晖当妾室，也算不负芳心了。

谁知道上头忽然要将腊梅许配他人，两人登时都蒙了。这种事情，韩晖是不能去找林氏的，因为他知道养母非但不会帮他做主出头，说不定还会因为腊梅是小周氏婢女的身份而厌恶辱骂他 。而韩方虽然对韩晖还算疼爱，可他毕竟是男人，这种内宅之事不好插手，所以韩晖直接就去找了家中主母，也就是韩起的妻子，小周氏的姑母周氏。

周氏不喜欢二房的人，当然也不会答应韩晖提出要纳腊梅为妾的请求。韩晖因心中有所顾虑，一时也没说出自己已经跟腊梅暗通款曲这种话来。

好了，闲话休提，且不论这一对小男女心中如何波折，又如何想着去解决问题，总而言之，腊梅跟韩晖已经有了很深的关系。这段时间，腊梅在偷偷跟韩晖幽会的时候，就发现韩晖的状态有些不对，再三追问之下，韩晖也不肯说。腊梅只当他又被养母无故训斥了，还好生安慰了他一番。

当时韩晖就问了她一些关于人体穴道的事情，腊梅对他不疑，不仅手把手教他认了一些穴位，还仔细说明了其中一些禁忌。韩晖聪明，基本上一学就会，又学得非常仔细，连入针几寸，都问得清清楚楚。当时腊梅问他学这些做什么，他的回答是母亲林氏身体不好，想要学一些针灸，到时候可以讨好她，也少些斥责。

结果又过了一些时日，腊梅惊觉自己已经两个月没来天癸。小周氏从前的丈夫是坐堂大夫，小周氏自己就识得医理，腊梅成天跟在小周氏身边，耳濡目染，对寻常病症甚至也会开方子了，自然也就知道自己这不是生病，而是怀孕了。

就在这个时候，韩晖忽然找到她，让她帮忙将一根银针藏在小周氏那里。

腊梅虽然见识少，可并不蠢笨，韩晖这样做，她必然是要追问的。

韩晖一开始还不肯告诉她，腊梅便只好跟他说了孩子的事情。

在最初的震惊之后，韩晖才终于将事情对她略说一二。不过也未全盘告知，只说韩早这般死因，朝廷正派了人在调查，说不定很快就要查到韩家这边，让她一定要帮这个忙。

一边是自己的主人，一边是孩儿的父亲。腊梅左右为难，最终决定按照韩晖的话去做。

这就是为什么唐泛他们在小周氏的房间里会发现那根断了一截的银针。

小周氏这里是女眷的院落，别说韩晖，就是韩早这样的小孩儿，也不好常常进进出出。只有腊梅这种同样在院子里居住的人，才能随心所欲赶在唐泛他们上门之前放置银针。

前因后果经由腊梅之口串联起来，终于真相大白。

此时那几个先前奉汪直之命去抓捕韩晖的人回来了一个，对汪直道："厂公，属下等去国子监抓人的时候，那小子提前得了风声先跑了。现在其他几个人已经追上去了，属下先回来向厂公禀报一声！"

汪直的脸色沉了下来："真是废物！一个手无缚鸡之力的弱书生也抓不到，要是没把人追回来，你们也用不着回来了！"

对方被汪公公训得灰头土脸，不敢开口。

那边林氏忽然挣脱了韩方的搀扶，狠狠地推了他一把，大声道："你看，你看，当初你母亲说让我们收养韩晖的时候，我就不同意。现在好了，养了一只白眼狼，还将阿早的性命搭了进去！你去问问你母亲，她现在看着我们家破人亡，可还满意？！"

韩方："萱娘……"

林氏一边哭泣一边冷笑："我的阿早何其无辜！他将韩晖当成了亲哥哥那样看待，谁知道亲哥哥却想着害死他！还有我这疯病，若不是当日受你母亲和大嫂的磋磨，又如何会这样！你们韩家就不是人待的地方，害死了我的阿早！"

她说罢，又扑上去想要打腊梅，却被西厂的人拦住，对方又不敢如何用力，只能任由她在那里纠缠着，场面一时有些混乱。

“闹够了没有！”唐泛大喝一声，声音直接盖过现场的喧闹。

林氏也不由得停下动作，循声望了过来。

唐泛对林氏道：“韩夫人，虽说现在凶手已经找到，我的职责也算告一段落，剩下的都是你们韩家的家事，我本不该多事掺和。但是你口口声声说韩早将韩晖当作亲哥哥，那你自己呢，你可有将韩晖当成亲生儿子？！”

见林氏脸色一变，他叹了口气：“世间万物，有因必有果。韩晖当年被你们收养的时候，也不过是刚会走路的稚儿，难道那个时候他已经学会分辨善恶好歹了吗？如果不是你出于你婆婆的缘故就对他心存偏见，不肯好好教导，遇事一味责怪，甚至出言辱骂，后来有了韩早，又对韩早一味溺爱，两相对比，你让韩晖心气如何能平？让他心里如何会没有想法？心中不满，日积月累，变成埋怨甚至仇恨，乃至一时鬼迷心窍向弟弟下手，这自然是他做错了，杀人犯法，自有国法制裁，但难道韩夫人你自己就可以置身事外了？之所以造成今日的局面，你扪心自问，假如当初你对韩晖与韩早一视同仁，又会如何？”

林氏愣愣地看着他，手举在半空，维持着方才想要掌掴腊梅的动作，却迟迟没有落下来。她脸上神色变换，迷茫、痛恨、懊悔等种种表情一一浮现，又交织出更为复杂的表情。

人心隔肚皮，唐泛无法得知她心中是否真的对自己以往的作为有一丝丝的懊悔，只看见林氏缓缓地将手臂放下来，双手掩面，发出低低的哭泣。

韩方叹了口气，将她拥入怀中，悲痛道：“今日之事，我亦有责任！”

韩方当然也有责任，但他是皇帝的先生，唐泛也不好过多指责。此时汪直对他使了个眼色，两人便往外走。

出了外头，汪直笑道：“既然已经证实小周氏无辜，回头我便让人将她放了。不过腊梅要带回去问话，还有韩晖那边，等找到了人，事情也就算是圆满了。此番事情，你果真不负所望，迅速利落地解决，等一拿到韩晖的口供，我就上表为你请功，到时候别的不说，官升一级应该是没问题的。”

唐泛脸上却没有笑意，他反问道：“汪公真觉得事情圆满了？”

汪直敛了笑容，冷冷盯着他，一字一顿道：“不错，凶手找到了，案子告破，已经圆满了。”

唐泛叹道：“汪公何必自欺欺人？韩晖再有能耐，也不可能知道他谋害韩早那天，刚好会有贵妃送汤的事情。还有，既然韩晖不是宫里的人，他甚至不可能进皇宫，那么他必然需要一个内应居中联络，这个宫中人又会是谁？汪公不觉得此事疑点重重，还应继续追查下去吗？”

汪直颔首：“此事我会追查的，不过之后就是西厂的事情了，你也不必管了，安心等着你升官的旨意到来就是。”

唐泛明白，汪直这分明是想把他撇开，万一查到什么不为人知的事情，也方便遮掩。

汪直见他没有说话，又道：“唐润青，不该知道的事情就不要知道太多，这官才能做得长久。我看你这人还算顺眼，别学那些文官的臭毛病！”

唐泛摊手：“既然如此，汪公一开始就不该让我来查。如果我没推测错误，太子身边那个内侍元良，以及万贵妃身边的侍女福如，都有问题。汪公执意要自己去查，你能确保最后的结果掌控得住吗？万一万贵妃知道了这件事，从元良推想到太子身上，认为太子想要借韩早的死嫁祸她，到时候往陛下跟前一闹，这些后果，汪公可想过？”

汪直怒道：“我怎么没想过？别说得好像只有你一个人在替太子着想似的！你一个外臣掺和进来，贵妃不知道也难了，最好的办法就是我先在宫里让人秘密查！”

唐泛无辜道：“我又没说我要掺和，汪公这么激动作甚？”

汪直没好气：“没有最好！”

唐泛道：“此事应与太子无关，但难保有心人知道之后会刻意往太子身上扯，还请汪公小心。”

汪直不耐烦：“知道了！知道了！你一个小小推官，这些事情轮不到你来操心！若我想对太子不利，一开始又何必推荐你去查案！”

对方既然心中有数，唐泛也就不再多言了。

汪直先前之所以想要大事化小，是怕幕后跟贵妃或太子有所牵扯。这两方，一方是他的旧主，一方是太子，两边他都不想得罪，但如果证实跟这两边都没有关系，唐泛相信对方应当是能够秉公处理的。

去追赶韩晖的西厂番子很快就把人抓回来了，韩晖原本被追急了，还打算跳河的，结果被抓捕他的人一个后踹，直接给踹下了水。韩晖不会凫水，在水里扑腾半天，才让西厂番子捞上来，算是彻底消停下来。

有了腊梅的佐证，韩晖自然也无从抵赖，他的交代其实与唐泛推测得差不多。

一开始，是太子身边的内侍元良与他联系的。韩晖虽然不能进宫，但是他送韩早入宫，在宫门口的时候必然会与前来接韩早的元良有一个碰面的机会。元良从韩早口中得知林氏对韩晖很不好，就以此来诱惑韩晖，让他对韩早下手，并说凭自己在宫里的关系，可以为他遮掩。

韩晖起初自然震惊万分，而且坚决不答应，元良也没有逼他。倒是韩晖自己回去之后惴惴不安了好几天，见元良没有再提起此事，心中非但没有平静，反而蠢蠢欲动起来。

此时因为腊梅的事情，韩晖不敢去对林氏说，但林氏有几回见过他和腊梅在一起说话，便又训斥辱骂了他好几次。韩晖多年怨愤终于积累爆发出来，主动找上元良，答应了这个计划。

接下来发生的事情，就顺理成章了。

元良与韩晖事先沟通，说好在哪一天动手，韩晖就在前一晚去了韩早房中，要跟韩早一起睡。韩早与韩晖虽非一母同胞，却对这位兄长十分尊敬，否则也不会因为自己母亲对兄长不好，就忍不住在元良面前抱怨，从而让元良知道了韩家的恩怨。

却说韩早听说韩晖要跟自己一起睡之后，自然很高兴地答应了。他们兄弟岁数相差虽然大了点，但平日两人感情不错，韩晖偶尔也会过来跟韩早聊天同眠，倒无人会多想。却万万没料到韩晖会借着这个机会，算好韩早即将起床的时辰，在他的水分穴刺入断针。

那针极细又短，就算进了水分穴也一时停留在皮肤表层上。但随着韩早起床穿衣服走动，针难免就逐渐深入体内，终于酿成惨祸。

不过韩晖也只是按照元良所说的时间下手，至于韩早入宫之后又发生了什么事，元良又如何利用机会为他遮掩开脱，韩晖就一概不知了。

韩晖因一时鬼迷心窍，怨毒攻心，从而犯下杀弟的罪行。大明律那么多条，总有一条是为他量身定制的，但就像唐泛所说的那样，事情还远远没有完结，元良为何要跟韩晖勾结在一起？是他自己的主意，还是有什么人在他背后授意？元良又如何得知那天贵妃正好要送绿豆百合汤过来，这其中是否又有宫女福如的插手？福如又是为了什么？

许多谜团尚待解决，但唐泛已经有心无力了。因为按照之前说的，汪直不会让他有插手这些事情的机会，之前凶手没有浮出水面的时候，他还可以借着查案的名义进出宫廷。如今汪直不肯陪他再进宫，除非皇帝下令，否则以他区区一个顺天府推官，是绝对不可能随意进出宫门的。

别人做到这个地步，已经可以视作圆满完成任务了，但唐泛总有一种半途而废的感觉。不过这也由不得他做主了，在从西厂那边回来之后，唐泛就直接往家里走。

这些天来回奔波，饭都没顾得上好好吃几口，一旦放松下来就会觉得特别疲惫，唐泛也不例外。尤其是当回到家里，发现阿冬不在，隋州也还没回来的时候，那股失落感就更重了。

隋州没回来是正常的，据说他到江西去了，具体是去办什么案子，他走得匆忙，唐泛也没细问。

但阿冬这小丫头，在这里住习惯，又认识了左邻右舍之后，心就玩野了。只因邻居家里也有两三个与她同龄的小姑娘，阿冬跟她们玩熟了，对方长辈也会邀请她到自家去吃饭做客。还有隋州的妹妹隋碧，跟阿冬也很是要好，这小丫头似乎天生就有好人缘，这一点倒是挺像她大哥唐泛的——当然，最后一句话是唐大人自己不要脸地加上去的。

唐泛这阵子经常不着家，三餐也不定时。白天阿冬一个人在空荡荡的三进院子里也是寂寞，肯定会忍不住跑出去找小伙伴玩，结果今天他正好回来早了，就找不到人做饭了。

看着没有炊烟袅袅升起的灶房，唐大人真是备感失落。

从前自己一个人住，倒也没有觉得怎么样。现在习惯了有家人的感觉，忽然之间再回到单身汉生涯，就备感失落。

唐泛一边感叹着“由俭入奢易，由奢入俭难”，一边走向后厨，想看看阿冬留下了什么吃食。

左右翻了一圈，还好，翻出一碟白白嫩嫩的糯米糍，还是绿豆芝麻馅。

虽然已经冷掉了，不过糕点本来也没什么关系，唐泛懒得自己下厨了。当然，真让他做，他也做不出来，于是将就着边喝白开水边吃糯米糍。

他本来就空着肚子，又吃糯米这样难消化的东西，还边喝水，使得糯米在胃里膨胀起来，结果不一会儿就开始闹胃疼。唐大人疼得无语凝噎，坐在那里纠结自己到底是出门看大夫好，还是随便忍忍让这阵疼过去就算了。

这时候，外头院门被人敲了起来。

唐泛不得不站起来，捂着胃部去开门。

一开门，外头却是几个西厂的人。

“不管你们现在有什么急事，我都走不动路了。”唐大人有气无力道。

西厂来人面面相觑，脸上露出为难的神色。其中一人拱手道：“唐大人，厂公命我们过来请你入宫，他正在宫门口等着您呢！”

他这话说得客客气气，但这不是因为凶神恶煞的西厂番子忽然转性，变得温顺纯良起来了，而是因为这些人眼看着唐泛被宫里指派办案，连汪直也不曾对他颐指气使，是以跟着见风转舵，礼让三分。

当然，如果唐泛不肯跟他们走，有汪直的命令在那里，这些人依旧会像那天晚上叫唐泛进宫一样，二话不说挟起他就走。

这叫先软后硬，先礼后兵。

唐泛自然也明白这一点，他只能站起来，揉了揉胃，感觉好像不像刚才那样胀了，才道：“走吧。”

“多谢唐大人体恤。”对方笑道，倒还询问起他的意见来，“不知唐大人是想骑马还是坐轿子，我们都准备好了！”

有轿子坐，唐泛当然不会矫情客气，当下直接就钻进那顶前后有着两个轿夫抬着的空轿子。

兴许是被汪直这样喜怒不定的老大压迫久了，西厂办事效率真不是盖的，唐泛刚一坐进去，就感到轿子忽的一下如同腾空而起，开始飞速前进。难得的是轿子竟然只是微微晃动，比起平地来也不显得颠簸多少。他掀起帘子往外探看，便见左右景物犹如往后飞退，嗖嗖嗖地一掠而过，目不暇接，看久了还有些头晕眼花。他赶紧放下帘子，趁着这段时间在轿子里闭目养神。

这一闭目，竟然就直接睡了过去，等他的肩膀被人拍了两下醒过来的时候，才看见西厂的人探进轿子里来对他道：“大人，宫门到了。”

唐泛睁开眼，感觉身体倒是好了很多，小憩片刻之后，胃疼的感觉也消失了，不由得伸了个懒腰，弯腰离开轿子。

汪直正等在那里，满脸不耐烦，见他终于到了，二话不说转头就往里走去。

“快走，晚了就见不上了！”

“什么？”这没头没尾的一句话听得唐泛莫名其妙。

"元良吞金自杀。"汪直看了他一眼道。

啊？唐泛这下可真是吃惊不小了。

"你到底做了什么？"

"什么我做了什么，我什么也没做！"汪直怒道。

"那这是怎么回事？怎么我才离开半天，元良就……太子可知这件事？"唐泛忙问。

汪直叫他进宫，自然也要让他明白前因后果，便借着前往慈庆宫的这段路程，简单将事情说了一下。唐泛这才知道，他和汪直分道扬镳之后，汪直就入了宫，直接找上元良，询问韩早的死因。

元良自然一问三不知。

汪直见他不肯坦白，心说我顾忌着太子，有心替你们遮掩，你还不肯承认，那就不要怪我了。他就威胁元良，说自己已经知道他与福如勾结的事情。如果元良不肯说实话，就要去禀告贵妃，到时候元良会死得更惨，连太子、吴废后等人，估计都会被牵连。

威胁归威胁，实际上汪直也没想好到底要怎么做。

韩晖对韩早下手，但又要选在万贵妃刚好送汤过来的时间，这其中必然少不了两边的合作。一就是元良，元良是送韩早入宫的人，又是唯一能够与韩晖有交集的宫里人。二就是万贵妃身边必然要有人算准送汤的时间，事先跟元良这边商量好，然后选在这个时间发作。

这件事的来龙去脉，之前唐泛就已经对汪直推断过了：

万贵妃为人善妒又记仇，她恨一个人，那就是恨到了骨子里去，绝对不会改变主意。就像对太子，太子朱祐樘没有出现之前，后宫女人加子嗣，在万贵妃面前都只有全灭的后果。因为皇帝宠着默认着，朝中大臣也无人敢发声，以至于皇帝一把年纪连个儿子都没有，眼看就要绝后了。

这个时候太子出现了，而且居然已经六岁了，也就是说，在她眼皮子底下整整生活了六年。万贵妃却被一众宫人蒙在鼓里，浑然不知，这种巨大的被欺骗感，让一向称霸后宫的万贵妃怎么受得了？所以她就算知道太子已经懂事了，将来可能会记仇，还是下手弄死了太子的生母纪氏。当初帮忙隐瞒太子存在的宦官张敏，吓得直接吞金自杀，正是害怕被万贵妃报复。

所以这种情况下，以万贵妃的为人来推断，她肯定是宁愿重新扶植别的妃嫔生的儿子来当太子，也不愿意让朱祐樘当上太子。

既然不愿意让朱祐樘当太子，那她何必还送什么绿豆百合汤讨好太子呢？可见她原来的本意必定不是如此，会送汤过来，肯定是因为她身边有亲近的人再三劝说，才改变了万贵妃的主意。

能够在万贵妃近身服侍，又劝说得动她，这样的人选实在寥寥无几，而深受万贵妃倚重的大宫女福如，必然是其中一个。

所以唐泛跟汪直推断，元良如果是跟万贵妃身边的人有勾结，那这个福如，肯定就是最有可能的。

但汪直不能直接去找万贵妃说明情况啊，这样一来，元良跟福如勾结的事情就曝光了。元良又是太子的近侍，万贵妃难免还会觉得这是太子想要栽赃自己，肯定会找太子算账，然后汪直想要两边都讨好的目的就没法达到了。

还有，福如在万贵妃身边当宫女，好端端的，干吗要跟元良勾结，弄出这些事情来呢？

所以汪直必须想一个法子，既能够把幕后的凶手揪出来，又不至于让万贵妃有掀起清洗后宫的借口。

当然，这不是汪公公心怀慈悲，而是他想要投机。

他不是不想直接把元良抓回西厂去审问，而是这样一来，动静就闹大了，万贵妃那边也会察觉。所以汪直只能先借查案之机，一边派人秘密审查福如，一边又私底下找上元良，告诉他，福如和韩晖都已经招了，让元良最好也识相一点，该招的就自己招了，免得连累更多的人，到时候诸般酷刑一上，想死都死不了。

面对汪直将来龙去脉全部倒了出来，元良自然没法再狡辩。但他表现得很冷静，只对汪直说，他一人做事一人担，希望不要牵连到任何人身上去。他受纪妃重托，看着太子长大，更不能因为这件事将太子拖到泥沼里去。

汪直不屑地说，这还用得着你交代？我要是想要把事情闹大，早就到贵妃跟前去领功了。

元良得到他的保证，就说希望能够再见太子一面，他还有些话要和太子说。

汪直同意了。

然后，汪直就急急忙忙地出宫，来找唐泛了。

唐泛听完，沉默片刻，问：“他见完太子之后就自杀了？”

汪直点点头：“是吞金，不至于马上死，还有些时间。这件事从头到尾了解内情的，也就你我二人。我找你进宫，是想让你去问个明白，元良到底为什么要这么做，看他是出于个人原因，还是背后另有所图。还有，我们得商量一下如何处置福如，以便瞒过贵妃那边。”

从元良说想再见太子一面的时候，汪直就已经料到他会这么做了。因为如果要保太子，只有元良一死，所有事情才算干净。到时候给福如套个罪名，韩晖那边再处理一下，基本就死无对证了。

说话间，二人已经来到慈庆宫。

太子很快就出来见他们，他眼眶有些红，神色还算平静，也不晓得是否已经知道了什么，只是对汪直他们道：“汪内臣，唐推官，元内侍病得很重，他，他想见你们……”

做戏做全套，汪直点点头，也煞有介事地道：“请殿下带路。”

太子道：“你们随我来。”

不得不说，在东宫服侍太子的这帮人，忠诚度是很高的。因为这些人基本上都是当年冒着生命危险，瞒着万贵妃，偷偷帮纪氏抚养太子，看着他长大的宫人。当时谁也不知道这个小孩儿将来能当太子，也不会有人知道小孩儿会不会提前夭折。而他们也很清楚，万一被万贵妃发现，迎接他们的将是灭顶之灾。饶是如此，这些人依旧这么去做了。

原因无他，只能说再黑暗的地方，也会有善良的人性。

也正是因为有这些人，太子并没有长歪，他依旧向往光明，心地纯善。唐泛能从他的文章和字体中看出他的内心，也同样坚信太子与这件事没有任何关系。

不管外头如何风吹雨打，东宫自成一个小小的世界，许多人用自己的性命维护着这位小太子，这不是任何金银财宝能够打动的。所以之前就连汪直的西厂势力也未能渗透进来。

老实说，有这样一个地方，这样一帮人，唐泛也很奇怪，元良为什么要这么做。

太子将唐泛二人带到东宫一个不起眼的小房间内。

此时的元良正半躺在床上，他的脸色蜡黄，与之前判若两人，气若游丝，看上去仿佛没有多少时日了。

吞金自杀是比上吊和服毒还要艰难痛苦的死法，不过在宫里头，要上吊不是一件非常容易的事情，得有工具，还容易被发现，毒药更不好找，相对来说，吞金就方便多了。像元良这样的地位，这么多年肯定也有不少私房积攒，只要将一些碎金子剪小块些，和着酒水送服，就可以达到自杀的目的。这也是宫里人常用的法子，当年因为隐瞒皇子出生的事情被发现，内宦张敏担心被万贵妃报复，就是这样自杀的。

话说回来，万贵妃脾气不好，对身边宫人、奴婢也时常打骂，若说福如因为受不了万贵妃的行径而生起报复之心，唐泛倒是相信的。只不过又不知道她为何不直接向贵妃下毒，而要用如此迂回的手法，这又是一个有待解决的疑点了。

元良虽然一步步走向死亡，脸上却一直波澜不惊，看见二人到来，他就先请太子出去，又没等唐泛他们发问，就主动道："我知道你们要问什么，我都会说的，不过求你们一件事，这事从头到尾跟殿下没有一丝干系。我死了之后，还请你们不要牵连到殿下身上，好吗？"

汪直面无表情："别废话了，快说吧，你为什么要这么做？"

元良叹了口气，神色黯然："当年我刚进宫的时候，被分配到内宫藏书阁帮忙打扫。那会儿我年纪小，不懂事，经常得罪人，还挨打。多亏了在藏书阁的纪姐姐时时护我，又教我读书识字，在我受罚没有饭吃的时候，又将自己当天的份例分给我。这一辈子，我永远也忘不了她的恩德。

"直到有一天，我发现纪姐姐有些奇怪，她吃不下饭，还经常呕吐。我担心她生病，就再三追问，纪姐姐才告诉我，她可能是有了身孕。

"在知道孩子是陛下的之后，我既为她高兴，又为她担心。高兴的是当时后宫没有子嗣诞生，纪姐姐如果能够生下男孩，那一定能够当上妃子，说不定孩子还能被封为太子。担心的是后宫是万贵妃说了算，连皇后都因为得罪她被废，如今万贵妃没有子嗣，她能容忍姐姐把孩子生下来吗？

"果然，过了不久，万贵妃听说纪姐姐怀孕的消息，就派宫女过来逼迫她堕胎。纪姐姐人好，像我一样受过她恩惠的人也不在少数，那宫女强灌了纪姐姐一碗堕胎药之后，经不住我们的苦苦哀求，没有再为难她，而是直接去向贵妃禀报，说药已经服了，纪姐姐没有反应，应该是生了病，而非有孕。

"万幸，那药没有起多大的作用，殿下最终还是出生了。你们看如今殿下头顶毛发稀疏，便是因为那时候药性发作留下的胎毒。"

忆及往事，元良的眼神变得悠远，眼睛也湿润起来。

"殿下出生之后，纪姐姐带着他每天东躲西藏，纪姐姐身体不好，又没有份例。殿下的口食就全靠我们四处去寻，还要瞒着贵妃的耳目，每日都过得心惊胆战。

“如此一直熬到殿下六岁，张敏在陛下面前坦诚了殿下的存在，殿下被立为太子。我们都欢欣鼓舞，替纪姐姐高兴，满以为她的好日子终于要来了。谁知道，殿下被立为太子没几个月，纪姐姐就死了。”

他流下眼泪，字字泣血：“都说好人会有好报，可我不明白，纪姐姐那么好的一个人，为什么会没有一个好的结局呢？”

这个问题，别说元良，连唐泛也回答不出来。

这世上，总有许许多多的人，为了这样或那样的利己目的，做出损害别人利益甚至性命的事情。

万贵妃都生不出儿子了，太子也都被立了，她还迫害纪氏，对她来说有好处吗？站在万贵妃的立场，她当然会说有，因为她恨纪氏能生儿子，她不能；因为她恨纪氏将儿子的存在隐瞒了那么多年，恨自己被当成傻子；因为她害怕将来太子登基，纪氏就是皇太后，而她只是一个贵妃……

以上种种，如果万贵妃需要，自然可以想出一箩筐的原因来。

在她心中，没有宽恕，没有宽容，没有退让这些字眼。

现在满朝官员，包括内阁里高高在上的那几位宰辅，他们成天啥事也不干，得过且过，却能儿孙满堂，尽享富贵荣华。

当年万贵妃害遍后宫女子和皇嗣的时候，他们枉为国之栋梁，却一声也不敢吭，生怕被万贵妃吹一吹枕头风，自己就掉了乌纱帽，便任由她为所欲为。

反倒是那些平日里被文官看不起的宫女和宦官，拼着性命保全了太子，可最后也没什么好下场。

难道真的是忠义自古遭谗害，奸佞偏能福禄全？

唐泛沉默良久，问：“你想为纪妃报仇，为何却要谋害韩早？”

元良叹道：“我如今在太子身边，不管我做了什么，最后总会牵扯到太子身上，所以我什么也不能做。就算对万贵妃恨之入骨，我也必须忍着。但忽然有一天，万贵妃身边的大宫女福如找上我，问我是不是还想为纪妃报仇，我说是，她就说她可以劝说万贵妃送汤过来给太子，到时候要如何做文章，就全凭我做主。”

“且慢！”唐泛打断他，“福如为什么要背叛万贵妃？还有，如果她也对万贵妃有不满的话，为什么不自己直接下毒？以她在万贵妃身边服侍的条件，应该易如反掌才对。”

元良摇摇头："我不知道，福如是一个很奇怪的人。当年殿下还未出生时，奉贵妃之命前来给纪姐姐下胎的人就是她。当时她本该让人用棍棒打纪姐姐，将纪姐姐打死，殿下也就活不成了，但她当时只是给纪姐姐灌了药，那药还只有半碗，因而殿下才能侥幸活命。说起来，福如对殿下也是有恩的，所以我才会相信她的话。贵妃经常打骂宫人，福如虽然是大宫女，也难以幸免，只是次数少些罢了。兴许她心中早有怨恨，只是为了自己的身家性命着想，不敢自己出手，才需要借助我，用如此迂回的手法吧。"

唐泛"嗯"了一声："你继续说。"

元良道："当时我就觉得这是一个好机会，但太子不能有事，死的最好是他身边的人，也要有一定身份，否则不足以引起陛下的重视。这样一来，人选就剩下太子的师父和韩早。

"给太子讲学的师父不少，以文华殿大学士为首，有詹事府詹事、少詹事等。他们每日轮流来给殿下讲课，殿下也经常会给他们送吃食以表敬重，但是这些吃食都是由膳房那边统一做好了送过来，与万贵妃无关。如果要刚好挑选某一天下手，那就只有天天待在太子身边的韩早了，因为殿下与韩早关系好，两人还会经常分食，周太后赐食，往往也都会准备两份。所以我最终选定了韩早。

"但下毒太过简单，也容易被查出来，我自己死了倒不要紧，牵连殿下便不好了。正好我送韩早进宫的时候，经常会听他提起自己母亲对养兄不好的事情。韩早心善，对兄长又很尊重，觉得自己母亲这样做不好，又无力劝阻，心中非常苦恼，我与他混得熟了，他就会倾诉给我听。

"听得多了，我便知道，除非韩晖是圣人，否则绝不可能对自己的养母不心怀怨恨的。所以我便找上了韩晖，告诉他，如果韩早死了，二房断后，他就是唯一的继承人，还可以令他养母伤心欲绝，这样他的仇也就报了。韩晖一开始吓坏了，几天没送韩早过来，我也不担心，因为他当时并没有直接反驳我，这说明他内心深处其实还是有这个想法的，退一步说，就算最后他不愿意，我自然也另有法子。

"过了一阵子，韩晖果然找上我，同意了我先前的提议。后来的事情，你们就都知道了。"

他说完这一大段话，脸色越发难看起来，从喉咙里喘气的声音就跟一个破了的风箱在被使劲拉动一样，十分难听。

唐泛忍不住怒道："你为了替纪妃报仇，就可以杀死完全无辜的人吗？韩早与当年的事情完全无关，你杀了他又有何用！这不是亲者痛，仇者快吗！”

元良惨笑流泪道：“我知道韩早无辜，可这也是被逼没有法子了啊！我本来就是一个苟且偷生的残缺之人，当年替纪姐姐试毒的时候中过两回毒，侥幸不死，可身体也废了。太医说我就算精心调理，也就是这几年的事情了，如果不能在临死前看到万氏倒霉，我到了九泉之下，如何有脸面去见纪姐姐！可我又不能亲自去杀死万贵妃，只能选了如此迂回的法子！韩早一死，万贵妃必然被怀疑，大家都会以为她要杀的是太子，图谋弑杀储君是大罪，万贵妃一定会被废！万氏在宫中树敌无数，只要没了贵妃之位和陛下的宠爱，想要她死的人多的是，届时也用不着我出手了！”

汪直一直没有出声，此时忍不住冷声道：“谋害储君确实是大罪，本来若是以你的计划，放在太祖皇帝时也好，甚至是在先帝朝也罢，万贵妃确实有可能如你所说的那样，可你错就错在低估了贵妃在陛下心目中的分量！他为了贵妃，连皇后都能废掉，连太后都不敢吭声，只怕太子殿下在他心目中的分量，并没有你想象中那么重。”

“可也没有那么轻吧？”元良脸上有着深深的倦意，“听说陛下在韩早死后，跟万贵妃大吵了一架，是也不是？”

汪直不说话了。

元良笑了一下：“你不说话，那就是真的了。其实很多事情都是在赌，当年我们帮着隐瞒太子的存在，本来也是一场赌博。后来太子身份暴露，我们不知道陛下会如何处置他，同样是在赌博。如今我也不过是用我的性命赌上一赌，若真能将万氏拉下马，那太子以后的前途就一马平川，再也不用担心会被暗害了，只可惜我赌输了。

“算啦，只要你们不会牵连到太子，我一条贱命，死了也就死了。韩早无辜，我死了，也算是给他抵命了。殿下是个好人，也会是个明君，可惜我看不到那一天了。”

汪直冷笑：“你就不怕我把你做的这一切都在贵妃面前抖出来吗？！”

元良摇摇头：“我知道你不会的，否则你就不会事先过来问我了。谢谢你了，汪内监，从前因为你是贵妃身边的人，我一直瞧不上你，现在看来，你心中也还是有大义的。”

汪直“呸”了一声：“你把韩早都害死了，还来跟我讲什么大义！再说我也不是为了你，是为了太子殿下！”

元良神情黯淡："是，所以我现在把命赔给他。你对殿下的这份保护之情，我却是还不了了。"

唐泛见他声音越来越低，嘴角溢出鲜血，不由得近前几步，抓着他问："那福如呢？你可知道福如是什么来历！她当真只是因为不满万贵妃才想要给她下绊子而已吗？"

元良摇摇头，脸上的神色越来越迷茫，眼神也渐渐失去了焦距，表情因为疼痛而倍加扭曲狰狞，最终在呻吟声中没了呼吸。

唐泛松开他，将元良放在床榻上。

这个人殊为可恨，为了给纪妃报仇，嫁祸万贵妃，不惜将无辜的韩早拖下水。最终证明他的一切功夫全都是白费，万贵妃注定脱身，韩早也死得冤枉。

可这人又很可怜，他所做的一切，不是为了自己，也不是为了追逐名利欲望，而是为了当年纪妃的一饭之恩。多少人在一生中受过别人的恩惠，可又有多少人还记得别人的恩惠？元良不仅记得，还牢牢铭刻在心，为此不惜搭上自己的性命。

汪直道："元良突发急病死了，连太医都来不及请，甚为可惜。"

唐泛心中一动，顿时明白了他的意思："那福如那边呢？"

汪直面无表情："她因为遭遇贵妃责骂，心中不忿，故而怂恿贵妃送汤来给太子，借韩早之死嫁祸贵妃。"

这就等于直接剔除了元良在其中的角色。

唐泛摇摇头："不行，这样破绽甚多。别忘了还有韩晖那边，福如在贵妃宫中，如何会与韩晖有联系？中间必然少不了元良的作用。"

汪直想了想，击掌道："那就这样！就说福如平日里被贵妃训斥之后怀恨在心，却不敢报复。元良是福如的对食，听福如抱怨之后，正好韩晖有杀弟之心，就生出这样一个主意，让福如劝贵妃送汤，然后让韩晖提前对韩早下手。三人合谋上演了这么一出戏，借以嫁祸贵妃。"

他为了摘除太子的嫌疑，也算是煞费苦心了。

唐泛沉默片刻，道："你这样讲，陛下和贵妃那边会相信吗？"

汪直反问："为什么不相信？现在元良一死，死无对证，福如和韩晖互相串联的事实俱在，不管他们怎么抵赖，也掀不了什么风浪。我不妨老实和你讲吧，这件事情，陛下绝不希望兴起什么大浪，在他心中，如今太子年长，又是他好不容易得来的儿子，就算看得不如贵妃重要，那也是有一席之地的，他也不会希望此事牵连太子。现在关键是贵妃那边，只要没有证据，贵妃就算再对太子有芥蒂，也不能以此为借口。”

他顿了顿，懊悔道：“当初假如让我直接捉了小周氏完事，哪来这么多没完没了的麻烦！唐泛，我本来就不该听你的胡言乱语，要跟太子结什么善缘，结果现在好了，上了船却下不了船，只能一头黑地走下去。我原是贵妃那边的人，现在却要帮着你们欺瞒贵妃，若是被贵妃知晓了，我的下场必然不会比元良好到哪里去！”

唐泛同样被元良这件事搅得心绪不宁，闻言只能涩声安慰道：“未必吧。这件事里，我总觉得福如的目的不会那么简单，一个对贵妃心怀怨愤的人，明知道左右都是个死，直接带上一把匕首近身刺杀就是了，又何必绕一大圈子来陷害她？如果能从福如身上再挖出什么来，说不定就能摆脱太子的嫌疑了。”

汪直冷哼：“你想得太简单了，单凭元良是太子的人，就足够了。不管有其他什么动机原因，都抹不掉贵妃对太子的疑虑。喜欢一个人才需要理由，讨厌一个人，难道还需要理由？”

唐泛确实不太能够理解万贵妃对太子执着地忌惮，在这一点上，汪直显然比他看得更明白。

两人其实也没有说上几句话，元良死后没多久，汪直就离开了东宫，去西厂那边审问福如了。

唐泛则默默看了元良的尸体好一会儿，才走了出去，向太子道别。

今日正好太子不用读书，他独自一人坐在内殿中发呆，见唐泛进来，便屏退了左右侍从，立时问：“唐推官，元内侍他……”

唐泛拱手：“元内侍病重不治，方才去世了。”算是默认了汪直刚才的方案。

太子的眼睛一下子红了。

唐泛道：“殿下节哀。”他面上看着平静，心中同样凌乱如麻。

按照唐泛的做事原则，凡事就应该秉公处理。元良是怎么死的，事情从头到尾又是如何，本就该完完整整地呈报上去，由国法处置，这样遮遮掩掩，无辜枉死的韩早又如何能够安息？

但是他也知道，如果万贵妃知道元良想为纪妃报仇的心思，一定会觉得太子身边都是这样的人，从而会认为太子因为生母的死而一直对她心怀怨恨。

谁会那么好心留着一个整天仇恨自己的人，更何况是万贵妃？到时候万贵妃不怂恿皇帝废太子就不错了。

所以唐泛心中所谓“秉公处理”的原则，却等于给了万贵妃清洗后宫的借口。

追求某件事的公平，却会害死更多的人命。

这种情况下，要如何选择？

他正是因为知道这一点，所以心中十分矛盾。

在这样一个世道下，想当一个廉正无私、秉公执法的官吏，是何其艰难？

只听得太子道：“我知道，元内侍所做的一切，都是为了我娘。”

唐泛问：“殿下知道多少？”

太子道：“我知道小早死得冤枉，也知道这件案子与万贵妃无关，元内侍不肯告诉我，但我猜到了。他以为我已经忘记了我娘的死，但是我没有。我知道她的死跟万贵妃有关系，我只是不想报仇。”

他吸了吸鼻子，哽咽道：“我知道报仇就会有人要死，我不想有人死，大家这样好好的不好吗？为什么一定要报仇呢？我娘在天上，肯定也希望元内侍好好地活着，不会想让他为了自己去杀小早的！”

唐泛叹道：“殿下从一出生起，就注定了未来的不凡，大家都对你寄予很大的期望，大家都盼着您将来能够成为明君。所以他们希望能用自己的性命，先帮你将前路铺平了，这样等你将来走的时候，就不会太过艰难。”

太子含泪道：“那也不应该是用人命换来的，对不对？”

唐泛沉默片刻，点点头：“对。”

世事从来就不复杂，复杂的只是人心。

唐泛道：“但既然元内侍已经用死来换取殿下不被牵连，就请殿下不要辜负他的愿望，此事到此为止吧。不管谁问起来，都要说元内侍是因患急病而死的。”

从东宫那里出来，唐泛觉得自己就像那天在宫里宫外来回倒腾一样，身心俱疲。元良的尸身好处理，东宫这边向来嘴严又忠心。元良的死因也只有太子、唐泛、汪直三人知道，只要太子自己不说漏嘴，对外报一个急病，送出宫去安葬就是了。

不过唐泛没有想到的是，隔天他就得到消息：福如死了。

第十三章

狭路相逢

韩晖和福如都是关押在西厂的，一个是这桩案子的直接凶手，一个是同谋。

昨天汪直的一席话，加上今天的结果，难免立刻让唐泛联想到：人是汪直杀的。

这桩案子牵扯出来的几个人，韩晖是凶手，腊梅是从犯，元良和福如都是同谋。腊梅虽然帮助韩晖藏针，但那是因为她怀了韩晖的孩子，出于这一点而心甘情愿地帮他，对案子其他内情并不知悉。

韩晖虽然得到元良的帮助，但他也并不知道元良为什么要帮助他。

只有福如，知道元良心怀不甘，想要帮纪妃报仇，最开始找上元良的人是她，说不定为这桩案子出主意，也少不了她的作用。

除了唐泛、汪直、太子三人，就只有福如对元良的动机和行为清清楚楚。如果她在供词里交代元良想为纪妃报仇，那贵妃肯定会把账算到太子头上的。

现在只要福如一死，自然完全就死无对证了，对汪直来说也是最安全的。

但唐泛去了几次西厂，都没能找到汪直，这名宫女到底是不是汪直杀的，自然也无从问起。他疑心汪直是故意想要避开自己，可又无可奈何。

没了汪直，他连宫门都进不去。当然也不会知道皇帝和万贵妃那边究竟有什么打算，太子究竟是否会被牵连，案子到底又是如何了结的。

直到半个月后，汪直才让人将他请到西厂，告诉他，案件已经算是尘埃落定了。

唐泛就问："怎么个尘埃落定法？"

汪直道："福如平日里被贵妃训斥之后怀恨在心，却不敢报复。元良是福如的对食，听福如抱怨之后，正好韩晖有杀弟之心，就想出这样一个主意，让福如劝贵妃送汤，然后让韩晖提前对韩早下手。三人合谋上演了这么一出戏，借以嫁祸贵妃。结果在韩晖招供之后，她一害怕，就在狱中畏罪自杀了。"

这跟他在宫里时与唐泛说好的案情发展是一模一样的。

唐泛也不兜圈子，直接问："福如的死，可与汪公有关？"

汪直反问："你以为是我杀的？"

唐泛沉默。沉默等于默认。

内室之中，左右无人，二人都没有说话，氛围一时有些凝滞。

过了片刻，汪直淡淡道："这件案子从头到尾，你是唯一完全知道内情的人。我也不妨告诉你：福如之死，与我无关。"

他冷笑一声："我确实存了将福如灭口的心思，但没想到她自己早一步下手。那女人果然有些问题，她在被审问的过程中，嘴硬得很，起初还死活都说是自己一人所为，又说元良为了纪妃的死找上她，她心里不忍，才出手帮元良。但元良临死前，分明是说福如先找上她的，加上她在贵妃身边数十年，想要帮元良，为何早不帮，纪妃都死好几年了，所以我相信元良不会说谎。"

唐泛点点头："元良当时已经存了死志，确实没有必要对我们撒谎。"

汪直见他相信自己的话，脸色稍稍好看一些："等上了刑，她又开始胡言乱语，说自己是受天子的指使，简直不可理喻！我本想将她身上的蹊跷之处都挖出来后再灭口，也免得贵妃那边不好交代，结果没承想，那女人不知从何处得到墙上盛油灯的灯台铜片，割颈而死。"

唐泛本以为人是汪直杀的，没想到竟然还有这种内情，不由得蹙眉道："福如关押在监牢之内，西厂又守卫森严，怎能让她找到自杀的器具和机会？"

汪直冷笑："这说明西厂内部也出问题了，福如背后，必然也还有别人！"

唐泛沉吟道："那她背后的人意欲何为？为了挑起贵妃和太子之间的矛盾？"

这倒是很有可能的事情，太子现在年纪虽小，却已逐渐有了明君气象，学习勤奋，从不言苦，侍师敬重，对下和善。这种种优良品德，都仿佛让人看见了未来的希望，身边聚集了一批拥趸。

虽说朝中庸臣比比皆是，但再黑暗险恶的世道，也总有向往光明，并且为了重现光明而努力的人。

就像唐泛，他虽然不是什么旗帜鲜明的太子党，可内心不也隐隐倾向保护太子吗？正因为如此，才更惹得万贵妃暗暗着急怨恨：现在都这样会收揽人心，那等你以后当了皇帝，还会有我的立足之地吗？

所以，若是有心人想要以此挑起矛盾，从此处下手，倒也合情合理。

汪直咬牙切齿道："为了这件事，我到宫里去给贵妃负荆请罪，挨了一顿责骂。回来之后又将西厂重新清洗了一遍，饶是如此，也只是抓到了几条小鱼小虾，压根儿没有揪出那个幕后黑手，可见此人隐藏之深！他最好别让我抓到，否则我定要让西厂所有酷刑都在他身上用一遍！"

他这话说得杀气腾腾，连唐泛坐在他对面，也觉得杀意扑面而来，简直能够化为实质了。

这件事，汪直本来计划得很好，但现在事情出现了变化。在西厂那种地方，福如竟然也能自杀，这充分说明西厂的内部出了问题，而且对方布置严密，竟然让人查不出来，让汪直怎能不怒？也亏得他如今备受皇帝与贵妃宠信，方才只是训斥了事，若不然单就这一件事，也足以让他的政治生涯告一段落了。

唐泛问："那韩晖要如何？"

汪直没好气："还能如何！他又不知道这些事情，只听了元良的怂恿就去杀人，该怎么办就怎么办！口供都问出来了，择日便移交刑部，接下来就没有西厂的事了！"

唐泛点点头，韩晖伏法，也算是能够告慰韩早的在天之灵了。

想及此，他不由得为韩早叹息了一声。

韩方和林氏中年得子，对韩早本是千娇万宠。韩早也没有因此被养得如同郑诚那样的纨绔子弟一般，反而孝爱父母，尊敬兄长，连看到林氏对兄长不好，都会心中忧郁，又给自己的书童起了一个俏皮的名字，可见是如何可爱的孩子。

唐泛虽然与他未曾谋面，却从韩方和林氏的悲痛，太子的惋惜伤怀中，能看出韩早的好处。只可惜这样好的孩子，最终却死于自己所敬爱的兄长的心魔衍生出来的毒手。而且，如果不是因为林氏对韩晖的苛待，使得韩早郁郁难安，也不会想到要跟元良抱怨。而元良更不会由此知道韩家的恩怨，从而找到下手的机会和条件。

可以说，所有事情，冥冥之中，早有因果。

汪直为了揪出西厂内奸的事情焦头烂额，此事涉及颇深，牵连甚大，唐泛也不好多问，对方却主动问道："你觉着，此事会不会与景泰帝有关？"

唐泛悚然一惊，立时道："此事事关重大，不可胡乱揣度！"

汪直不悦："此地就你我二人，私下揣测一二罢了，有何不可？"

汪直口中的景泰帝，就是当今天子的叔叔。

这段公案说起来，其实也是天下皆知。

当年英宗皇帝在位时，因宠信宦官王振，听信其言亲征瓦剌，结果引来了"土木堡之变"。朝中半数大臣跟着一去不返不说，整个京营也全军覆没，眼看瓦剌人就要打到京城来了，这时候的太子，也就是现在这位天子才两岁，根本主持不了国政，尤其是在这样危急的时刻。

于谦等人临危受命，奉英宗皇帝的弟弟，也就是景泰帝为主，抵御瓦剌，使得民心安定，才免去了大明朝一场泼天大祸。

其间，英宗皇帝从瓦剌那边被放回来，景泰帝已经当了皇帝，当然不肯将皇位相让，再说就算他肯，兄弟俩肯定也回不到以前的感情了。他哥哥必然会猜忌他，所以景泰帝直接将被放回来的老哥软禁起来，自己则当了八年皇帝。

结果就在他病重的时候，又发生了宫变，一些大臣将英宗皇帝从冷宫里救出来，重新迎立，又把景泰帝软禁起来，兄弟俩的恩怨情仇到此结束。没过一个月，景泰帝死了，先帝怨恨他夺了自己的皇位，连他的帝号都剥夺了，还给了个恶谥，还是当今天子登基之后，才帮他这位叔叔恢复名誉的。

话说回来，汪直提起这一段往事，自然不是为了让唐泛抚今追昔，而是想要点明先帝和景泰帝之间的恩怨。

当初景泰帝当了八年的天子，宫中肯定也会有一些对他忠心的人，这些人在先帝复位之后就都一一被砍了头，侥幸没死的，也都夹起尾巴做人，低调得几乎没有存在感了。

但也难保其中有人默默隐忍到现在，借着福如的手蓄意挑起纷争，既可以挑拨万贵妃和太子之间的矛盾，又能让皇帝对万贵妃生疑，为宫廷制造一场混乱。

汪直这个猜测确实是合情合理的。

唐泛问："那福如住处可有什么可疑之处？贵妃又是如何说的？"

汪直道："福如住处，连同贵妃宫中，早已翻了个底朝天，半点发现也没有。福如的随身物品干净得没有任何可疑之处，只有历年来贵妃赐给她的种种物品和财物……"

"等等，"唐泛打断他，"那福如难道在宫外没有家人了吗？那些金银财宝，她没有托人带出宫送与家人？"

汪直哼笑："你这话算是问到点子上了，和聪明人说话就是痛快。没有，半点都没有。历年来赏赐的物品俱在，至于金银钱财，没法计算得那么清楚，但大体是不变的。我查过了，她在宫外已经没有家人了，她从小父母俱亡，是由叔父一家抚养长大的。她进宫之后数年，叔父一家因为城中一带大火，家里烧了个精光，全家搬走，后来就不知所终了。"

唐泛听了这话，沉吟不语。她叔父一家的事情乍听上去好像很有问题，但其实放在当时也是常事，不能以此作为证据。

像武安侯府案里的冯氏清姿，就是因为家里被牵连获罪而流离四散。原先住在他们家一带的人，也因为当年附近起火而导致不少人都迁走了，使得唐泛当时在查案的时候还遇到了一点困难。

福如在宫外没了亲人，金银财宝无处可送，自然就留在了宫里头。本想着等年纪到了可以放出宫嫁人，孰料被贵妃倚重，一时也出不了宫。如果不是出了这桩案子，说不定以后还要继续留在宫里成为女官的。

汪直道："贵妃知道此事之后也是十分震怒，万万没想到福如会做出这样的事情，让我一定要严查到底。"

说是这样说，汪直还能怎么查，任凭西厂再神通广大，人都死了，又没有找出与其幕后牵连的人，总不能凭空捏造出一些证据吧？

但唐泛听了汪直刚才对景泰帝的揣测，还真怕他为了避免被万贵妃追究责任，就随随便便去找些人证和物证出来。

诚然，汪直不算大奸大恶之人，否则他也不会听得进唐泛的建议，愿意与太子那边结个善缘，帮忙隐瞒元良的动机。但这并不代表他就是一个全心全意为别人着想的好人了。

作为西厂提督，汪直的一举一动都要为自己的政治前途着想。要知道，在他手下折戟沉沙的大人物不知凡几，先前他可是打算将福如灭口的，只不过被福如自己抢先一步而已。

唐泛就道："福如既死，殊无实证，此事不足为外人道也。她叔父那里，倒是还可以留意一下。”

意思就是既然福如已经死了，证据湮灭，这事儿就算是翻篇了吧？以后有进一步的佐证咱们再说也不迟。

汪直不耐烦道：“行了行了，别总用你文官那一套来揣测我，我做事跟你不一样，也用不着你来教，自从摊上你，就没好事，要不是凭着贵妃对我的信任，这事儿我还真就没那么容易过关了！”

唐大人默默无语地听着他吐槽，心说一开始也是你先找上我的啊，现在说得我跟扫把星似的。

过了一会儿，汪直见唐泛没有答话，也觉得有些无趣，就道：“太子殿下让我给你转达一句话。”

唐泛一怔：“愿闻其详。”

汪直道：“人竞春兰笑秋菊，天教明月伴长庚。”

唐泛顿时笑了。

汪直狐疑：“你们在打什么哑谜？”

上次因为元良的死，唐泛与太子有过一次会面。他很担心元良的事情会对太子造成心理上的阴影，担心一个被许多人寄予厚望的储君会因为这件事而心怀怨愤走向歪路。

所以当时他借故说起古人的一些掌故，希望借以告诉太子，不要因事废志，这世间纵然有许多不公与黑暗，却也有更多的人心怀善念，在尽自己的努力，将天下往正轨上引。只是因为小人喜欢结党，喜欢报复，喜欢损人利己，而君子严谨持正，不肯像小人那样去行事，才会显得好像这世道小人比君子多似的。

唐泛希望太子不要因为元良的事情，就觉得世间没有公平，确实必须通过见不得光的手段来达到目的。

当时太子伤心元良的死，没有对唐泛的话做出太多的反应，而唐泛也不是太子的老师，他甚至没有教导太子的资格，只能借着那个机会，尽自己的微末之力罢了。没想到太子竟然还记得此事。

人竞春兰笑秋菊，天教明月伴长庚。

这是苏东坡的诗句，又何尝不是太子在以诗言志，对唐泛当日的进谏做出的回答？

最妙的是，那下半句蕴含的中正平和与博大胸襟，正好是对上半句的完美阐释。不是满腔愤懑激昂的回复，也不是对唐泛敷衍了事，故作姿态。

想必小太子为了这个回答，也没少深思熟虑。

许多人对如今庸庸碌碌、无所作为的朝廷有多失望，对未来的太子就有多大的期望。

唐泛没法形容自己听到太子的回答时，自己内心那种欣慰的心情。

那一瞬间，他觉得自己跟汪直冒着得罪贵妃的风险帮着隐瞒元良的事情，避免牵扯到太子身上，所做的这一切都是值得的。

一个普通人满怀仇恨，走歪了路并不怕，充其量也就是跟韩晖一个下场。但如果一位君王也满腔愤恨，那么倒霉的就会是天下生灵了。

反过来说，一位心中始终宽容，胸襟始终博大的君主，会是大明之幸，天下之幸。

唐泛不是一个喜欢伤春悲秋、多愁善感的人，但这并不意味着他喜欢看到死人，所以每次办完案子，虽然真凶的落网足以令人欣慰，但死者的逝去是不可挽回的。

然而这一次，因为韩早枉死而叹息的他终于感觉到一丝安慰之意。

他将太子说这句诗的意思解释给汪直听，又道："有如此储君，实乃社稷之福！"

汪直不置可否，他是宦官，跟唐泛这种文官考虑的自然完全不同。

对他来说，太子即位还是很遥远的事情，眼下他要做的更重要的事，是赶紧整出点别的功劳来，将功抵过。否则就算皇帝和贵妃不追究他这次收尾不善的责任，东厂那边尚铭也会借着这件事压他一头，这是汪太监难以容忍的。

他对唐泛道："近来江南多乱事，漠北也颇不太平，依你之见，觉着我是往南好，还是往北好？"

东宫案已然告结，以两人如今亦敌亦友的关系，只要没什么重大利益冲突，就不会彻底翻脸。是以汪直会询问唐泛的意见，唐泛倒也不觉得意外，毕竟这意味着对方对他能力和眼光的一种肯定。

再说汪直此人，他生来就跟别的宦官不太一样。

正常男人一般无非那么几种追求，醒掌天下权，醉卧美人膝。

后面那个追求，跟宦官是无缘的，所以古往今来许多宦官都爱弄权，追求的就是那种大权在握的快感。

但其他人揽权，一般都是在内宫里揽权，比如说大明十二监里，司礼监和御马监，一个有批红权，专门充当皇帝和大臣之间的中间人和皇帝的代笔，一个跟兵权有关，就是最让人眼红，抢破头的两个部门。

每个部门里头，又有讲究，掌印第一，秉笔第二。

目前司礼监掌印太监是怀恩，御马监则由梁芳坐镇，尚铭和汪直虽然分别提督东、西厂，但他们因为资历不如以上二人，所以只能当个秉笔太监，做不了掌印。

东厂提督尚铭，目前的主要工作就是拓展东厂业务，一边跟汪直掐，一边积极向上，希望有一天能接掌怀恩或梁芳的位置。

但汪直觉得他格局太小，要干就干票大的，成天窝在内宫这块小地方，憋屈不憋屈？所以他将目光投向了外面的广阔天地。

大明军队打仗，有个传统，一般都会派个内官当监军，以便充当皇帝的耳目，免得外面的将领沆瀣一气，把皇帝当傻子耍。

自“土木堡之变”后，曾经对大明造成极大威胁的瓦剌逐渐势弱，那片草原的势力经常分分合合，改换统治者，中原王朝对此知之不详。总而言之，瓦剌人不行了，另外一个叫鞑靼的部落兴起了，但内部还是继续混乱着，反正你不服我，我也不服你，大家互相内斗，各立其主。

但这并不妨碍他们骚扰明朝边境，大家阶级立场不同，明朝人觉得鞑靼是蛮子，经常过来烧杀抢掠，鞑靼人觉得大明是肥羊，不抢白不抢。

此时的黄河南岸，从宁夏到山西之间，有块很广阔的区域，叫河套。这里水草肥美，物产丰饶，但是易攻难守，如果要镇守这块地方，大明需要花费很多精力。而那些瓦剌人或鞑靼人，总是可以轻而易举地侵入，所以当时永乐帝朱棣就将东胜卫内迁，等于被迫放弃这块地方的防守。

但是问题来了，没了缓冲地带，鞑靼人长驱直入，占据了河套地区，直接就可以攻击大明的边疆重镇，他们就是利用了这一点，经常抢掠大明边镇。

这事要是发生在太祖皇帝或者永乐帝时期，那好办，陛下乾纲独断，大手一挥，直接挥师北上，怎么都要把鞑靼人打出去，打得他们哭爹喊娘，不敢再来。

但现在是成化年间了，经历了“土木堡之变”的大明军队懂得了什么叫惧怕，军队也不像开国初期那样军心如山、战无不胜了，再加上朝廷里的大臣……

好吧，就那些不想干活儿的大臣，都不用指望他们会有攻打鞑靼、夺回河套的雄心。

再说南边，南边现在倒是没有什么边乱，不过江南富庶地区，匪贼横行，官商勾结，贪官污吏也是不少的。上行下效，上边的领导不干活，下边的人自然也就跟着随便混日子。明朝官员的俸禄还是出了名地低，要指望大家都像开国之初那样不要命地干活，那想都别想。

还有，西南那边，一年多前，因不堪当地官员欺压，松潘苗民起事，虽然后来被镇压了，也砍了很多人的脑袋，不过那一带仍然不算十分太平。像汪太监此等唯恐天下不乱之人，自然蠢蠢欲动，恨不得那里能再起一场叛乱，好让他也过去挣挣功劳。

汪直想要立功，他不屑跟尚铭在那里为了鸡毛蒜皮的小事争抢得你死我活，所以他将目光放在了这两处地方。

唐泛之前通过潘宾之口，给汪直提了“军功、东宫”的建议，让他可以将眼光往外放一放，顺便跟太子那边发展好关系，也正是因为看准了汪直这种不安分的性格。

现在汪直问起，唐泛自然不能再卖关子，直接就道：“北边。”

汪直问：“为何？”

唐泛道：“南方如今并无大乱，那些个贪官污吏，若无大案出现，朝廷是不会重视的。即便厂公过去，抓了几个立威，杀鸡儆猴，陛下也不会认为你立了多大的功劳。”

而且唐泛没有说的是，像汪直这样有权有势的宦官去了地方，肯定是鸡飞狗跳，大伙儿上赶着来巴结，还不如去祸害外族人。如果能给大明争回点土地来，那就更好了。

汪直颜色一展：“没错，我也是这么想的，要玩就玩大点，光抓点小鱼小虾，那还不如不做。如今鞑靼时常扰边，若能收复河套，那倒是功勋彪炳了。”

唐泛忙道：“收复河套非一日之功，还请汪公三思，此去若能给鞑靼一些教训，让他们不敢轻易犯边，就算是为我大明立一大功了！”

汪直不耐听他啰唆：“行了，你又不是武将，对这些事情也是一知半解，不必多说了。”

唐泛：“……”

那你刚才问我干吗？敢情只是想来寻求认同感？

汪直道：“择日我会上疏请求收复河套。”

唐泛一个没忍住，嘴贱道：“我们来打个赌如何？”

汪直："什么赌？"

唐泛道："你这个收复河套的提议是肯定不会通过的。"

汪直不信："朝廷那帮人自然胆小不敢出兵，但我在陛下跟前还算说得上话，如果我自请领兵，陛下应该会同意。"

唐泛："那我就与汪公打个赌吧。"

汪直年纪比他还轻，自然被激起了好胜心，闻言就道："行，彩头是什么？"

唐泛道："若我赢了，你就请我到仙云馆吃一顿吧，上回的蟹黄豆腐羹很好吃呢！"

汪直："……你自己不会去吗？还要打赌？"

唐泛无辜道："我俸禄不够啊！"

汪直："……"他心想，这还真是个吃货！

且不说两人的赌约如何，唐泛从汪直那里出来，眼瞅着时辰也差不多了，直接就往家里走去。

近来因为要查东宫案，在皇宫和西厂两头跑，有时候还要去韩家，顺天府那边也没法正常上班了。潘大人很痛快地就放了他的假，让他这段时间不必天天到衙门报到，可以等案子结束了再回去。

虽然同样是查案，但每天按时去那里坐衙，和上班时间自由，这是两种完全不同的概念。唐大人虽然不是那种混日子的官员，但是偶尔能偷偷懒还是挺高兴的。

眼看案子作结，这种自由自在的日子也要跟着告一段落了，唐大人心底难免还是有点惆怅的，也没有特地绕到那个熟悉的馄饨摊子去吃馄饨，而是直接回家了。

当然，如果阿冬今天在家做饭就最好了，像上次那样空腹吃了糯米糍然后肚子痛的经历，唐大人是绝对不想再体会了。

天色渐渐暗了下来，离家还有一段距离，唐泛就依稀瞧见家里厨房的方向有缕缕灶烟冒起，顿时仿佛连饭香都能闻见了。这使得他的心情越发好了起来，嘴里哼着小曲，步履也跟着轻快不少。

不管到了哪里，还是回家最好啊！

院门没关，半合着，他刚走进去，便听见里头传来一阵说笑声，似乎其中隐约还夹杂着熟悉的男人声音。

隋州回来了？唐泛先是一愣，脸上继而泛起笑容。

只是还没等他往里走几步，就瞧见连着正厅的饭厅门敞开着，里头安置着一桌热气腾腾的饭菜。小阿冬正从厨房的方向走出来，手里还端着一盘刚做好的菜，嘴里喊着："隋大哥，乔姐姐，饭菜都齐了，大哥肯定又不回来吃了，我们先开饭吧！"

厅里的饭桌旁边则立着一男一女。

男的自然是多日不见的隋州，他看上去似乎瘦了一些，却显得更为精干，想是回来也有些时候了。他没有穿着那身人见人怕的锦衣卫袍服，而是换上了常服，不过更像是一把尚未出鞘的宝剑，常服下面包裹的，是饱饮鲜血的剑光。

那样一个人，根本不必华服美饰，利刃护身，单是站在那里，就已经令人无法忽视。

另外一位女郎，却是隋州的表妹，唐泛曾在隋家见过，姓乔。

也不知她说了什么，隋州那张冷峻的脸上竟也微微可见笑意。她的笑声更是如同银铃一般传得老远，两人之间的距离不近不远，恰到好处，手臂仿佛要挨上了，却又好像根本没碰着，落在唐泛眼里，便有种若有似无的暧昧。

阿冬端着菜蹦蹦跳跳走入厅中，又跟那女郎说了什么，两人便都一起笑了起来，状似亲密。

这才认识多久啊，马上就如胶似漆了，对她比对我这大哥还亲热呢！

唐大人心想，绝不承认自己心里头有点酸溜溜的。

他站的角度正好有棵树挡着，天色又暗，一时半会儿也没人发现他在那里。

唐泛见三人分头落座，似乎真的准备不等他就开饭的样子，就没有再往里走，反而鬼使神差地转身悄悄退了出来。

夜幕降临，万家灯火，正是团圆时分。唐大人平时绝不是这样磨磨叽叽、婆婆妈妈之人，但今天也不知道怎么的，看见里头那三人言笑晏晏的场面，他就觉得自己好像有点多余，仿佛他们才是一家人似的，自己现在贸然进去，反而打搅了人家。

最可恶的是阿冬，女大不中留啊，这还没大呢，就急着讨好起外人来了！

唐泛嘀嘀咕咕，也没意识到这句话有什么语病，跟老头儿似的背着手围着隋家绕起圈子来，不一会儿就绕到了隋家的后院小门。

闻着里头传来的阵阵饭香，他摸摸肚子，觉得更饿了，心里琢磨着要不要出去找点吃的再回来，又觉着这几天来回奔波，虽说也有坐轿子的时候，总归不能跟经常需要赶路的人比。这一松懈下来，腿就酸软得厉害，便也懒得动弹了，直接坐在后门的门槛上，看着满天星辰发呆。

此时将近初秋，入夜之后已经开始有些凉意了。

不一会儿，唐大人就打了个喷嚏，结果睡意也涌上来了。

他的脑袋倚着门框，不知不觉，居然就这样睡了过去。

这一觉睡得很沉，人事不知。

也不知道过了多久，等到感觉自己身上仿佛一重，唐泛才睁开眼睛。

外头已经完全黑了下来，不过从院子里透出来的光线让他依然马上看出了眼前的人。

“广川？”唐大人迷迷糊糊道，又看见他旁边的人：“阿冬，你们怎么在这儿？”

他这才发觉刚才觉得身上一沉，是出于隋州拿了件大氅往他身上盖的缘故。

阿冬叉着腰，叽叽喳喳：“大哥，你还好意思说呢，我们等来等去，等不到你回来，心里急得要命。隋大哥都要出门去找了呢，谁知道你躲在这里，怎么不进屋呢！”

唐泛刚醒，两眼茫然，表情空白，还处于半醒状态。

见阿冬还想再说，隋州阻止了她，将唐泛搀扶起来。

坐久了之后双腿发麻，唐泛表情一个扭曲，差点往前栽倒。

幸好隋州眼疾手快，直接将他拦腰扶住。

“能走吗？”隋州蹙眉，表情大有如果唐泛不能走就要将他抱起来的意思。

为了男人尊严，唐大人自然赶紧道：“没事，就是坐久了，站一会儿就好了。”

隋州问：“怎么不进屋？”

他重复的是刚刚阿冬问过的问题。

唐泛莫名觉得有点心虚，摸摸鼻子：“刚刚回来的时候有点累，就想着在这里坐一会儿，谁知道不小心就睡了过去。”

他自己刚说完，就觉得这理由实在是太烂了。

隋州是什么人，北镇抚司出来的人，侦讯中的好手，能看不出唐泛说的是谎话还是实话？

在对方默默无言的注视下，唐泛越发心虚了。

隋州看了他好一会儿，才道："回去吧，阿冬去煮姜汤。"

阿冬应了一声，转身跑进去了。

任何人都不会拒绝被关怀的温暖，唐大人也不例外，刚才那点小小的埋怨早就烟消云散。他回转过头，就瞧见隋州的视线还落在自己身上，不免奇怪："你看着我作甚？"

"你瘦了。"隋州瞅了他半晌，说出三个字的结论。

"没有吧？"唐泛摸了摸脸颊，他自己完全没感觉。

"嗯，有。"隋州仿佛自问自答，给自己的结论下了注脚。

他又问："我没在家的时候，你和阿冬怎么吃的？"

唐泛笑道："还能怎么吃？一日三餐也没落下，就是这段时间我忙着查案，有时候难免错过饭点。"

隋州问："阿冬呢？"

小丫头正好端着热腾腾的姜汤走进来，唐泛半是叹气半是调侃："她可过得比我滋润多了，有时候去你家跟你妹妹玩，就被留饭留夜；有时候又跑到邻家去吃饭，这日子过得，都给家里省粮食了！"

阿冬吐吐舌头，噘着嘴反驳："大哥，谁让你总不回来呢？有时候我留了饭，你又不回来吃，结果就浪费了……"

隋州打断她的抱怨，问唐泛："你晚饭还没吃吧？"

唐泛虚咳一声，不答话。

隋州见状还有什么不明白的，也没有言语，直接起身就往外走。

他一离开屋子，唐泛就扯过阿冬："谁得罪他了？怎么看着像被谁欠了八百贯似的？"

阿冬撇撇嘴："还有谁？你欠的呗！"

唐泛给她白眼："少糊弄我，关你大哥什么事啊！"

阿冬道："怎么不关你的事啦？我们本来做好饭，左等右等你都没回来，隋大哥就让我和乔姐姐先吃，他自己也没动筷子呢！你说吧，他都没吃饭呢，脸色能好看吗？"

唐泛一愣："他也没吃？"

之前他明明瞧见隋州他们已经坐了下来，准备开饭的。

阿冬笑嘻嘻："可不是？隋大哥可够义气了，为了等你回来，就生生看着满桌子饭菜，动也不动！那里头还有隋大哥亲手做的蜜汁烤羊腿和芙蓉蛋呢！当时隋大哥一发话让我们先吃，乔姐姐还在那里客气来客气去，我可忍不住，当时口水那个流的呀，直接就上筷子了……”

可怜唐大人腹中空空，在阿冬绘声绘色的形容下，只能跟着流口水。

哎哟，早知道就进去吃了，要什么面子，唐润青啊唐润青，面子可不能当饭吃啊！

他忍不住伸手去捏阿冬的脸颊：“你这小丫头忒没义气，也不说给我留点儿！”

阿冬喊冤：“蜜汁烤羊腿放冷了就不好吃了呀！哎呀大哥你可真别说，隋大哥手艺真好，那羊腿烤得金黄金黄的，上面还流油呢，快好的时候再刷上一层蜜汁，直到烤得焦香，我吃的时候还热腾腾的呢，那肉甭提多嫩了。我心想，大哥太可惜了，这么好吃的东西也吃不着，不行，我得帮你多吃点儿，所以我就连着吃了整整四根！肚子都撑了，后面的芙蓉蛋也挺好吃的，就是吃不下了，唉……”

唐大人内心的悲伤早就逆流成河：“别说了……”

“还有啊，乔姐姐也做了两道菜，但我觉得不咋的，只吃了一口就没动了，我看乔姐姐自己也吃不下去。大哥，我偷偷跟你说啊，我看乔姐姐好像喜欢隋大哥似的，就跟以前咱们阿夏姐姐喜欢你一样，吃饭的时候她还不住地偷瞄隋大哥，隋大哥却装作没看见，那情形好好笑……”阿冬像只小母鸡似的，边说边笑，叽叽咕咕，还连比带画，小手臂一挥差点没把唐大人眼眶打出乌青来。

唐泛一脸黑线，忍不住戳了戳她，那意思是让她适可而止了。

可惜小丫头没能领会意思，依旧在那里说着隋州和他家表妹的八卦。

“还有还有，我还听见乔姐姐问隋大哥说：‘表哥，你还记得咱们两家小时候的约定吗？’”阿冬模仿着乔氏女郎的神情，斜着眼竭力想要表现出羞答答的模样。

唐泛差点没给她笑喷，虽然很想继续看她表演下去，但本着兄妹仁爱的原则，唐泛还是好心地提醒道：“阿冬。”

阿冬不耐烦道：“干什么啦？你都没有仔细在听，人家正说到重要的地方呢！”

唐泛捏住她的下巴，将她的脑袋往后转，示意她看看自己身后。

只见隋州站在那里，面无表情地看着她，也不知道听了多少。

阿冬："……"

隋州："……"

阿冬继续装出一脸无辜的痴呆。

隋州淡淡瞟了她一眼："去看柴火，灶上正烧着粥。"

阿冬如获大赦，冲唐泛偷偷吐了吐舌头，飞一般从隋州身边溜走，奔向后厨。

隋州的目光重新落在唐泛身上。

唐泛眨了眨眼，露出一脸"我完全不知道她刚才在说什么"的纯洁表情。

隋州缓缓道："姜汤冷了。"

唐泛"哦"了一声，赶紧低头喝汤。

屋里一时陷入某种微妙而尴尬的氛围中。

不过幸好唐大人机智聪明，马上又想到了一个可以转移注意力的话题。

"你这次去办的案子怎么样了？"

隋州拖来一张椅子坐下："这次我们去了江西，查的是吉安府知府黄景隆案。"

唐泛坐直身子，关注道："他犯了何事？"

隋州道："江西监察御史上奏，吉安府境内自成化十一年起，三年之间，共有囚犯三百多人，被知府黄景隆凌虐致死，却假称病故，以此隐瞒。"

唐泛悚然动容："胆大包天！"

隋州点点头："是，所以上头有令，命刑部、监察御史会同北镇抚司，到当地查实案情，并将黄景隆逮捕入京，先前我匆匆离京，为的便是此事。"

唐泛问："那事情如何，可还顺利？"

隋州道："原先还算是顺利的，证据确凿，黄景隆也无可辩驳。被他凌虐而死的人本该有四百一十七之数，其中除了三百多囚犯，另有无罪被捕，受其私刑致死者数十人，但我们在清点尸体的时候，发现少了数十具，再问黄景隆，他却怎么都说不出个所以然来。"

唐泛道："为何？"

隋州道："不知，他只说没有那么多人，但四百一十七这个数，是我们详查狱中囚犯，并死者家属告官报案之后统计出来的，论理说并没有错，指不定还不止那么多人。"

大明自英宗之后，朝廷命官都以进士为入门标准，也就是说，你必须考中进士，才算有了当官的资格。当然，这也不是绝对的，举人有门路，又或者运气好，刚好有空缺的话，也能当官，只是官当得再大，到巡抚也就差不多了，没法进中枢或内阁。

这就是在大明朝，大家挤破了脑袋都要考上进士的原因。

话又说回来了，辛辛苦苦读了十几年甚至几十年的书，一朝当上官，大家志向各异。有的为了报效国家，有的为了施惠百姓，也有的为了多捞点钱，有的则热爱权力，为了往上爬得更高，这些都是可以理解的。

但还没有听说有人辛辛苦苦好不容易当上个正四品知府，结果跑去凌虐囚犯，搞得被检举出来，身败名裂。

到底图个啥啊？难不成这个黄景隆读书读傻了，被逼疯了，产生了逆反心理，要虐待囚犯来寻求精神上的快感？

唐泛觉得有些不可思议，也理解为何这个案子会惊动锦衣卫了。

“黄景隆没有交代动机和目的吗？”

隋州摇摇头：“他被抓之后一言不发，什么都不肯吐露。”

黄景隆被抓回京之后，任务就算完结了。剩下的事情自然有别的部门去跟进，也就用不着事事都由隋州出面了。

说话间，阿冬端着碗进来了，香气伴随着门被打开来的轻风拂至唐泛鼻下。

因为姜汤而暖和起来的胃顿时变得饥肠辘辘。

“好香！”唐大人忍不住道。

阿冬将碗放下，道：“这是隋大哥亲自熬的粥，可香了！里头放了肉末、香菇、芹菜，还有花生碎呢，大哥，隋大哥可真是大好人呀，真是大好人呀！”

这小丫头刚刚还背着隋州编派他那乔家表妹，被隋州发现之后，就忙不迭想弥补。可惜她年纪太小，想不出什么新鲜词，翻来覆去就只能把“真是大好人呀”念了好几遍。

唐泛斜睨了她一眼，也没拆穿她，低头舀了一勺滚烫的粥，吹凉之后送入口中。

粥米已经被小火熬得烂烂的，入口便泛着肉香。

香菇与花生的存在则将粥的味道又提升了一个层次，吃到嘴里基本也不用怎么嚼，便已经满口喷香绵软，对于饿了许久肚子的唐大人来说最好不过。

唐泛也不开口了，直接就埋头苦吃。

隋州见状，也拿起汤匙吃了起来。

等两人吃得差不多了，速度慢了下来，隋州才问：“这段时间顺天府的事情很多？”

唐泛想起他刚才问自己瘦了的言语，摇头道：“不是顺天府的。”

他将阿冬先遣去睡觉，才对隋州说起。

但事涉内宫，多有忌讳，饶是亲近如隋州，也不好多说，知道得多了，有时候是祸非福。

唐泛便挑了些主要的说了一下，其中颇多未竟之语，也不需要唐泛事无巨细地交代清楚，以隋州的聪明，自然是可以猜到的。

隋州听罢，沉默半晌，犹如思索，很久之后才道：“此事诸多隐秘未明，汪直身为内宦，未必有碍，但以你的身份，还是不要涉入太深为好。”

他的意思很明白，汪直是宦官，对于皇帝贵妃来说是自己人，但唐泛是外臣，而且品级还很低，如果知道太多了，上头的人不高兴了，想要收拾他，那是随便挥挥手就能解决的事情。

唐泛笑道：“你放心，凶手已经伏法，再多的，我管不了。以后那位汪太监的事情，我也不会去掺和的。”

饶是唐泛聪明过人，智计百出，也绝对料想不到在那之后，他还会有无数次与汪太监打交道的机会。

他将粥喝完，把碗一放，称赞道：“阿冬烧饭已经挺不错了，你这手艺比她还好上一些，相比之下我倒像个四体不勤的庸物了！”

隋州眼里露出淡淡笑意：“既有我们在，你又何须会？”

这话说的，要是以后阿冬嫁人，你又娶了妻，那让我可怎么办？

吃货唐大人并没有因为好朋友的这句话而感到高兴，反而惆怅起来。

天色已晚，两人又聊了一会儿，便各自回屋歇息。

虽然喝了姜汤，但第二日唐泛还是染上了风寒。

这一病，病势就汹汹而来，唐大人毫无例外地被击倒了。

他躺在床上，咳嗽一声接一声，还有些发热，烧得脸色通红，眼神迷蒙。

有舍必有得，伴随而来的是，衙门也不用去了，班也不用上了，唐大人终于可以理直气壮地请病假。

生病虽然很难受，可是病人的待遇明显是不一样的，饭有人做好了端到嘴边，洗脸水也不用自己去打了，有人拧着帕子主动帮他擦面。

但是唐大人还是觉得不幸福。

就如眼下，他看着眼前的白粥腌菜，只觉得嘴里都快淡出鸟来了，不由得对面前的人哀求道："能不能来点荤的？哪怕是酱牛肉或酱骨头也行嘛！"

隋州看着唐大人可怜兮兮的表情，心里有点好笑，面上却依旧是那副冷冷淡淡的模样："不行。"

唐大人打了个喷嚏，眼泪都快出来了，视线变得蒙蒙眬眬，鼻子还直发痒，看上去越发可怜了。隋百户真是心硬如铁，见状依旧不为所动，只将手里的白粥往唐大人那里一递。

"自己吃还是我喂？"

"自己吃，自己吃！"唐大人竖起白旗投降了。

开玩笑，要是被一勺一勺地喂，传出去他英明神武的形象就没了。

只是一看到这淡而无味的白粥和咸得要命的腌菜，他就真是胃口全没了。

此时救星从天而降。

阿冬推门进来："大哥，外头有个人来找你，派头很大，说是西厂的。"

唐泛如获大赦，闻言就要把手里头的碗放下，被隋州冷眼一瞪，又讪讪地端了起来。

隋州让阿冬过来监督唐泛无论如何也要把那碗粥吃下去，自己则起身走出去。

他刚走出房门，便瞧见迎面走来两个人。

为首那个虽说穿着常服，可负手而走，面色倨傲的模样一看就是大有来头之人，而且隋州还真就认识对方。

来者正是近来声名鹊起的西厂提督，大有继承前辈王振"奸宦""权宦"等名声的汪直汪太监。

虽说上门拜访，可汪公公没等主人家迎出去，直接就进来了，如入无人之境，果真是派头大得很。

一边走，他还要一边点评："这院子里花花草草也太多了，又种得杂乱无章，一点也不知道摆弄摆弄，看得别人眼花缭乱，真是没品位！"

隋州拱了拱手："不知汪公到来，有失远迎，还望恕罪。"

他就是这么个性子，跟皇帝和太后说话也是这么一副淡淡的死人脸。偏偏隋州办事能力强，又因是太后娘家人，成化帝和周太后反而挺喜欢他，觉得他这样才算是会做事的人，也没有仗着外戚的身份就胡作非为，比起那些个无所事事的功勋外戚可是强太多了。

所以周太后逢人就爱讲：我们家阿州如何如何。

成化帝甚至将隋州比作英宗朝孙太后的兄长孙继宗。

孙继宗是什么人？那是前朝和本朝的外戚第一人，连着两朝都深得皇帝信赖。上得了马，治得了军，帮英宗皇帝复位，又帮皇帝主持修史书。

皇帝信任他到什么程度？把兵权交给他，连人家想退休都不让，朝中有大事商议的时候，必然以他为首。前几年刚加封了太傅，文官弹劾他，说外戚不应该掌兵，皇帝连理都不理。

当外戚当到这份儿上，那才真是让人羡慕忌妒恨。

不管隋州是不是真有孙继宗之风，还是天子看在老娘的分儿上才特意夸奖逗老娘开心，反正有这么一份评价，隋州的地位自然也就跟着与众不同。

虽然他自己不愿意走后门，现在还是一个普普通通的锦衣卫百户，但假以时日，未必不能平步青云。有身份的人不难找，有本事的人也不难找，难得的是既有身份又有本事。

所以汪直虽然得到皇帝和万贵妃的宠信，又执掌大权，但面对这么一个人，倒也勉为其难地稍稍收敛起浑身的嚣张，也对隋州拱了拱手回礼："我道是谁，原来是此间主人来了，方才妄言点评，还望不要见怪啊！"

他的语气随意，倒也不像真在请罪，隋州自然也没有跟他计较。

"汪公客气了。"

说完这句话，两人忽然都不吭声了，彼此互相打量。

一个在揣测对方的来意。

一个在思索唐泛与对方的关系。

乍看上去，倒像是两个武功高手狭路相逢，正在进行交锋前的准备。

第十四章

突生变故

没奈何，这种看上去还像那么回事的氛围很快就被打破了。

跟着汪公公过来的手下没敢打扰自己老大跟别人的眼神交锋，小阿冬可就没这种顾忌了。她从唐泛的屋子走出来，手里还捧着碗筷，见到这幅情景，稀奇地“咦”了一声：“你们怎么站在这里？不进去吗？”

汪公公这才掸掸衣裳上并不存在的灰尘，对着隋州意味不明地勾唇一笑，越过他走进屋里。

见隋州没有跟着进去，阿冬有些奇怪：“隋大哥，你不进去吗？那个人是谁啊，派头那么大？”

隋州摇摇头，也没再说话，看了守在屋外的那个西厂番子一眼，转身离去了。

屋里。

任谁平日里是如何风仪动人的美男子，生病之下也甭想保持得跟原来一模一样了。

唐大人自然也不例外，此时他正一边用帕子捂住嘴巴打喷嚏，一边又忙着擤鼻涕，见汪公公一脸嫌恶地站在离他三尺远的地方，不由得无奈道：“汪公大驾光临，不知所为何事？”

他的声音带着浓浓的鼻音，眼睛也有些发红，白皙如玉的肌肤映着略显凌乱的鬓发，虽然不复平日的整洁潇洒，但这么一眼看过去仿佛有种孱弱的美感，前提是汪直刚才没有看见他打喷嚏、擤鼻涕的模样。

汪公公忽然跑到唐泛这里来，又反客为主，神秘兮兮地关门，还把主人家赶了出去，当然不仅仅的为了探望他的。

听到唐泛这样问，他就道："你没听到朝堂上的风声吗？"

唐泛道："我这几日生病了，都歇在家里，一天十二个时辰里要睡八九个时辰，哪里有空闲去打听消息啊，出了什么事？"

汪直撇撇嘴："我向陛下上书请求复套，如你所料，被拒绝了。"

唐泛点点头，脸上没有意外之色。

汪直有点不甘心，他年纪轻轻，这两年执掌西厂，在宫外历练，眼光可是厉害了很多，论朝堂上算计来算计去的那些心思，他不会比唐泛差到哪里去。不过他虽然有外谋军功的心思，又总想领兵，但在兵事上的水平，也就是一般般而已。

他把椅子拖到门边坐了下来："这里头有什么门道，你给我说说。当初你怎么就笃定陛下不会同意复套？"

你能别坐那么远吗？我只是染了风寒，又不是得了瘟疫……

唐泛有点无语地看着他："河套地区重要，大家都知道。但河套地区易攻难守，注定了它就算被朝廷拿下来，也很难守得住，朝廷不愿意花这么大的力气去搞一块不知道什么时候又会被人夺走的土地，这笔账算下来，他们觉得得不偿失，这是其一。

"其二呢，就算有力，也无心。现在朝廷早就不是'土木堡之变'前的朝廷了，你瞧瞧朝野上下，谁会主动提起复套一事？就连陛下本身，只怕也是想着多一事不如少一事的。汪公此举，自然是要碰壁了。"

汪直皱眉："但你之前也建议我往北面走，但如今不能复套，又有什么军功可拿？"

唐泛沉声道："河套不是不应该收复，而是不能急于一时，这是一场大仗，需天时地利人和才有必胜的把握，现在三者没有一者符合，复套又从何谈起？汪公为国收复疆土之心令人钦佩，只是饭要一口一口吃，打仗也一样，北边形势多变，瓦剌、鞑靼强强弱弱，但不变的是大明的北面一直受到威胁。是以当年永乐天子迁都北京，为的便是让往后历代天子都能时刻警醒自己直面北虏，守住大明的疆土。”

唐泛又道：“所以收复河套虽然重要，却不是唯一必须做的，要知道‘土木堡之变’后，我方输多赢少，士气低落，瓦剌势弱之后，鞑靼又兴起了。许多人认为我们反正打不赢，就干脆龟缩不出，不行的时候就以金银钱财贿赂鞑靼，又或者让他们进城劫掠一阵，他们抢完了，心满意足了，自然也就走了。只要汪公能够将鞑靼打怕了，让他们不敢时时来骚扰，也就算是军功一桩了。”

明朝虽然大，但它就摆在那里，没法随时移动，目标显眼。鞑靼人那些游牧民族却是打游击，来了之后烧杀抢掠，完了就走，碰到强的他们不敢来，碰到弱的他们就上，他们也不会在边城驻居，敌暗我明，非常难搞。

这就是为什么大明总是拿这些人没办法，苍蝇一群乌泱泱飞来，你一打，它们又四散了，过阵子再来。你人就站在那里，目标大，苍蝇随时都能找上你，要怎么办？

唯一的办法，就是你彻底强大起来，让苍蝇见了你就不敢靠近。

但大明要想强大起来……那首先得把朝廷上那群吃干饭的大臣都换一轮，然后如果可以的话，也得把皇帝洗洗脑，让他不要那么混日子。

所以没搞定这些人，汪直就想去收复什么河套，那简直是不可能的。

汪直原本兴冲冲地想要拿个西瓜来吃，结果唐泛告诉他，西瓜还没成熟，只能吃颗葡萄，他顿时就兴致寥寥了。

唐泛见他看不上小打小闹，无语道：“汪公，恕我直言，若河套那么好收复，当年永乐天子如何英明神武的一个人，他早就收回来了，哪里还轮得到我们？能够打赢鞑靼，不也是大功吗？再说了，现在朝廷也没钱支持你去收河套吧？”

汪直站起来：“也罢！我就不想待在京城，成日跟尚铭争那一亩三分地，实在没劲，要干就干点大的，这样才不枉到世上来走一遭。”

唐泛提醒道：“人走茶凉，最忌谗言，汪公别等回来之后，陛下和贵妃已经忘了你。”

在他看来，汪直虽然也毛病多多，但有比较才有高下，他总算还有点大局观，也不像尚铭那种宦官一样只知道铲除异己，讨好皇帝。不管动机是什么，就冲着他能够帮着隐瞒元良的事情，免于贵妃追究太子这一点上看，就比朝中一些官员强多了。

这也是唐泛愿意和他来往并提点他的原因。

汪直摆摆手：“这我明白。”

他又狐疑道："不过话说回来，你年纪轻轻，官职也小，如何会对北疆局势了若指掌？虽说秀才不出门，能知天下事，可朝中如你一样的人也不少，我看那潘宾，虽当了那么多年的官，未必就能说得出这些来。"

唐泛笑道："秀才不出门，怎知天下事啊？当年家中父母早亡，我便带着刚刚拿到的秀才功名出门游学，南至滇南，北至漠北。我这是读万卷书，行万里路，一步一个脚印走出来的。"

汪直听罢微微动容，才算真正对他刮目相看。

这个时候交通极其不便，唐泛虽然不是纤弱女子，但他也是孤身一人，再太平的盛世，路上同样会有抢劫的盗匪，拦路的游兵，会有不测的天灾人祸，碰上一个发热着凉，还会缺医少药，若是在荒郊野外，更别提找什么大夫。还有，自正统年间，各地便频频骚乱起事，像唐泛这种没有什么功夫在身的书生，一个不慎卷进去，有可能直接就被乱兵杀了，管他是哪一边的。

但唐泛不仅没有死，反倒还活得好好的，更考上了进士，当上了官。

其中他所遇到的种种艰难险阻，又如何化险为夷，单是写出来，肯定是一个个精彩的故事。

这样的官，跟那些只知道死读书，读死书，当了官又只会在任上消磨度日的官自然不可同日而语。

这世上，经历风霜磨难的人未必能成大器，但成大器的人无一例外都要经历风霜。

汪公公早就觉得唐泛与旁人不大一样，这下子他更确定了自己要在唐泛身上进行更多的投资。

政治投资也好，感情投资也罢，总而言之，跟这人交好，以后自己肯定也会有好处。

二人聊完正事，汪直准备起身告辞。

他有了开玩笑的心情，就朝唐泛暧昧一笑："我看你平日装得风流潇洒，却也不像是个会过日子的，怎么生了病，就一个大男人和一个小姑娘在边上伺候着，要不要本公给你送两个美貌侍女啊？"

唐泛道："免了吧，酒是穿肠药，色是刮骨刀，我怕到时候我这风寒还没好，骨头就被刮碎了。不过汪公若是有心，倒可以帮我个忙。"

汪直问："什么忙？"

唐泛有点不好意思："那个，你看我这几天都生病在家，连门也出不了。听说书坊里近期要上一批新书，我总不好劳烦隋州或幼妹出门去帮我买这玩意儿，还请汪公让人帮我买几本送过来吧，病中无聊，也好消磨时间。"

汪直狐疑："什么书啊？不会是春宫图吧？"

唐泛差点没被他噎到："我看起来像是这么不正经的人吗！"

汪直想也不想："不像。"

唐泛露出欣慰的神色。

汪直又道："但人不可貌相。"

唐泛："……"

唐泛没好气："不是春宫图，就是风月话本，写那些个神仙鬼怪、离奇逸事的，到底带不带啊！"

汪直坏笑："带，看在你帮了我不少的分儿上，这点小事本公怎么都应该帮忙不是？"

他也不知何时走上前来，一手挑起唐泛的下巴，左看右看。

"说起来，你也还算有几分姿色，往后若是当不成官了，到街上倒卖点风月话本，估摸着有什么大姑娘小媳妇去光顾你，生意肯定也不错！"

唐大人终于忍不住翻了个不雅的白眼："要真有那一天，我一定到西厂门口去卖！"

这话刚说完，就听见门"吱呀"一声被推开。

隋州端着药走进来，好巧不巧正看见汪直居高临下，一手捏住唐泛的下巴，令后者不得不微微扬起脑袋，身体却还在床上拥被而坐，面色出于咳嗽的缘故，在冷白中泛出两团嫣红，鬓发凌乱，衣衫不整，两人距离又是如此之近，看上去很容易让人联想到某些奇怪的地方上去。

更值得一提的是，明代宦官其实不像许多人想象中那样娘娘腔，其中不乏高大威猛的汉子型人物，要不是不长胡子，压根儿不会让人发现。

汪厂公虽然长相不威猛，偏于阴柔，但他的身材绝对跟柔弱、瘦弱、孱弱一类的词不沾边。试想一下，一个跟隋州一样从小习武的人，又能瘦弱到哪里去？

相比之下，唐大人因为是文官，而且又生病，一眼看过去，强弱立现。

不管谁过来看，都会觉得这是汪公公色心顿起，在调戏唐大人。

在隋州不发一言的冷眼之下，汪直施施然地松开唐泛，又轻轻拍了拍他的脸颊，状若亲昵地道："改天再来看你，好好养病。"

唐泛：“……”

能不能别做出这种惹人误会的举动！

面对隋州冰冷而强大的气场，汪直视若无睹，调侃道：“隋百户好生贤惠啊，又是奉药又是照顾，再这样下去，唐大人以后都不用娶媳妇了吧？”

也不等唐泛反应过来，汪直就哈哈一笑，径自大步走了出去。

他这说话着实口没遮拦，十足张扬又任意妄为，若今日换了旁人，又是被当作女子一般调戏，又是把堂堂一个大男人比作小媳妇儿，早就怀恨上了。得亏是唐泛没当回事，隋州又懒得跟他计较，才任由西厂提督扬长而去。

倒霉的是唐大人。

汪直一走，他就被教训了。

隋州冷着脸对他说：“汪直此人喜怒不定，正邪难分，不值得来往结交。”

唐泛虽然很赞同他对汪直的评价，却道：“如今陛下宠信宦官，其势难改。像怀恩这等严谨持身的毕竟是少数，皇帝更喜欢的，还是像梁芳、汪直、尚铭这种，能够迎合自己心意的。所以就算不是汪直，也会是李直、张直，但凡能稍稍引导他往正路上走，能做点利国利民的事情来，也算好事。”

见他心里有数，隋州也就不再说什么了，把药往他面前一递。

唐泛：“……”

他赔着笑脸道：“您看，咱能不能打个商量，我这病好得差不多了，这药要不就省了吧？”

他口中说着病快好了，实际上还在那里吸鼻子。

隋州倒是爽快，直接就一句话：“自己喝，还是我来灌？”

唐泛二话不说，接过碗，捏着鼻子就咕噜噜灌了下去，眉毛眼睛全都皱成一团，连带着隋州把桂花糖递给他也是恹恹地摆摆手，毫无兴趣。

吃货虽然喜欢吃东西，但那肯定不会包括苦药。

二人正有一搭没一搭地说着话，却听到外头有人在叫门，隋州就起身走了出去。

要说隋州这三进宅子其实也不小了，但整个家里头除了他自己、唐泛和阿冬三个人之外，就没有其他常住人口。打扫屋子也是雇的短工，那些短工在京城里是有自己的住处的，打扫完就回去，也不耽误主人家，以至于现在连个门子管家也没有，开门还得主人家亲自去开。不过这样一来也显得自在，像隋州和唐泛这种人不喜欢被拘束，当然也就不喜欢看着没那么亲近的人成天在自己眼皮子底下晃来晃去。

隋州出去了之后就没再进来，唐泛正有些奇怪，却见阿冬鬼鬼祟祟地摸了进来。

唐泛啼笑皆非：“我这里不让你进不成？做出这副样子却是为何？”

阿冬笑嘻嘻：“隋大哥的乔家表妹又上门来了。”

唐大人一个大男人，平日性子疏阔潇洒，跟那乔氏女郎也没什么旧怨，自然不会因此看对方不顺眼。那日之所以闹了点脾气，不过是因为刚经历过东宫一案，眼见死了那么些本来不应该死的人，回来之后又看见阿冬和隋州跟着乔家表妹言笑晏晏（其实根本就没有言笑晏晏，纯粹都是唐大人的主观片面看法），所以心里难免就有种孤家寡人的寂寥感。

现在早就时过境迁，唐泛当然不可能真像小孩子那样吃醋闹不痛快甚至阻止好友不能跟乔氏女郎亲近云云。听了阿冬这话，他反倒懒懒一笑：“阿冬啊，你是不是忌妒人家能亲近你家隋大哥啊？照理说你也还小，大哥不是不肯为你做主，你若是喜欢隋州，等再过几年，你长大一些，我再去给你家隋大哥提一提，看他肯不肯收你当小妾，可你现在豆芽似的这么一点，光是在这里和我嘀咕也没用啊！”

阿冬虽然平日里天真活泼，但她是出身大户人家的丫鬟，对这些内宅之事不可能真的一窍不通。一听唐泛这么说，就扑过来闹他，把嘴噘得老高：“大哥你说到哪里去了！我才没有忌妒乔姐姐！我是在担心你呢！”

“我有什么可担心的？”唐泛莫名其妙。

阿冬道：“你想啊，若是隋大哥真与乔姐姐成亲了，你怎么办？”

唐泛平时多聪明的一个人，这会儿听着完全是稀里糊涂的：“什么我怎么办？你这话真是越说越不着调了！”

阿冬白了他一眼：“大哥你怎么一生病就笨了！要是隋大哥跟乔姐姐成了亲，那乔姐姐肯定要住进来吧？到时候我们怎么还好住在这里啊？不就得搬出去了？所以我当然关心了呀，大哥你又不会赚钱，我当然希望我们能在这里住得越久越好，这样你也可以多省一些钱了呀！”

别看阿冬小小年纪，她也是很会算这笔账的，而且说得有条有理。

唐泛深沉道：“在你眼里，你大哥我就这么不顶用啊？搬出去咱们就得风吹雨打了？”

阿冬伤感道：“可不？大哥你俸禄那么少，还那么喜欢吃，天天吃那么多东西，把人也吃穷了，以后可怎么办？你每月给我买米买面的银钱，我可是都精打细算用着呢，咱们现在院子里自己种点瓜果，再出去买点肉，每月还能留个几钱银子，给你将来娶媳妇用，可要是搬出去之后，这点银子只怕也省不下来了，到时候你可怎么办啊？”

唐泛听得那个滋味哟，真是又想翻白眼，又是好气，又是感动。

搞了半天，敢情这丫头那么关心隋州和乔氏女郎成不成，就是为了这回事？

唐泛摸着她的脑袋，粗声粗气道：“你就把心放回肚子里好了，咱们总不会流落街头的。再说了，就算我流落街头，你就不认我这个大哥了？”

阿冬猛摇头。

唐泛道：“那不就结了？有我一口饭，就有你的一口饭！”

小丫头听得眉开眼笑的：“好吧，大哥，那我以后再也不怨你吃得多了，你还是多吃些才好，病了这一场，脸上都没肉了，不知道的还以为是逃难过来的呢！”

唐泛去掐她的脸：“你再胡说八道，不用等你隋大哥娶妻，我直接就先把你赶出去！”

两人正在胡闹，冷不防门口传来一个声音：“谁要娶妻？”

二人循声望去，就看见隋州来到门口，好巧不巧听到了半句话。

他后面还跟着乔氏女郎乔修月和她家的丫鬟。

隋州道：“表妹听说你病了，特地让我带她过来看看你。”

唐泛笑道：“乔姑娘客气了，那天本是不知身份造成的误会，如今误会解开，自然也就没事了。不过我如今染了风寒，唯恐过了病气，还请乔姑娘不要久留才好。”

乔修月点点头，又说了两句客气话，她对屋里的药味显然也不是很适应，连坐也没坐，只站在门口处与阿冬也打了声招呼，便告辞离去了。

身为主人，隋州自然是要送客的。

走向大门的时候，乔修月就带了一点娇憨道：“表哥，眼看就要入冬了，要不找个天气好点的日子，你陪我到云居寺去上香可好？”

虽说隋州为人有些冷淡，可抵不住高大英武，外表出色，又兼之能力卓越，前途光明，隋家自然多的是上门提亲的媒人，只是隋家父母向来做不得这小儿子的主，加上从前隋家和乔家还有口头上的约定，所以就一直搁置下来。

如今乔家舅父带着家小回京，一方面是为了照顾老母，另一方面也是为了儿女的亲事。

实际上乔修月的父亲已经另外物色了人选，对方父亲在翰林院任职，自己也正在国子监读书，可谓书香世家，与隋州这样的锦衣卫毕竟还是有所不同的。

自从出了周太后这号亲戚，乔家便心心念念想着往书香门第、簪缨世族上靠拢，人往高处走，乔家舅父会这么选择，也是正常的。

当然，就隋州自己本人来说，也未必非乔家表妹不可。

两个人仅止于幼年时的情谊，又时隔多年，没那么多山盟海誓、非卿不娶的狗血情节。

只是乔修月似乎对隋州仍有一份说不清道不明的情愫在，才三番两次上门，想要试探表哥的心意。

奈何两人的心思不在一条线上。

女方好不容易主动开口邀请，隋州却摇摇头："不了，这阵子唐泛生病，阿冬一人忙不过来，我须得在家看顾些。"

乔修月咬了咬下唇："那我从家里头找个婢女仆役过来帮忙照料呢？"

隋州淡淡道："算了，别大费周章了，你与舅父他们同去就是。我听说舅父有意为你寻一门亲事，想必男方人品也是很好的，虽说我们是表兄妹，终归男女有别，往后你还是少上门，免得落人闲话。"

乔修月的脸色一下子难堪起来，她狠狠瞪了隋州一眼，丢下一句："你真是太可恶了！"

转身气冲冲就往外走。

乔家婢女正跟在他们后头，见两人似乎在说悄悄话，便很有默契地离了一段距离。

眼见主人忽然莫名其妙发了火，还拂袖而去，她忙不迭一头雾水地追上去。

隋州眼看着人家远去，连表情也没什么变化，转身就去了唐泛的屋里。

那头药效上来，唐泛已经沉沉睡过去了。

阿冬小声道："大哥刚睡没多久，隋大哥，你晚上想吃什么？我去做。"

隋州点头："随便，回头把刚才吃剩的粥热一热就好了。"

这两天忙着照顾病人，病人又吃不了太多花样，阿冬也懒得折腾了，闻言答应一声，就往外走。

她一离开，屋里就剩下两个人。

一睡一醒，一站一卧。

唐泛这几天睡觉的时间比醒着的时间还长。

病来如山倒，病去如抽丝。

房间里很安静，只有唐泛绵长的呼吸声一起一伏。

隋州为他盖好被子，又静静地站了好一会儿，直到外头阿冬敲门喊他吃饭，才转身离去。

唐泛这一病，就足足病了半个月。

隋州也由此见识了他的人缘。

那些与唐泛同一年考中进士的就不说了，他们之中大多数已经外放，还有少数名列前茅，现在还待在翰林院熬资历——能够在这种部门熬资历是一种荣耀，不是每个人都像唐泛那样"傻"得从翰林院外调的。

在这半个月里头，陆陆续续过来看唐泛的同年就有四五个，其中还包括当年的状元谢迁。

这个人数已经挺多的了，毕竟唐泛又不是万人迷，不可能人见人爱。而且京官清贫，那些跟唐泛不是很熟的，上门探望总要带礼物，买不起礼物的，自然索性就不来了，送个帖子问候一声，也算是尽到了心意。

还有唐泛所任职的顺天府里，通判魏玉和检校杜疆也过来看了他一遭，小坐片刻，还带来了府尹大人和衙役老王等若干人的问候。

北镇抚司里，跟唐泛相熟的薛凌也来了，带着庞齐。

当然，这两人更多的应该是看在唐泛跟隋州的交情上，跟老大的好朋友交好就等于间接讨好了老大，这其中的联系很好理解。

不过老薛这人挺幽默，话又多，跟他顶头上司完全不像。他在这里坐了半天，唐泛屋里的笑声就没断过，只是唐大人的嗓子因为生病而变哑，又边笑边咳嗽，听起来就像鸭子在嘎嘎叫，实在有伤市容。再加上隋州在旁边一直冷眼瞅着他们，活像他们妨碍了唐泛养病，最后薛凌实在坐不住了，把礼物一丢，拎着庞齐跑了。

然后不得不提的，自然就是西厂汪公公了。

汪公公最近估计正忙着跟朝廷大臣们因为北征的事情掐架，又要忙着搜查上次东宫案里头可能跟福如勾结的幕后内应，实在分身乏术，不过那并不妨碍他隔三岔五地派手底下的人过来。

假如唐泛现在是六部尚书或内阁阁老，又或者是皇帝跟前的大红人，那么一生病就络绎不绝有人过来探病，倒也不稀奇。但问题是他现在只不过是一个区区的从六品推官，大家过来探望他，充其量也就是想结个好人缘，跟唐泛联络联络感情，又或者尽尽朋友的本分，而不是想从他身上图点什么。

这就可以看出唐泛的人缘有多么不错了。

西厂的人名义上是奉厂公之命前来探望唐泛，每次也都提着礼物，但唐泛从隋州那冷得可以的脸色上来看，总觉得汪公公是故意来硌硬隋州的。

但想来想去，貌似这两人也没什么旧怨啊，难道是西厂跟锦衣卫天生就互看不顺眼？

唐泛看在眼里，找了个机会对隋州说：“要不等我病好了，就找房子搬出去吧？”

隋州没料到他会提出这一茬，眉头一皱：“为何？”

唐泛道：“虽然咱俩交情好，你也免费让我和阿冬住着，可说到底，这里毕竟是你的地方，我那些朋友同僚总是出出入入的，不是很好，也打扰了你的休息……”

隋州道：“不打扰。”

唐泛还想再说什么，被隋州阻止了，他问了个风马牛不相及的问题：“汪直对你来说，是朋友还是同僚？”

唐泛微愣：“都不是吧？”

隋州有点意外：“怎么说？”

唐泛一笑：“朋友是要坦诚相待，肝胆相照，两肋插刀，我和汪直之间，若说是朋友，还少了那么点火候。你看我现在住你家，都快鸠占鹊巢了，你让我去住汪直家试试？我定是不会去的。”

本朝宦官与大臣交往不是新鲜事，但也要顾忌影响，如果是怀恩那样的也就罢了，汪直这种亦正亦邪的，很容易影响到跟他交往的人的名声，到时候名声一坏，前途也就完了。隋州正是因为上次看到他们俩过从甚密的模样，才会有此一问。

此时见唐泛神志清明，对个中玄妙都一清二楚，便满意地点点头：“那就不要再提搬出去的事情了，以后也不必提了。”

唐大人迟疑道：“可是……”

隋州：“你若愿意，这里以后就是你的家。”

唐泛微微动容。

隋州拍拍他的肩膀："你我虽认识不久，但交情深浅从来都不是以时间长短来计算的，彼此心意相知，方为朋友。你这人生来是要做大事的，对小节不甚在意。就算搬了出去，说不定哪天又要为房租或其他什么问题而烦恼，倒不如直接安安生生在这里住着。几年之内，我都不会成婚的，你不必有所顾虑，再说以我的身份，也没什么宵小敢闯空门，你在这里住，我也放心些。"

其实隋百户一点都不笨口拙舌，他平时只是不乐意多说罢了，一旦真说起来，那效果绝对比平时舌灿莲花的人还要强上百倍。

唐大人果然被感动得一塌糊涂，向来口齿伶俐的他却忽然有点不知道说什么好。

趁着这个时候，隋州将手里的药递过去，唐大人正满腔的豪气干云，兄弟情义，想也不想接过来，当成白开水似的仰头便灌。

结果他的脸完全扭曲了。

这都是什么鬼……隋广川你乘人之危啊！

看到他控诉的表情，隋州眼里浮现出淡淡笑意，将空碗拿起来，像安抚小动物似的把一块桂花糖喂了过去。

唐大人气哼哼地撇过脸，表示不领情。

隋州也不在意，直接抬起手，桂花糖就送入自己嘴里了。

唐泛："……"

隋州前脚刚走，阿冬后脚就进来了。

"大哥，外头又有人来探望你了。"

唐泛这几天忙于应付前来探病的人，自觉比平时去上班还累，闻言就道："你出去说，就说我喝了药已经睡下了，让他留下名字，改天我会上门致谢的。"

阿冬答应一声，正想往外走，那客人已经等不及自己走进来了。

不悦的声音随之传来："润青啊，你也忒不厚道了，明明就没在睡觉嘛！"

唐泛："……"

大人，你怎么能不照规矩来啊！哪有不请而入自己跑进别人屋里的呢！

潘宾身上还穿着一件官服，瞧见唐泛纠结古怪的脸色，摆摆手："行了行了，我今天来，是有事和你说！"

唐泛无奈道："师兄，我过两日便可以去衙门了，有什么事不能等那会儿再说啊，你都派魏玉他们过来探望过我了，何必还亲自来一趟呢？阿冬，快给大人上茶，这位是顺天府尹潘宾潘大人，咱们的父母官！”

阿冬是典型的小老百姓心理，面对权势熏天的汪公公也没什么特别的反应，反倒是一听到父母官，就连连咋舌，像看稀奇动物似的打量了潘宾好一会儿，才噔噔噔地跑出去煮茶。

潘宾压根儿就没顾得上搭理阿冬，他在床边的椅子上坐下，急急就道：“润青啊，咱们老师恐怕闯祸了！”

唐泛一愣，忙问：“此话怎讲？”

他们的老师便是丘浚，目前在国子监任祭酒。

潘宾道：“前些日子汪直上疏请求收复河套，这事儿你知道吧？”

唐泛点点头，何止知道，汪直还找他商量过呢。

潘宾又道：“听说朝廷上都反对得很，连十分宠信他的陛下都驳回了他的提议，但汪直不死心。前两天，正好北边鞑靼人犯边的消息传来，汪直又上疏主战，还自请前往。”

这时候正好有人端茶进来，递至潘宾跟前。

潘宾看也没看，端过来喝了一口，不经意瞥了一眼，差点没把茶都喷出来！

给他送茶的竟然不是刚才见过的小丫头，而是穿一身锦衣卫服饰的隋州！

隋百户身着秋香色团绣飞鱼曳撒，腰间别着绣春刀，往房间里一站，潘宾不看还好，一看之下，顿时头皮发麻，哪里还坐得稳？

纵然他官职明明比隋州高得多，也连忙站起来，干笑道：“是隋老弟吧？我听润青说过你好几回了，今日一见，果然一表人才啊！”

隋州点点头，将茶具放下：“你们聊，我有事先回北镇抚司。”

照理说他这样有点不把潘宾当回事，但在那股气场之下，潘宾竟也觉得理所当然，并没有感到哪里不妥，只连连道：“好好，你忙去吧！”

但见隋州走了几步，又停下来对潘宾道：“大人，润青刚喝了药，等会儿怕是会早睡。”

言下之意，你们别聊得太晚了。

潘宾还能说什么，只能僵着脸说“好好好”。

隋州一走，潘宾总算松了口气，方才回转过神来，觉得自己刚刚的表现有点丢脸。

但眼前还有更要紧的事情，他道：“刚才说到哪里了？”

唐泛提醒道：“汪直上疏主战。”

潘宾："对对，但是朝中大多数人都不主张开战，但也有支持汪直的，结果两边就掐起来了。这其实也不干咱们的事，不过眼看着陛下的态度有所松动，似乎要同意汪直出征了，结果这个时候，就有一拨人上奏弹劾汪直，说他好大喜功，为了一己私欲，又要穷兵黩武，非得把大明国库败光了才甘心。还说汪直身为宦官，却意图染指兵权，实有重蹈当年王振覆辙之嫌……"

他絮絮叨叨地说了半天，还没说出个重点来，唐泛也不打断他。

因为从潘宾的话里头，也可以看出一些政局来。

汪直掌握西厂，又得皇帝和贵妃宠信，跟螃蟹似的，怎么横就怎么来，朝廷官员都被他弄下去一拨，还借着武安侯府案把手插进勋贵的圈子里搅和，看起来简直无敌了。

但实际上他并没有那么无敌，他还要受到不少辖制。

就像这一次，皇帝一开始是不愿意大动干戈的，所以驳回了汪直收复河套的建议。

底下的大臣们也都看准了风向标，跟着起来反对汪直。

但随着汪直说的次数多了，皇帝的主意也开始动摇了。

这时候那些跟紧皇帝脚步的大臣，有一部分反应过来了，开始赞同汪直；有一部分还没有，所以继续反对。

再加上本朝自英宗皇帝被俘之后，早就没有了早年的底气，朝中"守险"的意见占了上风，很多人都宁愿主和，不愿开战。

说到底，大家还是习惯了安逸的日子，担心激怒鞑靼人之后，重演"土木堡之变"的悲剧。

当然也还有一部分正直之士，不愿意看到汪直这样的宦官掌权，或者本身就反对打仗的，也跟着上疏反对。

这一部分正直之士里，也有唐泛和潘宾他们的老师丘浚。

丘浚虽然不是言官，但也有上奏的权力，他也上疏反对这次出征开战。尤其反对汪直前往，觉得汪直纯粹只是想要捞军功，才会一直怂恿皇帝打仗。

汪直还确实就是这么想的。

前两天，皇帝终于同意汪直的提议，任命都察院左都御史王越以兵部尚书衔提督军务，保国公朱永为副帅，汪直监军，率兵前往河套地区，监察敌情，若遇犯境者，可酌情击之。

"监察敌情"这句话说得实在是太温柔了，实际上就是同意汪直去打仗了。

反正到了那边，天高皇帝远，王越也是磨刀霍霍的主战派，到时候还不是跟汪直串通一气，他们想怎样就怎样？

问题来了，眼看皇帝已经改变主意，反对的人见劝阻无效，渐渐也就偃旗息鼓了。只有丘浚还坚持不懈地上奏，言辞还越来越激烈，甚至对汪直颇有辱骂之词，终于激怒了皇帝，挥挥手，让他老人家收拾收拾包袱，去南京上任吧。

潘宾说到这里，唉声叹气："你说咱们这老师，真是不消停，他又不是言官，这里头有他什么事，安安分分在国子监当祭酒不行吗？现在好了，去南京当官，说得好听，还是户部右侍郎，升了一整级呢，可谁不知道，南京就是个养老的地方，去了那里，还能指望有回京的一天？"

唐泛听着有些心虚。

这事说到底，还是他鼓励汪直去向皇帝提议的，就算不是"罪魁祸首"也是"帮凶"。谁知道到头来却把自家老师坑了。

"要不你去劝劝老师，让他重新上一封奏折，给陛下认个错，陛下素来心软，肯定会原谅老师的。你最受老师看重，你的话最管用了！"潘宾对唐泛道。

唐泛摇摇头："你又不是不知道老师的性子，他若是那等会逢迎上意的人，以他的学识，怎么会到现在还是个国子监祭酒啊？"

潘宾听了，越发愁容满面，官场上师生如父子，本来就该当老师的来照拂门生，结果到他们身上却反过来了。

他心里头不免埋怨丘老头多事，但不管怎么说终归还是师生，能帮的话肯定要帮的。

唐泛心里也有些愧疚，他完全没想到这事到最后会绕到自己老师身上。

"要不这样，明日我就去老师那里，劝劝他，看能不能让他回心转意？"他说着不抱希望的话。

"也好啊，我与你一道去吧，总不能看着老师就这么被明升暗贬吧。"潘宾道。

两人说定了这件事，隔天一大早，就相约出门，前往丘浚府上。

丘家的人正在收拾行李，为前往南京做准备。虽说是去劝说，但潘宾和唐泛心里都知道以丘老头的倔强，是很难改变主意的。

眼看就快要入冬了，北地寒冷干燥，南方温暖湿润，潘宾提了两瓶有祛除风湿功效的药酒给老师，唐泛则带了一些糕点，给丘家小孩子解馋，又买了些常用现成的药丸，以备他们路上不时之需。

丘浚看见他们来了自然很高兴，忙让人备茶，招呼他们坐下。

只是在听见他们的来意之后，丘老头就变得有些兴致寥寥了。

他摆摆手道："此事不必多言，我不会改变主意了。一个宦官本来就不懂得兵事，带着兵到北边乱打一气，到时候就随便砍点人头冒领功劳，这也不是新鲜事了。'土木堡之变'还历历在目呢，陛下这就忘了先帝的教训，哼！难不成非得再来一次北京保卫战才甘心吗？"

一个人学问成就如何，跟他的人品是没有关系的，同样，跟性格也没有太大关系。

丘浚学问很好，但这并不妨碍他脾气急躁，一旦打定了主意，谁也劝不了。

潘宾对唐泛使了个眼色。

唐泛慢腾腾道："老师，学生有一言，不知当说不当说。"

丘浚瞪了他一眼，笑骂道："在我跟前还装什么老实？有话就说吧！"

唐泛先是笑了笑，然后正容道："自太祖皇帝起便重用宦官，郑和、侯显这些人暂且不说了，如今的怀恩，也能算得上忠义之士，皇帝任用宦官已成定制，纵是出了一个王振，也改变不了这个事实。皇帝对于宦官的信任，确实比外臣为甚。此其一。

"就拿太子殿下来说，当年他能够辗转宫廷，侥幸存活，也是全赖内宫的宫人们保全，等他登基之后，肯定也会对宦官更加信任的，这是人之常情。

"既然宦官掌权不可避免，此事非你我能够改变，那么就算不是汪直，也会是其他人。虽说汪直掌管西厂之后，抓了不少官员下狱，不过细论起来，这些人里，没有一个平头百姓，这比东厂已经算是要好许多了。有西厂制衡，东厂也不敢过于猖狂，这也算是汪直的一桩好处。

"还有，'土木堡之变'后，大明国力日渐下降，从前还敢主动出击，如今却连人家打上门来了也不敢出手，长此以往，龟缩不战，必然助长敌方嚣张气焰，让周围异族都以为我大明软弱可欺。

"所以学生以为，这次汪直北征，其实也是有必要的，老师就不要为此气坏身体了。"

他本以为一席话说出来，有理有据，丘浚就是不赞同，起码也不会像之前那样激动了。

谁知道丘浚脸色越来越沉，等他说完，就摇摇头，冷声道："润青，你太让我失望了，本以为你就算不敢上书力争，起码也不会反对我的观点，谁知道你竟然还站在汪直那一边，你到底还有没有身为文官的风骨？不错，国朝宦官掌权确实是常事，太祖皇帝也开了一个不好的头，可你看看近些年来，跟宦官过从甚密的，最后有什么好下场？就算是跟怀恩交好的余子俊，也不敢这样公然帮怀恩宣传造势呢！你真是青出于蓝了，越发出息了！”

他越说越生气：“你也知道如今国力不济，仗不是想打就能打的，兵马未动，粮草先行，这一切都是银钱堆叠出来的，国库如今有这么多钱吗？打仗打仗，你说得轻巧，请神容易送神难，一旦把汪直放出去了，他不杀几个平民百姓的人头来冒充功劳就不错了！”

潘宾没想到把小师弟喊来，非但不能把老师劝消气，反倒火上加油了，忙道：“您消消气，消消气！”

丘浚意犹未尽：“润青啊，你这性子，若能静下心来好好做学问，将来未必不能成为一代名家，可你偏偏要离开翰林院那个清静地方，在外头摸爬滚打。我听说上回宫里出了事情，还把你牵扯进去了？你现在跟汪直搅和在一起了？”

潘宾使劲朝唐泛递眼色，让他别再说什么惹老头生气的话。

唐泛苦笑：“没有的事，只是上次查一个案子的时候，正好阴差阳错跟汪直认识了，他知道我是顺天府推官，所以让我过去帮忙打个下手而已。”

发生在东宫的那件事，因为涉及宫闱，大家也只知道是韩方死了小儿子，凶手竟然还是他的大儿子，唏嘘了一阵，万贵妃的嫌疑被洗清，那碗绿豆百合汤自然也无人提起了。至于其他传闻，虽说外头影影绰绰地传，可终归没有经过证实，都是谣言。

唐泛破案有功，在皇帝和贵妃面前都留下了印象，但在外头反而功劳不显。

尤其是万贵妃，虽然那天她对唐泛当着众人的面问她是不是凶手这件事很恼怒，事后还气冲冲地对皇帝说此人轻浮不堪大任。但后来唐泛不仅破了案子，还洗刷了她的嫌疑，这似乎又证明唐泛是一个有胆色，而且有能力的官员。

万贵妃跋扈已久，轻易不会把别人的讨好放在眼里，这次却欠下唐泛一份大人情。

若是她还记得这份人情的话，唐泛的升迁也指日可待了。

幸好丘浚不知内情，否则要是知道自己的学生阴差阳错得了万贵妃和汪直的赏识，估计能呕血三升。

唐泛自然也不敢跟他提起自己跟汪直建议北征的事情，要不估计连师徒也做不成了。

但就是这样，师生见面还是闹得不欢而散。

丘浚对唐泛和潘宾二人很失望，觉得他们在官场上久了，连做人的基本原则也失去了，变得和其他人一样唯唯诺诺，只知道随波逐流。

从丘府出来的时候，潘宾抱怨道："刚才你就不应该跟老师争执，他说什么就由他说去，忍忍不就过去了！"

唐泛无奈："我也不想的，不想老师竟然一句也听不进去。"

潘宾又道："老师也是的，为何那般古板顽固？但凡稍稍圆融一些，以他的资历和学问，现在也不该只是国子监祭酒了。"

唐泛默默无语。

两人出了街口便分道扬镳，潘宾不忘嘱咐他明日该去衙门里上班了。唐泛则一个人默默地走在长街上，眼前繁华热闹皆不能入他的眼。

他在想，其实自己是不是专心办案，少掺和朝廷大事会更好一些？

毕竟他现在只是一个从六品小官，这些事情都离他太遥远了，压根儿没必要为了这个跟自己老师过不去，管得也太宽。

但另外一个声音又在告诉他，其实他的观点并没有错，要坚持自己的看法，不要因为跟老师意见不合就轻易退却，古人也说了，位卑不敢忘忧国。

他心不在焉地走着，不知何时却听见身后传来一阵喧闹和争吵。

唐泛茫然地回过头，冷不防迎面一个拳头就砸了过来！

第十五章

一家团圆

唐泛刚刚在想自己的事情，虽然身体在大街上走着，但精神还处于神游物外的状态，眼前的拳头过来，他下意识后退两步，脚后跟撞上街边人家卖橘子的小筐，当下一个重心不稳，就要往后栽。

此时有人伸手拽住他的腰带往旁边一带，唐泛被动地被推往旁边，堪堪避了过去。

“你没事吧？”听见这个声音，唐泛回过头，才发现原来是隋州。

对方一身官袍，估计是刚从北镇抚司回来，又或者即将去北镇抚司的路上。

“没事。”唐泛摆摆手。他虽然不像隋州或汪直那样勇猛，说到底毕竟还是个大男人，岂会因为这点小事就吓到，只不过刚刚没有防备，所以猝不及防而已。

眼下回过神，他才发现那拳头其实也没有多大威力，对方也不是故意冲着他来的，而是两个路人在打架，他因为走路没看路，不慎被卷了进去。

那两人一边扭打一边吵架，热闹得很，旁边还一路围观了不少人。

唐泛稍微一听就明白了来龙去脉。

眼下将近年关，遇上适合祭拜上香的初一、十五，京城街道更是摩肩接踵，拥挤异常。

这打架的两个人，一个在前面走，一个在后面走。

结果前面那个人忽然感觉到自己的腰间好像被摸了一下，心里一个激灵，赶忙摸了一阵，发现果然是自己放银钱的袋子不见了。

再往后一瞧，自己身后正好跟了个人，正冲着他笑呢。

被偷了钱的那个人当即就不干了，揪住自己后面那个人，非说他是小偷。

后面那人也不甘示弱，说他冤枉人。

两人吵着吵着就打了起来，前面那人说要带他去见官，后面那人不肯去，越发就被对方认为是心虚。

只听见被偷钱那人骂道："看你这穷酸样，还说没有偷？现在不敢跟我去见官，不是心虚是什么！"

跟他扭打在一起的人也骂："你这张嘴是刚从大粪坑里捞出来吧？怎么张口就骂人呢！我又没有偷，干吗跟你去见官？我才不去！"

旁边的人围了一圈，跟了一路，大多是看热闹的，还有出口劝的。唐泛一个没留神，居然也身陷包围圈里，再看两个当事人，也没注意到刚才差点殃及唐泛，只顾着吵架。

两人吵得正起劲，就听见有人道："两位，两位，你们听我一言成不？"

理所当然没有人听，不过当两人眼前寒光一闪，各自都不由自主被推开往后踉跄两步时，定睛一看，发现站在自己眼前的竟然是个锦衣卫，才赶紧消停下来。一个赶紧喊冤："大人啊，您来得正好，还请给小的主持主持公道啊，这人偷了我的东西，还不承认呢！"

另一个也道："大人，您甭听他胡说！我好端端走在街上，他揪着我的衣服不算，非说我是小偷，还有比这更冤枉的事情吗！"

隋州没有说话，说话的是唐泛。

"你说他偷了你什么？"他对其中一人说道。

对方就说："银袋，我的钱都在里头，本来是用来买年货的，这下可都没了！"

另一人就气愤地拍着身上："你的钱不见了关我什么事？我身上也没你要的！"

甲冷笑道："将你抓到衙门里，是不是就能见分晓了？就算你不是小偷，那也肯定是他的同党！要不然怎么正好我转过头的时候你就冲我笑了？"

乙嚷嚷起来："你别上下嘴唇一碰，就胡乱冤枉人！"

眼看两人又要吵起来，唐泛打断他们，对甲道："他没骗你，他确实不是小偷。"

甲一脸不服气，唐泛也不理他，直接拱手问乙："这位老哥，敢问高姓大名？"

对方见唐泛谈吐有礼，不似常人，又有锦衣卫在旁，忙拱手回礼道："不敢当，鄙姓于，单名浩。"

唐泛笑道："原来是于老哥。"

他又问甲："这位老哥又如何称呼？"

甲道："好说，认识的人都喊我罗员外。"

他浑身打扮阔绰，身材圆胖，倒也担得起这声员外。

唐泛一笑，对他道："罗员外且看他胸口挂着的玉牌和腰上挂的玉佩上面，分别都刻着什么？"

不仅是罗员外，围观众人忙凝目看去。

这年头识字的人不算多，但是也有些人认出来了，这个于浩胸口挂着的玉牌上面，刻了"沅湘"二字，他腰间的玉牌，则单有一个"于"字。

罗员外虽然号称员外，却不识字，他的脸上就有点讪讪。

唐泛看了出来，对他念了这几个字，又解释道："楚辞有云，浩浩沅湘，他的字号是能互相对上的，这说明玉佩和玉牌都是他的东西无误，一个小偷怎么会将这些东西带在身上？再说他在自报姓名的时候，没有丝毫犹豫，可见并没有说谎，所以他不会是偷你钱袋的人。"

罗员外一听就不高兴了，碍于隋州在旁边，他也没敢造次，只是不服道："阁下又是何人啊？左右我们都要去见官，他是不是盗贼，你说了也不算啊！"

唐泛倏地沉下脸色："我乃顺天府推官，这种小事情还是可以帮忙断一断的，也免得你们去给父母官添麻烦。若我没有猜错，你心里应该也知道这于浩不是偷你东西的人，只不过东西不见了心里恼火，又见他冲着你笑，就想找个人赖上，是也不是？"

罗员外心虚道："你，你别胡说！"

唐泛淡淡道："既然你这么想见官，那我们就去见官好了，到时候你诬告于浩，东西没能找回来，反倒被打板子，你可想好了？"

罗员外连连摆手："我不要他赔了，我不计较了还不行吗！"

说罢后退几步，扭头拨开人群就跑，也顾不上刚刚还揪着对方不放了。

本来就是小事一桩，既然已经化解了，隋州当然也懒得追上去揪着那个罗员外不放。

那个被冤枉的于浩赶忙道谢，旁边围观的人也都为唐泛的机智和细心叫好。

唐泛和隋州二人挤出人群，又走了好一段路，耳根才总算清静下来。

“你这是要去北镇抚司？”唐泛问。

隋州“嗯”了一声：“今日没什么事，就是去点个卯。你心里不痛快？”

唐泛挑眉：“怎么看出来的？”

隋州道：“干锦衣卫这一行，与你们推官有些异曲同工，都要细心观察。不过论机智，我不如你，你天生就该是吃断狱这碗饭的。”

唐泛负着手一边走路，一边叹道：“是啊，今日和府尹大人去见了我们老师，略起了一些争执，老师不能理解我，连我也有点怀疑自己是不是做错了。”

他又问隋州：“广川，有些话我不知当问不当问，锦衣卫主掌缉捕，不必事先通过朝廷就可自行行事，诏狱之中更有许多见不得光的酷刑，你经历得多了，难道心里从来就没有过动摇吗？”

隋州略一点头：“有。”

见唐泛好奇，他便道：“你知道我兄长虽然袭了锦衣卫的职衔，却一直想着考科举出人头地的事情吧？”

唐泛“嗯”了一声：“是，你对我说过。”

隋州道：“其实小时候，我也存在过这样的念想，也能理解我兄长的想法。他不想因为外戚和武官的身份令人看不起，所以想依靠自己的本事出人头地，但区别在于，我很早就认清了现实，但我兄长没有。”

唐泛有点唏嘘，科举考试，三年一回，听起来好像不值钱，但人生能有多少个三年？江山代有人才出，科举这种事，不光要有天赋，有毅力，还要有运气，不是单靠勤奋就能成功的。

每三年，全国有多少人才参加考试，能从千军万马里杀出来的，都要有两把刷子才行。唐泛见过隋州的兄长，一看就知道他不是那样的人。如果他能安于现状，有自知之明，老老实实地过日子，又或者学弟弟那样出来办差，也不至于蹉跎岁月，偏偏看不清状况，那就是悲剧了。

又听隋州道：“刚入北镇抚司的时候，我经手了一个案子，有个言官上疏弹劾万贵妃姐弟把持后宫与锦衣卫，大骂万贵妃与万通姐弟。万通恼羞成怒，将他抓了起来，关进诏狱，又罗织罪名将他全家老幼流放。彼时我不过刚入锦衣卫，又因有太后关系，奉命押送的苦差轮不上我，我知他们一家本来无辜，又佩服那言官铮铮傲骨，敢言人之所不敢言，就主动将这个差事讨过来，亲自护送他们到达当地，又自己出钱，让当地看守犯官家眷的官差多照顾他们一些。准备等这阵风波过后，去向陛下求情，赦免他们。”

唐泛早知隋州外冷内热，对手底下兄弟很是照顾，却没想到他还会做这等路见不平拔刀相助的事情，心中一热，钦佩道：“如果你当时去求情，不啻在打万通的耳光，等到事情过去，他说不定也不记得这些人了，到时候你去请求陛下，应该是可行的。”

但隋州脸上殊无笑意，他凝重道：“然而等我回到京城，才发现那个言官已经在诏狱里被折磨死了，就连他的家人，过了两个月，我也得到消息，说他们一家都在当地得急病暴毙了。”

唐泛也没了笑容：“万通派人下手的？”

隋州道：“不知道。但自那件事之后，万通俨然说一不二，再没有人敢冒着赔上全家的风险，上疏弹劾他和万贵妃了。我才知道，自己当初的做法何其幼稚，根本于事无补。”

唐泛道：“这不是你的错。”

隋州点头：“自那之后，我就收敛起所有不切实际的想法，也不会再有离开北镇抚司的念头。因为我知道，假如我能够在锦衣卫里说得上话，哪怕是能够制衡万通，也许那一家人就不必有那样的下场了。”

唐泛问：“这就是你一直留在北镇抚司的缘由？”

隋州道：“锦衣卫本身就是一把双刃剑，用好了，同样可以为大明做事，用得不好，就像如今这般。许多事物本来没有对错，要看做的人怎么想，怎么去做。”

两人虽已是好友，却成日各忙各的，很少能像今天这样并肩闲走谈心。

周围热闹喧哗，唐泛反而逐渐平静下来。

他笑叹道：“广川，旁人道你冷面冷心，也以为像你这样的武职，只会奉命行事，天生比文官低了一等，却不知你内心看得比谁都要清楚明白，我不如你啊！”

隋州摇摇头，目光柔和下来：“你不是不如我，你只是一时困惑而已。觉得自己没有错，那就坚持下去，你老师或其他人的话并不要紧，只要你心中有大道，就无事不可行。”

唐泛哈哈一笑，豁然开朗：“好一个心中有大道，无事不可行！那你呢，你会不会赞同我的看法？”

隋州冷静道：“国朝久安，我也觉得早该打一仗来警醒警醒。但汪直此人行事张扬，并非长久之道，树大招风，看他不顺眼的人太多，他一旦失去帝心，就会从高处跌下去，再也爬不起来。与汪直来往无妨，但要小心被他拖入泥沼才好，我不希望你被他所连累。”

他平日寡言少语，但唐泛从未小看他的政治智慧，如今一番推心置腹，唐泛才真正见识到隋州内敛外表下的眼光和胸襟。

难怪皇帝会将他比作孙继宗，在唐泛看来，假以时日，隋州的成就只怕会比孙继宗还要高。想及此，唐大人那股不正经的劲儿又犯了，开玩笑道：“都说朝闻道，夕死可矣。广川一席话，令我心中快慰明朗许多，是不是该向你行个礼，喊你一声老师才好？”

隋百户悠悠道：“你若愿意，我也不介意。”

左右今天唐泛又是告了假的，不用去衙门，隋州也只是过去应个景，不急着赶路，两人说说笑笑，一路缓步前行。

天气已经由秋转冬，逐渐步入寒冷的时节。北京的冬天来得快，眼看前阵子街上的人都还穿着薄袍，现在就都裹得厚厚的了。

唐泛刚刚病好，穿得多，他心中熨烫，却不是来自衣服，而是来自朋友的关怀和开解。眼看街边有人在卖糖葫芦，隋州伸手买了两串，递给唐泛。

“小阿冬可吃不了那么多，我来帮她解决一串吧。”唐泛笑道，接过来咔嚓咔嚓就开吃。

隋州默默无语，心想知道你嘴馋，吃就吃吧，还找那么多借口。

结果他一个没留神，再侧过头的时候，发现唐泛手上居然都空了。

隋州：“……”

唐大人有点不好意思，扯着他往回走：“走走，再回去买一串，刚才那串长虫子了，我给扔了。”

隋州心道别以为我没看见你手上有两根竹扦。

唐大人仗着隋州不会揭穿他，也就厚着脸皮笑眯眯地睁眼说瞎话。

等重新买了糖葫芦，唐泛“哎呀”一声：“忘了个事儿！”

隋州侧眼看他，露出疑惑的眼神——刚才说了太多话，现在能不说就不说了。

唐泛将上次跟汪直打赌的事情与他说了，末了道：“他还欠了我一顿仙云馆的席面，上次过来的时候提也没提，该不会是准备赖账了吧？”

隋州：……你成天就想着这个吗？

他沉下声：“方才我与你说的话，你不会是忘了吧？”

唐泛讪笑：“没忘，没忘，与他保持距离嘛，我知道的，不过能不能等这顿饭兑现了，怎么说也值不少银两……”

他的声音越来越小，脸上的表情越来越心虚，最后直接闪人了：“我先把糖葫芦给那丫头带回去，免得糖霜化掉了，你忙你的，告辞告辞！”

说罢带着糖葫芦一溜烟走没影了。

隋州摇摇头，心中有些无奈。

唐泛的病好得差不多了，病号自然也泡不下去了，就算他师兄是顺天府尹，该上的班还是得上，于是又恢复了“顺天府—家”这种两点一线的日常生活。

丘濬一家出京那天，他也去送行了。吵架归吵架，分歧归分歧，师生名分和情分摆在那里，总不能因为怕被甩脸色就不去了。

丘濬也没想到前几日才跟唐泛这个学生闹得不欢而散，送行的时候他还会过来。

他在京中的学生和朋友不多，能来送行的更少。正所谓锦上添花易，雪中送炭难，这也不是因为丘濬的人缘太糟糕，而是大家都很识时务。

潘宾借故避嫌了，虽说是因为要坐衙来不了，但实际上他是怕得罪皇帝。

丘濬并不怪他，身在官场，总有许多不得已，再说那天潘宾已经上过一回门了，也算尽了弟子的心意。

唐泛和谢迁等人却来了，这使得丘濬有些感动，对唐泛的脸色也不像那天那么难看了，还拍着他的肩膀勉励了一番。

丘濬道：“你那日的话，我仔细想过了，虽说与我意见不同，但也可以看出你是用心想过的，我自己做官不行，也不会强求学生与我一样不识时务，但凡你心中有国家百姓，做事不要光想着自己，就算是不负我所望了。”

唐泛也没想到平素固执的老师这次竟然会如此开通，也许是被贬出京的事情让他看开了，老头儿今日并不那么顽固了，反倒有几分开明。

他的授业恩师不止一位，但丘濬是他十分敬重的一位，自然不愿意因为政见不同而坏了师生情分，闻言就朝丘濬长揖道："学生谨遵老师教诲。"

几人又说了几句，眼看天色不早，丘濬就在丘家人的催促下上了马车。

丘濬历年治学，家中称不上大富大贵，几辆马车除了装人就是装书。

鞭子抽在马背上，车夫一声吆喝，马车辘辘前行，逐渐在唐泛等人的视线中远去。

潘宾虽为顺天府尹，但这个官职在京城里其实算不上什么，也照拂不了唐泛，像上次汪直伸一伸手指，他就吓得半死，还要将唐泛推出去应付汪直。

而丘濬看似官职不显，但其实他文声显赫，在官场上也素有清名，人的名，树的影，他一日在北京，也能充当唐泛他们的背景，如今他这一走，他们可就真正算是无依无靠了。

眼看别人的授业恩师和座师，要么入内阁，要么在六部当尚书侍郎，谢迁、唐泛他们这一科，还真称得上命途多舛。

等到马车彻底消失在视线内，唐泛他们才开始往回走。

谢迁拍拍他的肩膀："要不等京察之后，你找找门路，申请调回翰林院吧？咱们翰林院自从少了你，真别说，每天还怪冷清的。"

"就是啊，"王鏊也跟着笑道，"原本还挺高兴的，起码大家出去吃饭的时候，少了一个最爱吃的，觉得总算可以吃多点了，没想到没了你的调剂当佐料，吃酒也没味道了！"

唐泛斜睨了这帮家伙一眼："你们就跟着挤对我吧！"

谢迁道："济之可没说大话，现在确实如此，尤其是刘戬那家伙，成日里满腔怨言，说我们不晓得还要在翰林院熬多少年，倒有些羡慕你这个走出去的人了！"

天气一冷，天色就跟着晦暗起来，这阵子都很少看见阳光灿烂的日子。

送走了老师，耳边听着谢迁他们抱怨着翰林院的清苦郁闷，唐泛却没有想象中的低落。

只因先前跟隋州的一席长谈，让他实在获益匪浅。

信念一旦坚定下来，自然也就不会再跟着动摇迟疑了。

他的嘴角微微噙着笑意。

日子一天天过去，过年的脚步也越来越近。

距离东宫案已经有一段时间，汪直早已离开京城，前往北边。他之前许诺的，给唐泛提一提品级的事情也一直没有消息，仿佛已经被所有人遗忘了，但唐泛并不在意，每日依旧为了顺天府的公务忙得不可开交。

就在这样的忙碌中，衙门封印了。

也就是说，从今天起，唐泛他们正式迎来了年假时间。

唐泛已经记不清自己多久没有好生过一个完整的新年了。

自从父母早亡，姐姐远嫁，他对这个日子的重视程度就大不如前了。在京城一个人当官，每年过节更是冷冷清清，他也已经习惯了独自待在屋里，看着话本烤火取暖的闲适。

但习惯归习惯，事实上，当阿冬喜滋滋地张罗着贴春联、做果子的时候，那种被深深藏在他记忆深处的久违了的记忆又被翻了出来。

阿冬虽然小，但毕竟是个姑娘家，手巧会打扮，想到的事情也细心许多，家中里里外外都是她一个人在张罗。像唐泛和隋州这种大男人就不会想到除了贴春联之外，还要在廊下挂上几个红色的灯笼增加喜气。

临近年关，顺天府的事情越来越少，北镇抚司那边反而越来越忙，隋州天天早出晚归，唯有唐泛还能早点回家帮忙。

不过他压根儿就不是干家务活儿的那块料，连抹布擦着擦着自己都能找不着。阿冬嫌弃地将他直接往外推：“大哥，你就别添乱了，去写对联吧，还有别忘了，裁点红纸写上几个福字啊，每个屋都贴上一张。”

唐泛笑道：“早写了，早写了，全都贴上去了，我姐都没你这么啰唆！”

他索性倚在柱子上，看着阿冬里里外外忙进忙出，心里暖洋洋的：“我去帮你烧个水吧，还是帮忙擦柱子？柱子那么高你又擦不着，还不是得我来？”

阿冬正在擦椅子，闻言嫌弃地给了他一个白眼：“只要你别等会儿擦完又不知道把抹布丢哪里去了，我就谢天谢地了！”

唐泛乐呵呵的，也不生气：“后来不是找着了吗？话说回来，阿冬啊，我怎么觉得你这阵子勤快了许多，连吃饭都没那么积极了，是不是想给我省粮食啊？”

阿冬吐了吐舌头：“才不是，是那天隋大哥说了我一顿。”

唐泛惊讶：“说你什么了，我怎么不知道？”

阿冬笑嘻嘻：“也没什么，就是说你在衙门办差很辛苦，让我别顾着贪玩，忽略了你。”

唐泛没想到隋州还记得这件事，明显是因为那天自己往后院门槛上一坐吹了冷风而生病的事情让他记在心上，才会私底下去说阿冬。

不过他也知道，阿冬不是真的贪玩忘了给他做饭，而是那段时间他一直忙得回家倒头就睡，往往阿冬做了饭，他却在外头吃了，回来也不用吃，结果就浪费了。如是几次，阿冬又不知道他当天是否需要回家吃饭，才没有给做。如今过了那段不规律的日子，一切又恢复了正常。

听到阿冬这么说，他就有点心虚，觉得让小阿冬背了黑锅："改天我找你隋大哥说去。"

"不用啊！"阿冬还是笑嘻嘻的模样，"我知道隋大哥是把我当妹妹才会说我的，要是不相干的人，他连说都懒得说呢！我虽然年纪小，可我知道谁对我好，像以前，李家太太、阿春姐姐她们，对我好的人，我一个个都放在心上呢！"

唐泛打趣："那谁对你不好啊？"

阿冬摇头晃脑："忘了！我从前被卖入李家当奴婢，那些卖我的人就对我不好，可现在我连他们长什么样都忘了。大哥你不是说过吗？要记恩不记仇，这样才能每天高高兴兴的！"

唐泛笑了起来："对！哎哟，我这当大哥的可真欣慰，我说的每句话你都记着啊，看你没心没肺的，还以为你每天就惦记着吃呢！"

阿冬又给了他一记大白眼："吃是顶重要的，其他都是第二重要的，这也是你教的。"

唐泛被噎得翻了个白眼："我几时教过你这种事，那不成饭桶了？"

阿冬嘿嘿一笑："对啊，你就是！"

唐泛虎着脸："好啊，越来越没规矩了！"

两人平日斗嘴斗惯了，阿冬根本就不怕他，闻言做了个鬼脸，继续擦起椅子来。

虽说大年初一才放假，不过除夕的前一天，衙门基本上就封印了。除夕那一天虽然照例还要上班，不过衙门已经几乎空了一半，能请假的都请假走了，剩下一些不能请假的，也都在衙门里四处溜达，无所事事，时辰还没到，就早早关门下衙了。

天色还没暗，路上行人就已经没几个了，比平日都不知道萧条多少倍，大家都赶着回去吃年夜饭呢。但是这种寂静又不像平日那种入夜之后冷冷清清的寂寥，家家户户传出丰盛的饭菜香味，间或还有孩子们的欢声笑语，听着也比平日热闹许多，甚至远远已经有零落的鞭炮声响起。

不知不觉，又是一年春来到。

百姓们一年劳作，忙忙碌碌，为的也不过是能阖家团圆，安安生生坐下来吃顿年夜饭，饭桌上若是能多两盘鱼肉，那就是对这一年最大的犒劳了。

在城北这座三进宅子里，今年多了个阿冬，唐泛也不需要再孤家寡人地过年了。隋州虽说搬出来住，但他上有父母高堂，过年自然也还是要回去吃团圆饭的。他也曾邀请了唐泛他们过去一道吃，但被唐泛婉拒了，说他与阿冬两人还没在一起过过年，今年是头一年，兄妹俩要好好过一过。

他既然这么说了，隋州自然也没有勉强，便自己前往隋家去吃团圆饭，唐泛与阿冬则留下来自个儿过。

唐泛最开始认阿冬当妹子，只不过是出于阿冬的恳求。当时唐泛不忍心看着阿冬辗转其他人家，好端端一个小姑娘又去为奴为婢，便将她的卖身契毁掉，恢复她的自由身，又认她当了妹子，也让这小姑娘往后能有个依靠。

当然，若是阿冬性情不好，又或者与他合不来，唐泛顶多也就是把卖身契还给她，又或者帮她找一户人家安身罢了，绝不会将她带在身边，这说到底还是两人的缘分。

不过自从多了个阿冬，唐泛就真的啥事也不用沾手了，就连年夜饭，因为他帮忙切个菜也把菜切得七零八落，被小丫头赶出厨房，还嘲笑他是“天生富贵命”，唐大人只好讪讪地站在一边帮忙端菜端碗。在西厂提督面前也能侃侃而谈不落下风的唐推官，如今却被一个小丫头支使得团团转，可他自己这心里头还暖洋洋、挺乐呵的。

等到天色完全暗下来的时候，八仙桌上就已经摆满了菜肴。

唐泛他们只有两个人，加上隋州又不回来吃，菜色再多也有限，不过四菜一粥一道点心而已。

但因为唐家兄妹都是吃货，在唐大人耳濡目染的挑剔之下，阿冬的厨艺也大有长进，开始学会在做菜上摆弄各种花样，所以这四菜一汤，两荤两素，又比寻常百姓人家要讲究多了。

其中一道荤菜是用鸡脯肉做的珍珠团，可以蘸芝麻酱吃，最是清甜美味。

还有上回让唐大人馋了半天的蜜汁烤羊腿，阿冬在隋州那里学了做法，竟也鼓捣得有模有样，她自己说火候还不如隋州做的，但唐泛没吃过隋州做的，单吃阿冬做出来的，也是赞不绝口。

另外还有两道素菜。

一道是素鹅，用腐竹皮将煮烂的山药、糯米、冬笋、香菇等包起来，整条放入锅中油煎，等熟透了再拿出来切成一段一段，在盘子里摆叠出花样。

摆叠的任务很简单，阿冬忙不开身，就交给了唐泛。别人家都老老实实地以三段式叠起来，摆整齐就算了事，唐大人非要别出心裁，想摆出一个“年”字，结果手艺不行，摆得乱七八糟，被阿冬好一顿训，这道菜成为年夜饭里看上去最凌乱的了。

还有一道是炒面筋，不过也不像寻常人家那样一通炒熟了了事，而是加入鸡汤一起炒，再加冬笋和蘑菇，等这三样的香味渗入面筋之中，这道菜就算是大成了。

主食则是以鸡汤和火腿小火煨出来的鸡汤粥，整只鸡买回来，鸡脯肉先被阿冬起出来做珍珠团子，剩下的放进去熬汤，足足熬了两个时辰，虽然里头只见汤米，不见鸡肉，但实际上精华全在那鸡汤里头了，白色软糯的粥里微微泛着鸡汤香气，隐约还可见到零星火腿肉末，入口鲜甜，齿颊留香。

饭后还有瓜果点心，点心是阿冬提前做好的蜜饯橘子。

两个人的份例，如此就算是异常丰盛了。

唐泛看着这一桌佳肴感叹道：“我已经多少年没吃过一顿完整的年夜饭了！”

阿冬好奇道：“多少年了？”

唐泛想了想道：“得有七八年了吧，我十三岁父母双亡，十四岁中秀才，十五岁长姐远嫁，我便离家游历，期间考了科举，中了进士，又在京城当官，这不就七八年光景了吗？我还记得上回去看我姐姐的时候，我那外甥说话还磕磕绊绊的，这会儿该要启蒙读书了吧？不知道还记不记得我呢！”

阿冬兴奋道：“那我不是可以当小姨了？”

唐泛笑啧：“对对，想来他就比你小个两岁，却平白比你低了一辈，等他长大了必是不甘心的！”

阿冬高兴了一会儿，片刻又有点担心地道：“可我出身不好，让他喊我小姨，会不会辱没了他？”

唐泛拍了她的脑袋一下：“你小小年纪，知道什么叫辱没？别胡乱用词！如今你已经姓唐，那就是我们唐家人，等以后有空回江南祭祖，我再将你的名字添进族谱里。一个人高不高贵，不是在他的出身，而要看他的心性。”

阿冬似懂非懂地点点头，又问："大哥，你教我读书识字，可我笨，怎么都学不会，会不会给咱们唐家丢脸啊，大姐姐是不是读书很厉害？"

唐泛噙笑："是啊，你大姐姐待字闺中时，可是才女呢，不过我让你读书不是想让你跟你大姐姐一样能吟诗作画，而是为了让你明白做人的道理。"

阿冬又乐滋滋地问："好啊，那我如果还有时间的话，能不能跟隋大哥学功夫啊？"

唐泛讶然："你要学功夫？"

阿冬点点头："我从小力气就比别人大一些，隋大哥也说我根骨不错，适合学功夫，还说我这个年纪好塑造。等我学了功夫，以后上树摘槐叶做冷淘的时候，大哥你可就别再跟我抢了！"吃货就是吃货，三句不离本性。

偏偏唐泛听了还很高兴，居然道："好啊，那回头咱们在院子里多种两棵果树，收获的时候就全交给你了！"

阿冬口水泛滥："那要不种点梨树和枣树，可以做很多点心呢，我会做糯米炖雪梨和枣泥糕，隔壁张大婶教我的！"

唐泛笑眯眯："行，行！"

二人说得兴高采烈，果然不是一家人，不进一家门。

兄妹俩说说笑笑，吃完晚饭，又收拾了碗筷，就要开始进入熬年的习俗了。

寻常人家晚上早眠，不过也有例外，在除夕这一天晚上，全家老小都要守到午夜到来，这是自古相传的习俗，一直到如今也未曾改变。

不过长夜漫漫，小孩子们可以放焰火，大人们就得想出许多花样来打磨时间了。现在家里头就唐泛和阿冬两个，好好一个年夜，唐泛也不愿看话本来度过，两人就寻了些游戏来玩。

像下棋之类的就算了，莫说阿冬年纪太小一窍不通，就是初窥门径，两人实力悬殊太大，玩起来也不好玩。所以唐泛找来一个花瓶和一些竹扦，两人玩起投壶来，打赌谁投中得更多，五次算一轮，三局两胜算赢，输了的人要站在门口学三声小狗叫。

唐泛也是童心未泯，兴致勃勃地就跟阿冬玩了起来。

结果玩了一轮之后唐泛就发现有点不对劲，连忙问："你的准头怎么这么好？是天赋异禀吗？"

阿冬茫然："天赋异'饼'是什么？我没吃那个啊！"

唐泛："呵呵，我觉得你每天的读书任务还能更重一点。"

阿冬撒娇："那到底是什么意思吗？"

唐泛无奈："你投壶的准头是天生就这么好的吗？"

阿冬道："不是啊，是我缠着隋大哥教我功夫之后，他就给了我一把小弓，让我天天对着树叶射，他说什么时候能射中树叶就算是勉强及格了。"

唐泛："那你射中树叶了没有？"

阿冬不好意思道："射是射中了，但十回里也就一两回吧，还都是蒙的。"

唐泛："我觉得我提议跟你比投壶就是个错误。"

阿冬眨巴眼睛："大哥你想赖账啊？"

唐泛无力道："不赖账，可咱们能不能商量下啊？赌注就算作废了？"

阿冬平日里看着迷糊，关键时刻还挺狡黠的，闻言就道："不行，大哥你说过，做人要言而有信，一诺千金！"

唐泛没好气地拍了她的脑袋一下："平时读书没见你这么灵光，现在倒会说典故了！这三轮还没完呢，谁胜谁负还难说得很！"

他倒是被激起好胜心，奈何体育才能也是天赋，不是唐大人想要发愤图强就能发愤图强的，垂死挣扎也没用，一轮下来照旧还是输，三局两胜，他自己定的规矩，现在尝到苦头了。

阿冬嘿嘿直笑："大哥，愿赌服输啊！"

唐泛自然不愿让一个小丫头看扁，他心想反正现在大年夜的，也没有谁在外头，开门喊两声怎么了，别人听见了也只当是别家的小狗在吠，便不动声色地道："愿赌服输那是自然的，你大哥说话算话，什么时候反悔过了？这么优秀的品德你得好好学着点啊！"

他这种老王卖瓜自卖自夸的行径只得了阿冬一个鬼脸，小丫头寸步不离地跟在他后面，就为了看他出丑取乐。

唐泛打开院门，门口挂了两个红灯笼，影影绰绰地多了几丝光亮，倒也显得喜庆。他心一横，直接就大声叫："汪！汪！汪！"

没等最后一声叫出口，眼前已经多了一个人，差点没把唐大人吓死。

再定睛一看，他才发现是隋州。

唐泛："……"

隋州："……"

唐大人顿时觉得丢脸丢到姥姥家了。

唐泛恶人先告状："你怎么会在这里？连个脚步声都没有！"

隋州无奈道："我走路向来没声音，你做什么站在门口学狗叫！"

身后传来阿冬的窃笑声。唐泛老脸一红："打赌赌输了呗！"

隋州点点头，"哦"了一声："在玩什么？"

"投壶。"唐泛随口道，忽然回过神，"你怎么这么早就回来了？今晚不在那边守夜吗？"

两人一前一后往里走，隋州道："不了。"

他也没多解释，但唐泛何等聪明，心知他必然是在家里又遭了什么挤对，索性吃完饭就回来了，便也没有多问，只笑道："那回来得正好，三个人玩棋牌才有意思，若是跟阿冬那丫头，我是玩不起来的，赢都赢得太容易！"

阿冬朝他扮鬼脸："是啦，所以你就选了个最难的投壶，结果还是输了！"

"死丫头！"唐泛做出一脸狰狞状，抬手装作要打她，小姑娘立时笑嘻嘻、蹦蹦跳跳地跑远了，"今晚要守夜，我去给你们烧水泡茶呗！"

隋州看着他们俩打打闹闹，脸上不由得浮露出一丝笑意，心道还是回来了好，便是什么话也不说，单这样看着，也觉得快活。

唐泛觉得自从家破人亡，头一年过年觉得有意思，隋州也一样，阿冬亦然。三人都有各自不同的经历，却又因缘际会聚在一起。

都说十年修得同船渡，这能够同住一个屋檐下，起码也得是修了五十年才能得来的缘分了。三人下起棋牌，有了隋州的加入，顿时就变得有趣一些，左右都是消遣放松，唐泛也没有铆足了劲儿非得大杀四方才行，大家互有输赢，说说笑笑，时间不知不觉也就过去了。

午夜将近，远远近近的鞭炮声也越来越频繁，放鞭炮不仅是为了迎新，也是为了除旧，所以许多人家除了午夜之后会放鞭炮，在午夜之前也会放上一挂，以示除旧布新，万象更新。

唐泛他们自然也买了鞭炮，隋州出去点，阿冬跟着拿上焰火在院子里放。热闹得有点喧嚣的鞭炮声在小巷里响起来，耳边顿时轰轰地响，配合着绚烂的焰火，霎时间将整个小院都映亮了。阿冬拍着手又叫又笑，虽然只有三个人，却也过出了红红火火的氛围。

放了鞭炮和焰火，阿冬就跑到厨房去下饺子。

饺子是早就包好的，白菜猪肉馅儿和三鲜素馅儿，没有特意区分开来。白白嫩嫩的饺子在沸水里起起伏伏，又被捞上来盛盘，隋州一看，不由得哑然。

只见盘子里的饺子有玲珑好看的上等品，也有包得歪歪扭扭的残次品，那些残次品被水一煮开，有些破了皮，里头的馅儿都露出来了，实在惨不忍睹。

唐大人脸皮也厚，还笑道："哈，肯定是那些馅料想看看吃它们的人是谁，急着跑出来了！"

隋州和阿冬齐齐看他，虽然没有说话，但那意思是：真不要脸啊！

唐大人视若无睹，伸手夹了一个起来，蘸了醋便送入口中，还不忘自卖自夸："真好吃啊，可见包饺子的人手艺真是好，你们也吃啊，看着我作甚，来来！"

脸皮厚到这种程度也算是达到一个新的境界了。

其他两人没有话说，只好埋头吃饺子。

少顷，阿冬"哎呀"一声，从嘴里吐出一个铜钱来。

唐泛笑道："吃到福气了，来年有大运！"

阿冬挺开心的，喜滋滋地将铜钱擦干净了放桌子上。

过了一会儿，隋州也吃到一个铜钱。

唐泛和阿冬照例也说了恭喜的话。

再过了片刻，唐泛自己也吃到了。

如此反复几次，到最后，阿冬已经高兴不起来了，郁闷道："大哥，你到底放了几个铜钱在里头啊？"

一盘饺子三十个，除去那些一开始就破皮的残次品，三人一共吃到十三个铜钱。

这饺子里放铜钱本来就是图个好意头，结果现在倒好，几乎是隔一阵就硌一次牙。

唐泛和隋州还注意些，倒也罢了，阿冬差点把一口牙都硌碎了，不由得哀号连连。

没良心的唐大人瞧她那样，还幸灾乐祸地哈哈笑："我小时候不是老没吃到铜钱吗？这会儿就放多点，免得没吃到嘛，谁让你吃的时候咬得那么用力！"

阿冬当然不甘示弱，两人又闹了起来，直到隋州收拾了碗筷折返回来，小姑娘终于有些困意了，她揉揉眼睛，脸上却带着从未有过的心满意足。

"大哥，你说我们往后每年还能这么过吗？"小丫头挨着唐泛坐着，执着地等着午夜的来临。

"你说呢，广川？"唐泛揉揉她的脑袋，抬头问刚好走进门的隋州。

"嗯。"隋百户只应了一声，简短而有力。

下

THE SLEUTH

OF

MING DYNASTY

梦溪石

著

北京联合出版公司

Beijing United Publishing Co.,Ltd

目录

京城诱拐案

目录

洛水古棺案

香河县案

京城诱拐案

THE SLEUTH
OF
MING DYNASTY

第十六章

阿冬失踪

过年了自然要拜年，大年初一一大早，唐泛便跟着隋州到隋家去给隋州的父母拜年，末了还要到隔壁的周家，给周老太太拜年。

周老太太的儿子一家回京了，屋里热热闹闹的。像周老太太这种上了年纪的人，最喜欢看见儿孙满堂，对唐泛这个已经见过面的后辈更是称赞连连，又给他引见了隋州的舅父一家。

从周家出来，阿冬收了好几份压岁钱，兴致勃勃，摩拳擦掌地问唐泛："大哥，接下来我们还要去哪家拜年啊？"

唐泛斜睨："你是想去哪家收钱吧？"

阿冬被戳破心思，也不害臊，吐了吐舌头就道："对呀，最好收到我手软！"

唐泛毫不留情地打击她："你收多少，你大哥我还不是要送出多少，那不一样吗！"

阿冬笑嘻嘻："不一样啊，大哥送出去的是大哥的，我收到的是我的啊！"

唐泛笑骂："好啊，你这小没良心的，枉我那么疼你！"

他知道阿冬其实不是这样想的，只不过是习惯了和他打嘴仗图个热闹高兴而已，平日里的银钱虽是阿冬在管，可她自从学会写字记账，一笔一笔都算得清楚。就像她说的，自从开始管家，愣是每月从唐泛那微薄得可怜的俸禄里省出一些来，预备将来给唐泛娶媳妇。之后他带着阿冬又去了一趟潘府，本是要给潘宾拜年的，不过对方府上的下人告诉他，潘宾也出门给上官拜年去了，于是唐泛也就省下了这道程序，直接打道回府。

这年头除了顶顶重要的上司需要亲自去拜年之外，同僚故旧之间，大家都时兴送拜年帖子。

只因人实在太多，有时候去了这家，没去那家，难免厚此薄彼，若是每家都去上一回，那到正月十五估计也不能拜完年。所以就直接派下人去每家发帖子，里头写上自己的名字和一两句祝福的话，也当是尽了礼数。

当然啥也没送的人也不在少数，就像唐泛这样，家里头又没有下人，自己亲自去跑，那得跑断腿，索性就不送了。等元宵过后，大家约个时日，上酒楼吃一顿，也就可以了。

所以像唐泛这种人是最喜欢过年的，他现在官职还低，没那么多迎来送往的繁文缛节，又不是担任什么重要衙门的肥差，不会有人趁着过节来给他送礼，这样就省了很多麻烦。从初二起到初五，可以睡上四天懒觉，每天都是睡到日上三竿，阿冬站在他床边揪着他的耳朵他才起床的。

当上元灯节来临时，阿冬这小丫头简直高兴坏了。因为一年中最隆重的节日是冬至，最团圆的节日是新年，最热闹的，却要数元宵节了。

京城灯市是出了名的，每逢元宵佳节，一整条街都挂上五色缤纷的花灯，模样各异，层层叠叠，火树银花，星桥铁锁，煞是壮观。一年也只有在这个日子里，不管是大门不出二门不迈的闺秀，还是恪守妇德的妇人，都会出门赏灯游玩，等于全城出动，万人空巷。也就难怪阿冬会如此兴奋了。

这灯市其实是京城商会自主发动的，只为了能够在元宵节的时候趁着人流多做点生意，但是人一多，难免治安就乱，这时候就得出动官府负责巡视。

但是大过节的，谁愿意别人玩的时候自己在外面办差？于是乎大明朝刚有灯市那会儿，顺天府、五城兵马司，甚至是锦衣卫等部门，大家都互相推诿，不乐意接这种差事。后来还是有一回在节日里发生踩踏死亡事故，才由内阁下令，每年这个时候，各个衙门都出些人巡逻，负责的部门每年轮换，形成定例延续下来。

今年主持巡视的是五城兵马司，顺天府和锦衣卫那边都只需要派出一点人手协助即可，锦衣卫那边，此事正好由隋州负责。

他因为办下黄景隆的案子，不久前又官升一级，如今已经是副千户了，一人得道，鸡犬升天。他自己倒没觉得怎样，底下的薛凌等人倒是高兴坏了，只觉得跟了一个前途光明的老大。

隋州虽然不爱说话，但那并不代表他不懂人情世故，节前还请薛凌等一干手下吃了顿升官酒。

不过今日因为要协助元宵节的巡视治安，他就没法跟着唐泛他们一道出来逛。唐泛带着阿冬出来看灯，熙熙攘攘的人群，差点将他们俩冲散了。阿冬年纪小，没见过什么世面，看到热闹倒是兴奋得很，唐泛却紧紧牵着她的手，生怕两人走散了。

从古至今，人口贩子一点也不少，而且尤其喜欢冲打扮漂亮可爱的妇女儿童下手。不管你家世多显赫，落到人贩子手里，那就只能听天由命了。前宋时还曾有皇亲贵族被拐走的惨案，明朝虽然没有，但每年的失踪人口依旧不少，有的被卖入青楼，也有的被卖作奴婢，好端端的一生就毁了，命运十分悲惨。

像阿冬这样白白胖胖的小姑娘，也是人贩子的重点下手目标之一。

二人逛了一会儿灯市，又猜了灯谜，唐泛倒是连猜连中，赢得老板脸都黑了，他见势不妙赶紧走人。此时阿冬身上已经挂满了他猜灯谜得来的战利品——手里提着个花灯，手上戴着个手镯，头上还有绢花，怀里还塞了零碎的小玩意儿。也难怪老板会脸色难看，再让唐泛赢下去，估计他家当都要被赢没了。

两人逛得累了，就准备找个地方坐下来歇息，顺便吃点东西。

巧了，唐泛常去的那家馄饨摊子今天也还开着，老板夫妇似乎铆足了劲儿想要趁着元宵佳节再赚上一笔，忙得不可开交。

不过作为老顾客，唐泛去了还是能腾出一张桌子的。老板娘夸了阿冬两句，又给他们俩上了两碗馄饨和两张油饼。

“大哥，等会儿我们再去猜灯谜吧！”阿冬刚刚看着别人在那里冥思苦想，唐泛却猜中一个又一个，自己也有荣耀，脸上满满都是骄傲的神色。

唐泛苦笑：“还去？你没看那老板的表情像是要把我吞了，给别人留条活路吧！”

阿冬道：“那就去别的摊子上猜嘛，又不止他一家，我听说仙客楼里也有赏灯的活动呢！”

唐泛慢声应道：“是吗？那待会儿就去看看……”他刚低头喝了一口汤，顺势抬起头来，冷不防瞧见一个人在他前面不远处走过，含在嘴里的半口汤差点没喷出来，结果涌进了鼻子里，咳得他撕心裂肺。

阿冬忙给他拍后背，又老气横秋地训道：“都多大个人了，吃个东西还会呛着？”

唐泛来不及发笑，他的心思还沉浸在刚刚的震惊里。

天哪，他刚才是活见鬼了？！

有了方才那一出变故，唐泛吃个馄饨也心不在焉了。

因为阿冬在身边，他又不能抛下她追上去瞧个分明，再说匆匆一瞥，对方很快就隐没在人群之中，若不是确定自己没眼花，唐泛还真会以为是幻觉。

等阿冬将馄饨也解决掉，两个人就朝仙客楼的方向走去。

大路人多，唐泛为了避免拥挤，索性走了一条小巷子，虽说路程远些，但这样畅通无阻，算下来反倒还要更快一点。

兴许是小巷里的人家全都出动去看灯了，也没人和唐泛一样喜欢抄远路，等他们两个拐进小巷子里的时候，这里竟安静得很，跟外头的热闹简直如同两个世界。

阿冬平日里没心没肺的，这会儿倒有些发怵，没等唐泛叮嘱，她就主动紧紧牵着唐泛的手："大哥……"

"咋了？"

小丫头欲言又止："你说这里这么黑，会不会有鬼啊？"

唐泛失笑："怎么会黑？巷子尽头就是大路了，前边不是亮着……"

"灯"字还没落音，他的肩膀忽然被人从后头拍了一下！

饶是唐泛心里无鬼，也不由得吓了老大一跳。

似乎感觉到他身体一震，小丫头下意识跟着往后望去。

"妈呀，有鬼啊！"阿冬吓得尖叫起来。

唐泛也猛地回过头。

只见在他身后，咫尺之距，站着一个人，一双眼睛正幽幽地盯着他们俩。

乍一看，还真是让人浑身寒毛都竖了起来！

唐大人是儒家门生，信奉不语怪力乱神，刚才纯粹是因为被突如其来的变故惊吓了，很快缓过神来，拉着阿冬的手飞快地后退两步，眼瞅着对方也没有再上前一步攻击的意思，唐泛定睛看了两眼，一颗心才缓缓放回原位。

"我说汪公，你这到底唱的是哪一出呢？就算看我不顺眼，也用不着亲自出马吧！"他没好气道。

任谁大晚上在一条小巷子里被拍肩膀，估计都好不了声气。

"跟我来。"汪直的声音闷闷的，又有点低沉，跟平日不太一样，好像刻意压低了声音隐瞒自己的身份。

他说完这句话，转身就朝前面走去。

唐泛来不及多想，只好带着阿冬匆匆跟上。

作为刑侦特务部门的头头，汪直对京城内外的大小道路那是早就了如指掌的。这会儿带着他们七弯八绕，从小路入大路，大路又拐小路，还故意挑最远的路走，都快把唐泛绕晕了，才终于到达目的地。

正是刚刚唐泛说要带阿冬过来的仙客楼后面。

不过汪直进的不是仙客楼，而是它后面的仙云馆，单个包间，熟门熟路，连带路的人都不需要。唐泛估摸着那单间应该是被汪直包下了，为的就是像现在这样方便干些不为人知的私密事。

当然，唐泛压根儿就不知道汪直到底想干什么。

等进了包间，汪公公将兜帽斗篷一扯，松开脖子上的系带，再往旁边一丢，露出如释重负的表情。他长长地呼了口气："真他娘的憋闷！"

唐泛默默看着他。汪直奇道："你看我作甚！"

唐泛道："如果我没有记错，此时汪公应该是在大同吧？"

汪直道："不错，但我又回来了，奉陛下密令，不过此事除了我的心腹知道，现在又多了你们两个。如果我的行踪被泄露出去，那肯定就跟你有关系了。"

唐泛翻了个白眼："我真是比窦娥还冤，你自己在大街上晃来晃去，大庭广众之下，被人认出来也不奇怪吧！"

汪直"嘿"了一声："你当我想啊，我是为了……"

唐泛连忙阻止他："你既是奉密令回来，我就不听了，秘密知道得越多，死得就越快！"

汪直不管不顾："晚了，你不听也得听！近来又有奏报，说是在万岁山上仿佛发现可疑人影，查了半天没查出什么结果。陛下就将我召回来，我匆匆忙忙赶回来，就为了在这几天布置好人手展开调查，没承想又碰上了另外一件大事，真是屋漏偏逢连夜雨，晦气！"

他等了半天，没见唐泛回应，就道："你怎么不问我发生了什么？"

唐泛无奈："我都不想知道了，你还偏要说，反正就算我不问，你也会说的。"

汪直缓缓道："朱永的小女儿与耿侍郎的孙儿一并失踪了。"

唐泛"啊"了一声："什么时候的事？"

汪直道："就在今晚，我也是刚刚才得知的，还未来得及上报陛下，不过就算陛下知道了，估计也会让我们赶紧找回来。如今朱永为北征副帅，正在前线打仗，他中年得女，爱若珠宝，知道了只怕会无心打仗，还得赶紧找回来才行。”

唐泛点点头，表示明了。

每逢节日，京城家家倾户而出的时候，往往也是失踪人口数急剧增加的时候。人贩子往往会窥准这个时机下手，人一多，找回的难度也会增大许多，而因为这几天正好解除宵禁，一旦让人贩子出了城，那更是如同大海捞针。不过话说回来，就算没有出城，凭整个北京城这么大的范围，即便是锦衣卫和东西厂全部出动，也很难保证每个角落都搜寻到，许多儿童就是这样从此与亲人永别的。

但现在，人贩子的手竟然伸到了朝廷官员的家眷身上，是可忍孰不可忍啊。如果人真的找不回来，传出去，像东西厂和锦衣卫这种部门还要不要混了，真成了花架子的摆设，每年干领那些个俸禄，还不如回家吃奶去。

皇帝当然也会由此产生怀疑：你们连找个人都找不回来，还要帮我办什么更大的事情？所以不管于公于私，汪直都得重视起来。

他刚才在大街上闲逛，为的也是亲自出来寻找贼人的踪迹。而西厂那些番子，早就被他不着痕迹地布置下去，混杂在人群之中，装成普通百姓，只等发现小孩子被掳走拐走的迹象，便立刻追踪上去，顺藤摸瓜，一网打尽。

想法很美好，只可惜汪厂公与其手下在街上闲逛了半个时辰，暂时还没发现什么动静。由此可见这些贼人的警惕性也很强，不是一定能得手的，他们不会轻易去尝试。

唐泛就问：“若需要顺天府帮忙的话，还请汪公吩咐一声。”

汪直撇撇嘴：“不必了，锦衣卫与东厂也已经出动，你们顺天府能顶个球用？”

唐泛本来也就是意思意思问一声，既然人家不需要，也就不自讨没趣，反倒问起他更加关心的事情来：“不知前线战事如何了？”

汪直稍稍展颜：“王越和朱永都是知兵事的，有他们在，不必操心太多，最多半个月，想必就有捷报了。”

唐泛也跟着放下心：“那就好，有了这封捷报，短期之内鞑靼怎么也不敢再轻易犯边了，边关总算有片刻宁静。”

汪直嗤之以鼻：“真没出息，山不来就我，我就不能去就山啊？机会难得，自当乘胜追击，再多打一场大胜仗才是！”

唐泛提醒他：“鞑靼人擅长游击，骑兵剽悍，请汪公慎之。还有，如此一来，朝中恐怕会有异议。”

汪直道：“我自有分寸。”

唐泛点到即止，不再多嘴，汪直拉拉响铃，菜就陆续上来。

仙云馆的伙计见多了那些不能宣之于口的场面，如今看见本来应该出现在前线的汪直坐在这里，也是眼观鼻，鼻观心，哑巴似的，只当汪公公是透明的，上了菜就走，绝不多停留片刻，对唐泛和阿冬更是视若无睹。

唐泛不由得道：“汪公还是小心些吧，既然你不欲暴露行踪，那还是早些回去才好，仙云馆的伙计毕竟是外人。”

汪直朝他古怪一笑，忽然问了个奇怪的问题：“你上个月初六到前面的仙客楼吃过饭，对吧？”

唐泛先是一愣，然后感觉浑身的寒毛都竖了起来。

他想问汪直是不是派人在这里安插了人手监视他，稍稍想深一点，却迸出另外一句话：“仙客楼是你开的？”

果不其然，汪直徐徐一笑：“唐润青不愧是唐润青，不错，西厂也是这家饭庄的东家之一。”

唐泛挑眉：“之一？”

汪直点头：“仙客楼原是浙商商会旗下的一处生意，后来西厂也投了钱，这里客似云来，要打探什么消息，最是方便了。”

唐泛不知道汪直为什么要告诉自己这件事，但他听了之后只想苦笑：“我看我下次是不敢过来吃饭了，不然就连在这里上了几趟茅厕都被你知道得清清楚楚。”

汪公公悠悠道：“平生不做亏心事，半夜不怕鬼敲门。”

唐泛道：“那可别，万一我在这里调戏了一个歌女，对方又是你们西厂的探子，我岂不就吃不完兜着走了！”

汪直哂笑：“你成天就想这些没出息的吧？难怪官职到现在都升不上去！”

唐泛无奈道：“我这个年纪能做到从六品，已经算是很不错了，谁能像你一般，不及弱冠便执掌西厂，如今又多了兵权，如汪公权势者，这天底下也没几个啊！”

汪直本来就是一个很喜欢听别人吹捧自己的人，但他听了唐泛一番好话，非但没有露出得意的神色，反倒叹了口气。唐泛觉得有些奇怪，不过汪直没有说，他也不多问，此时有些内急，便告罪离席。

等他离席归来，就发现包间里，原本坐在那里老老实实吃菜的阿冬不见了！

汪直却还坐在那里，好整以暇地吃酒夹菜。

“阿冬呢？”唐泛忙问。

“我让她去办点事。”汪直将菜送入口中，放下筷子，拿起刚送上来的温热帕子抹了抹嘴。

唐泛皱眉：“阿冬不过是一个小姑娘，能帮汪公做何事？汪公不要说笑了，还请告知她去了哪里，我这就去找她。”

汪直道：“我和你说笑作甚？那些人贩子行踪诡秘，混迹人群之中，很难辨别，最好的办法就是深入虎穴，阿冬这小姑娘倒是机灵听话，我一说让她做饵，她就同意了。此案若能破获，本公定会为你记上一大功。”

唐泛闻言怒不可遏，又勉强按捺下来，一字一顿道：“阿冬是我的妹子，不是谁的诱饵！”

汪直镇定自若：“你也不必担心，我让她在人群中乱走，假作与家中长辈走失的孩子，如无意外，那些人贩子必然会对她下手。西厂到处都有耳目，我也已经让人跟着她了，一旦对方有什么异动，我们随时都可以掌握，到时候顺藤摸瓜，就能够挖出他们的老巢了。”

他看着唐泛强忍怒意的模样，还笑得出声：“你那妹子可比你懂事多了，我一对她说这事如果办成了，你就可以升官，她立马就答应下来了，她对你很是不错啊，听说你们还不是亲兄妹？”

唐泛听得又是心疼又是愤怒，已经半句话都懒得与他多说，直接丢下一句“我去找她”，就起身往外走。

“站住！”汪直喝道，“她不会有什么危险，你别打草惊蛇！”

唐泛冷冷道：“阿冬虽然不是我的亲妹子，但我是把她当作亲妹妹来疼的。汪公且试想一下，若你家妹妹被当作诱饵被人贩掳去，我和你说不要担心，你还会安之若素吗？”

汪直挑眉：“本公没有亲妹子，没法回答你的问题。但我已经说了，有西厂的人跟着，她不会有事。”

唐泛反问：“怎么个不会有事法？不会死，跟不会缺胳膊少腿，其中的差别也很大。”

汪直没说话，他当然做不了这种保证。

唐泛身为顺天府推官，却也见识过不少妇孺被拐卖的案子，侥幸能被寻回来的，不是失了清白，就是被卖为奴婢，卖入青楼，但怎么都少不了一顿毒打。总之对那些刚刚落入魔窟的人，必是要先调教一番，直到对方服服帖帖，不敢反抗为止，其间还有各种各样不为人知的折磨手段。

再说阿冬那么小，伪装能力估计不会强到哪里去，被发现的概率也会很大。而那些人贩，其中也少不了亡命之徒，这样的人若是知道阿冬是内应，那么阿冬就可能会有性命之危，到时候一把刀子捅进去，就是官府的人赶到又有什么用？

这时候，从包间外头进来一个西厂番子，脸色难看地对汪直道：“厂公，人跟丢了。”

汪直也不复方才的镇定了，腾地站起来：“怎么回事！”

那手下羞愧道：“我们跟着那小姑娘一路走到豆腐陈胡同前面的时候，正好旁边商铺门口有人打起架来，百姓们都围上去看，一下子就把我们跟那小姑娘拉开了距离，等我们追上去的时候，那小姑娘已经不知所终了！”

汪直破口大骂：“废物！饭桶！养你们何用！还不快去找！”

这下好了，朱永幼女和耿侍郎的孙子还没找到，又搭了一个唐推官的妹妹进去。唐泛却道：“等等！”

他对那西厂番子说道：“当时打架的人，现在可还能找到？”

那西厂番子道：“能，我们的人就在那里。”

唐泛道：“那劳烦你们一下，将那些人也带回来问话吧，万一事出并非偶然，说不定这也是一条线索。”

那西厂番子没有应答，反倒先望向汪直。这也是正常的，他们的老大是汪直，又不是唐泛，凭什么听一个外来户指挥？

汪直冷冷道：“看着我作甚？还不去办！”

手下连连应声，赶紧闪人，可不敢再触他的霉头了。

西厂赫赫大名，如今却一时疏忽大意，栽了个大跟头，这就叫终日打雁，反被雁啄瞎了眼睛，这让汪直怎能不怒？

汪直脸色难看，唐泛的脸色更难看。前者是颜面受损，兼且拉不下脸跟唐泛说软话，后者则是心急如焚，也顾不上与汪直多言，匆匆就出了仙云馆。这会儿外头人山人海，哪里还找得见阿冬的小小身影？

但他也没准备自己去找，而是直接前往五城兵马司找隋州。

隋州一听阿冬做饵的事情，脸色当即就绷起来了。

朱永幼女和耿侍郎孙子走失的事情他也是刚刚听说的，就在唐泛到来的前一刻。不过此事不归他负责，所以他依旧待在五城兵马司衙门里，但现在唐泛一说阿冬的事情，他就不能不动了。

“这是多久以前的事情？”隋州问。

“我从仙云馆出来就直接过来了，半个时辰之前吧。”唐泛道。

隋州略一点头，没说什么，先跟其他人交代了一番，便带上薛凌等人走了出去。

唐泛问：“现在去哪里？”论找人，锦衣卫自然要比他专业。

隋州道：“先上城楼。”

唐泛眼前一亮，城楼上居高临下，能看到的范围更远，也更加清晰，底下有什么异动都容易发现。

一行人抄了小路，匆匆赶至城楼上。

永定门城楼正中对着京城的主干道，低矮的建筑不足以遮掩视线，连带着周围一些街道都能看得清清楚楚。

京城为了元宵佳节而通宵达旦，这是一年最大的节日，灯会一直持续到上元灯节后一天才结束。在明亮月光与璀璨花灯的双重照映下，内外街道熙熙攘攘，人头挨着人头，一片乌泱泱的，欢声笑语不时从底下传来，洋溢着一派喜气洋洋。

京城外围那些县的百姓也会趁着节日前往京城玩耍，这就使得这座城市人口远远超过了平日的流量，走到哪里都能看见人。

然而在这歌舞升平的盛世景象底下，也隐藏着一股暗涌的激流。这样的日子，家家户户出动，也正是闯空门的盗贼、偷东西的小偷，以及拐卖人口的人贩子最喜欢的时候。

所以每年上元灯节过后，各处衙门告官的案子总是急剧增加，古今皆然。

阿冬一个小丫头，早就淹没在这数十万人之中，一眼望去，全是高高低低的人头，纵有千里眼，估计都难找。

事已至此，唐泛知道着急也没用，索性就镇定下来，与隋州他们一道观察起底下的人来。

登高望远，很多原本难以察觉的细节，就立马显现出来了。人群中借着人多调戏小媳妇的，女扮男装出来游玩的，猜灯谜跟同伴争执的，虽然离得远，听不见他们在说什么，但是站在高处一看，很快就能发现。

隋州他们几个人，分了好几处观察，足足看了小半个时辰，大家都觉得脖子僵硬酸痛的时候，就听见薛凌“咦”了一声：“大哥，你看那边！”

所有人循着他的所指之处望去，只见在一家店铺前面，站着一个四五岁的小孩儿，正吮着手指，眼巴巴地瞅着自己不远处一个卖糖葫芦的小贩。那小贩朝他招招手，他便自己走了过来，带他出来的长辈不知道是不是正在铺子里挑东西，竟也没有察觉。

眼看那小孩儿离糖葫芦小贩还有三四步的距离，旁边忽然从横里蹿出一人，拿了一支糖葫芦一边给那小孩儿，一边牵起他的手。小孩儿被糖葫芦吸引，很快就被那人牵着走了。

糖葫芦小贩眼看着这一幕的发生，竟也没有出声，想来与那人贩本来就是一伙的，只是借着卖糖葫芦在这里给同伴打掩护。

再看周围的人，依旧熙熙攘攘，热闹非凡，大家都被周围的事物吸引了，谁也不会低头去注意一个小孩儿的行踪。若不是此刻被隋州他们发现，明日京城里又要多一宗孩童失踪案了。

隋州一声令下，薛凌很快就带着四名锦衣卫下了城楼，朝刚刚看到那小孩儿被拐走的地方跑去。

所谓白道黑道，各有各的道。

拐卖妇孺的营生同样也不会只有一伙人在做，各个帮派之间肯定也会有互相联系的方式。就像方才他们看到的拐走小孩儿的那个人，对方或许跟拐走朱永幼女或阿冬的人不是同一批，但抓住一个，要想再找出其他线索就容易多了。

薛凌那头很快将拐走小孩儿的那个人，连同那个卖糖葫芦的小贩一并抓住。

另一边，小孩儿的家属这才刚刚发现家中孩童失踪，正惶惶然地追上来，看到自己家中的孩童被找回来了，自然是感激涕零千恩万谢。

闲话不提，薛凌等人将那两个人贩带到隋州他们面前。

这种人干惯了这种勾当，良心早就黑透了，自然百般抵赖，还指天誓日。那个卖糖葫芦的说自己只是做正当营生，安安分分；那个牵走小孩儿的说他是看那孩童一时落单，想将他带去找其父母，免得被拐走了，总之就在那儿喊冤。隋州也不与他们啰唆，冷冷地问："你们是在哪个堂口下面混的，赖老大，六指李，还是丁一目？"

那两人眨巴眨巴眼睛，一人道："这位大人，您在说什么呢？俺们怎么听不明白？"

另一人也道："是啊大人，我们真是安安分分的小老百姓！"

像锦衣卫或东西厂这样的特务机构，虽说是官面上的人，但实际上跟那些黑道也会有千丝万缕的联系。一些人为了避免跟官面上的人发生冲突，平日里也会多加打点，如果不是闹得太过，官府也就睁一只眼闭一只眼了。

但眼下情形，事情已经闹得有些大了，不说隋州不可能得过且过，就算是别的人来了，同样也要公事公办。

眼见两人抵死不认，他就对薛凌道："将他们带回诏狱，你知道该怎么做。"

薛凌点点头，又对那两人狞笑一声："保管让他们后悔被爹娘生出来！"

那两人一听诏狱，吓得魂不附体，一个连忙高声道："我招，我招！我是赖老大手底下的人！"

他这边刚说完，不远处就传来一个淡淡的声音："别信了，他是丁一目的人。"

伴随着声音，汪直走了过来。他看了那个人一眼，哼笑道："不容易啊，都被抓起来了，还敢说谎，真是不见棺材不掉泪啊！"

汪直又对隋州与唐泛道："不管是六指李还是赖老大，那两个人现在都被我请到西厂里做客，他们今晚没有掳走任何幼童，应该是南城帮丁一目手下人干的。"

原来这京城繁华，富贵人家尤其多，这里头的孩子一个个养得粉雕玉琢，跟那些逃荒自卖为奴婢的平民百姓简直天差地别，是人贩最爱下手的目标。

其中就有两家专司在黑道上做人口贩卖营生的帮派，这两家头儿的外号分别叫赖老大和六指李。

这两家帮派除了贩卖人口，也做别的营生，像私底下贩卖盐铁茶等，这些才是帮派收入的主要来源，不然哪来的那么多人口可以贩卖，兄弟们早就饿死了。

赖老大和六指李在京城已经混迹很多年了，他们当然不能代表京城的所有黑道势力，不过一直在京城做贩卖人口这种营生的，确实不多，只有三家。

这两个帮派是地头蛇，也知道什么人好惹，什么人不好惹。像拐卖官员家眷这种作死的事，他们是万万不会去干的，顶多就是对商贾人家的孩童下手，或者拐走之后又留信给他们的家里人，勒索一大笔钱，再将人放回去。

但除了他们之外，还有一个南城帮。

他们的首领叫丁一目，这个帮派门路广，也比赖老大他们更大胆，手更黑，下手对象更不挑，且专找样貌姣好的孩童。如果是富贵人家，就以勒索钱财为主，若是没有钱可捞的，就直接把人卖到南方那些秦楼楚馆里调教一番，同样是一笔天大的收入。

丁一目颇为仗义疏财，在道上很有名声，南城帮能够比赖老大和六指李他们更加肆无忌惮，也正是由于丁一目会做人。

不过南城帮的许多生意，都是二当家邓秀才在经营，这家伙心黑手辣，手底下有不少人命。不过因为都是黑吃黑，以往他们又打通了关节，所以各个衙门都是睁一只眼闭一只眼。

而且南城帮有时候拐卖来的孩童还会往宫里头送，由宫里的人接收，将他们净身之后收入宫中当宦官，可见南城帮的神通广大。

这就又不得不说到宦官的几大来源了：要么像汪直这种，本身是边民，因为起事失败，族人跟着被押送进京，其中孩童就送入宫当宦官；要么像怀恩，本来是官宦人家，但家里犯了罪，被连累，因为年纪小，也被送入宫当宦官；当然还有为了进宫博取富贵而自愿阉割的，比如说前朝鼎鼎大名的权宦王振。

但是注意，不是每个人都能像王振那样自宫之后就有门路能入宫的，很多人都是自宫之后又被挡在宫门外面。每年锦衣卫的工作之一，就是要将这些人遣返原籍。听起来很可笑，不过事实就是如此。宫里头的宦官已经满员了，不是你想进就能进的，自宫只是第一步而已。不过自宫了之后能够让宫里接收，那就是你的本事了。

赖老大和六指李他们不满生意被抢，曾经去找过对方的麻烦，不过都铩羽而归。后来三家又达成了和平协议，在京城划分地盘，各干各的，互不侵犯，总算恢复了安生。

之前得知朱永幼女失踪的消息，汪直虽然重视，却还没有意识到太大的严重性，只是让人先直接找上门，将赖老大和六指李都抓过来审问。把赖老大和六指李整得哭爹喊娘，连连告饶，都说自己知道今日是灯会第一天，官府衙门必然是要严查的，所以他们压根儿就不准手底下的人动手，更别说见过什么朱永的幼女了。

剩下的南城帮，西厂番子去了他们平日里最常出没的赌馆，却发现根本找不到人。任西厂将那个赌馆闹得天翻地覆，查封了事，南城帮的人也没出现，抓走的都是些不知情的小喽啰。

汪直这才感觉到有点不对劲。

这种情况下，因为时间仓促，需要尽快破案，没有时间慢慢去跟南城帮的人周旋，所以他看到唐泛带着阿冬来逛灯会，就灵机一动，想出让阿冬做饵的法子，希望能将下手的人直接揪出来，却没想到连阿冬也一并失踪了。

如果说听到朱永幼女失踪的消息时，汪直还能保持冷静的话，阿冬的失踪就让他坐不住了。要知道他前一刻还在唐泛面前打包票的，结果下一刻人就不见了，这怎能不令汪公公大失颜面，勃然大怒?

方才在仙云馆里，唐泛拂袖而走，汪公公也拉不下脸面，这会儿缓过心情，才僵着语气将前因后果说了一遍，也当作是解释了。

像赖老大、南城帮这些见不得光的势力，唐泛和隋州虽然也知道一些，却比不上汪直知道得多。只因汪直本身就提督西厂，有许多人手可供差遣，整个西厂的资源都集中在他手里，他想怎么调动就怎么调动，自然比隋州和唐泛要知道得多。这其实是信息不对称，跟个人能力没有关系。

却说唐泛听罢，就问："那伙打架的人可有可疑？"

汪直知道唐泛问的是什么，刚刚西厂的人在追踪阿冬的时候，就因为中途发生了打架事件，导致百姓们围观上去，这才会把人跟丢了。

他摇摇头："没有，查过了，这应该是偶然和巧合。"

唐泛沉默不语，就因为偶然和巧合，阿冬被弄丢了。可说起来，若不是汪直让阿冬去做饵，这一切本来可以避免。

能寻回朱永幼女当然也是很重要的事情，但是人都有亲疏之别，如果阿冬没有失踪，眼下唐泛虽然也会关心此案，却完全不会是这种心情了。

不过现在再多说什么也无益，当务之急，就是把人找回来，其他的都可以以后再说。

隋州道："那南城帮在京城驻足两年，除了贩卖人口之外，想必还有其他营生吧？"

汪直颔首："有，这就是我要过来告诉你们的事情。南城帮的势力比赖老大和六指李都还要大，做事也更狠，不是好相处的。我让阿冬做饵，本想着将那伙人揪出来就算了，没想到现在连阿冬也丢了，不想闹大也得闹大了。"

隋州直指问题核心："这个帮派能够贿赂宫中内官，送幼童入宫，背景不可谓不深，可会影响我们这次查案？"

汪直看了他一眼，脸色有点古怪："是有点背景，不过此事你不该来问我，应该回去问你们的指挥使。"

隋州皱眉不语。

汪直道："不过南城帮就算有官面上的背景，应该也跟这次的案子无关，应该是他们底下有些人胡作非为，林子大了，什么鸟都有。"

唐泛觉得汪直这次的态度十分古怪和暧昧，就像之前，他既然已经查出事情可能跟南城帮有关，那直接对南城帮下手也就罢了，却因为时间仓促，要让阿冬去做饵，似乎只想找出拐走幼童的凶手，却不想针对整个南城帮。

再结合刚刚他回答隋州的问题，唐泛估摸着，也许是因为南城帮跟锦衣卫指挥使万通有勾结，而万通又是万贵妃的弟弟，所以汪直才会投鼠忌器。

能让向来无法无天、谁也不怕的汪直想要息事宁人，可见这南城帮的能耐还真不是一般地大。但能送幼童入宫当宦官，会仅仅疏通了万通吗？汪直如此讳莫如深，会不会是因为南城帮还有其他背景？

霎时间，许多念头在唐泛心中一掠而过。

他来不及往下深入思考，就听见汪直冷下声音道："但估计就是因为这样，他们越发有恃无恐，仗着自己在官面上有人，就任意妄为。这次的事情闹得实在太大了，已经上达天听，无论如何都要尽快将人寻回来才行。"

方才那两个被抓回来的人，见汪直将他们的底都倒得干干净净，不禁脸色煞白，又惊又惧。

唐泛道："你们虽然是南城帮的人，但刚才汪提督也说了，只问首恶，胁从从宽。既然刚刚被你们拐走的孩童已经被找回来，只要你们肯积极配合，老实交代南城帮将拐走孩童藏匿的地方，就不会被问罪。不仅如此，还有重赏。"

那两人都没有说话。

唐泛虽然心急如焚，面上却依旧露出淡定自如的神色："既然不会被问罪，我想不出还有什么理由让你们不坦白，难不成你们真想到诏狱还是西厂去走一遭？到时候诸般酷刑一上，求生不得求死不能，你们后悔也来不及了。"

他的话说完，隋州就很配合地挥挥手："将他们带走，弄回诏狱，先弹个琵琶。回头再盯上一回，不愁找不到其他同伙！"

薛凌应诺一声，朝着那两个人露出白森森的牙齿："你们还不知道弹琵琶是什么吧？我来告诉你们，就是用尖刀子在你们的肋骨上，像弹琵琶那样来回弹，死不了人，但是刀子这么来回磨，你们的肉就会被剔出来，最后只剩下骨头，刀子就在骨头上磨，那个声音啊，啧啧，我听了都牙酸……"

在这样的语言折磨下，不用去体验什么弹琵琶，两个人就彻底崩溃了。他们号啕大哭："大人啊，不是我们不肯说啊，实在是帮里的规矩大，要是让二当家知道我们干出这种事，只怕会剥了我们的皮，到时候我们同样也活不了啊！"

唐泛问："那个邓秀才是负责你们帮里贩卖人口的？"

其中一人抽抽噎噎："是，这种事向来都是二当家在管。听说今晚拐到了一批不错的货色，可我们在帮中地位不高，也不甚清楚！”

唐泛温言道：“你们也不必担心会遭遇报复，事了之后，官府会帮忙给你们安排一个新的身份，送你们一笔足可安身的钱财，让你们到南方重新开始，这样你们总可以放心了吧？”

薛凌作势要将他们抓走：“唐大人何必跟他们啰唆，既然他们不想要，等体会了弹琵琶，到时候自然什么都肯说了！”

软硬兼施之下，那两个人终于完全屈服了：“我们说！我们说！我们什么都说！”

这南城帮虽然也做贩卖人口的生意，除此之外，却没有像赖老大和六指李他们一样去贩卖私盐，反倒开起了青楼和赌场，还放起高利贷，总之怎么缺德怎么来。

贩卖人口其实并不一定是违法的，像在大明朝，许多地方发生天灾人祸，百姓活不下去了，卖儿鬻女是正常的，这也是许多高门大户的奴婢的来源。

不过就像前面说的，有时候为了高利润，这些人贩子还会对普通人家的孩童下手，直接拐走了事。遇到富贵人家，要么勒索一笔天价，要么将容貌姣好的卖到南方富庶地方，像扬州那些地方去做伶妓。

看看之前欢意楼花魁冯清姿的身价，就不难想象其中的暴利了。如果像南城帮这样，拐卖人口与开青楼的生意同时都在做，那更不必转手他人，直接将那些可怜无辜的幼童培养为聚宝盆。

此等做法，自然丧尽天良，但是历朝历代都禁之不绝，没有根治的法子，只是情况严重与否罢了。

根据那两个人提供的消息，唐泛他们找到了一家青楼。

第十七章

以恶制恶

一到了那地头，见到那青楼的招牌，汪直就冷笑出声："原来是这一家，你们南城帮还真是大隐隐于市啊！"

那两个带路的人不敢吱声，都低着头装孙子。

在汪直和隋州的号令之下，西厂和北镇抚司的人早已将这座青楼团团围了起来，头尾包抄，保管连只蚊子也飞不出去。

听汪公公那熟稔的语气，竟然比在场这些正常男人还要了解的样子。若不是此时情况不对，心情不对，唐泛可能还真会笑出声，但现在他也只是绷着脸问："这一家有什么问题？"

只见那正门的门匾上，刻着"写意楼"三个字，字体飘逸，端的是文采风流。若没有从里头传来的阵阵欢声笑语，透出来的暧昧烛火，不知道的还当这里是什么饭庄酒馆呢。

汪直缓缓道："这一家青楼，万通也有份。"

这个信息听起来有点惊人，但仔细想想也不奇怪，既然西厂也能成为仙客楼的幕后东家了，那锦衣卫名下为什么就不能有青楼？还可以美其名曰收集情报，打探消息。只因青楼也好，赌场也罢，还有那些酒馆饭庄，都是人流来往频繁密集的地方，人多的地方消息也就多，正符合这些刑侦情报机构的要求。

想到这里，唐泛就看了隋州一眼。

隋州却朝他微微摇了摇头，那意思是自己并不知情。

看来汪直所说，指的是这家青楼有万通的私人关系在里头了。

万通有个在宫里当贵妃的姐姐，在京城那是比汪直还要横的人物。因为有锦衣卫指挥使的庇护，青楼的生意自然更加风生水起，也不必惧怕会被衙门的人找上门，以各种名目索贿。

却说汪直他们刚上门准备砸场子，里头就已经有人迎了出来，徐娘半老，笑容满面，自然就是这写意楼的老板了。

“哎哟，各位老爷，今天是吹的什么风？想过来寻欢作乐，提前说一声就是了，何必整出这么大的阵仗！”对方看见汪直他们人多势众，来者不善，却也没有惊慌失措，可见心中自有底气。

汪直没有开口，事实上也用不着他开口，站在他身后一名叫计阳的西厂档头就命人将方才那两个人提出来：“废话少说，你认得他们吧？”

老鸨看了一眼，笑容不变：“没见过！”

那西厂档头哼笑：“来啊，进去搜！”

老鸨脸色一沉：“慢着！”伴随着她的话音，楼里蹿出十余条大汉，个个人高马大，手持棍棒，凶神恶煞地盯着唐泛他们一行人。

这简直不得了！他们这一行人里，唐泛暂且不提，隋州与汪直等人俱是一身官服，那独特的袍服让人一看就知道是从什么衙门里出来的，寻常人家见了，躲都躲不及，这老鸨居然还敢公然对抗，不是吃了熊心豹子胆是什么？

计阳喝道：“你这老婆子，失心疯了不成！知道我们是什么人吗？”

老鸨气定神闲：“自然知道，诸位是西厂的，怎么着？要说诸位是过来寻欢作乐的，老身自然欢迎之至，但你们现在摆明了是准备来砸场子的，我要是任由你们进去了，以后这生意还做不做了！西厂是威风，可你们知不知道这里是什么人开的？”

汪直终于出声：“不就是万通名下的产业吗？”

老鸨眯着眼打量了他半晌，见对方前呼后拥、众星捧月的样子，便重展笑颜道：“这位莫非是西厂汪提督？老身这厢有礼了，西厂与锦衣卫亲如一家，汪提督既然知道其中利害，还请看在万指挥使的面上，多加通融才是！”

汪直是万贵妃的人，万通是万贵妃的弟弟，这在朝野并非秘密。但一个青楼老鸨会有胆子用万通来威胁汪直，可见也不是什么善茬。

她说罢，一扬手，后头便有人捧着托盘奉上。老鸨掀开覆在上面的帕子一角，霎时露出下面金灿灿闪瞎人眼的金子，从沉甸甸的分量上看，怕不得有三四百两。老鸨见所有人都盯着托盘瞧，不由得笑眯了眼，重新将帕子盖上，又对汪直道："这点小小心意，只当是给汪提督和手下人买酒喝，不成敬意，还请笑纳！"

汪直冷笑一声，手伸出去一掀。

所有人眼睁睁地看着那盘子被掀翻在地，所有金子在空中翻了无数个身，又滚落在地上，顿时满地金光闪闪。

汪直对着目瞪口呆的老鸨道："你也配行贿我？跟你说两句话已经是抬举你了，别真把自己当根葱了！"

这老鸨犯了个天大的错误。

诚然，这家青楼有万通的份儿，以万通跟汪直的关系，平日里汪直是该给几分面子，也不适合跟他起冲突，否则传到万贵妃那里，汪直也不好做。

但问题是现在汪直要找人，这里又证实了跟南城帮有关，说不定还是南城帮的据点之一，要是案子破不了，汪直就得担责任。这时候哪里还理会得上什么香火情，自然是找人第一。

再说这青楼又不是万通家，抄就抄了，根本算不得什么事。这老鸨错就错在，她竟然以为搬出万通的名头就能镇住汪直。汪直难道就是好相与的？若连区区一家青楼都不敢下手，传出去别人会怎么看汪公公，还不当他是银样镴枪头，中看不中用啊？

掀翻了金子还不止，汪直一脚将那老鸨踹翻在地，又对左右道："搜！"

"等等，等等！你们不能进去！"老鸨见他软硬不吃，终于脸色大变，因为被踹到了腰，一时爬不起来，只能坐在地上嚷嚷，"我这就派人去请万老爷，你们不准进去！"

汪直冷漠道："万老爷他老娘来了也没用，还不给我进去搜！"

左右得令，直接横刀出鞘，那几个把守大门的大汉看着剽悍，却怎么打得过比他们更凶悍的西厂番子，没有几个回合，就全都倒在地上。

隋州今夜带来的人比较少，薛凌等人都被安排守在青楼后门，并没有在这里，他也没有跟西厂的人抢功，就与唐泛一道，跟在人后面进去。

那老鸨一看到西厂来人，就觉得搬出万通的名头，今晚就可以大事化小，却万万没想到现在万通也不管用了，汪直连理都不理她。

她方才信心百倍，并未疏散里头的人。结果汪直他们这一闯进去，里头惊叫声一片，大堂的客人们惊慌失措，有点身份的，此刻更是准备从后门溜走了。只是他们不知道，别说后门，就是他们现在从窗户跳出去，外头也有人在等着他们。

计阳一声喝令，西厂的番子分几个方位包抄上去，瞬间上了二楼三楼，把守住所有通道和包间的门口。又踹门进去，甭管房间里头的人在做什么，一个个都揪出来，这又是一阵阵尖叫声此起彼伏。所有人都被带下一楼大厅集中在一块儿，唐泛略略一扫，好家伙，这里头还有几个官员。

朝廷虽说明令官员不得嫖娼，可男人哪有不偷腥的，只要没人发现，不会被御史弹劾也就罢了。这里头自然有万通的关系，以堂堂锦衣卫指挥使的能力，大家出来玩，保密性还是有保障的，这也使得写意楼在黑白两道特别吃得开，生意也很好。寻常做买卖的经常会碰上衙门里的小吏借收税之名前去勒索，但在写意楼，因为对方来头太大，竟也无人敢上门捣乱。

结果没想到，夜路走多了也会碰到鬼，今天竟然有人敢砸写意楼的场子，所有人看着西厂的人冲进来，全都目瞪口呆。

“汪提督，莫怪老身没有提醒你，做人留一线，日后好相见啊！”一瘸一拐的老鸨走进来，厉声道。

汪直冷漠地看着她，就像看着一个死人：“你可知道，今晚有哪家的孩童走失了？”

老鸨冷笑一声，自恃有后台撑腰，也毫无畏惧地直视：“这老身怎会知道？汪提督未免可笑，若有孩童走失，自去寻找便是，老身这里是开青楼的，又有什么干系！”

汪直道：“今晚失踪的孩童中，有当朝太子太傅朱永的幼女，还有吏部侍郎的孙子。你有几个胆子，敢为虎作伥，藏匿走失孩童，到时候别说一个万通，就是十个万通，也救不了你！”

老鸨的脸上抹了厚厚一层粉，脸色有没有变白，旁人也看不出来，只是她那双眼睛里，却因为汪直的话，流露出一些迟疑和不信，与先前那副趾高气扬的样子已经有所不同。

此时西厂番子已经将整座青楼都掀了个底朝天，便见计阳从一楼后厨旁边的杂物间里走出来，对汪直道：“厂公，这边有个地窖，但里头已经没有人了！”

汪直眼神凌厉地盯住老鸨：“人呢！”

老鸨强笑道：“人都没找到，那就说明我们是被冤枉的。汪提督不信再找找，看看老身是不是说谎的！”

隋州与唐泛直接就进了杂物间，只见凌乱四散的地面被清理出一块地方，露出黑洞洞的入口。

唐泛问："下面没有人？"

计阳点头道："我亲自下去查看了一遍，下面地方不大，也没有什么暗道机关，就算原先藏着人，也不可能从那里逃跑的。"

这里头放的东西很多，有谷物杂粮，也有很多绳索之类的杂物，看上去就是一间很寻常的杂物间，就连下面地窖的存在也不出奇。许多大户人家或者做生意的，都会有这样的地窖，用来存放一些容易坏的食物。

唐泛并没有因为计阳的话就作罢，他看了隋州一眼，后者立时会意，拿过一盏蜡烛，两人一前一后往下走。

计阳见状就有些不痛快了，心说我都检查过一遍了，你们还怀疑我的话不成？

他也没有下去，就站在上面，双手抱胸，等着看他们两个上来时沮丧的模样。

过了一会儿，两人又上来了。但唐泛神色凝重，第一句话就是："下面藏过人。"

计阳狐疑："你是怎么看出来的？"

唐泛道："从周围的墙壁来看，那个地窖必然已经建成有一段时日了，不可能完全空置着，但如果用来存放食材，譬如腌菜之类，就一定会有味道残留，也会有存放的痕迹。但是下面现在干净得连一点痕迹都没有，可见根本就不是用来放东西的。"

计阳有种恍然大悟的感觉，他刚刚也觉得这个地窖有古怪，却说不出哪里古怪，原来是自己忘了从味道上去分析。

他问道："那人会从哪里出去？难道他们在我们到来之前就已经听到风声了？"

唐泛摇头："从我们抓到那两个南城帮的人问供，到来到这里，中间的时间，以及接触过的人，都不太有走漏风声的可能性，他们应该是看到我们到来之后逃跑的。"

计阳："但是这里没有别的通道了啊，外头有人把守，他们一出去就会被发现的。"

此时隋州已经在杂物间里查看起来，他用刀柄将堆放在角落的许多食材挑开，又去戳四周的墙壁。计阳自然能够看出他这是在寻找有没有另外的暗道。

可惜似乎没有什么发现。

计阳有点失望，正准备去别的屋子里看看，就听见隋州道："这里有古怪。"

他转过头，就见到隋州的刀柄正戳着靠在墙角的一个大麻袋，只是不管他怎么戳，那个麻袋就是不挪动分毫。唐泛上前将麻袋口子解开，里头露出一块乍一估量重几百斤的石礅，也难怪隋州无论怎么戳都戳不动，估计得两三个人上手搬才行。

一个放置食材的杂物间，怎么会出现这种石礅？

这下不需要唐泛说，计阳也能看出其中必有古怪了。

他与隋州二人合力，才将那麻袋挪开少许，只见麻袋之下，铺着一层薄薄的稻草，将稻草扫开，便看见一块厚厚的地砖盖在上面，虽然尽量做得与周围地面契合，可还是会留下些许痕迹。隋州和计阳将那块地砖挖起来，就看见下面果然隐藏着一个入口，看着比那地窖还要深，也不知道通往何处。

计阳忽然发现，挖这条地道的人真是狡猾至极，弄了一个容易被发现的地窖在这里，一般人看到地窖里没人，肯定下意识会往别的地方去找，就不会再联想到这屋里还会有其他的暗道机关。而且这麻袋就填在上面，乍一看跟周围存放食材的麻袋一模一样，除非像隋州那样一个个去戳，又不嫌费事地解开查看，否则根本不会有所发现。

到时候那老鸨就更可以大呼冤枉了。

计阳当下就大步出去，将在这里的发现与汪直一说。

汪直望向老鸨："你还有什么话可说？"

老鸨脸色阴晴不定，嘴上依旧硬得很："这条地道本是建这幢房子初期挖来当沟渠的，后来废弃了，便没有再用，这有何出奇？"

计阳冷笑："你他娘的沟渠挖得让人也能走进去，可真是费心啊，是哪家工匠做的，回头我也去雇他！"

汪直有了实质证据，反倒淡定下来，他对老鸨说："你口口声声说这里有万通的背景，可万通到现在都不出现，你也知道为什么了吧？你不过是个青楼老鸨，到时候有什么事，就将你推出去做替死鬼，你说你是万指挥使的人，奈何人家不认，有什么办法？反正咱们有的是时间，就在这里问吧，慢慢问，你不肯说，就问到你说出来为止！卫茂！"

一名僵着脸的中年人领命而出，他是西厂的掌刑千户，对逼供问供最是在行，眼下这番差事交给他，自然是得心应手，专业对口。

卫茂一挥手，左右上前，便将那老鸨紧紧钳制住。

"先上个'十指不沾阳春水'吧。"他一边道，一边走上前，让手下将老鸨的手指按在地上。

卫茂也不知道从哪里摸出一个形状奇怪的镊子，蹲下身，便往老鸨指甲上夹，然后再狠狠一掀！

“啊！！”老鸨的惨叫声冲破云霄。楼里的客人和姑娘们已经全部被西厂的人赶到了一楼集中，眼睁睁地看着这一幕，全都吓得面容失色。他们平日里听多了东厂、西厂的威名，直到如今才算真正见识这种活生生的受刑场面，估计以后很长一段时间里，单是听到西厂两个字都会浑身发抖了。

所谓的“十指不沾阳春水”，名字好听得很，实际上就是将人十根手指的指甲全部生生掀掉，十指连心，可以想象那种滋味会有多痛。

所有人脸色发白地看着老鸨惨叫号哭，顿时觉得自己的指甲也痛得要命。

唐泛从里屋走出来，便听见汪直对老鸨道：“反正你有十个指甲，慢慢来，手用完了，还有双脚呢。如果到时候都掀完了，你还能这么硬气，那我就要对你说一声服气了。”

老鸨的手被紧紧按住，想动都动不了，鼻涕眼泪一起流，之前那张骄横的老脸此时甭提有多可怜了。

但唐泛自然不会去同情这种人，说句难听的，这老鸨是心肠黑透的人物，就算跟这次的孩童走失案无关，平日里也没少干缺德事。这种人就是将西厂里所有的酷刑都尝一遍，估计也洗清不了她犯下的罪孽。

卫茂见她还是不肯说话，又用镊子夹住对方的食指指甲，待要动手时，便听见老鸨杀猪似的号起来：“别夹！我说，我说！不要夹！放了我！放了我！”

指甲被生生掀起是什么感觉，旁人可能没法体会到，但老鸨此刻真是生不如死，恨不得能把手指剁了，兴许还不会那样痛苦。她使劲地哀号着，身体不断抽搐，但是摆脱不了那种深入骨髓的疼痛。

她已经什么都顾不上了，所有秘密在她脑海里深处，此刻她就只剩下一个想法：停止这种痛苦！

汪直挥挥手，老鸨随即被提起来，押入杂物间。

关上门，在场除了老鸨之外，也不过三四个人。

汪直道：“说。”

老鸨一边抽泣一边道：“那些孩童没有、没有在这里……”

汪直扬起眉毛，以为她又要狡辩耍赖：“卫茂，弄点盐水来，洒在她那根手指上。”

“别别别！我没有说谎！那些人确实不在这里了，他们走了有半个多时辰了！”老鸨尖叫起来，“我这里只是做皮肉生意的，南城帮的人若拐了孩童，有时会暂时藏匿在此处，但很快就会带走的！”

汪直问："是不是你看到我们来，通风报信让他们走的？对方有几个人？那些孩童又有几个？朝哪里跑的？这条暗道是通往哪里的？"

他一下子抛出好几个问题，老鸨看着近在咫尺的镊子，早就被吓怕了，根本不敢不回答。

"不是不是！我没有通风报信，在你们来之前，那些人就走了。因为之前有人回来说，在城楼附近瞧见你们西厂的人在盘问，觉得事情可能会暴露，就匆匆赶回来，将那些孩童都从地窖里提出来，从暗道里走了！他们一共有三个人，孩童们有七八个，大都在十岁以下……那暗道是通往城外的，好教您知道，我这里就是个中转的地点，我也不知道他们究竟要去哪里啊！"

唐泛问："你在南城帮里是什么地位？那些人又是南城帮的什么人？"

老鸨哭叫："我一个青楼老鸨，哪里谈得上什么地位，在帮里就是无名小卒而已！那些人口买卖都是二当家在负责的，我哪敢过问！平日里他们有时候会送些细皮嫩肉的孩童过来，据说都是从南方带回来的，让我调教，我也就照办了。除此之外这里就是作为中转点，再多的，我确实不知晓啊！"

汪直没有说话，卫茂直接将盐水浇在老鸨那根血肉模糊的手指上，后者顿时哭喊哀求，但是再说不出半点有用的信息了。

所有人都能看出，这老鸨没有说谎，她知道的恐怕也有限。

唐泛又问："那些孩童里，可有一个八九岁年纪的胖丫头？她扎着双髻，头上是红色的丝绦。"

为了不再受苦，老鸨努力地回想："好像是有……不不，是确实有！有！有！我想起来了，是有这么个丫头，当时有个小女孩一直哭，带着他们的人不耐烦，就要揍她，那丫头还护着小女孩，因此被扇了狠狠一耳光呢！"

唐泛面色铁青，阿冬虽然出身奴婢，可她自从来到唐泛身边，唐泛疼她还来不及，怎么会出手打她？现在听说她被人打了，立时就觉得愤怒得很。

汪直又问了几个问题，譬如说南城帮其他堂口在哪里，主事的人在何处，带走那些孩童的人的身份等。老鸨都是一问三不知，用上刑也没用。

唐泛道："事不宜迟，我现在就去看看！"

隋州点点头："一起吧。"他喊来薛凌等人，连同唐泛在内，一共五个人，带上烛火等物，便弯腰从那暗道进去。

暗道比较狭窄，仅容一人通过，还得半弯着腰前行。

据那老鸨交代，暗道挖得比较粗糙，没有什么阶梯、照明，但也没有机关，就是一条路通往城外，方便那些人随时可以转移一些见不得光的人和东西。

隋州和薛凌等人身手好，当仁不让走在前面，唐泛则在后头跟着。

一行人走了一段路，因为暗道崎岖不平，忙着适应环境，也没留心。等唐泛走了一小段路，察觉后面还有人跟着，回头一看，竟然是汪直和几个西厂番子。

“这种地方阴暗难行，实在委屈了汪公，以汪公的地位，何必事事躬亲？”唐泛对他让阿冬去做饵的事情耿耿于怀，忍不住嘲讽了一下。

汪公公哼笑一声：“对方在城外必然还有接应的人，我怕你们就这么几个人，不小心着了人家的道，那就贻笑大方了！”

走在前面的隋州打断他们的斗嘴，问道：“我今夜带过来的人手有限，眼下都跟我下来了，敢问汪公，外头写意楼可有西厂的人守着？”

在这条弯着腰才能前行的暗道里，汪直的声音却十分淡定：“还用得着你说？我下来的时候就让人将那家青楼查封了，他们翻不起什么风浪的。”

隋州稍稍放下心，也就不再说话，专心在前面探路。窒闷的暗道里除了呼吸声与脚步声之外，一时竟没有其他的声音了。

一行人脚步匆匆，约莫走了半个时辰，此处空气稀薄，与地面完全隔离，只有首尾相通。伴随着路程越来越长，呼吸也必然越来越闷，连手上的蜡烛也或明或灭，微弱得几乎可以不计。

唐泛不如其他几人有功夫在身，这种感觉肯定也比其他人明显，但他为了不掉队，不成为累赘，硬是咬着牙不吭声，冷不防脚下踢到石块，人跟着往前一个踉跄，后背的衣服却被及时扯住，肩膀跟着被一只手扶住，将身形拉了回来，免于跌个狗吃屎。他不用回头也知道是汪直施以援手，心里老大不情愿，又不想违背教养，只得瓮声瓮气道：“多谢了！”

身后传来一声哂笑，紧接着就是汪公公的风凉话：“不想道谢就不用勉强啦！你们这些文官就是死要面子活受罪，早知道在你屁股上补一脚，让你顺便把前面的人也扑倒，那景象得多壮观！”

瞧瞧，汪公公的嘴就是这么贱，别人道谢也不是，不道谢也不是。唐泛被气了个半死，心说不与他一般计较，也不回嘴，直接闷头赶路。

汪直眼见没法乘胜追击，颇觉无趣，只能撇撇嘴，鸣金收兵。

写意楼位于京城东北，距离城门本来不远，但这条暗道实在是长，众人一边走，一边暗暗心惊，想着能够挖通这条地道的人也算有心了，这样走下去，等出去的时候，只怕已经身在京郊野外了。贼人若比他们早大半个时辰出发，外面又有人接应的话，如今要再追上去，只怕很有难度。

所有人都累得腰酸腿疼，唐泛尤甚。但迎面一股冷飕飕的风刮过来，令所有人都精神一振，知道前方距离出口已经不远，便都加快了脚步。

果不其然，又走了一刻钟左右，就听见薛凌低声说了一句："到了！"

他将手中拿着的烛火递给隋州，三两下便往上跳出了洞口。

其他人有样学样，跟他一样陆续攀出洞口。外面的风呼呼地刮着，跟刀子一样，但所有人在那暗道底下闷久了，被这风一吹，都觉得神清气爽。

今夜的月亮还算明亮，唐泛四下一打量，便见他们现在身处的是一座林子里头，出来的洞口正好就在一处斜坡下面，旁边有石头挡着，边上还有树木。若不是刚刚才从那条既长又闷的暗道里头走出来，只怕很难相信从这个洞口进去，能够直接通往京城里面一个青楼的杂物间。

不只是唐泛，估计所有人都如唐泛一般，瞬间泛起一种匪夷所思的荒谬感。

片刻之后，隋州道："往回走就是京城，他们应该是出了林子，往前面而去的。他们自以为修了暗道，离开京城就海阔天空，又带了一群孩童，到时候肯定也要歇脚打尖的，我们脚程快些，说不定还能追上他们！"

众人自然都没有异议，便一路出了林子，沿着官道前行。

麻烦的是，他们没有马匹，单靠双脚赶路，脚程再快，肯定也快不到哪里去。但幸运的是，他们刚刚走了一刻钟左右，就有了发现。

出现在他们前面的，是一条三岔路口，两条是官道，一条是小路。

三条路自然通往不同的方向。

汪直对京城如数家珍，但出了京城，就有点两眼抓瞎了，见状不由得皱眉道："这有三条路，他们走的是哪一条？"

薛凌道："这两条官道，一条通往顺义、怀柔一带，一条走昌平，到宣化府。另外一条小路，则是绕一大圈，最后前往天津卫，但因为绕路，而且前方不远还要经过一个荒村，那个村子多年前因为瘟疫，人死得差不多了，有活口的也大都迁走了，如今还荒废着，很少有人会去走那条路。"

汪直郁闷道："他娘的，三条路，这要怎么选？"

薛凌也觉得为难，就算他们现在分成三拨去追赶，但因为没有马，走也走不快，效果杯水车薪。他对隋州道："大哥，要不咱们回去找几匹马来，再分头去追？锦衣卫在各地都有卫所，也可以让他们严加留意。"

这也是没有办法中的办法了，但隋州没有说话，他望向蹲在不远处研究车辙的唐泛。

这群人里头，要数唐泛最为着急，因为阿冬也在走失的孩童里边。隋州虽然平日感情有些内敛，但他同样也不愿看着阿冬被人贩拐走，从此不知流落何方。

但汪直心里同样焦躁得很，而且比唐泛和隋州等人都要焦躁数倍。

这件事如果最后没有个好结果，对唐泛来说是失去妹妹，对他来说却是办差不力。他语气不善地吩咐手下："你们去附近驿站找几匹马来！"

"等等！"唐泛道，直起腰，走了回来，问薛凌，"你刚才说，那条小路通往一个荒村？"

薛凌："对。"

唐泛："那荒村距离这里多远，要骑马才能到吗？"

薛凌道："不远，走路约莫一刻钟就到。"

唐泛又问："那从荒村出去，还有没有歇脚的村子？"

薛凌摇头："没有了，那个荒村因为闹过瘟疫，后来据说有路人在那里遇鬼，出了村子之后，基本都是荒郊野外的路，还要绕一大圈，才能前往天津卫，很多去天津卫的人都宁愿走通州那边，不会去白白受这个罪。"

唐泛点头："那没错了，就走荒村那里，不用去找马了。"

薛凌愣了一下："你说那些人会走荒村？那是狗都不走的路啊！"

言下之意，有点难以置信。

唐泛指着地上道："这里有新压上去的车辙，那里既然少有人至，却有新鲜的车辙，显然对方刚走不久，除了那些贼人，没有人会在三更半夜走荒村那条路。"

薛凌道："这两道车辙也太浅了，其他两条官道上也有新压的车辙啊，而且更深一些，怎么断定他们一定就是往荒村的方向走呢？也许是他们有意将我们引往别的路，拖延我们的时间。"

唐泛摇头："不是，他们既然做的是不法勾当，肯定怕人发现，尤其车上孩童多，马车行走的时候动静也很大。我刚才看过了，那两条官道上的车辙里都有木屑，只有通往荒村的那条路没有，而且辙痕有些不规则，说明他们很可能在车轮上裹上了布条一类，只有那辆真正载着孩童的马车，才需要如此费心，其他两条路的辙痕，应该只是故布疑阵而已。"

众人一想，觉得好像还真是这么回事。

汪直谨慎起见，仍然不敢将希望全部押在唐泛的判断上，就道："你们先去追，我带人去找马，分头追其他两条路，到时候再回头跟你们会合。"

时间紧迫，唐泛他们也没有赘言，答应一声，便各自分道扬镳。隋州和唐泛他们先往荒村那个方向追赶，汪直则让手下回头找马，准备分成两拨走另外两条路。

果真如薛凌所说，他们几个人走了一刻钟左右，就看到前方不远处，似乎坐落着一处村庄。月光洒在上面，照映出屋顶的干枯茅草。

照理说，一个有人烟的村落，就算现在家家户户都在睡觉，给旁观者的感觉肯定也是不一样的。譬如说狗偶尔会吠两声，猪圈里的猪可能偶尔会叫两声，谁家的孩子可能啼哭两声。

但不管是从那些年久失修的窗户，还是有些破落得连屋顶都没了一半的房子，都在向唐泛他们传递一个信息：眼前的村落，确确实实是个荒村。

然而令众人感到古怪莫名的，并不是因为这里荒废已久，了无人烟，而是那些房屋里头竟然还隐隐有着光亮。

微弱的烛光透过破败不堪的窗户照映出来，影影绰绰，摇摇曳曳，仿佛里头还有人在挑灯夜读，在灯下缝衣。

深夜里，在一个闹鬼的荒村，许多屋子里头还点着烛火，这是怎样一种场面?

薛凌在北镇抚司多年，自觉也锻炼出一副铁胆了，结果乍一看见这番诡异的情景，头皮瞬间就有些发麻，背上密密麻麻起了一片鸡皮疙瘩，寒毛直竖。

他小声道："这个村子没名字，大家都管它叫许家村，因为原来住的人大多姓许，后来很多人在那场瘟疫里死掉，剩下为数不多的活口就都连夜搬走了。据说当时官府派人过来烧尸体，烧了两天两夜才算烧干净，也顾不上给他们立什么坟头。当时本想将村子也烧了了事，结果一点火就下雨，连着三次都如此，就传说是那些染了瘟疫死去的人冤魂不散，不肯让人烧了村子，官府也就没再敢下手。所以后来这里就完全荒废了，一般没有人会选这条路走的，因为实在太瘆人。"

跟在隋州后面的一名锦衣卫惴惴地问："会不会真有鬼啊？"

隋州沉声道："这里久无人住，正好给了某些人装神弄鬼的机会。如果那些人真走了这条路，说不定这里就是他们布置下的陷阱，为的是让我们自己疑神疑鬼，大家小心些，别反而中了埋伏。"

唐泛道："你们看，这些房屋里并非每一间都点了烛火。"

隋州点头："先从不亮的那些屋子查起，大家不要分散，都跟着我。"

这种时候就可以体现出一个领导者的品行了。

换了旁人在隋州这个位置上，身边又有手下可以支使，肯定是说"你们过去看看有什么动静"之类的。

但隋州说的是"跟着我"。

一个愿意身先士卒的长官，自然会得到下属的爱戴，隋州在北镇抚司里吃得开，不是没有原因的。

没有亮起烛火的房间不过四五间，大家便亮出武器，一间间地查过去。

因为有了前头种种诡异的情景，每个人都提起十二分的小心警惕，手中紧握绣春刀，身体紧绷到极点，每踢开一间屋子，便眼珠一错不错地盯着，生怕从里面闯出什么洪水猛兽。

这种时候自然不需要唐泛出力，他跟在最后面，反倒有点多余了。

此时大家的眼睛都已经适应郊外昏暗的环境了，不至于什么都看不见。没有亮着烛火的那些屋子自然黑漆漆的，隋州他们踢开门之后，发现里头除了简陋的家具，什么也没有。有些人家的床榻上还凌乱地堆着一两团棉被，绣春刀刀尖一挑，那些早就已经放得发脆的被褥一下子就碎裂开来；有些人家的椅子则早就摇摇欲坠，稍微碰一碰，就倒塌下来。

如是按着顺序检查到第五间没有亮起烛火的屋子时，大家已经不像刚刚那么紧张了，虽然精神上还戒备着，但总算稍稍放松了一些。

“大哥，屋后停着一辆马车！”一名锦衣卫负责屋子外围的戒备，此时他从屋子后面过来，急匆匆地禀报。

隋州他们闻言，纷纷绕到后面，就看见这间房屋的后院，与旁边山壁之间，确实停着一辆马车。

再仔细一瞧，正如唐泛先前所说的那样，四个车轮上都包裹着厚厚一层布条。

想来那些人确实极有可能逃窜到这里来了。

只是现在马车还在，人却不见了。几个成年人还好说，他们都是南城帮的人，或许身怀功夫，要逃跑也方便，可问题是这些人还带着一批孩童，辗转不易，又能躲到哪里去?

就在这个时候，他们听见身后的唐泛发出一声短促低喝：“那里有人！”

唐泛并没有跟他们过来看马车，而是依旧站在那间屋子门口查看细节，此时自然是最容易发现外头有动静的人。

隋州反应极快，从唐泛说话，到他转过身，再到看清楚唐泛所指的方位，锁定对方的位置，不过短短几息。

月光下，一道黑影从不远处一间没有亮着烛火的屋子里蹿了出来，动作飞快，几乎是拼了老命往前跑。总之如果让唐泛去追，他是铁定追不上的。

但是唐泛追不上，自然有人追得上。

对方快，隋州比他更快！

说时迟，那时快，隋州飞奔出去，身形兔起鹘落，手中绣春刀也没有闲着，直接掷向对方。

只听得一声惨叫在荒野间回荡，那人肩膀中了一刀，重重地倒在地上！

此时薛凌等人也追了上去，直接将那个还想负伤逃跑的人狠狠按在地上，又将绣春刀从他肩胛上抽出来，那人又发出一声杀猪般的惨叫，彻底消停了。

薛凌揪起他的衣襟，恶狠狠道："说，你的同伙和那些孩童在哪儿？！"

那人呻吟着："我……我不知道……"

他还在嘴硬，薛凌一使劲，直接将人家右手的尾指指骨掰断了。

"啊！"那人痛得整张脸都扭曲了起来，眼神流露出极大的惊惧。

"说不说？"薛凌没有多少耐心与他周旋，又掰断了他一根无名指。

"我说！我说！"那人都带上哭音了，"他们带着那些孩童逃上山去了！"

薛凌喝道："你说谎！他们为何弃马车不用，反而选择上山！"

"没有！我没有说谎！"肩膀中了一刀，正汩汩流血，手指还断了两根，那人疼得痛哭流涕，跟之前那个被拔指甲的老鸨差不多，不管多硬的骨头，在锦衣卫面前也只有屈服的份儿，"因为载的人太多，马车坏了，前轮裂开，再走下去就会散架，所以他们不得不在这里停下，然后逃到山上去！他们还带着孩童，走不远的，你们现在去追，还能追上！"

薛凌又问："那为何独独只有你一个在此？！"

那人气喘吁吁："他们……他们让我留在这里，给那些屋子点上灯，好吓唬吓唬你们，拖延一些时间……"

问到这里，基本上已经没有什么要问的了。隋州朝薛凌递了个眼色，后者会意，刀柄直接对着那人的后脑勺重重一击，那人软软昏倒在地上。

隋州对唐泛道："这人还不能死，你帮他包扎下，我们上山去找人，你留在这里。"

唐泛点点头，也不废话："行，这里交给我，你们快去吧！"

他不会功夫，脚程也不快，上山只能掉队当累赘，万一双方发生冲突，唐泛自知肯定帮不了什么忙，去了不如不去。在这里守着，如果汪直真的带人过来，也可以有所接应。

隋州等人匆匆而去。

唐泛则将那人的外衣剥下来，卷成一条，穿过对方腋下，绕了几圈，紧紧绑住，再给他止血。

月夜下的荒村一片冷寂，寒风穿过那些门和窗户的破洞，那声音跟鬼哭似的，实在不负它闹鬼的传闻。旁边躺着一个重伤昏迷的人不作声，唐泛独立寒风之中，难免生出一股天地间只余一人的错觉。

这种时候，再加上那些屋子里或明或暗的烛影，氛围真是好极了，若说这里不闹鬼，那真是谁都不会信。

想到这里，唐泛就觉得有点奇怪，照理说外头风这么大，窗户和门又是破了洞的，那些蜡烛早该被吹灭了，可是竟然到现在都还亮着大半，没有随风而灭，可见这个被留下来吓唬人的南城帮帮众在布置的时候真是很用心。

他们方才来得匆忙，又怕时间拖得久，让那伙贼人跑掉，一旦出了京城地界，想要再寻找，难度就会高很多，所以不管是唐泛还是隋州，都只能在极短的时间内做决定。

这会儿有点无所事事，唐泛就有闲心想起这些细节了。

他挑了最近的一间房屋推门而入。

咿呀声响过后，门应声而开。唐泛就发现那盏烛台被安放在窗边的位置上，正好前面有墙壁挡着，没有直面寒风，烛台上还有一个白色的灯罩，灯罩上面则放着一小块木板压着，风吹不进去，烛火自然也就很难熄灭了。

唐泛走近，将木板拿了起来，发现里头盛着满满的灯油，灯芯也比寻常灯芯来得粗，难怪没有熄灭。

他心头咯噔一下，立时想到不对劲的地方！

村子荒废多年，哪来成色这么透亮的新灯油和这样粗的灯芯？

这些人存心逃跑，所以选了这条路，就算他们早有打算，又怎么会连灯油灯芯都带上？

此时外头传来一阵窸窸窣窣的动静，他来不及细想，转身大步走了出去，却见外头干干净净，前一刻还重伤昏迷倒地的那个南城帮帮众，竟然不见了！

他们被人摆了一道！

唐泛心下一沉，尚且来不及多想，脑后便被重重一击，他也跟着往前扑倒，不省人事了。

真是风水轮流转，刚刚那人才被薛凌敲了头，现在就轮到他了。

这是唐泛昏迷前的最后一个念头。

第十八章

身陷敌窟

唐泛是在一片争吵声中清醒过来的。

逐渐恢复意识之后，他就发现自己的手脚已经被紧紧捆绑起来，背后是硬邦邦的墙壁，眼睛被蒙住，前方似乎还有两个人在低声说话。

一个粗豪的声音道："你们不会在外头弄死他吗，还费那个劲儿弄进来作甚？"

另一个低沉的声音回道："刘大个，你傻啊！没听小六子说吗？那几个人被他诓得跑山上去了，他还为此废了两根手指，身上中了一刀，好不容易才让他们相信了。如果他们找不到人，肯定还会回来的，到时候要是发现这家伙死在那里，说不定就会起疑找到这里了，我们只是为了拖延时间，不是要引来追兵的！"

那刘大个郁闷道："都怪罗瘸子，要不是他没把那几个小鬼的来历弄清楚就绑回来，怎么会整出这么大的事！"

对方也很郁闷："其实也怪不得他，那些小鬼出去逛街，身上又没贴着标签，谁知道他们是谁家的孩子。干这种事情要眼疾手快，当机立断，罗瘸子看他们衣着精致，长得又好看，就下手了，其实也算不上错……"

刘大个问："那现在怎么办啊？锦衣卫和西厂的人都追到这里来了，我们要不要把人送回去？"

那人道："听二当家的意思，好像是说不送回去了，将错就错，将这几个小鬼都运到南方去卖掉，那里自然有人出高价接手，要是现在把人送回去，那些朝廷鹰爪说不定会把咱们推出去当替死鬼呢！嘿嘿，你不是也看到这次的货色了吗？那个细皮嫩肉呀，一个人起码也能卖上一百两银子，那两个长得特别漂亮的，说不定还能卖个几百两呢，到时候咱们每个人能分到手的起码也有这个数！”

刘大个：“五两？”

那人嗤笑：“能有点出息不？后面再加个十！”

刘大个倒抽了口气。

五十两是什么概念？唐泛一年的俸禄加起来也没有那么多。当然明代官员命太苦，上至宰辅，下到芝麻官，大家工资都很低，否则他也不需要去写什么风月话本贴补家用了。但五十两对一般百姓来说也是一个不小的数目，一个五口之家一年所需不过三十两左右。像冯清姿那种几千两的赎身价格，那也只有大富大贵的人家才出得起，但饶是如此，依旧有不少人趋之若鹜，去捧冯清姿，可见这真是一个暴利行业，也说明真正的有钱人还是很多的。

所以眼前这个人会为了五十两的“高回报”去铤而走险，也就不奇怪了。

刘大个听他描绘，仿佛也看到了银灿灿的银子，跟着嘿嘿笑了起来，无限憧憬道：“辛大哥，你可要提携小弟我啊！我以前在南城帮，都是干一些不入流的小活计，怎能像现在这样，得到二当家的青眼，在他麾下效力。你老是前辈，你说怎么办，我跟在你后头就是了！”

那辛大哥也是个滑头：“可别！咱都是跟着二当家的，我哪有那个能耐提携你啊！老实告诉你吧，这次的事情，闹得有点大了，估计是那姓万的也兜不住咱们了，所以一定要派人来找。二当家的意思是，先拖他个十天半个月，朝廷那帮人做事都是一阵一阵的，等这阵子风声过了，搜查的力度也就没那么大了，到时候咱们从天津那边坐船南下，到了南方，海阔天空，就不信他们还能追查到那边去！”

唐泛闭着眼睛继续装昏迷，希望能多听一些有用的信息。后脑勺传来阵阵抽痛，他都怀疑自己被一板砖敲出血来了。

耳边又听刘大个道：“不过辛大哥啊，我看现在九娘子他们几个好像正在说服二当家将那两个最好看的小鬼放回去呢。说那两个小鬼都是官员的家眷，现在外头那些人追得那么紧，也全是因为他们，把人放回去的话，朝廷的人也就不会再追我们了。这样一来，我们要是把其他的人卖了，这趟买卖也还是能赚钱的啊！”

辛大哥嗤之以鼻："你傻啊！他们就是胆小，二当家心里敞亮着呢！现在事情闹得这么大，可不是把人还回去就没事了的，姓万的那边正缺替死鬼去担责任背黑锅呢！与其这样，还不如一不做二不休，把人捏在手里，也好跟那些鹰爪谈条件！"

刘大个赞不绝口："辛大哥，你可真是聪明，将二当家的心思都揣摩得透透的。不过话说回来，咱们还要继续藏在这里吗？还是趁着那些人上山，赶紧走算了？"

听到这里，前方忽然就没了声音，唐泛正有些奇怪，自己的小腿上就挨了重重一脚，疼得他忍不住呻吟出声！

"还装睡呢！"对方一声冷笑。

紧接着，蒙眼的布条被扯落下来。唐泛眯起眼，却见屋子里只点着一盏灯，光线微弱，但并不妨碍他察看四周，屋子上下左右都是泥壁，也不知道是在哪里挖的密室，里面只有一把椅子，地上铺着一床被子，简陋得不能再简陋了。

唐泛还注意到，这个窑洞的屋顶上方四角分别挖了四个圆圆的洞口，比男人巴掌略小一点，似乎是用来通风透气的。

他心中一动，但也来不及多想，小腿又被重重踢了一脚。唐泛发出闷痛的声音，疼得直抽搐，奈何双手被缚在身后，连伸手去揉一揉都没办法。

"看什么呢？贼眉鼠眼的！"那个姓辛的喝道，"甭看了，进来就别想出去了！"

唐泛有生以来第一次被人用贼眉鼠眼来称呼，而且称呼他的人还是一伙人贩贼匪，实在是有种啼笑皆非的荒谬感。

他清清嗓子道："两位大哥是不是误会了？想必你们也知道外头正有不少人在寻找你们，其实我是奉了万指挥使的密令而来的，我想见见你们二当家，将万指挥使的话传递给他。"

姓辛的冷笑："还装呢？别以为我们不知道，你明明是顺天府的推官，跟那拨来追我们的人是一伙的！我不妨告诉你吧，你现在的小命就捏在我们手里，杀不杀也由我们说了算，别使那些小聪明，到时候非但救不了自己，反倒搭上小命！"

唐泛心下一沉，顿时凉了半截。不是因为对方威胁自己的性命，而是敌暗我明，他们竟然已经将自己的来历底细摸得清清楚楚，而自己对他们，除了从汪直口中得知的那些之外，一无所知。

姓辛的见唐泛一时无语，得意地笑了："老实在这里待着，别想着要什么花样，说不定还能多活一时半刻！”

他又对刘大个说：“这小子醒了，我去向二当家禀报，你好好在这里盯着！”

刘大个应了一声，姓辛的就匆匆走了。

刘大个人如其名，人高马大，这里的屋顶很低，像刘大个这样站着都还得微微弯腰，他颇感憋气，只能坐在椅子上。那椅子本来就已经摇摇晃晃，被他一屁股坐下去，哗啦一声全散了架，刘大个也跟着“哎哟”一声，整个人结结实实摔了个屁股蹲儿。

唐泛想笑又不能笑，生怕招来对方迁怒，就使劲绷着脸，一脸关切道：“小兄弟，你没事吧？别是摔到骨头，要不擦点药酒吧？”

刘大个狠狠瞪了他一眼：“荒山野岭哪来的药酒？你给我闭嘴，不然我把这条椅子腿塞你嘴巴里去！”

唐泛叹息道：“小兄弟，刚才我听那位大哥称呼你姓刘是吗？那我就喊你刘兄弟吧。刘兄弟啊，我看你相貌堂堂，一表人才，比我这瘦不伶仃的竹竿可强多了，想必身手也好得很，要是你肯效力官府，现在说不得已经当上巡捕班头了，何必将大好之躯浪费在这里呢？”

他摆出一副语重心长的样子，是看出在先前的对话中，这刘大个明显是脑子有点不够用的那种人，是以准备晓之以理，动之以情，希望能多套点内情。如果换成刚才那个姓辛的留在这里，唐泛这样做，估计只会招来另一顿拳打脚踢而已。

果不其然，他一番奉承下来，就算刘大个还是不搭理他，但脸上表情已经微微放松了一点。

唐泛再接再厉：“在我进来之前，外头已经有锦衣卫和西厂的人在联合搜捕你们。锦衣卫和西厂是什么来头，不用我多说，你也应该知道吧？那些人手段狠辣，毫无顾忌，可不是我这种顺天府的一般官员可比的，你们要是落到他们手里，什么‘弹琵琶’‘十指不沾阳春水’……酷刑轮番上阵，到时候就生不如死了。现在你又没有闹出人命，只不过是拐了几个孩童而已，事情完全还有商榷的余地，大可没必要闹到这种程度的。照我说，你要是肯弃暗投明，帮我一道出去，我能担保你毫发无损，不仅如此，你还能在顺天府里当个巡捕，那可不比这东躲西藏的日子威风多了？”

他在那里苦口婆心地说了半天，冷不防刘大个忽然问：“那什么顺天府的巡捕，一年下来有多少薪俸？”

唐泛劝得正起劲，没奈何一不留神实话实说：“十几两吧。”

“我只要在二当家手下做事，一年就不止五十两，干吗跟着你去赚那十几两？”刘大个一脸“你有病”地看着他，“你就别蒙我了，辛大哥说你们这些当官的，一年顶了天也才几十两，我又不能当官，有个屁用？我看你还不如加入我们算了，二当家会带你吃香喝辣的！”

唐泛：得，一不留神，被反招降了！

他定了定神，继续摆出一副坦诚沟通的面孔，用温和的语气降低对方的戒备：“说起来，我怎么总听你说二当家二当家的，你们大当家丁一目，那也是鼎鼎大名的英雄人物啊！”

刘大个正闲得无聊，见有个人愿意和他聊天打发时间，也就顺着他的话道：“是啊，不过我也不知道，自从加入南城帮，我就从来没有见过大当家，在我眼里，二当家就是最厉害的人物了，智比那什么诸……”

唐泛：“诸葛。”

刘大个：“对，智比诸葛！我们都服气得很，自我跟着二当家，日子一天天好过起来，家里的婆娘也能做上一身绸衫穿穿了！”

唐泛笑道：“那可真不错，我还穿不上绸衫呢，不过你婆娘知道你在做什么吗？平日里也没少担惊受怕吧？”

刘大个道：“我没让她知道，她以为我在外头干短工呢！”

唐泛道：“那你家在京城吗？现在困在这里，你不怕她担心啊？”

刘大个：“没办法啊，谁让那帮人搜得紧，不过这里离我家也不远，要是可以回去的话，一个时辰也就绰绰有余了！”

唐泛道：“刘兄弟，你我虽然立场不同，不过我跟你一见如故，彼此都谈得来，我也不忍看着你夫妻离散，容我冒昧问一句，你有没有想过，这件事之后，西厂肯定会调动全京城的人马搜捕你们，到时候就算这里是荒郊野外，他们也未必找不到啊，你们就算想走，只怕也走不了！”

刘大个挠挠脑袋：“那也没办法啊，富贵险中求，二当家都不怕，我们自然也不怕了。不过他们很难找到这里来的，二当家说了，这里虽然跟上面只有一尺之遥，但只要我们不出去，他们就找不到这里来，让我们安心哩！”

唐泛心头一喜，他从刘大个口中得到两个很重要的信息：一是他们现在很可能还在那个荒村里，二是这里很可能位于地下。南城帮借着荒村有利的地形和环境，在这里挖了几个足以容身的地窖，用作藏身之处。

以隋州他们的警醒，如果山上找不到人，他们一定会下山返回来找自己。

也就是说，他只要能够出去报信，或者可以向地面上传递消息，说不定就可以将这里所有人都一网打尽了。

唐泛道："这也不失为一个办法啊，不过你们总不能一直待在这里吧？"

刘大个防备道："你问那么多作甚？是不是想知道出口在哪儿？我不会告诉你的！"

唐泛无语。你说这人聪明吧，他三下两下就让唐泛套了话，说他笨吧，人家又挺警惕的，关键时刻绝不含糊。

唐泛都有点摸不清他是装傻还是真傻了。

就在这时，门口传来嘿嘿一声："你这厮挺有能耐啊，还想套刘大个的话！跟我走吧，咱们二当家听说你醒了，想见你！"

那个姓辛的去而复返，大步走了过来，粗鲁地揪住唐泛的肩膀，将他一把提起来。唐泛双手被绑，又在地上坐得久了，身体失去重心，被他一拽，就不由自主往他身上倒去。

姓辛的一脸嫌恶地推开他："看你细皮嫩肉的，该不是个玩后庭花的吧，老子不好这口，死开点！"

唐泛："……"

他也想爆粗口了，奈何人在屋檐下，小命捏在别人手里，还是老实点好。

唐大人挤出抱歉的笑容，做低伏状道："对不住，对不住！脚麻了，不是故意的！"

他又一脸讨好地问道："我现在小命捏在你们手里，哪里还敢妄动啊！敢问辛大哥，不知你们二当家找我有什么事？"

姓辛的看了他一眼，嫌弃地微嗤一声："我怎么知道！像你这种贪生怕死的软骨头，果然上不了台面，若不是二当家还说要见你一面，我老早就送你上路了，哪里还轮得到你在这里啰唆！"

他这一瞥，唐泛便瞧见他眼里一掠而过的嗜血光芒，立时明白这是一个与刘大个截然不同的人物，对方肯定见过血，而且手上说不定有不少条人命。

跟这种亡命之徒，自然就不能用和刘大个那种方式去交流了，说再多也没用。

唐泛索性就闭上嘴，准备看看自己到底身处什么地方，好记住道路。

谁知就在这个时候，姓辛的又捡起刚刚丢在地上的布条，将他的双眼蒙了起来，然后推着他往前走。

唐泛没有办法，只得一边走，一边凭着感觉数步子。

他感觉自己往前走了十来步，又被推着往右拐，然后又走了两三步，就隐隐听见孩童稚嫩的声音。不过他们似乎被堵着嘴巴，所以也只能发出微弱的呻吟，随即又有人低喝“老实点，再出声明天不给你们饭吃”之类的话。

唐泛心中一动，不过没来得及多想，他就又被推着往左拐，走了五六步，又往右拐，终于被按着肩膀停下来。

“二当家，人带来了！”姓辛的道。

“把他带进来。”唐泛听见一个人说道。他正忙着记方位，冷不防被那姓辛的用力推了进去，脚下一个踉跄，直接扑倒在地，狼狈得很。

边上便有一个娇滴滴的声音埋怨道：“辛石头，他跟你有杀父之仇啊，做甚如此狠？”

辛石头嘿嘿一笑：“九娘子，你这就心疼了？敢情你是看上了这小子，才不让二当家杀他的？这小子弱不禁风的，难道还能伺候得你舒服吗？真不若让兄弟来呢！”

九娘子沉下声音，娇喝道：“邓秀才，你就是这么管理手下的？听凭他们对我这般无礼吗！”

唐泛听见方才让他进去的那个声音道：“石头，还不向九娘子赔罪！”

声音斯斯文文，想必就是众人口中的南城帮二当家邓秀才了。

辛石头只得瓮声瓮气地向九娘子赔了罪。

又听邓秀才道：“这位想必就是顺天府唐大人了，久仰大名啊。”

唐泛一笑：“我不过是个微不足道的小小推官，哪来什么大名，二当家真是过誉了，不过我这眼睛方才被绑得太紧了，勒得生疼，二当家能不能先帮我摘下来？”

邓秀才笑道：“不就是想看看我们是何模样吗？何必拐弯抹角？石头，帮唐大人解了布条，给他张椅子坐。”

布条被抽下来，唐泛嘘了口气，顺道打量起眼前一切。

这同样是一间狭窄逼仄的内室，但不同的是，这里的摆设可要比唐泛刚刚待的地方舒服多了。

旁的不说，那几个人坐着的椅子，起码就不会摇摇欲坠。

坐在唐泛面前的有三个人，最左边的是一个老者，刚才一直没开口，中间就是邓秀才，右边则是刚才娇滴滴的九娘子。

除了辛石头之外，邓秀才和九娘子身后还各站着一个人，看模样应该是贴身保护的随从侍卫。

邓秀才人如其名，斯斯文文，三十岁上下的年纪，唇上颌下生着修剪整齐的胡须。从汪直口中，唐泛得知，这位邓秀才，虽然是南城帮的二当家，权力却大得很。由于帮主丁一目近年来不常露面，邓秀才反倒成了实权人物，帮众往往只知道邓秀才，而不知有帮主。

南城帮除了贩卖人口之外，还开青楼赌馆，放高利贷，样样都是暴利勾当，肥得流油。又因打通了官面上的关系，这些年无往不利，势力越来越大，也越来越肆无忌惮，这才干出了连太子太傅家的女儿也有胆子下手的事来。只是没想到这次事情闹大了，万通也保不住他们，西厂更是摆出坚决追查到底的架势，他们没有办法，这才不得不跑到这里来。

如今见到邓秀才真人，唐泛心下便有了判断：甭看人家长相斯文，这肯定也是一位心狠手辣的主儿。

然而等到将视线移到旁边的九娘子身上时，唐泛一下子就愣住了。

九娘子看见他的神情，咯咯一笑："唐大人何故如此吃惊？难道以前曾经见过我？"

唐泛很快恢复了常态，同样笑了起来："不瞒姑娘，你的样貌与我见过的一位故人有些相像，我确实差点认错人了。"

九娘子捂着嘴越发笑得花枝乱颤，又朝他抛了个媚眼："你猜得没错，我与你见过的那位故人确实长得很像。不仅如此，我们还是姐妹呢！"

唐泛淡定自若道："原来是陈姑娘，如此看来，我见过的那位故人，应该就是令姐了？"

九娘子也没否认："你眼力倒好。"

不错，眼前这位九娘子，正是唐泛先前在李家见过的那位李漫的妾室陈氏的妹妹。

当时李家案发，陈氏随即不知去向，他没想到会在这里看见陈氏的妹妹。

难怪自己的身份会曝光，敢情是拜这位九娘子所赐。

等他们二人对话告一段落，邓秀才终于慢条斯理地开口："九娘子倒是好兴致，都快大难临头了，还能在这里叙旧。"

九娘子瞟了他一眼："二当家这话就不对了，这事可是你惹下来的，要不是你绑了那两个烫手山芋，如今怎么会惹得官家的人纠缠不休？"

她又笑吟吟地对唐泛道："唐大人明鉴，此事也非我们有意为之，你看要怎么办才好呀？"

唐泛不知道这女人在帮里究竟是什么身份，却见邓秀才脸上的怒意一闪而逝，便顺着她的话道："此事也好办，我知道诸位不是有意要与朝廷作对，只消将这些孩童都放回去，这次的事情我们可以当作没有发生过。”

邓秀才阴森森道：“只怕唐大人说了不算吧？”

唐泛笑道：“二当家有所不知，如今负责搜捕你们的，无非是西厂和锦衣卫。我与西厂提督还有几分私交，西厂如今逼你们逼得紧，无非是因为这批孩童里头有官眷，此事惊动了陛下，是以才要求彻查。若是诸位肯退一步，让我们将人交回去，自然也就大事化小了。至于锦衣卫那边，那就更好办了，听说贵帮与万指挥使私交不错，想必你们一句话，比我十句话还要管用。”

邓秀才还没有说话，九娘子就娇滴滴道：“二当家，我就说唐大人是最明理不过的，你还不相信呢。那帮小孩子资质再好，等卖出去了，全部价值也不过千两上下，那些西厂番子却能要了我们的命。现在他们奉了皇帝的命令，一定会像疯狗一样咬住我们不放，我们有必要为了一千两银子搭上性命吗？”

邓秀才缓缓道：“九娘子真是站着说话不腰疼，上头现在对银钱看得极重，若少了这一千两，我今年的任务便完成不了。再说了，现在事情闹得这么大，万通担心被牵连，一定会找一个担责任的倒霉鬼，我若现在将孩童还回去，便是活生生的倒霉鬼，你这么聪明，不会想不到这点吧，还是说你就是故意想将我邓某人往火坑里推啊？”

听到这里，唐泛有些明白了。

当初在陈氏失踪的客栈里，曾经留下白莲教的印记，九娘子若是陈氏的妹妹，那么她肯定也与白莲教有关联。这样说来，邓秀才口中的“上头”，很有可能就是白莲教。

而从两人的对话来看，不难看出这位邓秀才跟九娘子之间是有点矛盾的，他们观点不合。但这位九娘子很可能不是南城帮的人，而是白莲教派下来的客卿，所以邓秀才虽然跟她不对路，却发作不得。

九娘子的意思是让他与官家的人讲和，把孩童交出去，邓秀才的意见却恰好相反，所以两人就有了分歧。

想到这里，唐泛不由得暗暗心惊，如果邓秀才一意南逃，那自己岂不是也没有存在的必要了？

但九娘子既然是白莲教的人，为何又要处处维护自己呢？

女人的心思果然难猜得很。

九娘子笑道：“二当家言重了，你可是南城帮数一数二的人物，你若出事了，丁一目又无力支撑大局，南城帮还不是顷刻就散了？我只是觉得，事情还没有到那个地步，跟官家的人不死不休，于你，于本教大局，都没有什么好处。若是你因此坏了本教的大事，到时候也不需要你被官家的人追责了，你就会直接被教规处理了，你信不信？”

这些话里透露的信息太多，唐泛已经快要接收不过来了。他的手心背脊都沁出了一些冷汗，此刻他知道得越多，反倒越不是好事。

果不其然，邓秀才脸色一沉，目光扫过旁边的唐泛：“九娘子莫不是又犯了看见俊俏男人就走不动路的毛病？当着这小子的面竟然说了这么多，看来这小子是留不得了，今日我就代劳帮你除去吧，也免得日后给你招祸！”

说罢他的袖中银光一闪，亮出一把匕首，直接就向唐泛刺过来！

唐泛双手被缚，又坐在椅子上，哪里来得及逃跑，当下只能反射性地往后一仰，然而对方动作迅若闪电，转眼已经到了跟前。

那匕首寒光闪闪，锋刃刺向他胸口的衣裳，眼看就要刺入皮肤！

却听九娘子娇喝一声：“你敢在我面前杀人！”

话音未落，一条鞭影席卷而至，打的却不是人，而是将那匕首一卷一扯，从邓秀才手中夺去！

这场变故不过瞬息之间，所有人都看呆了。

等两人的手下想起要护主的时候，双方却已经停下交锋。

九娘子冷声道：“我有个两全其美的法子，二当家听不听？”

邓秀才冷哼：“什么两全其美？当我不知道你在打什么主意，不就是想让这小子当你的姘头吗！”

九娘子抚了抚鬓边的秀发，恢复娇滴滴的笑颜：“这个办法有什么不好吗？你担心他泄密，那让他加入本教，不就一劳永逸了？”

邓秀才嗤笑：“你莫不是做梦没醒？他可是朝廷命官，这种人平素最是自命清高，怎肯与你我这等贼匪为伍？”

九娘子笑道：“这话可就错了，再自命清高的圣人，也要吃饭睡觉的吧？敢问唐大人，你一年俸禄是多少呀？”

怎么又来一个问这问题的？

唐泛摇摇头：“说来惭愧，按照太祖定下的规矩，像我这等从六品官员，一年九十六石。不过其中大多折合成布匹和宝钞，宝钞如同废纸一般，也未必能够兑换多少银两，总之一个字，穷啊，都快喝西北风了！”

九娘子捂嘴笑道：“那你平日岂不连肉都吃不起了？”

唐泛干笑：“可不，还得写点风月话本补贴家用呢，这等丢脸的事情就别提了。”

九娘子道：“现在我有份厚礼要送与唐大人，不知道你敢不敢收。”

她从怀中摸出犹带体香的几张银票，让自己手下拿过去给唐泛看。

唐泛一瞧，好家伙，一张一百两面额，一共十张，整整一千两，汇通钱庄的票子，童叟无欺。

一千两可以做什么？可以买下一座隋州现在住的那种宅子，还有剩余。

这还是京城房价贵，若是放在别的地方，当个不愁吃喝的地主是绰绰有余的。

九娘子笑吟吟道：“这只是我送与你的见面礼，若你愿意加入本教，自还有数不尽的金银在等着你。”

邓秀才在旁边阴阴道：“九娘子真是好阔绰，有这么多的银钱，不如帮小弟渡渡难关如何？”

九娘子斜睨他一眼：“二当家也不用酸了，这些年你攒下的家业，岂止百倍？这些都是我的私房钱，只不过看见唐大人这般人才，心中欢喜，是以先替本教招揽人才罢了。你也知道本教素来最缺足智多谋的人士，我久在总教，常听教主说，要多招揽一些像二当家这样的人来光大本教，若是教主知道唐大人愿意加入，只怕给的还不止这个数呢！”

唐泛虚咳一声，道：“多谢九娘子的抬举，可我身为朝廷命官，身受皇恩，万不能沦为贼匪。”

九娘子轻笑：“你不要怕，我不是让你辞官，你大可依旧当你的大官去，只是暗中加入本教罢了。届时若有需要，还请你在某些事上通融一二，也就行了，本教自然不会亏待于你。这样一来，你既可以继续当官，又能有额外的收入，岂不两全其美？”

唐泛问道：“若是我答应了，便算是加入了？”

九娘子还未回答，邓秀才便呵呵一笑：“你想得倒美，若是答应加入，自然要在身上烙上本教的烙印，以防你反悔背叛。”

唐泛见九娘子没有反对，便知道邓秀才说的是真的了。

他看着那些银两，脸上露出既有点心动，又纠结不已的神色：“你们让我考虑考虑，可以吗？”

九娘子笑道：“自然可以，不过不要考虑太久了，我们时间有限呢。你好好想想吧，若你答应了，我们即刻就可以将这些孩童送还回去，而且是由你出面，给你送上这样一桩大功劳。”

邓秀才闷哼：“我好像还没答应吧？”

九娘子笑道："你若肯答应，我自会向上面美言，免了你今年一成的任务。如此一来，我有荐人之功，你有成人之美，兼且省了钱，本教又多了一位人才，岂非一举四得？"

邓秀才不再说话，九娘子含情脉脉地看了唐泛一眼，这才命人将他送回去。

这回照例还是蒙着眼睛，但是唐泛来回两趟，已经暗暗记下路线。

他曾暗自将这里的布局与地面一一对应，再加上先前刘大个的话，不难得出一个结论：自己所身处的场所，应该是南城帮的人将荒村里那些人家的地窖串联而成的，这些人家相距很近，在地窖与地窖之间挖通连接上并不困难，而且这里少有人至，更给了他们任意施为的充分条件。

也难怪之前刘大个会说这里很安全，如果将地窖原来的入口封上，而外面的人又找不到新入口的话，确实进不来。

只不过待在这里面实在受罪，比唐泛他们之前走过的那条暗道也没好上多少，所以这里肯定只能当作暂时的栖居之所，是没法长期居住的。

邓秀才他们因为事情闹大，马车又因为载了太多人而坏掉，不得不先藏在这里避风头，但他们心里肯定急着想要离开这里，回到地面上去。

假如唐泛现在能够脱困，刚好西厂或锦衣卫的人又在外头，就能将这伙人全都一网打尽，但是现在明显没有这么美好的事。

事实是他被困在这里，性命都快难保了，除非加入他们的团伙，还要烙上那劳什子烙印来充当投名状。

这烙印要是真烙上去，那他可真是跳进黄河也洗不清了。

因为九娘子表示出想要招揽他的态度，回来的路上，那个辛石头就稍稍收敛了一点，没有像之前那样不客气了。

唐泛回到原先那个地窖之后，刘大个却已经不在那里了，估计是被叫去做什么事了。

他趁机对辛石头笑道："辛大哥，你看我就快成你们自己人了，能不能帮我松绑啊，这绳子勒得我实在是难受，反正我一个书生，跑也跑不了！"

辛石头哪里肯，直接就道："那你得问二当家去，我做不了主！"

唐泛便笑道："方才九娘子给我的那一千两，我心下觉着，如果我答应了她，那以后咱们也是自己人了。你与刘大个都是最先把我弄来这里的，也算不打不相识了，我看着你们就觉得比其他人亲切，劳烦辛大哥自己动手，在我怀里拿出五百两，你与刘大个分了吧，以后可别对我见外。"

辛石头的眼睛一亮，神情顿时缓和了些许，却还矫情推辞："这不好吧？

毕竟是九娘子给你的。”

唐泛板起脸：“辛大哥不收就是跟我见外了！”

辛石头这才有了笑脸：“本来就是自己人了，唐大人何必见外？若是入了教，你立马就是总教的人了，地位比小弟高得多，到时候可要对小弟多多照拂才是啊！”

他一边说，一边伸手帮唐泛松了绑。

此时唐泛的手腕已经被磨得出血了，轻轻一碰便生疼。他却顾不上这些，直接主动掏出那沓银票，分给辛石头五张：“好说！辛大哥也别叫什么唐大人了，以后都是自己人！你资历老，我得拜托你多指点我才是！”

辛石头接过银票，不露声色地纳入怀中，这才叹了口气：“说什么指点，我跟了二当家六年，如今还在南城帮混呢，连总教长什么样子都没见过，还是见了九娘子之后，才知道咱们南城帮还跟总教有关系。”

两人又闲聊了几句，有了银票开路，关系好像一下子拉近许多。辛石头道：“我还要去巡视出口，免得被人发现来处，你最好还是待在这里，不然若是被二当家知道，我就不好交代了。”

唐泛微笑着点点头：“我明白，辛大哥你自去忙吧，不过能否给我一碗水喝？我口渴得很呢！”

果然是钱能通神，辛石头爽快道：“这有何难？”

便去倒了一碗水过来给唐泛，然后又匆匆走了。

辛石头一走，唐泛就敛了笑容。

刚刚来回虽然都蒙着眼睛，但沿途总能听到说话声和脚步声，据保守估计，邓秀才带来这里的手下，不会少于二十个人。这恐怕还是考虑到这里地方不宽敞，容纳不了那么多人，才带了这么少。否则南城帮那么大的家业，以邓秀才的地位，肯定不会只有这么一点手下。

现在一回想，其实邓秀才他们的故布疑阵不是全无破绽的，只是因为当时唐泛他们太心急了，担心再晚就让这帮人逃了，所以来不及细想，听了那人的招供，就急急忙忙地照他说的往山上去。否则如果仔细在荒村里搜查，未必不能发现这个地下暗道的入口。

不过话说回来，就算隋州他们现在到了山上，发现有诈，又折返回来，似乎也没什么用，敌众我寡，到时候这些贼匪只要把刀子架在孩童脖子上，他们就束手无策了，除非汪直也能及时赶过来。

发愁归发愁，唐泛也不是坐困愁城的人。

他将那碗水倒在角落里，然后脱下外裳裹住碗，狠狠往地上一掼。

并没有发出什么沉闷的声响，但当他将衣裳解开来时，里头的碗已经碎成几大瓣了。唐泛将那些碎片收起来，然后施施然离开了囚禁自己的那个地窖，朝自己记忆之中关押着阿冬他们的房间走去。

那里头有两个人在把守，一看到唐泛，立马就站了起来，凶神恶煞道："什么人！"

唐泛拱手笑道："二位大哥，我是你们二当家请来的客人，过来看看这些孩子。"

借着说话的机会，他已经瞧见了里头的情形。

十来个孩子被捆住手脚堵住嘴巴丢在角落里，个个眼神里透露着惊惧惶恐，全都缩在角落里，肩膀挨着肩膀，仿佛这样才能有一点安全感。

而唐泛也看到了，其中有一个胖胖的小姑娘，一边的脸颊微微红肿，正巴巴地看着他，神色激动极了，如果不是嘴巴被堵住，怕是立马就能喊起来。

唐泛向她递了一个少安毋躁的眼神，阿冬也看明白了，很快就安静下来，没有再发出声音。

那两个人自然不肯让唐泛进去，就在那里大声呵斥，推推搡搡。

"怎么回事？"娇滴滴的声音传来。唐泛不用回头，也立马就知道是什么人了。

"九娘子。"那两名看守连忙行礼。

"九娘子好。"唐泛也拱手道，"好教九娘子知道，这里头被抓来的孩童中有我的妹妹，我这次跟着过来，也正是因为她。"

九娘子微微一笑："原来如此，难怪唐大人敢以身犯险，实在是令奴家佩服得很！"

唐泛苦笑："可不是吗？若不是自家妹子被抓过来，我吃饱了撑的会跟你们过不去？"

九娘子道："既然如此，我若不同意，岂不是不近人情了？唐大人只管进去探望吧，一刻钟后记得到先前你在的那房间去找我。"

收到她抛过来的媚眼，唐泛脸色一红，像是想要多看她几眼又不太敢的样子。

九娘子被他逗得咯咯直笑，转身一摇三摆地走了。

还真别说，她这般风情万种，对男人的吸引力还真大，单从那两个看守眼睛都看直了的样子就知道了。

有了九娘子的许可，唐泛自然得以顺利地进入。

这些孩童的脸蛋和衣服都脏兮兮的，不过仍然可以看出他们姣好的面容和身上不错的布料。唐泛注意到，其中有一个女孩和男孩，容貌尤其好看，过几年长开之后想必更加出众，估计就是让众人找翻了天的朱永幼女和耿侍郎的孙子，这般容貌，也难怪人贩子会见猎心喜，惹上大麻烦。

再看其他孩子，也都是出身家境优渥，养得眉清目秀。

这里头最不起眼的，反倒要数阿冬了，不过兴许是因为她生来就白白嫩嫩，所以那些人贩本着没鱼虾也好，有一个是一个的心理，将她一并掳了过来。

唐泛顾不上其他人，他在阿冬面前蹲下，摸了摸她的脑袋，凑近她耳边低声道："我说，你听，不要出声。"

阿冬点点头，眼睛一眨不眨地盯着唐泛。

唐泛抽出她嘴里的布团："我知道你懂事，大哥想请你帮忙看着这些弟弟妹妹。如果到时候有人冲进来救你们，这些坏人一定会拼死反抗，你们更不能因为害怕就乱跑乱动，要乖乖待在这里等我们来救，知道吗？"

阿冬点头，也用微如蚊蚋的声音道："大哥，你放心吧，我会听你的话，照看他们的。"

唐泛很欣慰，他最担心的不是这些孩童的性命危险，要知道他们都是邓秀才的摇钱树，不到万不得已，邓秀才是绝对不会抛弃他们的，否则也不会为了他们躲到这里来。

他担心的是，到时候如果隋州他们真能找到这里来，免不了一场恶战，这些小孩子不懂事，肯定会惊慌失措，四处乱跑，万一被不长眼的刀剑伤到，那他们此行的目的就无法达成了。

两人也没能说上多少悄悄话，一刻钟转瞬即至。唐泛深知九娘子看似好说话，实际上也是狡猾人物，只因她与邓秀才有矛盾，才显得好像比较容易突破似的。

他并没有多耽搁，匆匆交代完阿冬，就起身离开。阿冬嘴巴上的布团被唐泛拿掉，但她没有大吵大闹，反倒去劝其他孩童安静下来。她的年纪在那些孩童里比较大，又因之前为朱永幼女朱乐萍挨了一巴掌，大家潜意识里就比较信任她，也肯听她的话，虽然还抽抽噎噎，但总算逐渐安静下来。

那两个看守的人见她镇得住其他人，乐得自己耳根清净，也就没有重新将布团塞回她的嘴巴。

反正在他们眼里，这只是一群无论如何也掀不起什么风浪的小孩儿。

不过就在他们看不到的角度，阿冬手里多了一块锋利的大瓷片。

却说唐泛回到自己原先那个房间里，就看到九娘子坐在那里，身姿袅袅，绰约有致，比她那姐姐陈氏，也就是李漫的妾室，还要美貌几分。

可惜美则美矣，却是一条美女蛇。

九娘子见到唐泛，便抿唇一笑："你回来啦？"

这话怎么听怎么暧昧，活像妻子跟归家的丈夫说话似的。

唐泛神色不变，假装没听见，拱拱手："有劳九娘子久候，方才看到舍妹，心中激荡，是以耽误了些许时间。"

九娘子笑道："兄妹相见，这是人之常情。不过咱们都这么熟了，唐郎就不必唤九娘子了，喊我阿菡吧，这是我的小名。"

我啥时候成螳螂了……唐泛郁闷地想着，面上却露出受宠若惊的神色："这……这不大好吧？"

九娘子笑道："哪里不好？这名字不好听吗？"

唐泛摇头："自然不是，菡萏香消画舸浮，使君宁复忆扬州。想想也觉得美，怎么会不好呢？"

九娘子露出心醉神驰的神色："虽然我不大懂，可这诗词听起来真美，读书人就是不一样，出口成章，连奉承话都说得这么好听。"

唐泛呵呵一笑："我虽是读书人，可也不能颠倒是非黑白，九娘子确实美貌如菡萏，人如其名，难道我要非说不美不成？"

没有女人不愿意被人称赞美貌的，唐泛这张嘴更是能将天上的麻雀也哄下来，九娘子自然被他说得眉开眼笑，娇嗔道："怎么还叫人家九娘子？"

唐泛从善如流："阿菡。"

九娘子高高兴兴地应了一声，伸手便要拉唐泛坐下。

不待她碰上自己，唐泛就已经坐下来，没有挨着对方，不过也没坐得太远。

九娘子勉勉强强表示满意，含情脉脉地看了唐泛一眼："唐郎，你知道你现在的处境有多危险吗？"

唐泛露出非常吃惊的神色："危险？这怎么说来？你……你不是说那什么教要招徕我？"

九娘子被他的表情逗笑了："是我白莲圣教。不错，可那只是我的想法，老实与你说吧，邓秀才想杀你。"

唐泛"啊"了一声，适时透露出一些反应。

其中的分寸要把握得刚刚好：不能反应太过恐惧懦弱，这会让九娘子瞧不起他，因为对方本来就是要招揽唐泛的，所以唐泛不能表现得太脓包；反应太过平淡也不行，这显得太假了。

“阿菡，这我就不明白了，杀了我，对他有何好处呀？”

九娘子被他这句阿菡叫得通体舒畅，先是微微一笑，然后面色凝重道：“先前我主张让唐郎归附本教，再放那些孩童回去，反正官府的人本来就是冲着他们来的，如此正可与官府的人讲和，方才你在场的时候，也听到了。”

见唐泛点点头，她又叹道：“可惜邓秀才坚决不同意，他想将人一并带走，那些孩童还好说，起码能让他卖出高价，有一大笔收入，不到万不得已，他也不会杀掉他们。至于唐郎你，他既然不想向官面上的人低头，自然觉得留着你就是累赘了。”

唐泛疑惑道：“阿菡，有些事情，我心里奇怪得紧，也不知道当不当问。”

九娘子将手放在他大腿上揉捏了一把，娇嗔道：“你问啊，还假客气作甚！”

唐泛对她这副做派着实吃不消，鸡皮疙瘩爬了一身，忍住将她的手拍开的冲动，竭力不将注意力放在自己大腿上的那只手上，问道：“先前我听你说你是总教派下来的，照理说应该比邓秀才的地位高才是，为何反倒要听他的话呢？”

九娘子道：“谁说我要听他的话啦？只是他现在手下的人多，我不好与他公然对着干，再说南城帮是他一手创立的……”

唐泛打断她：“不还有个大当家丁一目吗？”

九娘子道：“你傻呀，那丁一目不过是捏造出来欺哄外人的幌子傀儡罢了，邓秀才才是真正的帮主！”

原来如此，唐泛恍然，又问：“实不相瞒，先前我跟着那帮锦衣卫一起追踪而来，如今他们虽然被引到山上去了，但如果找不到人，只怕很快就会回转，到时候若在荒村里掘地三尺，说不定很快就能找到咱们的所在，要是照你那个法子，自然两全其美，但如果邓秀才不肯投降，他又有何办法逃走？”

九娘子道：“亏你还是读书人，怎么没听过狡兔三窟？从此处去山里有一处山寨，是邓秀才的另一处据点，要不是马车中途坏掉，他也不会被困在这里。现在迟迟还未走，正是在等山寨里的手下过来接应呢，免得一出去就被锦衣卫的人撞上。”

唐泛低声道：“那等他出去之后，我岂不就要被杀了？”

九娘子道：“要不我来找你作甚？你若想要保命呀，就得加入我教，到时候莲花印记一烙在你身上，就是我圣教中人了，教中有规矩，杀害同教教友，是要被教众追杀、千刀万剐的，到了那时，邓秀才就不敢对你动手了。冤家，我可是在救你哩，快快把衣服脱了，我来给你刺上那烙印吧！”

唐泛当然不愿意被刺什么烙印，他跟九娘子虚与委蛇，也不过是为了多探听一点情报。

如今他已经触摸到这只庞然大兽，也逐渐了解到白莲教的势力有多么庞大，上买通朝廷官员，下勾结黑帮势力，也难怪当年一个妖道李子龙，就能搅得京师不得安宁。难怪锦衣卫一直搜查，也没能彻底将这股势力掐灭。

他没有回答九娘子的话，反倒露出微微的向往之色：“阿菡，不瞒你说，我这从六品官当得实在窝囊，俸禄低不说，还处处受气，虽说是进士翰林出身，可如今都不值钱了。也不知道你们那教主是何等人物，竟能凭着一己之躯搅动大明风雨，实在是我辈所不及，不知道我加入圣教之后，可有幸拜会他老人家？”

九娘子道：“机会自然多的是，可也要你入了教才行。”

唐泛本想刺探白莲教总部所在，奈何这九娘子也是个机警人物，左右就是不透露实情，一心非要他入教。想来她的放荡风情也只是表面伪装，只因她与邓秀才不和，才有了唐泛苟且偷生的间隙。

想及此，他便叹道：“昔日李道长将皇宫大内也视如家中一般，想进就进。据说他还能呼风唤雨，撒豆成兵，真如神人一般，只可惜后来被砍头了，让我也未能一睹他的风采。”

九娘子诡秘一笑：“你都说他如神人一般了，又怎会轻易丧命于朝廷鹰爪之手？”

唐泛闻言大吃一惊，也不知道她这句话是真是假，便惊喜道：“难道李道长未死？”

九娘子笑而不语，又不回答唐泛了，真可谓将吊胃口的功夫做到了极致。

“冤家，老实告诉你吧，教中如今急需人才，像你这样的朝廷命官，官职虽然小了点，但如果有圣教暗中支持，想要高升还不是指日可待的事情？到时候若圣教有需要，你也可以施以援手，这可不正是两相合意、两全其美的事情吗？再说了，你一年就那么点俸禄，若是加入圣教，自然是荣华富贵滚滚而来，难道这世上还有人宁肯穷死，也不要这前途无量的泼天富贵吗？”

说白了，九娘子的意思，就是要唐泛当白莲教在朝廷里的一根钉子。

唐泛露出心动又犹豫的神色：“你说得没错，这的确是两全其美的事情。

我只是担心那个印记，毕竟我是个朝廷命官，若被人发现身上有白莲教的印记，可真是跳进黄河也洗不清了……不如这样，我答应加入，但是先不烙上印记，行不行呢？”

九娘子笑眯眯：“当然不行，唐郎，你不拿出一点诚意，我如何敢将那些孩童交给你呢？”

唐泛苦笑：“可就算我入了教，邓秀才也不会让我将他的摇钱树带走吧？”

九娘子挨近了他，低声笑道：“不瞒你说，我身上有总教的令牌，除非邓秀才想背叛总教，否则不敢违抗我的话。”

唐泛心头一动，露出恍然大悟的神情。

一只纤纤素手忽然摸上他的肩膀，以迅雷不及掩耳之势将唐泛的外衣扯落一半！

“好唐郎，做大事可不能瞻前顾后，不若我来帮你做决定好了，我会将烙印文在你的后腰，定不让任何人发现的！”

唐大人大惊失色，却不是因为险些被非礼，而是担心被对方发现他藏在怀里的碎瓷片。

“莫乱来，莫乱来，让我再想想，让我再想想！”

他连连道，同时想要扯回自己的衣裳。

九娘子咯咯直笑，却似乎不愿再浪费时间，直接攀了过来，从怀中摸出文印的锥子。

就在此时，一个声音从天而降，成了唐泛的救星：“我道九娘子去了哪里，原来是在这里与这小子调情！”

邓秀才站在通道入口，面色阴沉地道：“我们立马就要出发了，这小子是累赘，容我杀了他，你要小白脸，等出去之后，要多少有多少！”

九娘子也站起来：“别的小白脸有像他一样的官身吗？我若能拉拢他入教，到时候就是大功一件！这样吧，你我各退一步，那些孩子里有唐泛的妹妹，你留下她，其余的你自带走，出了这里，大家各走各的路，各自发财，如何？”

邓秀才断然道：“不行！他知道得太多，绝对不能放过！”

九娘子也冷了脸，从怀中摸出一块令牌：“见此牌如见教主，你敢抗命？！”

邓秀才的面色阴晴不定，半晌倏地伸手一边朝她手中的令牌抓过去，一边冷笑：“贱人，我忍你够久了，成天拿着鸡毛当令箭，处处与我过不去！今日不如在此解决了你，到时候就嫁祸给官家的人好了！”

九娘子大惊，万万没想到对方竟然如此胆大包天！

她反应慢了一些，手中令牌差点被邓秀才夺过去，又见邓秀才抽出长刀朝她劈过来，急急忙忙往旁边一躲，也抓住缠在腰间的软鞭朝前一挡，二人立时战作一团！

唐泛也没有想到两人积怨已久，竟然会在此时此地起内讧。

本来他就是再聪明，面对眼前困境，一出不去，二四面楚歌，也实在别无他法，只能尽力拖延时间，希望等到援兵到来。

结果援兵还没到，邓秀才和九娘子二人却先厮杀了起来。

房间之内刀光鞭影纵横交错，唐泛险险被扫到。他觑了个机会，朝旁边一滚，趁机闪身蹿入通道里，不是朝关押阿冬他们的地方奔去，而是去给九娘子找援兵。两个敌人，一个想要你死，一个想利用你，你会如何选择？

九娘子如果死了，邓秀才下一个要杀的，就是唐泛。

所以唐泛非但不能让九娘子死掉，还要把她的人找过来帮她，这女人跟邓秀才不是一条心，而且没他那么狠，反倒有许多商榷的余地。

邓秀才和九娘子打架的动静惊动了不少人，大家看着两个首领自己打了起来，都有些不知所措，纷纷涌到那个地窖的通道入口，立时将入口堵住了。

唐泛奔出不远，就瞧见方才跟在九娘子左右的护卫，连忙道：“这位大哥，你快去看看，阿菡与二当家打起来了，二当家要杀了她！”

九娘子刚才想要色诱唐泛，还要说些不可告人的秘密，自然要将自己的贴身护卫遣开去。唐泛不称九娘子而称呼阿菡，也是为了让那护卫知道自己与九娘子的关系已经非比寻常。

果不其然，那护卫一听就脸色大变：“他们在哪里！”

其实也用不着唐泛说，护卫已经听见不远处传来的兵器相接之声了。

他二话不说往前蹿去。唐泛跟在他后面唠唠叨叨：“大哥，你可要救出阿菡，阿菡不能出事啊！”

那护卫自然顾不上他了，直接就拨开人群冲了进去。

唐泛离得不远，听见邓秀才忽然一声大喝：“还愣着作甚！并肩子上，将这女人杀了，不能让她回总教告状！”

九娘子娇喝：“你敢！”

她的声调之中，不乏气喘吁吁，可见逐渐处于下风。

这是铁了心想要杀人灭口了！

唐泛微微变色，便也顾不上其他，直接就往外面跑。

这种情况下，反倒无人去注意唐泛的去向。

等到那两拨人马陷入混战时，唐泛早已避入前面拐弯处堆放食物的地窖里。等到许多人都跑去加入战团的时候，他便从那藏身的地窖出来，径自跑向前方，希望能够寻找到这里的出口。

这里与他先前途经阿冬他们藏身的地方是截然相反的两个方向，唐泛坚信以邓秀才的狡猾，肯定不会只设置了一个出入口，否则万一被人堵住，就等于是瓮中之鳖了。

这个地下小迷宫其实不算大，因为地窖就那么几个，主要是连接地窖与地窖的道路弯弯绕绕，十分曲折，很容易迷惑人。

如此七弯八绕，兜兜转转了半天，中途还要避开可能有人把守的道路，唐泛总算找到一个貌似出口的地方，因为那里有往上的斜坡，还有两个人在把守着。

现在邓秀才为了杀九娘子，将手下人都召了过去，这两个人却还在这里，说明他们把守的位置一定很重要，也一定就是出入口之一。

他现在孤身一人陷在贼窟里，凭他一个人是没法将那些孩童带出去的，不然估计还没出去，他自己被杀了不说，还会连累那些孩子受苦。所以虽然他很想跑向阿冬那里，马上就将他们救出去，但理智仍然告诉他不能这么做。

阿冬他们是邓秀才的摇钱树，邓秀才不会轻易动他们，否则也不会为了他们甘愿冒大不韪，与朝廷作对。但唐泛就不一样了，他对邓秀才压根儿没有任何作用，还会成为他逃亡路上的累赘。

所以最好的办法，就是他先保全自己，趁着这场混乱伺机逃出去，再去搬救兵回来，将邓秀才等人一网打尽，也可以救下阿冬他们。

但他隐隐悲观地意识到，这场内乱可能很快就会结束，邓秀才人多势众，九娘子是敌不过他的。

这也是因为九娘子太骄傲自满了，以为凭着总教巡使、南城帮客卿的身份，邓秀才不敢对她怎样，所以处处与邓秀才对着干。

谁知道邓秀才压抑已久，早就有杀人灭口的心思，正好这里荒凉，只要把九娘子的人马都解决了，再栽赃给官府，谁也不知道是他干的。

唐泛当然不是在为九娘子担心，这女人看着好说话，还准备将孩童们送还给唐泛，但那只是因为她想和邓秀才作对，而绝不是因为她是什么善良之辈。

然而如果九娘子死了，隋州他们又还没到，自己就会陷入十分危险的境地。

眼看出口就在咫尺之遥，唐泛却不能上前，只能躲在暗处，束手无策，这种人为刀俎、我为鱼肉的情况实在令人焦急而又无奈。

任是唐泛智计百出，一时之间也想不出什么法子。

就在此时，由远及近传来一阵纷乱的脚步声。

唐泛来不及细想，连忙躲入旁边一处凹入的阴影里。

却见那头的通道有几个人跑向把守出口的两人，后者其中一人问道：“出什么事了？”

另外一人道：“九娘子死了，二当家让我们准备撤退呢！”

那人大吃一惊：“九娘子死了？怎么死的？”

对方笑骂：“你这小子是不是也被那娘儿们的美色迷惑了，就关心这个呢！”又压低了声音，“她是被二当家杀的，连同两个手下，你说那娘儿们处处跟二当家过不去，二当家忍她那么久，不杀了她才怪！”

问话的那人却是知道九娘子与白莲教的关系的，连忙道：“可她不是总教的使者吗？就这么杀了她妥当吗？”

对方道：“别提了，我们每年都要给他们上缴银钱，他们倒好，什么都不用做就坐享其成，二当家早就想和他们翻脸了。反正这次有官府的人来掺和，到时候把那娘儿们的死往官府身上一推，谁也怀疑不到我们头上！”

那人倒有几分脑子，闻言就迟疑道：“那我们岂不是要受到总教和官府两边的通缉？”

对方不耐烦：“少废话了，二当家说了，山寨那边过来接应的人到了，赶紧收拾收拾，趁着官府的人还没来，准备撤退！你们这边留守出口之一的要负责殿后，免得被敌人从后面打了！还有，被罗瘸子绑来的那小子跑了，你们看见他没？”

那人道：“没有，我们在这里把守，半刻都不敢离开，一个鬼影都没瞧见！”

对方道：“刚才为了收拾那娘儿们，一时有些乱，正巧外头接应的人又来了，另外一个出口就出现了片刻空当。二当家和三当家疑心那小子趁乱跑了出去，反正等会儿如果你们瞧见了，就一并杀掉了事！”

唐泛心想怎么又来了个三当家，转念一想就恍然大悟了，刚才他去见邓秀才的时候，旁边除了九娘子，还坐了另外一名老者，估计就是那个劳什子三当家了。

随着邓秀才杀了九娘子，准备撤退转移，唐泛的待遇也随之从“非杀不可”变成“看见了顺便杀”，但他并没有因此感到丝毫高兴。

因为一旦让邓秀才逃入深山，就等于龙归大海，到时候可真就难觅踪迹了！

只见那两人答应一声，随即又是一阵脚步声远离。

那两人便小声说起话来。

一个问："二当家让咱们殿后，那咱们什么时候走合适？总不能等人都走光了再走吧？"

另一个道："再等等吧，要是走太早，被二当家看见了，也要怪罪我们的。"

先前那同伴道："那二当家说的那小子还找不找？"

对方道："你傻啊，找什么？逃命要紧，等我们跟二当家上了山，官府都找不到我们，还担心泄什么密！"

唐泛无心再听那两个人的话了，他心里暗暗着急，生怕阿冬他们被邓秀才带走，便又循着原路小心翼翼地返回。

此时邓秀才杀了九娘子和她的两个手下，已经带着众人从另一个出口撤退，纵然他动作再快，也被一群孩子拖了后腿，光是将他们从地窖里带出来就花费了不少时间。

阿冬谨记唐泛的嘱咐，知道这些坏人轻易不会杀他们，便有意磨磨蹭蹭、慢慢吞吞，又故意跌倒在地，抽泣着说走不动路。那贼匪没有办法，直接提起她的后领就往前带。

那些人陆续离开，唐泛远远跟在后面，隐隐听见他们说外头已经有马车来接应，不由得更加着急，眼看他们出了地洞，便觑了个机会也跟着跑出去，躲在旁边的大石头后面。

换了半个时辰之前，如果他能离开这里，一定赶紧去搬救兵，但是现在唐泛一心只想着不能让这帮人就这么跑了，不然以后要找阿冬他们就更难了。

想及此，唐泛也顾不上什么先保全自己了，直接大喊一声"站住"，又从石头后面走了出来。

在空旷的野外，这样一声大喝不啻平地惊雷，将那帮人都吓了老大一跳，邓秀才更是立时转过身。

他看见唐泛，先是一愣，然后阴笑："本来以为你跑了，打算放你一条小命的，结果你又自己跳出来，还真是茅厕里点灯，找死！"

唐泛掸掸衣袖，镇定自若："我确实先逃了出来，然后又联系了锦衣卫与西厂，他们就在五里之外，很快便能赶来！"

第十九章

挑拨离间

他的话引起了一阵骚动，听说官府的人将至，南城帮的人都露出微微的惶惑之色。

唐泛自然不能等邓秀才安抚人心，立马抢在他前头道：“二当家，老实说，我并不愿将你逼得无路可走。但是你既然杀了九娘子，与白莲教决裂，就再无退路，如果再跟官府交恶，到时候两面不是人，只怕处境堪忧。即便是逃往山中，朝廷出动军队，剿灭你们也在顷刻之间！既然如此，为何我们不能握手言和？只要你将那些孩童都交出来，我就可以在汪厂公和北镇抚司那边为你说情，你的手下兄弟也都有一条活路，何乐而不为呢？”

邓秀才冷笑道：“你说得轻巧！可惜你不是皇帝，我怎能信你？如今我由暗转明，对姓万的来说已经没有利用价值了。他恨不得把我推出去背黑锅，又怎会因为你的求情就饶了我们！与其在别人手下苟延残喘，不如自立山头，宁可死在金银堆上，我也不会去给人家当奴才！”

唐泛拱手道：“二当家，我敬你是条汉子，能否商量下？你将那些孩童留下，但走无妨。等会儿锦衣卫和西厂的人来了，我自然会帮忙拦住他们，不让他们追上你，双方各退一步，这样如何？”

他的表情实在太镇定了，一个人面对南城帮二十几个人，面无惧色，侃侃而谈，无形中令那些南城帮众不由自主就相信了他的话。那个貌似三当家的老者甚至对邓秀才道：“二当家，他说得也没错，我们如今已经和白莲教翻了脸，最好别跟官府的人闹得太过，否则只怕两面受敌……”

邓秀才抬起手，制止了对方继续说下去。他的眼睛一直盯着唐泛，此刻冷冷道：“差点连我也相信了你的话，你根本就没有援兵，还敢在这里虚张声势！”

唐泛面不改色，挑眉道：“何以见得？”

邓秀才狞笑道：“你被抓来的时候，我早就亲自搜过你身，将一切物品都搜出来了，你拿什么去通知官府的人！刚才看你装得挺像，差点被你蒙了过去！还不给我杀了他！”

唐泛说那么多虚张声势的废话，本来就是为了拖延时间，没想到这么快就被对方识破了，眼见南城帮的两个壮汉提着钢刀大步朝自己走过来，不由得厉声道：“住手！援兵就在你们身后！”

邓秀才不为所动：“还不给我动手！”

他已将唐泛当成了死人，一边说着，一边翻身上马，而另一辆载着孩童的马车已经开始往前驶去。

唐泛一不留神，那两柄锋利的钢刀已经到了跟前，躲也躲不开。

他已经竭尽全力拖延时间，奈何隋州他们迟迟没有现身。纵然有万般伎俩，也敌不过一力降十会。

唐泛万般无奈，跑也跑不过人家，心道吾命休矣，索性闭上眼睛，引颈受戮。

过了几息，本该砍到头顶上的钢刀迟迟未至，预期的疼痛也没有到来，却听见耳边破空之声响起。他不由得睁开眼睛，便发现眼前的情势早已发生了天翻地覆的变化！

本要砍杀他的两名大汉应声倒下。

一个背心插着一柄绣春刀，另外一个脑袋上插着一根羽箭。

还有其他几支羽箭，要么射在马匹上，要么射在人身上。

马匹受伤受惊，嘶鸣一声便将人掀翻在地。

邓秀才又惊又怒，当机立断便喊众人：“风紧扯呼！”

不过明显已经迟了半步，从前方山林蹿出四条人影，朝他们这里扑了过来，细看正是隋州四人！

隋州手中空荡荡的，便不难看出方才是他射出手中的绣春刀，才将其中一个想要杀唐泛的人解决掉。

唐泛大喊一声“刀在这里”，便将绣春刀从那人背上抽了出来，也顾不上被溅了一身血，便将绣春刀朝隋州抛过去！

后者漂亮地跃起，稳稳在半空中接住刀，反手又砍伤了一个贼匪。

邓秀才手底下的人也不弱，尤其是他那几个心腹，身手更不必说。单是隋州几个人去而复返，充其量只是让邓秀才折损几个人手，不至于让他们如此慌乱。

真正使得局势逆转的，是汪直带过来的人马！

方才那些羽箭，也都是从西厂番子手中射出来的。

但见汪直带着大队人马由远及近，先是射箭立威，然后加入战局，瞬间就使隋州他们如有神助，彻底在人数上压倒了邓秀才他们。

双方战作一团，胜败只是迟早的事情。

唐泛却心急如焚，他趁着邓秀才他们无暇他顾，跑向那辆载着孩童们的马车。就怕再晚一点，那些孩童会被狗急跳墙的南城帮众抓去当人质。

却见马车帘子被掀开一角，原本应该被绑缚起来的阿冬，此时正蹲在里头往外探看。她后面还藏着好几个脑袋，那些孩童紧紧揪着她的衣角，表情害怕之极。

他们之所以能自由活动，正是方才唐泛留给阿冬的瓷片起了作用，小阿冬趁着乱局将自己解绑之后，也给其他小伙伴松了绑。

这无疑节省了许多时间，唐泛大喜，跑到马车边上，将阿冬与其他孩童一个个接下来。又让阿冬将他们带到旁边大石头后面藏起来，告诉他们除非坏人伏诛，否则都不要出来。

正在他殷殷叮嘱的时候，冷不防隋州一声大喝："润青闪开！"

唐泛猛地回头，便见邓秀才提着染血的钢刀朝他奔过来，神情疯狂而扭曲，面露森森杀意。显然是战局忽然逆转使得他一败涂地，他不甘束手，想要抓这些孩童当人质了。

虽然变故不过片刻之间，邓秀才看似疯狂，脑子却清醒得很。

他知道抓唐泛当人质是没用的，对方不过一个小官，无足轻重，随时可能被放弃，于自己无用。要抓人质，最好是抓那两个大官的孩子，他们才是这次官府不死不休追过来的真正目标，只有将他们抓在手里，自己才会真正安全。

唐泛如何不知道他在想什么，一旦朱永的女儿被邓秀才抓在手里，到时候就没人阻拦得了邓秀才了。他想也不想，不是往旁边一躲，而是朝邓秀才扑了过去！

这举动在不相干的旁人看来实在有点傻，因为唐泛本身没丝毫功夫傍身，完完全全是普通人一个，而且他手里也没有任何武器，根本没有与邓秀才一搏的实力，他这一扑，无异于以卵击石。

但他就是这么做了，这电光石火之间，没有任何矫情做作、虚饰伪装，有的只是下意识的举动。

在唐泛看来，他并没有觉得自己是朝廷命官，就比那些孩子高出一等，正因为是父母官，所以更应该身先士卒，保护百姓。

蠢货！

大蠢货！

天大的蠢货！

汪直自然也看到了这一幕，他离得远，根本不可能阻止邓秀才的刀砍向唐泛，所以只能眼睁睁地看着，大骂出声。

隋州离得近一些，本来应该也来不及的，但他仍旧想拼一拼，所以他没有像汪公公那样破口大骂，而是加快身形，迅若闪电，化作黑影一般，手中提着绣春刀，全力刺向邓秀才。

然而所有人都没想到，就在邓秀才即将砍向唐泛的时候，后者忽然从怀中摸出不知何物，劈头盖脸地砸向邓秀才。

那些东西黑乎乎的，还有好几块，乍看像是暗器，很锋利，上面还涂了什么东西的样子。

……莫非是淬了毒的暗器？！

邓秀才大惊失色，连忙将手中长刀挥舞起来，将周身护得滴水不漏。

只听得叮叮当当几声脆响，那些东西悉数都被打飞，有的碎成几片，纷纷溅落在地上。

邓秀才一看，那个气啊！

什么暗器，分明是几块瓷碗碎片！

那看着像淬了毒的地方，则是碗上的青花纹理！

那一刻，他想把唐泛大卸八块的心都有了！

都说战场上瞬息万变，唐泛丢出瓷片争取的那短短几息时间已经足够，隋州已经赶到！

绣春刀挟着雷霆万钧之势杀至，滚滚刀光杀气涌向邓秀才！

他不得不回身，咬着牙对付隋州。

机会转瞬即逝，被唐泛这么一打岔，邓秀才已经错过了挟持孩子作为人质的机会。

不及片刻，紧跟其后的，还有锦衣卫以及西厂番子们。

大家都知道这邓秀才是首领，只要抓住了他，就是大功一件。

其他人已经陆续被制伏，空出的人手蜂拥而上，将邓秀才团团围住。

后者的失败已成必然，只不过早晚而已。

唐泛刀下逃生，捡回一条命，总算得以松一口气，后怕之后，身体一软，索性坐在地上。

“大哥，你没事吧！”阿冬噔噔噔跑过来扶住他。

“没事。”唐泛疲惫道。

“大哥，你流血了！”阿冬指指他的脖子。

唐泛一摸，果真有条细细的血痕，估计是刚才邓秀才把瓷片击飞时，不经意被划到的。

阿冬从怀里掏出一条帕子递给他，那是此前唐泛在上元灯会上猜灯谜赢回来的奖品。当时阿冬怀里塞了一堆东西，光帕子就有三条，此时正好用上。

唐泛拿着帕子往脖子上随意一捂，摸摸她的脑袋：“你去照顾好那些弟弟妹妹，别让他们乱跑。”

阿冬答应一声，又转身离开。

此时唐泛身后扑哧一声笑：“真狼狈！”

他不用转头也知道对方是谁：“汪公为何不去帮忙，反倒在这里凉快了？”

汪直道：“大局已定，此案能够告破，本公便是有功，何须亲自上场！”

唐泛道：“你不是从那条官道去追了，怎么又能及时赶来？”

汪直道：“当时你们往小路走之后，我便折返到官驿寻来马匹，又分出两拨人，让他们循着两条官道追过去。我就过来找你们，但这中间来回往返，又要找马，耽误了不少工夫，否则也不至于现在才到。那帮锦衣卫也真是没用，若换了西厂走这一条路，别说让你身陷贼窟，早就将这帮跳梁小丑打得落花流水！”

唐泛叹了口气，却露出如释重负的表情：“这能怪谁？当初我跟你们说走这条路，你偏不信，白白耽误了不少时间！我们当时抓到了一个南城帮众，却没料到他身中一刀，断了两指，还敢说谎。隋州他们才四个人，又怕人手不足，只能集中往山上去追赶，你们能及时赶到，也算这帮贼匪气数已尽，不然估计我的性命也要赔在此处了！”

他又道：“邓秀才他们之所以从地窖里跑出来，是因为南城帮在前方山上有处寨子，可以去那里暂避风头。等将人抓回去之后，还要问清方位，将那座寨子连根拔起才好。还有，南城帮的势力肯定不止邓秀才带的这么点人，城中各处必然还有其他势力，还请汪公除恶务尽，将他们一一扫荡剿灭。”

汪直皱了皱眉，明显不愿意多事。在他看来，将这帮孩童找到，任务就算是完成了。

唐泛正好扭过头，看见他的表情变化，也知道他在想什么，就缓缓道："南城帮与白莲妖徒有关联。"

汪直神色一凛："此话当真？"

唐泛点头："这是我在地窖中亲耳听见的，南城帮是白莲教下辖的一个帮派，也是白莲教敛钱发财的一个来源。只是邓秀才不甘被人驱使，方才便在地窖中与总教使者起了内讧，并将她杀害。等你们抓住邓秀才之后，不妨搜搜他身上，定有那枚白莲教令牌。"

妖道李子龙曾令皇宫内人心惶惶，事后调查证明他与白莲教有关。自那之后"白莲教"这三个字便正式摆到明面上来了，令人不得不正视。

可惜这两年来，锦衣卫、东西厂暗地里调查，也没什么进展，这个组织隐藏得太深，以至于连汪直他们都查不出什么端倪，只能抓点小鱼小虾凑合。

如今南城帮与白莲教的关系一露出水面，不必唐泛多说，连带着赖老大、六指李那些京城黑道势力，汪直他们自然都会去调查了。

两人说话之间，邓秀才纵然武艺超凡也寡不敌众，终于被擒住。

不算那些被乱箭射死的，在打斗中被杀的，南城帮这次连同二当家和三当家，一共有七个活口留下。

更重要的是，包括朱永幼女和耿侍郎孙子在内的一帮孩童并无大碍，只是受了点惊吓。

大伙折腾一夜，虽然一桩功劳摆在眼前，都没什么心情庆祝，个个都一脸疲惫。

有功夫傍身的人尚且如此，更不要说唐泛这种普通人了，他几番出生入死，真是拿着卖白菜的钱，干着卖小命的活。

邓秀才他们预备用来将孩童载走的马车依旧用来载着阿冬他们，只不过掉了个方向。

而浑身是伤又累得要命的唐大人也懒得单独骑一匹马了，免得中途打瞌睡摔下来，直接就与隋州共用一骑。

大家都很累，马的行进速度也不快，加之路途不平，一颠一颠的。唐泛坐在隋州后面，就在这样的节奏中，不知不觉睡了过去，口水还流了人家一背。

隋千户无语望天。

在这桩孩童走失案之后，南城帮自然被连根拔起。不说邓秀才、三当家这样的帮派核心人物，在西厂与北镇抚司合力搜捕的情况下，连一个普通小卒都没放过，通通被抓去审问，南城帮算是在京城彻底土崩瓦解了。

这一场风波也闹得鸡飞狗跳，京城所有黑帮势力重新洗牌，赖老大、六指李这些帮派首领同样被“请”去问话，一时间所有人都得夹起尾巴做人，战战兢兢，生怕跟南城帮沾上关系倒霉。

谁家手里没有几条人命、几桩案子，这些地痞势力再嚣张，也敌不过官府存心想要对付他们。

这一通扫荡下来，京城立刻显得干净了不少。据顺天府老王他们反馈，最近连顺手牵羊的妙手空空也消停了许多。刚从外地来北京城的人都以为京城的治安一直就这么好，感叹“天子脚下果然就是不同凡响”。

另一方面，从邓秀才口中，唐泛他们也得到了不少关于白莲教的消息。

话说那白莲教的历史可追溯至北宋，到了元末明初，世道混乱，英雄辈出，也正是白莲教蓬勃发展的时候。当时名义上的教主，便是与本朝太祖一并逐鹿天下的汉王陈友谅。

后来陈友谅身死，势力被本朝太祖吞并，太祖皇帝意在天下，自然对白莲教这种若即若离又不太服从管教的组织很是反感，不单不接受他们的投诚，反倒毫不留情地予以剿灭。从此白莲教便又由明转暗，偃旗息鼓。

但他们并没有真正销声匿迹，洪武年间，由于皇帝强势，白莲教不敢出来作乱，等到靖难之役时，永乐帝与自家侄子争夺皇位，白莲教便又冒出来支持建文帝。在他们看来，年轻软弱的建文帝，自然比身经百战、精明强势的叔叔要好控制。

结果没想到这次又押错了宝，侄子落败，叔叔当了皇帝，白莲教被迫再一次沉入水底。

潜于暗处的白莲教并没有消停，而是继续默默发展着自己的势力，等待合适的时机。在那之后的仁宣二帝，使得国家进入平稳发展期，政治还算清明，百姓们日子也好过起来，没有白莲教能够施展的余地，他们也像是从人们的视线里彻底消失一样，踪迹全无。年轻一些的人，估计还没听过这白莲教的名头。

到了英宗时期，皇帝自己不争气，受身边宦官怂恿，就决定亲征，结果千里迢迢跑去当了瓦剌人的俘虏。后来事实证明，怂恿皇帝的王振，就跟白莲教有着千丝万缕的联系，然后对方又勾结了瓦剌人，企图趁着大明群龙无首之际一举攻下北京，吞并大明半壁江山。

在那之后，又经历了不少世事波折。

总而言之，时局一旦平稳，没有可乘之机，白莲教就好像从人间彻底消失了一样，无迹可寻；一旦稍有风波，他们又会不知道从哪里冒出来，搅风搅雨。

朝廷对此非常头疼，只是朝中各派势力互相倾轧，长久以来钩心斗角尚且不及，皇帝自己又无心政事，任用奸佞庸才在朝廷里混日子，哪里分得出精力来对付这种组织庞大而严密的邪教？

直到妖道李子龙事发，皇帝震惊且震怒，锦衣卫和东西厂这才合力出动，加大打击力度，四处搜捕白莲教妖徒。不过敌暗我明，纵使锦衣卫和东西厂手段狠辣，但整个国家这么大，那些妖人随便往百姓中间那么一藏，就很难揪出来。

像这一次，要不是唐泛亲耳听见九娘子承认，也不会想到这个买通了万贵妃的弟弟万通、俨如京城地头蛇一般的南城帮，竟然还跟白莲教有勾结。

从 开始，南城帮便是白莲教一手扶植起来的，他们干的勾当与京城其他黑道势力没什么区别，所得利润需要大半上缴总教。

但邓秀才是个有野心的人，久而久之，他就感到不满，心想凭什么苦活累活都是我在干，好处却全由你们得了？他便处心积虑想要借着攀上万通靠向朝廷，与白莲教划清界限。

他一边还没有完全跟白莲教撕破脸面，该缴的钱照样上缴，只是借口生意不利，逐年减少，另外一边他跟万通打好关系，甚至将写意楼的生意利润分给万通一半，左右逢源，好不痛快。

但总教那边得到的钱少了，自然会派人下来查，所以九娘子就来了，没想到这时候正好邓秀才的手下不长眼，绑了两个不应该绑的人，事情闹大了，连万通也保不住他，邓秀才不得不带着人跑到荒村暂避风头。

结果因为九娘子与邓秀才不和已久，又正好来了个唐泛，她就利用唐泛来跟邓秀才斗法，最后反倒把自己的性命斗了进去。

这就是事情的来龙去脉。

但唐泛他们想知道的自然不止这些。

他们更想知道白莲教的情况，包括所谓的总教在哪里，教徒到底有多少，分布在哪里，他们最近在筹划什么阴谋等。

可惜这些内情，邓秀才全都不知道。

他虽然掌握着整个南城帮，但说白了还是白莲教的外围分支，没有资格参与教中的重大事务。

在西厂的手段之下，任邓秀才是铜皮铁骨，也只有乖乖招供的份儿。他说自己只知道白莲教有一位大龙头，也就是教主，十分神秘莫测，别说邓秀才，连九娘子这样从总教派下来的人，也没见过教主的真面目，除了总坛之外，白莲教的势力遍布全国，也就是在各地设立分坛。

北京这边因为是皇城所在，又有锦衣卫和东西厂坐镇，白莲教也不敢太过张扬，所以没有在京城设立分坛，只是扶植了像南城帮这样的外围势力。

南城帮每年都要定期向总教上缴税收，时间不定，都由总教那边派人过来，邓秀才他们只负责接待，而且每年的使者也都不定，前两年的使者是一个叫竹和尚的人，今年则是九娘子，双方以白莲教的令牌、口号为联络方式。

令牌就是当时邓秀才从九娘子手中夺来的总教令牌，那个含金量最高，可以号令白莲教教众，但如果你光有一块令牌，对不上秘密暗号的话，那有令牌也白搭。

暗号也很玄乎，白莲教内自有一套对应的暗号，邓秀才自然悉数交代了出来，不过他又说，为了防止出现叛徒，这套暗号定期会更换，每次总教使者过来的时候，都会将下一次需要用的暗号顺便教给他，而不会一套暗号一直沿用下去。

如此环环相扣，严格缜密，所以白莲教才能躲过官府的搜捕打压，代代相传至今。

邓秀才所能交代的，仅止于此。

知道得更多一些的是九娘子，不过她和她的两个手下都已经被邓秀才干掉了。

汪直他们虽然没能将白莲教铲除，但总算拔除了南城帮这根白莲教设在京城的钉子，也算大功一件，不过唐泛觉得，南城帮既然能与宫中搭上线，将幼童发卖入宫为宦，只怕不止行贿万通，在宫里说不定还有其他门路，建议汪直深查。

理所当然，这个提议被汪直拒绝了。

汪直拒绝的理由很简单，他本来就是抽空回来办差的，现在差事办完了，自然还要赶回大同去，没空再瞎折腾。

而且他告诉唐泛，早在妖道李子龙案发之后，宫中就被彻查了一遍，当时别说白莲教烙印，就是身上有点疤痕的人，都被单独挑了出来，送入东厂、西厂轮番审问。在那之后，与白莲教沾边的奸细都被抓了出来，其他没事的人也会定期受检查，他们身上根本不会留下什么白莲教的烙印。

也就是说，白莲教烙印确有其事，但那只是针对中下层的教徒，像九娘子这种总坛使者，身上根本没有。当时她也很可能只是吓唬吓唬唐泛，试探他的心意罢了，根本不能作为甄别教徒的凭证。

末了他还郑重警告唐泛：不要没事找事！

最后这句话寓意深远，以唐泛的聪明，不难听出其中内涵。

汪直不愿意多事，原因其实很好理解：他虽然权势滔天，可权柄大多集中在宫外，伸不到宫内去。不单是他，东厂的尚铭也一样。在宫内如今说得上话的只有两个人——怀恩和梁芳。

内宫十二监里，以司礼监和御马监权力最大，每个部门还有掌印和秉笔，简单来说就是老大和老二。

什么地方都要讲究资历，怀恩和梁芳两个人分别是司礼监和御马监的现任老大，就连汪直和尚铭这两个新贵，也只能挂个老二的名头罢了。

这两个部门的老大都深受皇帝的倚重，尤其是梁芳，因为走了万贵妃的路线，更是如鱼得水，朋党众多，在宫里的势力很大，汪直也不敢轻易招惹他。

南城帮与内宫勾结，虽然未必直接跟梁芳有关，但肯定瞒不过梁芳的耳目，说不定其中的好处也没少孝敬梁芳，这件事深查下去，难免会扯到梁芳身上。

汪直与梁芳都是同行，大家抬头不见低头见，后者还是前辈，汪直当然不想得罪梁芳，更何况这次的事情已经牵扯出了一个万通。皇帝在得知万通收受南城帮的贿赂之后，虽然看在万贵妃的面子上没有对他怎样，不过又将袁彬请出来坐镇锦衣卫，也算是剥夺了万通的权力，给他一个小小的警告。

万通郁闷死了，他当然不敢对皇帝怎样，但不妨碍他将气撒在汪直身上。

虽然汪直也是万贵妃的人，但他可是万贵妃的弟弟，奴婢再亲，还有弟弟来得亲？

汪直自然被万贵妃叫去训了一顿。

所以汪直也很郁闷，他在皇帝那边得了赞赏，转头却在贵妃面前挨了训，当然不愿意再去得罪什么梁芳，警告了唐泛一番之后，隔天就直奔大同，一心一意立军功去了，眼不见心不烦。

没了西厂的支持，唐泛一个人当然不可能去宫廷追查，所幸阿冬和一干孩童全都平安无事，罪魁祸首也都抓住，尤其是南城帮的邓秀才和三当家，以及那个被邓秀才当作傀儡摆设的帮主丁一目，通通都被判了斩立决，其他帮众则判了流放充军。

《大明律》里将拐卖人口称为略人，拐卖良人比拐卖奴婢还要罪加一等，诱拐良人及买卖良人为奴者，皆杖一百，流三千里。

然而邓秀才他们又与白莲教勾结，自然不能等同一般的拐卖，历朝历代对谋反的罪名判得最重。

原本邓秀才是要被腰斩的，不过因为他坦白交代，所以格外开恩，让他自尽，末了再将头砍下来——腰斩无比痛苦，为了能死得舒服点，邓秀才不惜将自己所知道的通通吐了出来。

在阿冬他们之前，也不知道还有多少孩童沦于他们之手，就连那个实为傀儡的丁一目，其实也没少掺和打下手。他们手上也不知沾了多少无辜者的鲜血，所以这几个人的死，其实一点也不冤枉。

大家折腾了大半夜的工夫没有白费，事情总算告一段落，勉强圆满落幕。

在这次事件中，除了在与南城帮帮众打斗时负伤的人之外，受伤最重的反倒要数唐泛了。

他先前头上被敲了闷棍，后来证实确实是流血了；在地窖时双手也被捆绑出血；又被辛石头推倒过一次，当时双手被捆，行动不便，膝盖当即就磨得青紫，流血不止；还有后来被瓷片划伤的脖子……

虽然伤势总体不重，但全身可谓伤痕累累，还好都是因公负伤，于是唐大人就心安理得地请了半个月伤假，顺便为隋州庆功。

是的，隋州又升官了。

不过这次纯属意外。

本来在上次赴江西办理黄景隆案后，他就已经升为副千户了，按理说短期内不可能再有升迁了，但是因为孩童走失案，皇帝对万通与贼匪勾结不满，就请回了袁彬坐镇锦衣卫。

这袁彬是何许人也——他曾经救驾有功，而且救的是先帝。

当年“土木堡之变”时，袁彬就随驾左右，护卫英宗，甚至跟随英宗一起被掳，对其照顾有加，君臣历经患难，感情非一般臣子可比，后来袁彬又帮着先帝复辟，可谓功劳赫赫。

因为这段往事，当今天子登基之后，对袁彬也是礼遇有加，只是他年事渐高，所以不再管实务，只挂了一个锦衣卫指挥使的名头。这次皇帝有意教训一下万通，就又将袁彬请出山。

袁彬的资历和声望，连当今陛下都要礼敬三分，那是万通这种外戚拍马都赶不上的。

这些年，出于万通的缘故，锦衣卫上下被他搅得乌烟瘴气，小人横行。

那些曲意奉承万通的，就能成为万家的座上宾；那些跟他过不去的，就被他利用锦衣卫的权柄镇压打击；像之前隋州所说的那个言官，也正是因为弹劾万贵妃姐弟，所以落得个家破人亡的下场。

现在袁彬一来，风气顿时为之一变。

袁彬年纪虽大，却老当益壮，作风硬朗，一上来就将锦衣卫南北镇抚司的两个头头，也就是万通的心腹爪牙拿下。万通恨得咬牙切齿，却对他无可奈何，也没法到皇帝那里去告状了，因为袁彬就是皇帝派下来整治锦衣卫的。

如此一来，大家看到万通都不敢吭声了，那些什么牛鬼蛇神，自然也要退避三舍，乖乖地夹起尾巴做人，免得被殃及池鱼。

这些事情虽然跟隋州没有直接关系，不过由于他牌子硬，有能力，很快就去掉了官衔里的那个副字，成为名副其实的千户。

千户是正五品，别看品级不高，还是武官，但锦衣卫千户权力已然不小，南北镇抚司下辖五个卫所，千户就执掌其中之一。

更重要的是，因为北镇抚司的头头刚被袁彬拿下，这个位置没有人坐，袁彬就让隋州暂代北镇抚司的镇抚使一职。这还是考虑到他越级升迁，怕不能服众，所以没有直接提拔，而是以兼任的方式让他暂领北镇抚使。

老将出马，不同凡响，这里头也有讲究，隋州做得好了，转正就指日可待，但要是做得不好，随时都可以将他踢下去。多的是人觊觎那个位置，这也算是间接鼓励隋州拼命去干。

所以隋州现在是拿着正五品千户的俸粮，当着从四品的官，升迁速度之快，着实令人眼红嫉妒。不过隋州面临的，同样是空前的压力，如何收拢人心，如何服众，如何让底下那些人听从自己的差遣，样样都是难题。

不管如何，这都是一件值得庆贺的事情，为了给隋州庆贺，唐泛和薛凌等一干隋州的老部下便在外头摆了一席——不是仙客楼，那里实在是太贵了。反正大家都是熟人，京城里的吃食很多，也用不着非选在那里。

唐泛挑了一家老字号的食铺，叫杨记羊肉，那里的羊羔肉最有名气。他提前要了一个包间，叫上自己在顺天府交好的几个同僚，还有隋州、薛凌等一干锦衣卫，大家团团坐在一桌涮羊肉。

桌上四个锅，边上摆着四大盘肥嫩羊羔肉，另外还有青菜、菌菇、粉丝等各色配菜，蒜蓉、酱油、小葱、香油、花椒等各色调料，自己搭配，自己动手，吃的就是一个氛围。

这次不单是隋州，连同薛凌等一干人，托袁彬之福，也都往上提了一个官阶，自然皆大欢喜。

反观唐泛，接连办成了两桩大案，立下了两件功劳，前者替万贵妃洗清嫌疑，后者寻回官员家眷，深入贼窟与南城帮斗智斗勇，可谓拼上性命，不遗余力。上头却连一点犒赏都没有，品级也依旧在原地踏步，唐泛本人倒是没什么，但熟悉的朋友难免要替他不平。

酒酣饭饱之际，薛凌从座位上起身，走过来，用力拍着唐泛的肩膀安慰道："润青，我看你不像个倒霉相，将来一定能够高升当大官的，现在且不要泄气！"

"是啊！"庞齐也道，"你只是时运未到，不要丧气。"

他与薛凌二人，如今依旧在隋州手下办事，却已经升为百户，也算是官运亨通，不光是他们两个，还有原来隋州带的一干老部下，大都提升了，如此一来，大家都知道跟着老大有肉吃，对隋州自然越发忠心耿耿。

隋州见薛凌喝多了酒，整个人摇摇晃晃半靠在唐泛身上，忍不住伸手将他扯开一些，轻斥道："站没站相！"

这不是在办正事，大家又都喝了酒，薛凌便也不怎么惧他，反倒笑嘻嘻地开玩笑道："大哥对润青兄可真是好到没边了，连我们这些鞍前马后的手下弟兄也比不上啊！"

大家便都"是啊""是啊"地附和。

隋州道："反正我那儿还有空房子，要不你搬过来与我同住，我也日日对你好，如何？"

薛凌立马嘿嘿地笑，不吱声了。

开什么玩笑，他虽然还没娶妻，可家里也有侍妾，又经常流连于秦楼楚馆，让他过去天天对着老大那张冷脸，估计比杀了他还难受。

唐泛笑道："别人都想着升官，我可不乐意。"

薛凌嚷嚷："这话听着就口是心非了吧，哪有人不乐意升官的啊！"

"对啊！"大家都起哄。

唐泛故作沉痛："你们想啊，我现在才从六品，就要深入贼窟，被打了闷棍，还差点死掉，要是再往上升一升，那还不得去跟白莲教匪首死磕啊，弄不好明年今日，你们都没法跟我坐一块儿喝酒了！"

他这番解释倒也有趣，众人哄堂大笑，原本还想安慰他的人，见他如此豁达通透，也都闭上了嘴。

一顿酒宴宾主尽欢。

回家的路上，隋州见唐泛眉间郁郁，心想他在外人面前说得洒脱，但心里肯定还是介意的，便对他道：“祸兮福所倚，凡事好坏相依，这次升不了官，未必是坏事，说不定前面有别的好事等着你。”

唐泛：“我不是在愁这事……”

隋州不解：“那是何事？”

唐大人不好意思道：“这还没到月中呢，我俸禄就快用完了。”

原来是这回事。隋州有点无语，冷脸抽了抽：“钱都用哪里去了？你们今天请我吃饭，你出的份子钱好像也就几百文吧？”

唐泛无奈道：“昨日潘大人找我出去，两人在外头吃了顿饭，谁知道快到付账的时候，我那师兄就肚痛如厕，我只好先给了，回来之后他倒是想给，我哪里能收他的钱啊！”

隋州：“你们总不会在仙客楼吃的吧？”

唐泛：“那倒不至于，就在顺天府衙门不远的饺子铺，吃的鱼肉饺子和白菜猪肉饺，你还别说，他们家的手艺不比城北馄饨摊子差，现在天气冷，等开春了会有鸡毛菜馅儿，那叫一个鲜美……”

隋州：“离题了。”

唐泛“哦”了一声：“一顿饭下来也就一百个钱左右吧。”

他苦着脸道：“但是前天我上同年家里去拜访，发现他家穷得已经快揭不开锅了，就请他到外头吃了顿饭，这又花了五十个钱……感觉一次也没用多少啊，怎么好像一下子就花光了？”

隋州越听越不对劲：“先前你从那个白莲教女人手里，不还拿了五百两吗？就算给了我一半，剩下二百五十两也没这么快用光吧？”

这事让唐泛美了半天，他谁也没告诉，就告诉了隋州一人，还跟隋州一人分了二百五十两，美其名曰分赃。

隋州不肯收，他还硬塞进对方怀里，强迫隋州收下。

说起这事，唐大人就更不好意思了：“我见那同年家中清贫困苦，老家尚有四个儿女嗷嗷待哺，他自己在京城租住的房子也快要到期，筹不出银钱，我便将那二百五十两都给了他。”

隋州面无表情：“你真是慷慨大方。”

唐泛还以为隋州在夸他呢，厚着脸皮谦虚：“哪里哪里，扶危济困是我辈中人应尽责任，反正这钱得来不费劲，花了也不心疼！”

隋州继续面无表情：“这钱怎么就得来不费劲了？你是去偷还是去抢了？”

唐泛："……"

隋州："你忘了你在那贼窟里差点连命都丢了的事吗？就算他家里再困难，你给个一百两也就顶天了，怎么事事精明，放到自己身上就不行了？做事没个计划，花钱自然如流水！"

唐大人被训得像个孩子似的不敢抬头，羞愧道："是是是，我回去一定让阿冬帮忙监督我！"

还真别说，自从隋副千户荣升隋千户，又执掌北镇抚司之后，这威严是一日盛过一日，原先训人就够有架势了，现在板起脸，简直能让人不敢吭声。

隋州道："阿冬如何约束得了你？以后你将俸粮兑钞之后，交一半到我这里来，我替你保管。你花完手头的钱之后若还需要用钱，需要和我说一声，我同意了才能用。"

隋州向来不爱多管闲事，他这辈子所管的闲事，几乎全都在唐大人头上了。

但也亏得是他们这样的交情，否则旁人听了，定会觉得难以理解，说不定还要翻脸。

不过像唐大人这种异于常人的人，闻言反倒喜滋滋地点头："这样也好，有了你的约束，我就不会乱花钱了！"

于是从此以后，隋千户除了管北镇抚司那一摊子事，回到家还要帮唐大人管钱，真是内外皆握大权，羡煞旁人也。

就在所有人都以为唐泛得继续干他那份推官差事时，吏部那边来了消息，让唐泛过去一趟。

虽说武职的升迁与文官不大一样，而且像锦衣卫这种部门，很大程度上取决于圣眷和功劳，但是像隋州这样，在短短一年多的时间里，从总旗升到千户，并兼领北镇抚司，还是很抢眼的。

当初北镇抚司的头头被袁彬拿下的时候，底下几个千户都眼巴巴盯着这个位置，结果却是让隋州后来居上，这让大家怎么都有点不服气，在他上任之后，就明里暗里给他下绊子，譬如本该完成的任务，就阳奉阴违，拖拖拉拉等，更有人见隋州成天冷着一张脸，觉得他这种人对属下肯定很苛刻，便让人变着法子去接近薛凌他们套话，想看能不能挖点把柄出来，好把他从位置上拉下来。

锦衣卫本质上也是武将，平日里他们也要例行操练的，但随着时间越来越长，许多人难免越来越懈怠，这项日常操练也就形同虚设。连京营都成了战场上的花架子，锦衣卫虽然也还执行“掌直驾侍卫、巡查缉捕”的功能，但已经不像之前那样剽悍凶猛，指哪打哪了。

再加上东厂的压制，西厂的横空出世，分走了锦衣卫越来越多的权柄，使得他们越来越憋屈，也越来越无能，这也是之前在追查白莲教的事情上，锦衣卫始终收获甚少的缘由。

隋州执掌北镇抚司之后，第一个要改变的就是这种风气，所以他下了死命令，每月月初开始，每三天一次，早上寅时，除了当值和在外办差，所有人必须到校场集合训练两个时辰，一切训练标准比照京营，隋州还额外加了一些训练项目。

对于许多早就习惯了不当差就睡到日上三竿，夜里流连青楼赌馆的人来说当然受不了，大家纷纷叫苦连天，甚至跑到袁彬那里去告状，说这位隋千户官职不大，威风不小，为了逞官威，就将大伙的命不当回事，虐待下属，毫无人性云云。

袁彬今年七十八岁，什么场面没见过，身为锦衣卫指挥使，居高临下，他自然把各色人心都看得清清楚楚，但他什么也没有说，什么也没有做，既没有对隋州的困境伸出援手，也没有因为手下告状就将隋州叫过来训斥，他只是在静观其变。

如果隋州连这些困难都解决不了，那他也配不上坐那个位置了。

果不其然，很快，所有人都消停了。

见告状没有用，大家只能按照隋州的命令，无可奈何地来到校场训练。

第一次，寅时过了一刻钟，还有将近一半的人没到，这些人通通被拉去打板子，每人十大板，完了还要接着训练，如果下次还迟到，再加十杖，下下次，以此类推。

所有人见隋州来真格的，第二次就都没人敢迟到了。

不过对于他所列出来的训练计划，包括头顶上放着一碗水，站在大太阳底下蹲半个时辰的马步，两手还要分别拿上十斤重的秤砣，水若是洒落下来，那就算是违反规定，要延长半个时辰，却有不少人提出异议，认为太苦太累，早已娇生惯养的锦衣卫纷纷表示受不了，根本不可能在两个时辰内完成云云。

隋州二话不说，亲自上场示范了一遍，所有人亲眼看见半个时辰下来，别说他头顶上的碗没有掉落下来，连带碗里的水，也没有洒落一滴，这才彻底心服口服。

薛凌那些人自不必说了，他们向来是跟着隋州的脚步走的，隋州让干什么就干什么，绝无二话，其他人见这位新任老大雷厉风行，说一不二，告状没用，偷懒没用，只能死了心，跟着一板一眼地训练起来。

不过隋州也没有一味地严格要求，每个月底，他都会请大伙吃饭，表现优异者还会有额外的奖励赏赐，当然这笔钱都是从公款里出，不过以前万通在的时候，南北镇抚司都是他的人在管，这笔钱经常都被公款私用，拿去乱花，下边的人是甭想沾手的，大家没有福利，自然只能再向下面伸手。

隋州上任之后就命人重新做账，每笔支出都要记录清楚，这样就多出一笔银钱可以支取，用来安抚人心，自然皆大欢喜。

如此过了三个月，当大家渐渐习惯了这种严酷的训练之后，抱怨就变少了，整个北镇抚司的风气焕然一新。

不知不觉之间，隋州的位置越来越稳，而他也逐渐往这些人身上，打下属于自己的烙印。

洛水古棺案

THE SLEUTH
OF
MING DYNASTY

第二十章

初入刑部

这一日唐泛从吏部衙门里出来，人逢喜事精神爽，脚下走路都轻快了几分。看时辰还早，他就拐了个方向，没有朝家里走，而是前往北镇抚司。

自从隋州升职，他就没有来过这里了，以往松松垮垮的门禁，现在都严格了不少。当值的人并不认识他，见一个六品文官跑到这里来，都有些奇怪，就把他拦下来，听说他要见隋州，表情就更古怪了。

"你是何人？找镇抚使大人有何贵干？"值守的锦衣卫盘问道，态度不是很好，要不是唐泛穿着官服，他都怀疑对方是没事上门来寻他开心的。

这也难怪他会这么想。

文官大都爱惜羽毛、注重名声，一般上门，都是不情不愿地被"请"过来的，很少有像唐泛这种自觉自愿找上门的。

唐泛道："本人唐泛，是你家镇抚使的朋友，劳烦通传一声，若他已经下衙了，就请他出来一趟。"

严格来说，隋州现在还不能被称为镇抚使，因为他只是暂代这个职位，但是官场上历来都会把人往高里抬，像副千户，别人直接就称呼千户，去掉副字，听的人也舒心爽快。

当值的人怀疑地看了他一眼，打心底不相信像自家新任北镇抚使那样的人居然会有这样的朋友，再说这人的品级也低，心想这人该不会是随口胡言想要高攀镇抚使的吧？

唐泛看出他的疑虑，便笑道：“劳烦这位兄台通禀一声，他若不见，我就打道回府。”

对方倒也不是故意刁难，只是近来规矩严格了许多，若是贸然进去打扰，而眼前这人的分量又不是那么重，搞不好自己就要挨板子了。

所以那人板着脸道：“镇抚使大人有要事在身，你改日再来吧！”

唐泛“哦”了一声：“那我就问一句，他是在里头，还是已经回家了？”

对方道：“还在里头。”

唐泛点点头：“那我就在这里等他吧。”

说罢直接一撩官袍，在旁边的台阶上坐下，又从怀里摸出一本书，看了起来。

当值的锦衣卫一瞪眼：“北镇抚司门口，岂容放肆！”

开什么玩笑，威名赫赫、铁血无情的北镇抚司门前坐了一个看书的人，怎么都让人害怕不起来了好不好？

唐泛慢吞吞地看了他一眼：“让你通报你又不肯，我在这里看书等人，总不会碍着你的事吧？再说我也没有堵着大门口啊，这不就在边上沾了沾屁股吗！”

值守的那人无语了，还想说点什么。同样守在门口的同伴朝他使了个眼色，凑过来小声道：“你傻不傻？进去通报一声又怎么样？如果他是镇抚使的朋友，咱们也不得罪人；如果不是，正好把他赶出去！”

那人白了他一眼：“你可真能说，那你自己怎么不去？”

同伴嘿嘿一笑：“去就去，待会儿我得了镇抚使的夸赞，你可别眼热！”

那人很是不信，结果同伴一转身，还真就进去通报了。

没过一会儿，他就看见同伴从里头匆匆出来，笑容满面对着唐泛道：“这位大人，镇抚使现在正忙着，不过他请您先进去等他！”

原先不通报的那人张大了嘴巴，看着同伴殷勤地将唐泛引进去，好一会儿才折返回来，连忙问道：“这人谁啊？”

同伴道：“镇抚使的好友啊，你不认识？他刚才也说了，叫唐泛，听说他还借住在镇抚使的家里。”

那人倒抽了口凉气：“交情这么好？”

同伴道：“那可不？”

那人顿足郁闷道：“你怎么不早说！”

同伴嘲笑道：“怪你自己眼拙，我都提醒过你了，你还不去通报，到时候镇抚使要是怪罪下来，我总不能让你害得一起被训斥吧！”

那人郁闷无语，心想自己又错过了一次在老大面前露脸的机会。

先不管那两个锦衣卫是如何想的，唐泛在那当值的人的指引下来到校场，还没看见人影，就听见远远传来一片喊杀声，等到近前一看，才发现原来校场上正在比武。

场地中央两条人影忽起忽落，刀光纵横交错，拼的不是令人头晕眼花的花哨招式，而是毫不留情、招招致命的杀招，再仔细一看，其中一人可不正是隋州吗！

他与另一人在场中比拼，边上又围了一圈人，个个都在起哄叫好。

唐泛扫了一圈，在人群中发现薛凌的身影，便走过去，冷不防往人家肩膀上一拍。

薛凌吓了一跳，正待发怒，回过神一看，却是转怒为喜："你怎么来了？"

唐泛嘿嘿一笑："闲人一个，四处闲逛来着，你们这是在比试？怎么连镇抚使都上场了？"

薛凌笑道："先前大哥定了个规矩，每月底都要举行比试，比试者可以向任何人发起挑战，最后赢的人有重赏。许多人先前被大哥训得狠，就都憋着一股气，对他下战书，结果一个个全都被大哥打趴下了，嘿嘿嘿，那些人还不知道大哥的厉害，我能不知道？我老薛就不去自找没趣！"

说话间，场上已经分出了胜负，与隋州比试的那个人原以为觑准对方的空子，提着绣春刀便从后面扫过去，企图来个偷袭。没想到对方像是背后长了眼睛一般，足尖点地腾空而起，在半空翻了个身，将对手踹飞出去，在自己身体刚好摔在地上的时候，借着着地的力道，一个鲤鱼打挺又稳稳站立在地。

整个过程如行云流水，利落之极，又有充满力量的美感，围观的人纷纷叫好，喝彩声此起彼伏！

站在场中的隋州仅穿一条长裤，上半身赤裸着，汗水顺着额头和脖颈各处流下来，又滑落在身上，浑身湿淋淋的，隆起的肌肉在阳光下泛着光泽。看得出这般健硕身材同样也是日日不辍刻苦磨炼而来的，并不因骤然身居高位便有丝毫懈怠。

他盯着被自己踢翻在地的对手，反手将手中绣春刀插在地上，冷冷道："不服再来。"

此时隋州心神已经悉数沉浸在打斗之中，对他来说没有切磋与决斗之分，既然已经上了场，就要全力以赴，认真对待，这既是对自己的尊重，也是对对手的尊重。

被他盯住的对手感觉自己如同被一头凶猛的野兽锁住了身形一般，忍不住打了个寒战，再也激不起任何战意了，连忙收了刀，拱手道：“不来了！不来了！大人身手高强，属下甘拜下风！”

周围的人一阵哄笑，这人本已连续两个月都打赢北镇抚司内其余所有的人，估计他自己也有些得意，便向隋州提出挑战。先前已经有不少人被隋州打败过，他以为自己肯定会是例外的那一个，没想到最后还是以认输收场，实在有点狼狈。

对方一认输，隋州周身凌厉的气势倏地柔和下来，他走过去，亲手将那下属拉了起来，又拍着他的肩膀道：“你已经很不错了，袁大人有意让我们与京营来一场切磋，以鼓舞士气，届时为我们北镇抚司争光就全靠你了！”

那下属原本还有些讪讪，一听这句话，立时又有些心潮澎湃起来，激动道：“大人放心，我定会全力以赴，一定不会给我们北镇抚司丢脸的！”

这一番又打又拉的手段，真是令人不得不服气。

唐泛负着手，笑眯眯地看着这个场面，并没有急着上前。等隋州激励完下属，宣布比武结束，众人四散之后，他才不紧不慢地走过去：“镇抚使好大威风啊，看来正位指日可待了！”

隋州不是没有注意到唐泛，只是之前不方便说话，此时人皆散尽，唯有他笑吟吟地瞧着自己，想到自己如今上身未着寸缕，冷脸反倒闪过一丝不易察觉的窘迫。

“你怎么找到这里来了？若无急事，且等我沐浴更衣。”

唐泛笑道：“你自换去，我也不急，今儿个请你吃饭，仙客楼，去不去？”

隋州本是往后头置换衣物的屋子走，闻言不由得停住脚步，扬起眉头：“哪来的钱？”

唐大人现在财务不自由了，每月自己花一半，由隋州保管一半，为的就是防止他大手大脚乱花钱，自己手头的那一半用完就没了，若是要花保管在隋州那里的钱，基本没门儿。

唐泛哈哈一笑：“天上掉下来的！”

见他卖关子不说，隋州也不着急，自去洗澡换了衣裳，这才在他自己的值房里找到正在品茗的唐泛。

“走走走，吃饭去！”唐泛见他来了，起身道。

隋州先是摇摇头，然后又问：“你这是升官了？”

唐泛早就料到他能猜到，闻言也不惊讶，爽快地点点头：“对！”

隋州："什么职位？"

唐泛："刑部河南清吏司郎中，先母诰赠五品安人，另赐银一百两。"

以上三项，就算是对唐泛在东宫案与孩童拐卖案中优异表现的迟来封赏了。

隋州眉头一动，顿时舒展开来，嘴角也微微扬起："这倒是好事，确实值得庆祝一番！"

唐泛笑道："我虽然不强求一定要高官厚禄，但是做了事，得到应有的回报，也算是一件高兴事，这回你总不会不让我请吃饭了吧？"

隋州点点头，却道："不必去外头吃了，让阿冬多买些食材，我在家里头下厨。"

唐泛一听，两只眼睛登时闪闪发亮，隋州可以保证他绝对看见了那双眼睛里露出来的光芒，不由得啼笑皆非："你喜欢我做的饭菜多于仙客楼的？"

唐泛嘿嘿地笑，飘逸文雅之风范顿时荡然无存："那是自然，隋广川亲手做出来的菜肴，岂能比仙客楼出品的差？"

他毫不吝啬的夸奖令隋州禁不住嘴角上扬弧度又大了一些。

一家之主心情好，另外两个人自然就有福了。

当天晚上隋州难得下厨，亲手做了鱼香肉丝、糖醋小排、红烧狮子头，阿冬也包了唐泛念念不忘的鸡毛菜饺子，再加上一盅在红泥小火炉上煨过的青梅酒——因为阿冬年纪小，被获准喝的也就只有这种酸酸甜甜的酒了。

开饭前，阿冬先给唐泛、隋州二人满上酒，又主动端起杯子，对他们道："恭喜大哥升官，恭喜隋大哥升官！"

二人自然笑着一饮而尽，唐泛这才道："其实三年京察未满，论理说我还没到升迁的时候，只是刑部河南清吏司周郎中急病殁了，那边正好空出一个位置，这才让我先去补上。"

隋州颔首："官场上素来僧多粥少，你那衙门虽然算不上肥差，但好不容易空出一个位置来，肯定也有很多人抢破头，你指不定是夺了谁的饭碗，少不了被人眼红嫉妒，刚去的时候还是小心些好。"

其实也用不着他嘱咐，唐泛这人看着洒脱，实则并不缺乏圆滑谨慎。但好友一番好意，他自然是要心领的，便郑重答应下来。

阿冬好奇道："大哥，那你现在是几品啊？"

唐泛道："我先前是从六品，如今是正五品，算是升了一级半。"

阿冬喜滋滋道："等再过几年，大哥估计就能做到一品了吧？"

唐泛没好气道："你当皇帝是我爹，大明官场是我家开的啊！"

他举起手作势要揍她，阿冬自从被绑架回来之后，越发努力用心跟着隋州学功夫，唐泛哪里打得到她，只能干瞪眼了。

等唐泛交接好顺天府那边的差事，去刑部报到的时候，已经是初夏时节了。

这一年，是成化十五年。

结果刚进刑部没两天，唐泛就发现，他居然被莫名其妙地孤立了。

上任之日，唐泛照例要先去拜见尚书和两位侍郎。

不过尚书张蓥今日有事不在，唐泛扑了个空，只能先去拜会两位侍郎。

刑部左侍郎梁文华对唐泛的态度有些奇怪，面对唐泛的自我介绍和见礼，他只是眯了眯眼，慢条斯理地问："听说你先前是在顺天府任职？"

唐泛应"是"。

梁侍郎就道："顺天府虽掌管京畿治安，说到底还是地方官府，跟刑部是没法比的。你来了刑部，就要好生适应，可别将顺天府的小家子气带到这里来才是，六部毕竟是六部，顺天府是没法比的！"

唐泛心里觉得有些奇怪，不明白对方这种阴阳怪气的态度从何而来，照理说两人之前根本没有见过面，更谈不上什么恩怨，结果梁文华倒好，一见面就来了个下马威，活像自己欠他多少钱似的。

虽然如是想，但他面上依旧恭谨："谨遵部堂教诲。"

梁侍郎说了一大堆教训的话，但眼见唐泛跟个木头人似的杵在那里，不管自己说什么，他都毕恭毕敬，心里也觉得没趣，就挥挥手让他退下了。

唐泛便又去了右侍郎的值房。

刑部右侍郎彭逸春上个月刚过六十五岁的生辰，他身体不大好，已经处于半退休的年纪，像他这种情况，再往上升的机会不太大了，所以跟部里其他人都没什么竞争冲突。他见了唐泛便东拉西扯，一番勉励，虽说没什么重点，全是废话，但好歹表明了自己和善的态度，不负好好先生的美名。

唐泛见他好说话，就顺道请教："彭部堂，下官与梁部堂从前既未相识，更谈不上旧怨，可我方才去拜见他的时候，他言语之间颇为冷淡，令我好生不解，不知梁部堂是否遇到了什么不爽心的事，又或是下官不经意得罪了他？"

彭侍郎呵呵一笑："梁侍郎想来是最近心情有些不顺，你不要担心，过几天就没事了。"

唐泛何其聪明，立马就从他的话里听出端倪："看来梁侍郎心情不顺是与下官有关了？"

彭侍郎想了想，终于对他道："梁侍郎有个门生，如今正在刑部员外郎的位置上，这次河南清吏司空了个位置出来，他本是属意自己的学生……"

唐泛明白了，敢情自己成了半路冒出来的程咬金，抢了别人原本想顶上的位置，别人自然就看他不爽了。

知道了真相，唐泛也无可奈何。

官职就那么几个，想升官的人却那么多，一个萝卜一个坑，你占了位置，别人就只能眼馋，当然会看你不顺眼，除非你肯把位置让出来。问题是谁愿意？

彭侍郎见他露出无奈的表情，便笑道："既来之，则安之，好好干便是了。"

对这位一团和气的老先生，唐泛还是很尊敬的，闻言连忙应声受教。

见完两位侍郎，他又回到各清吏司所在的院落，刑部清吏司按照大明十三省来划分，共有十三个清吏司，唐泛身为后进，自然要主动去拜访各位同僚前辈。

对于这位年轻的同僚，大部分人表现得平平淡淡，甚至有些疏离客气，令唐泛觉得好生没趣。

不过从彭逸春口中得知来龙去脉之后，他也能够理解别人的这种态度了。

因为朝中有些风声，据说张蓥再过不久就要递补入阁，到时候自然要让出尚书之位。而两位侍郎里头，彭侍郎又年迈多病，理所当然，那位看唐泛不顺眼的梁侍郎，十拿九稳就会成为下任刑部尚书的人选。

在官场上混，哪个不是见风使舵的人物？

唐泛一来就占了下任尚书大人门生的位置，惹得梁侍郎老大不高兴，加上唐泛在刑部又没有一点根基，在疏远一位五品郎中和得罪一位正三品侍郎之间，大家会怎么选？

想都不用想啊！

这时候谁跟唐泛亲近，那不就等于没把梁侍郎放在眼里吗？

所以唐泛拜访其他十二个省份的清吏司，得到的都是差不多的态度。

当然，谁也不会表现得太过露骨，但也没有过分热情，都是客气矜持、疏离有礼地寒暄，让你浑身觉得别扭，偏又挑不出什么毛病。

唯一例外的是江西清吏司的郎中陆同光，这位老兄和彭侍郎一样是个厚道人，见唐泛好像还懵懵懂懂不知个中缘由，便委婉地告诉了他，还拐弯抹角地暗示他，梁侍郎不是一个胸襟开阔的人，建议他最好找个时间去给梁侍郎道个歉，免得梁侍郎怀恨在心，以后唐泛就要经常被穿小鞋了。

唐泛谢过陆同光的好意，对他的建议却装作听不懂，因为在唐泛看来，自己并没有做错什么，这个官职也不是自己求来的，是吏部分配的。梁侍郎不敢去找吏部的人算账，就把气撒到自己头上来，实在莫名其妙。做人当官确实常常要妥协，但也不能退到没边了，这样只会让人欺负到死。

再说了，梁文华既然心胸狭窄，那么自己就算是去斟茶道歉，把错全揽自己身上，人家该记恨的还是照样会记恨。

陆同光见唐泛不肯听他的话，心中叹息一声，暗道年轻人还是过于骄傲气盛，总有一天吃了大亏之后才会认清现实，便也不再劝，而是本着结个善缘的心理，给唐泛说起各清吏司的一些琐事来。

他总归是个热心人，还主动指点唐泛："你初到清吏司，与司中下属都不甚熟悉，尤其是那些不入品的司员皂隶，虽说地位卑微，可也是这些人最会偷奸耍滑，你若想要指使得动他们，不妨先请他们吃个饭，彼此联络联络感情，也好趁机了解一下情况，免得遇事都被蒙在鼓里。"

唐泛谢过他的指点，又试探着问道："我在没进刑部之前，听说各清吏司每月都有聚餐，彼此轮流做东，此事是真是假？不怕陆兄笑话，我虽然父母早亡，但一个人平日开销也不在少数，若是有这规矩，我也好早些去借点钱，免得到时候拿不出钱请客。"

陆同光点点头："确实有这规矩，不过你也不用担心，咱们去的地方都不是仙客楼那种大饭庄，只是普通小饭馆罢了，而且用的也不是大家的俸禄。"

唐泛很诧异："那钱从何来？"

两人交浅言深，陆同光欲言又止，最终还是跟他实话实说了。

原来这刑部跟唐泛想象中不太一样，虽说是冷衙门，但也不是一点油水都没有。像一些大案要案，只要不是跟谋反有关的，一般呈到刑部来，刑部就可以自己决定，其中就有可以商榷的空间了。

比如说判流放，三百里和三千里肯定是不一样的；判杖责，杖十跟杖一百肯定更不一样，是轻是重，都由刑部说了算。许多罪名，《大明律》上只有笼统的规定，如果碰上有人疏通活动的，判轻一点也无妨。

但这也要看地区的，像浙江啊，湖广啊，江西啊，这些都属于比较富庶的省份，有钱人多，能够拿钱疏通的也多，像唐泛所在的河南啊，贵州啊，云南啊，油水就要少得多。

这些都是心照不宣的规矩了，所以各清吏司轮流做东聚餐，其实就是那些富庶一点的清吏司拿出一部分油水来请客，免得其他清吏司看着眼红，跑去告发自己，到时候鱼死网破，大家都没的玩。

见唐泛恍然大悟，陆同光就道：“你也无须担心，大家都知道河南清吏司没什么油水，不会强要你请客的。不过你初来乍到，若是要与其他人处好关系，最好还是别吝啬那点银钱，你要是担心请客的钱不够，我这里还有点……”

唐泛总算见识到他的厚道了，连忙笑道：“不用不用，我就问问，多谢老哥的好意，请一顿饭的钱我还是出得起的，你这么说我就放心了，我还当是每个月都要请呢！”

这一来一往，两人的关系立马亲近了不少。

陆同光失笑道：“这怎么可能？这个请法，就是部堂大人也请不起啊！”

唐泛道：“那敢问老哥，本月底该由谁做东？”

陆同光捻着胡须：“按照规矩，应该轮到我了。”

唐泛也笑道：“那敢情巧了，这样吧，我与老哥打个商量，插个队，这个月底就先由我来请如何？”

陆同光也好说话，就点点头道：“也好，反正你刚上任，确实也可借聚餐来熟悉同僚，联络感情。不过订地点的时候你且注意，不必订那些大饭庄、大酒楼，订些物美价廉的小饭馆也就可以了，否则你若开了个头，后面的人都会怨你了。”

这是良心建议，唐泛也明白其中道理，连忙受教道：“那可要请上几位部堂？”

陆同光摇头：“不用，几位部堂爱惜羽毛，不会与我等混在一起，单是请上各司郎中和员外郎便可。”

唐泛又问：“主事也不必请吗？”

员外郎是郎中的副手，主事则是再下一级，品级是正六品，每个司都是各一人。

陆同光又摇头：“不用，就郎中和员外郎。”

这里头都是有讲究的，在陆同光这种一司长官眼里，主事属于打下手的，虽然有品级，但不必过于亲近，否则便混淆了主次，会让人瞧不起。

如此看来，六部的规矩又比顺天府要森严一些，如果是在顺天府请客吃饭，唐泛一般都会将老王那样的巡捕班头一并叫上，以示上下同心。

看来每个地方都有每个地方的规矩，唐泛记下了这些细节，又与陆同光聊了几句，就准备告辞离去。说起来，他到现在还没到过自己的地盘，见过自己的那些下属呢，自然要回去认个脸熟。

结果陆同光叫住了他："润青老弟，有件事，得先给你说一声。"

唐泛见他如此郑重，感觉有点不妙："陆老哥但讲无妨。"

陆同光道："你如今那位副手，员外郎尹元化，就是梁侍郎的门生，本来准备顶替你位置的那个人。"

唐泛："……"

带着陆同光透露给他的这个噩耗，唐泛终于来到自己的值房。

这里跟其他各司值房都没什么区别，稍微不同的也就是里头的摆设，原先是有不少花花草草的，可见他的前任周郎中是个喜爱栽花种草之人。只可惜主人一走，下属又不知道新上司是个什么爱好，这些花草就被移走放到了廊下，都快枯萎了。

唐泛一走入值房，便见有人正准备从里头搬出一盆芍药。

他见了唐泛，连忙将花盆放下，行礼道："下官河南清吏司主事戴宏明，拜见大人！"

唐泛让他免礼，问："这些花是前任周郎中留下的吗？"

戴宏明应"是"，前任主官是病死的，照理说许多人都有点忌讳，新官上任，这里头的东西都是要让人重新置换的。他见那些皂隶偷懒，只换了笔墨纸砚，没有搬花，又见时辰差不多了，眼见唐泛拜访完上司同僚，也该过来了，只好自己动手，准备把花都搬出去，免得犯了新上司的忌讳。

谁知唐泛却道："我看着挺好的，就不用挪出去了，还是搬回来吧，就是这些花草都没人浇水了，得赶紧浇点水，免得枯死了。"

戴宏明一听都快哭了，心想那我之前干吗费那个力气搬出去？

但他也不敢反驳，俗话说新官上任三把火，谁知道这位唐郎中会不会因此觉得自己懈怠就找他的麻烦，所以他唯唯应是，然后便将手边那盆芍药搬回原位，又要去搬外头的。

唐泛叫住他，语气很和蔼："戴主事，这些琐事自有旁人去做，你先别忙，本官有话想与你聊几句。"

戴宏明闻言有些惴惴："不知大人想问什么？"

唐泛笑道："你不必紧张，我就是随便问一问。这河南清吏司里，除了你之外，有几位司员？"

戴宏明道："回大人，共有四位，其中两位是文书，另外两位是听差，大人若有什么需要跑腿的活儿，都可以吩咐他们去做。”

他顿了顿，露出一点讨好的笑容：“当然，若是大人有什么要紧的事，不方便交给他们，交给下官去做也是可以的！”

戴宏明今年四十岁开外，却还在刑部当着正六品的主事，归根结底，除了他本身没有什么大本事之外，也因为没有什么背景，跟着唐泛的前任干了九年，一直都在原地踏步。

他不像员外郎尹元化那样有个好老师，像他这种三榜进士，出身只比举人强上一点，所以只能依靠上司提携，结果唐泛的前任一死，他顿时又成了没娘的孩子。

眼看来了唐泛这个新上司，原本也可以当成新靠山，只可惜唐泛抢了尹元化的位置，尹元化对他恨得要命，尹背后又有梁侍郎撑腰，这个新上司能不能坐稳位置还很难说，戴宏明心里那个纠结啊。在唐泛到来之前，内心挣扎了好久，一看唐泛居然这样年轻，心头顿时凉了半截，觉得他一定斗不过尹元化，最后充其量只能沦为傀儡摆设。

唐泛笑了笑，似乎没听懂他的言外之意：“这样吧，本官头一天上任，你去将人都叫过来，大家彼此也好熟悉熟悉。”

戴宏明有点失望，不得不强打精神应了下来，赶紧去叫人。

一刻钟后，人员基本到齐，众人齐齐向唐泛行礼，又一一自我介绍。

唐泛扫了一圈，忽然问：“怎么不见尹员外郎？”

戴宏明暗暗叫苦，强笑道：“尹员外郎说他老毛病犯了，腿脚有些不便，走不动路，让我向大人告罪，说是来……来不了了。”

此话一出，众人脸色一变，这分明是不将唐郎中放在眼里啊！

他们便都瞧着唐泛，想看他如何解决此事。

却见唐泛脸上微微露出惊讶的神色，关切道：“腿脚不便？可是瘸了？”

怎么听着像在骂人？众人暗暗嘀咕，看着郎中大人一脸的真挚关心，又觉得不像。

戴宏明言语讷讷，支支吾吾地道：“可能是尹员外郎有什么痹症的老毛病吧？”

开什么玩笑，尹元化今年才三十岁出头，哪里会得什么风湿痹症？

可戴宏明总不能说他是故意跟您过不去，所以在给您下马威吧？

唐泛叹道：“尹员外郎如今才刚过而立，年纪轻轻就得了痹症，以后该如何是好？也罢，既然他有病，就该好生休养才是，不来也罢。”

果然是个软柿子，众人暗暗地想，都觉得他一定知道尹元化的来历，所以不敢跟对方撕破脸。

下一刻，他们又听见唐泛道："这样吧，戴主事，你让人去外头买点东西，给尹员外郎送过去，就当是本官的一点小小心意。"

戴宏明无奈地问："送什么？"

没想到这位新上司不仅不计较尹元化的无礼，还打算主动去低头，这得面到什么程度啊！

他暗暗地悲鸣着，心情算是彻底跌到了谷底，仿佛已经可以预见自己的前途一片黯淡了！

唐泛仿佛对众人各异的情绪毫无察觉："你到药铺里去，买点防风和石菖蒲。"

这算什么礼物？

戴宏明一呆，他还以为自己听错了："啊？"

唐泛不悦道："难道本官说得不够清楚？"

戴宏明忙道："不不，下官这就去！"

石菖蒲是什么功效他不知道，但谁都知道防风是治疗风湿痹症的，戴宏明一时没弄清楚这上司到底是真明白还是假糊涂。

保险起见，他又问了声："大人，这两味药要各抓多少才合适？石菖蒲是治什么的？"

唐泛呵呵一笑："石菖蒲啊，主治癫狂健忘，有醒神益智之功效，正适合尹员外郎的病症嘛！至于抓多少，我看尹员外郎病得不轻，一种药得抓个四五钱才够吧！"

敢情这是在嘲讽尹元化啊！原来这位大人不是怕了尹元化，而是要跟人家对着干啊！

可这药送过去，尹元化不得气疯啊？

众人一时反应不过来，都呆呆地看着唐泛。

戴宏明苦着脸道："大人，这不大好吧？"

唐泛笑容倏地一敛，冷冷看着他："怎么？你打算违背本官的命令？"

戴宏明打了个激灵，连道不敢。

买当然不是他亲自去买，散会之后，戴宏明拿了钱吩咐底下一个司员，将这两味药材买过来。那司员本是被尹元化骂过的，又有心讨好新任郎中，便一口气买了半斤回来，戴宏明一看脸都黑了半边。

他也知道，这是唐泛在逼自己站队，如果自己做得不能让唐泛满意，那日后肯定就会被他疏远排斥。但是戴宏明本来就跟尹元化不对路，就是不干这种事，尹元化同样也看他不顺眼。

思来想去，戴宏明咬咬牙，心想拼就拼了，便亲自抱着药材送过去。

那头尹元化正得意于自己给唐泛的下马威。冷不防其中一个素来讨好自己的司员跑来将唐泛之前说的话对他汇报一遍，尹元化一听就气坏了，心想那个唐泛这是在咒自己啊！

结果还没气完呢，戴宏明真就把药材给送过来了。

不到一天，刑部上下就都传遍了，河南清吏司的尹员外郎仗着自己有个当侍郎的老师，不把新任上司放在眼里，却没想到反被狠狠摆了一道。

尹元化借口自己腿脚疼不去参加新上司的会议，转头唐泛就送石菖蒲讽刺他脑子有病。所有人听到这件事，肚皮都笑抽了，又暗暗为唐泛担心。

逞一时之快，岂有好果子吃？

这件事也很快传到了左侍郎梁文华耳中。

听了门生的告状，梁侍郎自然火冒三丈，他气的不是唐泛去羞辱尹元化，而是唐泛明知道尹元化是自己的学生，还敢如此做，分明是不将他放在眼里。

这年头，面子大过天，唐泛一个小小的郎中，第一天来到刑部，连脚跟都没站稳，就敢挑衅部堂高官了，这是没脑子还是吃了熊心豹子胆？

但以梁侍郎的地位，贸然将唐泛叫过来训斥一顿，会显得有失身份，而且这件事确实是尹元化不尊重上级，有错在先，真闹大了，对尹元化也没什么好处，所以当时梁侍郎什么都没做。

过了两天，部里要考察各司上半年完成的工作情况，就将各司郎中一个个单独叫过去问话，并勉励一番，让他们下半年还要再接再厉，争取做得更好云云。总之就是单独面对面谈话，你在工作中碰到的什么困难，也可以趁机向领导说一说，提一提，领导心情好，说不定就帮你解决了。

结果十三个清吏司的郎中去了十二个，唯独唐泛没有被叫到。

若说上头考虑到唐泛初来乍到，对司务不了解，也该喊个员外郎过去，但什么都没有，河南清吏司好像完全被人遗忘了似的。

谁也不是蠢货，这下子大家都知道，肯定是唐泛得罪了梁侍郎，不招待见了。

刑部里面有三个头头：一个尚书，两个侍郎。

如今张尚书不怎么管事，彭侍郎也是个应声虫，就剩下梁侍郎，掌管着部里大多数实际事务，说一手遮天也不为过。

如此一来，大家忙不迭跟唐泛划清界限，生怕被牵连，就连之前对唐泛释放出善意的陆同光，也在唐泛上门的时候借口不在，避而不见。

墙倒众人推，这是很自然的事情，现在眼看唐泛得罪了梁侍郎，不知道什么时候就会被踢出刑部，旁人不说对他避之唯恐不及，没有落井下石就不错了。

“你们瞧见没有？尹员外郎如今可真是春风得意啊，这唐郎中不会没过多久就要被赶走了吧，那到时候会不会是尹员外郎升为郎中？”

值房里，三名司员围坐在一起，边上还坐着主事戴宏明，显得有点尊卑不分。

但没办法，眼看他们司就要成为被人遗忘的杂草了，大伙心里恐慌啊，赶紧凑一起交流交流信息，也好给自己一点心理安慰。

尹元化的人缘不大好，河南清吏司里除了一个司员坚定不移地抱尹元化大腿之外，其余人没有喜欢他的。但喜不喜欢也就是心里想想，像他们这种地位，胳膊扭不过大腿，是没法跟尹元化作对的。人家是正儿八经的二榜进士出身，头上还有梁侍郎这个直属上司加老师庇护着，官途肯定比他们来得平坦。

本以为来了个唐泛，可以压压尹元化的气焰，他们的日子也好过一点，谁知道这才没两天，唐泛就得罪了梁侍郎，连带他们河南清吏司也被排挤了。

“我看是了！”

程文连连叹气，他是老司员了，如今五十岁开外，在河南清吏司待了十来年，经历了好几任郎中，早就不求升迁，只想安安稳稳过日子。先前周郎中急病殁了，唐泛还没来之前，司务由尹元化暂代。但他对上谄媚，对下总端着架子，稍微有点好处还都急吼吼地拿去孝敬上头了，简直将梁侍郎当作爹来侍奉，也难怪梁侍郎喜欢他。但下头的人可不喜欢他，所以戴宏明也好，其他三名司员也好，都不希望让尹元化当上郎中，可惜他们说了不算。

“唐郎中毕竟太年轻，一时沉不住气教训了尹元化，他倒是痛快了，可就没想想以后？”

另一个司员撇撇嘴，对唐泛也不怎么看好：“我听说那位唐大人还是庶吉士出身呢，像他们这种翰林老爷，眼睛都是长在头顶上的，清贵得很，怎么会知道事情轻重呢！”

戴宏明发愁：“行了，别替别人操心了，先想想我们自己吧！今天唐大人告诉我，过几天的聚餐，他跟陆郎中说好了，这次先由他来请，让我去各司通知一声，结果我走了一圈，愣是没人搭理我，要么说自己事忙走不开，要么说自己家里有丧事不能参加宴请，这叫什么事儿啊，分明是不把唐大人放在眼里！你们说说，该怎么办？”

其他三个司员陪他一起叹气：“能怎么办？就跟唐郎中实话实说呗，咱们总不能强拉着他们过去吧！”

“去哪里啊？”一个声音从门口传来。

众人回身一望，真是说曹操曹操到，唐泛背着手，笑呵呵地走进来。

“人真齐啊，有什么好事，也与我说道说道？”

大伙呵呵干笑，一脸尴尬。

司员们连忙告退出去，唐泛笑着点点头，也没阻止。

剩下戴宏明一个，这里是他的值房，他当然退不出去，只能扯出笑脸：“大人日理万机，怎么亲自过来了？有什么事吩咐一声，下官过去听命便是！”

唐泛笑道：“我让你去各司下帖子邀请各位郎中去吃饭的事情，办得如何了？”

戴宏明一张笑脸顿时垮了下来：“大人，实在不是下官办事不力，诸位上官贵人事忙，都抽不开身……”

唐泛笑容不变：“不是抽不开身，是怕得罪梁侍郎，觉得我很快就要被踢出刑部，跟我交好也没用吧？”

“瞧您说的，怎么会呢？”戴宏明呵呵地笑，心说您都知道了，还问我干吗？

唐泛道：“这事儿我知道了，你把话传到了就行，他们去不去是他们的事，不关你的事，到时候你叫上程文他们三个，也都过去吧。”

戴宏明为难道：“这不妥当吧？这历来都只有各司郎中能列席，下官等人身份不够……”

唐泛摆摆手，打断他的话：“这你就不用担心了，我做东，自然是由我来做主，总之到时候你和他们一并过去就是了，五天后，等放了衙，仙云馆的凌云厅，我已经订好位子了。”

戴宏明咋舌，仙云馆，这可是京城里数一数二的大饭庄啊，谁不知道它与仙客楼是同一个东家，走的路线不同，前者比仙客楼还要高档一些。听说环境特别典雅清幽，非达官贵人不得其门而入，就算梁侍郎想订个位子，都不一定能订得到，像戴宏明这种小官，更是只闻其名了。

现在唐泛却能在仙云馆订到位子，这说明什么？说明人家门路比梁侍郎还广啊！

戴宏明忽然又想到，听说这位唐大人在顺天府当推官还不到两年，就调到六部来，整整升了一级半。这分明是上边有人，否则天下立功的官员多了去了，也没见个个都升官升得那么快啊！

他开始有些浮想联翩，短短片刻之间，脑海里转过的念头不知道有多少，心头也跟着活泛起来。

戴宏明想道，原本以为这位唐郎中是个傻大胆，但现在看来，人家根本就不是愣头青，而是有恃无恐呢！

虽说最后到底是过江龙猛，还是地头蛇强，尚且未见分晓，不过自己要是能趁机烧烧冷灶，说不定以后会有好事。

想及此，戴宏明的态度也不像之前那样消极了，他连忙应了下来，又主动建言道："大人，世人大多见风使舵，如今他们担心梁侍郎，都不敢对您表示出善意，您便是请他们吃饭，他们也未必敢去，不如延迟些时日再说？"

唐泛闻言就笑了，这戴宏明还真是个有趣的人物。

他初来乍到，确实需要自己的人手，所以趁着跟尹元化交恶，纷纷扰扰的机会观察了几天，发现戴宏明这人并不坏，虽然有自己的小心思，但因为他也跟尹元化不对路，所以反倒希望唐泛能够强势起来，自己才有靠山。

之前戴宏明没敢开口，是觉得唐泛对上尹元化的胜算不大，现在一看到曙光，自然要先过来投靠，免得被新上司疏远了。

唐泛也是从顺天府这种基层部门干过来的，对手底下这些人的心思自然清清楚楚。

"不必多言，说了过两日就是过两日，叫上程文、田宣和殷温。"唐泛道。

本司有四个司员，都是给三位上官打下手的，除了一个廖子晋上赶着去抱尹元化的大腿，其他三人都在观望，反正对他们来说，不管谁当上郎中，他们都只是打杂的，不会有太大改变。

当然，他们本身在司里都属于人微言轻、备受冷落多年的小人物，就算要抱大腿，尹元化也不一定瞧得上他们，所以方才三人才会跟戴宏明聚在一起唉声叹气。

唐泛点了这三个人的名，就等于把剩下的那个廖子晋排除在外，戴宏明心想这位新上司是打定主意跟尹元化干到底了，不由得暗暗苦笑。

见他仔细答应下来，唐泛拍拍他的肩膀，说了两句勉励的话，又让他按照自己的要求去寻找一些卷宗，送到自己值房去，这才施施然离开。

刑部地方本来就不算大，郎中虽然是一司主官，但跟尚书、侍郎那些还没法比，值房也就跟唐泛以前那个推官值房大小差不多。

走进自己的新值房，前几天几近枯萎的花草因为得到了悉心的照料，已经开始焕发出新的生机。唐泛又从家里搬了两盆兰草过来，细长的叶子如翠玉一样嫩绿可爱，从中间长出的粉色花苞，因为屋里温暖，已经有了绽放的迹象，一丝丝若有似无的香气飘逸出来，使得值房里飘荡着沁人心脾的高雅幽香，令每个进入这里的人都忍不住深吸口气。

现在是年中，该忙的，在年初已经忙过了。但唐泛来到这里，自然不是为了尸位素餐，光领俸禄不干活的。在他心里一直横着一桩心事，之前在顺天府，因为格局所限未能办成，如今来到六部，就要趁着在六部的便利，做一些力所能及的事情。

不一会儿，戴宏明就抱着一堆卷宗过来了，唐泛埋首案牍，头也不抬，让他放下了便可出去。戴宏明瞧见唐泛桌上半冷的茶盅，也没有打扰，悄无声息地转身离开。

又过了片刻，司员程文就将热腾腾的茶送过来了。

他已经从戴宏明口中得知唐泛要在仙云馆请客，还要叫他们几个司员也过去作陪的事情了，笑容举动比平日里还要殷勤几分，无奈何郎中大人正忙着翻看卷宗，甚至都没抬头看一看给他奉茶的人是谁，只从喉咙里“嗯”了一声。

程司员只好难掩失落地走了。

两日后的早上，唐泛正在值房里看卷宗，戴宏明匆匆来找：“大人！大人！”

唐泛抬起头：“何事？进来吧。”

戴宏明走进来，压低了声音：“部堂大人召各司郎中与员外郎去开会，说是要询问下半年各司的一些情况。”

唐泛问：“什么时候？”

戴宏明：“就是现在！”

唐泛眉头微微一皱：“为何没有提前说？”

戴宏明支支吾吾：“下官也是刚刚才知道……”

唐泛明白了，员外郎是郎中的副手，这事本该由尹元化负责并提前告知他，但尹元化巴不得他出丑，又怎么会提前告诉他？

他“嗯”了一声，也没有责怪戴宏明，起身就往外走。

戴宏明心里惴惴，既怕唐泛迁怒自己，又担心唐泛准备不足，导致本司在会上出丑。

走了一段路，唐泛回头，瞧见戴宏明还跟在后面，不由得奇怪："怎么？你也要参与？"

"不不，下官以为大人还有什么吩咐，这就走，这就走！"戴宏明干笑，忙不迭地溜走了。

这个会议算是例行会议，每个月都要召开，一般是在将近月底的时候。不过这个月因为张尚书有事不在部里几天，延后了，本来应该提前另行通知，不过谁让唐泛是新来的又不受待见呢，大家就欺负新来的，所以在他刚刚才知道的时候，会议已经快开始了。

理所当然，在各司里，唐泛是最后一个到的，甚至比两位侍郎还要晚半步。

他连忙拱手行礼，然后找到自己的座位坐下来。

按照规矩，各司的郎中与员外郎自然是坐在一起的，唐泛的视线跟坐在他旁边的尹元化不经意对上，后者对他递来一个得意的眼神。

唐泛回以不动声色的微微一笑。

紧挨着他坐的是陆同光，对方也瞧见了尹元化对唐泛的示威，心中不由得暗叹，终究是有些不忍，便悄悄对唐泛说："这次开会，不单讨论本月的，还主要讨论下半年各司的计划，张部堂可能会一个一个司地问，你要有所准备。"

唐泛对他报以感激的笑容，也小声道："多谢陆老哥。"

陆同光还想说什么，尚书张蓥进来了，他连忙摆摆手，示意唐泛不要再说话。

正主儿一来，会议正式开始。

正如陆同光所说，张尚书先说了一下上半年刑部的总体情况，又着重讲了几个还未判决的案子，督促各司加紧办案，然后就开始让各司进行汇报。

尹元化心里早已有了打算，由于事先毫无准备，再加上刚来没几天，轮到河南清吏司的时候，唐泛估计十有八九是答不上来的，这时候就是他出风头的好机会了。

就算唐泛一时半会儿不可能被罢职或调走，但只要他表现不好又被孤立，在刑部就寸步难行，职权也会被架空，到时可真就成了一个傀儡郎中了，比前任周郎中还不如。

那头福建清吏司冼郎中说道："闽中契弟成风，习以为俗，更有不少人因此自宫，却不得门路入宫为宦，禁之不绝，实在令人头疼。福建按察使司那边多次来函请求朝廷下令严禁民间百姓自宫，违者加以重惩，否则只怕此风会愈演愈烈。”

张尚书问梁侍郎：“你怎么看？”

梁侍郎沉吟道：“我也曾见福建来函上报过此事，景泰七年，成化七年，朝廷都曾下令严禁民间自宫，然而收效甚微，归根结底，还是官府未曾加以严查所致，日积月累，蔚然成风，所以才屡禁不止。要想彻底断绝此事，还应从源头上想法子。我的提议是由朝廷下令，规定以后民间自宫者，一律不得入宫。”

唐泛听得暗暗点头，这梁侍郎虽然包庇门生，又处处与他过不去，但确实是有些能力的，倒比那些庸官还要好上几分。

张尚书颔首，对冼郎中道：“可先记下，回头将梁侍郎的提议整理之后呈上来我看一看。”

冼郎中连忙应下，又汇报了一些情况。

福建的说完，自然就轮到下一个了。

会议上的发言，本来就不是按照地域上由北到南或者由南到北的顺序来进行，而是依照大家的座位来的。陆同光坐在唐泛左边，冼郎中坐在唐泛右边，按照从右到左的顺序，冼郎中说完，就轮到唐泛，然后才是陆同光。

张尚书的目光从冼郎中那里移开，落在唐泛身上。

“你便是新来的河南清吏司郎中？我们好像还未见过面吧？”

唐泛起身行礼道：“正是下官，前几日下官拜见部堂，不巧部堂外出不在，所以未能碰上，还请大人恕罪。”

张尚书捻须一笑，倒是通情达理：“既然是不巧，何罪之有？坐吧，依你看，河南清吏司的情况如何？”

尹元化闻言，心中自是一喜，唐泛刚来没两天，有个屁情况可说，还不是得由他来说？

想及此，他不由得挺直了脊背，想要开口。

却听唐泛说道：“下官到河南清吏司数日，发现这里人浮于事，拖沓成风，许多陈年积案因为疏忽大意而错判漏判，甚至随意糊弄，确实有不少值得改进之处。”

这人没毛病吧，怎么一说话像疯狗似的乱咬？尹元化不由得扭头瞪着他。

不仅是他，其他人也都像看怪物似的看着唐泛。

唯独唐泛面色如常，淡定自若，仿佛方才那些话不是从自己嘴里说出来似的。

第二十一章

杀鸡儆猴

当所有人的脸色因为唐泛的话或多或少都起了一些变化的时候，唯独张尚书笑了笑，甚至有些和蔼地问：“既然如此，你可有什么章程？不妨提出来，大家参详参详。”

唐泛道：“身为刑官，本该明习律令才是，但我翻阅旧年卷宗时，发现河南清吏司诸员不说通晓律法，只怕连《大明律》都未翻看一下，全凭个人喜恶来断案，如此长久以往，才使得司内卷宗错乱，旧案纷杂。

“就拿去年开封府呈上来的一桩案子来说，有两兄弟因财产继承而起纠纷，为了打赢官司，双方互揭对方隐私，其中还牵扯到人命官司，对错真假难辨，开封府因觉棘手，便上呈刑部决断，当时此案正好呈到尹员外郎那里。”

听到这里，尹元化心中咯噔一下，隐约猜到唐泛想说什么，但他想要阻止已经来不及了，只能任凭唐泛继续说下去。

果然，唐泛又道：“结果尹员外郎判决将两兄弟各责打一顿，又以情理说服他们身为同胞兄弟，应该互相体谅，据说开封府接到刑部判决之后，依言照办，事情果然很快平息下来。”

张尚书捻须颔首：“你特地将其拎出来说，是否后来又出了什么问题？”

唐泛拱手：“部堂英明，正是如此。我查看此案的时候，发现兄弟俩互相揭发的隐私里，还包括了一桩人命官司，虽未知真假，但尹员外郎并没有责成开封府彻查，反倒将此忽略过去，此其一。

“还有，与财产相关，《大明律》早有明文规定，可循律而行，若无律可循，方才以情理判之，但尹员外郎未曾翻阅《大明律》，也不管其中规定，便草草断之，致使上行下效，长此以往，必将使地方官员视律法如无物，如同尹员外郎那般随心所欲。”

尹元化再也忍不住了，他腾地站起来：“你这是血口喷人，我怎么随心所欲了？那两兄弟的官司打了十多年，他们所说的许多事情早就无从查起，又如何断定真假！我从情理人伦出发，劝说他们要本着兄弟之谊，互相友爱，让他们自己协商解决此事，不必事事诉诸官府，又有何不妥？！”

唐泛淡淡道：“问题就出在他们互相揭短上，我看了卷宗，当时他们互相揭短，为他们出来做证的，都是双方妻儿，以及他们两人的其他兄弟。《大明律》早有云，弟不证兄，妻不证夫，奴婢不证主。所以这些人的证词，通通是不能生效的。然而尹员外郎在对下行文时，并没有明确指出并斥责这种行为。另外，若是财产久决不下，就该一切以律令为标准来裁断，而不该让他们自行协商。我曾派人去调查，发现在刑部下文之后，这两兄弟的争执非但没有收敛，反而变本加厉，如今已是闹得乡里尽知。敢问尹员外郎，你所说的按照风俗人伦对他们进行教化，教化又在何处？”

尹元化语塞，忽然想起另外一个问题，连忙诘问道：“你来刑部上任不过四五天，如何能在这么短的时间内查到案子的进展，莫不是在随口胡言不成？”

唐泛摇摇头：“你莫不是忘了，锦衣卫在各地皆设有卫所？”

尹元化瞠目结舌，这家伙竟然让锦衣卫去查案？

问题是，锦衣卫又怎么会听他的？

他隐隐发现唐泛好像并不像想象中那么好对付。

没等他反应过来，唐泛便先声夺人：“太祖皇帝早有言：凡政事设施，必欲有利于天下，可贻于后世，不可苟且，惟事目前。盖国家之事所系非小，一令之善为四海之福，一令不善有无穷之祸，不可不慎也。此话足以发人深省，虽已过百来年，犹须我等铭记于心，不可或忘！”

他又语重心长道：“我知道尹员外郎是出于一片好心，希望那兄弟俩能够放下成见，忆起同胞之情，以免酿成手足相残的惨事。然而太祖既然颁下《大明律》，便是希望我等有律可循，似那等风化败坏的争产案，既然双方已经争了十多年，那必是不会惦记手足之情的人，自当严格依照律法来查办，而不该妄想以人情伦理来感化他们，否则地方官有样学样，以后大可不必翻看《大明律》，一切从情理出发，想怎么断案就怎么断案，岂非如太祖所说的那样，一令不善则有无穷之祸？尹员外郎，你这是好心办坏事啊！”

尹元化已经被他各种偷换概念绕得头昏脑涨，嘴巴张张合合，脸色青一阵，白一阵。

想发火吧，显得太没风度了，主要是这里坐的都是上司同僚，不能做影响不好的事情；但是想反驳吧，他一时又想不出铿锵有力的反驳言辞。

特别是当对方搬出太祖皇帝的话时，虽然明知道唐泛是在把小事往大里夸张，什么一令不善，就是一个普普通通的争产案而已，什么时候就上升到“一令不善”的高度了！但他还真没法反驳唐泛的话，难道能说太祖说的是错的吗，还是说这案子没有那么严重？

如果他这样说的话，唐泛肯定又会引用太祖的话来反驳自己了。

不过学生吵架吵输了，不代表老师就会坐视不理。

就在此时，梁侍郎缓缓开口：“唐郎中这席话，未免有些危言耸听了。《大明律》的存在，本来就是为了教化万民的，若能先以情理教化之，自然不需要动用律法。我等虽在刑部，但身为朝廷命官，本身就有教化之责，自该先以情动之，以理说之，如果百姓不听教化，最后才以律治之。所以本官以为，尹员外郎所判，并无不妥之处。”

高人一开口，就知有没有。

看见这个场面，众人虽然还是一副端庄严谨的表情，但内心早就热血沸腾，一个个兴奋起来了。

老师看不过学生被欺负，开口帮忙，唐泛要怎么应付？

难道跟侍郎吵架吗？

那可是他的上司，不管唐泛说什么，都会有失庄重，被别人视为轻佻的。

唐郎中初来乍到，不甘被孤立打压，主动在会议上发难，找尹元化开刀，结果惹恼了尹元化的靠山，梁侍郎亲自为学生转圜。

这下唐郎中总该服软了吧？

不过他这一服软，也就意味着他怕了尹元化，以后在自己那个司里说话就不管用了。心里这样想着，大家坐得笔直，但视线早就在几人之间转来转去。虽然像陆同光这样的厚道人，难免会为唐泛担心一下，但更多人还是抱着幸灾乐祸看好戏的心情。

然而就在此时，一个意想不到的人开口了：“话也不是这么说，本官也早就觉得，部中人浮于事，总有些不思上进之人，在这里混日子。身为刑官，却未曾熟读律法，把本该重判的案子轻轻放过；本可轻判的案子却小题大做——

这样传出去未免笑掉旁人大牙，更会让人以为我刑部皆是如此之人。”

说话的人是尚书张蓥，自从入主刑部，他就很少插手具体部务，政治立场上更是紧跟首辅万安，本着“不做不错，多做多错”的原则，每天上班的任务就是喝茶混日子，底下的人也早就习惯了他这种作风，具体部务实际上都是梁侍郎在管理。

像今天这种会议，张尚书最大的作用就是充当吉祥物，镇镇场面。结果现在，从来很少发表意见的尚书大人居然破天荒地帮一个小小的郎中说话了！

这是太阳打从西边出来了吗？

大家吃惊地看着张蓥，他捻着胡须，话锋一转：“不过呢，本官相信尹员外郎也是实心任事的，只是往后像这种案子，还要慎重才行，刑部掌天下之狱，一言一行皆影响重大，不可不三思而后行啊！”

虽然听起来像是和稀泥，但他帮唐泛说话的用意已经很明显了。梁侍郎似乎也想不到张蓥会忽然表态说这么一番话，脸上微微抽搐了一下，强笑道：“部堂说得有理，往后大家做事之前，最好还是要有据可依，有理可循，免得被人挑了毛病。”

尹元化更是战战兢兢地起身受教：“谨遵部堂教诲。”

张蓥今天说这番话，其实是有缘由的，不单单是为了给唐泛出头。

他只是很少管事，不是彻底不管事，正因为如此，底下的人还以为他真就如同泥塑一般，尤其是他递补入阁的消息传出来之后，梁文华更是上蹿下跳，说一不二。这令张蓥感到很不舒服，心想我这还是尚书呢，你就没把我放在眼里了？

再加上他是首辅万安一党，万安又依附万贵妃，张蓥也早就听说了唐泛跟汪直私交好像还不错的事情，也隐隐知道这次唐泛能够调到刑部来，好像还是皇帝亲口发了话的缘故。

这就很不得了了。

官场上向来要闻一知十，你要是心思不活泛，是没有前途的，就冲着这一点，张蓥也得对唐泛另眼相看。

刑部其他人都觉得唐泛初来乍到就得罪梁侍郎很不明智，张蓥却不这么看。他觉得唐泛这是有恃无恐，正好他也看梁侍郎不顺眼，所以今天无论如何，都是要帮唐泛出头的。

当然，其他人并不知道其中的这么多弯弯绕绕，大家只会觉得连张尚书都帮唐泛说话，也难怪唐泛敢跟梁侍郎直接对上，原来是有大靠山。

霎时间，大家看唐泛的眼神都不一样了。

梁侍郎何尝不明白其他人的心思，他也不知道张蓥今天是发的什么疯，因为据他所知，唐泛跟张蓥以前根本就没有什么交情。

他却万万想不到，是自己平时的强势导致张蓥不满已久，趁机发作出来而已。

一场会议就在大家心思各异的情况下开完了。

当尚书和侍郎走出屋子，其他人也就没了顾忌，对唐泛那个热情，简直像换了个人似的。唐泛也没有趁机摆架子，依旧是之前那副平易近人的笑脸，谁来了都能说上两句，跟谁都能聊得开。

之前他这样的态度，大家觉得他是软弱好欺负，现在依旧是这样的态度，大家却觉得这个人沉稳有度，前后如一，值得结交。

可见不光女人易变，连男人的心，也是多变的。

看着这一幕，尹元化心里愤愤，却又无可奈何，只能匆匆离开，免得自取其辱。

戴宏明正在屋外惴惴不安地徘徊呢，心想唐郎中不知道会被欺负成什么样，结果就瞧见尹元化黑着脸气冲冲地走出来。过了好一会儿，唐泛的身影才在门口出现。然而他身边却围着不少别司的郎中和员外郎，大家言笑晏晏，活像失散多年的至交好友。

戴宏明不禁揉了揉眼睛，这是见鬼了吧？

如果不是见鬼，那就是天上下红雨了？

大家都在同一屋檐下办公，抬头不见低头见，哪里会有什么秘密，很快，唐泛在会议上当面数落尹元化、跟梁侍郎针锋相对的事情就传了出去。

大伙越传越神，版本也越来越离谱，到了最后，什么“唐泛拍桌怒斥梁侍郎，梁侍郎恼羞成怒，破口大骂，张尚书掌掴梁侍郎”的传言都出来了。竟然还有人言之凿凿地说唐泛是张尚书的私生子，据说这样荒诞经不起推敲的谣言还挺有市场，在很长一段时间内成为刑部内流传甚广，大家茶余饭后都爱听的故事。

唐泛的确跟张尚书没有什么私交，他和汪直来往，是因为办案所需，也是偶然，但这不代表他跟万贵妃党的其他人也有来往。

不过张蓥的这番反应，完全都在他的意料之内。

准确地说，是他早就算计好了的。

时间要回到他刚到刑部上任的第一天。

彼时唐泛已经知道，尹元化为什么要跟他过不去，也知道，自己整出送石菖蒲那么一出，不仅气坏尹元化，也大大得罪了梁侍郎。

所以当隋州劝他不要过于高调的时候，唐泛就已经有了一个完整的想法。

“凡事谋定而后动。”唐泛笑道，“你放心，我从一开始给尹元化送药的时候，就已经预料到自己肯定会被孤立。”

隋州知道唐泛不是那种会为了一时委屈就闹事的人，也从来不做没用的事情，所以就问：“你有什么计划？”

唐泛敲了敲放在桌面上的张鎣的履历。虽然唐泛不是吏部尚书，无权查阅百官履历，但谁让他有一个做锦衣卫的好友呢，锦衣卫负责监视百官，吏部有的资料他们一定有，吏部没有的资料，他们也有。

不用白不用，他想要在刑部立足，就得出奇制胜。

“立威！”唐泛铿锵有力道，“我在刑部不过短短一天，就发现了许多问题，但我想要做事，光靠我一个人是不行的。对于他们来说，我是中途插进来的外人，在刑部毫无根基，很好欺负，无人会听我的话。所以想要站稳脚跟，就得先立威。”

隋州何其聪明，立时明白了他的用意：“所以尹元化这个时候跳出来，正好是一个合适的人选。”

“不错。”唐泛嘴角露出一抹狡猾的笑容，“就算不是他，也会是别人，但他既然自己主动奉献，我又何必辜负了他的一番好意呢？张鎣对梁文华的强势早就有所不满，所以他就算不插手，也一定不会站在梁文华那边，只要一旦我们在大庭广众之下吵起来，他十有八九会帮我说话，因为在他看来，我身上已经贴上了万贵妃朋党的标志。”

隋州道：“你不是。”

唐泛点点头：“当然不是，君子不党。”

隋州蹙眉：“但这样会不会让别人对你有所误会？”

唐泛笑了笑：“不会的，你放心吧，我何时对万贵妃表示过效忠？只不过是查案因缘际会有所交集罢了，而且那一回在东宫案里，我不仅帮万贵妃洗刷了嫌疑，同时也为太子洗刷了嫌疑。”

说罢，他叹了口气：“其实若是可以，我何尝想用这种办法？大家认认真真专心做事不好吗？非得整那么多幺蛾子！像在顺天府的时候，上面有师兄顶着，我只是一个小小的推官，只需要管自己做的那一块就好了，根本不需要操那么多别的心！”

隋州道："官场不可能永远平静如水，你现在是一司长官了，自然要先将上下清理干净，才好开始做你要做的事情。"

唐泛欣慰一笑："生我者父母，知我者广川啊！"

以上，就是会议上那个场面的来龙去脉。

唐泛自然不是一时冲动或脑子抽了才会去招惹梁侍郎的，否则他早就混不下去了，如今这样的结果，完全出乎众人的意料。对于唐泛来说，却是经过仔细考虑的。小小的河南清吏司，虽然不过寥寥数员，却因为人心不齐，四分五裂，唐泛一个外人，本来是不可能那么快建立起威信的，但他出奇制胜，反而闯出来了一条路！

自从张鎣发话之后，梁侍郎暂时就偃旗息鼓了，尹元化失去了老师撑腰，也不敢再跟唐泛对着干了。

借着这股东风，唐泛顺利地将河南清吏司内外整顿了一遍。

他明令禁止拖沓办事的作风，督促他们尽快将上半年拖着还没解决的案子审理完毕，大案要案发大理寺，刑部可以自己决断的，就将判决公文发还地方。

唐泛又将自己之前看过，并觉得有问题的卷宗抽出，要求所有人重新审核，又让戴宏明带着两名司员将历年来那些没有以《大明律》为判决依据的案子找出来。

有这么一位雷厉风行的上司，大家自然不敢再偷懒，一时间河南清吏司内的风气为之一变。然而唐泛也并非一味用威势压人，有了隋州的帮忙，他对司内每一个人的履历了然于心。

这个司员在京城家里头有七十岁老母，他在药铺给阿冬买秋梨膏的时候，也会顺便买一份艾草，让司员带回去给老人家泡泡脚；那个司员家里头有亲人在生病，他则会酌情让对方早些下衙，可以回家照顾亲人。

如此一来二去，恩威并施，戴宏明等几人果然对唐泛感恩戴德，干起活来也分外卖力，整个河南清吏司完全变了天。

在这种情况下，尹元化反倒变成了被孤立的那一个。

当然，他要是识时务，唐泛也不会跟他过不去，毕竟唐泛是来做事的，不是来整人的。但尹元化对那天的事情始终耿耿于怀，虽然暂时不敢捣乱了，可也不会主动做事，说白了就是消极怠工。

但尹元化这样，唐泛还真没法拿他怎么样。

他虽然掌管河南清吏司，但像员外郎这种品级的官员也不是他可以说了算的。他也不愿意跑去张尚书那里告状——现在整个朝廷风气就是如此，连尚书都不怎么干活。你不能拿着自己的标准去要求别人，更何况上次能够让尹元化吃瘪也不乏偶然因素，可一不可再，立威的目的已经达到，唐泛不能给上司留下“好斗分子”的印象。

所以尹元化奈何不了唐泛，唐泛同样奈何不了尹元化，如无意外，这种情况还将持续很长一段时间。在刑部的半年时光很快过去了，除了一开始小小露了一把风头之外，唐泛之后的言行可以称得上务实低调。

如此转眼间就到了成化十六年开春，阿冬也已经十岁了。这段时间她跟着隋州学武，武艺大进的同时，身体也跟抽条似的长起来，不再是之前胖乎乎的模样，倒有些半大姑娘的清秀影子了。不过性子倒还没变，依旧是大大咧咧没什么心事的模样，反倒是学武的缘故，多了几分飒爽。

为免她变成一个彻头彻尾的武夫，将来嫁不出去，唐泛一有空就不忘逼着她读书。结果事实证明，阿冬确实没那个天赋，她连本《论语》都背不下来，所幸还通晓文字，唐家总算没出个文盲，唐泛只能这样安慰自己了。

这段时间，隋州依旧忙碌，在他的调教下，北镇抚司已经不像先前那样拖沓惫懒、效率低下了。然而自从南城帮的事情过后，白莲教就像是彻底隐匿了踪迹一般。

此事隋州曾与唐泛合计过，两人猜测白莲教很可能是吸取了南城帮的教训，不会再轻易浮露在水面上，估计短时间内也不会再出现在京城了。否则的话，天子脚下，有锦衣卫和东西厂在，白莲教就算再隐蔽，也很难不露出行踪。

这样追查起来难度更大，锦衣卫还有许多别的事情要做，也不可能在这上面花费所有精力，只能下文各地锦衣卫卫所，命他们严加关注。

这一日休沐，唐泛偷得浮生半日闲，与阿冬一道一边对着一盘水晶肴肉流口水，一边等着隋州回来。

隋州今日仿佛有事外出，至今未归。

水晶肴肉是三日前新做好的，这道菜因为工艺特殊，很难现做，做起来又烦琐麻烦，隋州先前也不会，还是从外祖母周老太太那里现学来的。

这道菜讲究色如石榴，含而不露，晶莹剔透，宛若琉璃水晶，还要入口即化，肥而不腻。当然具体味道如何，唐泛和阿冬还没尝，但是单从色泽上看，已经相当诱人了。

见阿冬一脸馋相，唐大人嫌弃道：“不知道的人看了还以为你这是被我饿了多久，出去了别跟人家说你姓唐啊，丢人哪！”

阿冬撇撇嘴：“大哥，我才十岁，你还好意思说我呢，你自己都流口水了！”

唐泛一边反驳“哪有”，一边忍住要去摸嘴角的冲动。

两人贫嘴贫惯了，一天没逗贫就浑身不舒坦。

又笑闹一阵，阿冬就问：“大哥啊，隋大哥干吗去了？今天休沐，还不得空吗？他这阵子总是早出晚归的，北镇抚司是不是很忙啊？”

唐泛摇摇头，表示自己也不知情，被阿冬这么一说，他才发现最近隋州确实经常不见人影。不过北镇抚司与刑部不同，由于职责特殊，隋州他们经常负有许多不可告人的秘密任务，即便是关系亲近，唐泛也很有分寸地从不多问。

说曹操曹操到，阿冬还没念叨完，隋州的身影就出现在外头了。

“隋大哥，你可回来了！”阿冬起身，蹦蹦跳跳地去迎接。

唐泛见他没穿锦衣卫官服，便奇道：“这是回去向两位高堂请安了？”

隋州的个人生活其实十分单调，除了出外差，不是去北镇抚司的路上，就是在回家的路上，偶尔回去看看家人，基本不会有什么变动，所以唐泛才会有这么一问。谁知隋州摇摇头：“河南那边出事了！”

河南为殷商发源之地，自古人杰地灵，至宋太祖赵匡胤选开封为都后，河南更是成为天下中心，一时无二，北宋七帝八陵悉数葬于此处。

然而随着宋朝南迁，河南也渐渐失去往日的地位，金人入侵之后，又轮到蒙古铁骑踏平中原，历史车轮滚滚向前，中原百姓遭遇一次又一次的战火。等到本朝太祖得天下，也已经是一百多年后的事情了。

当年太祖皇帝途经战乱刚刚平定的巩县时，却发现原先威严肃穆的宋帝陵早已遭到了毁灭性的破坏：几乎所有地面建筑悉数被毁，荒芜的田地上到处都是残破凌乱的石刻，早已辨认不清原来的面目；连远在南方的南宋高宗、孝宗、徽钦二帝等陵寝更是在南宋覆灭之后，在前元朝廷的默许下被大肆挖掘破坏，触目所及，遍地疮痍，惨不忍睹，更有无数宝物被进献给元帝忽必烈，用来装饰寺庙。

有感于此，太祖皇帝下令将那些已经被掘开盗洞的帝陵重新填上，加以修葺，禁止百姓樵采，又命当地官府安排民户进行看守，并酌情减免那些守陵百姓的赋税，这才遏制住了盗挖的风气。

然而这已经是大明开国时的旧事了，帝陵毕竟就摆在那里，总会有宵小之徒为了一夜暴富铤而走险，连不知道具体方位在何处的秦皇陵都有人去打主意，更何况是方位明确的宋帝陵。

唐以前，许多帝陵不立碑，以深埋的方式，将陵寝安在地下，最典型的就是秦皇陵。

在汉代之后，墓葬逐渐流行“因山为陵，凿山为藏”，这种方式在唐代正式形成制度。唐代皇帝基本都是在山陵凿出自己的墓室，将陵墓藏于深山之中，一来显得有气魄，二来也可以尽量减少盗墓者的光临。当然人的办法是无穷尽的，后面一个作用基本是作废了。

到了北宋，出于当时堪舆风水上的考虑，帝陵没有像唐代帝陵那样凿进深山，而是选在了嵩山对面的丘陵上，北靠着洛水，再往前不远就是黄河。

加上宋朝南迁之前的七位皇帝的帝陵皆在那里，彼此相隔不远，对心怀歹意的人来说，盗起来还挺方便的呢。

所以即使附近有民户看守，但宋帝陵的盗墓事件依旧不时发生。

除了元代，历代得了天下的朝廷都比较注意保护前朝皇帝的陵寝，本朝也不例外。朝廷明令禁止盗陵之事，不过屡禁不止，以往也没有形成什么规模，是以当地官府发现之后把人抓起来也就是了，并没有闹到不可收拾的地步。

然而就在最近，就在北宋帝陵所在的巩县，发生了一桩十分古怪而且骇人听闻的事情。

据说从一年前起，每到深夜时分，附近百姓总会听到从永厚陵和永昭陵那里传来奇怪的声响。他们一开始还以为是风声，结果细听之下又发现好像是哭声。

永厚陵是宋英宗赵曙的陵寝，永昭陵是宋仁宗赵祯的陵寝。

赵曙是赵祯的继位者，但不是赵祯的亲生儿子，只是从宗室里过继的。

不过这些都不重要，问题是，三更半夜的，帝陵那里怎么会有哭声？

宋朝皇帝们都死了多少年了，早就没有孝子贤孙了，就算有，又怎么会选择半夜跑去那里哭灵呢？

这可真是奇了怪了。

附近村子的百姓本来就负有兼职守陵之责，于是在连续好几晚都听见哭声之后，就有几个村民前往永厚陵查看。结果这一去，就再也没回来。

村长这才意识到不妥，一边发动村民前往寻找失踪的人，一边上报巩县官府。官府那边派了人下来，也找了一圈，都没找见失踪的人。帝陵就建在洛河边上，官府猜测这些人可能是在夜里走的时候，不小心掉进河里了。

有了定论，此事也就不了了之。

在那之后的很长一段时间里，哭声没有再响起过，村子仿佛又恢复了宁静，除了那几家死了亲人的村民，大家都已经逐渐淡忘了此事。

但就在半年前，那个瘆人的哭声又出现了，而且声音比以往更大，隐隐还伴有雷鸣之声。村长不敢大意，连忙又上报官府。巩县县令因为上回的事情，觉得那村长是在小题大做，很不以为然。但因为有帝陵在，还是让县上的捕快带了几个人，去村子查看情况。

这一查就在永厚陵与永昭陵附近发现两三个盗洞，似乎之前又有盗墓贼看上了这两位皇帝的陵寝，前来光顾过。

事关帝陵被盗，巩县县令不敢大意，就命几名捕快连同村子里年轻力壮的六个村民一起在帝陵附近蹲守，希望抓住那伙盗墓贼。

村长虽然年事已高，但他身为一村之长，责无旁贷，也在其中。

第一天过去，帝陵附近静悄悄的，月光如水，旁边就是洛河河水流淌而过的声音，除此之外，什么也没有，一切都很平静。

第二天过去，同样如此。

第三天，出事了。

三名捕快，六个村民，加上村长，去的时候是十个人。

但最后只回来了两个。

一个是捕快，一个是村长。

一个疯了，一个傻了。

疯的是捕快，他与村长一前一后，从帝陵附近跑回来，神志混乱，见谁打谁，更别说清醒明白地说句话了。村长则一脸惊恐，浑身鲜血，差不多可以去跟捕快做伴了。

经过大夫的诊断，那捕快是惊吓过度得了失心疯，估计一辈子也就这样了，治不好了。村长虽然年迈力衰，但毕竟经历的事情多，所以反而比年轻人要耐得住一些，休养一段时间，精神也就慢慢地恢复了。

但只要一提起那天晚上的事情，村长就三缄其口，不肯多说，直到巩县县令亲自过来问话，他才翻来覆去地念叨着“见鬼了”“有怪物”之类的话，问多了他也说不出个所以然来。

县令没有办法，又觉得此事大有蹊跷，不得不层层上报，直到京城。

“见鬼？”

“怪物？”

小院内，唐泛琢磨着这几个字，问道：“是不是盗墓贼在装神弄鬼？”

隋州摇头："我也是刚接到此案，上面单凭那县令的一面之词，很难当真，还得亲自去看过方能见分晓。此事身处河南辖内，估计也会由内阁下发刑部调查，到时候说不定还要落在河南清吏司头上。"

唐泛苦笑："这看来是必然的了。"

他又伸了个懒腰："也好，反正我这人就是天生贱骨头，闲不下来的，整日坐在衙门里也坐累了，若有机会，倒宁愿下去走一走！"

隋州沉吟道："我也打算亲自去一趟。"

唐泛受宠若惊道："莫不是隋镇抚使想与我并肩作战？那可真是下官的莫大荣幸啊！"

隋州如今虽然只是千户实职，实际上却已经是整个北镇抚司的老大，再往上就是袁彬了，官场上称呼，大家都是习惯往高里喊，是以早就"隋镇抚使""隋镇抚使"地喊开了。

当然，话到了唐泛嘴里，怎么都带了点调侃的意味。

隋州往椅背上一靠，接过阿冬递来的荞麦茶，悠然道："并肩作战倒未必，既然是镇抚使，自然是要镇抚四方的，你这五品小官，到时候也须得听我指挥了。"这话当然也是开玩笑的意味更多一些。

唐泛闻言哈哈一笑："那我可要与你争一争了，你现在是五品武职，我是五品文职，咱们大明自正统之后，向来都是文指挥武的，按照五品文官可以指挥四品武将的原则，就是你们袁老大来了，只怕也得听我指挥啊，要不我手不能提，肩不能挑的，去了能干吗呢？总不能亲自上阵去抓蟊贼吧？"

他又朝阿冬挤挤眼："你说对吧，妹子？"

阿冬点头："对。"

唐泛跷起二郎腿，朝隋州得意道："有妹子就是好啊，瞧我家阿冬多贴心！"

阿冬："我是说隋大哥说得对。"

唐泛很不满："你怎么胳膊往外拐啊！"

阿冬咯咯笑："当然要往外拐了。大哥，你现在的钱可全在隋大哥手上呢，要是没了他，咱们两个不都要去喝西北风了！"

唐泛忍不住反驳道："什么全部！我只是给了他一半，每个月不还给你买菜的钱吗！"

隋州："那你说说你现在手头有多少钱？"

见两人四只眼睛齐齐看他，唐泛大言不惭："男人的私房钱是秘密，不能随便问的！"

阿冬又问隋州："隋大哥，那你现在有多少钱？"

隋州可没有说"不能随便问"，很坦然地道："去年帮他存了三十两，连之前交给我的三百五十两，一共三百八十两，我之前也有一些积蓄，合计一千四百两左右。"

阿冬连连惊叹："隋大哥，你好有钱！"

唐泛忍不住抗议："我房里还有一幅王希孟的画，比他的一千四百两值钱多了！"

阿冬一语道破天机："那明明是爹娘留给你的！"

唐泛打了个哈哈："今天天气可真好啊，那道水晶肴肉寂寞已久，正等着我们大快朵颐，谈钱多俗啊，满嘴铜臭味！"

阿冬捂着嘴笑："明明把润笔费偷偷藏在枕头下面没有上交，我还以为你能藏多久呢，结果一转眼又买了一堆闲书！"

唐泛老脸挂不住了："什么叫没用的闲书？那可是《春秋左传正义》，有钱都买不到的宋版书，我淘了好久才淘来的！"

阿冬眨眼："明明还有一本《春潮记》。"

隋州皱眉："怎么名字听着有点怪？"

唐泛有点心虚："那可是正儿八经的妖怪志异，别往歪处想了！"

他不说还好，越描反倒越黑。

隋州："回头拿来给我看一下。"

阿冬朝唐泛扮了个鬼脸："我也要看！"

唐大人痛心疾首："上回你拿了我那本《战国志》的稿子还没还我呢！"

唐大人虽然业余有点时间也会写写闲书以作消遣，也可顺便弄点润笔费，但要说他写的都是风月话本，确实也冤枉了他，像《战国志》，便是他以东周战国时代为背景写的历史演义，因为内容庞杂，他又经常没空，所以写到现在才完成三分之二。

隋州无辜道："我还没看完，等看完就还你。"

唐泛："你看完是什么时候啊？"

隋州："等你保证下次不会偷偷把润笔费藏起来的时候。"

唐大人恶向胆边生，对这个不平等的制度表示抗议和不满："那你也没有把钱交给我啊！"

隋州一句话就结束了所有争议："但我没有乱花钱的毛病。"

唐泛："……"

哐啷一声，他的自尊心碎了一地。

这年头官做得越大，在家里的地位反倒越低，这还让不让人活了！

他要离家出走……

见他耳朵都仿佛耷拉下来的模样，隋镇抚使难得慈爱地抚摸着好友的脑袋："我不贪你的钱，只是帮你保管起来，谁让你一看到书就见猎心喜，书房都快堆不下了，要克制。"

唐大人泪流满面。

话分两头，正如隋州所料，这件案子呈到内阁那边，又被转到皇帝那里，果然连成化帝都被惊动了。他不仅对内阁转达了自己的重视之意，还要求内阁派人联合锦衣卫一并去调查，务必将此案查个水落石出，如果确实是有盗墓贼在盗挖帝陵，更要抓起来严惩不贷。

内阁合计了一下，将此事下发刑部，因为说到底，盗墓案毕竟还是属于刑部的职责范围。身为河南清吏司的头儿，唐泛责无旁贷。

张尚书将唐泛叫过去，让他带着人亲自去，与锦衣卫的人一道负责调查此案。

自从上次唐泛跟梁侍郎对着干，张尚书莫名地看他就顺眼起来，不吝在公共场合表达自己对唐泛的欣赏之意。唐泛尽管知道这是因为张尚书跟梁侍郎过不去，所以将自己当枪使，但唐泛自己也不是没有得到好处，起码他就借此收服了河南清吏司的人心。

所以不管怎么说，他跟张鎣之间的关系，是合则双赢。当然，张鎣堂堂一部尚书，想要叫唐泛去做点什么，唐泛也没有推脱的余地。

为此张鎣特地将唐泛叫到自己的值房里，先是问了几句最近干得怎么样啊，工作上有没有遇到什么困难啊，还说有困难就尽管说，能帮的本部堂都会尽量帮你一把。唐泛当然也要回说多亏大人照拂，一切都很好云云。

双方扯淡几句，张鎣就进入正题："宋帝陵被盗的案子，你已经知道了吧？"

唐泛点点头："公文已经下发到河南清吏司，下官看过卷宗了。"

张鎣问："那你是怎么看的？"

唐泛道："恕下官直言，有些棘手。"

张鎣微微一叹："是啊，那些村民与官府捕快，未必真是坠河死的，也未必真有什么鬼怪作祟。但对方既然能够连杀十几条人命，若真是人为，想必也是穷凶极恶之徒，这案子确实不好破。不过……"

他顿了顿："不管如何棘手，你都一定要全力以赴，若是此案能够告破，我会上禀阁老们，为你叙功的。”

唐泛忙道：“下官定当竭尽全力，不敢言功！”

张鎣忽而又问：“我听说你们背地里，都将我与其他五部尚书戏称为泥塑尚书，是不是啊？”

唐泛做愕然状：“此话从何而来？下官却从未听说。”

张鎣微微一笑：“你就不必装糊涂了，我又没有怪罪你，只是想听听实话罢了。”

唐泛道：“成化三年，您以右副都御史的身份巡抚宁夏，正是有了您的提倡和主持，宁夏城方改头换面，由泥土变为砖石所筑；后来您又亲自主持河道，引黄河水灌溉灵州七百余顷农田，惠及生民无数。这数桩德政历历在目，宁夏百姓对您视如再生父母，若您也是泥塑，那满朝文武真没几个能做事的大臣了！”

是的，张鎣虽然名列泥塑尚书，但他并非一开始就如此，他也曾满腔热血，报效国家，惠泽百姓；他也曾政绩累累，自诩能臣。许多人看到如今喝茶混日子的张尚书，就以为他一直都是喝茶混日子。

唐泛若不是从隋州那里看到张鎣的履历，也不会知道这位张尚书，曾经也有这么能干上进的一面。

果不其然，张鎣面露动容之色：“你怎么知道这些？”

唐泛笑道：“下官的老师丘濬，曾在下官面前多次夸赞张尚书是能臣干吏，听说下官来了刑部之后，便写信要下官多多向您学习！”

当然，唐泛纯粹是在往自家老师脸上贴金，顺便也给了张鎣一个合理的解释，他总不能说我在锦衣卫那里看过你的履历吧。

张鎣有些感动，又有些惭愧：“没想到丘琼山对我竟有如此评价，可惜如今廉颇老矣，我已经不是从前的我了！”

唐泛恳切道：“毁誉臧否，时人说了不算，百年之后，史书定会给部堂一个公正的评价！”

张鎣久混官场，原本不是那么容易动情的人，但唐泛今天一席话，说到了他的心坎上。如今人人避祸，得过且过，他官做得越久，看得越多，经历得越多，就越是心灰意冷，索性将往日一腔热血通通埋起，也学别人那样正事不干，成日莳花遛鸟。

结果别人就将他与殷谦、刘昭那等庸人并列在一块儿，弄了个“泥塑六尚书”的外号来戏谑他，听得久了，张鎣也麻木了。

没想到今日，竟然是一个小小的司郎中一语道破他深藏内心的委屈和憋闷，张鎏又怎能不动容？

有了这一出，两人的关系顿时拉近了不少。

张鎏则直接称呼起唐泛的字：“润青，你别看这桩案子棘手，但它已经在陛下面前留了号的，若是能够办好，于你的仕途前程，那是大有裨益的。”

显然，张尚书现在已经将唐泛当成半个“自己人”了，否则不至于如此提点他。

这也不单因为唐泛刚说了一席打开对方心扉的话，而是唐泛在刑部内毫无根基，先前又跟梁侍郎闹翻，他唯一能够依靠的人，也只有张鎏这个尚书了。

对于这个聪明知进退的年轻官员，张鎏自然生出了栽培之意。

唐泛果然心会神领，郑重拜谢：“多谢部堂提点，下官一定全力侦办此案！”

张鎏满意地点点头：“唯一有些不便的就是与锦衣卫一起办案，听说这次北镇抚司的镇抚使也要亲自去，内阁的意思，是让你为正，他为副，你们二人同为钦差。锦衣卫向来特殊，未必肯事事听从你的安排，不过上次你既然能够让锦衣卫帮你调查尹元化经手的那桩案子，想来你们是有些交情的，我就不必为你担心了。”

唐泛有些不好意思：“上回都是下官莽撞，还给部堂添麻烦了，请部堂恕罪。”

张鎏笑道：“梁文华那个人素来倨傲，以为刑部是他的一言堂，是该有人杀杀他的锐气了。不过你们毕竟上下尊卑有别，你面对他的时候，还是应该恭谨些为好，别让人抓了把柄。”

唐泛自然唯唯受教。此事宜早不宜晚，宜快不宜慢，跟戴宏明交接好工作，让他在此期间代为掌管河南清吏司，又给他留下两名司员以供差遣。自己则带着尹元化与程文、田宣两名司员，与锦衣卫派出的人手一道前往河南。

按照规矩，尹元化原本是不需要随行的，作为唐泛的副手，在唐泛不在的时候，本应该轮到他来代管河南清吏司。但他也不知道抽的什么风，主动申请跟唐泛一起去，梁侍郎也发话，说此案案情重大，河南清吏司的主副职应该同时前往，以表重视。这样一来，反倒便宜了戴宏明，他以主事的身份暂代郎中之职，掌管河南清吏司。

五月底，一行人离开京师，前往河南府的巩县。

第二十二章

帝陵怪闻

大明有两京十三省，两京即北京与南京，十三省即十三个承宣布政使司。

虽然开国时为了避免跟元朝一样，所以不称行省，而称为承宣布政使司。但这样又长又拗口的名字显然不被老百姓买账，所以大家依旧以省来区分。

河南府只是河南承宣布政使司里诸多州府中的一个，而河南府辖下又有一州十三县，巩县就是其中之一。

不过这个小小的地方，因为坐落着北宋七个皇帝的八座陵寝，而显得非常特殊。县城附近的村庄百姓，也因此顺便承担了守陵之职。对他们而言，前朝的皇帝老爷愿意葬在他们这里，那就说明这里是风水宝地，所以附近十里八乡的民户，都很为此骄傲。

他们之中很多人尽管也不识字，却仿佛比别的地方的百姓多了几分底蕴。就连七老八十的老太爷，也时常会指着某块地告诉儿孙，说这里下面就是某某皇帝老爷的陵寝，你们别看现在连个碑亭都没有，那是因为曾经被元人盗挖抢光了，原先可不是这样的云云。

儿孙又会讲给他们的儿孙听，帝陵的掌故就这样一代代地流传下去。

然而这一切都因为一场变故，现在当地人提起北宋帝陵，第一反应不是骄傲，而是莫名的惊恐。

唐泛他们一路从京城出发，走陆路前往河南府。

隋州将薛凌留在北镇抚司坐镇，他自己则带着连同庞齐在内的二十名亲卫，与唐泛他们一道，以钦差的名义南下。

这个案子虽然不是十万火急，但也是人命关天，尤其还牵涉到帝陵被盗，刻不容缓。大家起先都骑马而行，但赶了两天路，差距就逐渐显露出来了。

锦衣卫都是一帮大老爷们儿，皮糙肉厚，又经过隋州地狱般的训练，早就磨砺得铜皮铁骨一般。话说回来，就算没有隋州的加强训练，对他们这种武官来说，骑马赶路也是小菜一碟。

但刑部的文官们可就不一样了，大家都是成天坐在衙门里的，干的最重的活计也不过就是端茶送水。突然连续骑两天马，那真是骨头架子都能散掉了，而且难以启齿的是，每个人两边大腿内侧全都磨出了水泡，有的还破皮出血了，火辣辣地疼。

唐泛身为钦差正使，自然要有当领导的样子，无论如何都得咬牙坚持。倒是隋州很快发现了这帮文官不济事，让锦衣卫放慢脚步，还拿出膏药给唐泛他们涂抹伤口。领导都能坚持，底下两名司员自然也不好抱怨什么，反倒是尹元化死活不肯再骑马了，强烈要求坐马车。

锦衣卫早就看不惯这帮文官了，不过他们也知道，隋老大跟唐泛私交好，据说这位钦差正使还借住在隋老大家里头呢。而这个尹元化一路上话里话外都跟唐泛过不去，两人显然不是一路的，他们不敢取笑钦差正使，自然将炮火集中到了尹元化身上。

这个挤眉弄眼："哎哟，有人还以为自己是出来玩的啊，还坐马车，要不要再弄个珠帘掀一掀啊？跟那些大姑娘小媳妇似的，那什么半遮脸，未语先羞啊！"

那个跟着怪笑："你怎么知道人家不是小媳妇？莫非你连他没穿衣服是什么样都见过了？"

彼时大伙路过官驿，停下来打尖歇息，因为唐泛与隋州是正副钦差，大家图个自在，不愿意连吃饭都跟领导一桌，所以他俩就单独一桌。尹元化与两个刑部司员一桌，其他锦衣卫各自分散着坐，隔壁桌这些话一入耳，尹元化就听了个一清二楚。

他哪里不知道这些人是在说他，当即就勃然大怒，将筷子重重往桌子上一放，腾地起身："你们说谁呢！"

不站起来还好，这一站起来，大腿顿时阵阵抽筋，尹元化疼得龇牙咧嘴，又引来那帮锦衣卫一阵大笑。

唐泛虽然也不待见尹元化，但此行他身为正使，又是尹元化的上司，当领导就要有当领导的风度，也不能坐视尹元化就这么被取笑，就用筷子的另一头杵了杵隋州的手臂。

隋州轻咳一声，一双锐利如电的眼神扫向一干手下，后者齐齐停住笑声，立马埋头吃饭。

吃了饭之后，尹元化就打定主意不肯骑马，非要坐着马车前往河南了。

两个司员同样苦不堪言，用渴望的眼神巴巴地瞅着唐泛。

唐泛面色有点古怪地问："你们当真要坐马车？"

司员们还没敢回答，尹元化就道："一定要坐马车，下官不比大人，没有钦差正使的名头压着，舒服要紧，不怕被人笑话！"

他还顺带暗讽了唐泛死要面子活受罪。

唐泛道："下个官驿未必有足够的马匹，你们换乘了马车之后，若是后悔，可就得一直坐着马车到河南了。"

他越是这么说，尹元化越觉得唐泛是在故意刁难自己，就非要坐马车不可。

言已至此，唐泛友情提醒过了，他们不听，那就由得他们去了，他便让官驿的驿丞准备好马车。

车厢还算宽敞，足够尹元化和两个司员坐进去，驿丞那边又找了个车夫给他们，到时候马车到达目的地，正好再由车夫驾回来。

三人一见车厢之内还铺着软垫，这可比在马上舒服多了，就都高高兴兴地上了马车。

结果刚驶出几十里地，尹元化等人就知道刚刚唐泛听说他们非要坐马车之后，为什么露出一脸高深莫测的表情了。因为这他娘的比骑马还要颠……

出了京畿地界，路况就一段不如一段，坐马车不比骑马轻松，但尹元化没想到这一点。他被颠得都快吐血了，五脏六腑仿佛要移位似的，那感觉真是难以言喻，谁坐谁知道。可偏偏他还不能向唐泛提出自己要重新骑马，因为就算提了，也没有马给他骑……

尹元化欲哭无泪，终于尝到搬起石头砸自己脚的滋味了。

不单是他，程文和田宣二人，也是肠子都快悔青了。

如此颠了一路，在三个人快要把魂儿都颠出来之前，终于到巩县了。

早在一行人到达巩县之前，巩县何县令就已经带着人在城外官道旁边的驿亭翘首以盼了。

"大人，要不您坐下来歇歇脚吧？"旁边陪同出迎的县丞看他不停地走来走去都快看晕了，忍不住出声道。

除了县丞和一干县衙里大大小小的小吏之外，原本还有本县不少贤达士绅想跟过来，但都被何县令拒绝了。他现在一脑门官司，哪里有闲工夫再带着这些人在钦差面前招摇？

面对着自己能够信任的县丞，何县令也没有掩饰自己脸上的焦虑："唉，老弟啊，你又不是不知道，上差可不是来游山玩水的，他们是来查案子的，说到底，这帝陵在我治内出了事，一个弄不好，我这乌纱帽就不保了！"

县丞劝道："大人，您如今再烦恼也没用，倒不如好生配合上差，再在上差那里疏通活动一下，让他们回去替您说说情，说不定能大事化小呢！"

何县令叹了口气："事到如今也只能如此了，我这县令当得可真倒霉啊，想我那前任和前前任，留下无数烂摊子，还得我去收拾，这功劳也无人知晓，反倒是现在帝陵一出事，责任就落我头上了！"

县丞心想：谁家官员任内没摊上一两件烂事？哪里有一辈子的太平官当？偏你自己怕事，就怨天尤人，也不想想怎么巴结即将到来的钦差，这样还指望什么前程？

不过谁让自己身为属下呢，虽然如此想，他仍然好生安慰了自家县令一番。

就在他们说着话的时候，一队人马由远及近，缓驰而来，烟尘滚滚，后头仿佛还跟着一辆马车。

何县令、县丞二人走了出去，便有小吏过来禀报，说前面便是钦差人马。

"快快随我过去迎接！"何县令正了正衣冠，忙道。

车马速度不快，前面的缇骑似乎是有意放慢步伐等着后面的马车，过了一刻钟左右，原本已经出现在视线中的人马这才到了跟前。

被其他锦衣卫簇拥在中间的，是一个身穿五品文官官服的年轻人和一个身着飞鱼服的锦衣卫。

何县令忙迎了上去，拱手道："巩县县令何浩思见过上差！"

虽然分不清哪位才是正使，但这么行礼总是没错的。

刑部下发的公文上也写了，来的钦差正使就是刑部河南清吏司的郎中唐泛，副使为锦衣卫北镇抚司代镇抚使隋州，不过既然正、副使都在这里，那后头马车上坐的又是谁？难道是更为重要的人物吗？

何县令忍不住眼神瞟向后头。

却见文官旁边的锦衣卫稍稍侧开一些距离，以示自己与文官的身份差距，并开口证实了何县令的猜测："这位是河南清吏司郎中唐大人，乃此行正使。"

唐泛风尘仆仆地下了马，对何县令还以一礼："何县令不必多礼，我等连日赶路，还是先找个地方坐下再细说吧。"

"是是是！"何县令回过神，忙道，"下官早已备好官驿，并命人备好饭菜热水，还请诸位上差移步县城，离此不远处就是！"

唐泛点点头："那就请何县令带路吧！"

一行人到了城中官驿，何县令确实早就让人准备好一切了，连换洗的干净衣物都有，称得上体贴。不过唐泛等人因为还要跟何县令吃饭会谈，所以也只是匆匆洗漱一番，换上另一套备用的官袍。

等到众人都进去之后，那辆驶在最后的马车才缓缓而至，停在官驿门口。

何县令这人好奇心重，偏偏又没有用在正道上，他早已在脑海里脑补了不少版本，包括钦差大人出门查案不忘带着娇美小妾等，见马车停下来，忍不住停住脚步回过头，想看看里头出来的究竟是什么人。

车厢里伸出一只手，将车帘子慢慢地掀了起来，何县令心道：这手白是够白了，可惜怎么长得跟鸡爪子似的，一点美感都没有。

紧接着，一颗脑袋从车厢内冒了出来，何县令不禁吓了一跳，这才发现是张男人脸，压根儿就不是自己想象中那样。

那男人面容惨淡，两眼无神，眼睛底下两个黑青黑青的眼袋，看着像是病得很重。不过见他身上还穿着从五品的官袍，何县令忍不住凑上前去问："敢问这位也是钦差吧？下官巩县县令何浩思……"

还没等他说完，对方上半身从马车里探了出来，像是要下马车，结果面上一阵扭曲，忍不住随手抓住身边的东西稳固身形，低头呕吐起来。

而他抓住的，正是已经木然了的何县令的衣袍。

何县令没事找事，沾了一身秽物，这下子正好，顺道跟着唐泛他们一道更衣沐浴去了。因为随身没有带着换洗衣物，还得忍着身上的酸臭味，跑到自己县衙里去换，一路上都没人敢靠近他，甭提多倒霉了。何县令也一肚子火发不出来，谁让他自己好奇心重呢，对方不仅是中央官员，品级也比他高，何县令也只能捏着鼻子自认晦气了。结果他这头赶回衙门，才刚换好衣服，又听说钦差那边正在找他，只得急匆匆地往官驿跑。

进了官驿，唐泛等人已经梳洗整理完毕，不复满面尘土的模样，看上去虽然仍旧一脸疲惫，但总算光鲜多了。

唐泛对何县令道："我等为何而来，想必何县令也清楚吧。"

何县令忙道："是，但请上差垂询，下官知无不言。不过诸位大人还未用饭，不如用了饭再说？"

唐泛笑道："何县令若还未用饭，不如坐下来一道吃，边吃边说？"

何县令正好也想借着这个机会向钦差诉诉苦，便恭敬不如从命。

官驿伙食不错，当然，唐泛等人都是从京城来的，何县令也不敢怠慢，连厨子都是从县衙临时调过来的，做的都是地道的河南菜。

八宝布袋鸡、红烧羊肉、滑溜鱼片，肉香四溢。

隋州等人倒是没有怎样，连唐泛习惯了马上奔波之后也觉得还好。反观尹元化、程文和田宣三人，因为马车一路颠簸，吃什么都没胃口，眼下闻到肉味，脸上青青白白，忍不住捂住嘴往外跑，扶着廊柱又吐了起来，可惜肚子里已经空空如也，连胆汁都吐了出来。

何县令这才意识到自己的疏忽，这几个人因为晕车，肯定吃不下大鱼大肉了。

唐泛见何县令有点无措，便跟他说道："让厨下弄几个清淡的素菜，再上几碗小米粥，给我也来一碗，再给他们三个另开一桌，免得闻到肉味吃不下去。"

"不必另开一桌了……"尹元化走了进来，虚弱道，"下官坐在这里就好。"

他之所以主动请缨，千里迢迢跟着唐泛来到这里查案，主要有两个目的：一抢功劳，二抓小辫子。

而且这都是经过梁侍郎默许的，副手跟着出行查案，本是名正言顺。

唐泛对他的小算盘自然一清二楚，见他坚持，便笑了笑，也不勉强："那好。"

偌大的饭厅里只有一桌，坐着唐泛、隋州、庞齐、尹元化、何县令、两名清吏司的司员，以及巩县的县丞、主簿等人，其他人员都在隔壁间，打扰不了诸位大人的清静。

大家饥肠辘辘，也顾不上谈公事，见菜肴端上来，互相谦让了一下，便都陆续起筷。尹元化坐在唐泛旁边，见他吃一道肉就要品评一番，还不乏惋惜地道："尹兄，可惜你今天吃不了，虽然是同样的食材，但做出来的味道就是与京城的不同。都说一方水土养一方人，若是天天能吃到这般鲜美的八宝布袋鸡，我就是在这里长住也愿意啊！"

何县令当然知道唐泛这是在说客气话，称赞他这个东道主，便也跟着劝唐泛多吃点多吃点。那头巩县的县丞与主簿等人有意巴结隋州、庞齐他们，都主动挑着话题闲聊，活跃气氛，饭桌上的氛围倒是异常热烈。

只苦了一旁的尹元化，一声声"肉"字入耳，他觉得自己刚下肚的小米粥又开始翻涌起来，心里早就把唐泛的祖宗十八代都骂了个遍。

好不容易用完饭，尹元化心说总算可以休息了吧，没想到唐泛将筷子一放，对何县令道："现在吃饱喝足了，也该谈谈正事了。"

尹元化忍不住道："大人，正事明天再谈也不迟，今日大家都挺累的了。"

唐泛点点头："千里奔波，大家辛劳，我是知道的，不过我们既然身负重任，就该先将正事了解清楚再说。你若是累了，可先下去歇息。"

尹元化心想：我去休息了，还跟来干吗？便咬着牙一字一顿道："大人，下官不累，尚可坚持。"

唐泛欣慰道："我就知道尹兄一心为公，任劳任怨，真是我辈楷模。"

调侃完尹元化，他转向何县令："公文上毕竟言简意赅，许多细节不甚了了，还请何县令将此案重新描述一遍。"

何县令心道：终于来了。他赶紧坐直身体，将事情的来龙去脉说了起来。

他所说的，其实跟上报的没有什么不同，只是比起公文上冰冷冷的文字，自然更为详尽生动。旁边又有县丞与主簿等人互相补充，倒让唐泛他们对事情有了更加深入的了解。

比如先前呈上刑部的卷宗里就没详细提到那半夜鬼哭究竟是什么，附近村民又有何反应。何县令就道："那鬼哭声也不是夜夜都有，有时候有，有时候没有。事情发生后，下官也到过那个村子，住了几日，就从未听到过。但是派去那里的衙役，除了那个疯了的，都说自己听见过，村民们也都说听见了。"

唐泛问："那盗墓贼可抓到了没有？"

何县令摇摇头，惭愧道："没有，只发现了盗洞，未捉到盗贼，自从出了人命，也没有人敢去了。当地村民都说是河神发怒，又说是前朝的皇帝老爷生自己陵墓被盗的气，所以才会有那半夜哭声……"

"何县令，"庞齐忍不住打断他，"你这又是河神发怒的，又是前朝皇帝生气，那到底是跟河神有关，还是跟帝陵有关啊？"

何县令苦笑："不瞒诸位大人，先前第一拨失踪的那六人，说没就没了，当地人都说是河神发怒，将他们召到河里去当奴仆差遣了。这种怪力乱神的话，我等圣贤门生，岂能相信？所以下官当时一面上报朝廷，一面又派了衙门里的人去查看，结果后来诸位上差也知道了。又去了十个人，只有两个人回来，其中那个捕快不仅疯了，还断了一只手；另外那个老村长，年事已高，加上受了惊吓，话也说不清楚，成天神神道道地说什么有鬼、有妖怪，这才又有了闹鬼的传闻。"

他顿了顿，继续道："北宋帝陵中，永厚陵与永昭陵都离巩县不远，此处出县城十几里地就是。边上还有个洛河村，正好就在洛河边上，所以啊，如今那村里头就有了传闻，说是永厚陵和永昭陵里葬的英宗、仁宗二帝，死了之后成为洛河里的河神，又因为帝陵被盗，所以生气了，抓了地面上的人惩罚。"

庞齐插嘴："这都是愚夫愚妇的无知传言罢了！"

何县令点点头："是是！不过因为接连死了两拨人，如今已经无人敢去，下官也束手无策，正等着诸位上差来此查验。不说洛河村，如今就连巩县县城内，也人心惶惶呢，都说河神发怒了，要找祭品，所以……所以……"

他吞吞吐吐起来，旁边尹元化听得不耐烦，催促道："所以什么？"

县丞接上何县令的话："所以要主动献祭。"

唐泛听明白了："要以活人祭河神？"

县丞："正是。"

隋州终于说了进来之后的第一句话："荒谬！"

巩县自县令之下一干人等，皆垂首讷讷不语。

古人崇尚山川河流皆有灵，历朝历代也不乏以皇帝和朝廷的名义对山神河神进行册封。其中最大的河神，自然就是黄河了。黄河之下，还有大大小小河流的神祇。

百姓无知，河水一旦泛滥，便认为是河神发怒，只能将希望寄托于祈求河神息怒。为此不惜奉上各种祭品，这其中就包括活人。

洛河作为黄河的分支，地位颇为重要，因为朝廷三令五申，已经多少年没有发生过活人祭河神的事了。但是这一次，巩县发生了如此诡异的事情，连官府都派不上用场，大家自然又想起了给河神献祭的点子来。

只听唐泛毫不留情地训斥道："尔等身为地方官，自当教化百姓，远离这等怪力乱神之事，怎能听之任之，任由他们以活人献祭？"

何县令苦笑："大人容禀，实则此事尚有内情。"

唐泛："讲。"

何县令："自下官派去的第二拨人也十去其八之后，洛河村乃至巩县上下便谣言纷纷，都说是河神发怒，要祭拜河神，平息其怒才行。所以在半个月前，众人便准备了牲畜祭品，前往洛河边拜祭。"

唐泛："没有活人？"

何县令："没有，那时候大家都觉得将牲畜等物奉上足矣。"

唐泛“嗯”了一声：“你继续说。”

何县令：“先前说帝陵里的两位皇帝成了河神，那都是当地人穿凿附会，实际上县志里早有记载，洛河河神其实为伏羲幼女，但大人您也知道，谁也说不准这些事。为了保险起见，他们特意准备了三份祭品，准备献给三位河神。仪式从早到晚，据说要持续将近十二个时辰，下官见他们还知道分寸，没有用活人献祭，也就睁一只眼闭一只眼，没有去干涉。”

这个何县令说话啰啰唆唆，半天没有说到重点，还要不时给自己撇清一下责任，省得被唐泛怪罪。边上的县丞听着都为自家大人捏了把汗，亏得唐泛还有耐心听他说下去。

何县令又道：“据说当时天色已晚，将牲畜等祭品投入河中之后，人群就渐渐散了，只留下几名老迈婆子还在边上守着香案，要守一夜，以示虔诚，隔日才能将香案撤掉，这是当地的习俗。但是到了当夜，据说忽然刮起风、下起雨，而且村民们又听见那鬼哭声，都吓得不敢出门，等到第二日出去一看，发现香案翻倒在地，上头的鲜果也都凌乱四散，却不见了那几个老迈婆子。”

唐泛问：“为何要用婆子守夜，而非壮汉？”

何县令忙道：“怕男人阳气太重，冲撞了河神，惹得他……们老人家不快，哦，这是那些百姓说的，下官向来不以为然！”

唐泛点点头，示意他继续。

何县令明明是没在现场的，偏偏说得栩栩如生，好像自己看见似的，若不是场合不对，庞齐真想讥讽他几句，可他见两位上司都听得认真，也只好默默听着。

何县令道：“先时其他人还以为那几个婆子是看到风雨太大，躲回家去了，谁知道问遍了她们家人，才知道那几个婆子压根儿就没有回去过，活生生就这么没了。事情报到下官这里来，下官又派人出去找了一遭，同样没有下落。当时此事已经上报朝廷，下官便想着等朝廷派上差过来之后，再将此事一齐禀报的！”

唐泛问：“那活人献祭又是怎么回事？”

何县令苦笑：“因为百姓们都在说，是河神迁怒他们没有献上活人，而只是献了牲畜，这才将几个婆子也一并带走，以示警告。大家都很害怕，所以县里几个大户，正准备以自家奴婢来献祭呢！”

唐泛：“你没阻止？”

第二十三章

村长之死

何县令苦着脸："阻止了，这不还没开始呢，下官跟他们说了，朝廷要派钦差过来调查此案，一定会将此案查个水落石出，让他们切不可以用活人来献祭，他们也暂时听进去了。可百姓无知，毕竟心里慌张，若是再不将案子查清，给他们一个交代，只怕那些人会不听劝阻，私下去献祭呢！"

人死了十几个，到现在连凶手是人是鬼都不知道，百姓们觉得是河神的惩罚，都害怕不已，连何县令也受了影响。但唐泛等人站在查案的角度上，自然不会从这个角度去想，否则案子没法查，直接向朝廷禀报说是鬼神作祟就得了。

当然，他们头顶上的乌纱帽也别想要了。

唐泛道："帝陵既然出现盗洞，必然是与盗墓贼有关，难道这么久了，就连一个贼人都抓不到吗？"

何县令道："老村长的事情发生之后，再也没有人敢在夜晚过去。下官也曾几次带人在白天的时候前往帝陵盗洞查看，可是均未发现什么。起先还无人敢下盗洞，下官不得已，后来又赏了重金，这才有两个人愿意下去，结果他们没多久就出来了，说是那盗洞挖得太深，一直往下，下头又黑漆漆的，没有灯，他们看不清方向，也不知通往何处，所以不敢走远。后来将赏金提到一两，倒是有人愿意下去一探究竟了，就是……"

他嗫嚅了两下，终是小声道："就是没再上来。"

席上热闹的氛围渐渐冷却下来，所有人都被县令的描述说得不寒而栗。

这些细节都是奏疏里没有写的，但唐泛也能理解何县令，毕竟这事过于古怪，书面上那寥寥数语很难写清楚，而且奏疏也要求用词简明扼要，不可能什么都往里边写。

但大家千里迢迢从京城赶来查案，肯定为的就是将案子查个水落石出的，如果按照何县令所说，此案复杂凶险，只怕远远超越了他们原先的预料。

就连一心打算跟过来抢功劳的尹元化，也有点后悔自己非要跟过来了。

何县令惴惴不安地看着唐泛，生怕他怪罪自己没有在上报的奏疏里写清楚，见他没有责怪的意思，这才稍稍安下心来。

下一刻，他又听见唐泛道：“此处离洛河村有多远？”

何县令道：“不远，出了县城十几里就是！”

唐泛道：“那这样，用完饭，我们就过去，晚上直接在洛河村歇着就是。”

何县令目瞪口呆：“啊？”

唐泛：“怎么？”

何县令回过神，忙道：“这……这不好吧，洛河村条件简陋，只怕不符合各位大人的喜好，再说了，这大半夜的……”

唐泛截住他的话头：“就因为正好入夜了。你不是说最近哭声又响起了吗？正好过去瞧瞧，到底是何方神圣！否则若等到白天再去，还能查个什么？”

他又望向隋州：“广川兄，依你之见呢？”

隋州颔首：“唐大人所言甚是，锦衣卫的弟兄们都没什么意见。”

锦衣卫当然没意见，这一路来也不算辛苦，白天赶路晚上睡觉，对锦衣卫来说属于正常出差范畴。隋州之前查黄景隆一案的时候比这辛苦多了，因为要瞒过对方的耳目，还得昼伏夜出，兼程赶路。

只不过对文官来说就有些吃不消了，尤其是尹元化，听到这话简直想要昏死过去，连忙道：“大人，今日刚刚抵达，且容我等在此歇息一宿，明日再去也不迟吧？”

唐泛是一个善解人意的上司：“尹兄既然力所不逮，就在县城里歇下吧，我跟镇抚使他们过去就可以了。”

尹元化千辛万苦从京城来到巩县，为的还不是能抢点功劳，顺便抓点唐泛的把柄吗？若是不让他参与查案，那他拼死拼活过来还有什么意义？

他觉得唐泛明显是不想让自己跟着，还说风凉话，不得不强笑道：“这怎么可以？下官职责所在，岂有让大人身先士卒的道理？还请大人准许我跟随！”

唐泛和蔼慈祥地道：“若是身体不允许，可不要勉强，还是养病要紧，凡事有我在。”

你才有病！尹元化都快把牙给咬碎了，还得露出一脸感动的表情：“虽得大人体恤，但下官怎么能安心让大人独自赴险？还是要跟随左右才放心！”

见他坚持，唐泛也就点点头：“那随你吧，自己注意些，若是不行了就与我说。”

何县令可不知道这两人的事情，心里还在想：果然是京城来的钦差，这尹大人可真拼啊，都吐成那样了，还一心惦记着差事。

尹元化坚持要跟，程文和田宣两个司员岂有不跟的道理？当下一行人吃饱喝足，便在县令的指引下前往洛河村。

县丞等人则先行一步去打点诸位大人的住宿了，毕竟洛河村不比县城，这么多人忽然拥过去，连住的地方都不知道能不能腾出来。

从县城到洛河村的距离不远，大家就都不骑马，改为坐轿子，锦衣卫的马匹则被寄放在驿站，它们走了一路，也该好好得到休养补给。

这坐轿子的感觉就是跟骑马不一样，往铺着厚厚软垫的位子上一坐，身下晃晃悠悠，唐泛舒服得差点睡过去了。

他也确实睡过去了……直到有人轻轻拍醒了他。

“到了。”隋州上半身探入轿中对他道。

毕竟是在大庭广众之下，又有尹元化等人在，他们不好将私交表现得太过明显，连称呼都是中规中矩的。

唐泛对他笑了笑，伸了个懒腰，感觉精神好一些了，不过身体上的疲惫却更加明显，恨不得倒头大睡。他勉强克制住这个欲望，一出轿子，就又是神采奕奕的钦差了。

这趟差事不仅是他个人仕途的一个重要转折点，同时也关系着其他人的升官发财之路。唐泛纵然身为钦差正使，也要处处为底下的人考虑，不可过于随心所欲。

像今晚，撇开尹元化这种被晕车坑惨了的人，锦衣卫那边，包括庞齐等人，立功心切，其实都巴不得能赶快过来一探究竟。隋州虽然可以镇住他们，但唐泛也要站在隋州的立场上为他多想想，不能令他为难。

此时夜幕刚刚降临，天还没有全暗下来，借着灰蓝色的天色，大家总算看清了洛河村的景象。

这个村子不大，但也不小，因为紧靠巩县，又位于洛河边上，县城中的住户也有不少老家是在这里的，来来往往，道路通畅，所以比较繁荣。

不过村子毕竟是村子，要想有县城那种华丽的官驿是不可能的，所以县丞一脸为难地过来禀报道："各位上差，村子简陋，不如县城，很难找到更多的屋子，只能勉强凑出几间，给上差们暂做歇脚之用，不过这样一来，只怕就得委屈几位上差在一起住了，您看……"

就这些屋子，还是县丞让一些村民去邻家或亲戚那里住，才临时腾出来的。

唐泛自然没有意见："一共几间？"

县丞忙道："一共九间，下官特意安排了一下，全是连在一起的！"

唐泛赞许道："你费心了，那就这样吧。"

县丞原还担心被斥骂，谁知还能得到赞许，简直心花怒放。

唐泛道："那我与广川一间，尹兄与程文、田宣一间，其他的由广川你来安排吧。"

隋州就带着庞齐等人去分配剩余的七间房，这些房子有的大些，有的小些。唐泛跟隋州不分彼此，住间小的，同榻而眠，倒也没什么，反正大家也不是过来享受的，挤挤就过去了。

尹元化和两名司员有三个人，就分到间大的，有里外两间房，尹元化睡里间，程文、田宣睡外间。

其他锦衣卫就更好安排了，都是大老爷们儿，随便给块地方和一床被子就能睡过去，出门在外，讲究不了那么多。

等房子分配好，唐泛就对何县令道："若是何县令不忙回去，就先带我们去见见老村长吧。"

他见何县令欲言又止，就问："是否有什么难处？"

何县令苦笑："大人，不是下官有意搪塞，那老村长经过上回的惊吓之后，平日倒也像没事人似的，可只要一提起那天晚上的事情，就只会翻来覆去地念叨两三句话，问也问不出什么的。更何况……"

唐泛："何况什么？"

何县令嗫嚅："眼看就入夜了，不若……不若等明日再见吧？"

他这一说，唐泛才注意到，不单是何县令，连县丞等人，脸上也都露出害怕的神色。

先前何县令还信誓旦旦地说只有百姓才相信是鬼神在作祟，但他现在欲言又止，显然心中也是忌惮的。

不远处，洛河的水流声哗哗响，河水正朝东北而注入黄河，它虽然不像黄河那般澎湃汹涌，却也湍急滔滔，河道宽阔，足以在上面行船。两岸又有些许草木，白天来看，必然是绿草茵茵、水阔云低的好景色。只是如今天色已晚，一片黑漆漆的，夜风袭来，比白日里凉了许多，身上穿得少点的，还会不由自主地打个寒战。

眼前这条河流，怎么看都不像吞噬过那么多人。但可能是受到何县令等人情绪的感染，唐泛再遥遥看过去的时候，只觉得那涌动的河水底下，兴许深藏着许多鲜为人知的诡谲凶险。

见何县令等人忌惮如斯，唐泛也没有勉强："罢了，你且指明那老村长的住处，再留下两个熟悉这里地形的人照应，便可先回去。"

何县令确实有些害怕，就看向县丞，后者却是有意巴结钦差，便主动请缨道："下官愿意留下来为大人指路。"

见县丞愿意留下来，何县令正巴不得呢，便又留下两名衙役听差，然后就向唐泛他们告罪一声，坐上轿子忙不迭走了。

像何县令，做事瞻前顾后，优柔寡断，若是普通人也没什么，可他身为朝廷命官，本就应该有所担当，就算是为了前程，若不肯豁出去拼，注定在官场上走不了多远。不过唐泛也没有苛责他，毕竟眼前最要紧的，是把案子查清楚，何县令跟这件案子关联不大，留下来也起不了什么作用。

相反，赵县丞就热忱多了，在他的介绍下，唐泛他们才知道，洛河村现在的村长就是老村长的儿子。因为老村长素有威望，肯为乡亲们出头，又遭遇了这种不测，大家便推举了老村长的长子当新村长，老村长如今正是与长子住在一起的。

由赵县丞带路，唐泛他们来到老村长的家中。

对方先前就听说县里来了大人物，只是没有何县令的命令，不敢轻易出来打扰。如今见到钦差亲临，赶忙出来迎接，左邻右舍都被惊动，平素宁静的村庄好一阵人喧马嘶。小房子挤不进太多人，唐泛就让庞齐带人在外头守着，自己则与隋州、尹元化等人入内。

村长的长子如今四十岁开外，姓刘，是个朴实憨厚的汉子。他听说唐泛的来意，便进去将老村长请了出来，又对唐泛他们作揖请罪："俺爹如今说话有些乱，有时候听不大清楚，还请各位老爷勿怪！"

唐泛温言："你无须惶恐，我们只是问几句话就走，不过这几天恐怕要在这里叨扰了。"

刘村长想来是有几分见识的，虽然诚惶诚恐，说话倒还不失礼。他憨憨一笑："贵人驾临，是本村的荣幸，哪里谈得上叨扰呢？就是村子太简陋，让老爷们受罪了！"

他们说话的时候，老村长便在旁边听着，表情安详而平静，双手交握在一起，缓缓摩挲着，看上去就与寻常人无异。

但就在唐泛提起那天晚上的事情时，老村长的神色便忽然有些不安起来，身体微微颤抖，嘴唇张张合合，像是想说什么。

刘村长就对他道："爹，这是朝廷派下来的大官，为了查案的。您快给几位老爷说说，那天晚上到底遇到了什么事？"

老村长摇着头连连道："不能说，不能说，会遭天谴的！"

刘村长劝道："爹，你别怕，这几位大官老爷都是天上的星君，鬼神不敢近身的。你上回不还说见过河神吗？到底是怎么回事？"

老村长叹了口气："几位贵人老爷，不是小老儿不肯说，实在是我不想看着各位去送死。那天晚上我看得明明白白，河神从河里出来，一下子就将那几个来挖坟的人拖下去了，连根骨头都没剩下啊！"

这段内情却是何县令没有提过的，唐泛就问："你们先前见过那几个人吗？"

老村长点点头："是啊，他们带着铲子去挖坟，被我们撞见了，他们要跑，我们就追，一路追到河边，结果……"

他想起那天夜里的情形，似乎陷入恐惧之中，一下子又变得语无伦次了："结果就撞上鬼了！有鬼，好多鬼……"

瞧瞧，这才刚说是河神呢，现在又说是鬼了！

唐泛和隋州等人面面相觑。

"爹，你在胡说个啥呢！"刘村长忍不住出声。

老村长一个哆嗦，面容扭曲起来，像是看见了什么极为可怕的东西，一边摇头，一边身体往角落里缩，泪水从那混浊的眼睛里滚了下来："刘家小六半截身体都被咬掉了，上半身还在河堤上，双手扒着河堤，一直哭着喊着，让我们去救他。周捕快跑过去了，抓住他的手，要把他拉起来，结果要不是我抓住周捕快，他也要被扯下去，那个时候，我们都看见了，有东西在河里……"

唐泛追问："什么东西？"

老村长："河神！是河神！"

唐泛："……"他觉得自己确实不应该跟这样一个老人较真，正如何县令所说，从他嘴里问出来的东西，全都颠三倒四，也许前半段还颇有条理，后半段就开始语无伦次了，让人很难从中分辨真假。

眼看已经问不出什么了，唐泛转向隋州：“广川兄还有什么要问的吗？”

隋州微微摇首。

尹元化倒是想问出点与众不同的，就开口道：“你看见那河神长什么样子了吗？”

老村长先是微微一顿，然后牙齿上下打战，咯咯直响。

刘村长连忙上前扶住他，着急道：“爹，你怎么了！”

谁知老村长颤抖得更加厉害，猛地拨开刘村长的手，身体直往炕上的角落缩去。刘村长没有办法，只得哀求唐泛他们：“大人，我爹这样，实在是说不出话，能不能下回再问？”

尹元化感到大失面子，不由得瞪了那老头一眼。

却见老村长也正好抬起头来，眼中那种惊惧绝望到了极点，又带着哀求的目光，让尹元化浑身冰凉，顿时就不敢跟他对视，连忙移开视线。

唐泛起身，让刘村长好生照顾他爹，然后带着众人离开。

身后，老村长的喃喃自语传来：“别去，千万别去，那里有鬼，有鬼，好多鬼，到处都有鬼……”

唐泛忍不住回头看了一眼，老村长却已经低着头，脑袋靠在墙边，看也没看他们一眼。

出了刘家，时辰也差不多了，唐泛就让众人各自回到何县令给他们腾出来暂时栖身的屋子，准备歇息。

说起来，赵县丞确实比何县令周到多了，连热水和洗脸的帕子都备好了，还生怕不周到，在唐泛他们到刘家问话的当口，又让人回县城里买了点心过来。如今桌子上一壶茶还热腾腾的，茶具虽然简陋，可唐泛一闻那香气就闻出来了，是正宗的好茶。

“何县令怕死非要先回去，这赵县丞却主动留下来，还如此体贴周到，真是天壤之别！”唐泛摇摇头，给隋州和自己各倒了一杯茶。

“他无非是想要你回去帮他说上两句好话，人往高处走，谁都不愿意一辈子当个县丞。”隋州将从庞齐那里拿来的干净纱布摊开来，抹上自己随身带来的药膏。

“过来。”

唐泛一看他手上那东西，不由得干笑：“你看我包扎了这么些天，也该好得差不多了，就不用再裹着了吧，怪难受的！”

隋州冷着脸："让你过来就过来，好没好，你自己不知道吗？"

自然是还没好的。

唐大人只得垮下脸，慢吞吞地走过去。

隋州："躺下，把裤子脱了，衣服撩起来。"

唐泛："……"

这对话怎么听怎么暧昧，若是此刻有人从外面路过，八成是要误会的。

但实际上完全不是那么回事。

唐泛的身体素质不比尹元化等人强到哪里去，他从未连着骑过这么多天的马，自然也是受不了的。可坐马车更难受啊，看看尹元化吐成那个样子就知道了。相比之下，骑马疼的也只是屁股和大腿两侧，而不是全身。唐大人身为此行最大的头头，宁可受点苦，也万万不能像尹元化那样斯文扫地。

这就叫死要面子活受罪。

屁股也就罢了，颠来颠去的，那地方肉比较厚，也不碍事，主要还是大腿内侧在跟马匹接触的过程中不断摩擦颠簸，起了水泡，然后就破皮出血了。

受伤了肯定是要敷药的，起先唐泛还碍于面子不好意思开口，直到隋州强行将他摁倒上药。

眼下每天晚上换药，就成了唐大人最不愿意干的事情了。

如果可以选择，估计他宁愿去洛河边跟河神来个亲切照面，也不愿意像现在这样仰躺在床上，脱下裤子，撩起衣服，让隋州将新换的纱布往他的患处缠。

虽说大家都是男人，该有的都有，没有的也都没有，但唐泛就是觉得不自在，眼睛盯着头顶上的房梁，做神游物外状，实则是为了掩饰自己的害羞。

隋州似乎也看出了他内心的想法，心下觉得好笑，面上却还是没有表情，只一圈圈缠上纱布，末了故意拍拍他的屁股让他起来："可以了。"

唐大人忍不住瞪了他一眼，这才站起身整理衣物。

隋州一边弯腰铺床，一边问："你看出什么不妥了？"

唐泛拈了桌上放着的一块酸枣糕送入口中，不答反问："你也看出来了？"

"别吃太多，等会儿又睡不着。"隋州说了他一句，然后才道，"那老头好像有问题。"

唐泛点点头，想要开口说话，却因为枣糕滑进喉咙，差点没被噎死，不由得伸手抚着喉咙翻起白眼。隋州无奈，走过去轻拍着他的背，又递了茶杯给他："你过去那二十多年到底是怎么活过来的？"

茶水下肚，将那枣糕一并带了下去，唐泛总算松了口气，打了个哈哈：

“本官这种祸害自然是要遗千年的，那老头我也觉得有些问题，虽然说话颠三倒四，但他看起来更像是装出来的。”

隋州“嗯”了一声，等他说下去。

唐泛就道：“有几种可能性：一、那些人是老村长杀的，不过这个可能性不太大，我也想不到他为何无缘无故要杀那些人。再说他一个年迈力衰的老者，除非有什么帮手，否则不可能杀害那么多人，根本做不到，所以这个可能性暂且放在一边。二、那老头甚至整个村子的人，与那些盗墓贼有勾结，所以千方百计要误导我们，让我们往鬼神之说的方向上想。也许那些贼匪盗了皇陵之后，许诺分给村民什么好处，让他们帮忙保守秘密，那些被杀的人，都是发现了秘密，想要去告发他们的。”

唐泛慢慢地分析道，须臾又摇摇头：“但这样也说不大通，我们如今掌握的线索太少，很难一下子猜到真相。”

“还有一种可能。”隋州道。

唐泛看向他。

隋州：“老头说的是真的。”

唐泛扬眉：“你也相信有鬼？”

隋州摇摇头：“不一定是鬼，但也有可能是别的东西，无论那个老村长是真疯假疯，他肯定还有什么事瞒着我们，没说出来。”

唐泛笑道：“先礼后兵，看来还是得锦衣卫出马了。”

论刑讯逼供，天下真没有比锦衣卫更拿手的了。

许多人一听到逼供，就会想到种种残忍的手段，但实际上这世上也多的是不必用刑就能让其乖乖说出实话的手段，这种手段多数用在不肯说实话，又不能用刑的官员身上，此乃锦衣卫不传之秘。

如今拿来对付穷乡僻壤一个老头，也算是杀鸡用牛刀了。

隋州道：“先歇息吧，明日再说。”

是的，都已经亥时了，自然是要歇息的。

外头静悄悄的，连鸡犬之声也不闻，想来万物都进入安眠。

但说悄无声息也不对，起码不远处的洛河就不分昼夜在奔流，河流往前奔涌，使得他们耳边一直充斥着流水声。但这种声音听惯了也觉得没什么，反倒如同将内心各种纷纷扰扰都冲刷干净了一般。

炕上并不狭隘，两个人躺上去绰绰有余，唐泛睡里头，隋州睡外头。

两人虽久处同一屋檐下，却还未有像今日这样并肩而眠的时候。

他们其实都很累了，但累过了头，有时候反倒难以入眠。

隋州听见唐泛翻身的动静，便道："你转过身去。"

唐泛没问为什么，依言转身背朝对方，就感觉自己下巴被对方一只温热手掌托住，后脑勺则被另一只手缓缓按着几处穴位。

脑袋紧绷的感觉瞬间缓缓舒展，随着背后那人不轻不重恰到好处的力道，唐泛觉得疲惫伴随着睡意一阵阵地涌上来，很快就进入了梦乡。

下半夜，唐泛做了一个奇怪的梦。

梦里，他走在漆黑的河边，远处空旷的原野上高高低低立着许多坟头，风声呼啸而过，伴随着远处飘荡而来的哭声。那哭声幽幽凄凄，像是蕴含着无尽的悲苦和怨毒，在原野上萦绕徘徊，又一丝丝地钻入他的耳朵，令他不寒而栗。

哭声越来越近，越来越近，忽然之间，身后好像有什么东西！

那种感觉说不清道不明，他只觉得心头从未像此刻这样恐惧过。

他慢慢地转过头……

唐泛浑身一震，蓦地睁开眼！

"别动。"隋州在他耳边低语，手臂正横在唐泛腰间。

听到他的声音，唐泛因为噩梦而狂跳的心逐渐安定下来。

但他很快发觉，那股若有似无、令他浑身不自在的哭声，并不是在梦里，而正从外头传来！

那股声音乍听上去，就像是女人在哭，但是仔细听，又好像不仅仅是一个女人在哭，而仿佛有无数个女人，伴随着哗哗的流水声，从不远处传来。

她们兴许是遇到一件极其悲痛的事情，或许是经历过什么惨不忍睹的遭遇，因为无能为力，所以悲戚、怨恨、诅咒着。这样的感情从哭声中透露出来，在凄清的夜里更显凄凉。

然而大半夜的，村子里的人早就睡着了。外头除了庄稼，就是两座帝陵，哪里会有女人在外头哭？

这分明不是人。在没有亲耳听到哭声之前，唐泛也觉得老村长和其他人的描述未免有些危言耸听，但是此刻，他才算切身体会到这种感觉了。

那哭声中饱含着深切的怨毒和悲戚，有时尖锐而高亢，有时又低沉而冷寂，就像一把刀子深深地剜进了骨肉里，根本不是一个普通人所能发出来的，令人毛骨悚然，又避无可避。

今夜的风似乎特别大，刮得门窗砰砰作响，那哭声也顺着风声不断地吹进来。

唐泛已经冷静下来，这不单单是因为有隋州在身边，而是平日里固有的冷静镇定的性格又回来了。正是凭着这种性格，从前他独自走南闯北，游学四方，也曾经无数次经历危机，最后又转危为安。

他侧耳聆听了片刻，脑袋微微往旁边一侧，凑近隋州耳边，悄声问："可要出去查看？"

隋州面色凝重，点点头，两人开始起身穿衣。

因为这里入夜风大，又出门在外，他们便是睡觉，也只脱了外衣，眼下披上倒也方便，不过眨眼就已经穿戴整齐，隋州动作快些，已经推开了房门。

外头的风很大，水位也涨了，伴随着河水奔流之声，反倒使得哭声好像不若先前那般明晰了。但唐泛知道这只是假象，实际上哭声一直都在，他举目眺望了一下，试图辨别声音的来源。

出乎意料，他本以为声音是从河边传过来的，因为不管是从老村长那里得到的信息，还是从何县令等人的描述中，这条洛河底下仿佛都隐藏着极为恐怖的存在，使得频频有人被拖下水去，但现在听起来，那哭声更像是从永厚陵的方向传来的。

难道果然是有人在装神弄鬼吗？唐泛与隋州交换了个眼色，他们发现隔壁几个屋子，也有几条人影从屋里钻了出来，正朝唐泛、隋州二人靠近。

是庞齐他们。

村民们肯定是不敢好奇出来看的，尹元化和赵县丞等人更不必说，只怕听到了也会装作没听到。

也真是巧了，昨天何县令还说已经好一阵没听到这个声音了，今晚唐泛他们刚歇在这里，这声音就又出现了。

庞齐等锦衣卫近前来，悄声问隋州："大哥，要不要过去看看？"

虽然声音离他们还有好一段距离，但大伙都下意识地放轻了脚步。

隋州颔首，率先往帝陵的方向走，其他人自然紧随其后。

前面说过，洛河村就建在永厚陵边上，这是为了让村民方便守陵，村民也没有什么不乐意的，毕竟这一不耽误农事，二来有皇帝老子葬在这里，那说明这里风水好，大家与有荣焉。

但这一切想法都在一年前彻底改变，大家住在这陵墓边上，天天半夜听着鬼哭，还有河神抓人，吓都吓死了。是以唐泛他们傍晚来到这里的时候，觉得当时见到的村民们脸上都有股害怕之色，还当他们无知才会这样，等自己也亲耳听到了这个声音之后，才发现村民的反应其实再正常不过。

也不知道是不是疑心生暗鬼，大家只觉得越是靠近帝陵，就越是阴风阵阵。

连庞齐这种艺高人胆大、平日里无法无天的锦衣卫，都有些不寒而栗了。

那似怨似诉的悲戚声延绵不绝，就像不用换气似的传过来，越是靠近，就越能笃定这肯定不是人能发出来的。

是人倒也没什么可怕的了，最怕就是超越自己认知中的存在。这世上又有几个人真正相信没有鬼神存在？即使是饱读圣贤书的读书人，只怕也不敢这么说。香火祭祀、鬼神崇拜早已深入大明百姓的心，再无畏的人，充其量也只能敬鬼神而远之，而非完全不去相信。

唐泛从来不会主动承认这些东西的存在，但也不会否认它们的存在。在他看来，人有人道，鬼有鬼道，天有天道，不管存不存在，都不能偏离了自己的道，做出杀人放火、妨害他人的事情来。

像这次的事情，偷盗帝陵、害人性命，这一桩桩全是罪名，不管是人也好，鬼也罢，只要犯下了，就要偿还，就要将其绳之以法，这就是唐泛心中的坚持。

是以他一个一没功夫傍身、二没武器防身的文官，跟一众锦衣卫走在一起，朝那个古怪莫名的声音一步步靠近时，竟也没有显得比他们慌乱多少，反倒还如同平日那般镇静自持。

作为一个团队的领导，不需要武功盖世，但起码要在关键时刻能够安抚人心，唐泛做到了这一点。庞齐等人原本被这声音扰得有些心慌意乱，手紧紧地按在绣春刀的刀柄上，但看到两位领导都如此镇定，也被感染了，都跟着慢慢冷静下来。

永厚陵虽然位于高地，但那其实因为远近皆是低矮丘陵平原绵延开去，并没有高山险阻。左右四周的视野显得十分开阔，月亮悄悄从云层中钻出一半面孔，将月辉洒落在空旷平野间的残垣断瓦之间，更添几分物是人非的凄清。

不远处，永厚陵的陵台正静静地矗立在他们眼前，上面杂草丛生，早已不复昔日威严。离得越近，鬼哭声就越清晰，大家心里都绷着一根弦，生怕有什么突发状况，心理压力大得不得了。唯有唐大人还在脱线地想着这种问题，真不知该说他是心大，还是脑缺。

陵台四周很开阔，根本没有藏人的地方，哭声是从陵台后面传出来的。

他们慢慢地往前走，绕过那座已经残破不堪的陵台。

突然，走在最前面的隋州顿住脚步。

所有人猝不及防，后面的人心一抽，差点连刀子都拔出来了。

但大家很快明白了隋州为什么要突然停下来。

因为在他们前面，依旧没有看见任何人，有的只是杂乱疯长的草木，被风刮得如同乱舞的鬼影一般。

而声音，是从陵台脚下的一个黑漆漆的洞里发出来的。

盗洞并不显眼，正因为声音的存在，才使得他们注意到那个盗洞。

那声音依旧悲悲戚戚，犹如那些一辈子被囚禁在深宫之中的女子一般，不甘年华凋零，不甘在宫廷之中耗尽青春；又像那些受尽了冤屈酷刑而死的人，不甘身死魂销，所以留下残念，饱含着无边怨恨，生生世世都不肯散去。

如果说刚才在屋里听到的，只是伴随着风声送过来的幽怨，那么到了这里，才能感受到那种放大十倍乃至百倍的刻骨怨毒，仿佛能够化为实质，朝他们扑过来，将所有人的肉体甚至灵魂都生生吞噬掉！

虽然早就有预感，但当所有人看到这个三尺见方、只能容纳一个人弯腰通过的洞口时，才感觉到自己身上那种彻骨的寒意。

这不是面对穷凶极恶的盗匪或反贼，眼前的情景根本无法用常理来解释，人在面对这种环境的时候，第一反应难免会觉得无助。

方才在绕过陵台的时候，庞齐等锦衣卫早就先一步走在隋州和唐泛前面，准备应付随时不可预测的危险。但此时即使手中握着刀，他们还是觉得有些不可靠，心中不由得打鼓，忍不住回过头去。

他们很快就看到唐泛和隋州站在那里，前者反而往前几步，四下打量；后者则跟在唐泛身边，脸上是一如既往的沉着之色。

庞齐等人不由得心中惭愧，赶紧强迫自己冷静下来。

理智一旦回笼，胆气也就跟着回来了。

庞齐上前两步，拦住唐泛还想再往前的脚步，低声道：“大人，情况未明，还是不要轻易冒险，不如等天亮之后……”

他这句话还没说完，变故陡生！

庞齐先是看见唐泛脸上露出惊讶的神色，还未说完的话不由得生生顿住，也循着唐泛视线瞧去，结果便看见一只手从那个洞里伸了出来。

“退后！”庞齐大声喊道。

所有人簇拥着唐泛和隋州往后退了好几步，眼睛却一眨不眨地盯着洞口。

先是一只手，紧接着是一个脑袋，眼下能够看见的肯定不如白天来得清楚，但是从轮廓打扮上，唐泛他们可以瞧出对方穿着粗布衣裳，样子也非常狼狈。

“站住！你是谁？”锦衣卫的呵斥声没有阻止住他，很快那人的上半身就探出洞口，他手脚并用，却又十分慌乱，像是后面被什么追赶着，听见锦衣卫的话，才抬起头来。

此时所有人已经适应了黑暗中的环境，借着微弱的月光，只见那人一只眼球不知道被什么东西挖了出来，却没有完全掉落，耷拉在脸上，鼻子也被咬掉一半，满脸鲜血，看上去极为恐怖。

他也看见了唐泛等人，脸部表情扭曲了一阵，似乎想说什么，嘴巴发出嗬嗬的声音，但一开口，血就争先恐后地从他嘴里涌出来。

那人一边吐血，一边从嘴里吐出一些类似内脏的碎肉。

饶是如此，四肢依旧拼了命地往外爬。

这是非常恐怖的一幕。

唐泛敢保证，如果尹元化在这里，看见这个场景，估计三年内都不会想吃肉了。

不过别说尹元化，就算是见惯了诏狱酷刑，心理素质强大的锦衣卫，此时此刻也有种风中凌乱的感觉。

这可不是在诏狱用刑，而是在荒郊野外，一个人忽然就这么从帝陵的盗洞里爬出来，五官都快没了一半，所有人会想到什么？

那盗洞里一定有更为恐怖的存在，才能将一个人活生生地弄成这样。

那人手脚并用，终于从盗洞里爬出来，似乎想向唐泛他们求救。但此情此景，敌我未明，连对方遭遇了什么都不清楚，庞齐等人怎会轻易上前！反倒出声呵斥他站住，不准再继续动。

然而对方早就失去了理智，一看到人便如获大赦，也不管是官兵还是同伴了，直接跌跌撞撞朝他们跑过来，根本不管庞齐他们的呼喝。

不少锦衣卫已经将刀拔了出来，准备等对方扑上来就给他一刀。

但那人吐血太多，身体早就撑不住了，没跑几步，一个踉跄就摔倒在地，再也爬不起来。

这时，一个锦衣卫喊了起来："又有人出来了！"

众人循声望去，果然便见又有一个人影正从里边攀爬出来，一边爬还一边喊："救命啊！救命啊！"

"什么人？"锦衣卫喝道。

对方也没管三七二十一，一听有人回应，喊得更大声了："救命！救救我！救——"

他的声音戛然而止，月光下，唐泛看见对方的眼睛瞪得滚圆，手还悬空抓向半空，忽然就重重摔在泥土上。

隋州疾步上前，在所有人还来不及反应的当口，他伸手抓向对方的肩膀，一把将那人提了起来！

他抓起来的，不过是那人血肉模糊的上半身！

至于那人下半身，早就空荡荡的，鲜血淋漓，也不知道去哪里了。从他刚刚还能呼救，却转瞬遭遇横祸来看，明显是盗洞下面有什么东西，将他的下半身咬掉了。

“这人还没死！”庞齐蹲下身查看先前跑出来的那个人，一只手放在他已经分辨不出原来形状的鼻子上，对唐泛他们道，“还有些气！”

唐泛也蹲下身，沉声问：“你们在下面碰见了什么？”

那人剩余的一只完好的眼睛微微动了动，嘴巴张开很小的弧度，似乎想说什么，又说不清，唐泛不得不低头将耳朵凑近去听。

只听见对方在说：“怪物……救……救我……”

“我”字还没落音，耳边就再无声音，唐泛朝庞齐看去，庞齐对他摇摇头：“没救了。”

隋州忽然道：“那声音没了。”

众人一愣，然后又反应过来，刚才那股绵绵不断、一直令人毛骨悚然的怪声，确实是没了。

这声音不知从何处而来，也不知何时结束，来无影去无踪，完全捉摸不透。知道真相的两个人却死了，而且死得如此凄惨。

从他们死前的表现来看，他们一定经历过不同寻常的事情，在这个盗洞下面，说不定真的潜藏着什么不同寻常的东西。

唐泛与隋州对视一眼，都感到前所未有的棘手。

他们原本以为这只是一起寻常的盗陵案，再加上当地百姓愚昧无知，穿凿附会，弄出什么河神来。只要过来把盗墓贼抓了，戳穿他们的骗局，一切就能迎刃而解。

然而现在看来，事情的复杂程度远远超出原先预料。

庞齐问：“大人，现在怎么办？”

唐泛看了那两个人一眼：“将这个尸身完好的先带回去，明日再说。”

一行人很快回到村子。

村子依旧寂静，他们的脚步声偶尔惊动房舍外看家的犬，引来一两声犬吠。

没了那个奇怪的哭声之后，村子也显得宁和多了，不再像之前那样让人感觉阴森森的。可见境由心生，一切都是心魔在作怪。

唐泛与隋州回到屋内，刚才不觉得，现在心神松懈下来，方才感到口渴得厉害。唐泛打了个喷嚏，发现自己刚刚在外头出了汗，结果又被风一吹，一冷一热，眼下一摸背上，还有点湿漉漉的。

隋州摸了摸茶壶，里头的茶水早就冷掉了，这也是当然的，从他们入睡，被惊醒，到永厚陵走了一圈，再回来，这中间已经过了两个多时辰，再过不久天都要亮了。

这一夜折腾，谁也没睡好，此时想立刻睡去也不可能，唐泛一闭上眼，就觉得那人没了一颗眼珠子的脸一直在自己眼前晃动。

隋州拿着茶壶到后头灶房里去烧水了，不一会儿便提着热腾腾的茶水过来，桌上的点心倒不用加热，直接就可以拿来吃，唐泛吃了两块云片糕，胃里总算熨帖了一些。

他见隋州坐下来却无动静，便将碟子往他那里推了推："你也吃点吧。"

隋州拿起一块桂花糕，却没有放入口中，而是问唐泛："这件事，你打算怎么办？"

唐泛摇摇头："凭我们这些人，不好办。那里头肯定有什么东西，那老村长必定知道，白天还得再问问他。如果实在不行，就先将盗洞填上，我再上疏请罪，就说此案太过棘手，须得请朝廷多派些人来，先弄清下面究竟是个什么东西，再徐徐图之。"

这是最稳妥的做法，也是为了不让隋州他们去冒险，若是换了尹元化那等上司，说不定就二话不说坚持让隋州他们先到盗洞里边去看一看再说了。

但隋州知道，以唐泛的为人，是绝对不可能用别人的性命安危来换自己的官位前程的。

不过事情再发展下去，那就不是由他们说了算的，毕竟现在这里已经死了不少村民，人心惶惶。如果不能将那怪物抓住，还这里一个清静太平，到时候村民们会用大活人去祭河神，照样还会继续出人命的。

如果唐泛上疏说明，朝廷那边也许不会降罪，却肯定会将其当成唐泛无能逃避的借口，再派一个品级更大的钦差过来，到时候唐泛他们会更加被动。

隋州很明白这一点，所以他道："届时我让庞齐到北镇抚司河南卫所将火铳借过来，再调一批人手过来，应该就可以下去查看了。"

唐泛面色凝重，全副心神沉浸在思考中，不过这并不妨碍他手里捏着云片糕一片接一片地往嘴里送，一副办正事也不耽误吃东西的模样，令人忍俊不禁。

隋州看得莞尔，他本人却毫无所觉，一本正经地在考虑火铳这个提议的可行性：“也可，不过还是要从长计议……”

话没说完，他见隋州嘴角微微勾起，不由得茫然问道：“怎么？”

“没事。”隋州握着拳头放到唇边，轻咳一声，恢复平日里那张冷脸，“别吃太多了，天亮肯定还有人要送早饭过来，先歇会儿吧，不然白天又该没精神了。”

二人草草收拾了一下，这下连外衣都没脱，直接就和衣躺了上去。

唐泛本以为自己肯定会失眠，结果因为实在是太累了，居然没一会儿就沉沉睡去，不知今夕何夕了。

这一回，自然再也没有做梦，直到被隋州叫醒。

他再度睁开眼睛的时候，外头已经天色大亮，桌子上放着热腾腾的白粥和小菜。唐泛昨夜灌了一肚子茶水，本来就不顶饱，眼下见到这些虽然简陋却开胃的酱菜，当即就食指大动，起身洗漱完毕之后，便跟着隋州坐到桌子旁边开始用饭。

“赵县丞在外头等着了，我让他先和庞齐到老村长那里把人带过来。”隋州道。

唐泛“嗯”了一声：“村子里问话不便，先带回县城，你们也好施为，再留下一半人给我，我要在这村子里走走，调查一下昨晚那两个人的来历……”

他的话还没说完，外头的门就“砰”的一声被推开了。

“大人！大人！”赵县丞脸色苍白地出现在门口，喘着气，“不好了，不好了！”

见他这模样，唐泛心下一沉：“怎么回事？别大喘气，把话一口气说完！”

赵县丞：“老村长死了！”

第二十四章

一探究竟

唐泛腾地起身，平素温文尔雅、笑容可掬的面容忽然之间完全阴沉下来，让赵县丞看了就害怕。

“怎么死的？昨晚不还好端端的吗！”但唐泛惊怒归惊怒，并没有失去理智迁怒于对方。

赵县丞定了定神，赶紧道：“是自杀，他上吊死的，家里人正哭得厉害呢！庞百户也带人在那儿守着，要不您去瞧瞧？”

唐泛当然要去瞧，他和隋州也顾不上吃早饭了，当下放下碗筷就跟着赵县丞往老村长家里赶。

不过一会儿，老村长的死就已经传遍了整个村子，村长家门口被围得水泄不通。但因为有锦衣卫把守，也没人敢为了看热闹不要命，都怯怯地伸着脖子张望，既害怕又禁不住好奇。

百姓虽然无知，可也不傻，昨晚那个诡异的哭声响起的时候，村民们大都听见了。虽然当时肯定没人敢出来看，但一大早就传来老村长死了的消息，再结合老村长之前从帝陵那里回来就神神道道的，大家不由得就将这二者联系在一起，都说是老村长他们上次惊扰触怒了河神，惹来河神的报复。

唐泛与隋州赶到的时候，刘家人正哭作一团，悲痛欲绝。

刘家老太太已经昏厥过去，由女眷们在偏屋照料着，刘家的两个儿子则被赵县丞叫到厅堂，等候唐泛的问话，这两个中年汉子同样也是虎目含泪。

唐泛先说了两句慰勉的话，然后就问："你们是什么时候发现老村长死去的？"

刘村长道："昨夜各位老爷走了之后，俺爹就一直不太痛快，问什么话也不说，就在那里神神道道。俺们只好先将他扶回去歇息，结果没想到早上起来，人就……就吊在横梁上了……"

唐泛："你娘没与你爹同住一屋？为何会不知道他上吊？"

刘村长摇头："没有。自从俺爹不好了之后，有时候睡觉也会忽然对身边的人拳打脚踢，俺们只好让俺爹自个儿睡，谁知道，谁知道……"

他说着说着，忍不住悲从中来，淌着眼泪不说话。刘家老二看到大哥这样，也跟着大声号泣。谁能想到老爹昨夜还好端端的，今天起来就变成一具冷冰冰的尸身呢？这事放谁身上都得崩溃。

唐泛："昨夜我们走后，你爹还说了什么吗？"

刘村长哽咽道："没有。他一直就是那样，有时候跟以前一样，有时候又自己跟自己说话，村子里头的人都说，说是他们那天晚上冲撞了河神老爷，所以河神老爷才会降罪惩罚……"

这话就纯属无稽之谈了，唐泛就算经过昨天晚上的事情，原先的看法大为颠覆，可也绝不会认为这里头会跟什么河神有关。

他也没听刘村长再说下去，就让守在外头的庞齐，带着刘村长去认尸。

认的自然不是刘村长他老爹，而是昨夜他们带回来的那具尸体。

这个村子不大，是不是本村人，刘村长自然一清二楚，如果昨夜那两个人都不是本村人，那他们的身份就呼之欲出了。

那头唐泛又与隋州入内，查看老村长的尸体。

二人也算是久历刑名了，在尸身上查看一阵，就都发现老村长确确实实是自缢死的，不是他杀，也没有任何可疑之处。

但这恰恰让唐泛他们越发疑窦丛生。

旁人都说，老村长自从回来之后就疯疯癫癫、神神道道的，然而那顶多骗骗寻常百姓，像唐泛与隋州这样成天跟一帮人精打交道，又观察入微的人，自然能够发现老村长言谈之中总有几分闪烁，说话内容也未必属实。他们原本还打算今天再过来问个清楚，无论用什么手段，都一定要从老村长口中套出实情。

结果好巧不巧，唐泛他们还来不及问，老村长就死了。

若说死因可疑，那倒还说得通，偏偏还是自杀，这就让事情变得越发扑朔迷离。

这时候庞齐走进来，对唐泛二人道："大人，刘村长说了，那个人不是他们村的，他也从来没有见过。属下又询问了几个村民，他们也都是这么说的。"

唐泛与隋州对视一眼，如今他们之间的默契又更上一层，有时候不必言语，也能知道彼此要表达的意思。

像此时此刻，两人心里想的就都是同一件事：既然那两个人不是本村的，三更半夜还会从盗洞里爬出来，那就必然是盗墓贼无疑了。

结合先前村民们三番五次在帝陵发现的盗洞，不难得出一个结论：这一伙想要来盗挖帝陵的，绝对不止昨夜他们看到的那两个人。像昨夜老村长就说过，他们正是因为追赶几个盗墓贼，才会在河边遭遇变故的。

不过那些人现在已经掀不起什么波澜了，他们很有可能全都死在了那个盗洞下面。这也间接说明了在那个盗洞之下，永厚陵之中，很可能确实隐藏着一些不可思议而又恐怖的存在。

更有甚者，如果那个哭声与昨夜杀人的怪物有关，而永厚陵与洛河之间又有通道相连的话，那么怪物很可能在水底与陵墓之间来去自如。所以有时会潜藏于水下，将村民拖下水吃掉，有时又会在陵墓里栖息，那伙倒霉的盗墓贼正好撞上，自然就有去无回、有死无生了。

但这样的假设也有问题，若真有怪物存在，为何之前那么多年，村子里从未有过洛河"河神"吃人的传闻呢？要知道这些事情最早也才发生于一年前。

时间再往前推，这里一直都是平静祥和、毫不出奇的小村庄，除了矗立着北宋帝陵之外，洛河村跟其他地方并没有什么区别。

事情到这里，似乎钻入了一条死胡同。

唐泛对隋州道："按照我们昨晚说的做吧，劳烦你了。"

隋州略一点头。

刘家两兄弟正站在外头，还有那些闻讯赶来看热闹的村民，将刘家院子外头堵了个结结实实。尹元化和程文等人正站在屋子厅堂门口，他们昨夜同居一屋，要说完全没有听到鬼哭声是不可能的，只是三个人没胆子出去一看究竟，索性就装作睡得死沉。没想到今天早上起来，他们就听说唐泛他们昨晚去看了，而自己作为下属，还在屋里睡觉，不免都有些讪讪。

程文和田宣自不必说了，心中惴惴不安，生怕唐泛追究他们的责任，连尹元化这等跟唐泛过不去的，也觉得有些理亏。

所幸唐泛没有心情与他们计较，只让他们跟着庞齐等人在村子和帝陵附近搜索，看看昨晚那伙想要盗墓的贼匪还有没有活口留下来。

钦差歇在这里，何县令当然不能一回城就高枕无忧了，天一亮，他就带着人匆匆忙忙赶过来。一听说昨夜又出事了，尤其是在看见那两具残缺不全的尸身时，顿时吓得脸都白了，哆哆嗦嗦地过来给唐泛请罪，也不知道是害怕自己乌纱帽掉了，还是担心怪物冒出来把自己也给吃了。

这头何县令还在战战兢兢地向唐泛请罪，另外一头，庞齐带人来回报，说是还真抓到一个人，昨晚本来是盗墓贼里的一员，负责在外头把风的，就躲在帝陵附近的草丛里。昨晚因为出了那件事，唐泛他们的注意力全部放在那个盗洞上，那人才得以趁机溜走，但他实在是又累又饿，溜走之后又忍不住跑到村庄来偷东西吃，又因为官兵在全力搜查，也不敢出去，结果就被瓮中捉鳖，逮个正着。

庞齐将人带到唐泛他们跟前时，那人已经快要抖成一个筛子了，连连告饶，又说不关自己的事。

俗话说相由心生，这句话还确实是有道理的，这人长得就有些贼眉鼠眼，连哭泣求饶的时候，表情都透着那么一股猥琐，实在令人同情不起来。

见唐泛微微皱眉，庞齐就朝那人后脑勺拍了一巴掌："谁让你哭了？好好回大人的话！"

"是是是！"那人跪在地上连连磕头，"大人问什么，小的就说什么！"

根本就不用怎么问，那人就竹筒倒豆子似的把知道的情况全部倒了出来。

他叫钱三儿，小时候就被人贩子拐卖，偷蒙拐骗，无所不为，后来跟着师父加入了现在这个帮派。

帮派叫黄河帮，别看听起来很大气似的，其实也就几十个流氓地痞凑在一块儿，做些坑蒙拐骗的事情。盗墓这种零成本、风险高、收益大的行业，自然也在钱三儿他们的业务范畴内。

论规模，河南境内最大的陵寝，莫过于北宋帝陵了，而北宋帝陵里最好下手的，又莫过于宋英宗赵曙的永厚陵。

带领钱三儿他们过来盗挖帝陵的人叫李葵，是黄河帮的一个小头目，他们此行真正的目标是永厚陵旁边的皇后陵。因为北宋的皇帝与皇后是分开安葬的，永厚陵虽然已经被无数人光顾过，但皇后陵总算好一些，兴许还能留下什么宝贝。

李葵的想法是，先从永厚陵这里下手，摸清地宫的布置，再去皇后陵，这样就不至于走太多冤枉路，效率也会更高。如果他们能在永厚陵里发现一条前人从未发现过的暗道，再挖点被前辈们遗漏了的宝贝，那就更好了。

于是一行人说干就干，先是在洛河村附近摸清地形，然后趁着夜色就偷偷跑过来了。

在此之前，洛河边已经有了河神吃人的传闻，夜里也不时从河边传来诡异的哭声，不过陵墓离河边还有一点距离。钱三儿等人起初还有些害怕，但潜伏了几个夜晚，见没发生什么事，也就没放在心上。

他们没有用盗墓前辈们挖好的盗洞，而是自己另外挖了一条盗洞，方位也是李葵选的。这人在盗贼里称得上奇葩，能识文断字，而且看过南宋李攸写的那本《宋朝事实》，对永厚陵事先做过不少功课。

据李葵说，他们选的那个位置既好下手，而且保证角度刁钻，从前也没人挖过。

老大既然这么说了，小弟们肯定是要照办的。大家昼伏夜出，花了不少时间，越挖越深，轮番上阵，足足挖了一个月，总算挖出了一个通往陵寝的盗洞。钱三儿因为经验不足，刚刚加入这一行，所以没能得到进去挖宝的机会，只能在外头放风。

洛河村的村民虽然有看守之责，但他们毕竟是农户，也有自己的日子要过，不可能天天守着帝陵什么也不干。再说又不是本朝皇帝的帝陵，朝廷不会派专人过来守陵，这使得钱三儿他们只要稍加小心，就可以避开村民的注意，肆无忌惮地干着自己的勾当。

盗洞挖好之后，李葵他们挑了个日子就下墓了。

那天晚上，钱三儿的师父也下去了，钱三儿则依照李葵的吩咐守在外头，手里拿着个白天刚从县城里买来的里边装着酥油鸡的油纸包。

虽然鸡肉已经冷了，但钱三儿还觉得很美味。尤其是在那样一个晚上，外头的冷风呼呼地吹着，他一手拿着酥油鸡，一手揣着个小酒壶，躲在石刻后面的草丛里，瞧着天上的月亮，也不算难熬。

钱三儿还记得当他慢吞吞地将油纸包里的鸡肉啃得只剩鸡骨头时，估摸着也有两个时辰过去了，盗洞里忽然传来了一股若有似无的奇怪哭声，就跟他们之前听到的，从河里发出的哭声一样。

哭声诡异而恐怖，钱三儿想到自己的同伴们还在下面，就不由得担心起来，但他又不敢违背李葵的命令，只好依旧在上面蹲守着。

时间一点点过去，也不知道等了多久，那声音一直没有消失，而且越来越清晰，仿佛随时都有东西从盗洞下头冒出来似的。

他死死地盯着那个盗洞，正当他紧张得心脏快要从嘴里跳出来的时候，盗洞里忽然钻出了一个人!

钱三儿嗷呜一声，吓得整个人都蹦起来，转身就要跑。

身后却传来他师父的声音："三儿，还不快来扶我一把！"

钱三儿这才意识到出来的是人不是鬼，赶紧回过神，跑上前将他师父拽出来。

在他师父后面，又有一个人爬了出来，钱三儿定睛一看，是之前跟在李葵身边的卢胖子。

"师父，到底是怎么回事啊？"钱三儿问。

他师父二话不说将他拽起来就跑，钱三儿不明所以，也跟着跑。卢胖子跟在后面，三个人一前一后，拼了老命地往前跑。一直逃离那个盗洞老远，都快到永昭陵的地界上了，这才停下来。

钱三儿跑得半条小命都快没了，手里捏着的酒壶也不知道丢在哪里了。他师父跟卢胖子两个人惊魂未定，满身狼狈，这才跟钱三儿说起他们在下头的经历。

原来李葵他们一行人下了盗洞之后，很快就到达了永厚陵的地宫。

正如先前所料，永厚陵上下两层，地宫并不大，也早就被人偷盗一空，连根宝贝的毛都没剩下，就算先前有什么机关暗道也都被人破光了，总之就是空空如也。

所有人在里头转了一圈，大失所望，正准备离开，李葵却在他们原先挖的入口附近，发现一条更加隐蔽的暗道，连着地宫下层，也不知道通往何处。

出于贼不空手的心理，大家一致决定顺着这条暗道再往下走，看看有什么发现。

这条通道十分曲折，而且并不长，当所有人还没到达出口的时候，就已经瞧见从下面隐隐透出来的宝气光泽，大家都不由得兴奋起来，觉得自己很可能是发现真正的宝贝了，便又加快了脚步。

等他们到达出口时，就被眼前的景象惊呆了。

呈现在李葵他们面前的，是一个并不大的耳室。

而这个耳室里，堆满了如小山谷一般数之不尽的金银财宝，目力所及，这里头光是夜明珠，就有几百颗，照得整间耳室如同白昼，差点没闪瞎李葵他们的狗眼。

李葵他们那个兴奋啊，本来以为自己要空手而回了，没想到居然误打误撞，还有这样的奇遇。当下所有人一个接一个纵身一跃，跳入那宝山里头，尽情地将宝物装入自己的衣兜里，有些人甚至身上装不下了，拿了颗夜明珠就往自己嘴里塞，准备出去之后再吐出来。

这些人也不想想，如果真有这么多的宝贝，又有一条现成的通道，为何之前偏偏就没人发现，非要等他们来拿？

财帛动人心，在巨大的财富之下，贪欲早已淹没了他们的理智。

就在所有人欢呼雀跃，又在李葵的催促下，终于依依不舍准备离开之际，噩运降临了。

从师父和卢胖子语无伦次的描述中，钱三儿只能听出一个大概。

听起来像是他们的动静引来了某种怪物，而李葵他们又从来没见过那么可怕的怪物，那怪物不知道从哪里被引过来，一进来就将他们的一个同伴连脑袋带上半身咬了去。

那同伴连挣扎叫喊都来不及，身体瞬间变成两段，一端成为怪物的腹中餐，另外的下半身喷着鲜血，倒在成堆的宝贝上。

所有人都被这一幕吓傻了，不少人来不及反应，当即就被撕碎了身体。钱三儿的师父和卢胖子离暗道最近，反应也算快，二话不说，转身就跑，不管后面的哀号声，将身体挤入暗道里，拼了命地要逃离这里。

而两个人跑出来之后，发现除了他俩，就再也没有别人出来了。

钱三儿惊恐地听他们说完，忙不迭地要求赶紧逃离这里。但他师父和卢胖子回过神后，都有些不甘心，因为他们身上装的财物，在他们不管不顾、一心逃跑的过程中，已经全部掉了个干净。只要一想想那里头数不胜数的宝贝，两个人就扼腕不已。

回来之后，里面经历的那段阴影渐渐退去，三个人合计了半天，卢胖子和钱三儿的师父最终还是决定再下去一趟。

一来他们实在舍不得那一大笔财宝，就算能带上颗夜明珠出来，估计也足够他们吃喝享用不尽了。只要想想那里头那么多的宝贝，将来有可能被别人夺去，这种惋惜就足以盖过他们对死亡的恐惧。

二来其他人都折在里面，就只有卢胖子他们两个人跑出来，他们回去实在没法交代。说不定黄河帮的人还会以为是卢胖子他们见财起意、杀人夺宝呢，到时候就真是跳进黄河也洗不清了，所以卢胖子他们想要下去拿两件宝物出来，也好对帮里有个交代。

钱三儿没见过那么多宝贝，虽然他也听得眼馋，可只要一想想其他人再也没能出来，就从心底觉得害怕，所以他力劝师父他们不要下去。

不过他说了不算，最终钱三儿还是被留在地面上把风。他师父和卢胖子都觉得他们只要小心一点，发现危险就逃跑，应该不至于丢掉性命。

为了保险起见，两人又多带了两把匕首。

钱三儿劝不动他们，只好继续待在上面。

事实证明，但凡心存侥幸的人，最后十有八九都会遭遇不测。

唐泛他们昨晚遇到的那两个人，就是卢胖子和钱三儿的师父。

听完钱三儿交代的前因后果，事情已经变得明朗很多。

唐泛的猜测并没有错，那地底的陵墓与洛河之间，必然是有通道相连的，所以怪物可以在河里与盗洞下出现，那哭声肯定也是怪物发出来的，只要铲除了怪物，一切就太平了。

但唐泛他们的心情非但没有轻松起来，反而变得越发沉重。

因为根据钱三儿的描述，那地底下的危险，恐怕是用言语难以诉说的。否则李葵一行人多势众，总共十几个人，又带着武器，虽然比不上锦衣卫这等一等一的高手，但肯定也不是手无缚鸡之力的病秧子，然而那么多人，还是说没就没了。

唐泛问钱三儿："那怪物究竟是何模样？你师父他们看清楚了没有？"

钱三儿摇摇头："师父就说那怪物浑身黑乎乎的，好像是蛇，又比蛇大很多，还有脚，立起来比我们还要高，两只眼睛红通通的，可吓人了。小人的师父他们也只是看了一眼就跑，要是多看几眼，那得留下了……"

唐泛："难道是鳄鱼？"

钱三儿茫然："什么是鳄鱼？"

唐泛："当本官没问。"

可就算能跑出来又怎样？跑得了第一次，跑不了第二次。他们第一回逃出来之后，非但没有就此罢手，反而还因为舍不得里面的宝藏重新进去，结果白白葬送了性命。

不过这些贼人本来就是心怀歹意，冲着帝陵而去，死不足惜，也没什么冤枉的。

一直没有开口的隋州站在旁边，忽然问道："你师父去的那条暗道，确定是永厚陵里的？"

钱三儿怯怯地道："说是下了地宫第二层再往下，但是不是永厚陵的，他们没说，小人也不晓得。”

老村长的死是最大的疑点，但唐泛和隋州两个人都亲自上手查验过了，他确实是自杀，并非外力所致。

钱三儿也被盘问过了，但他口口声声说自己一伙人都是避过村人耳目进行盗墓的，根本不认识里屋那个死去的老者。姑且不管他是否说谎，唐泛让人将他带回城去，经由庞齐的手，再仔细盘问。

唐泛对刘村长道：“先将你爹好生安葬，我们准备回县城，过两日再回来。你先不要将那盗洞填上，我们或许还有用处，还有，让村民没事莫要靠近河边，特别是夜晚时分，也不准弄活人来祭祀。本官会留人在此把守，若是违令，便头一个要拿你是问。”

刘村长连连点头：“小的记下了！”

他顿了顿，又问：“大人，您是不是打算带人下那个洞？”

唐泛不置可否：“是又如何，不是又如何？”

刘村长长揖道：“若是的话，求大人带上小人吧，小人还能帮忙指个路！”

“大哥，你疯了？”旁边的刘家老二嚷嚷起来。

庞齐呵斥：“大人说话，岂有你插嘴的份儿！”

唐泛有些意外地看着刘村长：“你明知道里面危险，还要进去？”

刘村长虎目含泪：“好教大人知道，小人虽然鲁钝，也知道俺爹的死肯定跟那里有关，自他从里边出来，便跟换了个人似的，俺想给俺爹报仇！”

何县令在旁边补充：“大人，下官头一回发赏金让人下去探路的时候，下去的人里头，就有他。”

唐泛挑眉：“你下去过？”

刘村长点点头：“当时俺和另外一个人走了快半个时辰，那会儿已经到了第二层的宫室了，也看到还能再往下的路，俺们又走了一阵，觉得心里瘆得慌，实在不敢走了，才重新上来的。”

唐泛在心里计算了一下，钱三儿说当时他在外面守了两个多时辰，他师父他们才出来，照这个说法，刘村长所用的时间，差不多也正好快到第三层。

如此说来，两人的时间正好是对得上的，也都没有破绽。

唐泛就道：“你孝心可嘉，值得称许，不过此事未有定论，本官还须考虑一二，村夫村妇无知愚昧，你身为村长，当令他们勿要惊慌，切不可胡乱散布谣言。”

刘村长：“是，小人记得了。”

唐泛又交代了两句，就准备带人离开，却听得一人朗声道：“慢着！”

尹元化走了过来：“敢问大人，这老头的死疑点重重，怎可允许他下葬？”

唐泛：“尹兄有何高见？”

尹元化道：“此案如今已经很明了了，分明是这老头与那伙盗墓贼勾结在一起，默许他们在此盗墓。因为被人发现，就装神弄鬼，捏造出河神来糊弄愚夫愚妇，如今事情败露，这老头就一死了之，以此来庇护家人！”

他指着诚惶诚恐的刘村长道：“刘家这一家子人全都有帮凶之嫌，应该通通抓回牢里去严加审问才是，怎可轻易放过！”

尹元化跟着唐泛他们一路来到这里，又是晕车吐个半死，又是在小破村子里夜宿，心里早就憋了一肚子火。

眼看唐泛主导全局，向来跋扈的锦衣卫竟也心甘情愿任其驱使，他不免老大不服，心想：若是再这样下去，自己跟过来还有什么意义！

唐泛闻言也没生气，只问道：“不知尹兄昨夜可曾听到那个怪声？”

尹元化老脸一红：“睡得有些沉，不曾听见。”

唐泛道：“昨夜我与隋镇抚使等人闻声而出，追踪到帝陵附近，看见那两个人死于非命。那两具尸身你也瞧见了，你觉得哪个人杀人灭口，是将对方下半身咬下来的？”

尹元化一时无语，唐泛又道：“你若不信，这也好办，今夜继续留宿在村里便是，等半夜听见那声音了，再到河边去看看，说不定尹兄你运气好，能碰见那河神降临，一并捉了回来，我等就可以交差了。”

唐泛一脸不怀好意的笑容，气得尹元化牙根痒痒：“唐大人如此草率办案，下官自会向上峰禀告的！”

唐泛微哂：“请便。”

当日一行人就先回了县城。

眼下老村长死了，怪物不见踪影，他们这样匆匆回来，看起来好似虎头蛇尾，实则唐泛和隋州是在做两手准备。

隋州到了县城，并没有多作停留，直接就带人前往河南府，去锦衣卫河南府卫所借来了火铳。

唐泛则回到官驿写条陈，将他们来到此地之后探明的情况一一汇报，并向上面请示。

其实唐泛和隋州两个人早就私底下商量过，想要弄明白这件事情的真相，最后必然是要下地底一趟的，只是他们不能就这么下去，必须做好万全准备。

与此同时，尹元化也在给自己的老师梁侍郎写汇报。

如果说尹元化和唐泛之间的斗法，最开始只是缘于唐泛这个空降的郎中抢了尹元化原本的位置，而引起他的反感的话，现在已经变成了他们两人背后的人——张尚书和梁侍郎的斗法。

张尚书入内阁无望，梁侍郎对尚书的位置又虎视眈眈，张尚书岂容他觊觎？

这次这桩案子，张尚书对唐泛是全力支持的，不仅如此，唐泛钦差正使的位置，也是张尚书帮他争取来的，否则的话，此行本来是轮不到唐泛做主的。

梁侍郎之所以同意学生跟着唐泛过来，不仅仅是让尹元化去抓唐泛的把柄，还想借此来证明张尚书没有识人之明。正好最近首辅万安对张尚书有所不满，觉得这老头还不够听话，有意换上更听话的梁侍郎，唐泛办案无能，张尚书也同样会受牵连。

有人的地方就有江湖，所以就算这样一桩看起来跟京城没有任何关系的案子，背后其实也是各方利益之争。

张鎣既然支持唐泛，唐泛就不能让他失望，不管怎么说，这老头总算还有些做人的原则和底线，让他当这个尚书，肯定比梁侍郎要好得多，起码自己不用整天担心被穿小鞋。

唐泛和尹元化的条陈分别快马送回京城。

京城那边肯定不可能在两日之内就有回复，但隋州的动作很快，隔天就带着四条火铳回来了。

火铳一到，如虎添翼，唐泛也不耽误工夫，直接就把程文他们叫过来，道："我已将此地情况汇报京城，但这一来一回，再快怎么也得五六日才有消息，洛河村那边的事情却耽误不得。既然锦衣卫那边已经将火铳借到了，我准备与隋镇抚使一道到那个盗洞底下去看看，也好将那吃人的怪物擒住，解决一大祸患。那底下危险莫测，你们又都是文官，就不必跟着我去冒险了，不如留在官驿里，充作联系人，若是京城那边有回信，也好及时帮我做出回复。"

程文和田宣面面相觑，那天钱三儿和刘村长的话，他们也都听见了，能不用去涉险，他们当然很高兴。但唐泛这个钦差正使都下去了，他们这些打下手的反而在旁边看热闹，到时候若出了什么事，他们同样也免不了责罚的。

程文便劝道："大人，您身为此行正使，居中指挥便可，何必亲身涉险？"

唐泛反问："隋镇抚使也是钦差，难道他也不下去？人人都顾惜自身，这样岂不人人都不必下去了？"

见程文语塞，田宣忙道：“那不如等朝廷那边有了回复再说？”

唐泛摇摇头，他心中其实另有计较，但有些话不能现在对他们明说，只道：“我意已决，不必多说了，若是我与隋镇抚使有个万一，你们就负责将剩下的人带回京城，如实禀报，等朝廷再派人下来，务必将此地隐患彻底解决。”

二人听他说得郑重，都有些无措，只得唯唯应“是”。

尹元化却道：“下官愿意随行，还请大人准许！”

程文和田宣不敢下去，自然是爱惜小命的缘故，但尹元化有另外的想法。

甭管地底下有什么怪物，他对锦衣卫手上那四条火铳都有无比的信心。再说了，锦衣卫的身手也不是那群乌合之众——盗墓贼可比的。

这等深入敌穴的事情虽然危险，可若是能够找到钱三儿口中所说的那间全是宝贝的耳室，同样也是天大的功劳，尹元化辛辛苦苦来到这里，怎么甘心让唐泛将果实全部摘走？

唐泛皱眉：“那怪物不知是何来历，嗜杀凶残，此行极险，你最好留在这里。”

尹元化梗着脖子：“莫非大人担心下官与你抢功劳不成？”

这等好歹不分之人，如果真的不让他下去，他再往上告状，给唐泛扣个跋扈嚣张、独断专横之类的罪名，也够唐泛喝一壶的。

想及此，唐泛也懒得与他周旋了，淡淡道：“你愿往便往吧，只是一条，须得听从命令，不得任意妄为。”

在他的眼神压迫之下，尹元化不得不拱手道：“下官谨遵大人之命。”

借来了火铳，唐泛与隋州一合计，二人也没有多耽搁，隔天就带了庞齐等人又直奔洛河村。

何县令虽然有意讨好上官，可不像赵县丞那样豁得出去，还很爱惜小命，只能向唐泛说了一大堆奉承话来表示忠心。反倒是赵县丞主动向唐泛请命，说愿为前驱，又带了从衙门里征调的两名捕快，都是身手不错，又主动愿意前往的。

洛河村的人看见他们去而复返，都很惊讶，唐泛先让其他人前往帝陵盗洞那里，自己则带着赵县丞去刘家找刘村长。

不巧，刘村长不在，出来接待他们的是刘家老二。

刘家老二道：“俺大哥出门了，说是去县城里买把得用的斧子，好跟你们一起下去的时候有个防身武器！”

唐泛便问：“你大哥什么时候出的门？”

刘家老二道：“昨晚出的门，因为太晚了，就在县城里过一晚，今早兴许就回来了。大人，能不能别让大哥去？小人愿与你们下去！”

赵县丞没好气：“你当这是买菜啊？还挑挑拣拣的！前日明明是你大哥自己要求跟我们下去的，那地方他下去过，也熟悉，你去了有什么用！”

刘家老二唯唯诺诺，不敢应声。

唐泛阻止赵县丞继续恐吓他，问道：“你为何想要跟下去？难道不知底下危险吗？”

刘家老二结结巴巴道：“俺……俺不想让他去送死！”

赵县丞翻了个白眼，要不是唐泛在旁边，他还真想给这憨货一个大耳刮子，什么叫去送死？难道他们全都是准备去送死吗？

唐泛却温言笑道：“你倒是很有手足之情，为了你大哥宁愿自己去危险的地方。”

刘家老二点点头：“是啊，大哥过得太苦了，他媳妇早死，为了给俺娶媳妇，自己也没再娶，至今都没有个娃儿。俺爹出事之后，他既要当村长，还要担起这个家，俺……俺也不能什么都不做……”

唐泛却冷不防问了另外一个不相干的问题：“老村长会不会在下面发现了什么，才被迫自杀？”

刘家老二一脸茫然：“啊？”

他明显完全听不懂唐泛在说什么。

先前唐泛跟尹元化的想法差不多，都认为老村长的死跟那伙盗墓贼之间肯定是有些联系的，但后来钱三儿的证词又推翻了他的猜测：钱三儿这伙人，跟老村长，乃至洛河村村民都是毫不相干的，他们确确实实是听说此地的帝陵好下手之后，才过来埋伏设点的。

既然如此，那老村长为什么又要自杀呢？他的自杀，明显是为了掩盖某些真相。

但他到底要掩盖什么事情？如果和钱三儿他们无关，那又会与什么有关？

这才有了他刚刚设套询问刘家老二的一幕。

但从刘家老二的反应上来看，他明显对自己老爹的死是不知内情的。

因为一个人掩饰得再好，因为心里有鬼，下意识总会露出些许端倪。刘家老二却没有眼神闪烁、语气停顿等心虚的表现。

唐泛微微一笑，换了个话题：“你爹的死，你大哥伤心吗？”

刘家老二点点头：“俺哥可伤心了，俺劝他不要和你们下去，但他不听，说就算下面有怪物，也要去杀了那怪物，为俺爹报仇。大人，真的不能让俺代替俺哥下去吗？”

唐泛心想，难道自己的推断从头到尾都错了，老村长真的只是惊吓过度才自杀的？

他正想说话，却听见刘家老二眼前一亮：“大哥回来了！”

刘村长大步走过来，手里提了一把崭新锋利的斧头。他疑惑又惊喜地看着唐泛和赵县丞他们：“大人，你们怎么这么快就回来了？难道咱们今日就要下去？”

唐泛颔首：“其他人全到齐了，就等你一个了。”

刘村长抹了抹额头上的汗水，憨憨笑道：“还好俺回来得早，那咱们这就走吧！”

刘家老二连忙扯住他：“哥，让俺一起去吧！”

刘村长虎着脸：“胡闹！你还要照顾俺们娘呢，赶紧回去，我要是回不来，你就跟乡亲们说一声，重新推举个村长，知道不？”

他不说这话还好，一说，刘家老二就更难过了：“大哥……”

刘村长拍拍他的肩膀：“行了行了，少废话，等俺回来，弄一锅炖肉，下点雪雪白的大白菜！”

刘家老二吸了吸鼻子，用力地点点头。

兄弟二人别过，刘村长便跟着唐泛往帝陵而去。

隋州带着庞齐他们早就等在那里了，钱三儿自然也在，虽然他从未下去过，但是作为亲耳听到自己师父和卢胖子描述帝陵里面的人，他对里面的环境怎么都要比唐泛他们来得熟悉，唐泛当然不可能把他留在上面。

仁慈是要给应该给的人，而不是滥用在不需要的人身上。不熟悉唐泛的人会觉得他脾气温和好说话，实际上他心中自有一条标准，该强硬的时候，绝对不会有丝毫犹豫。

他们出来得早，眼下也不过是辰时刚过，按照钱三儿他师父下去再上来的时间，满打满算一天也足够了。如果顺利的话，他们傍晚就可以出来了；如果不顺利的话……

唐大人忽然觉得自己离开京城前，好像还没来得及对阿冬交代遗言，这要是他和隋州两个人都回不去了，那小阿冬估计又得成孤儿了。

唉，为了阿冬，勉为其难，为了不丢掉小命而努力吧！

这些人里边，隋州和庞齐等人是最冷静的，对于锦衣卫这种常常需要出外差的职业来说，他们已经习惯了随时要面对危险与不测的情况。唯一不同的是，这次面对的可能不是人而已。

但有了火铳在手，原本对那天晚上的场景还有些疑虑的庞齐他们早就淡定下来。元代时，火铳就已经在战场上得到充分运用，到了元末明初，在太祖皇帝逐鹿天下的争霸之中起到了举足轻重的作用，京师三大营里就有单独的神机营使用这种专门的火器。

一铳在手，别无所求，所以庞齐等人很淡定。

钱三儿虽然没下去过，但是有了师父和卢胖子的前车之鉴，他如今虽然也眼馋那下面的宝贝，却更看重自己这条小命，偏偏又不能逃跑，只得一脸如丧考妣，生怕自己一不小心就去跟自家师父做伴了。

他这种心情显然也影响到了尹元化，虽然后者是主动自愿提出要下去的，但他终究是一个文官，没有庞齐那等的心理素质，只要一想到那两具尸体的情状，腿肚子就开始不由自主地打战。

唐泛让赵县丞带着两个捕快留在上面接应，又看了尹元化一眼，道："你现在若是后悔还来得及。"

"下官不后悔。"尹元化咬咬牙坚持道。

唐泛懒得再劝，又对其他人道："此行本官虽为正使，但因下面情况莫测，所有人，包括本官在内，都要听从隋镇抚使的指挥，没有他的命令，任何人不得擅自行动。"

这就统一了指挥权。

庞齐他们自然没有什么异议，相反还很乐意，比起听一个从没合作过的文官指挥，他们当然更乐意听从隋州的。唐泛也不想出现指挥混乱，最后葬送了所有人命的情况，索性将大权全部交给隋州。

隋州还是面瘫脸，在外人面前，他的话向来很少，但每回都能说到点子上。

见庞齐等人都一脸期待地看着他，隋州冷冷吐出两个字："出发。"

众人："……"

隋州当先就走到盗洞前面，准备下去，回头见其他人都还愣在那里，不由得露出疑惑询问的眼神。

大伙这才回过神，赶紧跟上去，他们还以为头儿起码也要训话鼓励一下士气军心之类的……

那个盗洞很窄，一次只能容纳一个人下去。据刘村长所说，他们上次在下到地宫二层的时候，一路都十分顺利，并没有遇到什么危险。但鉴于那天晚上那两个人死状的凄惨，所有人还是放慢了脚步，小心翼翼地一路向前。

刘村长下来过，是负责带路的，自然要走在最前面，后面紧跟着隋州等锦衣卫，然后是钱三儿、尹元化、唐泛他们，庞齐殿后。

盗洞挖得弯弯曲曲，十分曲折，下去的时候只能脚朝下、头朝上这样一步步地踩下去，两手扶着两边土壁。

外头是大白天，刚下去的时候视线还算清晰，但越是往下，光线就越昏暗。习惯了外头明晃晃的感觉，乍一到黑暗逼仄的环境中，眼睛很难适应，所以大家都走得很慢。

盗洞起初还有些狭窄，不过越往下，就越宽敞，到后来已经足以容纳两个人下去了，大家不得不将身体紧紧贴着岩壁，以免坡度太大而使得整个人都滑下去。

唐泛扶着土块石壁的时候，就感觉到有些地方黏腻腻的，还带着股淡淡的腥味，像是尸体被撕碎后四溅沾上的鲜血和碎块……打住！不能再想下去了！

唐大人自问虽然没有太大的洁癖，但这种情形细想起来，也很令人作呕。

“到了！”前面传来刘村长的声音。

很快，等前面的人一个个跳下去，唐泛跟着纵身一跃，顿时脚踏实地。

但他忘了，自己后面还有一个尹元化……

尹元化跳下来的时候似乎是崴到了脚，他哎哟一声，直接就倒在前面那个倒霉鬼身上！

“倒霉鬼”唐大人只觉得背上一阵剧痛，连眼前什么景象都没看清，人就被压趴下了。

走在前面的一个叫严礼的锦衣卫总旗正跟着隋州在勘查眼前的环境，冷不防后者身形一闪。

再定睛一看的时候，自家老大已经将尹元化掀到了一边，任由他身不由己地往旁边车轱辘似的滚了好几圈，又小心翼翼地扶起唐大人，低声询问。

尹元化虽然不敢得罪锦衣卫，但他也放不下身段去主动结交，总还端着自己文官的架子。当然，严礼一帮人同样看他不顺眼。

面对此情此景，严礼只想说一声：老大，干得漂亮！

第二十五章

峰回路转

尹元化捂着额头爬起来，想骂又不敢骂，那一脸憋屈的样子，若是换了在地面上，早就招来一干锦衣卫的大声嘲笑了。

不过眼下没有人顾得上搭理他。

“这里就是上层，”刘村长道，“往这边走，上回俺们就是从那边下去的。”

他在前面带路，庞齐等人将火折子点起来，周围瞬间明亮了不少，所有人都能看见，他们现在所处的地方，按理说应该是地宫宫门左侧的耳室，朽木散落一地，还有不少箱子，瓷器碎片，早就被半掩在尘土之中，饱受岁月的侵袭。永厚陵，不愧是已经被盗成了筛子的帝陵，这一眼望去，几乎就没有完整的器具。

这里作为宋英宗死后安寝的宫殿，曾经也有无数金银财宝、珍贵瓷器陪葬。但现在，只剩下拱门和石壁左右上方那些精美的花纹和青砖，才能证明这里也辉煌过。

尤为可惜的是，许多盗墓贼来到这里的时候，他们往往只会盗走金银财宝，对那些瓷器陶俑则弃如敝屣，甚至在盗墓过程中破坏殆尽，以致现在满目疮痍，甚至比地面上还要残破。

但此时此刻，很少有人有心情去关心这种细节，唐泛弯着腰，从地上捡起一个白色的东西。他拂去尘土，发现上面还沾着一点干涸的血迹。

“这是什么？”隋州命刘村长先不要往前走，又让众人在四周仔细查看，他见唐泛正对着手里的东西发呆，就走过来问。

“玉蚕，这不是宋陵里的东西，而且这血色看着不像年代久远，应该就是之前钱三儿的师父那帮人逃出来的时候太过慌忙，不慎掉落的。”唐泛道。

听见他的话，人们都围上来看。

钱三儿道：“对对，我师父和卢胖子都说在第二层再往下走，就能看见好多宝贝！”

唐泛沉吟道：“我心中有些猜测，不过还得再往下走才能知道，这宋帝陵下头，兴许隐藏着一个秘密。”

众人面面相觑，完全不知道他说的秘密是什么。

庞齐“啊”了一声：“那尸体呢？如果他们逃到这里来了，应该会有尸体留下才是！”

他望向钱三儿，好像希望他给出一个解释，后者被他瞪得后退两步，结结巴巴道：“小……小人不知啊，我师父他们只是说一路逃出来，中途把宝贝都掉光了，可能……可能这是他们掉的吧？”

唐泛道：“继续往前走吧。”

隋州颔首：“大家小心些。”

一行人出了耳室，其实前面也就只有一条道路，钱三儿那伙人挑的盗洞角度确实很刁钻，这地方附近并没有盗洞的痕迹，不过这不代表这里就没被盗墓贼糟蹋过。可以说整个宋帝陵，现在除了残垣断瓦、朽木碎瓷，就算有宝贝，也应该早就被这一百多年来的人盗挖一空了。

所以当他们又一次在路上发现零碎散落的金兽和金耳坠等物时，都十分惊奇，不只如此，脚下偶尔还能踩到圆溜溜的金珠，或者珊瑚玉璜、云纹玉带钩等。不说钱三儿忍不住弯腰去捡，连尹元化这等自恃清高的人，唐泛也瞧见他忍不住悄悄将一颗金珠收入怀中。

相比起来，锦衣卫们倒还克制得住，唐泛手里拈着一件刚刚在脚下发现的、镶着绿松石和蚌片又贴着金箔的银手钏，心中的猜测已经渐渐成形。

他们出了耳室，顺着通道走向大殿之中的地下碑亭，却见刘村长三步并作两步绕到碑亭后面，惊喜道：“就是这里！上回我们就是从这里下去的！”

这座地下碑亭建得蔚为壮观，比地面上寻常的碑亭还要大出一倍，中间立着三块石碑，上面记述的是宋英宗一生的功绩。当然，英宗当皇帝才三年，功绩再多也不可能比得上仁宗、太宗，所以字数不够废话凑，洋洋洒洒皆是溢美之词，华丽的辞藻像不要钱似的在上面刻着。唐泛只是略略看了几行便移开视线，望向刘村长所指的入口。

地宫下层是用于安放皇帝棺椁的，也是地宫的中心，这个入口同样也是后来挖掘的，并非地宫原本的入口。据说因为原本的入口有不少机关用来防盗，所以后世许多盗墓贼就另外挖了一个入口进去。经过一百多年来前仆后继的尝试，从他们在上层畅通无阻的情况来看，下层机关恐怕也所剩无几了。

隋州让大家小心，然后还是由刘村长先下去，这并不是隋州要让他当炮灰，而是刘村长是唯一来过这里的人，相较其他人，他已经算是最熟悉道路的了。

庞齐等人带的火折子数量足够，并不担心会有用完的时候，等所有人都踩在地宫下层的青砖上时，他们手上的火光足以照亮周围整个空间。

“这里有血迹！”严礼低声道。

所有人心头一跳，循着他所指的地方望去，但见地上一摊暗红近乎黑、已经干涸了的痕迹，上面还有好几块同样被血染黑的金箔片。

一名锦衣卫弯下腰，捡起那些金箔片，递给隋州。

隋州拿过来看了看，道：“这里肯定经过一场恶战，但尸身全都没有了，有可能是被怪物吞掉了。所以大家都要小心些，尽量不要走散，一听到怪声就围聚起来，准备用火铳。”

不必他说，所有人也都感觉到这里的古怪了，尤其是钱三儿，他是看着李葵那一伙人下去的，出来的时候却只有他师父和卢胖子两个。第二次下去的时候甚至连他俩都折在这里头，这说明了什么？说明这里的凶险肯定远远超过原先的预期和想象，连李葵等人都没能逃出来，如果是自己这种半吊子摊上……

钱三儿不敢再想下去，他甚至对眼前地上四散的财物也没了兴趣，忽然很想一口气跑回地面上去，被那温暖的日头晒上一晒。

可惜这里由不得他做主，所以他只能硬着头皮继续走下去。

唐泛接过隋州手里的金箔片，看了好一会儿，道：“这上头刻的是金文。”

众人的注意力被他吸引过去，隋州问：“什么是金文？”

唐泛：“金文又叫钟鼎文，春秋战国以前一般流行于铭刻在青铜礼器上，但有时候别的陪葬器具也会出现，这些金箔应该原先是被贴在某些器具上面，被剥落下来的。”

隋州与他的默契已经到了一定程度，闻弦歌而知雅意，当即就会意道：“你的意思是，我们所看到的这些财物，都不是来自宋帝陵，而是来自永厚陵下的某个更古老的墓穴？”

唐泛点点头："钱三儿的师父和刘村长都说下面还有一层，如果我没有猜错的话，这应该是一个叠穴，永厚陵好巧不巧，选址正好就在另外一个墓穴上方。宋代皇帝奉行'天子七月而葬'，死后才开始选址，不排除因为永厚陵下的这座墓穴葬得太深，而英宗皇帝选址下葬时又过于匆忙，所以才没有发现两墓相叠。"

说到这里，他也没有卖关子，而是继续道："巩县在春秋时，曾是周天子敕封巩国的封地，上面那几个金文虽然有点难以辨认，但从随葬品来看，下面应该是一位君侯的墓穴。"

钱三儿恍然大悟："难怪我师父说下面有一大堆宝贝，那会儿我们还奇怪呢，说宋陵早就被盗光了，哪里还有宝贝？我师父他们还疑心是自己出了幻觉，原来是这样！"

唐泛道："是与不是，还得下去了才能确认，先秦时贵族随葬一般都有车马坑，规格制式也与后世陵墓大不相同，很好区别。"

一行人一面说着话，一面随着刘村长穿过一道拱门，然后在拱门后面的内侧凹陷处停了下来。

"就是这里，上回我们就在这里发现了入口。"刘村长指着那个黑漆漆的洞穴入口道，"但是因为当时我们的火折子快用完了，而且那个洞很深，我们下去走了一段，就没敢再下去。"

唐泛蹲下身子，又抬头看了看，发现这个洞口最早应该是墙上石壁脱落下来之后砸出来的小坑。后来这里又遭遇过火焚，被金兵一阵翻天覆地的搜刮，地上铺垫的青砖早就一层层被掀起来。也不知道是哪个缺德鬼发现了下面的蹊跷，层层深挖，这才有了脚下这条通往不知名处的地道。

照理说，钱三儿师父那一伙人行迹匆匆，是绝对不可能在两个多时辰内发现并挖掘出这样一条通道的。所以这条通道肯定是之前就有的，那么就算里面有珍宝，为何还能等到钱三儿师父他们下去之后发现呢？

若说是幻觉的话，也是说不通的，因为一路他们走过来，已经捡了不少值钱的财物，这是确确实实存在的，也不会是宋帝陵原本有的东西，这又如何解释？

唐泛将自己的想法与众人一说，隋州道："不管如何，我们此行的目的便是剿杀那头危害地方的怪物，其他的还是其次，大家不可见财起意，误了正事。"

一众锦衣卫皆应下了，尹元化心中却有些不以为然，在他看来，若是能发现这些财物并运出去，那对朝廷来说才是大功一件。届时若自己能够私藏一点，那也一生受用不尽了，至于那头虚无缥缈的怪物，如今连影子都没见着，却说得跟真的似的。实际上他仍然认为很可能是有人在装神弄鬼，利用河神或怪物的名头，震慑村民不敢靠近，借此藏匿珍宝。

隋州等人没有急着下去，而是带着人在地宫下层仔细转了一圈。

永厚陵可以称得上是北宋帝陵里规模最小的一座，而且经过兵火和盗贼的洗礼，基本上已经是一座空墓。连安放着英宗皇帝尸身的阴沉木棺椁，也早就被拆卸下来，只剩下几块零散的边角料。估计还是前边的人来了之后因为东西太多带不走才留下的，连皇帝尸骨都不知所终，更不必说他身上的龙袍、玉石了。

原本这个场面还挺令人唏嘘的，但因为听了唐泛的话，大家越发对下面那一层起了好奇心。是以在这里匆匆转了一圈，在发现没有任何可疑场景的时候，便准备往下面去。

钱三儿因为师父的经历，对这里始终存着一份难以言喻的恐惧感，又见下来之后，许多人对这里懵懂不知，唯有唐泛能够说出下面的来历，不由得对他敬佩得很，有意无意跟在唐泛身边，寸步不离须臾。此时见唐泛还蹲在棺椁旁边，便忍不住走过去，跟着弯下腰，伸长了脖子探看。

唐泛被他的动作吓了一跳，不过也没有责备他，只是将手下堆积起来的尘土慢慢地抹开。

钱三儿睁大了眼睛，才见这些木屑和灰土被抹开之后，下面便露出一大摊黑乎乎的东西。

“这……这是……”他忍不住失声道。

“血。”唐泛低声替他补上。

钱三儿的牙齿忍不住上下打战，本该比他害怕的唐泛却笑了：“别怕。”

他笑完，起身就走开了。

钱三儿却依旧呆呆地看着那一大摊血迹，那上面似乎还沾着一点碎肉或碎骨头，还有一些夹杂在尘土里头，想想就让人胆寒。

别看他从小颠沛流离，但一直做的也就是小偷小摸，从没干过那些杀人放火的勾当。这次跟着过来挖帝陵，也因为经验不足，没有被获准进去，由此捡了一条小命，但钱三儿觉得自己这条小命，说不定今天就要交待在这里了。

抱着这种不祥的预感，他哭丧着脸站起来，恍恍惚惚地跟在众人后边，下了那个在他眼里变得越发可怕的洞口。

行至此处，别说阳光，连呼吸都感觉比地面上窒闷。

地宫虽然不大，可也说不上小，除了隋州他们一行人之外，这里再无人气，说话走路都带着一股空荡荡的回音，浸染着数百年来的空寂。

也不知道这里是不是遭遇过火劫的缘故，鼻息间仿佛还能感受到一股若有似无的焦土味，再加上这些时不时可以发现的血迹，所有人心头都有些沉甸甸的。

锦衣卫倒也罢了，这种场面还吓不倒他们，但尹元化虽然立功心切，可到了这种地方，也就剩下脸色苍白的份儿了。如果说刚刚在地宫上层的时候他还有心思弯腰捡金珠的话，此刻却变得紧张起来，也不敢低头去细看了，比犹自研究细节的唐泛大大不如，在其他人眼里看来，难免又是暗自嘲笑。

那些锦衣卫原本就不大瞧得上他，见他紧张成这样，严礼有心吓唬他，故意悄悄绕到他身后，猛地一拍他的肩膀。

“啊！”尹元化吓得跳了起来，等定睛发现是严礼时，不由得狠狠地瞪了他一眼，“你好大胆子，胆敢吓唬上官！”

严礼无辜道：“尹大人，我只是看你脚底下好似踩到了不该踩的东西，好心想提醒你而已。”

尹元化慌忙低头一看，自己刚才站的那地方干干净净的，哪里有什么东西？

他意识到自己被耍了，不由得怒道：“你等着，如此嚣张，等回去之后我定要上疏弹劾你！”

“噤声！”出声的却不是严礼，也不是隋州，而是唐泛。

唐泛说完这句话，脸上露出侧耳倾听的神色。

众人见他凝重，也连忙跟着竖起耳朵，听了半天……什么也没听到。

“……”尹元化完全有理由怀疑唐泛存心跟自己过不去，所以故意在别人面前驳自己的面子。他心里对唐泛越发记恨了，却知道眼下这里不是由自己说了算，还是先忍下这口气。

看我回去如何对付你！尹元化恨恨地想着。

唐泛还真不是有意在耍着尹元化玩儿，刚刚在尹元化大声说话的时候，他确实听到了一个微弱而细长的声音从远处传来，就像是有什么沉重的东西在地上拖着前进一般，但等到静下来仔细倾听的时候，这个声音又消失了，仿佛不过是自己的错觉。

在将这一层地宫搜索一遍，确认没有发现之后，由刘村长带头从这里下去。

就像刘村长所说，这条通道确实有点长，几乎跟他们刚才从上面下到地宫上层差不多了。估计也正因为如此，帝陵在选址的时候才没有发现这个隐藏在深处的先秦君侯墓。

“到了。”伴随着刘村长的声音，众人陆续到达下面。

脚底凹凸不平，踩上去能明显感觉到地面没有像地宫那样用青砖铺地，而只是普通的土坑。

在火光的照耀下，四周不大的空间立时呈现出来。

钱三儿“咦”了一声：“我师父说过，他们就是在这里看见许多宝贝的！”

然而众人视线所及之处，哪里有什么珍宝财物？

除了四面土壁之外，什么也没有。

不，周边连同地面，只要稍加留心，就可以看见一摊一摊的暗红色血迹，凝固之后渗入壁层，看上去一块一块，深深浅浅，莫名诡异。

尹元化阴沉着脸：“我就说这种小蟊贼不可信！”

钱三儿被锦衣卫带回县城之后，着实吃了一番苦头，一听这话，连忙就辩白道：“我师父真是这么说的，大人，小的都被带到这里来了，还怎么敢骗你们！”

刘村长怯怯道：“会不会……会不会是被那怪物吃掉了？”

怪物吃人不吐骨头也就罢了，吃那些金银财宝做什么？难道是貔貅？

这话一出，众人都觉得好笑，可又没人笑得出来。

逼仄阴暗的环境，不翼而飞的财宝，前方莫测的危险，不知道潜伏在何处的怪物，都禁不住让所有人的心高高悬了起来。

但这个耳室也并非封闭的，因为在他们前方就立着一道石门。方才庞齐走过去试了一下，石门下面似乎是安置着滚珠，用力一推就可以推开。

门缓缓推开一半，外面似乎是一条狭长的甬道，黑暗无边，没有烛火的照耀，也看不出有多深。

“大哥？”庞齐忍不住轻声询问，所有人都看向隋州。

这个时候，隋州就是他们的主心骨。

“庞齐，你带两个人出去探路，不必走太远，确认前方暂时没有危险，就可以回转。严礼，你留守在这里接应，若是遇到什么不测的情况就往上跑，不必管我们！”隋州沉声道。

庞齐应了一声，点上两名手下，推开石门往外走。

石门若是没有阻挡，就会自动关上，隋州一面让人将石门挡住，以免它关上，一面又在石门外面留下记号。

不一会儿，庞齐便带着人回来了。

“大哥，甬道尽头有两条路，一条往左，一条往右，我们没有再往前走。”

隋州“嗯”了一声：“出发吧。”

他留下严礼在此，便带着众人出去。

唐泛与尹元化走在最后，却听到前面忽然有个锦衣卫大喝一声：“前面有东西！”

话刚说完，又有人喊起来：“好像是人影！”

众人吃了一惊，隋州沉声道：“不要追！”

在毫不熟悉的环境里，贸然追上去只会令己方陷入危险之中，在所有人都下意识想要追上去一看究竟的时候，隋州的冷静无疑给他们头上浇了一盆冷水。

饶是如此，大家的脚步依旧快了几分。这时尹元化忽然“哎哟”一声，像是踩到什么东西，脚下绊了一下，身体随即往前扑倒。唐泛伸手去拉他，被他带得也跟着微微往旁边歪去，赶紧扶住墙才站好。

“我的娘呀！”尹元化拿着火折子低头一瞅，这才发现绊倒自己的竟然是一个头盖骨。

他嫌晦气，赶紧将头盖骨往旁边踢了踢，又见唐泛一直没反应，便抬头去看他。

这一抬头，他就不由得失声道：“其他人呢？他们怎么走得这么快！”

唐泛皱着眉头，他刚刚被尹元化那一跤吸引了注意力，片刻的工夫，前边的人就已经走得不见踪影了，连脚步声都消失无踪。

他往前走了几步，微弱的火光照出前面的道路，不远处就是尽头了，却没有庞齐所说的往左往右两条路，只有一条往左拐的甬道。

尹元化显然也注意到了这一点，他的脸色有点苍白，声音也有点哆嗦起来：“他……们人呢？”

唐泛没有回答，他举着火折子就要往前走，尹元化也顾不上什么面子了，连忙扯住他的衣角：“别丢下我！”

唐大人有点无语，但此时此刻也顾不上调侃对方了，他没有往左边那条路走，而是站在原地，摸着前方那片土石砌成的墙壁，沉吟不语。

“到底是怎么回事？”尹元化与他一样看了又看，却看不出什么问题。

尹元化已经有点后悔来到这里了：“要不，咱们还是去跟严礼集合，等着隋镇抚使他们回来吧？”

唐泛道：“只怕是回不去了。”

尹元化：“什么意思？”

唐泛：“你往回走试试。”

尹元化半信半疑地举着火折子往回走了一段，忽然失声道：“那个耳室的门呢？怎么什么都没了？”却见他空着的另一只手胡乱摸着前方的土壁，试图找出之前他们留的那个记号。

“严礼！严礼！”尹元化拍着土壁大声喊道。

“别喊了，”唐泛叹了口气，“我们应该是遇到鬼打墙了。”

“鬼……”尹元化脸色又是一白。

唐泛解释：“不是真正的鬼，这只是墓室里一种机关的运用，为了防止盗墓者擅入，我也只是在古籍上看过，没有见过。刚才你摔了一跤的时候，我们很可能是在不知情的情况下走入了岔路，导致跟他们失散了，否则他们也不至于走那么快，完全不等我们的。你看你现在连身后那间耳室都找不到，就可以证明这一点了。”

尹元化颤抖着问：“那怎么办？”

唐泛叹了口气：“我怎么知道？我又不是墓主人。仔细找找吧，总有出路的，先别急着往前走。”

虽然跟尹元化一道困在这里，但是看见对方惊慌失措的脸，唐大人还是有种想笑的感觉。不得不说，他的心理素质已经达到一定的境界了。若是尹元化知道他此刻在想什么，只怕是捏死他的心都有了。

唐泛还没说话，左前方的甬道里就遥遥传出声音：“唐大人！唐大人！你们在哪儿？”

尹元化不由得大喜：“是刘村长吗？我们在这里！”

一点亮光由远及近，片刻之后，刘村长气喘吁吁地出现在他们面前，他脸上也是又惊又喜：“唐大人，原来你们在这里！”

尹元化迫不及待地问：“他们呢？他们去哪里了！”

刘村长喘了口气，满头大汗道：“刚才我们走了一段路，发现没看到你们，隋大人就让我回来找。他们发现了那个藏着财宝的地方了，两位大人快跟我来吧！”

尹元化毫不怀疑，直接就想跟上去，唐泛却拉住他：“等等！”

就是这一句话的工夫，尹元化转过头看唐泛，而原本走在他前面的刘村长却突然提起手中的斧头，朝他们当头劈了下来！

因为角度问题，尹元化没有瞧见，唐泛却是瞧见了。他将尹元化往后一拽，自己正好顺势一倒，脑袋跟斧头刚好掠过，只差一点！

而刘村长因为用力过度，斧刃狠狠砸下来，深深地劈进土壁里，一时半会儿还拔不出来。

趁着这个机会，唐泛拽起尹元化就跑，刘村长气急败坏的声音在甬道里回荡，喊的却不是“给我站住”，而是——“还不抓住他们！”

前方不知从何处钻出两个人，直接挡住唐泛和尹元化的去路，朝他们肩膀抓了过来。唐泛想也不想，抬起膝盖就朝面前那人的胯下顶去。

不过这一招对付寻常人或许有用，对付身怀功夫的人就毫无用处了。对方另一只手直接往他膝盖处一拍，唐泛只觉得一阵剧痛袭来，人的反应力顿时迟钝下来。

就是在那片刻之间，人已经被擒住了，对方一边恶狠狠地将他的胳膊往后拧，一边骂道：“你娘的，竟然还想踢老子的命根子！”

尹元化被这一连串变故早已弄蒙了，胡乱挣扎了一下，同样也被抓住了。

“你们到底是什么人？好大的胆子！你们知不知道我等是朝廷钦差？这是要犯上作乱吗？放开我！放开我——嗯！”

他嘴里被塞了一条臭气熏天的汗巾，顿时噎得直翻白眼。

刘村长气势汹汹地走过来，没有搭理聒噪不休的尹元化，而是抬起手，二话不说先给了唐泛一巴掌！凶狠的力道掴得唐泛的脑袋当即就不由自主偏向一边，耳边嗡嗡直响，咽喉处慢慢地涌出一股血腥味。

他勉强忍住那股眩晕感，看着笑容狰狞的刘村长，缓缓道：“难为你装了这么久，我还在想你何时才肯露出真面目。”

刘村长本准备抽出匕首一刀解决了唐泛，听他这么一说，反倒来了兴趣：“你早知道我是假的？”

唐泛没有直接回答这个问题，而是道：“一个在洛河村土生土长的农户，从小用惯了各种农活用具，不可能连斧头怎么用都不知道。你刚才那个动作如此生疏，连力度都掌握不好，很难让人相信你就是真正的刘村长啊！”

刘村长闻言居然笑了一下，脸上的笑容在火折子的映照下显得有点扭曲。尹元化不由得打了个寒战，但对方理也没有理他，注意力依旧放在唐泛身上。

“知道了也没用，既然你们已经下来了，就要做好死在这里的准备。”

他拔出袖中匕首，对着唐泛的心口就准备刺下去！

忽然之间，远处传来一阵若有似无的哭声：“呜——呜——”

那声音幽怨而凄厉，像是蕴含着无尽的悲楚，所有人一听，脸色都变了。

“坛……坛主，那东西不是被关在外面吗？怎……怎么进来的？”抓着尹元化的那人哆哆嗦嗦道。

“走！”刘村长咬了咬牙，也顾不上杀唐泛了，让手下抓着他们两个就往前跑。

一行人跌跌撞撞跑了一阵，刘村长似乎对这里的路很熟，七弯八绕，终于拐入一个石室，又将石门推上，直到那个哭声暂时听不见了，这才松了口气。

这间石室明显是墓穴的中枢，地方要比之前他们到过的耳室大得多，四周昏暗，只有中间一副棺椁上点着一根蜡烛，微微发光，也不知道里头的尸身还在不在。唐泛道：“我劝你们眼下还是先别杀我们的好，若我没有猜错的话，那怪物闻血而动。若我们死在这里，那血腥味就会将怪物引过来，到时候你们也出不去，岂不是白搭？”

刘村长喘着气，他虽然假扮了身份，本身却还是娇生惯养的人，明显没有习惯这种剧烈的奔跑，否则也不会刚刚一斧头砍下去失了准头。

他冷笑道：“唐大人，你向来聪明得很，既然知道我是假冒的，那为何不再猜猜我是谁？”

唐泛看着他，他也看着唐泛，原先憨厚的面容此刻怎么看怎么阴狠。

“其实你扮得不错，连当地口音都学下来了，但不管怎么惟妙惟肖，一个赝品总会在言行举止间暴露出痕迹的。”

唐泛慢条斯理地说完这段话，在刘村长即将发火之前，他又道：“我们之前进来的时候，从地宫上层开始，就陆续发现玉石和金珠等各种财物，你还记得吧？”

刘村长：“不错，那些都是上次那帮蠢货死在这里之后散落的，我特意让人不要收拾，那又如何？”

唐泛：“问题就出在这里了，我们进来之后，先不说钱三儿和其他人，就连尹元化都忍不住偷偷捡了一颗金珠藏起来，而你，却一直在前边带路，即使看见了也毫不动心。若你现在是坐拥万贯家财的富贾，或者是已经见惯了富贵的世家子弟，我也不觉得出奇。”

他对刘村长笑了笑：“偏偏你只是一名肩负全家生计的农民。你弟弟说过，你媳妇早死，出于家境缘故，你至今还未续娶，也没有子息，这样的人，会看见满地财宝而不动心？那分明是你当时急着想要将我们引入彀中，所以根本没有去注意过这个细节吧？

“还有，我记得老村长临死前的那个晚上说的那一番话，最后他一直在说到处都有鬼，起初我以为他只是惊吓之后产生的癔症，但后来仔细想想，他那番话也许是另有所指。因为当时在他身边的，除了我与隋州他们，就只有你了。

“让我来推测一下，老村长是不是早就知道你不是他儿子？你担心我们的到来会使得你的身份提前暴露，所以就以老村长家人的安危来威胁他，逼迫老村长自杀？不过老村长为什么不敢向我们坦承，你是不是拿捏了他什么弱点？”

刘村长对他阴森森一笑：“没错，他们还以为他的孙子，我那二弟的儿子在县里的私塾念书，实际上他早就被我派人抓起来了，这个秘密只有老村长知道。我告诉他，如果胆敢将我的身份暴露出去，在我倒霉之前，他的孙子肯定会比我先倒霉，为了他唯一的孙子的性命，他自然要对我唯命是从。”

唐泛疑惑道：“这倒也说得通，但我不明白的是，老村长是刘大牛的父亲，他能看穿你的伪装并不出奇，但刘大牛的母亲、弟弟，为何都没有怀疑？”

刘村长冷哼：“你也说了，我的装扮惟妙惟肖，他老娘年老力衰，眼睛不好使，至于他弟弟，那不过是个蠢货，三言两语就能糊弄过去。那一家子里，除了那老头之外，根本就没有人知道我不是真正的刘大牛，呵呵，更何况那老头为了自己孙子的性命，反过来还要主动帮我隐瞒呢！”

唐泛点点头：“那就对了。李漫，好久不见，想来这段时日你应该过得还不错吧？”

冷不防被他点破身份，对方愣了好一会儿，伸手揪住他的衣襟，阴森森道：“你还记得我？”

唐泛被他勒得有点呼吸不畅，身后双手又被人绑住，姿势有点狼狈，也就没法摆出淡定的风范了，忍不住咳了两声，道：“怎么会不记得？你在狱中跟李麟互换身份，亲手将自己的儿子置于死地……”

李漫冷笑：“若不是你，我儿子又怎么会死！若不是你，我如今还好端端地当着我的李家老爷，又怎会被你弄到如今这等境地，被迫流浪天涯！”

他也不知道用了什么法子，不仅完全看不出昔日的模样，甚至连声音都完全改变了。

这世上总有一种人，自己失败了，非但不反省自己的过错，却总要将错误往别人身上推，总认为自己的失败是别人造成的。

唐泛道：“若不是你狠下心杀害发妻，根本就不会有今日之境地！”

李漫冷冷道：“她与我是结发夫妻，有些事情，总是避不过她。她知道得实在是太多了，只有死人，才是最安全的。”

唐泛怒道：“所以你从一开始就打算杀了她，从前说的那些要与她和离而她却不答应的话，只不过是借口罢了！”

李漫冷笑："是借口又怎样？唐大人，你这样生气，若不是张氏已经年逾五十，我还以为她与你有私情呢！"

唐泛质问："那李麟呢？他是你的亲生儿子，虎毒不食子，你都能忍心下得了手！"

李漫道："若我不用他来换，现在我根本就不可能站在这里和你说话了。也亏得他从小被他母亲教得一副迂腐模样，读书都读傻了，竟然会任由我摆布。不过话说回来，陈氏已经为我生下了儿子，我李家已经有了香火传承，那种朽木不可雕的儿子，不要也罢。"

唐泛觉得跟这种人渣讲良心那简直就是一种浪费。若说之前在李家宅第里，李漫还对张氏的死有所懊悔的话，那么如今再度重逢之后，唐泛从他身上看到的就只有泯灭人性的邪恶了。或者说，在他心目中，现在只有陈氏母子才是他看重的，至于张氏母子，早就被他丢弃到九霄云外去了。

唐泛没有说话，李漫反倒问："你还没有说，你是在哪里认出我的。"

"很简单，我们出发前，你对刘家老二说了一句话，你还记得不？"

见李漫歪着头思索，唐泛好心提醒道："你跟他说：'等俺回来，弄一锅炖肉等俺回来，下点雪雪白的大白菜'！"

李漫皱眉："这句话有什么问题？"

唐泛笑了笑："这句话没什么问题，不过'雪雪白'这个词，却明显不是来自洛河村本地的方言，就我所知，江南苏州一带，就很喜欢用这个词，你千防万防，也没想到自己在方言上露馅儿吧？李家虽然长居京城，祖上却是江南人士，很不巧，我老家也在江南，所以一听就听出来了。"

李漫自忖那头已经将隋州他们困住，便过来杀唐泛他们，因时间充裕，正好他心中还有所疑问，这才与唐泛两人一问一答，此时听到这里，终于察觉出一丝不对劲："你们既然早就对我有所怀疑，为何还要跟我下来？"

唐泛面色古怪："光抓你一个人有什么用？你难道没听过一句话，不入虎穴，焉得虎子？"

早在唐泛脸色露出奇怪神色的时候，李漫就有所警觉了。

下一刻，抓着唐泛与尹元化的两名手下惊叫出声："坛主！"

却听得身后凌厉风声挟着杀气汹涌而至，李漫想也不想，伸手抓住唐泛的肩膀，一拽一转，将他挡在了自己的身前！

第二十六章

自作自受

说时迟，那时快，凛冽杀意漫天卷来，却又生生收住。只听得前方一声沉闷的撞击声，估计是对方被迫中途收势，导致反噬到自己身上了。

李漫正觉得这人质真是好用至极，但他还没来得及将手掐在唐泛脖子上，冷不防自己后背就传来一阵剧痛，他禁不住惨叫一声，身前被他拿来当作挡箭牌的人已经不见了，自己手腕则被重重一击，登时酸麻得不由自主地松开了手中的匕首。

顷刻之间，情势已经发生了翻天覆地的变化。

李漫本来就是商人出身，身手不比唐泛好到哪里去，否则也不至于先前拿把斧头劈人，力道也没掌握好。不过他那两个手下却比他厉害得多，面对锦衣卫的围攻，还挣扎了好一会儿，才不得不束手就擒。

“你们怎么会在这里！”双手被粗暴地缚在身后，李漫瞪着眼前的人，不可置信道。

造化弄人，他刚刚才让唐泛尝过的滋味，转眼就用在自己身上了。

一名锦衣卫走过去，将石门缓缓推开。

在李漫他们的瞪视下，庞齐带着钱三儿等人大大方方地从外面走进来。

石门重又合上。

方才他们所感受到的怪物将近的威胁，仿佛只是幻觉。

隋州亲手给唐泛松了绑，关切道：“没事？”

“没事。”唐泛摇摇头，便四下张望起来。

从布置上来看，他们所在的这个大厅，实际上就是巩侯墓的中心位置，中间那个棺椁，正是安放巩侯尸身的地方，棺椁上面的花纹证明了唐泛之前的猜想，这确实是一个先秦君侯的墓穴。

不过因为这个正殿空间比较大，左右还有模仿墓主人生前居住的配殿。而李漫他们又只点了一根蜡烛，以至于这里除了烛火周围的一小圈区域，其他地方都很暗。

身处其中，趋明避暗，人很容易下意识地朝有烛火的地方去看，这样当眼睛看向其他地方的时候，就会出现短暂的失明。

隋州他们正是利用了这一点，事先藏匿在配殿之中，屏住呼吸，趁着李漫防备松懈的时候，一击得中。

李漫虽然也想通了这一点，但他仍旧感觉到无法相信，他总自负于自己的安排，可似乎屡屡都栽在唐泛手上。

“这不可能，我们的人明明引开了你们！你们是怎么从那边跑到这里来的！”

隋州没有搭理他，反而先望向唐泛。

唐泛开玩笑道：“因为隋镇抚使英明神武，非尔等凡人所能揣摩！”

隋州眼中露出一丝好笑，但当他再转向李漫时，脸上已经恢复了冰冷无波的神情：“这座墓穴的布局，我们在下来之前，就已经差不多知道了……”

没等他说完，李漫就叫了起来：“不可能！”

他说不可能，自然是有理由的。

贵族下葬，为了防止盗墓，不但不能留下任何传世的资料，有时候还会杀掉帮忙修建陵墓的工匠。像曹操，甚至还会弄出什么七十二疑冢来，为的就是起到迷惑后人、彻底防盗的作用。

虽然这样做不一定有效果，但反正从古至今大家就是这么干的，小心谨慎一点总是没错的。

这座墓穴位于永厚陵底下，知道的人都寥寥无几，更别说事先知道它的布局了。

面对李漫一脸“我有文化，你少骗我”的表情，唐泛耐心地给他解释：“我为官之前，曾游学天下，到过陕西一带，那里有不少墓穴。据说是从前周王室的陵墓，里面的东西早就被当地人盗挖一空，但葬坑与遗址仍在，我观察之后，发现那些葬坑的规制皆是大同小异。

“永厚陵只有上下两层地宫，这是前人明明白白写着的，英宗下葬仓促，也不可能再弄出什么暗道来。你虽然不是真正的刘大牛，但为了引我们下到这里，可谓煞费苦心。

“你说的话，自然不能全是假的，起码要半假半真，而钱三儿又没有说谎，那么结合你二人的话，就不难得出一个结论：你们口中所谓的地宫三层，必然是另外一座王侯墓穴。

“于是我便暗中留了心，翻阅县志之后，发现此地乃先前巩国旧址，属于周天子王畿之地，巩国是周室卿采邑国，这样一个小国，一切规制肯定是模仿周王室而来的，连墓穴也不会例外。”

李漫接上他的话：“所以你便将自己在陕西看见的那些周朝墓穴的布局照搬过来？”

唐泛颔首：“不错，但我毕竟只是照猫画虎，每一座墓穴都不可能一模一样，就算知道大致的布局，其间肯定也会有差错，譬如这墓穴中的那些机关，我们就不可能事先知道。但这个时候，你们帮了我们一个忙。”

李漫声音沙哑：“什么忙？”

唐泛：“我们下来之后，发现这里只有散落的金银珠宝，却没有尸身，若说怪物连肉带骨头一起吞下，那还可以理解。但从钱三儿的描述里，我们可以知道，李葵他们一行人下来，又与怪物搏斗，这中间必然经过一场恶战。所以我们经过的地方，断不可能收拾得如此干净，怪物再如何凶猛，总会留下一两截残肢躯干，事有反常即为妖，这里必然是被人刻意收拾过，为的就是引我们下来。”

李漫：“很合理。还有呢？”

唐泛：“既然是有意引我们来此，那么你们自己首先要保证自己的安全，总不能在这里先被那些机关暗算了吧，所以我与隋州二人才会放心带人下来。”

李漫皱眉：“我记得刚才我要杀你的时候，那怪物就叫了起来。”

唐泛“嗯”了一声：“钱三儿。”

钱三儿被叫到名字，忙不迭从黑暗中走出来，朝唐泛讨好一笑，然后将手放在嘴边。

一个令人不寒而栗的声音响起，正是方才他们听见的鬼哭声！

李漫和他的两名手下睁大了眼睛。

钱三儿挺起胸膛，颇有几分得意扬扬：“不才，但也不是只会偷鸡摸狗！”

要知道他的口技在黄河帮也是一绝，否则也不会被师父带过来帮忙望风，虽说大忙帮不上，但关键时刻也不是不能派上用场的，这不，李漫他们就被骗了。

事情其实很简单，李漫设计将隋州一行人引开，准备逐个下手，先杀了唐泛和尹元化。没想到隋州他们早有准备，将计就计，通过那个想要引开他们的白莲教徒，反而摸清了这里的机关设置。

加上原先唐泛所做的准备，他们下来前就对这里的环境布局有所了解，只要稍微走一走，就不会再被那些障眼法的机关所迷惑。

当时，隋州他们已经发现跟在后面的唐泛和尹元化不见了。

正如唐泛了解隋州，隋州也同样了解唐泛，他知道唐泛肯定会想尽办法拖延时间等待他们前去救援，唯一的问题就是他们要如何相遇。

所以隋州就让钱三儿以口技模拟怪物的叫声，一路将李漫他们引入大殿。

于是就有了先前的一幕。

李漫哈哈大笑起来："我听老李说你聪明过人，断案如青天，如今一见，果然名不虚传，先前我栽在你手里，也算输得不冤枉了！"

他口中的老李，便是从前李家的管家，与唐泛关系也不错，可惜后来却被活活烧死在了李宅里。

唐泛摇摇头："被你夸赞，本官一点也不觉得荣幸。"

李漫哂笑："可惜你猜错了，这里不是白莲教的大本营，充其量只是分坛罢了，想借此来升官发财，恐怕你要失望了！"

唐泛："失望倒未必，来而不往非礼也，方才我已经将来龙去脉向你坦承，现在该轮到你了吧？"

"问吧，我知无不言。"李漫倒也干脆，在发现自己没有办法反抗之后就变得很痛快，锦衣卫在旁边虎视眈眈，他一点也不想尝试他们的手段。

唐泛也不想问他为什么会出现在这里诸如此类的废话，那些都可以留待以后再说，先问下现在最要紧的问题。

"这里究竟藏匿了多少白莲教徒？除了你们几个之外，其他人在何处？还有，那怪物是不是你们放进来的？"

李漫道："我们本来有三十几个人，不过在偶然发现这里之后，也在与那怪物的较量中损失大半，如今只余五人，三人在这里，还有两个在外面，正是他们方才将你们引走的。"

"至于那怪物，"他看了唐泛他们一眼，慢吞吞道，"是这里的镇墓兽。"

从李漫的讲述中，唐泛他们才知道，这座墓穴与洛河之间果然是有通道相连的，中间一道石门，以机关开启或关闭。

每当洛河水位下降时，石门开启，镇墓兽从墓穴回到洛河，石门关闭。

而洛河水位上涨时，石门会再开启一次，此时镇墓兽就会从河里回到墓中。

当然，镇墓兽本来也不是什么镇墓兽，估计是从黄河游入洛河的一种水中猛兽，只不过被两千年前的古人利用作为镇守此墓、防止盗墓的镇墓兽罢了。

李漫他们一行人本想盗墓发财，却无意间在这里发现了这座巩国墓穴。

虽然大家被镇墓兽折腾得人仰马翻、损失惨重，但是这里有极其丰富的陪葬品，抛去那些他们认为没有价值的青铜器不说，光是金银珠宝，集合起来就能堆满整整一个耳室！

财帛动人心，更何况白莲教没了南城帮那个财源之后，正需要大笔金钱补充，李漫等人立功心切，在折损了那么多人马之后，他们总算摸清了镇墓兽的出现规律，又设法将那些宝物聚集到一起，准备偷偷运走。

然而镇墓兽的凶性已然被他们唤醒，是以从一年前开始，洛河村的人总能时不时听到那阵诡异的哭声，那哭声正是镇墓兽发出来的。

先前唐泛他们早就知道，为了弄清哭声的来源，洛河村一共出动了两批人，第一批六个人有去无回，大家都以为是河神作怪。但实际上他们是因为发现了李漫等人的动静，进而被杀人灭口的。

第二批去的人里头有县城里的捕快，也有洛河村的村长，那些人被引入了盗洞里。原本李漫想将他们作为镇墓兽的食物，但又怕这些人有去无回，更加引起官府的注意，所以就特意放了一个已经疯疯癫癫的捕快和洛河村老村长回去。

又以老村长的孙子威胁他，让他装疯卖傻来告诉世人，那河里有河神，借以转移世人的注意力，使他们不会注意到盗洞下面，这样李漫等人就有更多的时间来转移财物。

但他们千算万算，没有算到钱三儿师父那一伙盗墓贼会在这个时候过来挖坟，又开了另外一个入口进宋帝陵，从而发现了帝陵下的巩国墓。

后面的事情就顺理成章了，李漫等人用同样的手法杀了盗墓贼，却忘了外头还有钱三儿那条漏网之鱼。结果唐泛等人又从钱三儿身上挖出不少线索，亲自下墓来杀镇墓兽。

这些事情，都是李漫没有想到的。

如果唐泛等人再晚两天过来，李漫等人就可以顺利将财物转移，顺便逃走，唐泛他们下来之后，就只能遇到凶残的镇墓兽了。

不过人算不如天算，李漫就算再三思考，也不可能面面俱到，一些细节上的疏忽，成为今日失败的诱因。

他没想到朝廷派来的钦差正是“老熟人”唐泛。

他也没想到有前面那一大堆死人，唐泛等人还会甘愿冒险下墓，悍不畏死。

他更没想到唐泛他们早就做足了准备，下来之前就连墓穴的布局都摸得七七八八了。

背上挨了那一刀，失血的感觉让李漫眼前一阵阵发黑，说完这些话，他更是口干舌燥，浑身乏力。

突然，尹元化抬起脚，狠狠地将他一踹，厉声问：“那些财物呢？都被你们藏到哪里去了？”

李漫双手被绑，冷不防被踹倒在地，他也不怒，只是喘着粗气道：“如果我说了，你们能放过我吗？”

尹元化记恨他们刚刚将自己五花大绑的事情，闻言冷笑道：“你们意图谋反，祸乱天下，没有诛九族就不错了，还想保命？若是不说，今日就等着丧命于此吧！”

李漫像是听到了天大的笑话，顿时哈哈大笑起来，伤口上的疼痛使得他的笑容越发扭曲。

“你笑什么？”尹元化被他笑得胆寒，还想再踹一脚，却被隋州拦住了。

李漫笑不可抑，连泪花都冒出来了，对着尹元化露出一个阴森森的笑容：“笑你太蠢！我说这么多，不过是为了拖延时间，好让我活得更久一点，这样你们的死期就到了！”

像是为了呼应李漫，他刚说完这句话，从石门外面，就遥遥传来一个诡异的哭声。

所有人脸色微变。

李漫大笑：“我早就说过，那镇墓兽闻血而动，对血腥味最是敏感，我的血引来了它，你们知道这一切又怎样？最后还不是要死在这里！”

石门外面传来砰砰的声音，似乎有什么外力在撞击着，起初只是试探性的力道，伴随着对方发现石门坚固，便越发用力起来，石门连带着里面这间正殿甚至都被撞得微微颤动，扑簌簌地落下来许多灰。

李漫还在笑：“这里的秘密会被永远掩盖，你们全都跑不出去的！”

他的后脑勺被庞齐重重地抽了一下：“你自己还不是要死在这里！说什么风凉话！快想办法！”

李漫狞笑：“圣教对我恩重如山，没有它，就没有家财万贯的李漫！现在我报恩的时候终于到了，能有你们这么多人陪葬，我也死得不亏了！”

说话间，石门又被重重地撞了一下！

这道门原本是依靠巧劲才能打开的，对人来说并不是难事，但对猛兽来说，石门就是横在眼前的障碍。不过外面那头镇墓兽明显是有些智慧的，在发现连续撞击没有用之后，它就逐渐停下攻势，转而进行其他的各种尝试。

身处石室里的人原本以为他们虽然暂时出不去，但外面的镇墓兽也进不来，只要耐心等待些时间，它失去耐心后就会自动离开，然而当他们看见石门从外面被缓缓推开的时候，不由得都有些心惊胆战了。

一只尖利如同鸟爪，却比普通鸟爪要大上好几倍的黑色爪子从门缝里探了进来。

以这怪物在外面的力道，被这样的爪子抓住，估计脑袋当场就得开花。

想到这里，众人的心都是狠狠一颤。

隋州喝道：“上去按住门！”

其实也不需要他说，许多人早已扑上去，用身体将那石门死死堵住。

然而外面那道力量实在是太大了，众人费尽九牛二虎之力，也不过是堪堪将门推回去。

还没等他们松一口气，石门又被狠狠一撞！

许多人还贴在门上，当场就被震得四肢发麻，没了力气。

外面又是一撞！

一下！

再一下！

隋州沉声道：“火铳准备！”

被这一声提醒，许多人才想起他们还有火铳傍身，带着火铳的锦衣卫连忙往里头填充上火药，万分紧张地瞄准石门处，只等着这道石门一旦撑不住倒塌……

然而坏事似乎总是想什么就来什么，还没等他们准备好，那石门就已经承受不住这巨大的冲撞力，“轰”的一声碎成两块，往后倒塌下来，有些人躲闪不及，当场就被压住了。

伴随着石门彻底被毁，一阵腥风扑面而来，熏得众人差点吐了出来！

殿中唯一的蜡烛也随之彻底熄灭。

不过幸好在那之前，隋州已经命人点了四五个火折子分别丢在各个角落，所以此时此刻，一道黑影伴随着腥风扑了进来，他们也终于得以看见李漫口中这只镇墓兽的真面目了。

实际上这怪物并不高，却长得很粗壮，脖颈很长，整个身体有壮年男子的三四倍大。浑身布满黑色的鳞片，白森森的牙齿和巨大的嘴巴向众人昭示着它的咬合力，高高仰起的脑袋上嵌着两颗血红的眼珠子，正缓缓转动，怨毒地盯着殿中所有的人，仿佛已经将他们当作了盘中餐。

有鳞而无角，四肢却有爪，似蛇非蛇，也比鳄鱼大了数倍有余。

众人都认不出这到底是什么怪物。

它的身体死死堵在门口，只消动动脑袋和尾巴，便已经将所有人搅和得不得安宁。

锋利的绣春刀砍在那黑色的鳞片上，鳞片毫发无伤，能用来砍柴的绣春刀却微微卷刃。

怪物的尾巴一扫，一名锦衣卫瞬间被卷飞，又重重落地，生死不知。

隋州趁着那怪物在应付其他人的时候，纵身一跃，跳上它的背部。怪物仿佛被激怒了一般，张嘴发出凄厉的叫声，却不是兽吼，而是唐泛他们听过无数次的鬼哭声。

那声音在石室之中来回贯穿，令人耳膜嗡嗡作响，毛骨悚然。

伴随着沉闷的巨响，四条火铳里的火药被点燃，火光喷射而出，悉数击在怪物身上。

然而在所有人期待的目光下，那怪物却只是发出更为尖厉的叫声，越发被激怒了一般，以迅雷不及掩耳之势朝其中一个手持火铳的锦衣卫探了过来，张开腥臭的嘴巴。

“啊——”那锦衣卫的惨叫声戛然而止，他的一只手臂连带半边肩膀全部被撕咬下来，鲜血霎时间狂喷出来，溅了旁边猝不及防的同伴一脸。

所有人都不由自主地停下动作，呆呆地看着这一幕。

这样恐怖的攻击力，只怕大伙全上，也不是它的对手啊！

先前他们听到李漫说折损了二十多个人的时候还心存轻慢，现在看来对方的说法却是丝毫不夸张的。

“上火铳！”隋州厉声一喊，喊醒还在愣怔的人们。

庞齐抢过旁边一名手下的火铳，对着他吼道：“填药！”

下一刻，怪物的尾巴横扫过来，他们不得不抱着火铳侧身一滚，狼狈避开。

在这一片混乱之中，像唐泛和尹元化这等毫无功夫傍身的人只能四处躲避，尽量不给隋州他们添乱，否则若是自己也身陷险境的话，连累的人就更多了。

唐泛见四下的火折子将要熄灭，还抽空又点了几个丢过去。

另外一边，火铳再一次开火放炮，正好重重地击在怪物的尾巴上。

火光冲天，又是一声闷响！

虽然怪物有鳞片相助，不惧火器，但是这股冲击力依旧使得它庞大的身躯摇晃了一下。

趁着这个千载难逢的机会，一直在怪物身上努力稳固身形的隋州跃至怪物头上，绣春刀高高举起，一把插入它一只眼珠子里！

“咿——”如同女人号哭般凄厉的叫声响起，暴怒的怪物一把将隋州甩了下来。

“攻击它的腹部！”隋州喝道。

庞齐等人提着刀纵身上前，趁怪物一只眼睛瞎了而剧痛难耐、动作紊乱之际，将刀锋砍向它全身上下最柔软的腹部。

受了伤的怪物虽然敏捷度大不如前，力气却比之前更大，在它的疯狂摆动下，庞齐他们根本无法靠近，甚至有不少人被怪物的爪子踩中或扫中，吐血断骨。

二者的力量根本不在同一个级别，即使己方人多势众，形势也相当危险。

虽然他们来到这里，本来就是为了消灭怪物，为此隋州还特地带上了火铳。

在这个时代，有了火器在手，基本上就等于所向披靡，连蒙古人的骑兵都不在话下。

但所有人都没有想到，即使是火铳，在这只怪物面前也完全行不通。

对方浑身有鳞甲保护，唯一的弱点不过是腹部和眼睛，而它的身形既大又不失敏捷，攻击力还那样强悍。他们要找一个下手的机会也很难，好不容易才废掉它一只眼珠子。

不过既然知道了弱点，接下来总算有了希望。

只见那怪物睁着剩下一只比之前还要充血狰狞的眼睛，在殿中疯狂地咆哮，挥舞着尾巴和爪子，像镰刀一样收割着所到之处的生灵。

尹元化正靠着墙边发抖，冷不防那怪物的爪子扫了过来，他脸色煞白，眼睁睁地瞧着，连反应都忘记了。

这时候还是旁边唐泛伸出一只手一把将他拽了过去。

尹元化一个踉跄，险险躲过那只爪子，锐利的爪锋划过墙壁，留下三道深深的划痕。

如果他还在那里，那么此刻那里就要多了一具开膛破肚的尸体了。

尹元化怔怔地靠在墙壁上喘气，似乎不敢置信自己刚刚逃过一劫。

“到配殿里去！”唐泛喝道，一反平日里的温文尔雅。

他刚刚为了拽尹元化，也下了很大力气，此时脸色不比对方好看多少。

但下一刻，危险再一次降临。

那镇墓兽似乎注意到这里还有两个更好对付的人，脑袋一转，大嘴一张，森森白牙近在咫尺。

从唐泛救尹元化，到怪物扭头过来，这一切的发生不过是在眨眼工夫！

镇墓兽没有办法一次咬下两个人，它的目标首先是尹元化。

尹元化的面色依旧苍白，但他这一次的反应似乎比上次要快些。

逃开已经来不及了，怪物的身形比他们大得多，早就将他们的退路都挡住了。

这一回尹元化终于有了反应。

他选择一边拽过唐泛，一边朝他身后躲去，准备将唐泛当作挡箭牌，先缓住怪物的来势，再图谋离开。

电光石火之间，谁也没有料到他会这样做！

唐泛已经躲闪不及！

眼看他的肩膀就要如同之前那个锦衣卫一般被怪物咬下来，唐泛眼前刀光一闪，怪物的牙齿却正好咬在一把绣春刀上！

是隋州！

千钧一发之际，隋州赶了过来，生生以一臂之力，用手中的绣春刀挡住怪物的来势！

刀口令怪物柔软的口腔染血，它狂怒地咬住刀锋，狠狠一甩，顿时将隋州甩飞在墙壁上。

后者重重地摔下来，又吐了一大口血。

“广川！”唐泛扑过去扶起他，目眦欲裂。

隋州面如白纸，双目紧闭，只怕已经伤了内腑，一时连说话的力气也没有。

怀里温热的躯体靠得如此近，但那一瞬间，唐泛却有种即将失去他的惊恐和彷徨。

自己的前半生，父母早逝，长姐远嫁，他自以为孑然一身，无牵无挂，潇洒不羁，自以为即使不做官，顶多也就是挂冠离去，这辈子兴许也不会有什么事情能够让他无法放下。

却只有在这个时候，唐泛才意识到，这个人在自己心中占的分量是多么重。

重到他根本无法承受失去对方的事实。

此时尹元化见那怪物已经离开门口的位置，不由得大喜，忙不迭地朝门外跑去。

庞齐见状就喊：“这妖物太厉害了，我们先撤吧，回头寻了人马再……”

他的话还没说完，门外就传来一声凄厉的惨叫。

是尹元化！

在众人还没来得及反应的时候，一个脑袋从外面横飞进来，在地上骨碌碌滚了几圈。

正是死不瞑目的尹元化。

“外面还有一只怪物！”庞齐厉声喝道。

外头笼罩着浓厚黑暗的甬道里，似乎也埋藏着未知的危险。

这里光是一只怪物就够难对付了，外面还有一只？

怪物竟然如此狡猾，一只在里面扫荡，另外一只守在外面，将他们死死困在这里，无路可逃。

所有人的心头顿时都升起一丝阴影。

是啊，李漫只说有镇墓兽，压根儿就没说有几只！

唐泛发现自己犯了一个错误。

他太小看李漫了，因为上次对方栽在自己手里，就真把对方当成一般人物，殊不知对方看似示弱的“坦承”背后，根本就隐瞒了许多事情。

若白莲教的实力当真只有那么弱，朝廷又怎会为了彻底剿灭他们而头疼？

只怕李漫早就料到了这一幕，正等着他们所有人都死在这里呢！

而李漫呢？

此时的李漫趁着场面一团混乱，所有人都无暇注意他的时候，跑到了大殿里那副棺椁旁边，企图以上半身用力地去推上面的棺盖。

大殿中已经一片混乱。

火铳不可连发，每次将火药发射之后，都要再次填充，颇费时间，那怪物身形敏捷，很难瞄准，一不小心就会伤到人。

隋州已经倒下了，昏迷不醒，指挥权自然而然就转移到庞齐身上。

趁着怪物被戳瞎一只眼睛的机会，剩余的锦衣卫并肩齐上，将手中的兵器纷纷往怪物的腹部招呼，但这样做也很不容易，转眼间又有不少人被扫飞出去。

大殿正中安放着一副棺椁，那原本应该是巩侯墓主人的安息之处，上面的棺盖极沉，平日里用双手推也未必推得开，现在李漫双手使不上劲，用身体去推，当然纹丝不动。

不过托场面混乱，大家都在集中精力对付怪物所赐，几乎没人有空顾得上搭理他。

棺椁位于正中，原本是很容易被波及的，不过由于那上面的烛火先前被扫灭了，现在光亮主要集中在丢弃在四周的火折子上，为了能够更清楚地看准怪物的弱点，大家也有意无意地将怪物往那里引。

所以反倒便宜了李漫。

跟着李漫一起进来的那两个手下已经死在这里了。

一个被李漫当成挡箭牌，另一个被怪物的爪子钩入胸膛，当场就挂了。

李漫明显没有将他们的死活放在心上，他正一心一意地用上半身去推那棺盖，只恨不得能更快一点，可惜身体被绑成了肉粽，还要不时注意周围的状况，防止那怪物突然蹿到自己眼前，登时急得他满头大汗。

不过几乎没人搭理，不等于完全没人搭理。

正当李漫费力使劲的时候，他的后背被人猛地往上一提，直接又撂倒在棺木旁边。

“你想作甚！”

下一刻，他的脸上被重重地掴了一巴掌，半边脸颊顿时肿成猪头，就跟前不久他对唐泛做的那样。

真是因果循环，报应不爽。

李漫大怒，待看清了对方的面孔之后，随即转怒为喜，口齿不清地道：“小兄弟，别打！别打！你也不想死吧，对不对？我有办法可以逃，你别声张！”

钱三儿狐疑地瞅着他，忽而脸色一变，拽起他就往旁边一拖，堪堪避过镇墓兽扫过来的尾风。

那尾巴上面不仅有鳞片，还很扎手，力道又大，被扫一下真不是玩的。

钱三儿将他摁在角落，又给了他一巴掌，恨恨地道：“你刚才不是挺威风吗？现在怎么萎了！要不是你，我师父他们就不会死！”

李漫被抽得头昏脑涨，换了平日，他早就破口大骂了，但此刻他强按下怒火，扯出一抹扭曲的笑容：“你师父他们已经死了，你还活着，你也想和他们一样死在这里吗？”

钱三儿：“外面还有一只怪物，怎么逃！”

李漫道：“有办法，不过你要先解开我的绳索！”

别看他刚才在唐泛面前装得大义凛然，说什么为圣教生，为圣教死，其实蝼蚁尚且贪生，像李漫这样拥有越多的人，就越是怕死，但凡有一线生机，他也不会放过。

他既然怕死，在将那怪物引到这里来之后，又岂能没有后招？

现在唐泛忙着察看隋州伤势，无暇顾及这边。李漫跟他打过几次交道，清楚对方是一等一的聪明人，先前不过是当局者迷，才一时大意着了道。等唐泛反应过来，肯定就会戳破自己的小伎俩，到时候自己才真是死无葬身之地。

所以李漫无论如何都要利用眼下这个机会，先跑了再说，留下唐泛他们跟镇墓兽去厮杀。

他相信以镇墓兽的凶残，一定能将这帮人通通剿杀在这里，到时候他们再设法将财物运送出去，从此就海阔天空了，官府的人再也别想抓到他们！

钱三儿是个偷儿，不是官府的人，李漫诱惑起他来，自然觉得完全是手到擒来。

李漫对他道：“你先前也知道了，白莲教河南分坛的坛主正是我，你只要跟着我出去，从今往后就不必再偷偷摸摸了，更不用被这帮朝廷鹰犬指使践踏，快，解开我的绳索！”

钱三儿戒备不减，但眼神告诉李漫他已经渐渐动心：“你先说出路是什么？”

李漫暗自冷笑一声，真诚道：“告诉你也无妨，那棺椁早就被挖空，那下面有一条路可以直接通往洛河，到时候自然有人接应我们！”

钱三儿揪起他的衣襟：“你别骗我，如果洛河跟墓穴相连，那水早就灌进来了，我又不会浮水！”

李漫：“蠢货，谁告诉你是连着河里了！”

刚说完，他又被抽了一巴掌，后槽牙都被打出来了。

钱三儿瞪大眼睛：“你他娘的还敢骂我！”

李漫：“……”

他忍气吞声道：“小兄弟，我没骗你，另外一头是连着洛河河边，离这里有些远，但是保证安全。”

钱三儿半信半疑：“那怪物不也是从河里游进来的吗？我进来之前就看到洛河河水又要上涨了，到时候那怪物逃出去追上我们怎么办？”

李漫阴狠一笑："你忘了外头还有我的人吗？那两个人都是我的心腹，我早就布置好了，只要我们走了，他们只会全部死在这里，管他娘的是人还是兽！巩侯墓那一大笔财物早就被我让人藏起来了，先前散落的那些你也看到了，真正的财物岂是那些萤囊之光可比的！你只要跟我一起走，以后荣华富贵，有你享用不尽的时候！"

钱三儿"哦"了一声，点点头。

李漫心急如焚："这下你可以放开我了吧！"

钱三儿："萤囊是什么意思？"

李漫一口血差点吐了出来。

他总算知道这小子从头到尾都是在耍自己了，没准他就是为了套话，压根儿就没有释放自己的意思！

可惜等他想明白这一点，已经太晚了。

钱三儿早就摸出一把匕首，朝他心口狠狠一捅！

李漫不可置信地睁大了眼睛。

他到死也没想明白，为什么钱三儿要杀掉自己。

钱三儿将匕首从李漫胸口狠狠抽出来，对方的心头血溅到他的脸上，被他连着眼泪一起抹掉。

"师父，我总算给你报仇了！"钱三儿喃喃道。

他腾地站起身，对着唐泛他们大喊："唐大人，李漫说棺椁里有一条通往洛河的出口，不用往外跑！"

众人听见这话，皆是精神一振。

原本大家以为出去的路就一条，但门口已经被堵死，眼看着虽然拼了全力也只能杀死里面这头镇墓兽，但外面还守着一头，渐渐都有些绝望起来。

但就在此时，钱三儿的话又给了他们生的希望。

唐泛沉声喊道："庞齐，不要恋战，且战且退！"

大殿之中，镇墓兽的身躯扫荡之处，夹杂着它发出来的凄厉叫声，一并带起呼啸的风声。

它虽然受了伤，但其他人也有些顶不住了，外面原本准备接收成品的那头镇墓兽已经等得不耐烦了，稍稍将身躯探进来一些，一双血红眼珠盯着殿内的人，露出森森獠牙。

庞齐抽空回头，竭力吼道："大人，大哥如何了？"

“死不了！”唐泛将隋州一把负于背后，往棺椁那里跑去。

钱三儿早就跑过去将棺盖用力推开一半，露出里面的木板。

他又将木板掀开，果然看见下面还有一个黑漆漆的洞口。

钱三儿大喜，回首朝唐泛他们喊道：“唐大人，这里可以下去，李漫没有骗我们！”

“走！”唐泛一声令下，所有人逐渐开始往大殿中央靠拢。

那两头镇墓兽似乎也发现了他们的意图，挟带着凌厉的腥风，朝他们扑了过来，尤以那头受了伤的更疯狂，攻击力比之前还要强上几分。庞齐等人渐渐有些抵挡不住了，又有一个锦衣卫躲闪不及，被直接咬中咽喉。

庞齐杀红了眼，但他别无办法，双方的战斗力根本就不在一个水平线上。

此时远处传来轰然巨响，连带着他们脚下的地面都跟着战栗摇晃起来，震得所有人几乎站不住脚。

那两头镇墓兽原本是要攻击众人的，受了惊吓之后反倒稍稍停了一下。

唐泛脸色微变，他总算知道李漫的打算了，但当下也来不及多说，只能高声道：“快走！这里恐怕很快就要倒塌了！”

钱三儿当先下了那个洞口，又回身过来接应唐泛。

唐泛先将隋州送了下去，对庞齐喝道：“还不快走！”

庞齐还想趁着怪物受伤将它杀死，但在另外一只也进来之后，他就发现这根本是个不可能完成的任务，只得恨恨放弃，一路退到棺椁附近。

一行人趁着镇墓兽受惊的机会陆续往棺椁里的洞口转移。

此时整间墓室的震颤越来越厉害，连带着墙壁和地面也以肉眼可见的速度出现裂缝，巨响一声接着一声，远远近近，几乎连耳膜都要被震破。

那两头镇墓兽受了惊开始四处乱窜，眼看着唐泛他们一个个撤离，不由得凄厉地嘶叫一声，也想追上来，断后的庞齐直接把一把绣春刀掷了过去，稍稍阻住它们的来势，然后捂着肩膀往棺椁里钻。

在他身后，伴随着轰隆隆的巨响，大殿的石壁被炸开而倒塌，连带头顶的石块一起砸落下来，重重压在棺椁上，将镇墓兽恐怖的叫声彻底隔绝。

狭长的甬道里，所有人的喘息声此起彼伏，几乎充斥在耳边。

爆炸声仿佛离得很远，但地下甬道也受到了影响，震颤感不断，头顶还不停地有碎石掉落下来，有些稍微大一点的，能砸得人头破血流。

“快！如果晚了，这里说不定也要坍塌！”唐泛催促着众人再走快一点。

钱三儿背着隋州在前面走，唐泛则在后面帮忙照应。

之前他因为隋州的庇护，没有受到太严重的伤，但零零碎碎的小伤是少不了的，加上体力严重透支，脸色也没比其他人好到哪里去。

确切地说，如果此刻不是有一股意念支撑着的话，他估计早就倒下去了。

但没有人会觉得不会武功的唐泛是个累赘，因为如果不是他提前谋划，现在能够在这里走的人只会更少。

白莲教对这里想来是下了大功夫的，这条甬道挖得比先前钱三儿他们那一条甬道要高得多、阔得多，走起来也不是很困难。想来他们早在一年前就已经对这座巩侯墓虎视眈眈，从而开始下手，只是碍于要事先转移那些财物，然后才能炸毁墓穴，所以才一直拖到现在。

不巧他们又碰上钱三儿和唐泛先后两拨人，最后害人不成反被害，连李漫自己也葬身在里头。正所谓机关算尽太聪明，反误了自己的性命，不外如是。

钱三儿已经将李漫临死前说的话告诉了唐泛，鉴于李漫这个人说话真真假假，成天跟他玩心眼儿，临死前还隐瞒了在巩侯墓里埋藏火药的事情，想要趁机坑他们一把，把他们和镇墓兽一起炸死。

就冲着这一点，唐泛也不敢完全相信他的话。

不过李漫说甬道通往外面，又有人接应这件事，应该是真的。

因为以李漫自私的个性，那批财物肯定是要放在自己眼皮底下，他才会放心，所以他是不可能放任同伙带着财物先跑。

往前走的过程中，唐泛不时会探一探隋州的脉搏，发现指下还有跳动，才稍稍放心。

一行人也不知道走了多久，钱三儿的脚步忽然停了下来："大人，前面好像就是出口了。"

他将隋州放了下来，走过去，伸手往上面摸了摸，回头小声道："好像是被什么东西压住了。"

唐泛示意众人噤声，让钱三儿过来照顾隋州，他则走到钱三儿方才所站的位置，四下摸索。

这里确实已经是尽头了，唯一的出口就在上面。

唐泛在压着出口的东西上细细摸索，又轻轻地敲了一下，将手凑近鼻子下面闻了闻。

"上面是一口箱子，里面装的应该是衣裳。"他道。

"你怎么知道是装衣裳的箱子？"钱三儿一愣。

唐泛："那木头是梨木，一般不会有人用这样的木头来装杂物，所以只会是一口箱子。如果里面的东西太重，李漫他们就很难出去，而且刚才我也闻过了，那上面残留着樟木脂膏的味道，必然是用来安放容易被虫子蛀咬的东西，所以装的只能是衣裳。"

钱三儿简直佩服得五体投地，他刚才也摸了半天，却什么也没摸出来。

现在听唐泛一说，却有种恍然大悟的感觉。

再看庞齐他们，显然早就习惯了唐大人这种观察入微、常人所不能的智慧。

唐泛不知道自己又多了一个崇拜者，他将隋州扶了起来，为他调整了一个舒适的位置，方便他靠在自己怀里，然后对其他人道："外头应该是白莲教的又一处据点，方才在走的时候，我就仔细留意了一下，按照这个距离和方向，屋子应该是位于郊外。但不能确定的是，外头到底还有没有白莲教的人马，如果有，又有多少。"

受到巩侯墓里那些火药的影响，甬道一直在往下砸落石块，震动的力度越来越大，也不知道李漫那帮人究竟在墓里埋了多少威力巨大的火药，才能有这个效果。

大家忍受着窒闷的气息，一直待在这种随时都有倒塌危险的甬道里实在不是一件容易的事情。

很多人失血过度，已经开始摇摇欲坠了，更严重一点的，像隋州这样昏迷不醒的，只能由伤势较轻的同伴搀扶着。

估计这帮横行霸道的锦衣卫打从进了北镇抚司，也从没遇过今天这样狼狈的状况。

二十多个人进来，如今在这甬道里的却只剩下十七八个了。

但对比李漫他们的惨状，似乎这已经算是好的了。

逝者已矣，生者却还要继续努力活下去。

庞齐忍不住道："大人，冲出去吧，兴许还有一条活路！"

唐泛却摇摇头："不，你用绣春刀沿着洞口的轮廓把箱子划开，那里面若都是衣裳，掉下来也不会有动静，到时候可以略作掩护，稍加观察之后再行事。"

庞齐觉得这种法子实在太不爷们儿了，忍不住抗议："何必如此麻烦？如今我们很多人都撑不了多久，拖得越久，胜算只会越小！"

唐泛只用一句话就堵上了所有的抗议："广川将你们交与我手，我要尽量让更多的人活下来。"

第二十七章

尘埃落定

这里是洛河边上的一个已经荒废了的小村庄。

有一年洛河泛滥，将这个小村庄淹了，庄稼无一幸免，村民们便渐渐搬离了此地。久而久之，这里除了几间破屋之外，已经无人居住。

乌老四已经在这里待了快半年。

但他并不是最早来到这里的人，他来到这里的时候，这里已经有了人烟。

和他一样身份的白莲教教徒奉命装扮成来到这里安居的村民，弄了几条小船，每天日出打鱼，日落歇息，看上去与寻常百姓无异。

唯一不同的是，他们要仔细观察，随时注意有没有可疑的人在附近窥视。

至于守候的目的是什么，他们什么时候能够离开，乌老四一无所知。

那不是他们这个级别的教众能够了解的事情。

在他与同伴来到这里的两个月后，又陆续有几个人到来。其中有一名妖娆动人的少妇，被周围的人簇拥着，进了村庄里那间被收拾得最好，也从来不允许乌老四他们靠近的屋子。

乌老四和他的同伴不止一次在私底下猜测过少妇的身份，带着一种男人才能理解的猥琐语气，他们都觉得那少妇肯定是教中一个很重要的人物，说不定还是坛主夫人。

不管对方是什么身份，这些都与他们无关，乌老四等人甚至没能跟那个女人说上一句话。而那个女人自从来到那间屋子，也总是深居简出，外面的人来来去去，经常从那间屋子进出，那女人却很少出来过。

乌老四他们因此有了更加下流的各种猜测版本。

今天的晚霞绚烂而美丽，与其他时候并没有多大不同。

乌老四早已看腻了这样的景色，他懒洋洋地一边将小船靠了岸，一边按照习惯，仔细留意了一下附近有没有可疑的陌生人。

一切如常。

乌老四已经记不得自己有多久没有进过窑子了，如果可以，他早就把脚下这条小破船一丢，直接进城去找几个姑娘泻火。

但是不行，他奉命守在这里，没有命令，一步也不许离开。

上头到底为什么非要他们待在这个破地方！

乌老四既好奇又有些愤愤不平，但他没有资格也没胆子去找堂主解释，这些想法也只能在脑子里转转。依旧像往常一样，他一面将船上那张网里几条比虾米大不了多少的鱼儿抖搂出来，一面跟旁边靠岸船只的同伴打了声招呼。

同伴压低了声音道：“今晚到我那里去吧，我弄了瓶酒来！”

乌老四一听，眼睛顿时亮了。

但下一秒，不远处，从那个神秘的屋子里，传出了一声尖叫！

是那个少妇的声音！

乌老四心头一惊，下意识地与同伴对望了一眼。

作为普通教徒，他们的身手也很一般，跟上层不同，乌老四可不想造反，更没有什么“敢教日月换新天”的想法。他加入白莲教的初衷很简单，只是为了有一个强大的靠山，能在江湖上吃得开罢了。

这样的人往往是最实际，也是最有眼色的。

当变故在那个小屋发生的刹那间，乌老四和同伴想到的，不是赶过去救援，而是怎么设法逃跑。

紧接着，他们瞠目结舌地瞧见了此生最难忘的一幕。

十几个身着飞鱼服、手持绣春刀的人从小屋里冲出来，如飞鹰一般杀向那些同样朝小屋扑过去的教众！

等等！

他们之前明明看见那屋子里头有两三个人，都是白莲教本地分坛的堂主，地位举足轻重，怎么一下子就换成锦衣卫了？

那屋子是能大变活人吗？

眼见两方人马杀成一团，乌老四与同伴对望一眼，都在犹豫到底是要上去帮忙好，还是见势不妙拔腿就跑好。

很快他们发现，那些锦衣卫虽然看上去凶猛，但实际上在剿杀了屋里的高手之后，他们已经逐渐开始气力不济。

“老四，你怎么看？要不要过去帮忙？”同伴凑过来。

“不去。你没看那屋子里的堂主没一个出来？肯定都被杀了！那些可是锦衣卫，说不定教中出了什么大事，小命要紧，咱们还是别掺和了，赶紧找机会溜吧！”乌老四想也不想就道。

同伴想想觉得也是，老实说他们这几年也攒了不少私房钱，早就有心脱离白莲教了，只是碍于教规严格，一直没机会。干什么不好，非得跟官府作对？上面的心思他们不懂，但他们可没兴趣为了圣教献身。

两人一合计，趁乱偷偷溜走，远走高飞去了南方做小本生意，娶妻生子，这是后话了。

再说小屋那边，乌老四他们所见到的神秘少妇，实际上就是李漫当日带回李家、声称是在外面纳的妾室陈氏，也是后来唐泛在京城郊外遇到的白莲教总教使者九娘子的姐姐。

谁也不会想到，这个原本已经荒废了的村子里边，就有一条通往永厚陵下巩侯墓的地道，而那条地道的入口就在陈氏守着的这间屋子里。

陈氏为李漫诞下一个儿子之后，便将孩子交由附近的农户去养，她自己则守着这间小屋，看着李漫他们从巩侯墓里转移过来的大批宝藏。

因为约好的时日早就过去，李漫他们却迟迟不见出来，陈氏畏惧那墓中的镇墓兽，也不敢过去找，苦等数日之后，便认定李漫他们已经死在里头，心里不由得起了私吞宝藏的念头。

陈氏生性放荡，原本就不同于良家妇女，当初跟李漫勾搭上之后，才稍稍收敛了本性。可李漫毕竟已经是天命之年了，易容和幻术再好，体力也终归不可能跟年轻人相比。

如今一见李漫很可能已经死了，陈氏便再没了顾忌，有意勾引他手下的几名坛主。

她风姿绰约，这一来二去，哪有不上钩的男人？是以等到唐泛他们发现这里的时候，陈氏竟与那几个男人在床上颠鸾倒凤，不知今夕是何夕呢。

李漫估计到死也不知道他的女人竟然转眼就跟别的男人厮混在一起了，要是知道，估计能气活过来又气死一次。

咋舌之余，倒便宜了庞齐等人，趁着几个人在床上混战的时候，庞齐等人一跃而出，陈氏那几个奸夫还来不及怎么反应，就被杀死在床上。

为了捉陈氏活口，庞齐他们一个疏忽，这才给了她尖叫的机会，引来了外面的白莲教教徒。

双方很快缠斗起来，战况激烈，现场刀光剑影，血色四溅。

论理，外面那帮白莲教教徒本不该是他们的对手，但庞齐他们之前体力消耗过多，打起来也未能拼尽全力，显得束手束脚。

唐泛身手不行，当然不可能也上去掺和拖后腿，只能在一边干看着。

他拍拍钱三儿的肩膀："今日你做得很好，多亏你了！"

钱三儿有点受宠若惊，他自小就跟着师父干尽偷鸡摸狗的勾当，那都是跟官府对着来的，未料到还能得到朝廷钦差一声嘉许，顿时激动得都找不着北了。

"大……大……大人夸赞，小的实在是受之有愧！"

见他如此激动，唐泛疲惫的脸上露出一丝笑容："你没有被李漫所惑，跟着他同流合污，这足以证明你不是坏人，你师父也不在了，别再干那些鸡零狗碎的勾当，夜路走多了，总会遇到鬼的，等回去了，就找份正经的营生做吧！"

钱三儿忽然朝唐泛跪了下来："小的早就不想干那些黑心勾当了，可除了那些，小的什么也不会做，求大人给小人指条明路吧！"

这人立马就顺着竿儿爬了，唐泛并没有反感，反倒觉得他挺机灵，而且这人心地不坏，是个可造之才："等回去再说。"

见他这样说，钱三儿就知道唐泛是答应了，当即大喜过望，"砰砰砰"给唐泛磕了三个响头。

没想到磕头磕得太用力了点，前边双方打成一团的激烈战况都没能惊醒隋州，钱三儿这额头触地的声响，反而让隋州眉头一皱。

唐泛察觉怀中之人的动静，低头一看，大喜道："广川，你醒了，没事吧！"

隋州缓缓睁开眼睛，入目便是唐泛饱含关切与焦急的神情。

隋州："噗！"

唐泛："……"

这是啥反应？脑子撞傻了？

他忍不住伸出手去探对方的额头，目光对上隋州饱含笑意的眸子。

唐大人似乎忘记了自己之前在下面被李漫掴了一巴掌的事情，这使得他还没消肿的脸此刻肿起一边，俊雅的形象换成了祭祀时摆在神案上的猪头，所以隋州一看见那张脸，就忍不住想发笑。

然而一笑之后，心中却变得越发柔软，他凝视着唐泛，脑海里慢慢地只剩下一个念头。

还好这个人没事。

那么即使自己受再严重的伤，也是值得的。

“李漫呢？”隋州沙哑着声音问道。

“死了，被钱三儿杀的。”唐泛道。

钱三儿扭捏害羞，正想谦虚几句，却发现隋州看也没看他一眼。

此刻对方眼中的方寸世界，只容纳得下一个人。

从清晨到黄昏，赵县丞带着两名捕快枯等在外头，片刻不敢走开，就怕下头发生什么突然状况，连午饭都是洛河村的人做好了送过来的。

此地一眼望去，全是萋萋野草、残垣断瓦，没有一处遮蔽的地方，虽然日头不大，可晒久了也是头晕眼花。赵县丞早就习惯了出入有随从、起居有伺候的日子，现在在这荒郊野外待了一天，实在有些受不了。

可受不了也要受，他跟何县令不一样，眼看着好不容易搭上京城来的钦差，正巴不得做得更好一点，给钦差留下好印象，说不定以后仕途也更平坦一些。

要说他这个人虽然功利心很强，办事能力却比何县令强上许多，否则唐泛也不会让他跟进跟出，还让他留守在这里。

不过一天下来，等候在外面的三个人不由得有些焦虑了。

“大人，您瞧这都快天黑了，他们下去的时候可没带多少干粮，会不会……”汤捕快忍不住道。

赵县丞白了他一眼：“继续说啊，怎么不说了？等会儿被钦差大人听到，看你怎么办！”

汤捕快立马捂住嘴巴，噤声了。

狄捕快凑过来道：“大人，咱们这么等下去也不是法子，要不让人下去瞧瞧，真要有个万一，也好接应！”

赵县丞点点头：“老汤，你瞧瞧，人家老狄说话水平就是比你高，好好学着点！”

没等狄捕快对汤捕快露出一个得意的眼神，赵县丞又道：“现在还有谁敢下去？要不老狄你下去看看？”

狄捕快瞬间垮了脸：“大人，不带这么坑人的！”

那下头现在已经成了炼狱修罗场一般的地方，钦差那么多人到现在都没出来，谁还敢下去啊？估计给一筐金子都要掂量掂量！

赵县丞“呸”了一声：“不敢就闭嘴，都少在这里瞎嚷嚷！老汤，你现在回县城去，给县尊禀报一声，咱们确实也不能这么等下去，万一他们要真没出来，咱们就得背黑锅了……”

他话还没说完，地面忽然微微震颤起来，虽然不至于站立不稳，但赵县丞他们都感觉到屁股底下嗡嗡颤动，持续不断的巨响从那个盗洞入口传了出来。

赵县丞三个人大惊失色，面面相觑。

这真是怕什么来什么，只要一想到唐泛他们还留在下面，赵县丞三人就坐不住了。

狄捕快结结巴巴：“该……该不会是下面坍塌了吧……”

汤捕快哭丧着脸：“怎么办啊，大人？”

赵县丞的声音也有点颤抖：“不要慌！……”

汤捕快惊叫起来：“手！一只手！”

狄捕快则赶紧扑过去，紧紧攥住那只突然从盗洞里伸出来的手。

汤捕快和赵县丞也反应过来了，三人合力，使劲将那个人给拽了上来。

一张布满尘土的脸出现在三人面前，赵县丞好一会儿才辨认出来，这好像是一名叫严礼的锦衣卫。

没等他发问，严礼就已经焦急地吼了起来：“快去叫人过来帮忙，下面倒塌了！”

赵县丞连忙问：“那唐大人他们呢？”

严礼：“在下面！他们全都在下面！我奉命守着入口才逃出来的！”

赵县丞一听，都快魂飞魄散了，要是钦差折在下面，那他别说升官发财刷好感，估计连乌纱帽都不知道还保不保得住。

几人赶忙分头赶到县城和洛河村去搬救兵，洛河村村民们倒是来得快，只是几个胆大的刚刚爬下去，就听见里头传来轰隆巨响，吓得又赶紧爬了出来。

当何县令和程文他们赶过来的时候，就瞧见村民们从盗洞里爬出来，告诉他下面应该无人生还的消息。

严礼当场就蒙了，他不信那个邪，一手抢过村民带来的铁锹，非要亲自再下去一回。

赵县丞也咬牙带着人陪他下去，结果一个时辰后，几人铁青着脸重新上来。

何县令连忙抢上去问：“怎么样？怎么样？”

赵县丞摇摇头：“地宫上层已经坍塌了大半，往下走的道路已经被彻底堵死，根本下不去！”

何县令脸都白了，那怎么办啊？难道真要上报朝廷，说钦差死在这里？

众人全都惶惶然，不知道该如何是好。

汤捕快出主意道：“唐大人不是说过那河里还有一个入口连着帝陵吗？要不从那里进去找找？”

狄捕快摇头，小声道：“你知道那入口在哪儿吗？洛河的水又急，这下去之后能不能上来都是两说！”

严礼“扑通”一声跪在地上，对着盗洞号哭：“大人啊！属下对不住你们啊！”

何县令被他弄得也想哭了，他摸了摸自己脑袋上那顶官帽，心想：乌纱帽啊乌纱帽，也不知道我还能戴着你几天呢！

赵县丞更想哭：老子在这白耗一天是为啥呢？要是钦差出事，我不还得陪县令连坐啊！

“都在干吗？号丧吗？”

有气无力的声音传过来，何县令等人倒也罢了，这声音对于严礼来说却是熟悉无比的天籁之音。

严礼的哭声生生顿住，猛地回头，便看见庞齐一个人拖着把绣春刀走过来，身上的服饰脏得都快瞧不出原来的颜色了，满脸尽是血污，累得像条死狗。

“老庞！”严礼跳了起来，直接扑过去，将人猛地抱住。

左捏右捏，好像真不是在做梦啊！

“你没死？！”

瞧瞧这话问的，庞齐翻了个白眼，说都懒得与他说，直接就对何县令他们道：“赶紧带上人，到坞罗河与洛河交界边上的那个荒村，唐大人、镇抚使，还有弟兄们都在那儿！”

众人一听都是大喜过望，原本以为要丢官获罪，个个都如丧考妣，没想到峰回路转，竟然还有这种发展！

何县令赶紧问：“唐大人他们没事吧？”

庞齐朝他一吼：“还不快去！你在这里跟我啰唆个屁啊！”

何县令被骂得屁滚尿流，赶紧带上人一溜烟往那里赶。

总算结束了！

庞齐再也支撑不住，直接坐倒在地上，人往严礼身上一歪，昏了过去。

巩侯墓被彻底炸毁了，连带那两头镇墓兽也彻底被压死在里面。李漫等人本是为了将唐泛他们引进去，让他们与镇墓兽斗得两败俱伤，自己则带着宝藏逃之夭夭，没想到自作孽，不可逭。他在京城时从唐泛手中逃走，最后仍旧在千里之外的河南间接死于唐泛之手。

经过小荒村的浴血一战，唐泛他们擒获了不少白莲教教徒，但收获最大的还是作为李漫姘头的陈氏。当她被何县令他们从小荒村里带出来的时候，连衣服都没穿整齐，还是那一身从床上被揪下来的打扮，楚楚可怜，瑟瑟发抖，惹得不少男人火辣辣的视线在她身上来回打量，连何县令都看了她好几回。

不过没有唐泛发话，没有人敢和她搭话，这可是要直接押解进京的钦命要犯，也是他们此行最大的收获之一。陈氏在白莲教里地位不低，从她身上必然可以挖掘出更多的内情。

从巩侯墓里转移出来的财物，被陈氏藏在了那屋子里的米缸里面，上面覆上厚厚一层糙米，很快被唐泛他们找了出来。

至于钱三儿的归属，唐泛也帮他考虑好了，这小子在墓中表现不错，人也不坏，最重要的是够机灵。所以唐泛向隋州说了一声，征得他的同意，准备将钱三儿带回京，若是考核合格，便让他成为北镇抚司一员；若是不合格，就丢顺天府去，虽然唐泛已经离开顺天府了，但这点面子还是有的。

钱三儿被这从天而降的喜讯砸晕了，对着唐泛再三叩谢，又在他后面跟进跟出，瞧那样子，恐怕是恨不得粘在唐泛身后当条尾巴了。

地宫坍塌，宋陵损毁，这对当地老百姓来说是一件唏嘘不已的事情，但即使如此，他们依旧很高兴。因为那两头镇墓兽也随之被压死在里面，村民再也没有听到过那个诡异的哭声了，也再不会有人经过河边的时候被拖下去。自然人人欢喜，额手称庆，又对唐泛一行人感激涕零，直称为救命恩人，要为他们立长生牌位。

对于刘家来说，这却又是一个噩耗。老村长死了，长子刘大牛也被证明早就死了，连尸体都不知所终，之前出现在大家面前的刘村长是白莲教妖徒李漫假扮的。

刘家人在得知这个消息之后，顿时一片愁云惨雾。

不管如何，老村长的死都与巩侯墓有关，要不是他为了村子的安宁，亲自下去查看，也不会有后来的事情。所以唐泛嘱咐何县令要好生安抚刘家，以及那些同样受了波及，有家人伤亡的村民。

此行不仅剿灭了为祸地方的妖兽，而且一举将白莲教的河南分坛连根拔起，像李漫这样在教中担任重要职位的人物，也都死了。更不必说他们还杀了一干堂主，抓住陈氏，缴获白莲教教徒苦心搬运出来的巩侯墓宝藏，无论怎么看都是大功一件。

对其他人而言或许如此，对唐泛而言，却有一道阴影笼罩在他头上。

那就是尹元化的死。

之前在巩侯墓中，唐泛刚救了尹元化一命，转眼却被他推出去当挡箭牌，要不是隋州及时出手，当时死的就应该是唐泛了。

在那之后，尹元化看见镇墓兽离开了大殿门口，自以为有了生路，不顾一切跑出去，谁知道外面却还有一头镇墓兽，结果自投罗网，自己把自己给作死了。

可以说完完全全是死不足惜。

但别人不这么看啊，不说别的，尹元化的死讯传到京城，他那位老师梁侍郎，就第一个要找唐泛算账。

你说尹元化是被镇墓兽咬死的，谁信？证据呢？我怎么知道是不是你为了排除异己，故意将他留在里面的？反正锦衣卫与你相好，自然会听从你的命令，杀人灭口，就是这么简单！

都不必等梁侍郎开口，唐泛就已经帮他想好如何加给自己的罪行了。

他甚至可以预料，这次回京，其他人也许会因此获得嘉奖，唯有自己不会，非但不会，很可能还会有罪名等着弹劾自己。

为了此事，唐泛特意将程文和田宣叫到跟前，对他们道：“回京之后，朝廷恐怕要追究尹元化之死，反正你们没有下墓，到时候照直说便是。一切责任由我来承担，你们不必担心会被连累。”

程文与田宣二人在知道尹元化死了的消息之后，确实有些惶恐不安。

唐泛作为钦差正使，若是要将责任推卸到两人身上，分摊自己的责任，也不是不可以的。到时候他只需要在奏疏上说程文与田宣怂恿尹元化下墓之类的，程文他们就逃不过罪责，反正他俩只是普通的刑部司员，连品级都没有，实乃充当炮灰的最佳人选。

但他们没想到唐泛不仅不打算这么做，反而跟他们说责任由他自己一力承担。

在官场上待久了，许多人难免会将自己裹得紧紧的，生怕行差踏错，更不敢随便出头。但人心都是肉长的，有付出，自然就有回报，不是人人都只想着钩心斗角、铲除异己的。

程文感动之余，对唐泛道：“大人，属下虽然位卑言轻，但此行既然一起出来，想必做证的话，还是可信的，还请大人让属下一并具名上疏，证明尹员外郎的死确实是由自己造成的，怪不得大人您！”

田宣也道：“是啊大人，梁侍郎早已看您不顺眼，回京之后必是要找您麻烦的。尹员外郎平日里就对您诸多不敬，有这种结局也是天注定，怨不得别人！属下也愿意一道上疏做证！”

唐泛没想到平日里明哲保身的两人竟然愿意站出来做证，心里很有些感动，但他仍然摇摇头，拒绝了他们的好意。

程文和田宣见唐泛心意已决，只好按下不提，心想：再不济，唐大人在部里还有张尚书撑腰呢，应该也不会怎么样的。

但他们不知道的是，就在他们刚刚离开京城不久，尚书张蓥就被调离北京刑部，到南京刑部当刑部尚书去了。

南京是个什么地方，在官场上混的人都知道，说好听了就是陪都，平调之后级别不变。实际上就是去养老，空拿俸禄不干事的，听起来很好，实际上没有半分实权，尤其还是刑部这种部门。

只因张蓥上回被唐泛那一通捧之后，还真就激起了内心为数不多的那一点良心，刚好碰上李孜省向皇帝献房中术，朝野一片骂声，张尚书也跟着上疏劝谏。

虽然人人皆知纸糊三阁老的大名，但实际上，万安、刘珝、刘吉这三个人之间也不是一团和气的，彼此各立山头，又明争暗斗，三足鼎立，谁也奈何不了谁。

张蓥虽然靠着首辅万安，却与刘珝更合得来一些。万安早就觉得他左右摇摆，不够听话，想要换个人来当刑部尚书，正好就抓住这个机会，上奏皇帝，说张蓥年事渐高，管刑部已经管不过来了，不如让他去南京养老，换上一个更年富力强的。

万安深知皇帝的心思，知道皇帝正需要打落一只出头鸟，来阻止众人对他指手画脚，叽叽歪歪。于是很不幸，张尚书就成了那只出头鸟，被扔到南京去吃草了。

张蓥一走，梁侍郎自然就成了刑部的头号人物，虽然还未正式升任尚书之职，可也已经大权在握，说一不二。右侍郎彭逸春本来就是个好好先生，见状当然越发不会与梁文华作对。

所以程文和田宣并不知道，前方在等待唐泛的，将会是莫测的命运。

但不能因为回去有可能挨削，就彻底不回去了，不说别的，隋州伤势比较重，锦衣卫里也有个别人受了重伤，在巩县很难得到太好的治疗，为了这，他们也得越快回京城越好。

在唐泛看来，他的个人前途，远远没有同伴的身体来得重要。

所以他命程文他们紧急将财物清点造册，然后就谢绝了何县令的挽留，带着所有人踏上了回京的路途。

不比来时急着赶路，因为要照顾伤患的身体，行程肯定不能太快，还要常常经停驿馆歇息。

何县令为他们准备了几辆马车，上面垫上好几层厚厚的软褥，用来载伤者，路上还有一个大夫随行，以备开方熬药和疗伤。

隋州因为伤及内腑，要经常休息，加上喝的药里有助眠的药材，这一路上，十天倒有八天是在睡觉中度过的。

受了伤就需要有人照顾，此行唯一的女眷是陈氏，但她的身份是钦命要犯，虽然得到独坐一车的待遇，不过手脚都戴上沉重的镣铐，前后左右都有人监视随行。唐泛怎么也不可能让她来照顾隋州，于是唐大人就自告奋勇地担任起照顾病人的职责。

庞齐等人都被唐大人的高尚情操所感动。

而当时，当事人隋州正在昏睡中，否则他应该会第一个跳起来反对……

但事实已经铸就，反对也来不及了。

在隋州一觉醒来之后，发现送药过来给他的人，由随行大夫换成了唐泛。

隋州："……"

唐泛："怎么了？"

隋州："大夫呢？"

唐泛："他在给其他人换药，今日我来喂你吧。"

隋州勉强露出一个笑容："不用了，我自己来就好。"

唐泛还当他客气，不由分说按住他："大夫说了，我们现在强行上路，本来就对你的伤势恢复不利，你能躺着就尽量躺着，这样才好得快。咱俩啥交情啊？你就别和我客气了！"

隋州默默无语，心想：我真不是跟你客气。

那头唐大人舀了一勺汤药，正要送到隋州嘴边，想起之前自己生病的时候隋州照顾自己的情景，便学着他先送到自己唇边试了试温度，然后才递过去。

结果快抵达目的地的时候，手不小心抖了一下。

隋州："……"

唐泛："……"

隋州："还是我自己来喝吧。"

唐泛打了个哈哈："我这不是手生嘛，抱歉，抱歉！要不咱们换个姿势？"

他用袖子给隋州擦了擦衣襟，然后先将汤碗放在一边，把隋州扶起来，半靠在自己身上，然后才端起碗，小心翼翼地递到隋州嘴边，微微倾斜，心想：这回总不会手抖了吧。

冷不防外面传来一声女人的尖叫。

紧接着又是一阵人喧马嘶。

好一会儿，屋子外头才响起钱三儿的声音：“隋大人，对不住啊，打扰您休息了。刚刚是陈氏那女人在瞎叫，非说别人在偷看她换衣服。您没被惊扰到吧，隋大人？”

唐泛：“……”

隋州：“……”

这回可好了，连碗带药直接倒扣在隋州脸上。

得亏这药的温度是刚刚好，不然隋州的伤情又得再增加一项。

隋州不得不自己伸手把碗从脸上拿下来，艰难道：“我自己来就好。”

唐大人不好意思道：“广川啊，我真不是故意的……”

隋州虽然是受害人，但他很想笑：“我知道，你就不是伺候人的那块料。重新让人熬一碗，你陪我说说话吧。”

对病人的要求要无条件满足，唐大人精神一振：“那行，你想说什么？”

隋州：“先帮我拿套衣裳来换吧。”

唐泛：“哦哦！”

看着他起身去找衣服的背影，隋州心中真是无奈而又泛起微甜：“你想过你回京之后会如何吗？”

第二十八章

余波未平

唐泛微微一笑，找了床边的椅子坐下。他脸上的红肿已经消退，这个举动做来自然是风流尔雅。

“你觉得会如何？”他不答反问，也想听听好友的想法。

隋州武功高强，身体结实，就是伤势再严重，躺了这么多天也差不多了，现在坐起来倚靠在被子上与好友聊天，反倒是另一种休息。

听了唐泛的话，他便沉吟道：“许多人已经将你当成张鎣的人，但依我看，万安早有撤换张鎣的心思，他势必不会在尚书的位置上坐太久。如果他一走，你就要独自面对梁文华。不过如今朝中分门别派，斗得很厉害，梁文华虽然跟首辅万安走得近，刘珝和刘吉却瞧万安不顺眼，你还是有机会的。”

他们一行人在巩县一待就是一个月，此时隋州还不知道张鎣已经被发配到南京的消息，也不知道自己的话是多么有预见性。

唐泛：“你的意思是，让我去投靠刘珝或刘吉？”

隋州颔首：“如今内阁排行前三的阁老，撇开万安不提，另有刘珝和刘吉二人，刘珝疏直，刘吉圆滑，皆不是易与之辈。但刘珝是当今天子之师，便连陛下也称他为东刘先生，可见尊敬。刘珝这人，对有能力的年轻官员还是很欣赏的。若能得刘珝相保，你未必要怕梁文华。”

刘珝在内阁之中，虽然也同样消极怠职，但比起其他人来说，已经算是人品不错的了，而且他还时常劝谏皇帝，让他勤政爱民。只是刘珝脾气不好，又很喜欢教训人，看到不顺眼，不管好坏，先站在道德制高点把你教训一通。这一点很惹人反感，所以在朝中的人缘很不好，有好事编派者，才将他跟万安、刘吉并列在一起。

外人乍听“纸糊三阁老”“泥塑六尚书”，只觉得这个朝廷上下都是混吃等死的，简直无药可救，实际上“纸糊”跟“纸糊”之间也是有差别的。

像唐泛的顶头上司张蓥，同样也光荣名列“泥塑尚书”的行列，但实际上他良心未泯，做人尚有原则底线，跟工部尚书刘昭之流不可相提并论。

而刘珝，比起对万贵妃和皇帝极尽奉承之能事的首辅万安，从人品来看，简直可以称得上是浊流之中的一股清泉了。

但唐泛听了他的话，只有苦笑：“你这办法是不错，不过放我身上却行不通。”

隋州挑眉：“为何？”

唐泛无奈：“我那老师与刘珝有旧怨，两人可是相看两相厌的，一见面就恨不得吃了对方，你觉得以刘珝的性格，有可能去庇护自己仇家的学生吗？”

隋州：“深仇大恨？”

唐泛：“那倒谈不上，不过你也知道，这两位脾气都不怎么好，又都觉得自己有学问，喏，你知道的，文无第一，武无第二，我也不晓得他们的矛盾因何而起，总之有一回我亲眼见到我老师将桌上的水杯泼向刘珝，说他就如此水，污浊不堪，令人咽之不下。”

隋州：“……”

好嘛，都闹到动上手了，估计这辈子都甭想有握手言欢的一天了。

唐泛身为丘浚的学生，若是找上门去，以刘珝的性格，可想而知会得到什么样的羞辱。

这条路确实是行不通了。

想到这里，隋州也有点无奈。

他如今也是执掌北镇抚司的镇抚使了，虽说头顶上的官帽依旧是五品千户，但这五品和文官的五品含金量可大大不同，别说五品文官见了他要绕路走，就是内阁阁老那样的人物，当面看见这位隋镇抚使，也要停下来打声招呼。

更不必说他还有周太后这一层关系在，皇帝对他也很是亲近信任，想要再继续往上走，不是一件难事。

但是大权在握的隋镇抚使，在好友的仕途问题上，偏偏无计可施。

唐泛见他发愁，反倒安慰他道：“不必如此，我知你是为我好，不过当不当得了官，这事本来就由不得你我做主。我已经将该做的事情做到最好，自问无愧于心，往后的事情就不必操心太多了，今朝有酒今朝醉，明日愁来明日愁！”

隋州闻言，不知道是该为了他的潇洒而欣慰，还是该为了他的漫不经心而发愁。

话说回来，若唐泛是那等汲汲名利、一心想要向上爬的官员，他们两人也未必会志趣相投，成为至交好友了。

所以说许多事情有因必有果，有失必有得，虽然天下之事未必能事事如意，但他们一行人下了巩侯墓，遇到嗜杀成性、残忍凶猛的镇墓兽，原本已经觉得可能要葬身在那下面了，结果却还能平安归来。这就已经是叨天之幸了，确实不应该过于强求。

隋州没有意识到，自己在不知不觉之中，已经被唐泛的这份洒脱所感染，以往严谨细致到一丝不苟的人生观也慢慢发生了转变。

若是放在以前，他可能还会觉得唐泛这种人不求上进，实在怒其不争，不屑与之为伍。但现在，他反而能够理解唐泛，并且认同好友这种为人之道。

因为隋州知道，唐泛不是不上进、不努力，他已经在自己力所能及的范围内做得足够好了，他只是不想强求，凡事随遇而安，他以治国平天下的志向来做事，却以“和光同尘，如沐春风”来做人。

能够与这样一个人为友，不是唐泛的幸事，反倒是别人的幸事。

“你说得对。”隋州嘴角微微一扬，心情也随之放松开来。

不知从什么时候起，他看着这人、想起这人的时候，眼底就没了看其他人时的坚冰，有的只是一片淡淡的欢喜。

虽然受了伤，回程都被迫要待在马车上，但这确实是隋州极为难得的悠闲时光。

别看锦衣卫平日里威风凛凛，实际上什么样的职位就对应什么样的责任。如果锦衣卫是一个尸位素餐、遇事只会往后躲的部门，那早就被东西厂生吞活剥了，别人看着你的眼光也跟看着废物没什么区别，更别谈得上人见人怕。隋州有今日的地位，全都是靠着自己一手打拼下来的。

可想而知，他们这样的身份职责，平日里也极少有这种什么都不用想，每天只要懒洋洋地躺在马车上晒太阳聊天的日子。

一行人途经保定府时，天色已近黄昏，前面不远就是官驿，所有人都有些累了，唐泛便下令在此歇息，明日一早再直接回京。

程文和田宣先行一步，拿着勘合去打点，无非是先让官驿的人腾出房间，准备热水饭菜和给马匹喂食的粮草等。

结果不到一会儿，两人就折返回来，脸上满是气愤，说是官驿的人说房间满了，腾不出来。

这倒稀奇了。

他们手中拿的勘合是锦衣卫与刑部联合颁发的，又有内阁盖印证明钦差身份，一路行来都畅通无阻。不管官驿里原先住着什么人，看见这份勘合，都要立马腾出房间来，不让也得让，这就是跟着锦衣卫这群大爷们儿出来办事的底气。

但眼下，在这个距离京师不远的保定府官驿，这一套居然行不通了。

庞齐当下就大怒，叫了两个人跟程文他们一并再过去，说要看看是哪一路的孙子如此不长眼，连钦差的车驾都不肯让。

唐泛和隋州都没把这事放在心上，依旧待在车厢里看书聊天，前者手里还捏着一块临走前何县令送来的五香兔肉。对他来说，出外差的好处就等于可以理直气壮地拿着俸禄品尝各地美食。

先前在巩侯墓中的种种险恶，仿佛也都随着这道咸香可口的小吃一道被吞入腹中了。

唐泛还道："这兔肉吃起来感觉跟京城的做法不太一样，里头似乎还有茴香和苹果的味道，也不知道回去之后能不能找到一家专门做这道菜的……"

"店"字还没说出，外头就传来庞齐暴跳如雷的声音："开什么玩笑，那帮龟孙子敢欺负到咱们锦衣卫头上？！"

唐泛不由得掀起车帘子问："这是怎么了？"

庞齐怒气冲冲道："唐大人，打听清楚了，那官驿里住的是东厂的人，他们一人占了一间房，非说满了，不肯让出来！"

唐泛回过头，与隋州交换了一个眼神。

两人都有些意外。

东厂虽然向来跟锦衣卫不对盘，可也没有到撕破脸的地步，像今天这种情形，还真是少见了。

唐泛有点奇怪："东厂厂公尚铭先前不是有意交好锦衣卫吗？怎么他的手下胆敢如此放肆？"

隋州却知晓几分内情："你说的那是之前的事情了，那会儿的锦衣卫指挥使还是万通，万通乃贵妃之弟，尚铭自然要曲意奉承。现在换了袁指挥使，尚铭自然就不将锦衣卫放在眼里了。"

马车之外，庞齐愤愤不平道："大哥，我们该如何做？难道真的要咽下这口气吗？”

锦衣卫换了袁彬当指挥使之后，就开始低调起来，隋州也不是那等张扬之人，而西厂那边，汪直这两年都在经营塞外，也对京城这边有所疏忽，这就给了东厂坐大的机会。

他们行事嚣张跋扈，也不是一天两天的事情了。

庞齐问归问，他不是不明利害的人，心想，以大哥的性子，十有八九是要他们不与东厂冲突，继续前行，直接回京的。

谁知隋州却淡淡道：“不肯让，就打到他们让为止。”

所有人都被这句霸气的话镇住了，随即嗷嗷叫唤起来。

大家在巩侯墓里被镇墓兽压着打，还折损了不少弟兄，心里早就憋着一股气，此时得到隋州的允可，全都兴奋了。

被庞齐点到名字的人，全都撸起袖子摩拳擦掌跟在他后面，准备去找回面子。

那头官驿里，管理驿站的小吏正苦哈哈地对身旁那人道：“姜档头，您就当是体谅下小的，要不给他们腾出一间房吧，对方可是锦衣卫……”

锦衣卫和东厂，他哪边都得罪不起，正所谓神仙打架，凡人遭殃，方才锦衣卫想要住房，却被东厂的人喝退了。回头东厂的人拍拍屁股走了，锦衣卫若是想将这笔账算在自己头上，自己岂不冤枉吗？

东厂姜档头不屑一笑道：“老魏，你也太孬了。锦衣卫怎么了？你还当是从前吗？袁彬那老头当惯了缩头乌龟，现在什么事都不敢出头，锦衣卫也都个个成了小乌龟，没房间就是没房间，凭什么要腾出来给他们！”

他手下一众东厂番子都跟着捧场地哄笑起来。

“你说谁是乌龟？”前方大步流星又来了几个锦衣卫，为首那人冷冷喝问。

姜档头斜着眼看他：“哟嗬，是庞副千户啊！怎么？看着小的说话不管用，您老亲自出马了？”

庞齐冷冷一笑：“我道是谁，原来是姜孙了，老久不见，你还是这么没出息！”

姜档头大怒：“你说谁是孙子？”

庞齐：“谁应就是谁！我问你，这驿站的房间，你让是不让？”

姜档头脖子一扬：“我们的人都住满了，怎的？下回请早点儿来吧！”

要说这东西两厂大太监们手底下的人，除了少数几个宦官之外，十有八九都是从锦衣卫里调拨出去的，大家同出一源，本该更加亲近才是。但自从袁彬重新出山，不动声色就将万通的人清洗得七零八落，连带也切断了锦衣卫与东厂那边的联系。

再说锦衣卫的人去了东厂，自然也就变成东厂的人，大家顶头上司不同，利益和立场自然也就跟着变了，出现眼下的情景并不奇怪。

只是再怎么闹，东厂与锦衣卫，起码还维持着表面的和气，像姜档头今日的表现，未免也太嚣张了。

庞齐也不跟他废话："我最后再问一句，你让是不让？"

姜档头："没的让！"

庞齐后退两步，抬手一挥："弟兄们，那就打到他让为止！"

话一落音，站在他身后的锦衣卫便如狼似虎地扑上去。

姜档头大惊失色："你们要作甚！反了不成！哎哟，哎哟……"

驿吏看着这个场面，脸色都快跟墙面一样白了，只能在旁边干着急："别打了，别打了！"

姜档头等人在京城过惯了好日子，也就是在京城地面上要要威风，如何打得过刚在生死边缘摸爬滚打过来的庞齐他们？当即就被打得落花流水，哭爹喊娘，从打架变成挨打，最后只能抱着头跪地求饶，直说不敢了。

乱局之中，姜档头趁机要溜，早就等在旁边的庞齐飞起一脚，直接将他踹倒在地。

姜档头见他还要来一脚，连忙喊道："庞千户，庞大哥，不来了，不来了！咱不敢了，有话好好说！都是一家兄弟，别这样！"

庞齐冷笑："现在知道是兄弟了，你刚刚怎么不说这句话！还说我们指挥使是老乌龟？嗯？！"

这姜档头自扇嘴巴："小弟嘴贱，小弟嘴贱，小弟才是乌龟！庞大哥，你大人有大量，别跟小弟一般见识啊！"

庞齐又踹了他一脚："早服软不就好了！是不是觉得自己傍上东厂这条大船，腰杆子硬了，连昔日的兄弟也不放在眼里了啊？"

姜档头哭丧着脸："小弟哪敢呢！不瞒庞大哥，实在是上头有令，让我们在外头不用给锦衣卫面子，小弟这才不得已为之啊！"

庞齐也想从他身上探听一些消息，便将他拎起来："袁指挥使乃两朝元老，你们厂公都敢不放在眼里，想必抱上更粗的大腿了？"

姜档头苦笑："庞大哥，你也知道规矩的，小弟怎么好随便议论厂公啊！"

庞齐"哦"了一声，回头叫手下："他皮痒，过来接着打吧！"

“别别别！”姜档头连忙抓住庞齐的手，“庞大哥你最近不在京城，想必消息有些不灵通吧！是这样的，陛下新近封了一位通元翊教广善国师！”

庞齐：“什么国师？”

姜档头：“通元翊教广善国师。”

庞齐：“这名字也太长了点，然后呢？”

姜档头：“这位国师神通广大，法术高强，陛下很是信服，将其奉为上师，还准备在西市建万寿宫……”

庞齐又踢了他一脚：“你废话忒多，这和你们厂公有何关系！”

姜档头垮着脸：“哎哟我的哥，你也太没耐心了！这位国师，是我们厂公引荐的！陛下敬重国师，对厂公也多有赞赏。厂公跟我们说，他向陛下建言，让万通回来统领锦衣卫，陛下已经答应了。实话与你说吧，袁指挥使的位置坐不长久了！”

庞齐大吃一惊，揪住他：“此话当真？”

姜档头：“小弟哪敢骗你啊！要不厂公怎么会让我们不用给你们锦衣卫面子呢？他知道你们都是袁指挥使一手提拔上来的，等到万指挥使回来，肯定又要恢复原样，所以想给万指挥使提前卖个好呢！”

庞齐也没心情收拾他了，他将姜档头丢在一边，又让驿吏腾出几个房间，便匆匆去向隋州禀报。

驿吏看见姜档头都吃了瘪，哪里还敢不答应，便连连应诺去准备了。

听了来龙去脉，隋州倒没有什么吃惊的反应，依旧语气平淡地让他们去分配房间。

见老大如此镇静，庞齐便也放下心来，依言去准备了。

虽然东厂的人腾出一半房间，但依旧不太够用，唐泛便像先前那样，与隋州共住一间。

待二人回到房间之后，隋州这才露出凝重的神色。

唐泛从热水里捞起擦脸的帕子，拧干递给他，道：“看来你回京之后的日子也要不好过了。”

隋州难得叹了口气：“其实袁彬为人比万通好上百倍，可惜他没有万通那么强硬的背景，只要万贵妃还在一日，万通的位置就屹立不倒。先前陛下只是想要给他一点教训，这才换上袁彬，现在陛下觉得教训已经足够，自然也就想让万通回来了。”

说到底，万通也好，袁彬也罢，这些人都是皇帝的一颗棋子，皇帝想要他们怎么样，他们就得怎么样。

不仅仅是万通、袁彬，就连其他人也是这样，太祖皇帝设立六科言官，原本就是为了监察百官，进谏皇帝。后来又有内阁这样的存在，宰辅一句话，皇帝也要三思而行。可惜现在这个朝廷，内阁阁老们的胆气实在有限，就连刘珝有皇帝老师这样的身份加持，也只敢在一些无关痛痒的小事上给皇帝敲敲边鼓。

这种情势下，科道言官劝谏的声音再响亮，作用也有限。

唐泛却从另外一个角度来看问题："广川，回去之后，你最好去袁指挥使那里一趟，他在锦衣卫多年，虽然看淡名利，但也绝对不是会任由欺压的人，他让你执掌北镇抚司，显然欣赏你的才干，且有意培养你为他的接班人。如果你能够彻底得到他的认可，接收袁彬的势力，那么即使万通回来，他也不敢轻易动你的，到时候你已经牢牢控制住北镇抚司，自然不必再忌惮万通。"

"还有，"他坐在床上，弯腰除去鞋袜，拥被躺在床上，为隋州谋划道，"你是周太后的侄孙，陛下对你的信任，其实并不比对万通少。你回去之后，只需要记住两点，便可在陛下面前岿然不倒，任万通如何使计，都奈何不了你。"

隋州挑眉："愿闻其详。"

唐泛道："第一，陛下做的事情，你不要去反对，他若是问你的意见，你也不要表态，他说什么，你就做什么，除非与你的原则立场有悖；第二，万通扳倒袁彬之后，你要为袁彬求情，陛下若是问你原因，你就说，愿以袁文质事先帝之心事陛下，这样陛下不仅不会怪罪你，反而还会赦免袁彬，也对你更加亲近。"

成化帝有着诸多毛病，但同时他也是一个颇为心软、念旧情的人，然而他又是一个皇帝，是皇帝就不会喜欢别人成天跟自己作对，这样种种性格反映在他身上，铸就了一个十分矛盾的人。

唐泛虽然跟皇帝只见过寥寥两面，但从隋州、汪直这些常常与皇帝打交道的人的侧面描述中，不难推断出皇帝的性格。

但这番话很有揣测帝心的嫌疑，是犯忌讳的，若不是隋州这等亲近之人，唐泛万万不会说出来。

隋州自然也明白这一点，心中暖意温融，十分受用。

"我明白，多谢你。"

唐泛一笑："你我之间，何必言谢？"

是夜，唐泛睡得颇为安详，并没有因为这些事情而影响了心情。

隋州却有些睡不着。

唐泛为了不至于在翻身的时候压到隋州的伤口，主动要求睡在里面，这会儿还半侧着身，后背几乎半靠在墙壁上。隋州看着都替他难受，唐泛却依旧酣然入梦。

隋州安静地看了许久，目光之中只有珍而重之的虔诚。

在遇到唐泛之前，他的内心其实十分孤独。

隋家人并不能够理解隋州加入北镇抚司的举动，在他们看来，隋州应该像他兄长那样在科举上努力，为隋家闯出一条光宗耀祖的道路来，摆脱靠外戚身份上位的名声。锦衣卫权力虽然大，终归名声不好听，领个虚衔也就罢了，被人在背地里喊朝廷鹰犬，又算是怎么回事呢？

但隋州不需要任何人的理解，他就像一匹孤狼，在自己认定的道路上一直往前走。

然而他遇上了唐泛。

一个真心诚意为他筹谋、为他打算的人。

得挚友若此，夫复何求？

唯以一生相报耳。

月辉透过窗纸从外面铺洒进来，落在唐泛的脸上，为他的俊美更添几分光晕，将他映衬得直如神仙中人，不似凡尘俗夫。

忽然，唐谪仙动了动嘴唇，仿佛说了句什么话。

隋州难得生出一丝好奇，凑近了些。

却听见唐泛嘴里喃喃道："蟹黄……豆腐羹……"

隋州："……"

唉，唐大人好不容易塑造起来的高大全形象又破灭了。

话说东厂的人被胖揍一顿就老实下来，姜档头没敢再来撩拨他们，直到唐泛等人离开，他们都老老实实缩在自己的厢房里没出来。

唐泛他们自然也顾不上跟这等见风使舵的小人物计较，从姜档头的口中，唐泛他们得知，在他们离开京城的这一个月里，发生了太多的事情。

正如隋州和唐泛所预料的那样，张鎣果真被万安找借口撵去南京了，刑部成了梁文华的一言堂。

在万贵妃的枕头风下，皇帝有意让万通替换下袁彬，重新执掌锦衣卫。

皇帝宠幸佞臣李孜省，又封僧人继晓为国师，强迁数十万百姓，预备在西市建崇真万寿宫，被朝野上下反对。虽然寺庙没有建成，但皇帝对继晓越发信任，还准备为他单独建一座观星台。

又听说太子与万贵妃不亲近，万贵妃耿耿于怀，时常在皇帝身边进言。久而久之，皇帝对太子也不甚喜欢，反倒有意另立太子。

最后一桩消息纯粹道听途说，但能从姜档头口中说出来，想必也是有几分可信度的。

这些消息里，几乎没有一个是好消息。

可以想象，在京城等待着他们的，只会是更加复杂严峻的局势。

他们离京的时候，还是开春时节，如今不过时隔一月，便已经徐徐到了初夏。

不过这个季节在京城是最好的，既不很热，又不很冷，白天穿上一袭薄薄的春衫也够了，晚上顶多在外面再套上一件大氅。

无论前方局面如何险恶，这样的好天气，总不会令人有坏心情的。

在马车驶入京城，瞧见满枝累累的紫藤时，一行人也都振作起精神来。

唐泛需要先回刑部述职汇报，隋州则要去北镇抚司，二人约好晚上回家再细说，便各自去做自己该做的事情了。

入城之前，唐泛就在驿站里梳洗过了，此时虽然还穿着常服，却没有风尘仆仆的疲态。他就是想着反正迟早都要过来的，与其等着梁侍郎挑毛病，还不如自己先主动上门。

到了部里，听说梁侍郎不在，唐泛就先去了右侍郎彭逸春的值房。

彭逸春一见到他，哎呀一声就起身迎出来，满脸惊讶和惊喜："润青，你几时回来的？"

唐泛笑道："就在刚刚，一回来就过来看望大人了。"

彭逸春朝隔壁那个值房努努嘴："你没去那边？"

唐泛："去了，不过司员说梁大人不在。"

彭逸春"哦"了一声："估计是进宫了，这阵子他跑内阁跑得勤。"

内阁与六科是大明所有中央官衙里，两个坐落在宫里的衙门。

唐泛笑了笑："如今张尚书一走，梁侍郎总领部务，自然是要常与内阁沟通的。"

彭逸春讶异："你都知道了？"

唐泛点点头："来的路上听说了。"

彭逸春叹了口气："润青，你们传回来的公文我看过了，我知道你这次差事办得不错。不过尹元化这件事真不好办，梁侍郎心里肯定是有疙瘩的，指不定会对你发作一二，你忍忍也就过去了，可千万别意气用事，跟他正面冲突起来。"

这位好好先生虽然怕事，可并不是坏人，唐泛很感激他的好意，只不过彭逸春可能注定要失望了，自己跟梁文华的矛盾，不是自己单方面的退让就可以解决的。

但他也没有跟彭逸春辩驳，只是笑着安抚他："大人放心，下官知道轻重。"

二人正说着话，外头便有司员进来道："唐大人，梁侍郎让您过去一趟。"

唐泛起身向彭逸春告别，跟着司员进了梁文华的值房。

梁文华的神态看上去与一个月前有很大区别。

这也难怪，权力是男人最好的春药，大权在握与屈居人下是截然不同的两种感觉，梁侍郎意气风发也是可以理解的。

但是，当他连看到唐泛都是一脸和蔼可亲的笑容，这就很不正常了。

第二十九章

隋州封侯

“润青啊，来，坐，坐！”

梁侍郎虽然没起身，不过还是朝唐泛招招手，示意他坐下。

唐泛不知他葫芦里在卖什么药，仍是先恭谨地行了礼，然后才徐徐坐下。

这下级见上级，臣下见皇帝，坐也是有讲究的，不能一屁股就这么坐下，而只能沾半边，以防皇帝或上级要问话的时候，可以随时站起来回答。

梁侍郎见唐泛举止得体，嘴边的笑容就更深了：“听说你们这次去巩县，还在宋帝陵下边发现了春秋时的巩侯墓？”

大概经过，唐泛他们在回京之前，就已经写了详细的条陈，让人快马送回京城，上呈内阁阅览，内阁给皇帝汇报之后，又下发到刑部和锦衣卫那边，也就是唐泛和隋州的直属上司，让他们了解这回事。

所以梁侍郎对唐泛他们此行的经过，也算有所了解。

唐泛道：“正是，此行下官等人还发现了白莲教的河南分坛，并将一干妖徒抓捕归案。坛主李漫在与我等周旋时意外身亡，其小妾陈氏已经被押解入京，暂由北镇抚司看管，只等从她口中撬出白莲教余党的信息。另有白莲教爪牙若干，正由锦衣卫河南府卫所暂管，稍晚些才能进京。”

梁侍郎漫不经心地点点头，他的关注点似乎并不在这上头，听唐泛说完，也没有太多表示，只是问起另一件事：“我听说你们从白莲教教徒手中缴获了大量宝藏？”

唐泛道："其实也并不多，是各色金银玉珠，下官已经命人清点造册，今日正是要为部堂大人送名册过来的。"

梁侍郎眼睛一亮，看着一直攥在唐泛手中的册子："那便是巩侯墓的宝藏名册？"

唐泛将册子呈上："正是，请部堂过目。"

梁侍郎接过册子，当即就翻了起来，越往后翻，眼睛就越亮。

也难怪他有如此反应，巩侯墓里宝藏甚多，但有些经过岁月侵蚀风化，已经变得黯淡无光了。像一些贴在漆器上的金箔，早就已经失去了原来的色彩，但是保存完好的也不是没有，这些真正有价值的，都被李漫他们转移的时候顺便清点了出来。后来唐泛让程文他们再次清点，只是想要确定这批东西的价值，林林总总算下来，这批宝藏估摸价值十万两左右，约合今年大明财政收入的十分之一。

这可是一笔不小的数目，尤其还是一笔飞来横财，根本不用付出任何成本，大家全都虎视眈眈，尤其是梁侍郎，更指望着这笔财物在内阁和皇帝面前好好露一露脸呢。

说不定皇帝一高兴，他正式升任尚书的日子就有着落了。

唐泛何等聪明之人，闻弦歌而知雅意，从对方要册子的时候，他就明白梁侍郎为何会一反常态，对自己这么客气了。

敢情他不是忘了学生的死，而只是觉得功劳比学生重要罢了。

唐泛心下好笑，便听见梁侍郎高兴道："好！好！你们此行收获不小，我当上禀陛下，为你等表功，那批财物呢，应该也拉到京城里来了吧？"

唐泛："是，财物已经分装两箱，押送入京了。"

梁侍郎："那两个箱子呢，如今可在刑部外面？"

唐泛："下官入京时，为防宵小觊觎，将箱子交由隋镇抚使，此时想必隋镇抚使已经入宫禀报此事了。"

梁侍郎脸色微变，他盯着唐泛看了好一会儿，似乎是想从对方那张脸上看出故意为之的端倪来。

很可惜，他失望了，唐泛依旧恭谦有礼，说话的时候也站了起来，双手拢袖，正微垂着脑袋等候上官发话。

梁侍郎还能说什么？

难道他能说你不能送入宫，应该先交到刑部来，再由我去送吗？这笔财物本来就不算在税赋里的，唐泛若先拉到刑部来，那是他知情识趣，没有的话也是合情合理，梁侍郎根本不能以此来苛责他。

“你做得不错，很不错。”梁侍郎看了他半晌，慢慢道，斯斯文文的话里听不出半点火气。

但唐泛知道，越是这样，就越表示他气狠了。

果不其然，过了片刻，梁侍郎道：“尹元化身为五品员外郎，却死在巩侯墓中，连尸首都没有带出来，此事你身为钦差正使，可有何交代？”

唐泛道：“部堂容禀，当时情况危急，那镇墓妖兽异常凶狠，下官与隋镇抚使等人正与之周旋搏斗，未曾料到尹员外郎会忽然往外跑，而更未曾料到门外还有一只镇墓兽，这才使得尹员外郎不幸殒命。而且后来白莲教妖徒早已在墓中安置火药，将巩侯墓连同宋陵地宫一并炸毁，我等千辛万苦才逃了出来，那下面的道路已经完全堵塞，连同几名锦衣卫也葬身在那里，无法寻找尸首。”

梁侍郎道：“你说的这些，我在条陈里已经看过了。但其中颇多可疑之处，无论如何也说不通。譬如你说的那妖兽，便闻所未闻，异常荒谬，别说我不信，内阁更不会相信。你身为钦差正使，自有保护属下之责，却任由他们在那里殒身，又作何解释？”

唐泛还能作何解释？只能请罪：“下官确有保护不周的过失。”

不管尹元化如何作死，梁侍郎有一点是没有说错的，唐泛是此行的长官，所有人都是听他的命令，无论有什么理由，一旦出了事，唐泛就要负责。

说句难听的，这次他正是——黄泥巴掉到裤裆里，不是屎也是屎了。

梁侍郎点点头，没再多说什么：“你此行辛苦了，先回去好好歇息吧，明日再回来办差也不迟。”

唐泛恭谨道：“多谢部堂体恤，下官告退。”

二人客客气气说了些话，完全没有出现唐泛想象中那种剑拔弩张的场面，但唐泛很明白，自己将进献财物的功劳让给隋州，又“害死”尹元化的性命，梁侍郎什么好处都没捞着，肯定是不会放过自己的。

出了梁侍郎的值房，唐泛就看见彭逸春的脑袋从隔壁的值房里探出来，朝他招招手。

堂堂刑部右侍郎做出这等鬼鬼祟祟的举动，实在有些滑稽。

唐泛心下好笑，朝那边走了过去。

一进值房，他就被彭侍郎拉了进去。

“如何了？”彭逸春问。

“只怕不如何。”唐泛摇头笑叹一声，将两人的谈话略略说了一遍。

“唉！”彭逸春恨铁不成钢地道，“你怎么如此糊涂！你明明知道他就等着这笔财物去表功。难道不能将财物拉到刑部来吗？为何要便宜了锦衣卫那边！”

唐泛苦笑：“部堂，你觉得梁侍郎就算得了这笔财物，就会以此为刑部谋福吗？只怕不会吧，他肯定会先去内阁向首辅表功，然后与首辅一道入宫，将这笔财物献给陛下。”

彭逸春语塞。

唐泛道：“所以我才不能这么做。这次的功劳，若我得二分，锦衣卫便当得剩下的那八分，那笔财物全是他们拿命换来的，怎能让人将功劳夺去？与其那样，还不如我得罪梁侍郎，然后让锦衣卫的弟兄们在陛下面前露回脸。”

他又诚挚道：“下官知道部堂是一片好意，不愿见我在部内被排挤，不过这次出了尹元化的事情，以梁侍郎的为人，必然怀恨在心，就算这回不发作，他也肯定会找机会发作的。”

彭逸春摇摇头：“你都把话说完了，我还能说什么？原先张尚书走之前，说你是可造之才，让我多照顾你一些。现在可好，你一回来就把梁侍郎往死里得罪了，以后的日子只怕不会好过！”

他摸出一封信，递给唐泛：“这是张尚书临走前让我转交给你的。”

唐泛有点意外，没想到张尚书竟然还会留信给他。

在外人看来，唐泛身上已经打上了张鎣的标签，但实际上他与张尚书之前的关系并没有那么亲密，两人唯一还称得上深入的交往，也就是在唐泛前往巩县之前的一次长谈。

告辞彭逸春，唐泛一踏出刑部大门，就忍不住拆开了那封信。

信上是张鎣的笔迹，他告诉唐泛，说自己之所以前往南京，是得罪了首辅万安的缘故。他这一走，刑部尚书肯定会由梁文华递补，让他尽量不要得罪梁文华，韬光养晦，保存实力，忍一时风平浪静，退一步海阔天空，将来还大有作为，不必急着跟梁文华起冲突。让他不要因为现在公道埋没，寸步难行，就认为大明官场没有希望，正所谓守得云开见月明，只要做对得起天地良心的事情，就无愧于自己当官的初衷。

张鎣还以自己为例，说自己当初就是一步走错，以至于数十年来庸庸碌碌而过，幸好现在幡然悔悟，为时不晚。劝诫唐泛要引以为鉴，守身持正，当一个经世济民的好官。

唐泛不是一个容易被感动的人，看着这封信，眼睛却有点湿润。

他与张鎣的相交不深，在那之前，他也曾一度认为张鎣如同外人所说的那样，是个碌碌无为的庸官。然而现在他仿佛能够透过这封信，窥见一个老人的内心。

张鎣看似在劝解勉励唐泛，其实何尝不是对自己曾经埋没了的岁月感到后悔，后悔自己为了官位向现实低头。

但不同的是，许多人在心里忏悔一下就算了，该向现实低头还是继续向现实低头。

张鎣却以自己的行为去弥补，这份勇气不是人人都拥有的。

不管外人如何评价这位“泥塑尚书”，此时此刻，唐泛对他唯有肃然起敬。

他抬头望向南方。

这个时候，张鎣应该也抵达南京了吧。

唐泛深吸了口气，收起信件，大步朝家里走去。

自打唐泛在公文中呈明那笔价值十万两的财物，内阁与刑部就都睁大眼睛等着。万万没想到唐泛先斩后奏，让隋州直接就将东西交到皇帝那里去了。

大明有内库与国库，国库的钱是朝廷的，皇帝基本别想用，内库的钱才是皇帝的私房钱。

如今几位阁老都不是强势之人，彼此还钩心斗角，都需要皇帝为他们撑腰，所以他们要巴结讨好皇帝，有时候皇帝内库的钱不够用了，万首辅还会从国库里拨钱给皇帝。

这一次，万首辅同样想要将唐泛他们得来的这价值十万两的财物献给皇帝，以此讨皇帝的欢心，而且这笔钱不是来自国家财政收入，送给皇帝也不会招来百官的骂声。

结果人家压根儿没经过他，直接就送入宫了！

好吧，谁让隋州除了是钦差之外，还有另外两重身份，人家是锦衣卫，不受内阁管辖，人家还是周太后的亲戚，进宫比首辅还要方便一些。

万安只好捏着鼻子忍下来，心里早就把隋州骂翻了天。

但皇帝不需要照顾他的心情，对皇帝来说，只要有钱拿，那就是好事。

他将万安叫过来，只是因为乍得了一大笔财物，心里很高兴，想要跟首辅分享一下快乐，顺便聊聊对唐泛、隋州他们的封赏问题。

万安今年六十有三，按照规定，官员六十岁以上就应该退休了，不过凡事总有例外。

能够留下的，年龄不成问题，不能留下的，年龄只是借口。

成化帝让内侍搬来凳子，给万安赐座，又寒暄了两句，便道：“先前刑部与锦衣卫一并前往巩县办案的事情，元翁也听说了吧？”

万安道：“臣也听说了。”

成化帝笑道：“此行可真是惊心动魄啊，连广川那等不擅言语的人，也能说得朕心惊胆战，可见他们出生入死，才立下这赫赫功劳啊！”

什么赫赫功劳，不就是给皇帝送了一大笔钱吗？

万安一面腹诽道，一面露出感慨的神色：“可不是嘛，他们送来的公文，臣也看了，确实惊险万分，不过那镇墓兽，臣却闻所未闻，只不知天下之大，何处有这等惊世骇俗的妖兽？”

他原是想不动声色地告唐泛和隋州一状的，但此时站在皇帝身后的梁芳对他递了个眼色，他又听见皇帝亲密地称呼起隋州的表字，便想到皇帝对那个隋州颇为看重，随即话锋一转，顺着皇帝的喜好，聊起了镇墓兽。

成化帝呵呵一笑：“枉你身为内阁首辅，成日看遍奏章，对这种志怪野闻也难怪不了解。朕听广川说了之后，便去翻阅那些古籍志异，《山海经》《搜神记》《太平广记》全都不见记载，后来还是怀恩提醒了朕。”

他有意停了停，像是想卖个关子。

作为一个合格的首辅，万安连忙露出“我非常想知道”的表情：“老臣孤陋寡闻，敢问陛下，那妖兽的出处是？”

成化帝吊足了胃口，便笑道：“告诉你也无妨，是在南朝梁任昉所著的《述异记》里，此物名为虺，似蛇非蛇，有鳞而无角，乃蛟的前身！”

万安“啊”了一声，心里有些不以为然，脸上却露出恍然大悟的表情：“原来是此物，听陛下这一说，老臣倒也觉得确实还真像呢！”

成化帝兴奋起来：“什么像，本来就是！先前广善国师与朕说，这天下无奇不有，既有妖怪，也有神佛，更有那凡人勤修不辍，终成正果，白日飞升的。朕原先还半信半疑，如今既然证明了世上有虺，自然也就有蛟、有龙，那神仙志怪之事想必也都是真的了！”

万安这才知道皇帝的兴奋点出在哪里了，敢情他觉得虺的存在间接证明了神仙的存在，对吃丹修炼的事情也就更有动力了。

想及此，万安便笑道：“陛下当趣闻听听便也罢了，大可不必深究。”

他先把自己撇清，免得这些话传出去，那些言官又要说自己怂恿皇帝不干正事了。

成化帝哈哈一笑：“好了，朕也不为难你，这次他们办下这么大一份差事，理应得到封赏。那个唐泛，朕也有些印象，先前韩家出事，牵连到贵妃身上，多亏他查清了真相，还贵妃一个清白，着实是个干吏，依元翁看，这次要如何拔擢他才好？朕记得都察院那边还有个位置，将他提为左佥都御使如何？”

这可是正四品的位置，自己当年像唐泛这般年轻的时候，也还在芝麻小官任上熬着资历呢！

万安心里这样想，面上却很平静，起身拱手道：“老臣原是不打算用这种小事来打扰陛下的，但既然陛下垂询，老臣也就有话直说了。”

“讲，讲，朕什么时候不让元翁说话了！”成化帝对亲近喜欢的臣下是十分随和的，很少拿皇帝的架子去压他们，对几位阁老，更是给予了足够的尊重。

万安从袖中摸出一道奏疏，呈了上去：“这是刑科右给事中傅延弹劾唐泛的奏章。”

皇帝身后的梁芳走上前来，接过他手中的奏疏，又拿回去呈给皇帝。

成化帝翻完那奏疏，惊讶道：“他弹劾唐泛草菅人命，累下属身死？这事我看过内阁呈上来的公文了，不是说这件事是意外吗？若那妖兽果真是水虺的话，也怪不得唐泛他们救不了人啊！”

万安沉声道：“陛下，尹元化本来就是文官，唐泛明知这一点，还让下属身犯险境，此其一；其二，他作为此行的钦差正使，就有责任保护下属，若是不予惩治，反而嘉奖，就会助长此等风气；其三，老臣听说，这次死的那名员外郎，在刑部的时候，与唐泛有些私怨。”

成化帝皱眉：“元翁的意思是，唐泛在公报私仇？”

万安摇摇头：“老臣没有亲眼看到，不能下此定论，只是空穴来风，未必无因，若真是正人君子，又怎会传出这种谣言？”

这话的杀伤力实在太强，连成化帝听了之后也是一阵沉吟。

成化帝转头问：“梁芳，你干儿子尚铭不是管着东厂吗？他有没有对你说起这个唐泛啊？”

宦官不得干政，这是太祖皇帝立下的规矩，但若是皇帝主动问询，自然就算不得干政了。

梁芳原是站在旁边当木头人的，皇帝不问，他也不会开口，此时便上前一步，轻声笑道：“这唐泛不过是个五品官，也不是何等重要人物，尚铭如何会对奴婢提起？”

成化帝失笑：“那倒也是！”

“只不过，”这时梁芳却又来了句，“上回唐泛立了功之后，贵妃娘娘甚为欣赏他，陛下也对此人赞誉有加，奴婢便稍稍对他留心了一下，以备陛下垂询。只是奴婢一打听，才发现这唐泛自入了刑部，与部中同僚关系平平。”

一个告黑状的高手不需要直接说某人如何如何不好，就像现在，梁芳不过是轻描淡写一句话，甚至都没有正面回答皇帝的问题，却能够让皇帝听明白其中隐含的信息。

皇帝会想，如果跟一个人关系不好，那有可能是对方的问题，但如果跟所有人关系都不好，那就肯定是你的问题。

既然唐泛人品上有瑕疵，正好应了万安刚才的话，尹元化的死说不定是跟他有关的。

这样的人，当然不能重用。

在皇帝身边待久了，见多了杀人不用刀的高手，梁芳自然也身手非凡。

可梁公公又不认识唐泛，为什么会跟他过不去呢？

因为他的干儿子尚铭是东厂厂公，跟西厂汪直水火不容，而这个唐泛又跟汪直关系不错，听说还常常给他出主意，这样的人，能顺便除掉当然是最好了。

更何况梁公公也不是白干活，梁侍郎通过万首辅，提前给梁公公送了五百两银子。

一句话顶五百两，这买卖真是值了。

成化帝果然皱起眉头：“若果真如此，这唐泛确实是用不得了。依元翁看，此人应该如何处置？”

万安道：“不可否认，唐泛这次为陛下进献了一大笔财物，功不可没，但他确实也必须为尹元化的死负上责任，功过相抵，臣以为，可将他削职为民。”

成化帝迟疑：“会不会太重了？”

万安道：“有一便有二，只要他官职仍在，旁人就会以为这种坑害同僚的行为也不失为升迁之道，久而久之，便容易带坏风气。更何况此人人品也不足以为官，陛下若是过意不去，可罢免他的官职，再另赐金银，以示嘉勉，如此便功过持平了。”

成化帝颔首：“也罢，元翁这是老成持国之言，就按你的意思办吧！”

他本来也只是被这个案子挑起兴趣，兼之上回东宫案里，唐泛表现出色，使得成化帝对他留下一个不错的印象。

但现在这个还不错的印象已经被万安和梁芳的一席话破坏了，皇帝不会对一个五品官员的去留投注过多的关切。

寥寥数语便揭过这篇，他又与万安说起别的事情。

万安将一些内阁拟出来的奏章呈上，给皇帝汇报了一下，君臣二人沟通一番，皇帝随即将政事抛在一旁，问起自己更加感兴趣的事情，比如说，如何以丹药助兴房中事。

按照正常观念，身为一国宰相，此时便当挺身而出，大义凛然地劝谏皇帝不要沉迷这种淫邪方术。

万安却居然兴致勃勃地跟皇帝交流起来，两人志趣相投，聊了许久，离开的时候甚至交换了一个心照不宣的笑容。

就连梁芳冷眼旁观，都觉得万安这个首辅当得实在是太不得体了。

今日君臣交流的时间有些短，不过才半个时辰，皇帝便说累了，让万安先行告退。

像往常那样，梁芳奉皇帝的命令，送万安出了乾清宫。

二人脚步放得有些慢，万安对梁芳笑道："今日之事，多谢公公了。"

梁芳轻笑一声，倒是直白："货银两讫，元翁不必客气。"

万安见前方迎面走来一人，有点意外："这人怎么又入宫了？"

梁芳笑道："瞧您这话说的，陛下素来看重镇抚使，这两天又对巩侯墓那下面好奇得很呢，这不，昨天问得不过瘾，今日继续呢！"

难怪皇帝急着撵自己走，万安心想，不过他与隋州没什么来往，之前对唐泛下手，只是受了梁侍郎之托。

不过一会儿，隋州就已经跟着领路的内侍来到两人跟前。

"见过首辅大人、梁公公。"隋州拱手道。

他穿着一身华丽绣纹的飞鱼服，在阳光下，金丝银线闪闪发亮，配上那副冷峻的表情，饶是万安也仿佛被他压了一头。

万安下意识地退了两步，然后才反应过来，自己堂堂宰辅，竟然在一个五品千户面前后退，传出去不得笑死人？

见隋州和梁芳似乎谁都没有注意到这个细节，万安轻咳一声，露出微微的笑容："原来是隋镇抚使，这是准备陛见呢？"

隋州："是。"

言简意赅，绝无半句废话。

万安顿觉无趣，他最讨厌跟这种不知情趣的木头人打交道，便笑道："那就快进去吧，别让陛下等久了！"

隋州朝二人点点头，便大步朝乾清宫走去。

那头成化帝看到隋州来了，竟比看到万安还要高兴几分，原因无他，皇帝是个大孝子，周太后喜欢隋州，皇帝自然也跟着爱屋及乌，将隋州视作娘家人。

"来来，广川啊，坐！昨日听你说了那镇墓兽之后，朕就去翻阅典籍，还真就找到了你说的那种妖兽，它的名字叫水虺，对不对？"成化帝笑道。

隋州道："臣对此知之不详，不过唐大人也是如此猜测的。"

听到唐泛的名字，成化帝似乎想起刚刚还跟万安讨论的事情，笑容微微一敛。

"广川，这次你立了大功，有没有想过要什么奖赏啊？"

隋州道："臣没有想过，但凭陛下做主。"

正所谓喜欢一个人，就看他哪哪都顺眼，成化帝现在就是这样，隋州的寡言少语，并不被他视为无礼，满朝上下溜须拍马的人多了去了，要是需要一个马屁精，成化帝何必对隋州另眼相看呢？他喜欢的正是隋州这一份干脆果决。

成化帝就笑道："你在镇抚司干得不错，回头朕与袁彬说一说，不要再让你挂千户衔了，直接升任镇抚使吧，不过这本来就是你应得的，算不上奖赏，这样吧，再封你一个伯爵，如何？"

隋州这才露出吃惊的神色，起身道："请陛下收回成命，臣万万担当不起！"

成化帝："你如何担不起了？国库如今没钱，朕正愁着不知道要上哪去弄炼丹的钱呢，你送来的那笔财物，正好解了朕的燃眉之急，可谓是立了大功！"

隋州嘴角一抽，他把巩侯墓的财物送过来，可不是为了给皇帝炼丹的。

可皇帝想拿去干吗，他又如何阻止得了？

又听成化帝道："你也不必惶恐，朕现在封给你的这个爵位呢，是流爵，没有铁券。若是想要挣个世袭爵位，你日后就要努力了，太后与朕都对你寄予厚望，你可不要让我们失望啊！"

隋州见成化帝笑吟吟地望着自己，知道皇帝主意已定，当下便也不再拒绝，先谢了恩，又道："其实此行臣仅为副使，所做有限，许多事情多亏了唐郎中居中调度，若论功劳，当是唐郎中居首功才是。"

成化帝摆摆手："唐泛的事，朕已经知道了，你不必多言，朕自有主意。朕另有一事要问你。"

隋州还不知道在此之前成化帝已经对唐泛的去向做出了决定，听了这话自然不好再追问下去，便道："臣知无不言。"

成化帝："袁彬年事已高，朕有意让万通回去重掌锦衣卫，你觉得如何？"

隋州想起唐泛先前说的话，不由得暗叹他的先见之明，道："陛下圣明，臣有个不情之请。”

成化帝：“你说。”

隋州：“袁指挥使历经两朝，忠心可嘉，臣甚为钦佩其为人。如今虽然到了颐养天年的年纪，但他先前坐镇锦衣卫两年有余，将上下打理妥当，纵使没有功劳，也有苦劳，臣斗胆请陛下下旨，对袁指挥使有所慰勉。”

成化帝叹道：“你说得不错，袁彬确实忠心，反倒是父皇欠他良多！”

他议论先帝，隋州只能沉默，却听皇帝道：“朕确实应该对他有所表示，也当是这些年来对他的补偿。”

隋州拱手：“陛下英明。”

成化帝笑道：“都说人走茶凉，你与袁彬相处不过两年，如今他就要走了，你却肯为他说这番话，着实难得！”

隋州回道：“臣感佩袁大人对先帝一片赤诚，愿效仿之，以袁文质事先帝之心事陛下！”

成化帝闻言极为感动，走过来亲自扶起他，哈哈笑道：“好一个隋广川，朕是对你寄予厚望的，以你的能力，将来也必然会比袁彬做得更好！你的封号朕也想好了，便叫定安吧！愿你心怀忠义，安邦定国！”

第三十章

为友出气

自巩县回来几日有余，朝廷迟迟没有下旨进行嘉奖封赏。

唐泛此时还不知道隋州今日进宫一趟，就挣了个伯爵回来，他依旧像往常那样卯时就到了衙门。

这阵子刑部各司的事不多，陆同光甚至有事没事就过来串门，见唐泛手里似乎总有做不完的事情，不由得好奇地问他到底在干什么。唐泛便将自己有意将《大明律》里的疏漏之处整理出来，另外制定一套《问刑条例》，可以作为《大明律》的参考补充的事对他说了一下。

陆同光听罢，目瞪口呆之余，摇摇头道："润青，你这是何苦呢？咱们不过是小小的五品郎中罢了。即便像你这般前程无量，等升到部堂高官去，也不知道是何年何月了，再说你瞧瞧现如今上头那些人，就算当上阁老尚书又如何，照样还不是尸位素餐？你有上进心自然是好事，只不过就算做成了，只怕也得不到重视呢！"

唐泛笑了笑："反正闲着也是闲着，不如找点事来做。"

陆同光坐近了些，压低声音道："尹元化死了，梁侍郎没找你麻烦吗？"

唐泛："暂时没有，你听到什么消息了？"

陆同光摇首："没有。"又道，"你在刑部的时间不长，可能还不晓得，梁侍郎对他这个学生可真谈得上关怀备至，估计比对自己亲生儿子还好。现在出了这种事，他却毫无反应，这才反而蹊跷。"

这年头，学生若是背叛老师，那是要受千夫所指，背一世骂名的，老师提携学生，不仅充当自己的助力，也是在为子孙后代做打算，称得上互利双赢。而且若是父亲提拔儿子，肯定会为人诟病，但老师照顾学生，是天经地义的事情，是以在大明官场上，师生关系不啻父子，甚至比父子还要亲密牢固。

唐泛闻言苦笑："梁侍郎早就将我当成张尚书的人了，就算尹元化还活着，梁侍郎也不会给我好脸色看的。"

陆同光感叹："是啊，若是张尚书不走就好了，他这一走，刑部就成了梁文华的一言堂了！"

张蓥原先在刑部虽然不怎么管事，但他终归是尚书，有他坐镇，梁文华再强势，也不敢太过分。但现在张蓥一走，那些原先不肯投靠梁文华，或者保持中立的官员，自然就要开始担心自己的以后了。

像陆同光倒也罢了，他在刑部的存在感原本就不强，也没惹过梁文华，只要乖乖听话，别跟上司唱反调，人家自然不会对他怎么样。

相比之下唐泛就没有这样好运了。

自他从巩县回来之后，所到之处接收到的目光，全都夹带着同情或者幸灾乐祸。上回唐泛离开之前好不容易经营出来的人脉，随着张蓥的调任，又一次变得岌岌可危起来。

如果说上次大家看他是新来的而心生排挤的话，那么这一次，他们纯粹就是因为觉得唐泛已经把梁侍郎往死里得罪了，下场肯定会很凄惨，所以不敢跟他走得太近。

就算是彭逸春和陆同光，当着梁文华的面，也不敢表现得与唐泛过于熟稔。

确切地说，如今唐大人额头上，仿佛就贴着两个字：倒霉。

二人正说着话，外头有司员敲门进来，对他们道："两位大人，梁部堂请各司郎中、员外郎前去议事。"

陆同光与唐泛相望一眼，前者问："你可知道是为了何事？"

司员道："属下不知。"

他与陆同光相熟，又多说了句："不过瞧着梁部堂仿佛刚从内阁那边回来，许是内阁有什么公文要下发吧？"

陆同光心下觉得没这么简单，但也不好多问，便笑着对他道谢。

那司员还要去向其他各司传达消息，就匆匆走了。

陆同光自嘲道："该不会是又来了什么棘手的案子要咱们去忙活吧？别部要么就是为了科举，要么就是为了京察，全都风风光光，来送礼求情的一溜儿排到外面去，唯独咱们刑部，鬼神都不愿意进！”

唐泛呵呵一笑：“说不定真有什么好事呢！”

二人说说笑笑来到刑部的议事厅，却惊讶地发现往常本该姗姗来迟的梁侍郎，此刻早已坐在那里。

他们忙敛了笑容，上前行礼。

梁侍郎也是出乎寻常地和蔼：“不必多礼，先坐吧，等等其他人。”

那目光落在唐泛身上，都快柔出水来了。

连陆同光见了，都不由自主打了个寒战，心说这是太阳从西边出来了？

没让他们久等，各司郎中与员外郎陆续到来，大家看到梁侍郎如此早到，都像唐泛他们一样，赶紧停止说笑，静悄悄地走到自己座位上坐下。

尹元化死了，他的位置还没有人递补上来，所以河南清吏司只来了唐泛一个，其他各司都无一缺席。最后一个来的是右侍郎彭逸春，他看见这场面，显然也有些意外，没有多话，便走到右首坐下。

梁侍郎见人来齐了，清了清嗓子，道：“今日让诸位来此，是为了巩县之事。”

齐刷刷地，所有人的目光顿时都落在唐泛身上。

梁侍郎仿佛没有注意到大伙的反应，继续道：“前阵子唐郎中奉命前往巩县，查清宋帝陵被盗，并村民无故枉死一案，如今已经水落石出。只因宋陵之下又有一墓，经查明是春秋时巩侯墓穴，只因白莲教妖徒作祟，致使墓中异兽被放出，肆虐地方，为祸百姓，幸好得以铲除，又剿灭白莲教徒若干，此乃大功一件，以陛下和内阁原本的意思，唐郎中作为此行钦差，原本理应得到重赏。”

此言一出，落在唐泛身上的视线，顿时又多了几分灼热。

但也有些心思活泛的，及时捕捉到了梁侍郎话中的那两个字：原本。

果不其然，只听得梁侍郎话锋一转：“然而刑部与锦衣卫协同办案，当时刑部派出的是四人，回来却只有三人，河南清吏司员外郎尹元化不幸殒命其中，唐泛身为钦差正使，却不能不为此负责。”

原来是在这里等着！

彭逸春与陆同光等人恍然，他们从一开始就觉得梁文华不可能放过唐泛的，敢情先前他只是准备等到内阁那边的消息，再狠狠坑唐泛一把。

想及此，他们都不由得为唐泛暗暗捏了把汗，也不知道梁文华接下来要说什么。

梁文华道："功是功，过是过，朝廷向来赏罚分明，断不会因功废过，更不会因为官员的过错而无视他的功劳。唐泛功过相抵，罢免其刑部河南清吏司郎中之职，着其冠带闲住，另赠白银五十两，以作还乡之资。"

他的目光扫过所有人愕怔的表情，落在唐泛脸上，道："免职手令想必今日便会由吏部那边发过来了，你且等等。"

跟所有人相比，唐泛反倒是最冷静的，冷静到几乎没有表情了。

唐泛"啊"了一声，一脸好像刚刚回过神来的样子。

梁文华面皮抽搐了一下："唐泛，方才我说的话，你都听见了？"

按照他的想法，最好是直接将唐泛削职为民。

先前梁文华从内阁打听到的消息，似乎是皇帝也同意了这个处置，但后来不知怎么的，皇帝又改变了主意，将削职为民改为冠带闲住。

虽然同样都是免职，但这里面是有差别的。

前者是将官员的身份革去，直接一撸到底，贬为庶民。

后者是保留官员的待遇，让你回家凉快去，以后如果要起复，还是可以起复的。

当然削职为民也不是不能复出当官的，但肯定要比冠带闲住难上百倍。

虽然两者有差别，实际上也就一线之差，就算冠带闲住，一辈子得不到起复的机会，那有什么用，还不是跟白身一样？只不过听起来好听一些罢了。

梁文华想来想去，只能归结于皇帝心软，捏着鼻子认了。

若唐泛现在是宰辅大臣，被冠带闲住，皇帝想起他的概率可能还会大很多，但他现在只不过是区区五品郎中，如无意外，基本上想也不用想了。

所以梁侍郎对于这个结果，还是基本满意的。

反正只要将唐泛踢出刑部，让他不能再当官，爱干吗就干吗去，没了官职，他也就跟去了南京的张老头一样，都是秋后的蚱蜢，蹦跶不了几天了。

那头唐泛听了梁文华的话，想了想，刚才他虽然在走神，不过确实也还留着一边耳朵在听，现在一回想，就想起梁文华说过的话了。

他迎上梁文华的视线，点点头："下官都听见了。"

对自己的结局，他也早就有所料想，但现在这个场面，已经比唐泛预料中要好上许多了。

梁文华微微颔首："接下来我们还有些事要议，你且避开吧。"

虽然梁文华提前公布唐泛的任免，但吏部的公文一天还没发过来，严格意义上唐泛就还是朝廷命官，此时让他避嫌的话，不过是为了让唐泛难堪罢了。

官场上的人向来将面子看得比命大，若换了别人这样被羞辱，即使是彭逸春、陆同光他们这样的好性子，也会觉得是可忍孰不可忍。

偏偏唐泛一脸平静，跟没事人似的，对着梁文华点点头，又朝在座众人拱了拱手，还露出笑容："自在下进了刑部，承蒙诸位多般照顾，唐泛感激不尽，如今走得匆忙，怕是来不及请诸位吃一顿饯别酒了，暂且记下，以后有机会再补上吧。青山不改，绿水长流，咱们就此别过，后会有期！"

梁文华听得心下冷笑不已，还青山不改，绿水长流呢！怎么着，还想着有朝一日回来报仇吗？只怕你这辈子都再无翻身之日了，我要让你的余生都在后悔与我作对！

在梁文华看来，尹元化就是死于唐泛之手的，他之所以不急着报复，正是要等唐泛被罢官，到时候还不是任他搓圆捏扁，想如何就如何？只要梢梢对地方官暗示一下，保准能折腾得唐泛生不如死。

虽然心中早就千回百转，梁侍郎面上却很平静："你先回自己的值房收拾东西，吏部那边来了人，就会直接过去找你的，若是没什么事的话，还是早些走好。"

若说先前看梁侍郎与唐泛斗法，大家还抱着看戏的心态的话，此时此刻却忽然涌起一股兔死狐悲的心情，望着唐泛的眼神也有些变化。

唐泛似乎没有察觉到这一点，平静地听梁文华说完，他便微微一笑，走了出去。

乍一看，步履竟然还有些轻快。

当然不会有人觉得唐泛真的很开心，别人只会觉得他在故作轻松，强颜欢笑。

任谁寒窗苦读十余载，终于以千军万马过独木桥的姿态考上进士，结果这官刚当了没几年就要卷铺盖走人，心里肯定都会愤怒得难以接受。

唐泛也不例外，他充其量只是一个比较想得开的人，而不是一个圣人，常人该有的情绪他都有。

只是再不平也无助于改变事实，若是痛哭流涕，愤愤不平，反倒只会让那些落井下石的人看笑话罢了，既然如此，又何必作那些依依不舍的小儿女之态呢？倒不如豁达些。

当官有当官的好处，不当官也有不当官的自由，唐泛不是官迷，在梁文华公布他的下场的时候，在愤怒的那一瞬间过后，他首先感到的，却是如释重负的解脱。

若是想当个庸官贪官昏官自然容易，但如果还想带着良心当官，为官一日，便如身负一石，如今没了官职，可不正像彻底卸下包袱吗？

他如是想，脚下步履自然也就轻快了几分。

梁文华目送着唐泛离开议事厅，正想让外头的司员将门关上。

却见唐泛刚刚走到门口时便停了下来，转过头，又一只脚踏入里间，脸上带着纯粹的疑惑："部堂，您方才说，陛下赐我银子五十两，敢问何时能兑现？"

梁文华："……"

他为官多年，也见过不少人被削职罢官的，反应激烈一点的，当场就号啕大哭，状若疯癫；好一点的，那也是面色苍白，失魂落魄。

官都没的做了，谁还去管那点银子？

这人当真是脑子有病吗，竟然还有心思问这种问题？

他像当初唐泛他们看见那只镇墓兽一样地看着唐泛，嘴角抽了抽："你自去户部领吧。"

唐泛无辜道："但陛下赐银，应该是从内库出吧，难道宫中没有来人吗？"

梁文华黑了脸："唐润青，你是在故意捣乱吗！刑部已经不是你的衙门了，你爱去哪儿就去哪儿，你的任免也非本部堂说了算，来问我有何用！"

梁侍郎这真是饱汉不知饿汉饥，不知道对于唐大人来说，"五十两"就等于"可以买许多好吃的"了。

唐泛见他态度恶劣，只好带着一脸"你真是无理取闹"的表情叹了口气，转身离开。

留下梁侍郎被他那个表情噎得直翻白眼，底下众人面面相觑，都不知道该为唐泛惋惜，还是对他临走前还狠狠气了梁文华一下表示佩服。

天地良心，唐泛真不是故意的。

幸好皇帝还是比较讲信用的，在吏部的手令下达没多久，宫里头就来了人，给唐泛送上那五十两银子，还额外赐了两匹绸缎。

估计成化帝也是瞧见那两箱从巩侯墓里挖出来的财物之后又想起唐泛丢官弃职的事情，觉得有点良心不安，用绸缎来安抚一下唐大人受伤的心灵。

两匹贡缎的颜色太花哨，不适合男人，但可以给家里的女眷穿，唐泛自然不收白不收，抱着布和钱回家去了。

回去之后，他才发现隋州先他一步已经回来了，正与阿冬在说话。

阿冬见唐泛抱着两匹布，惊叹一声好漂亮，便一边迎上来接手，一边笑嘻嘻道："大哥，隋大哥升官了！"

回来路上唐泛早就想过，自己虽然会得咎，但是凭着隋州带进宫去的那两箱宝藏，锦衣卫不仅没事，反而肯定会个个高升，是以他听到阿冬这句话也不觉得意外，笑着问："升了什么官？总不会是一跃成为实权指挥使吧？"

阿冬不知道该不该说，先扭头去看隋州。

隋州摇头："不是。"

唐泛让阿冬拿出其中一匹布送到隋家去，给隋家小姑娘，另外一匹她自己留着裁衣服。阿冬抱着布，说要把两匹都带到隋家去，让阿碧先挑，便欢欢喜喜地走了。

唐泛净了手，回到小院子里坐下，顺便拈起一枚糖渍桑葚放入口中。

这桑葚还是从他们自家栽种的桑树上采的，晚春初夏时节桑葚成熟，采摘洗净之后以砂糖熬煮，等到糖味渗入桑葚就可以起锅了，放凉之后装入瓮中密封，放在地窖里，一坛可以放上半个月左右。想吃的时候先泡在井水里，再舀出来，在夏日里最是冰甜沁凉了。

唐泛："来，给我说道说道，你到底升了什么官？庞齐严礼他们也都升了？"

隋州："他们各升一级。如你所说，陛下有意撤换袁彬。"

唐泛："让万通回来？"

隋州颔首："陛下还是很看重万通的。"

唐泛叹道："陛下多情，这本不是坏事，承平之君心肠软，总比严酷来得好。"

只可惜皇帝喜欢的人，大多数当不起他的喜欢，反倒利用了君王的喜欢，拼命为自己谋利。

万通这人背靠着万贵妃这棵大树，实际上能力却只是平庸而已，捅下的娄子也不止一桩两桩了，之前皇帝还压着，直到孩童拐卖案发，胆敢拐走朝廷大臣家眷的南城帮背后竟然跟万通有牵连，事情闹大发了，皇帝这才不得不将他撤职。

现在时过境迁，万贵妃肯定平时没少为弟弟求情，加上皇帝肯定觉得万通比袁彬更亲近，所以锦衣卫还是掌握在万通手里比较可靠。

唐泛道："陛下对你的信任不比对万通少，只是你现在资历尚浅，贸然上位只怕人心不服，而且万通文武不通，总不可能去东西厂。最适合他的位置也确实只有锦衣卫了，所以陛下可能会想着先委屈你几年，以后再弥补吧？"

他在人心揣摩上实在令人不能不服气，隋州回想皇帝对他的态度，可不正是这样？

要不然自己也不可能轻易得了一个爵位。

成化帝在对待亲近之人上，确实是没的说的。

隋州静默了片刻，道："陛下封我为定安伯。"

唐泛先是一愣，然后惊喜道："不错，不错！那可真是意外之喜了！恭喜你啊，广川！"

隋州微微笑着摇头："只是流爵而已，不算什么喜事。"

唐泛拍拍他的肩膀，哈哈笑道："行了，谦虚过头就是虚伪了！还流爵而已，你到街上去随便给我找个流爵试试？以后咱可就要喊你当伯爷了！你和家里说了吗，这可是天大的喜事！"

隋州道："明日我再过去说吧。"

唐泛点点头，真心为他高兴，连带自己罢官一事都抛到脑后去了，还不忘叮嘱道："有这样的喜事，你可要记得请吃饭！"

隋州无奈："就算没有这样的事，难道你还不是隔三岔五让我请吗？"

唐大人听了这句话，比城墙还厚的脸皮难得也红了红。

却听隋州问道："那你呢？"

唐泛若无其事地笑："我什么？"

隋州："你的封赏也该下来了吧？"

唐泛心想若是让他知道自己刚刚被免职的事情，好好的喜庆氛围肯定要荡然无存，便道："我没有升官，不过陛下赏了我银两和布匹。"

隋州微微皱眉，虽觉得有些不满意，但他也知道文官升迁没有他那样容易，便没有再多问。

翌日隋州回北镇抚司，封爵的事情早已传遍，北镇抚司上下都觉得分外长脸，纷纷过来恭贺他，又一口一个伯爷，比过年还要高兴几分。

薛凌留守北镇抚司，没机会跟着一道去巩县，眼见跟去的人全都官升一级，又有那般刺激惊险的经历，早就摩拳擦掌，向隋州请命道："大哥，下回可无论如何要带上我，我在这里待了一个月，天天跟东厂那班龟孙子周旋，早就烦腻了！"

庞齐说风凉话："老薛啊，这就是你的不对了，咱们在前方出生入死，这是将安逸的日子留给你啊，你不理解大哥的苦心啊！"

"去去去！一边待着去！"薛凌踹了他一脚。

庞齐坏笑着躲开，又叹道："可惜唐大人这次摊上尹元化的事情，倒白白被连累了，现在连官都当不成！"

隋州手上的动作一顿："什么当不成？"

庞齐奇道："大哥你还不晓得吗？唐大人被免职了。"

隋州原是走入值房，低头解刀，听了他的话，当即扭头去看他，那沉冷的目光看得庞齐心里直发怵。

隋州："怎么回事？"

庞齐忙将前因后果说了一遍，时隔一日，唐泛被罢官的消息早就传出来了，任谁都得说他倒霉。

明明立了功，转眼却连官都没当成，不是倒霉是什么？

隋州听罢一言不发，刀也不解了，转身就往外走。

庞齐忙道："大哥，你做什么去？"

隋州只抛下两个字："入宫。"

然而入宫的隋州却没能见到成化帝。

他在宫外等了将近两个时辰，才等到小黄门的一句话："隋大人，陛下说了，若您是来为唐泛求情的，就回去吧，若是为了其他事，陛下才会见您。"

皇帝虽然昏庸，但不蠢笨，他知晓隋州与唐泛交情不错，此番进宫必是为了说情而来。自己不待见唐泛，给他一个冠带闲住，而非直接削职为民，就已经看在他立功的分儿上和隋州的面子上从轻发落了。

帝王之尊一言九鼎，怎能一改再改？

但他视隋州如子侄，不想当面给他难堪，索性一句话将隋州的意图堵死了。

可在隋州看来，唐泛明明立了功，却生生被发落革职，令人费解。

他捏紧了藏在袖中的手，定定地看着眼前的小黄门。

那内侍被他看得不由得后退两步，生怕他忽然暴起打人。

但隋州却只是在那里站了半晌，转身就走了。

内侍瞧着他的背影，长嘘了口气，拍拍胸口，小声嘟囔："还挺吓人的呢！"

庞齐等人听说隋州进宫，生怕他出言不慎得罪皇帝，都眼巴巴地等着，此时见他出来，便赶紧围上前，七嘴八舌地询问。

"大哥，你见到陛下了，怎么说的？"

"大哥，瞧你这脸色，该不会是惹怒了陛下吧？"

"是啊，大哥，我等知道你与唐大人交情好，我等与他交情也不差，不过这事儿，咱们还真插不上手。如今袁指挥使交接在即，万通又要回来了，这时候可不能让他抓住把柄啊，要是你也不在北镇抚司了，咱们兄弟可不愿意跟着万通混！”

“大哥……”

隋州被他们烦得头晕，不由得皱起眉头，周围的人察言观色，立马都安静下来。

“陛下不肯见我。”他道。

几人“啊”了一声，都有些诧异。

回来的路上，隋州已经想清楚了，唐泛被免职，这件事的根源在梁文华身上。

但单凭梁文华一人，根本不可能说动皇帝，这其中肯定还会有其他人的帮忙，除非皇帝自己改变主意。

然而皇帝连见都不愿意见他，可见心里对唐泛的坏印象已经根深蒂固，短时间内是改变不了的了。

其实反过来想想，如今唐泛没了张蓥的庇护，就算回到刑部，同样也要受到梁文华的压制，除非换一个部门重新开始，所以唐泛休息一段时间，似乎也没什么坏处。

等到风头过了，皇帝对他的印象淡化了，自己再出面说情，效果会比现在要好许多。

不过梁文华将唐泛陷害至此，这口气，就算唐泛咽得下，他也咽不下。

见薛凌、庞齐他们都紧张地看着自己，隋州淡淡道：“这世上没有一个人，是毫无弱点的，身为锦衣卫，我们自然更要明察秋毫，以备圣上垂询。听说梁文华最近就要升任刑部尚书，若是犯了过错，只怕也配不上六部堂官之职。”

庞齐等人一听就明白了，几人眼睛一亮，都嘿嘿坏笑：“放心吧大哥，这事就交给我们了，保管连他老爹几岁尿裤子，都他娘的给挖出来！”

第三十一章

心照神交

那日之后，唐泛想着隋州刚得了爵位，心中高兴，还是等过两天再与他说自己罢官的事情。

这事拖久了也不行，不然自己天天不用去衙门点卯，别说隋州，阿冬也会问起来的。

所以等到隔天隋州散值回来，唐泛便把他与阿冬叫到一起，将事情简单说了一下。

阿冬小姑娘如今耳濡目染，对官场上那些门门道道听多了也知道一些，当即就一蹦三尺高，将唐泛的上司全部看作坏人数落了一遍。

眼看就要埋怨到皇帝头上去，被唐泛一巴掌拍到后脑勺上，顿时消停了。

唐泛又好笑又好气："许多话装在肚子里就行了，别以为是在家里就肆无忌惮，万一说习惯了在外头也顺嘴溜出来咋办？你哥我现在是白身，可没法为你撑腰了！去去去，沏茶去！"

将阿冬撵走，他见隋州的反应异常平静，不由得奇道："你就没有什么要对我说的？"

隋州摇摇头："当日你让我将财物送入宫时，我本就该料到的，只是那时一路风尘仆仆，加上职责所在，我也没多想，这是我的疏忽，如今木已成舟，多说无益。"

唐泛汗颜："你可千万别把事情往自己身上揽！你是锦衣卫，首先便该向陛下负责。如果你不将财物交上去，就算后面由内阁那边送入宫，也不能掩饰你的失职，更会令皇帝对你产生隔阂，所以这次无论如何，这份功劳都该由你来领。而我呢，不管讨不讨好梁侍郎，最后都避免不了这个结局，顶多是早死与晚死的区别罢了。既然伸头缩头都是一刀，那长痛还不如短痛呢！”

见他反过来劝慰自己，隋州面色柔和：“我知道其中利害，你不必多说，其实你现在在刑部也是寸步难行，倒不如先歇息一阵，日后未尝没有机会。”

唐泛点头笑道：“还是你懂我，正是这个理。我都几年没去探望我姐姐和我那外甥了，正好如今有了空暇，过些时日我就往香河县走一趟，如无意外，将会在那里小住几日。”

隋州道：“我与你同去吧。”

唐泛失笑：“这又不是办案，何须堂堂锦衣卫镇抚使出马？你还是赶紧将宅子修缮一下，好趁早挂上伯府的牌子吧，虽然朝廷不赐宅第，咱们也不能太寒酸，丢了你定安伯的威风不是？”

“咱们”二字入耳，隋州眼底的神色越发愉悦，这说明唐泛已经完全没把自己当成外人了。

隋州也并不掩饰自己的心情，以至于那份愉悦直白地映入唐泛眼帘，令后者怔了一怔。

院子里的枝头结着累累果实，叶子在微风的吹拂下轻轻摇曳，初夏冷热适中，穿着薄衫闲坐，吃着糖渍桑葚，望着眼前郁郁葱葱，身边又有亲近好友相伴，无论如何都是人间一大乐事。

“请问这里是唐大人家吗？”外头传来敲门声。

唐泛“咦”了一声：“是钱三儿吧？他怎么找到这里来了？”

隋州：“估计是来向你求情的。”

唐泛奇道：“求什么情？”

他一边说着，一边走去开门。

钱三儿穿着一身锦衣卫里最下等的袍服，没有品级，叫军余，一听名字也知道是属于跑腿打杂行列的那种，不过勉强也算进了锦衣卫的门槛，跟外头不入流的公门衙役们区分开来了。

自从他们从巩县归来，唐泛没有忘记自己的承诺，他跟隋州说了一声，将钱三儿丢进北镇抚司，从一名打杂的小兵干起。

锦衣卫不是一个好进的部门，除了功臣或外戚子弟恩荫得官，主要还有替补、佥充、投充三种途径，钱三儿走的就是最后一种，不过就算是军余这种职位，也有大把人抢破头。

正所谓三岁看老，这钱三儿虽然没犯下什么大奸大恶的行径，但打小就是跟着师父偷鸡摸狗过来的，现在就算穿上锦衣卫那身袍服，也养不出威风凛凛的气派。

唐泛看着他这副不伦不类的样子，忍住了笑，让人进来。

钱三儿看见唐泛，先是欣喜，又瞧见后面的隋州，喜悦变成了惊吓。

“伯、伯爷也在啊……？”

隋州一张能止小儿夜啼的冷脸，也可以让钱三儿走不动路。

“那……那个，没想到今日这么巧啊，还在这里碰上伯爷，那要不……要不小的改日再来吧？”

他说完就想溜，唐泛一把扯住他的后领，又好气又好笑：“你都知道广川得封爵位，怎么连他住在哪里都没打听出来？难道你那些同僚没告诉你，他就住在这里？”

“啊？”钱三儿傻眼了，一时闹不清这是什么状况。

唐泛道：“这里是隋家，我才是寄居于此的，你没看到外头门牌上写着吗？”

钱三儿哭丧着脸：“小的识不了几个字……”

瞧他可怜兮兮的样子，唐泛忍不住像对阿冬那样拍了他的脑袋一下：“行了，别装了，来找我何事？”

可是现在钱三儿却说不出口了，他两只眼睛滴溜溜地看了隋州一眼，赔笑道：“没什么，没什么，就是过来探望一下大人，怎么说大人也是小的再生父母！”

他将手上提的礼物放到旁边石桌上：“小小意思，不成敬意，请大人笑纳！”

唐泛笑道：“我现在不是什么大人了，不要大人大人地喊！”

钱三儿挠挠头：“那，公子？老爷？”

唐泛敛了笑，板着脸：“说吧，无事不登三宝殿，你来这里到底有何事？”

钱三儿还没开口，隋州却道：“他想必是在锦衣卫里干不下去了，来找你求情的。”

唐泛奇道：“为何干不下去，你可知你这差事别人求都求不来？”

钱三儿被隋州点破了心思，老脸通红，尴尬笑道：“伯爷火眼金睛，将小的心思全都看明白了。”

他扑通一声跪在唐泛面前：“实不相瞒，确如伯爷所言，小的能有今日，全赖大人之恩，小的心中感激莫名，只是……只是那锦衣卫，确实不适合我，小的只希望能鞍前马后伺候大人，请大人成全！”

这还真不是钱三儿矫情，他这竹竿似的身板，每日跟着其他人操练苦训，差点没把他半条小命玩完，成绩却总是垫底，还落后倒数第二名一大截，怎么都上不去，成了北镇抚司里最差劲的那个。

还好钱三儿做人机灵，跟同僚混得不错，大家对他也比较照顾，但再照顾，该有的训练还是不能少，钱三儿觉得自己完全是先天身体素质缺陷，本来就不适合那地方。

就算锦衣卫再威风，也跟他无缘啊。

听完他的哭诉，唐泛转头看隋州。

隋州点点头，给了句评价：“勤奋可嘉，天分不足。”

意思就是钱三儿也挺努力跟上训练步伐了，不过确实不是那块料，锦衣卫作为御前亲军，首要条件便是器宇轩昂，人高马大，像钱三儿这种就算勉强混进去，也不会有什么出息。

唐泛见隋州也这么说了，便问钱三儿：“那你自己是怎么打算的？若你还想回去重操旧业，以后见了面就不必与我打招呼了，我也不认识你这号人物。”

钱三儿忙道：“小人既然已经发誓洗心革面，那就绝对不会再误入歧途了，承蒙大人不弃，小的愿跟随大人，还请大人成全！”

唐泛见他来真的，不由得皱眉：“你怎么会想到这一出的？”

钱三儿恳切道：“大人，自在巩侯墓时，我便对大人您钦佩之极，恨不能侍奉左右，也好学些东西，只是那会儿自知身份不配，所以没敢开口……”

唐泛笑骂：“那现在怎么又敢开口了？”

钱三儿嘿嘿一笑：“现在来了京城，长了见识，又听说大人身边没有仆从，便想来应征！”

唐泛摇头：“我如今已无官职，又不需要人照料起居，就算你想跟，我也不能收你。”

钱三儿急了：“大人……”

他是真心想来投靠唐泛的，一来确实是对唐泛心存感激，想要报答；二来觉得自己在北镇抚司里再混，也混不出什么花样，唐泛为人磊落，且学识渊博，跟着这样的人物，说不定反倒更能学到一些东西。

唐泛还想拒绝，却听隋州道：“你先回去，明日再来，大人要稍作考虑。”

有隋州坐在旁边，钱三儿满身不自在，却没想到他会帮自己说话，当即大喜过望，再三叩首拜谢，这才告辞离去。

唐泛奇道："你方才不让我说话，难不成还真打算让我收下钱三儿？"

隋州道："自然由你意愿，我只是觉得你确实可以考虑一下。钱三儿此人不是干锦衣卫的料，不过他还算机灵，心地也不坏，还算忠诚可靠，可以带在身边。"

唐泛想了想："也罢，回头我去香河县探望我姐姐，并不准备让阿冬随行，到时候便带上钱三儿吧，也算有个伴当。"

隋州有些奇怪："为何不带阿冬？"

唐泛道："我那姐姐嫁的人家，是香河县数一数二的大族，人多嘴杂，难免事情也多，阿冬若是跟去受了委屈就不好了，还是留在京里吧。"

隋州："随你。"

过了几日，唐泛罢官的消息已经人人皆知了，大家普遍都是同情弱者的，更何况比起梁文华，唐泛可比他会做人多了，自然有不少人为他打抱不平。

不过可惜，梁文华投靠了万安，唐泛一干同年却都还在六七品上熬资历，完全没法与对方抗衡，所以也就只能安慰安慰唐泛，让他耐心等待机会云云。

唐泛与同年们应酬几日，又去信给在香河县的长姐唐瑜，照例像往常那样写些报平安和问候的话语，并没有提及自己在京城里的一系列遭遇，只说自己得了长假，想去探望她。

唐瑜很快就回了信，对弟弟的到来表示欢迎，并且殷切希望他过来之后能多住一阵。又说小外甥如今已经八岁有余了，早已忘记舅舅长什么模样，如果他再不去，外甥就要忘记他这位舅舅了。

虽然唐瑜在信里所写的话与以往并没有太大出入，但唐泛仍旧从其中嗅出一丝不寻常的气息。

因为唐瑜没有半字提及自己的丈夫贺霖。

贺家是香河县大族，当年唐泛的父亲还活着的时候，与贺霖的父亲贺英同地为官，相交莫逆，后来又互通婚姻，结为儿女亲家。

唐瑜还未嫁入贺家的时候，唐泛的父母就双双亡故了，当时唐家只剩唐瑜、唐泛姐弟俩，唐泛也还未考上进士，不过贺英信守承诺，没有因此就解除两家的婚姻，还是让二儿子将唐瑜娶进门。

虽说唐瑜与唐泛姐弟情深，不过姐姐嫁了人，毕竟就是夫家的人了，而且贺家三代同堂，一大家子住在一块儿，唐泛一个外人，总不能三天两头就上门探望，后来他当了官，整天忙碌，就更抽不出空去了。

唐泛从信中看出端倪，又担心唐瑜在贺家过得不好，于是打点行李，准备过几日出门。

不过临行之前，他却收到一张来自久违的故人的请柬。

仙云馆还是那个仙云馆，雅间还是那个雅间，只不过在座的两个人，一个官途坎坷，一个前路莫测。

官途坎坷的那个自然是唐泛，他之所以坐在这里，是因为旁边将他请过来的这位大人物。

这确实是位大人物，以往在京城跺一跺脚，旁人也要抖三抖的西厂汪公公，这两年因为专注于塞外，少在京城出现，大伙对他有些面生了。

相较之下，反倒是东厂扶摇直上，厂公尚铭因为举荐国师有功，近来春风得意，别说汪直，他连皇帝跟前的怀恩都快不放在眼里了。

两人久别重逢，本该推杯换盏，惺惺相惜，然而从唐泛进来至今，一直都是在听汪直用各种方式、从各种角度在骂他。

被滔滔不绝骂了将近半个时辰，唐泛已经麻木了，一开始还想着照顾一下汪直的面子，乖乖听训，后来肚子饿了，直接就提起筷子夹了一筷子炭烧猪颈肉送入口中，顺便招呼汪公公："你骂了这么久也该渴了吧，要不要让人弄点胖大海菊花茶进来？"

汪直："你这个瓜娃子！我就没见过你这么蠢的，把功劳白白让给别人……"

瞧瞧，汪公公骂得顺溜，竟连川话都用上了。

唐泛点点头："不过你这句话今晚已经骂了三遍了。"

汪直一骂就停不下来："别人做官都是越做越大，你是越活越回去！你脑子是比别人少根筋还是怎么的？梁文华挤走了张鎣，在刑部说一不二，如日中天，正需要找个人来立威呢，这时候你撞上去，不正好就成了靶子吗！你把功劳让给隋州，自己能得什么好处？现在好了，冠带闲住，呵呵，我看你这辈子都别想起复了！"

唐泛好心提醒："这句说五遍了。"

汪直一口气噎得不上不下，直翻白眼。

见他表情跟要吃人似的，唐泛赶紧赔笑："这不是怕你说多了口渴吗？我知汪公关爱在下……"

汪直冷笑："谁关爱你？"

唐泛不受他的冷言冷语影响，拿起酒杯，径自与他放在桌上的杯子碰了碰，然后一饮而尽："事实已定，多说无益，想想我也与汪公相交几载了，自你去大同，咱们就少有像今日这般共聚一堂，如今又同是天涯沦落人……"

汪直"呸"了一声："你能不能说点好听的，老子什么时候与你一起沦落了？"

认识久了彼此熟稔，任他摆出如何凶神恶煞的模样，唐泛倒也不放在心上，只是呵呵一笑，放下酒杯："这么说，汪公今日请我来，是纯粹要为我饯行的了？"

汪直默然无语，拿起酒壶给自己斟酒，连斟三杯，仰头喝尽，抹了把脸，这才道："你说得不错，我如今确实是遇到难题了。"

要说汪直当初听了唐泛的建议，加上自己也确实想以军功在皇帝面前立足，便怂恿皇帝同意出兵河套，却不料行至大同时，鞑靼恰好来犯，在王越的带领下，明军大获全胜，汪直也在皇帝面前大出风头，长足了脸面。

但他一朝尝到甜头，没有像唐泛劝告的那样见好就收，而是一心一意往外发展，想要立下更大的功劳。

汪直专注于经营边事，难免就疏忽了京城的经营，一个没有经常在皇帝身边露脸的宦官，注定会被边缘化，不管多受宠的都不例外。当然，这条定律同样也适用于朝臣。

总而言之，汪直在外头立功的时候，京城这边的局势却悄悄发生了变化。

原先与他分庭抗礼，甚至要低他一头的东厂尚铭，拜了内宫大太监梁芳的码头，认了梁芳当干爹，又与备受皇帝宠爱的李孜省等人打得火热，还举荐了一个叫继晓的和尚入宫。

继晓果然得到皇帝的看重，还被封为国师。

凭借这些优势，尚铭很快顶替了汪直以前在皇帝心目中的地位。

没了汪直的西厂就跟一群没娘的孩子似的，以往的风光不再，处处受到东厂的压制。

光是这些倒也罢了，但汪直发现，不知道从什么时候起，愿意为他说话的万贵妃，也对他不再亲近，甚至在他回京入宫觐见时，给他吃了闭门羹。

这怎么能不令汪直的内心感到惶恐?

他再有能力，再风光，宦官的先天劣势摆在那里，这就注定他不可能不依附皇权，一旦被上位者厌弃，下场是可以预见的。

但是以汪直的心高气傲，让他像尚铭那样毫无下限地去给皇帝进献妖人方术，他又觉得可耻。

在尝到实打实的军功甜头之后，汪公公的内心也不由得变得越发高大上起来，觉得自己即使是宦官，那也是一个不流于凡俗的宦官，绝对拉不下脸面去干尚铭干的那些事。

不过话说回来，若他不是节操尚在，与尚铭等人不同，唐泛也不会坐在这里与他说话了。

说白了，汪公公虽然少年早达，风光得早，但也算是宦海老人了，他已经开始看到了自己即将失宠的征兆，所以才要向唐泛问计。

身为西厂厂公，围在身边的人虽然不少，可真正能被汪直看得上眼的人不多，能被他看得上眼，又愿意与他来往的人更少。

数来数去，唯有唐泛，称得上是其中的佼佼者了。

所以对着唐泛，汪直还是愿意吐露点心声的，左右这里除了唐泛也没别人，西厂厂公的威风和面子，大可暂时收起了。

唐泛听罢，问了他一个问题："你想走什么样的路？"

汪直莫名其妙："什么什么样的路？"

唐泛给他解释："咱们在官场上混的呢，无非两个下场：善终和不得善终。善终里头，又分为三种，一种是风光致仕，衣锦还乡，此乃人臣心之所向；一种是平淡收场，寂寂无闻；还有一种是黯淡下野，在贫病交加中去世。但这些总归来说都还是善终，不得善终的，不用我说，你也知道了。"

汪直想了想，古往今来的臣子，不管宦官也好，正常男人也罢，还真脱不开这几种收场。

哦，当然了，造反的另外算，不在他们的讨论范围内。

唐泛："朝廷命官且不讲，先说说宦官的，想要善终也不容易，俗话说伴君如伴虎，多少前辈就是栽在这上头，本以为得了皇帝的宠爱，一朝风云变幻，从云层跌落泥土里，顶好就是个平淡收场，不好的，连性命都丢了。我说的这些，肯定都不是汪公想要的。"

汪直点点头，带了一丝傲然："人生在世，自当轰轰烈烈，这才不枉来世上走一遭，要让我选，自然就要选风光致仕，衣锦还乡！"

唐泛笑了笑："许多人都会这么想，不仅是你，尚铭肯定也这样想。但当局者迷，有时候一个人的所作所为，其实已经在给自己挖掘坟墓了，他自己却毫无察觉。"

汪直皱眉："别越说越玄乎了！"

唐泛："那我问你，当今陛下，是喜欢怀恩那种谨小慎微的，还是会喜欢尚铭那种逢迎上意的？"

汪直沉吟道："若是当今陛下，只怕还是喜欢尚铭多一些。"

唐泛："那太子呢？"

汪直："我怎知？我又与太子不熟！"

唐泛："这么说吧，陛下可能会喜欢尚铭，却也不会讨厌怀恩。否则怀恩断不可能在御前那么多年，深得陛下的信任。"

汪直点点头，他有点明白唐泛的意思了："你是说，就算尚铭风光一时，也不能风光一世？"

唐泛道："这是自然的，多做多错，尚铭挖空心思钻营，与这个结盟，与那个要好，就算陛下能够容忍他，难道新君也能容忍他吗？总会遇到与他算总账的，到时候他的麻烦就来了。"

汪直闷哼："现在他的麻烦还没来，我的麻烦却要来了！"

唐泛道："汪公不必沮丧，先前我已经说了，为内侍者，要么学怀恩，要么学尚铭。"

汪直："老子两边都不想学，尚铭那种我固然看不顺眼，可让我像怀恩那样日日憋屈，去讨好朝臣，我也做不来！"

唐泛无奈一笑："所以从很久以前开始，我就建议你走第三条路。"

汪直瞪眼："你什么时候跟我说过第三条路了？"

唐泛道："当时我通过师兄，给了你两个建议：一是军功，二是东宫。"

汪直："那算什么建议？"

唐泛："你可不要小看这两个建议，许多事情未雨绸缪，都是要从很久以前就准备起的。"

汪直："你能别说那么多废话吗？"

唐泛叹道："你能多点耐心吗？你如今在外立有军功，虽说是监军，但谁也没法抹杀你的功劳。我大明自'土木堡之变'以来，对北方外族，就很少能够取得胜利，你这几仗，可谓打得大快人心，军心一振。这其中，作为首倡者，汪公功不可没，足载史册。"

这通吹捧堪称"润物细无声"，实乃最高境界，汪直果然被说得面色舒展，露出"算你小子说到点子上了"的表情。

"但是，"唐泛话锋一转，"你发现了没有，在你带兵在外的时候，朝廷里面反对你的声音，一直就没有少过？"

"怎么没有发现？"一说到这个，汪直也脸色一沉，"无非就是些不知变通、自诩清高的书呆子，看不过我等宦官掌兵权罢了，还说什么好大喜功，若放在永乐年间，连三宝太监都能带兵打仗，他们还敢这么说吗？”

唐泛道：“这其中固然有些清流的意见，但还有一个人的意见你不可忽视。”

汪直：“谁？”

唐泛：“陛下。”

见汪直愕然，唐泛道：“你别看你每次请求出征，陛下都同意了，但实际上，他对你的亲近感，正逐年在下降，这点不需要我说，你应该能感觉到。不光是他，连万贵妃如今都不肯见你了，这正是因为你长期在外面带兵，疏忽了经营宫里的关系。”

汪直郁闷道：“逢年过节我也没少往宫里送东西啊！”

唐泛：“东西能比得上人吗？那尚铭还成天在皇帝贵妃面前晃呢，他还长着一张嘴，不比你那些东西好用多了？就算你在宫里还有自己的人，但他们谁也比不上你的资历，陛下和贵妃对你另眼相看，是因为你自小在他们跟前长大，那份亲近谁也比不了。可若是你常年在外，不肯回来，他们肯定会觉得你贪恋权势，甚至把持军权，再加上尚铭、万通那些人夜以继日地在他们面前说你的坏话，你自己想象，你离失宠还有多远？”

汪直不由得坐直了身体，唐泛一通分析，可谓说到他心坎里去了。

“那我应该怎么做？”

唐泛道：“你有军功在手，这是你区别于尚铭那等人的标志，但是就算你不是宦官，也不能长掌兵权，虽说你只是监军，可主帅王越、副帅朱永，哪个不与你交好？这是人臣大忌！所以两年前我就劝过你，让你立了军功之后就回京……”

汪直不得不郁闷地承认：“当时是我没听你的建议。”

因为汪公公立军功立上瘾了，在外头也很爽，远离京城，上面没人管着，想怎么样就怎么样。

唐泛沉声道：“但现在也还不晚！等到河套的战事告一段落，你便可上疏向陛下请求回京。奏疏该如何写，如何才能让陛下对你重新生出亲近之感，这你比我熟，我就不说了。”

汪直：“那回京之后呢？”

唐泛：“回京之后，就好好经营西厂和名声，东厂、西厂为陛下耳目，向来为百官所厌恶，但这耳目用好了，也不是没有好处的。如今万安、尚铭等人虽然对上逢迎，御下却是顺我者昌，逆我者亡，若你能以此救下一两个德高望重的大臣，名声马上就会树立起来了。”

汪直眼睛一亮，这倒是个好办法。

一直以来他与朝臣的关系都不太好，朝臣讨厌他，他也看不惯那帮大臣。前几年还觉得自己挺威风，现在意识到危机了，终于也想起要弥补关系了。

像怀恩那种处处与人为善的，汪直学不来，他本身就不是那个性子，勉强做了也只会不伦不类，如果按照唐泛所说的做，却不难。

唐泛："还有，如今对于尚且心怀正义的大臣来说，太子就是他们心中的希望，你若能与太子为善，对你以后的名声前途也有助益。不过这一点要更难一些，因为贵妃不喜太子，你若顾忌贵妃，也不必做得太露形迹。"

被他这么一说，汪直顿觉心中块垒去了大半，一下子轻松了不少。

虽然困境依旧，但至少他不会再觉得火烧眉毛了。

汪直道："你被免职一事，我会想办法的，若有机会，就在陛下面前为你说情。"

唐泛倒不在意，他给汪直出主意，本来也不是为了这种一事换一事，摇摇头道："那你晚点再帮我说情吧，我回头要离京一段时间，就算陛下起复，我也不想这么快回来当官的。"

汪直冷笑："说你胖你还喘上了！你当官位是你家种的大白菜，想摘多少就摘多少？"

唐泛用勺子舀了一个蟹粉狮子头进碗里，笑呵呵道："我家没种大白菜。"

汪直："话说回来，我本想找机会先给那梁文华使点绊子，谁知道却被人抢了一步。"

唐泛："嗯？"

汪直斜了他一眼："你不知道？"

唐泛莫名地狂眨眼："？"

他两腮塞着食物，说话不雅，只能用表情代替，看上去要多傻有多傻，与之前那副淡定莫测的高人样完全判若两人。

汪直道："监察御史上官咏上疏弹劾梁永华，说他如今的小儿子，乃十年前他在热孝期间跟小妾亲热生下的。"

唐泛冷不防呛咳了几下，连这种陈年隐私都能挖出来的人，除了东西两厂或锦衣卫，大明朝还有别的分号吗？

在热孝期间亲热生孩子，这事说大不大，说小不小：谨慎一点的，在孩子的出生日期上作作假，也就过去了；大大咧咧一点的，连假也不用作，只要没有人告，这就不算个事儿。

梁侍郎是够谨慎的了，儿子出生之后，他在户籍上做了手脚，这样就算有人往前推算，也算不出毛病来。但这招也只能哄哄平常人，锦衣卫和东西两厂若想查点什么，估计连他家老娘几岁会说话都能查出来，更不必说这种把柄了。

作为朝廷官员，讲究的就是个名声，甭管名声真好假好，只要没有人弹劾就没事，一旦有人弹劾，就得引咎在家，等候发落。这也是规矩。

唐泛好不容易顺过气，问："你干的？"

汪直幽幽道："我倒是想干，可惜被人抢了先，是隋州那厮派人去查的。"

从唐泛通过潘宾给他出主意开始，他就欠了唐泛不少人情，虽然对方不过是个五品小官，但屡屡帮了自己的忙。汪直虽然不是什么仁厚之辈，但他心高气傲，不愿白白受他人的恩惠。

正所谓钱债好还，人情债难还，谁知道对唐泛，他却一直找不到机会回报。如今虽然暂时没办法帮唐泛官复原职，但以汪直的能力，报复一下梁文华，还是绰绰有余的。

结果这又被人抢先一步。

这怎能不令汪公公幽怨？

唐泛"哦"了一声，心头暖暖的。

他知道隋州肯定是因为自己被罢黜的事情向梁文华报复，不过隋州与唐泛交情不错，却要避嫌，不能直接呈报，所以才要通过监察御史上官咏去弹劾。

唐泛没在衙门，消息自然也不那么灵通了，闻言就道："据我所知，上官咏与锦衣卫并无交情，他怎会愿意去做？"

汪直只说了一句话："上官咏乃松江府华亭人。"

唐泛立马恍然大悟，原因无他，被首辅万安踢到南京去的张尚书，就是松江府华亭人啊！

敢情上官咏是在给张鎣报仇呢！

汪直道："上官咏是张鎣的同乡，又是后进晚辈，平日与张鎣时有往来，上官咏不敢对万安发难，但弹劾梁文华的胆气还是有的。看不出来啊，隋广川竟然也学会借刀杀人了！"

唐泛问："那梁文华呢？他总该在家反省了吧？"

汪直哈哈一笑："你还别说，这几天可热闹了！梁文华那家伙死皮赖脸的，非但没有待在家里，还坚持每天去衙门。但他越是这样，别人对他的非议越大，那些御史都是成天闲着没事干，跟一群专盯鸡蛋缝的苍蝇似的，看见这样的情形，焉肯放过？便一拥而上，对着梁文华一通弹劾，最后连陛下也惊动了。万安没有办法，只能将他暂时外调。"

唐泛见他一脸幸灾乐祸，忍不住猜测：“调往南京了？”

汪直拊掌大笑：“可不！这下刚好去跟张老头做伴，仇人见面，分外眼红，两人指不定会怎么打起来呢！”

唐泛摇摇头，心想那样一来可真是热闹了。

不过再热闹自己也见不着，有了这么一桩事，最起码梁文华的尚书梦肯定是没有指望的了。

汪直与尚铭有隙，尚铭如今又投靠了万安，汪直自然也就看万安一派不大顺眼。梁文华乃万安手下一大助力，如今他被除去了，汪直跟着看个热闹，也觉得心情挺舒爽。

但唐泛忍不住提醒他：“汪公，你如今的处境可有些模糊啊！”

汪直莫名其妙：“什么模糊？”

唐泛调侃道：“你看，在别人眼里，你是万贵妃的人，万安又攀附万贵妃，结果现在梁文华被贬，照理说你本该感同身受才对，却反而幸灾乐祸，这样不大好吧？”

汪直白了他一眼，没吱声。

但唐泛接下来的话可就不是开玩笑了：“万安因为跟万贵妃同姓，就去跟她攀亲戚，说白了，他这个首辅位置能坐得稳，也是靠抱大腿抱来的。如今尚铭又与万安结盟，这就等于说，目前他们都是一派的。那么你呢？你既跟尚铭有仇，又看万安不顺眼，却也没有站到怀恩那一边，而贵妃对你的亲近感又大不如前，你的处境，便有如四个字。”

孤、家、寡、人！

不需要唐泛提醒，汪直心中已经浮现出这四个字来了。

他悚然一惊，冷傲的表情变得有些不淡定起来。

若说之前唐泛那一通分析，只是让汪直觉得颇有道理，并且打算执行，那么刚刚顺着梁文华的事情一说下来，他的危机感顿时就比刚才强上一百倍。

简直到了如坐针毡、恨不得立马就入宫的地步！

可是入了宫又能如何？

万贵妃借故不见他，这就已经是一个很明显的信号了。

汪直紧紧皱起眉头，手指掐着扶手，面沉如水。少顷，他起身朝唐泛郑重一揖：“请先生教我。”

得，从直呼其名直接上升到先生了，这待遇简直不得了！

但也反映出汪直这人不是不会放下身段，只是要看对方值不值得他这么做。

唐泛自然也要起身相扶，温言道："汪公不必如此，我能赴约而来，就已经表明态度了，而且事情现在也没有到无可转圜的地步。"

汪直也只是做做样子，看唐泛吃这一套，立马顺着台阶下："那你就赶紧给我说道说道吧。"

如果说两人之前因为身份不平等，汪直言行之间总还端着些架子的话，直到这一刻，他才真正正视起唐泛这么一个人，将他放在与自己对等的位置上来看待。

因为事实证明，唐泛压根儿就不需要通过依附他来上位，就算没了官职要报仇，他也有隋州这个助力在，以隋州的能力和被皇帝看重的程度，执掌锦衣卫只是迟早的事情。

反倒是自己几次来找唐泛问计，还欠了他不少人情，人家不仅没有要求兑现，每次还基本都是有约必到，有求必应，光是这份义气，也是旁人比不得的。

汪直不是不识好歹、没有眼力的人，只是一直以来，年纪轻轻就登上高位的履历使得他有点忘乎所以了，加上这两年在边事上又屡立功劳，他有点唯我独尊的飘飘然。

不过现在这份自得已经被唐泛一点点击溃，现在只剩下满腔的凝重了。

唐泛："该如何做，方才我已为汪公一一剖析过了。但是汪公自己心里该有个底。"

汪直："愿闻其详。"

唐泛："我知道，你看不惯万安与尚铭那帮人，但又因为被贵妃提携，不能不站在她那边，因为在朝臣眼里，你就是昭德宫的人。"

昭德宫乃万贵妃受封的宫室，朝臣有时便以昭德宫代称。

汪直也不讳言："对，实不相瞒，如今我的立场甚是为难，几方都不靠，也几方都不信任我。"

唐泛说得很明白："万贵妃也好，万安也罢，他们都是依附陛下而生，你只要效忠陛下一人足可。除此之外，就像我刚才说的，西厂是一把双刃剑，用得好了，它会给你带来丰厚的回报。"

汪直："我还有一事要问你。"

唐泛："请讲。"

汪直："上回东宫案之后，太子殿下知道我从中为他转圜，很念我的好，曾经还转托怀恩向我致谢。连怀恩那老家伙对我的态度，也比以前好了一点。"

唐泛知道他要说的肯定不止这些，就没有插话，听他继续说下去。

汪直："但太子终归是太子，只要一日未登大宝，名分上就是储君。而贵妃一直瞧太子不顺眼，只是苦于太子一直做得不错，没有机会下手罢了。”

唐泛轻轻颔首：“从东宫案就可以看出来了，贵妃与太子之间的矛盾，迟早有一天会爆发。”

万贵妃杀了太子的亲娘，她能不心虚吗？以己度人，她会相信太子真的没有报复之心吗？哪怕太子表现得多么仁厚温和，她的心里也始终横了一根刺，如果可以换个太子，起码她能睡得更安心一点。

东宫案就像是导火索，将两方之间的隔阂彻底摆上台面。

汪直一字一顿道：“那么有朝一日，陛下的决议对太子不利，你认为我该站在陛下一边，还是站在太子一边？”

这问题太诛心了，想来汪直也是酝酿已久，才会将这个潜藏在内心深处的疑虑问出来。

这个问题，也正是他迟迟没有站好立场的根本原因。

此刻雅间里只有他们两个人，但说完这些后，汪直仍旧感觉到一阵阵后悔。

万一唐泛不值得信任，将今日的话传于第三人之耳，那他的政治生涯也就完了。

唐泛：“我且不说那些天理良心的话，汪公不妨想想，如果按照昭德宫那位的想法另立了太子，将来继位为新君，对你来说有好处吗？那位新君会念你的好吗？簇拥在万贵妃身边的人现在已经够多了，不差你一个，而如今的太子仁厚诚爱，谁在他落难的时候伸出援手，他必然会记住这份恩情。对你来说，孰优孰劣，不难选择。”

汪直沉吟片刻，显是听进去了，不过这样重大的事情，他还需要更多的时间来思考，也不可能将结果告诉唐泛的，只是道：“你说得轻巧，你是没有坐在我这个位置上，根本就体验不到什么叫如履薄冰。”

唐泛笑道：“所谓能者多劳，要不怎么汪公的权势会比我大，官位比我高呢？权力越大，责任也就越大。”

汪直：“罢了，闲话休提，你既然要离京，今日这顿酒席，就当为你饯行吧。”

唐泛：“我告诉你个秘密。”

汪直：“？”

唐泛：“其实我当初在翰林院被授以官职之后，还曾与同年偷偷去过那秦楼楚馆吃过一回花酒。”

汪直简直莫名其妙：“你告诉我这个作甚？”

唐泛微微一笑：“用秘密换秘密啊，免得你不放心我，总怕我将今天的事情说出去。”

汪直：“……”

其实相交这么久，他心里还是比较相信唐泛的人品的，否则也不会在这里和他谈论这种深层次的话题，但唐泛的不着调实在令他深感无力。

不过伴随着唐泛这句话，满屋的凝重氛围也随之烟消云散。

唐泛从仙云馆出来的时候，已经将近二更天了。

出了仙云馆所在的那条街，一切喧嚣顿时被抛在身后，两边都是静悄悄的民户，还有少许从窗户里透出一点光亮的人家，估计是读书郎在挑灯夜读，或者是女眷正在为亲人赶制冬天穿的棉鞋。

唐泛虽然已经没有官职，不过仍旧有官身在，所以宵禁也禁不到他头上。

酒喝多了，难免有几分醉意，不过脑子倒还清醒。他便慢慢地往回走，看着天上的月亮，不由得想起几年前的一个晚上，他好像也是因为吃酒回家晚了，结果路上遇到一个装神弄鬼的白莲教妖人，最后还是隋州及时出现。

任由思绪天马行空地乱跑，他不知不觉就看到那条熟悉的小巷了。

与来时的路一样，周围都是一片昏暗。

但不同的是，巷口似乎站着个人，手里还提着一盏灯笼。

那道熟悉的身影令他微微怔了一下，随即加快脚步，走上前去。

果然是隋州。

他大半夜站在这里，自然不是为了喂蚊子。

“怕你回来晚了，看不见路。”他对唐泛道。

唐泛出来时，手里也有灯笼，但走了这一路，烛火早就昏昏欲灭，比不上隋州手里的明亮。

明亮的烛火仿佛也照暖了人心。

唐泛微微一笑：“谢谢。”

这一声谢，谢的不仅是隋州出来接他。

至于谢什么，两人心知肚明，很多事情不必说明白。

说得太明白，就没有意思了。

一阵风吹来，唐泛手里那盏灯笼垂死挣扎了一下，终于彻底熄灭。

周围唯一的光源就剩隋州手里的灯笼了。

昏黄柔和的微光沿着唐泛的下巴轮廓蜿蜒而上，当真是清隽俊朗，无以描绘。

“走吧，回家。”

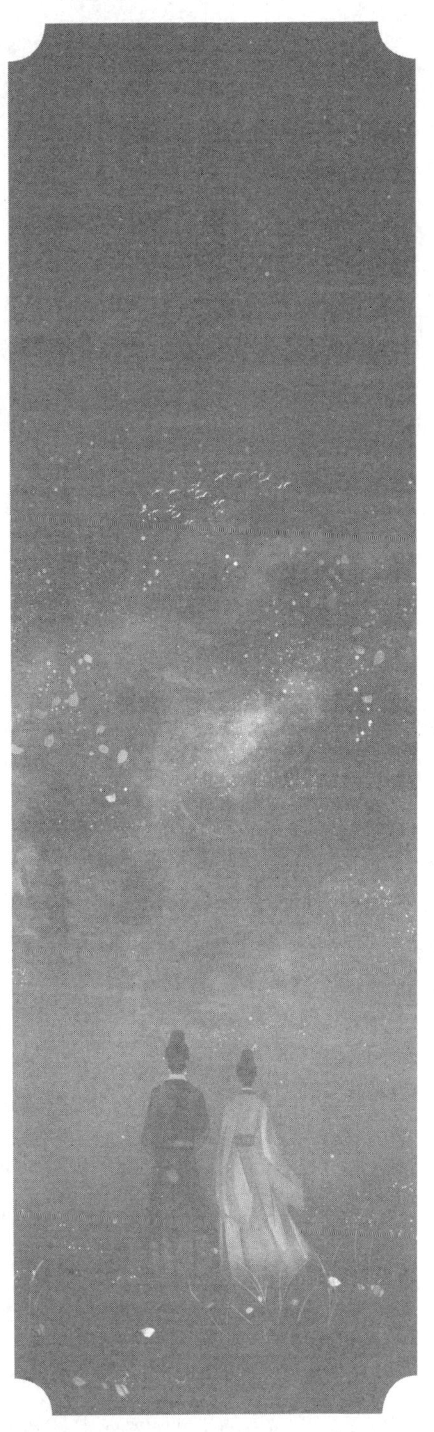

香河县案

THE SLEUTH
OF
MING DYNASTY

第三十二章

竹园闲居

要去探望姐姐，当然不是说走就能走的，唐瑜嫁过去的贺家是一大家子，三代同堂，还有那些三姑六婆。唐泛上门，代表的就是唐瑜娘家的脸面，礼物必然是要备足的。

好在京城天子脚下，应有尽有，唐泛买了好几天，总算将东西都买齐了。

但经过这么一顿搜刮，唐大人的积蓄水平倒退了好几年。

本来他还打算购置一处宅子，毕竟随着阿冬一天天长大，让她跟隋州同处一个屋檐下已经不合适。这当然不是说隋州对阿冬有非分之想什么的，而是在外人看来，男女有别，阿冬的名声也要考虑，再者唐泛脸皮再厚，总不能在别人家里赖一辈子吧。

以这几年隋州帮忙攒下的钱，按理说在京城购置一处便宜一点的房产也该够了，不过隋州希望他们能住得近一些，当然最好就在周围，这样彼此有个照应，唐泛也是这么想的。可惜隋州家附近的房价太贵，一时半会儿还拿不下来。

正好隋州隔壁住户外调为官，没有个三五年都别想回来了，男主人便想卖了在京城的宅第，要价虽然高了点儿，不过唐泛若是把积蓄全拿出来，再卖掉一方好墨，还是刚刚好的。

结果现在为了给贺家买礼物，凑好的钱又出现缺口了。

唐大人的心伴随着长着翅膀飞走了的银子在滴血……

滴血归滴血，礼物还是要买的，买好了礼物，唐泛便告别隋州和阿冬，带着钱三儿离京了。

临走前他将买房之事托付给了隋州，让他随便拿主意，至于钱的问题，就只能先跟隋州借了……

随行人员中还有两名锦衣卫，其中一人便是跟着唐泛他们一道去巩县的锦衣卫总旗严礼。

唐泛如今没有官职，总旗却是正七品，人家锦衣卫威名赫赫，来给自己一个闲人当保镖，未免太委屈了点儿，不过他也没办法，因为隋州很坚持，给了他两个选择——

要么带上，要么别去了。

唐大人无奈，只得屈从了。

当然，他不会觉得隋州是为了监视自己，这无非是隋镇抚使表达关心的一种方式罢了。

一路上马车辘辘，车轮滚滚，上面装的不是人，全是礼物，由钱三儿驾车。

唐泛与严礼等一行四人骑着马，前者在经过巩县一通奔波之后，也已经习惯了骑马这种方式，一路缓行前进，更与之前快马加鞭赶路不同，累了就停下来歇歇，想走再继续走，十分有闲情逸致，当然也就谈不上累。

“老严，真是对不住了，这回还要劳烦你跟着我跑一趟！”唐泛歉然道。

严礼爽朗一笑：“唐大人这是说的哪里话？我也难得有个偷懒的机会，还得多谢唐大人呢！”

唐泛：“我已经不是什么大人了，你要是不嫌弃，就唤我的表字润青吧。”

严礼虽是武夫，却粗中有细：“那不行，你是我们伯爷的至交好友，我还是唤公子吧！”

唐泛拗不过他：“随你。”

严礼看着唐泛带的那一车礼物，好奇道：“贺家有那么多人吗？公子带的礼物会不会太多了？”

唐泛摇头：“一点也不多，我还怕不够分。香河县虽小，贺家却是地道的官宦人家。如今的贺家老爷子贺英，曾官至浙江布政使司左参政，如今已经致仕。长子贺益，进士出身，如今外放为官。”

这年头出个进士很不容易，父子两代都为官的更是千难万难，像贺家这样的，确实可以称为官宦世家了，更何况贺英的父亲也是官员，不过早就去世了，而且年代太过久远，就不必提了。

严礼恍然：“贺英这名字，我是有些印象的，如此说来，莫非令姐的夫君便是贺益了？”

唐泛：“不，我姐夫叫贺霖，是贺家二子。”

严礼：“噢，那如今在哪里为官？”

唐泛：“他没当官。”

严礼：“那是举人老爷？”

唐泛轻咳一声：“也未中举……”

严礼：“……”他不敢再问下去了，这问题太得罪人了。

唐泛自己揭开了谜底：“我那姐夫天资聪颖，幼时便有神童之名，也许是运道不好，屡考屡败，如今……还只是秀才。”

严礼的脸色有点古怪。

秀才乃读书人里最低一等的功名，连秀才都不是的，就叫童生。科举竞争激烈，许多读书人一辈子也未必能当上秀才，而有秀才功名的，就算考不上举人，回乡起码也能当个教书先生，所以放眼大明朝，秀才功名也是很难得的。

但那是对一般人而言。贺家这样的三代官宦人家，老子当到了三品大员，大哥也是进士出身，贺霖却连举人都考不上，只是个秀才，这也太孬了一点。

尤其是严礼这样的京城人士，每天跟各色各样的官员打交道，连内阁宰辅也不知道见过几打，一个秀才在他眼里，还真不够看的。

不过为免让唐泛太难堪，他仍是安慰道：“令姐夫还年轻，想必只是一时运道不佳，等到运气一来，挡都挡不住的。”

唐泛呵呵一笑：“除了我姐夫的兄长在外地，我姐夫还有个弟弟，几年前听说也是秀才，不知如今中举了没有。另外贺家还有诸多女眷，以及贺老爷子的兄弟，等等，贺家族人十有八九都住在香河县，平日多有走动，所以我这礼物备的，其实一点也不多。”

严礼巴不得他岔开话题，闻言就顺着点头：“是啊是啊！”

他们一行人路上闲聊，走走停停，因为行程慢，唐泛又体谅姐姐为人媳妇不易，便没有事先写信通知她何时到，想着等到了再上门就是。

那边香河县城里，却有一户人家正在摆宴。

因为今年秋闱刚刚发榜不久，家中有子弟中了举，老爷子高兴之下，就下令摆宴庆祝。

这摆宴的人家可不一般，这帖子一下，县上有头有脸的人家全都来人了，连县太爷也亲自过来祝贺。

那些没收到帖子的，也要想尽办法混进去吃个饭，要是能借此认识上主人家，或者当地的父母官，那可就赚大发了。

不用说，这户人家姓贺，正是唐泛长姐唐瑜嫁入的那个贺家。

至于中举的，却不是唐泛的姐夫贺霖，而是贺霖的弟弟，也就是贺家幼子贺轩。

长子是用来撑门面的，幼子是用来疼的，家中老幺中了举，贺家长辈自然高兴得很，贺家上下张灯结彩，喜气洋洋，前来捧场的宾客也很多，门子收红包收得手都软了，眼看来的人越来越多，还有一些没收到请柬的也想进来浑水摸鱼，门子连忙拦住不让进。

里头从正厅到院子，摆了十几桌，厅堂里坐的，自然都是县上的大人物，县太爷、县丞、主簿，等等，逐个往下，还有不少有头有脸的士绅，贺家的世交、姻亲，等等，按照地位逐个往外排，不那么重要的就分配到院子里的位置。

灶房里忙得热火朝天，菜一道道流水似的上，据说厨子还是从京城请来的，菜肴色香味俱全。

宾客盈门，高朋满座，来的自然不只是男宾，肯定还要携带家眷，后面便是女眷的活动场所，同样也摆了十几桌，贺家的女眷分列各桌，以便招呼到每一桌的客人，免得有客人会生出被怠慢的感觉。

“贺三老爷今儿个高中举人，明年春闱想必也能一路畅通无阻，一门二进士，届时可真是光宗耀祖了！”作为今日主角的妻子，韦氏也在这一桌上，客人自然是要挑好听的话来说了。

韦氏果然听得眉开眼笑，嘴巴明明已经快咧到耳朵边了，还要谦虚道：“这可不能乱说，天下人才济济，我家老爷侥幸中了举，也不能下此定论，传出去了，未免要说我们家太狂妄！”

一名与她相熟的女客就笑道：“你也不必过谦了，想你家老爷今年不过二十五岁，便已经是举人老爷，放眼大明朝已经算是少年早达的了，天底下那些七八十岁还是老秀才的，可曾少了去？”

说者无心，听者有意，一听这番话，众人的视线便不由自主往隔壁桌上瞟。

原因无他，隔壁桌负责招呼客人的，正是贺家二奶奶唐瑜。

按照时下的观念，外人应该称为贺唐氏。

韦氏看了唐瑜一眼，后者面色如常，脸上带着淡淡而得体的笑意，一边在给旁边的女眷介绍菜式，也不知道听到这些话没有。

她便笑道："也不能这么说，像我家二伯，才学是有的，可惜运道不好，这才会屡考不中！"

旁边有一名女眷撇撇嘴："这都三十多岁了吧，还考不中，只怕也没什么指望了。"

又有一人小声道："偏生还迂腐又清高，听说成天闷在家里读死书，亏得贺家家大业大，才养得下这等闲人，否则还不早就倾家荡产了？"

韦氏也不接她们的话，径自低着头吃菜，一边微笑倾听，脸上那股春风得意自然是怎么都掩不住的。

当年贺家老大贺益中进士的时候是二十七岁，若明年贺轩能得中，那也只是二十六岁，到时候又会成为贺家上下的骄傲，也难怪韦氏会与有荣焉，夫妻一体，自然是妻凭夫贵。

那边有个丫鬟脚步匆匆，径自往唐瑜那桌走去，一直走到唐瑜身旁，弯腰附耳与她说了什么。

唐瑜脸色微微一变，旋即起身，将韦氏请到一旁，轻声对她说："弟妹，你二伯身体有些不适，如今回房歇息了，我先过去看看他，这里就拜托你照看一下了。"

韦氏露出讶异的神色："二伯身体可要紧？不若去请大夫过来吧！"

唐瑜忙道："不必兴师动众了，想来是酒吃多了，歇会儿便好，那这里就劳烦你了。"

韦氏道："那嫂嫂快去吧！"

唐瑜向她道了谢便跟着丫鬟走了。

见唐瑜匆匆离席，大伙都觉得有些奇怪，见韦氏重新坐下，便都问她。

韦氏笑道："说是我那二伯酒吃多了，身体不适。"

大家都不是傻子，自然听得出其中玄机。一人就笑道："怕不是酒喝多了，是醋灌多了吧？"

醋灌多了，心里头就泛酸。

唐瑜不在，其他人更加没了顾忌。

另一人道："要我说，这贺二也真是丢人现眼，自己没本事，连弟弟的庆功宴都如此甩脸子，也不知道做给谁看！"

还有人道："贺二奶奶也真是可怜，才貌双全，却嫁给贺二这样的人！"

又有人道："话也不能这么说，贺二奶奶娘家父母双亡，家道早就中落了，亏得贺老爷子信守承诺，才让她嫁入贺家，她怎么也该知足了。"

唐瑜一心挂念着丈夫，也听不见旁人对她的议论，一路穿过喧嚣的酒席，来到自家卧房门前，敲了两声不见有人应，便推门进去。

“不准进来！”房中传出这样一个声音。

音量不大，但话语里满是厌烦。

唐瑜听到这个声音，心头一黯，推门入内，便见贺霖躺在床上，一只手臂横在头上，挡住视线，一只手则垂落在床边，一副落魄之态。

“不是让你不要进来吗！”贺霖放下手，通红的双眼瞪向唐瑜，也不知道是酒喝多了，还是哭过了。

唐瑜故作不见，温婉笑道：“我给老爷送来了解酒汤，先喝一碗吧，免得难受。”

贺霖呵呵冷笑：“难受又怎样？这个家里谁会关心我难不难受？他们只会关心老大在外面怎么样，只会关心老三明年春闱能不能高中吧？”

唐瑜平静道：“我关心。你是我丈夫，我自然关心你，不要为了闲言闲语坏了自己的身体。这世上多少人大器晚成，还有的四十岁才能当上官的，如今你不过三十四罢了，往后还有大把光阴。来，把这碗解酒汤喝了。”

说罢，她将碗递到贺霖跟前，谁知贺霖冷不防一掀手，当啷一声，直接将汤碗打翻，滚烫的汤汁溅到唐瑜的手和衣裙上，她禁不住哎呀一声叫了出来。

贺霖愣了一下，脸上闪过一丝无措，其实他不是故意的，只是刚刚正好抬手。

但他也拉不下面子道歉，反而恶声恶气道：“谁让你送过来的？我都说我不喝了！”

唐瑜终于红了眼眶，直直看着贺霖，半晌无语。

贺霖被她看得满身不自在：“怎么？他们瞧不起我，连你也瞧不起我？”

唐瑜叹了口气：“老爷，你原先不是这样的，为何现在会变成这个样子？”

贺霖冷笑：“我就知道你打心眼儿里瞧不上我，觉得我没有给你挣下脸面，是也不是？往后不必叫我老爷了，我又没有举人功名，这称呼听着让人发笑！”

虽然严格来说，确实只有考上举人，才能被别人称呼一声举人老爷，但这年头大户人家称呼男主人一般都这么叫，偏偏贺霖敏感，非要从鸡蛋里挑出骨头来。

唐瑜：“没有人瞧不起你，你何必将别人的闲话放在心上？”

贺霖腾地坐起身：“我怎能不放在心上！二十年前在贺家，最风光的人是我！那时候他们都说我将会是贺家这一辈里第一个考中进士的，结果呢，现在二十年过去了，我连举人都考不上，这不是笑话是什么！我知道你嫁给我觉得自己委屈了，既然如此，那你就……谁！滚进来！”

他话没说完，外头就响起敲门声，贺霖忍不住怒喝。

片刻之后，门被轻轻推开一条缝，在唐瑜身边伺候的小丫鬟怯生生地进来，对二人道：“二奶奶，外面来了位年轻公子，说是您的弟弟。”

唐瑜擦干眼泪，欣喜道：“一定是他了，算算日子，他今天也该到了，快走，我们出去迎一迎他！”

“慢着，”贺霖从床上爬起来，“我也去。”

他是极要面子的人，哪里有小舅子上门探亲，姐夫还躺在床上装醉的道理？

唐瑜道：“老爷身子不适，就先歇着吧，润青不会介意这个的。”

贺霖冷笑：“莫不是你怕我这个秀才姐夫，给你那个大官弟弟丢脸？”

他的自尊心竟是如此之高，总能将别人的好意曲解。

见到久别的亲人在即，唐瑜心中喜悦，也不想和他多起争执，便让丫鬟赶紧服侍老爷更衣，自己则先让人出去招呼一下，等贺霖整理好衣着，夫妇二人这才往大门走去。

事实上在唐瑜得到禀报之前，唐泛在贺家门前险些就遭遇了闭门羹。

怪只怪他来得不巧，正好赶上今天贺家大宴宾客的日子，许多人拿不到请柬就想着浑水摸鱼混进去，结果这种人出得多了，门子都有点麻木了，一看到他自称是贺家二奶奶的弟弟，就下意识觉得他也是想进去骗吃骗喝。

不过多亏唐泛生得一副好皮囊，身边又还带着下人，怎么都不像是蒙人的，门子不放心地多盘问了几句，在严礼他们不耐烦发飙之前，终于进去找人传话了。

严礼瞧着人进人出的贺家，小声对唐泛道：“公子，其实这贺家也算不上什么大族，还摆谱呢！”

唐泛失笑：“你是从京城来的，自然觉得没什么，京城天子脚下，随便一个勋贵府邸，都比这气派多了。可问题是，这是香河县，庙小佛也小，已经算不错了！”

二人正说着话，从里面走出一男一女两人。

其中那位少妇见了唐泛就热泪盈眶，唐泛虽不至于失态，可也是心情激荡。

“姐姐！”

“毛毛！”

一腔久别重逢的狂喜顿时变成哭笑不得，唐泛郁闷道：“姐，你能别喊我这个小名吗？”

盖因当年唐泛刚出生时便头发浓密，精灵可爱，唐家上下对唐泛喜爱异常，尤其是唐瑜这个姐姐，更将唐泛当成最心爱的玩具一般，成日抱着不肯撒手，还给他起了这么一个小名。

“这名字多好听，怎么就不让叫了！”唐瑜摸摸他的头发，又捏捏他的手，眼睛里满满都是喜爱和激动，“你瘦了，也高了。”

唐泛笑眯眯地任她动手动脚：“是瘦了，瘦了才显得高。”

贺家大门前今日人多，姐弟俩在这里认亲，很快就引来不少注目。

贺霖见状，轻咳一声：“还是进去说吧。”

唐泛这才注意到贺霖还站在旁边，拱手道：“姐夫别来无恙？”

贺霖笑着点点头：“一切安好，你姐姐念着你许久了，你既然来了，就多住些时日。”

唐泛笑道：“正有此意，姐夫不嫌我叨扰就好。”

就在他们说话的当口，贺家其他人想来也听说唐泛到来的消息，便派人出来相迎。

贺英致仕前是从三品，其妻许氏也是有三品诰命的，二人自然不必出来亲迎，来的是贺家老三，也就是今日宴会的主角，刚中了举人的贺轩。

贺轩显然比他二哥会做人多了，起码脸上那副惊喜的模样，甭管是不是做戏，都比贺霖热烈多了。

“难怪我说今日怎么喜鹊在枝头喳喳叫呢，原来是润青兄到来，有失远迎，有失远迎！”

按照官场上的称呼，贺轩得向唐泛行礼，称一声“唐大人”，不过作为亲戚，这样做反倒显得生分了。

唐泛在姐姐嫁入贺家以后，也曾上门探望过一回，跟贺家的人也都算相熟。

贺轩招呼着唐泛等人：“来来，先进去再说，我爹娘听说你来了，都高兴得不得了！”

唐泛笑道：“许久不见，我也先去向贺家伯父伯母问个好吧，不过今日这里怎的如此热闹？可是有什么大喜事？”

贺轩作为当事人不好意思回答，旁边贺霖便道：“确实是大喜事，我这二弟中了举。”

唐泛：“这果真是大喜事，恭喜恭喜，明诚兄可要赏我杯水酒啊！”

他说这话的时候，一边不着痕迹地看了贺霖一眼。

果然瞧见他那姐夫面色淡淡，显然不是为弟弟高兴的神色，唐泛不由得暗叹一声，心想，这姐夫的科举道路也确实坎坷，若说资质平庸也就罢了，明明小时候天资过人，屡屡受到长辈的嘉奖，神童之名传遍全县，也正是因为如此，才越发无法忍受从高处跌下来的失落感吧。

从来没得到过不觉得怎样，得到了又失去，估计才是最令人难受的。

贺轩笑道："岂敢说赏，你这大忙人难得有空来探亲，贺家简直蓬荜生辉！"

唐泛也笑："这话就折杀我了，莫说贺伯父官至三品，贺家大哥如今也是四品知府了，怎么说都是我的前辈，岂有我放肆的份儿？"

贺轩嘿嘿一笑："那可不一样，我爹和我大哥都是地方官，你可是京官，还是翰林出身，单凭这个就比他们高上一筹了！"

他似乎也知道自己这样说有点不敬，是以这句话是凑近唐泛压低了声音说的，只有两人听见。

唐泛摇头失笑。

香河县虽然距离京城不算远，但唐泛罢官的事情毕竟才过没多久，不可能这么快就传到这里来，只怕他们现在还以为唐泛是在刑部郎中任上呢。

龙生九子，各有不同，这贺家三兄弟，性情自然各异。

就说这最小的贺轩，备受家中父母喜爱，性子也比贺霖要活泼许多，单就相处来说，别人肯定乐意跟一个笑口常开的人往来，而不会愿意跟一个成天暮气沉沉，板着张脸的人相处。

唐泛也不例外。

不过贺霖才是他姐夫，他也不能光顾着跟贺轩说话，冷落了贺霖，便笑道："明诚兄，今日是你的大喜之日，咱们也不是外人，你不必忙着陪我了，还是随意就好，反正还有姐夫在呢。"

贺霖的脸色略有缓和，正想说话，却听贺轩道："那可不行，你的身份比咱们县太爷还高，必是要坐首席的，来来，先与我去拜见我爹再说吧！"

唐泛看了贺霖一眼，果不其然，后者的脸色又沉了下来。

贺轩直接拉着他往里走，唐泛也不好反对，便跟着来到内厅。

贺英看见他，果然十分开心，起身迎接，还对别人介绍道："这位是唐泛唐润青，成化十一年乙未科殿试第四，入翰林院为庶吉士，如今在刑部为官。"

这履历一摆出来，档次立马就不一样了。

在场众人，包括香河县县令，看他的眼光顿时也都变了。

这年头士林中人互相结识，首先互报姓名，然后将自己的履历摆出来，庶吉士出身自然是最清贵的，如果不是，就说明自己是哪一年的进士，如果大家是同年，那就更好了，彼此互称年兄，否则就按照中进士的年份来叙交情，称呼前辈后进，等等。

放眼香河县，除了贺家老爷子贺英，和已经在外为官的贺益，还真没有一个身份比得上唐泛，就连翁县令，也只是七品罢了。

众人纷纷起身，向唐泛行礼，口称大人。

翁县令与唐泛也互相见礼，论的却不是官职，而是士林辈分，也就是中进士的年份。

因为是成化八年的进士，比唐泛还要早一科，所以唐泛见了翁县令，还要口称前辈，翁县令因为品级比唐泛低，也不敢拿大。

这年头官场上的规矩就是这么麻烦。

唐泛还礼之后，又以晚辈的身份向贺英见礼。

贺英拈须受了他的礼，笑着道："老夫早些日子便听老二说你要过来，没想到正好碰在今天，也是巧了！"

唐泛笑道："小侄也觉得很巧，明诚兄中举，这是大喜事，还未向伯父道贺。"

贺英摇摇头："他若有你与他大哥的一分长进，我便满意了，今日也是却不过乡亲们的热情，这才摆了几桌酒，让你见笑了。你既然来了，就多住些时日吧，你姐姐与姐夫都很挂念你。"

唐泛道："正有此意，那就叨扰伯父了。"

贺英又觉得有点奇怪，本想问他六部事多，怎会有机会请假来探亲，又觉得这种场合不好多问，便转而为他一一引见了席上众人。一时间觥筹交错，彼此互相敬酒，好不热闹。

贺霖本来就是不喜欢这种场合，才避了开去的。没想到因为唐泛上门，他又不得不回来待在这里，听着一个个功成名就，不是进士就是举人，他心里真比被一百根针扎了还难受。

唐瑜是女眷，不方便跟进来，早在方才贺轩带着唐泛过来的时候，她便先回别院去张罗饭菜，让下人安置唐泛带来的几名随从，等等，此时并不在场，所以也没有人细心去注意贺霖的脸色。

略喝了几杯水酒，贺英体谅唐泛赶路过来，身心俱疲，也不强留他在宴上吃酒，征求了他的意见之后，就让贺霖先带唐泛下去歇息。

总算松了口气的不是唐泛，而是在旁边如坐针毡的贺霖。

二人出了厅堂，往偏院厢房走去。

唐泛对贺霖道："姐夫是不是身体不适？等会儿将我引到厢房就好，你不必陪我的，自去歇息吧，有姐姐陪我说话就够了。"

贺霖强笑道："无妨，你好不容易来一趟，我这个当姐夫的，自然要尽到地主之谊。"

唐泛便也不再开口，他确实有些疲惫，贺霖却是个闷葫芦，结果两人久未见面，一路竟也再无话语。

贺家家大业大，安置一两个亲戚根本不在话下，不过唐泛身份不同，待遇自然跟普通亲戚也不一样。

唐瑜经过贺老爷子许可，给唐泛准备的是一个种满竹子的偏院。这原本是贺家隔壁的房子，后来被贺家买了下来，一并打通，成为招待贵客的厢房。

外头瞧着不大，但唐泛住进来之后才发现里头别有洞天，不仅竹叶飘萧，符合文人意境，还有一个雅致玲珑的小花园，正好就在他卧房的外面，每日清晨推窗一望，波光粼粼，假山嶙峋，不比江南园林差。

姐弟俩几年不见，自然有许多话要说，不过唐瑜还是先将儿子带了过来，给小舅舅请安。

贺澄今年八岁，本该是猫嫌狗弃的年纪。他却是个很安静的孩子，给唐泛行礼也是一板一眼的，显得有些暮气沉沉了，乍一看还真跟他爹像一个模子印出来的。

不过像唐泛这等目力敏锐之人，一眼就可以看出，他爹贺霖这样，是自己憋的；而唐泛小外甥，则是被憋的。

贺澄刚刚行完礼，就被唐泛一把揽了过去，还有些婴儿肥的脸被一双手揉来搓去。

头顶上传来一个好听的笑声："这就是我家小外甥啊，你刚满周岁那年我还抱过你呢，你记不记得？"

贺澄哪里记得，他被这个刚见面就动作轻薄的小舅舅惊呆了，脸都被捏变形了也没察觉，只知道愣愣地瞅着对方。

唐瑜嗔怪，语气不乏宠溺："行了，都当舅舅的人，还有脸欺负小外甥呢！"

唐泛哈哈一笑，抱着贺澄不放，又故意逗他似的低头亲了一口："我这是喜欢他，旁人想让我亲，我还不亲呢，你说是不是呀，七郎？"

贺澄在贺家这一辈里排行第七，小名就叫七郎。

只是贺澄何曾被男性长辈这般又亲又抱的，就连娘亲近两年都觉得他长大了，没有这样对他，当下便满脸通红，也不知道是害羞，还是被欺负得敢怒不敢言。

唐瑜见儿子内向羞涩的模样，心里涌起一股难受和歉疚，暗叹一声，摸了摸他的头发："娘与舅舅有些话要说，你先去瞧瞧舅舅给你带来的礼物吧。"

贺澄懂事地点点头，从唐泛膝上跳了下来，先向母亲和唐泛行礼："那母亲，舅舅，孩儿就先下去了。"

贺澄一走，丫鬟悄悄将门关上，屋内终于剩下他们姐弟二人。

唐泛问："姐姐，七郎好端端一个孩子，怎么变得这般没有朝气？他也不过是八岁而已，莫非是功课太重了不成？"

之前书信往来，唐瑜不愿让弟弟操心，一直都是报喜不报忧，唐泛自然也不知道姐姐在夫家的生活到底如何，然而今日他匆匆一面，他看到了姐夫的表现，心里不免有些担心起来。

唐瑜勉强笑了笑："应该是族学里功课太重的缘故吧。"

唐泛一见她这表情，哪里还不知道另有端倪："姐，到底是怎么回事？你不肯说实话，我就自己去问，总不见得问不出什么来。"

唐瑜苦笑："其实也没什么，你知道你那姐夫屡考不中，连他那弟弟如今都中举了，他心里不好受，对着孩子难免严苛了一些。"

她不想再继续这个话题，便问道："你这次来，能多住些时日吗？你看七郎都不大认得你这个舅舅了，你还得多多与他亲近才是。还有，你如今也二十六了，早几年便该成亲的，只是爹娘早逝，我这当姐姐的又不称职……"

说着说着，唐瑜不免伤感起来。

唐泛忙道："你一口气问了这么多问题，让我回答哪个才好？我的好姐姐，我如今已经可以独当一面了，你用不着将什么责任都往自己身上揽，只要你过得好，不管是我，还是九泉之下的爹娘，都会觉得安慰的。"

唐瑜瞪了他一眼："若不是你一直拖着不肯成亲，我怎会操心？你在京城有没有看上什么姑娘？有没有什么人家向你提亲？像你这样的品貌，应该有不少朝中大臣想让你当他们家的女婿吧？若是有，只管与我说，姐姐替你做主。"

为了避免被逼婚，唐泛赶紧说道："姐，不瞒你说，我如今已无官职在身。"

"啊？！"唐姐姐整个人都惊呆了，"这是怎么回事！"

唐泛道："说来也简单，只是我在官场上得罪了不该得罪的人罢了。"

唐瑜却不接受这种敷衍式的回答，连忙细细追问。

她出身书香门第，又嫁入官宦人家，自然不会是毫无见识的女子，逼得唐泛只好将前因后果与她说了一遍。

唐瑜听罢，半晌无语，良久才幽幽道：“这么说，你连首辅也得罪了？”

唐泛笑道：“可以这么说。”

唐瑜：“那连陛下也对你没有好感了？”

唐泛：“是啊。”

唐瑜作势要打他，又舍不得，只能恨恨地瞪他：“还敢笑，都是爹娘把你宠的！就连我这小女子亦有耳闻，万首辅攀附当今贵妃，地位牢固得很，满朝上下俱是他的朋党，你得罪了这样的人，以后怎生是好啊！”

唐泛笑嘻嘻的，在自幼看着他长大的长姐面前，什么温文儒雅，那都是毫不存在的。

“难道只有爹娘宠，姐你就少宠了？”

看见幼弟还像从前那样在自己面前撒娇，唐瑜眼里满满都是温柔，连那最后一点嗔怒也荡然无存。

唐泛见她消气，便笑道：“不能当官也不是没有好处的，起码我现在可以在这里多住些日子了，我只怕贺家的人因为此事对你有所怠慢，所以方才当着那么多人的面，我没有说。”

唐瑜心头一暖：“你不必担心这些，既然来了，就好好住下。不管怎么说，我都是贺家正经的二奶奶，不是别人想欺侮就能欺侮的。”

唐泛道：“姐姐，你不需要忍耐，我来这里，除了看望你，也是来为你撑腰的，我知道肯定会有些人觉得咱们唐家没人，觉得你没有娘家依靠，轻慢于你，但只要有我在，唐家就永远是你的娘家。虽然我如今没了官职，可也不是谁都能蹬鼻子上脸的，你若是有什么不顺心的，可别对我藏着掖着，我去帮你出头。”

唐瑜听了这番话，心中不免很感动，可她并没有将唐泛的话当回事。

毕竟在她看来，唐泛就算没有被罢官，也只是五品郎中，这样的身份糊弄一下寻常人家还可以，像贺家这样的门第，对官场上的事情门儿清，唐泛的身份别说吓不倒他们，若是想以此强出头，那只会贻笑大方。

更何况唐泛现在连五品官都没的说，说要帮她出头，最后只怕会得罪贺家，将他自己也搭进去。

她不希望唐泛这样做。唐瑜宁可自己受些委屈，因为她觉得弟弟的前程比自己的幸福重要。

想及此，唐瑜就笑了笑："你莫要多想，你姐夫和贺家待我都很好。"

而唐泛同样也觉得姐姐的幸福胜过一切，所以他见唐瑜避重就轻，兼之今日见面时，姐姐夫妇神色中流露出来的异样，就知道这里头肯定别有内情。

不过唐瑜既然不想多说，唐泛也就不再多问，想着等私底下再行打听。

那头酒宴结束，人群散去，贺老爷子派人过来请了贺霖夫妇和唐泛过去。

除了他们之外，贺老夫人许氏、贺家老三贺轩夫妇，以及贺老爷子的两个兄弟都在，另外还有贺家如今的第三代，包括贺澄、贺沁等孙辈，济济一堂，甚是热闹。

这也是贺老爷子为了表示对唐泛的欢迎，否则一个儿媳妇的娘家亲戚过来探亲，是绝对不需要劳动全家老小都出来见礼的。譬如贺老三的老婆韦氏，娘家仅仅是秀才出身，就算后来经商有道，成为香河县乃至顺天府一带的巨贾，身份上也还是与贺家有所差别，是绝对不可能得到这种礼遇的。

众人寒暄一番，贺老爷子便想起之前在席上不方便问的问题。

"我致仕已有几载，也不知如今京城形势如何，贤侄在刑部，想来定是颇为如意了。"

这话说得婉转，其实就是想问，官员事假不是那么好请的，你怎么无端端能请到长假过来，难道是京城官场出了什么变故吗？

贺老爷子千料万料，也绝对不会料到唐泛现在已经无官可做了。

唐泛微微一笑，也没有隐瞒："说来惭愧，小侄因在差事中犯了过，如今已经被下令冠带闲住，并无官职在身。"

啊？！

此话一出，所有人都跟唐瑜之前的反应一样，呆若木鸡。

还是贺老爷子见多识广，反应最快，他露出关切的神色，询问道："这是怎么回事？莫不是得罪了人？你不妨说一说，老大虽然人走茶凉，但以往在官场上尚有几个故交，若事情不大，说不定能帮你转圜一二。"

唐泛拱手道："多谢伯父费心，不过这道任免令是陛下通过内阁下的，眼下只怕谁也帮不了我。"

众人一听，又是一呆。

好嘛，连皇帝都得罪了，这得是多大的事情。你这样贸贸然跑过来，会不会连累我们贺家啊？

唐泛察言观色，自然知道他们在想什么，便道：“伯父与诸位长辈无须担心，如今此事已告一段落，不会再有人提起，小侄也只是被冠带闲住而已，并非削职为民，不会牵连贺家的。我与家姐分离数载，心中思念异常，方才上门探望，若有叨扰之处，还请诸位见谅。”

贺老爷子呵呵一笑：“这话说得就太见外了，我与你爹是至交好友，即使你姐姐不是我贺家的媳妇，你来了，便可当这里是自己家，想住多久就住多久，无须顾忌。”

唐泛郑重谢过。

忽然冒出这档子事，大家也都没了闲聊套近乎的心思，还是贺老爷子询问了一番近况，当得知唐泛在京城还要寄住在别人家的时候，不由得唏嘘连连，要给唐泛一笔银子去买宅第，唐泛自然是坚辞不受。

见他确实不要，贺老爷子也没有再勉强，让他先去好生歇息，说是来日方长，有什么事情，以后再说也不迟。

唐泛与贺霖夫妇走后，贺老爷子便沉下脸色，呵斥贺轩夫妇道：“你们方才太露形迹了！一听说他冠带闲住，连脸色都变了！”

贺轩讪讪道：“孩儿这不是听说他得罪了皇帝，担心他连累我们贺家吗？您瞧他早不来晚不来，选在这个时候来，说不定是在京城得罪了什么大人物，把咱们这儿当成避难的地方了！”

贺轩的两位伯父，也就是贺老爷子的兄长们，也帮忙回护道：“是啊，也怪不得明诚，连我们听了都有点打鼓呢！”

贺老爷子叹了口气：“不管人家怎么想的，既然已经来了，咱们就不能把人赶出去，难道你们没注意到跟着他来的三个随从吗？”

贺轩：“那随从怎么了？”

贺老爷子：“我看其中二人精光内敛，行止与常人有异，怕是一等一的高手。”

贺轩奇怪：“他一个丢了官的人，连宅子都要借别人家的，怎么会有高手相随？”

贺老爷子缓缓道：“那两个人不是普通的高手，而是锦衣卫。”

“啊！”贺家人又“啊”了一声。

今天惊叹连连，他们都快麻木了。

锦衣卫何许人也，根本不需要贺老爷子解释，只要想想他们的光辉历史，贺家人就禁不住从心底生出一股寒意。

连贺老爷子两位兄长都露出畏惧之色："就算唐泛还没丢官，也够不上被锦衣卫随身保护的资格吧？难道他这次得罪了什么不得了的大人物？这些人名为保护，实际上是来监视他的？"

贺老爷子叹了口气："希望不是这样。"

贺轩忐忑道："爹，那我们怎么办？这是引狼入室啊，要不找个借口将他请出去吧？"

贺老爷子："胡闹！来都来了，哪有将人赶出去的道理！在事情未明之前，暂且看看，心里有数就好，不必大惊小怪，也切勿打草惊蛇！"

虽然是这样说，但不说男人们，在场的女眷也已经因为这番话而心神惶惶了。

许氏便叹了口气，埋怨他道："当初我就说不该给老二娶这房媳妇的，你偏说什么要信守承诺，她自嫁入贺家，老二便事事不顺，也不知道是不是被她克了……"

贺老爷子不耐烦："这都多少年了，你现在说有何用！好了，一个两个都是不中用的，这还没什么事呢，就一副大祸临头的样子，都下去吧！"

如果唐泛听到这番话，知道严礼他们的存在被贺家人脑补成这样，也不知道会是什么表情。

贺家不是暴发户，虽然有诸多顾忌，但也不可能干出前倨后恭，甚至将人扫地出门的事情来。

贺老爷子对唐泛礼遇如故，甚至还要求下人不得怠慢，但唐泛被免职的消息依旧很快传遍贺家上下，连香河县贺家之外的人也有所耳闻。

不明真相的人自然抱着看热闹的心理，贺家老大虽然是四品知府，可地方官与京官毕竟是不一样的，原本人人都觉得贺家有个当京官的姻亲很是体面，这下他们要么为唐泛可惜，要么觉得唐泛很难复出，贺家只怕又要少一个强援。

至于女眷的想法自然与男人们不同，她们更多的关注点则放在唐瑜身上。

唐瑜娘家父母早逝，说无依无靠也不为过，本来还以为有个当官的弟弟可以依靠，结果现在连这个依靠也没了，可怜贺二奶奶在贺家原本就是个小透明，现在估计越发没了地位，日子指不定要怎么难过呢。

再高的墙也挡不住风言风语，唐瑜不知做何感想，唐泛自己反正是不在意的，别人瞧不瞧得起他，对他来说都无关痛痒，反正他又不可能在这里待一辈子，他担心的只有姐姐和外甥。

唐泛私底下问了唐瑜，唐瑜却笑道："当官本来就是个提心吊胆的活儿，以前你喜欢，我自然为你高兴；现在没有了，你也不必沮丧。只要你开心，姐姐就开心，至于旁人的闲话，这几年我听得还少吗？若是一味地在意，那连日子也没法过了，放心吧！”

在唐泛心里，这世上再没有比唐瑜更好的姐姐了。她既是这样说，唐泛也没有再追问，只让严礼和钱三儿他们悄悄去打探。

他将从京城带来的礼物交给了姐姐，因为唐泛毕竟对贺家不太了解，不知道哪些人需要重视，哪些人可以略过，便全权交给了唐瑜负责。他自己住在贺家为他准备的竹院，每天与姐姐叙旧，带着小贺澄出门玩耍，这日子也过得有滋有味。

虽然有贺老爷子的命令，下人不敢怠慢，但各房的主人家还是受到了一些影响，最明显的体现就是唐泛刚上门的时候，他们个个都热情得不得了，尤其是贺轩，拉着他的手，口口声声喊“润青”，结果在知道唐泛免职的事情之后，连竹院也很少涉足了。唐泛在外头碰见他的时候，邀他去竹院闲聊，他虽然同样还是和气热情，却能推就推。

不过这也是人之常情，这世上不齐锦上添花的人很多，却很少有能够做到雪中送炭的。唐泛当然不会以高标准去要求贺家人，大家本来就是面子情罢了，即使上一辈交情深，但那也是以前的事情了，唯独对于贺老爷子，他还是很尊敬的。

贺澄自从小舅舅来了，就彻底解放了，在父母的允许下，他向族学里请了假，专门陪伴小舅舅。唐泛除了带着他上街玩，给他买各种小玩意儿，闲来没事还会考查他的功课。

越是相处，唐泛就越觉得贺澄这孩子十分懂事，很招人疼。

别的不说，只要看见有人来找唐泛，他都会很懂事地主动告退，如果唐泛要求他留下，他也会乖乖地站在一旁不吭声。唐泛自问自己在贺澄这个年纪的时候，还会上树掏鸟窝，趁着爹妈不注意的时候跑到家里的荷花池抓鲤鱼呢，相比起来，小贺澄简直称得上温良恭俭让了。

可正因为这样，唐泛才觉得心疼。按理说，他这个年龄本该活蹦乱跳、四处捣乱的，又是官宦人家的少爷出身，穷苦人家的孩子需要烦恼的事情他都没有，性子不应该如此沉闷才是，只怕之前一直都在压抑的环境里长大，才养成了凡事不多开口的性子。

不过孩子终究是孩子，在最初的羞涩和怕生之后，贺澄也很快接纳了这位和蔼可亲，又愿意陪他玩的小舅舅，脸上的笑容也多了起来，身上渐渐有些同龄人的影子了。

这一日，唐泛正在教他写字，婢女来报，说严礼和钱三儿在外头求见。

此处虽然是隔壁别院，轻易不会有贺家女眷出入，不过因为唐泛的姐姐有时候会过来，为了避嫌，唐泛也不好让严礼他们直入直出，免得彼此冲撞了。

贺澄刚刚写好了一幅字，抬头看过来。

唐泛摸摸他的脑袋："你先出去玩一会儿。"

贺澄懂事地点点头，说了声"外甥告退"，便跟着婢女出去了。

不一会儿，严礼和钱三儿他们走进来，见了礼之后，便分头坐下。

唐泛问："有结果了？"

这句话没头没脑，严礼等人却知道唐泛在问什么。

钱三儿看了看严礼，见他没有开口的意思，便先道："小的打听过了，贺二奶奶在贺家似乎过得不太好。"

唐泛掀茶盅盖子的手微微一顿："怎么说？"

钱三儿："听说贺家三个儿子里边，老大贺益最有出息，二老最疼爱的却是老三，也就是贺轩。不过老大在外面为官，一年到头也回不了几趟家，而如今贺轩又中了举，也算得上光宗耀祖，年轻有为。相比之下，贺家二老爷就有点不起眼了。"

唐泛点点头，叹道："何止不起眼，只怕在兄弟们的光环下，我那姐夫心高气傲，会受不了吧？"

钱三儿："是，据说贺二老爷先前还打算分家的，被贺老爷子狠狠骂了一顿，后来便没再提起了。"

唐泛道："那我姐姐呢？"

钱三儿瞟了他一眼，怯怯道："贺家那些下人说……"

严礼踢他一脚："别装了，快说！"

钱三儿"哎哟"一声，只得赶紧道："他们说贺二奶奶丈夫不争气，又没有娘家撑腰，日子不好过，贺家迎来送往，少不了时常要与那些官宦女眷打交道，贺家给的用度有限，贺大奶奶不在本县，贺三奶奶又有娘家补贴，唯有贺二奶奶，掏不出这笔钱，不得不隔三岔五让丫鬟拿着嫁妆出去典当呢！"

唐泛深深地皱起眉头："姐姐竟已窘迫到如此地步了，可她怎么不与我说？"

钱三儿装模作样叹了口气："大人，您文韬武略，小人向来佩服，只是大户人家女人之间的家事，您就不了解啦！"

唐泛笑骂：“什么文韬武略，不懂用词就不要乱用，说得好像你很了解女人似的！”

钱三儿笑嘻嘻的：“小的从前走南闯北，干的都是见不得光的勾当，听说的那些深宅内院里的事儿自然也多，不像您是个办大事的……”

严礼鄙视道：“你废话还能更多一点吗？”

钱三儿瘪瘪嘴，敢怒不敢言，连忙道：“你想啊，胭脂水粉需要钱，跟女眷往来，这个办个菊花宴请你，你回头不就得办个牡丹宴回请人家吗？还有啊，别人成亲，孩子满月，这些都是需要应酬的，就算人没到，礼也要到，普通人家尚且如此，像贺家讲究就更多了！”

唐泛点点头：“我姐姐未出嫁前，在闺中也时常与手帕交这样来往，确实花费不菲。”

钱三儿：“还有啊，小的听说族学里上学是不用钱的，可少爷身为贺家嫡子，给先生的束脩，买笔买墨，肯定都不能便宜了去。还有二老爷，虽然他如今只是个秀才，但他也有一帮朋友需要应酬，这些都需要钱。贺家给的份例，充其量只能应付他们日常所需，像这些额外支出，都是需要自己贴补的。听说贺三奶奶娘家是本县富贾，而且贺三老爷得父母喜爱，贺老夫人平日里肯定也没少贴补他们，像二老爷和二奶奶这种的，只能自己想办法了。”

唐泛没想到他打听得这样仔细，赞同道：“你不说，我还真没细心去观察这些，如此说来，我姐姐姐夫他们过得确实有些拮据了。”

钱三儿：“可不？假若二老爷考上举人，日子还能好过许多，偏偏他这么多年都没考上，每年光是买书的钱，买笔墨的钱就不少。”

为什么举人和秀才之间差别明显？

因为如果贺霖中举，就拥有了当官的资格，就算他考不中进士也没关系，凭贺家的关系，给他打通关节弄一顶知县或县丞的帽子是没有太大问题的。

这样一来，贺霖就等于踏入官场了，就算去的是穷县，比唐泛这种清水衙门的五品京官依然要好上太多，到时候同样养得活老婆孩子。

可问题是他一直都考不上，这么多年了，还是个秀才。虽说秀才也可以当教书先生，但贺霖是贺家公子，岂能去外头丢贺家的脸面？这等于十几年来都在虚度光阴，只能依靠贺家的生活费和老婆的嫁妆过日子。

都说穷秀才，穷秀才，没听过人家说穷举人的，就是这个道理。

就算是再疼爱孩子的父母，看到孩子三十多岁了还一事无成，估计也会有怨言吧。更何况贺家并不缺有功名的孩子，凭啥你十几年考不上，天天摆出一副别人欠你钱的样子，别人还得上赶着体贴你？

总而言之，贺霖现在就是这么一个处境。

钱三儿说完，便轮到严礼说了。

他道："昨夜令姐与令姐夫吵了一架。"

敢情这位是去听人家夫妻的壁角了。唐泛："为了我？"

严礼点点头，又摇摇头："一开始是，后来不是。"

唐泛："他们都说了什么？"

严礼："起先，令姐夫说你好不容易来一趟，还让令姐劝你多住些时日。"

唐泛奇道："看来我姐夫虽然屡试不第，心里有些怨气，但秉性还是很好的。那为何会吵起来啊？"

严礼："令姐夫说，他们家知道你罢官的消息之后，必然个个惶恐不安，尤其是他那个三弟，肯定还会担心连累到自己明年会试，能让家里人觉得不痛快，他就觉得很痛快。"

唐泛："……"看来自己还是高估他了。

严礼："令姐就说，贺老爷子不是这样的人，让他跟长辈相处好一些，这样也不至于在家里寸步难行。令姐夫说，他就是要与他们过不去，贺老爷子才同意分家，否则若是还像现在这样同处一屋檐下，处处受人白眼，他无论如何也是受不了的。"

唐泛："然后呢？"

严礼："令姐说他这样只会自寻烦恼，让他放宽心，那些小人的嘴脸不必放在心上，科场上白发苍苍去应试的也数不胜数，又说他如今不过三十四，还有大把光阴。"

唐泛颔首："我姐姐如此体贴，姐夫总该能听进去吧？"

严礼无奈道："你姐夫却发起火来，说你姐姐在咒他考到八十岁还考不上。"

唐泛有点凌乱了："……"

严礼道："你姐夫又听说你姐姐典当嫁妆的事情，说她故意在给他难堪，还问她是不是向你告了状，你姐姐说没有，你姐夫不信，两人就大吵了一架，后来你姐姐便哭着走了。"

常人听到夫妻吵架，本该是有些尴尬的，但锦衣常年负责侦讯事宜，严礼连旁听妖精打架大战三百回合也能面不改色，更不必说这些琐事了。

他见唐泛一脸无语，便道："令姐夫对令姐的误会似乎很深，也听不进任何劝告。"

唐泛点点头，叹了口气：“是啊，我原本以为他只是心气太高，接受不了从前处处被追捧，如今却连举人都考不上的落差感，没想到他的心结竟是如此之深，要不是你们帮忙，单从我姐姐那里，我肯定是问不到这些的。老严，让你去打听这种事，可真是杀鸡用牛刀了！”

严礼哈哈一笑：“这有什么，反正闲着也是闲着！不过公子有什么打算？看来令姐在贺家确实过得不快活啊！”

唐泛道：“如今若是只有我姐姐一人，那还好办，我无论如何也要想办法让他们和离，给我姐姐找户更好的人家。我大明再嫁女子比比皆是，再嫁得好的也不在少数，总归不能让我姐姐受委屈。但现在就难办了，和离需要夫妇二人都愿意，方才可以。就算我那姐夫同意，我还有个外甥，姐姐肯定因为舍下七郎而不愿跟我走，此事还要从长计议才好。一切以我姐姐的意愿为主，她若不愿意，谁也强迫不了她，我也不能。”

这真是家家有本难念的经，清官难断家务事，严礼和钱三儿都心有戚戚，钱三儿更是跟着叹了一声：“谁说不是呢？女怕嫁错郎，尤其是这大户人家，规矩忒多，一个不好就会被传闲话，难啊，真难啊！”

严礼怎么看怎么都觉得他欠揍，忍不住又要踹他：“能别装了不？你贼眉鼠眼的，捧着心口学人家大家闺秀说话，我看着恶心！”

钱三儿灵活地躲开，然后嘿嘿一笑：“大人，您还不知道吧？老严这是有意中人了，还是大家闺秀呢！”

唐泛本是在烦恼如何帮姐姐，听了钱三儿的话，不由得讶异：“你看上谁了？”

严礼有点尴尬，钱三儿却是个嘴快的，抢着道：“是贺家的八姑娘！”

唐泛想起来了，那位八姑娘是他姐夫的妹妹，不过是庶出的。

“老严，三儿说的是真的？”

严礼平日看着粗豪，这种时候却扭捏起来：“也就是无意间见过一面，上回给公子去打探消息的时候……”

唐泛笑道：“回头我去帮你问问，你若是看上嫡出的，我可能爱莫能助，这庶出的总归好说一些。如果她尚未婚配，贺老爷子又同意，以你的身份倒也门当户对。”

严礼犹豫道：“贺家是书香门第，我却是一介武夫……”

唐泛安慰他：“不必担心，我先找机会帮你探探口风。”

严礼很高兴：“那就多谢公子了！”

得知了姐姐的确切处境之后，唐泛私下找了个机会与姐姐长谈一番，跟她说凡事不必隐忍，无论如何，自己都会站在她一边，帮她出头。

严礼听壁角的事情毕竟有失光明正大，唐泛总不能跟姐姐说自己派人偷听了你和姐夫吵架，这样唐瑜的脸面也会挂不住，所以他只能迂回委婉地再三表达自己对姐姐的支持。

奈何唐瑜似乎打定主意对唐泛隐瞒到底，也不愿意唐泛好不容易来一趟，还要为自己的事情操心。更何况，说白了，这属于贺家的家事，在律法上，只要贺霖没有殴打妻子、以妾代妻等劣迹，唐泛就没有资格插手。

而且现在贺家上下对他谈不上不好，贺霖在他面前的表现更是正常，唐泛暂时还找不到理由过问。

在贺家几年的生活，周围的环境，以及贺澄的牵绊，足以让唐瑜从一个爽利大方的少女，变成一位能够为了儿子隐忍，适应贺府生活步伐的女子。

任是唐泛智计百出，面对这种情况也有些束手无策，只能多住些时日，再看情况。

第三十三章

千里求画

这一日，香河县的富贾韦策在韦家摆下筵席，邀请全县士绅前去吃自家儿子的满月酒。

韦策是贺轩妻子韦氏的父亲，身上也是有秀才功名的。他年轻时与贺霖一样，屡试不第，但韦策没有贺霖那样高傲的自尊心，他意识到自己这样考下去，很可能也只是一辈子蹉跎，所以毅然放弃科途，转而经商。

太祖皇帝对贪污深恶痛绝，连带着对商人也没有好感，规定四品以上的官员禁止经商，甚至还出现了商籍这样的政策。不过秀才是有功名的，与纯粹的商人不同，韦策利用了这一层身份，很快与香河县乃至顺天府的名流士绅打好交道，他头脑和手段都很灵活，二十几年间积累起一大笔财富。据唐瑜所说，本县的米铺盐铺这样的营生，韦家就占了大半。

这年头盐业是官营，商人想要卖盐，需要先弄到盐引，韦策能够经营盐铺，自然说明他的人脉非同一般，韦氏身为秀才的女儿却能嫁入贺家，其中必然也有这一层原因。

而有了娘家雄厚的财力支持，韦氏也根本不需要像唐瑜那样指望着贺家的用度过日子。

除了原配所出的大女儿韦氏，韦策还有四个女儿，都是妾室所出，韦家空有家财万贯，却一直生不出儿子，韦策当然着急。

原配去世之后，他就娶了继室柴氏，但柴氏也没有生育。

韦策不得已，又接连纳了几房妾室，可惜生出来的全都是女儿，好不容易才有了如今这个儿子，韦家自然视如明珠。这才刚刚满月，就迫不及待地大摆筵席，广邀宾客，为儿子庆祝。

可以想见，在这样一个环境里，韦家小少爷肯定是集万千宠爱于一身的。

大家都是姻亲，韦家小儿子的满月酒，贺家自然要赏脸，连贺老爷子都亲自赴约了。

韦策做事很周全，知道唐泛现在就在贺家住，还给唐泛也下了帖子。

唐泛便也跟着姐姐姐夫一道过来了。

他如今虽然没了官职，但官身还在，与平民百姓不同，是不能被怠慢的，所以一到韦家，唐泛便被请到了首席，排位比贺轩还要靠前。

这一桌除了韦家男主人韦策，还有贺老爷子、翁县令、林县丞、王主簿，等等，以及香河县的其他官绅名流，唐泛位列第四，在翁县令后边，从这里就可以看出韦策是下过一番心思安排的。

贺轩因为是韦策的女婿，也占了个首桌。

贺霖则被安排在第三桌，这一桌都是韦策在生意场上的朋友，照理说这样的安排并没有什么问题，贺霖却觉得韦策这是瞧不起他，故意将他与商人放在同一桌。

至于唐瑜等女眷，自然是在进来的时候就与他们分开，去了另外的女眷席上，不跟男宾一起。

酒宴开席，和乐融融，韦策先说了一番感谢的话。既然是满月酒，主人家自然要将儿子抱出来，给宾客们都看过一遍，大家凑趣说一些吉祥话，祝福孩子平安长大，然后便是互相敬酒，吃菜寒暄。

作为香河县首富，韦家的酒菜自然是精心准备，一点也不比京城大饭庄的差，而且多数都是江南菜，很符合唐泛的口味。

唐泛自然不会客气，他虽然吃得很慢，却几乎将眼前的佳肴都仔细品尝过了。跟其他忙着寒暄客套的人相比，显然他这样的食客更受厨子的欢迎。

他罢官的消息已经有许多人知道了，世上趋利避害的人自然很多，比如贺轩，这并不能苛责他什么；但同样的，有原则、不怕事的人也有不少，比如翁县令。

翁县令在听说唐泛之所以被罢黜，是因为得罪了万首辅的人后，对唐泛的态度反倒热情了起来。

这年头朝野上下，看不惯万安一党的人不在少数，京官碍于前途，很多人选择了沉默，但地方官没有那么多忌惮，翁县令就是其中之一。

可惜他官途多舛，比唐泛早三年中进士，如今却还在七品县令上挣扎。

唐泛与翁县令聊了几句，发现他竟然还是自己老师丘濬的拥趸，二人关系顿时又拉近了不少。翁县令年近四十，学问也不错，就是当官不太在行，几次外察的考评都是中等，所以没法得到晋升，不过他的学问却是不错的。

相比跟贺老爷子这种老狐狸说话，唐泛自然更愿意和翁县令聊天，这一顿饭吃下来，倒也时光飞快。

中间因为县衙有点事，翁县令提前告辞离开，唐泛也借故出来走走，解解酒意。

韦家很体贴地为宾客准备了里间以供休息，还有婢女伺候，跟外面就隔着一扇屏风，却要自在许多。

在喜爱清静的唐泛看来，这里简直比外面还要舒坦。

他谢绝了婢女为他捏脚的提议，要了一杯金橘汁，就靠在椅子上闭目养神。

冷不防，旁边忽然传来一个声音："这里的菜可比仙云馆差多了，吃得老子想吐！"

这声音入耳，唐泛含在嘴里还没来得及咽下去的金橘汁一口喷了出来！

他不可思议地扭头，望向坐在自己旁边的那个人。对方三四十岁，一脸络腮胡子，穿着湖蓝色的圆领外袍，乍看上去就跟韦策那些商人朋友一样。但从这种坐姿到声音，能让唐泛想到的只有一个人。

他禁不住抚额叹道："你怎么会在这里？"

络腮胡子大汉翻了个白眼："你能在这儿，我就不能在这儿？"

唐泛无语地看着他，低声道："难道是韦家出了什么谋逆大案？"

大汉摇头。

唐泛："那不然你来这里作甚？总不会是来找我的吧？"

对方："好说，我就是来找你的。走吧！"

唐泛："去哪儿？"

对方："去了就知道！"

唐泛："等等，我总得跟贺家的人打声招呼吧！还有，韦家的人发请柬，你是怎么混进来的？"

对方呵呵冷笑："这天底下就没有本公去不了的地方！"

唐泛心说，是吗？那你去皇帝的龙床上蹦跶两下我看看。

不过他也没有跟对方继续抬杠，又问了一句："是急事？"

对方答："自然。"

不错，跟唐泛对话的这个人，正是暌违数日的汪直汪公公。

汪公公好端端在京城，为何会忽然跑到香河县来找唐泛？

香河县虽然离京城不远，可唐泛也决然没有自恋到汪直是闲着没事来找自己叙旧聊天的。

唯一的可能，就是京城出了什么事。

那头汪直也没等他答应与否，说完了话起身就往外走。

唐泛没有办法，只得跟着离开，然后让钱三儿去向贺老爷子和贺霖知会一声，就说自己有急事先离席，等会儿他自己回去就是，让他们不必等。

一个没了官职的闲人会有什么急事，还要中途离席？这跟翁县令那种公务在身的不同，是很不礼貌的行为。

不过唐泛这会儿也顾不上贺家人会怎么想了，他跟着汪直离开韦家，来到县上的一间客栈。

以唐泛跟西厂打过的数次交道，自然看得出这客栈周围，里里外外，都有乔装打扮的西厂番子守着，闲人免进，当然也免出。

想来汪直匆匆来此，确实是不宜张扬的。

二人径自上了二楼客房，关上门，汪直撕下假胡子，终于恢复了本来面目。

"他娘的，这玩意儿粘在脸上可真不舒服！"他一脸不耐烦。

"……我看着也别扭，还是撕下来好。"唐泛道。

"你在讽刺本公？"汪直眯着眼瞪他。

唐泛心说，哎呀，真是不好意思，居然被你看出来了！

不过这句话也只是想想罢了。他觉得自己是个有修养的人，不该跟汪公公就这种毫无内涵的问题吵架，便问道："到底出了什么事，值得你特地微服前来找我？"

汪直道："太子那边出了点事。"

太子今年不过十岁，就算再稳重早熟，终归是个小孩儿。

是小孩儿，就会犯小孩儿会犯的错误，否则就真成妖怪了。

汪直说的这件事，其实严格说起来，也不是什么大事。

纪淑妃死后，随葬帝陵，在宫中也另外设有牌位以供祭祀，但是碍于万贵妃，连周太后都劝告太子，最好少去别殿，以免激怒万贵妃，做出什么对他不利的事情来。

眼看纪淑妃的生忌快到了，太子思念母亲，又不能去别殿，就只好就在东宫私设香案，偷偷祭拜母亲，又哭着跟母亲说些悄悄话，无非是埋怨母亲怎么丢下他就走了，孩儿过得好辛苦之类的小孩子话。

这本是人之常情，何况太子这日子过得也确实压抑，如今他父皇膝下已经不只有他一个孩子，又要忙着修仙炼丹，与国师交流，根本没空管他。

韩早死了，元良也死了，太子身边亲近的人寥寥无几，他又不能去向师傅们抱怨，这些话，不和母亲说，又能跟谁说呢？

可说者无心，听者有意，太子私下祭拜，并且跟母亲说的那些话，偏偏被人听了去，又告到贵妃跟前。

万贵妃的耳目遍布宫中，连太子身边也不例外，东宫虽然千防万防，也有不少忠心耿耿的人，可那并不妨碍贵妃安插人手以便随时窃听太子的把柄。

贵妃得知这件事之后，心中既愤怒，又惶恐，便去向皇帝告状，说太子不忘生母之死，心中充满了怨恨，还对着母亲的香案祷告，说了许多大逆不道的话。若是普通人如此，倒也罢了，大不了她受些委屈，可偏偏这是从太子口中说出来的，这偌大一个国家交到他手里，实在是令人担心啊。

要说万贵妃现在也学聪明了，不单单从自身出发，还站在了国家的高度，一番话下来，果然让皇帝皱眉不已，此时万氏一党的李孜省和继晓等人，又轮番上阵，吹捧邵宸妃所出的四皇子朱祐杬。

最重要的是，万贵妃还对皇帝说了一番诛心的话，说太子如今年纪小小，就懂得沽名钓誉，有意结交大臣，让他们在外面散布自己的好名声，这才使得太子身边聚拢了一批外臣，这些人必然是想着眼前富贵无望，就想奉承太子。

说得多了，皇帝自然渐渐动摇，对太子有所不满。

放眼如今的朝堂，那些正直的、敢发声的大臣，都被发配到外地去了，朝中的话语权已经被万安等人把持。

阁老之中，刘珝倒是支持太子的，作为皇帝的老师，他也能说得上话，但他势单力孤，更不愿意得罪万安过甚，能起的作用有限。

敌强我弱，太子的地位摇摇欲坠，对于希望看着太子将来能够登基的人而言，这当然不是一个好消息。

唐泛听完，叹了口气："我能有什么办法，你真当我是诸葛亮不成？"

汪直："你虽然不是诸葛亮，不过你向来主意多，肯定能有什么办法打消皇帝的疑虑，否则再这么下去，太子真要被废了！”

唐泛看着他：“我怎么不知道你何时与太子要好到这种程度了？还专程微服跑到这里来，是有人想让你帮忙想办法吧？”

汪直也不否认：“不错，宫中确实有人托付于我。如今能帮太子说上话的人少之又少，更何况陛下也还没下决心，一切还有挽回的余地。我自己是不方便在陛下面前进言的，连托付我的那个人都说不上话，更不必说我了。想来想去，也只有你能帮忙想个法子了。”

唐泛苦笑：“我能有什么法子？我与太子不过一面之缘，如今连官位都没了，陛下怎会听我一个闲人的话？不过你说宫中有人托付你……是怀恩？”

汪直沉默片刻：“是。”

唐泛奇道：“据我所知，怀恩虽然资历不如梁芳，可他素来得陛下信重，他说的话，陛下怎会听不进去呢？”

话说回来，汪直跟怀恩向来井水不犯河水，这次怀恩能让他帮忙想办法，想来是唐泛上次劝告的话已经被汪直听了进去，并且两人已经搭上线了。

汪直道：“怀恩因为陛下发落朝臣的事情屡屡为他们求情，已经惹得陛下有点厌烦了。上回有个佞幸之徒想借献宝得官，怀恩不肯奉诏传旨，还让刘珝、余子俊等人在外廷帮忙劝谏皇帝，结果那些人不敢，弄得怀恩很被动，最后差点还为陛下所恶，所以如今他也不大敢为太子说话，生怕弄巧成拙。”

他冷哼一声：“结果这时候我正好主动凑上去，这老货为了试探我是否真心为太子出主意，便将难题丢给了我。”

说罢他望向唐泛：“说起来还是你让我去与他交好的，所以这事也少不了你一份，无论如何，你非得给我想出个办法来！”

唐泛：“……”

我这是招谁惹谁了？我好心提醒你，反倒给自己招揽了一个大麻烦？

汪直见唐泛满脸无奈，忽而诡秘一笑：“这次你若能帮太子渡过难关，我也有把握让你官复原职。”

唐泛心说，那我还真不急，现在自由自在别提多快活了。

不过他对太子印象不错，之前不知道这事也就罢了，既然已经知道了，若是还不闻不问，良心上也实在过不去。

唐泛沉吟道：“现在到底是什么情形？陛下明确透露出要废太子的意向了？”

汪直：“没有，但太子去向陛下请安的时候，陛下不肯见他，说让他安心回去读书。”

这倒真是有点不妙了。

唐泛蹙眉：“朝中有为太子说话的大臣吗？太子的师傅们呢，总不会坐视不管吧？”

汪直道：“都去求情了，不过没用。据说他们从陛下那里离开之后，陛下原本已经有所心软，打算原谅太子，岂料也不知道是谁又在陛下跟前进了谗言，以至于陛下最后反而将太子叫过去训斥一顿。”

唐泛道：“周太后那边呢？她对太子有抚育之恩，必然不愿意看见太子被废。”

汪直道：“周太后最近凤体欠安，卧病在床，这些事情她都不知道，谁也不敢拿这些事情打扰她……不妨与你交个底，说句大不敬的话，其实周太后性情颇有些欺软怕硬，她对贵妃是心存畏惧的。”

唐泛也听说过，万贵妃是被孙太后，也就是当今天子的祖母，选去伺候保护成化帝的，在成化帝当年被叔叔囚禁的最艰难的几年，是万氏陪着他度过的，而非生母周太后。

所以就算成化帝事母至孝，但周太后总有几分心虚，这就使得她对着万贵妃的时候有些底气不足。

而且据说万贵妃的凶悍，连周太后也怵她几分。当年皇帝要废皇后，周太后尚且没法反对到底，如今虽然疼爱孙子，但能起的作用也有限。

再想深一层，不管皇帝哪个儿子被立为太子，那都是周太后的亲孙子，断没有不孝顺祖母的道理，如此周太后又何必为了太子跟儿子闹翻呢？

但这些八卦传闻听听也就罢了，眼下根本不是深究的时候。

听说周太后那条路子也走不动，唐泛摇摇头，无奈道：“你也太看得起我了。这么多人都没有办法，我又何德何能？虽然我也不忍看到太子落难，可问题是我确实人微言轻，帮不上忙。”

汪直有些失望，他见唐泛帮自己出了好几回主意，每回都卓有成效，自己也正是听了唐泛的话，才会去跟怀恩修好关系，便希望这次唐泛还能想出什么别人都想不到的办法。若是太子这次能渡过难关，他的功劳便是显而易见的。

但事实证明，这确实只是自己太贪心罢了。

唐泛迟疑道：“还有一个办法，但其实也算不上办法……”

失望之后又迎来希望，汪直怒道：“一个大男人磨磨叽叽的，你就不能爽快点吗？”

唐泛："先让太子设法单独见到陛下，然后向陛下请罪。"

汪直："然后呢？"

唐泛："没了，就这样。"

汪直："……这算什么办法！要是请罪有用，怎么还会有这么多波折？"

唐泛摊手："我只见过陛下两面，对他了解不多，但他必然不是暴君，因为这么多年来，获罪的大臣鲜少有被砍头株连全家的，充其量就是流放，所以他肯定不爱杀人。这样一位君王，其实是很好打动的。更何况太子是他盼了多年才盼来的儿子，又是储君，按理说陛下不可能对太子那样冷血无情。所以必然是陛下身边的人从中作梗，导致陛下屡屡曲解太子。"

汪直心头一动，终于听出一点味道来了："继续。"

唐泛："所以你们与其让那么多人去求情，还不如太子一个人去。父子之间，有什么解不开的心结呢？太子如今才十岁，又不是真的要谋朝篡位，陛下根本没有理由不原谅他。太子私设香案，原本就是不合规矩的，所以他只需要老老实实请罪，然后一切往孝道上扯，让陛下觉得，一个能对亡母如此孝顺的太子，将来一定也会是仁慈之主，更加不可能干出什么大逆不道的事情来。"

汪直若有所思："这倒也不失为一个办法。"

唐泛："……我也只是随便说说，出个主意，功劳你领，有黑锅别让我背，我就谢天谢地了。"

汪直哼笑："我是这样的人吗？好了，闲话休说，我不日便要前往河套，你我不知何时才能再见，你作一幅画给我。"

唐泛皱眉："我不是劝过你，不要沾手边塞的事了吗？"

汪直："你当我乐意呢？河套的战事还没完，只因前线有副监军，我才能以西厂有事的名义回来一趟，很快就要回去的。就算要罢手，也要等这一仗打完再说，否则若是没有我在一旁帮忙说话，朝廷很快就会将王越他们召回来。"

唐泛叹了口气，没有再多说，只是拱手道："前线凶险，还望汪公保重。"

汪直摆摆手："行了，别废话，男子汉大丈夫，何必作小儿女之态！我已经让人将笔墨纸砚都准备好了，时间不多，你赶紧画吧，画完了我还要让人拿去裱的！"

唐泛满头雾水："为何突然要我作画？"

汪直不耐烦："我说我爱慕你，想带着画回去好日日睹物思人，你信不信？"

唐泛："……"

汪公公胡说八道一通，见他嘴角抽搐的样子，这才大发慈悲说了实话：

“若是我说，这幅画也许能助你官复原职呢，你又信不信？”

唐泛笑道：“这个解释还可信些。若是刚才那个原因，我怕我要用脚趾头给你画了，好让你一想起我就犯恶心才是。”

“去你的！”汪直瞪他，“少跟本公抬杠！赶紧的，时间来不及，画作不必专工精巧，以意境为上，最好画点山水花鸟，但千万别画什么红梅凌雪图，菊花傲霜图！”

这要求听起来十分古怪，但他摆明了不肯细说缘由，唐泛也不好再追问。

不过就算他没有明说，唐泛也知道总归不会是坏事。

唐泛就道：“你若要这些，我在京城倒还放着几幅旧作。”

汪直摇头：“那些不行，一眼就能看出是之前的，我要的是现画的。”

唐泛明白了：“那你让我好好想想吧，仓促之间也没什么准备。”

汪直道：“只有一炷香的时间，晚了我就要回京了，这幅画你必须得给我。”

唐泛苦笑，摇摇头，也不与他辩驳了，踱步至书案前，那上面果然有早就准备好的笔墨和颜料，连画纸都是上乘的。

他闭上眼睛想了片刻，在脑海中逐渐勾勒出一幅丰满的画像。

尔后睁开眼，提笔，蘸墨，开始下笔。

说是一炷香，其实还是远远不够的，但唐泛笔下行云流水，神情又十分专注，汪直也没有催他。

直到香烧完又过了两刻钟，唐泛才长长地嘘了口气，彻底完工。

汪直凑近一看，只见白纸上一蓬垂落下来的茂密紫藤花，花下一只鸡仔在嬉戏。

不远处母鸡仰首回顾，盎然生趣之中，似乎又蕴含着无尽舐犊之情。

“好！”汪直不由得拍案叫绝。他虽然没有明说，但他相信，以唐泛的聪明，肯定能够听出自己的弦外之音。

果不其然，这幅画作真是令人满意得不能再满意了。虽然因为时间匆忙，画作略显粗糙，不尽如人意，但是其中寓意深远，不枉自己特地跑来一趟，让他现场作画。

此时便听得外头传来匆匆的脚步声，二人停下交谈，汪直皱眉：“外面是谁？我不是让人不要过来打扰吗？”

“是我，公子。”出乎意料，却是严礼的声音。

唐泛道：“进来。”

严礼推开门：“公子，贺小少爷被打了，令姐希望你能尽快赶回去一趟！”

贺家人口兴旺，贺老爷子虽然有不少孙辈，但能够被严礼称为小少爷的，自然只有唐泛姐姐的儿子——贺澄。

唐泛自然要问："怎么回事？谁那么大胆敢打七郎？难道我姐姐和姐夫他们没拦着吗？"

严礼苦笑："正是令姐夫打的。"

贺家去赴宴，小辈们自然也跟着去。

许多人家都带了家眷，小孩儿们年纪相仿，就玩到一块去了。

虽说男女七岁不同席，但实际上也不可能真有那样严苛的讲究，贺家里头，跟贺澄同辈的就有好几个，其中有贺轩与韦氏的两个孩子，一男一女，分别是贺澄的堂弟和堂妹，比他小了一两岁。

还有贺老爷子兄弟那边的孙辈，有的比贺澄大些，不过大都在六七八岁的年纪。

不过小孩子彼此之间也会拉帮结派，尤其因为童言无忌，说出来的话也更加伤人，也许是平日里听长辈说得多了，加上贺澄个性沉闷，大家都与他玩不到一块去，贺澄理所当然就被孤立了。

事情的起因是一群小孩相约在后院玩，没有喊贺澄，贺澄终究是有些羡慕的，就偷偷跟去。

韦策的小女儿，也就是韦氏的妹妹韦朱娘，生得十分漂亮，小伙伴们在一起玩耍的时候，韦朱娘向来是男孩们众星捧月的对象。

今天也不例外，韦朱娘说想要一些花来编花环，又说想养一只小鸟，一群小男孩就轰的一声跑去给她采花捉鸟，这让另外几个女孩非常眼红，这其中就有贺澄的堂妹。

女孩们跟韦朱娘闹了别扭，像孤立贺澄那样将韦朱娘孤立了，手拉着手到别处去玩，也不理睬韦朱娘了。

韦朱娘既想跟去又拉不下面子，只好愤愤地坐在一边生闷气。

贺澄这个年纪，也有欣赏美丑的眼光了。他也很喜欢韦朱娘这个漂亮的小女孩，就鼓起了勇气，上前和她打招呼，可惜韦朱娘不想理睬他，还说他爹是个没用的穷酸秀才，两人大吵一架，贺澄生气又伤心地跑开了。

到这里为止，都不过是一场儿戏般的闹剧，许多人小时候都曾经历过的，也没什么出奇。但就在贺澄离开之后不久，他就被贺家的人找到了，然后被告知，韦朱娘死了。

她是掉入井里淹死的。

而在那之前刚跟韦朱娘分手的两名小女孩，包括贺澄的堂妹，都说听见贺澄跟韦朱娘的吵架声。所以别人一听就会怀疑：是贺澄气愤不过，失手将韦朱娘推下井，然后又怕被人责罚，所以急匆匆跑开。

唐瑜没有想到自己过来吃一场满月酒，竟然会吃出这种祸事来。

眼看着周围看儿子的目光越来越奇怪，贺霖这个爱面子的人哪里受得了，又见儿子呆愣愣的，说不出辩解的话，他一时来气，当着众人的面，便打起贺澄来。

唐瑜闻讯刚过去的时候，贺澄身上已经挨了不少下，贺霖当真是一点都没留情，还是让韦家的下人拿棍子过来，自己亲自上手打的。

唐瑜拦也拦不住，还是贺老爷子出面喝止了贺霖。

唐泛听得大皱眉头，尤其是听到贺霖当众殴打贺澄时，脸色顿时变得铁青："现在如何了？他们回贺家了？"

严礼摇头："我出来的时候还没有，都还在韦家呢。据说韦家已经报官，翁县令也已经亲自赶过去查看了。公子，这事咱们管不管？"

他之所以会问这一句，是因为这年头老子打儿子是天经地义的，别说打，就是父亲失手杀了儿子，那也是无罪的，子杀父却要判斩立决。

也就是说，贺澄是贺家人，唐泛却姓唐，虽然他是舅舅，但他若要管，说不定就要跟贺家撕破脸面。

隋州让严礼等人随行，正是为了保护唐泛，所以严礼不怕把事情闹大，他只想询问一下唐泛究竟想将事情闹得多大，自己心里也好有个数。

唐泛沉声道："管，当然要管！"他望向汪直："既然如此，就此别过？"

严礼自然也注意到了汪直，后者这会儿并没有贴伪装的胡子，严礼自然认得。

他吃惊地看着这位西厂厂公，不明白他缘何忽然从京城跑到这里来。

但汪直并没有看严礼，只是对着唐泛微微颔首。

唐泛朝他拱拱手，没有多言，转身便与严礼匆匆离开，赶去韦家救火了。

此时的韦家，正乱成一团。

好端端的满月酒宴变成了晦气的场面，许多客人陆续离开，也有不少留下来看热闹的，男主人韦策脸上阴沉得快要滴出水来了，而其妻柴氏正忙着指挥下人送走客人，免得场面更乱。

除了嫁给贺轩的大女儿韦氏，韦策还有四个女儿，都是各房小妾所出，大的十几岁，也已经嫁人了，小的六岁，就是刚刚死去的韦朱娘。

韦朱娘聪明伶俐，又承袭了母亲的美貌，虽然韦策满心盼望着要一个儿子，但这并不妨碍他对小女儿的喜爱。可惜这个备受宠爱的小女孩，刚刚被捞起来，此时就躺在水井旁边，浑身湿淋淋的，已经没了气。

她的母亲趴在她旁边嘤嘤哭泣。

院子里站了一大帮人，有翁县令，有贺家的人、韦家的人，还有镇上不少有头有脸的士绅，以及跪在场中，双颊肿起老高的贺澄。

唐瑜则在旁边抱着儿子，眼泪扑簌簌地掉。

韦策面色铁青，难掩愤怒，朝贺老爷子拱手道："敢问亲家，我将女儿嫁与你贺家，十数年来，她可曾犯过有违妇道的错处？"

贺老爷子不知道他想说什么，只道："不曾。"

韦策："那我可曾仗着贺家的名头，在外面任意妄为，坑蒙拐骗？"

贺老爷子缓缓道："也不曾。你我两家结亲十数载，相处颇为融洽，每回修桥铺路，你韦家更是当仁不让，实在令人钦佩，能有这样的亲家，是贺家的幸事。"

韦策怒道："既是如此，眼下证据确凿，还请老爷子不要阻我为女儿讨回公道！"他死死盯着贺澄，对这个很有可能杀害自己女儿的凶手恨之入骨，若不是顾虑着还有翁县令与贺家的人在场，他几乎就要冲上去自己上手打了。

贺老爷子沉声道："如今真相未明，一切有待大老爷查明，我贺家几代清白，若真出了品行不正的子弟，无须亲家出手，老夫就第一个不饶！"

翁县令叹了口气："先看看七郎如何说吧！"

贺霖朝贺澄喝道："逆子！还不快将事情由头到尾仔细说来！"

所有人的目光都灼灼落在贺澄身上。他一个小孩子，几时见过这等阵仗，再看父亲凶神恶煞的面容，整个人早就傻了，只是紧紧依偎着母亲，不停地往她怀里缩，小声道："我没有推她，我没有！"

唐瑜抹干眼泪，按住贺澄的肩膀，不让他逃避，并直视着儿子的眼睛："七郎，你好生与娘说，你之前有没有跟韦家四姨吵过架？"

虽然韦朱娘还比贺澄小一岁，但因为她是韦氏的妹妹，而韦氏是贺澄的婶婶，两人便是长辈与晚辈的关系。

贺澄迟疑半晌，怯生生地点点头。

唐瑜问："那吵完架，你去哪里了？"

贺澄看了父亲一眼，低下头，没敢说话。

贺霖一见就气不打一处来。他半生高傲，却偏偏在功名场上折戟沉沙，当外在的荣光半点不剩，能够维护着他的面子的，也就只剩下那一点文人清名了。眼看贺澄害得他当众颜面扫地，还很有可能让贺家背上子孙不肖的骂名，贺霖顿时就火冒三丈，直接上前，粗暴地将贺澄从唐瑜怀中扯出来，扬起手中棍子，就要重重击下。

“不！”唐瑜来不及阻止，只能一把将孩子抱住，自己则护在他身前。

“住手！”伴随着一声大喝，贺霖只觉得一道黑影从自己头顶劈了下来，紧接着手臂一麻，还没弄清发生了什么事，人就跟着往后跌。

“哎哟”几声，贺霖身后站着的人却遭了殃，对方直接被贺霖压倒。

众人定睛一看，发现那个被殃及池鱼的倒霉鬼是贺轩。兄弟俩跌作一团，被旁人七手八脚扶起来，贺霖当众出丑，不由得满脸通红，却是又羞又怒。

没等他们兴师问罪，唐泛便已大步走来，后面跟着钱三儿和公孙彦。

而方才踹了贺霖一脚的严礼则轻飘飘地落在一旁，顺手将从贺霖手里夺下的木棍一丢，正好砸在贺霖身上，那不轻不重的力道令他脸上表情扭曲了一下，显然也是吃疼的。

贺霖怒道：“小舅子，你便是这样教导下人的吗？怎的不知礼数？”

他之前没有听到贺老爷子那番分析，自然也不知道严礼的锦衣卫身份。

严礼拍拍手，冷笑：“你也有种，老子入北镇抚司多年，还从未见过有人敢这样对锦衣卫说话的！”

他的身份一经自己坦承，在场人人皆惊。

贺家人虽然之前有所猜测，可猜测跟事实毕竟是两码事，如今得到证实，心中自然也忐忑不安。

唯有贺老爷子见过世面，还算镇定。他对严礼拱了拱手：“不知阁下如何称呼，在锦衣卫充任何职？”

严礼也拱手回礼：“好说，严礼，锦衣卫北镇抚司总旗。”

贺老爷子微微一惊。他还以为对方就算是锦衣卫，来的也只是一个无名小卒，没想到竟然还是有官身的总旗。难道唐泛犯了什么不得了的过错，以至需要出动总旗来监视？想及此，他稳下心神，语气尽量温和道：“严大人，还请借一步说话。”

谁知严礼却像听不懂似的：“不必，就在这里说吧。”

贺老爷子一噎，只好道：“老夫昔日致仕前，也与贵司的万指挥使有过几分交情。”

严礼：“如今锦衣卫只闻有袁指挥使，不闻有万指挥使。”

言下之意，你想套交情也没用，老子不是万通的人，也不买他的账。

实际上，皇帝先前说过要让万通回去重新执掌锦衣卫的，但也不可能这么快就实现人事交接。这会儿袁彬在上奏疏请求回乡养老呢，所以眼下锦衣卫名义上的一把手，还是袁彬。

贺老爷子没见过这种软硬不吃的人，没有办法，只能把话说明白了：“无论如何，这都是贺家的家事，严大人此来，想必有公务在身，还请不要过问，老大在这里先谢过了。”

严礼看了唐泛一眼，见后者微微摇头，便没有理会贺老爷子的话，直接走到唐泛身后。

这一幕看在贺老爷子眼里，令他心中不由得掀起惊涛骇浪。难道自己猜错了，锦衣卫根本不是来监视唐泛的？可如果不是来行监视之责，他们又为何会跟着一个被罢了官职的人跑到这里来？

便是人老成精的贺老爷子，一时也有点蒙了。

贺家其他人却没想那么多，尤其是贺霖，方才被踹了一脚，又被扔了一棍子，又见小舅子的随从如此逞凶，心里窝火得很，便怒声质问：“润青，你这是何意？”

唐泛也在强忍怒火，但他越是生气，面上看着便越是淡淡的。

“无他意，阻止你把自己的儿子打死，七郎也是我的外甥！”

贺霖：“七郎姓贺不姓唐，我是他老子，我想怎么打就怎么打，轮不到别人来说三道四！便是打死了，《大明律》也不能治我的罪！更何况这小畜生将人推下井，我打死他算了，免得他在外面丢人现眼！”

唐泛冷笑：“好大的威风，你连《大明律》都如此熟悉，怎么不见你考一个举人来瞧瞧？”

贺霖顿时满脸通红，不是羞的，是气的，对方一句话就戳到他的痛处上了。

可唐泛还没打算放过他：“你蹉跎二十年光阴，别说进士了，连举人都考不上，就只会把威风耍在妻儿身上是吧？如今什么真相都没有，你就说七郎有罪，你是县太爷还是刑部主官？你有什么资格认定七郎有罪？有本事你就打下去，让世人都看看，你不仅自己一事无成，如今竟还要为了自己的脸面诬陷亲生儿子！”

唐大人平日里也是谦谦君子，轻易不与人起争执，就算被汪公公骂瓜娃子，也只是摸摸鼻子，一笑而过。但君子有所为，有所不为，不骂人不代表他不会骂人，那要看他觉得值不值得。

贺霖一时之间哪里找得出话来回应，尤其是他这等爱脸面的人，被唐泛一通罪名扣下来，脸色都由红转青，再由青转白了，胸膛不住起伏，大有气急攻心之势。

贺霖如何受得了被小舅子这般当众教训，当即就弯腰捡起棍子，咬牙切齿道："这是我们贺家的家事，你无权过问，我的儿子我自己管教，打死不论！"

话虽说得狠，可当他看见站在唐泛身后虎视眈眈的严礼和公孙彦时，手中那棍子不知怎的就挥不下去。

"住口，这里没有你说话的份儿！"出声呵斥他的却是贺老爷子。贺老爷子看也不看儿子通红的脸色，越众而出，朝唐泛道："贤侄，我有几句话问你，与今日之事无关，还请贤侄借步到旁边说几句。"

唐泛虽然很有礼貌，却没有依言往旁边走，只笑道："伯父有什么话，在这里说就行了，君子无不可告人之事。"

先是严礼，然后又是唐泛，这一个两个都是软硬不吃，贺老爷子无法，只能问："贤侄来此小住，老夫本是欢迎之至，但如今既是知道与贤侄同行的有锦衣卫，老夫便免不了多过问两句，还请贤侄谅解。"

唐泛点点头："我知道伯父想问什么，这两位锦衣卫兄弟是担心我孤身上路不安全，特地陪伴而来，与朝廷之事无关，伯父不必担心会连累贺家。"

锦衣卫身份敏感，人家既然知道了，多问一句也是正常的。更何况贺老爷子就算知道他被免职，对他也一如从前，不管这份情谊是冲着他已故的父亲，还是为了别的什么，唐泛都记在心里。

所以他虽然因为所见所闻，尤其是今日贺霖不分青红皂白殴打儿子的事情，对这个姐夫心生厌恶，但一事归一事，对贺老爷子，唐泛自然不能失礼。

旁边的严礼接口道："我们镇抚使与唐大人交情莫逆，是以特地遣我等二人跟随左右，以供驱遣，护大人周全，贺老爷不必多疑。"

贺老爷子听了他们的解释，心中的疑问非但没有减少，反而更多了。唐泛与锦衣卫交好，这不稀奇，可这得是什么样的交情，才能让锦衣卫充当他的保镖？而且从严礼他们的神情上来看，这二人并无半分不甘愿，可见是对唐泛言听计从的。这到底是怎么回事？难道这几年唐泛在京城，傍上了什么不得了的靠山？

旁人不如贺老爷子想得这样多，他们只听见严礼和公孙彦的身份，看见这两人对唐泛的毕恭毕敬，心中便已经震惊无比，对唐泛的印象也立马从一个“官场上的失意人”上升到“背景深厚的神秘人”。

有背景和没背景，这里头差别可就大了。就算唐泛一时半会儿没有官做，只要官场上有人愿意为他摇旗呐喊，帮他上疏求情，时机合适的时候，他就可以随时起复的。

想到这些，即便是满腔怒火的贺霖，手中捏着棍子的力道，也不由得松了几分。

唐泛却没兴趣管他们是怎么想的，他弯下腰，将姐姐和小外甥扶起来，然后轻轻抬起贺澄的下巴，查看他的伤势。

“七郎，身上疼吗？”唐泛轻声问道。

贺澄点点头，又摇摇头，死死咬着牙，连呻吟都没有泄露出来。

他平日看着柔弱内向，骨子里却是异常倔强。在母亲护住他之前，他还是挨了两棍子的，虽说不重，不过他年纪小，皮肉嫩，承受力自然不如成人。

见他一只手捂着另一只小臂，唐泛轻轻撸起他的袖口，为他察看伤势。但见贺澄的小臂上肿起一条紫色红痕，唐泛轻轻一碰，他便忍不住低低叫了一声。

唐瑜心疼得直掉眼泪。

唐泛强忍怒意，抬头看向严礼。

后者会意，上前察看一番，道：“没有伤到筋骨，给他敷点药就好。”

贺霖听了这话，忍不住道：“我就说我没下重手……”话未说完，两道严厉的目光射过来，顿时将他未竟的话生生扼杀在喉咙里。

其中一道目光来自唐泛。

另外一道，则是贺老爷子。

贺老爷子轻咳一声：“贤侄，这件事，既然韦家已经报了官，咱们还是交由县太爷来处理吧？”

纵然贺老爷子并不前倨后恭，但假若是放在之前，他不知道唐泛身后站着锦衣卫的时候，是绝对不会问出这句话的。因为不管贺澄跟案子有没有关系，他都是贺家的人。

按照当下的礼法，正如贺霖所说的那样，老子打儿子，是天经地义的。

当然，如果唐瑜的娘家来头很硬，譬如说唐瑜她爹是当朝首辅，六部尚书，那唐瑜也不会在贺家过得连日常用度都不够了。说到底无非是觉得唐瑜娘家无靠，所以这些年来，贺家人对此也是睁一只眼闭一只眼。

但如今唐泛在此，情形就大不相同了。

贺老爷子既然知道唐泛与锦衣卫关系匪浅，说出来的话也要更客气几分。

唐泛颔首："伯父所言有理。"但说完这句话，他便对翁县令拱手道："翁兄，此事本来与我无干，我也不该多管闲事，不过还请翁兄看在此事涉及我的外甥的分儿上，让我从旁参与协助，我这个当舅舅的，实在不能坐视他被人冤枉。"

翁县令点点头："自然可以。"

这个小插曲告一段落，翁县令便开始问案。

此时的人也知道，但凡发生这种死了人的案件，现场是极为重要的，非万不得已，不会让人将尸体带去县衙再查看，那样的话就会忽略周围环境的许多线索。

所以翁县令先让衙役将后院都围起来，不允许闲杂人等进出，又下令严守韦家大门，不管是男宾还是女眷，暂时都不准放走一个。

当然这也惹来了不少客人的怨言。

韦朱娘生前玩耍的这个地方，其实位于后院花园，还没到后院女眷行宴的地方，也距离前厅的宴会场所有一段距离。

这里栽满各色花树和果树，又足够宽敞，与韦家经常来往的小孩子都喜欢跑到这里来玩。

韦朱娘身边原本是有婢女随侍的，此时她已经被找了出来，正跪在地上嘤嘤哭泣。

翁县令问她，为何出事的时候她没有待在小主人身边，她便道："是五姑娘让婢子去后厨找点吃的，她说她想吃金丝枣糕，可是席上没有，因为五姑娘常在这里玩儿，当时也有贺家姑娘和郑家姑娘她们在场，婢子就先去了，谁知道枣糕还没做好，便听说，听说五姑娘……"

她口中的贺家姑娘和郑家姑娘，一个是贺轩与韦氏的女儿贺媛，一个是郑举人的女儿郑清清。另外当时在场的还有几户人家的少爷。

大家都听见了韦朱娘跟婢女说的话，也都证实了婢女所言非虚。

贺媛与郑清清又被叫来问话。

她们被这件事吓坏了，说话也结结巴巴，半天说不利索，虽然平日里看漂亮的韦朱娘不顺眼，可那都是小姑娘之前的争风吃醋，贺媛与郑清清显然从来没想过韦朱娘会死。

实际上在翁县令来之前，她们已经被盘问过一轮了，现在所说的话跟之前严礼告诉唐泛的，没有太大出入。

两人都说自己都听见了贺澄与韦朱娘的争吵。争吵之后，贺媛与郑清清当时正在假山后面，她们觉得不能就这样出去，要是被韦朱娘看见，肯定会尴尬——高门大户的女孩子尽管年纪小，于人情世故上却已经懂得不少。所以她们便从假山的另外一个方向离开，又到别处玩了好一会儿，才回去找韦朱娘。

贺媛与郑清清在老地方看不到韦朱娘，还以为她跑开了，直到那群去给韦朱娘摘花捉鸟的男孩儿也回来，四处找不见人，便发动韦家的婢女仆从一道找。还是一名婢女在井边发现韦朱娘掉的珍珠耳环，从而发现了异状，最后果然从井里捞出了人。

翁县令听罢就皱起眉头："那韦朱娘落井之后，总该发出求救声吧？难道你们都没听见？"

众人都说没听见。

在翁县令问话的时候，唐泛便走到那口井边，弯下腰，探头望去。

他发现没人听见韦朱娘的求救声是很有可能的。因为那口井的水位特别低，一眼看下去，只能看见黑乎乎的一片，看不见水面的反光。

而且小女孩落水之后本来也就只能挣扎扑腾两下，加上声音又微弱，如果当时刚好没有人从那里经过，确实是有可能听不到的。

他专注地看了半晌，又走到韦朱娘身边，掀开盖在她身上的白布，执起她的手细细察看。

因为有两名锦衣卫在旁边，众人瞧着唐泛在尸体上摸来摸去，也没敢说什么。

此时翁县令已经问过许多人，他们的口供都是对得上的。韦朱娘落水的时候，没有人在场。但是落水之前，贺澄与韦朱娘争吵过，这一点贺澄自己也承认了。

所以问题就在于，韦朱娘到底是自己不慎落水的，还是有人推她下去的。

如果是有人推她，那么这个人是不是贺澄？

翁县令就问贺澄："你与韦朱娘争吵之后，到底去了何处？"

贺澄在母亲的安抚下渐渐平静下来，也不显得那么害怕了，就小声说道："我就在花园里。"

翁县令："你在花园里作甚？"

贺澄低着头没说话。

贺霖看见儿子这副窝囊的样子就来火，可谁让之前他被教训了一顿呢，再有气也得强忍下来。

不过贺澄不肯说话，便连翁县令也不由得微微皱眉。

任谁看见这孩子一副吞吞吐吐、欲言又止的模样，都会禁不住起疑。

只有唐瑜深信自己儿子不是这样的人，还在哄着他开口。

此时唐泛从尸体旁边站起身，接过钱三儿递来的湿布擦干净手。

他走到贺澄那里，温声道："七郎，你告诉舅舅，吵完架之后，你去了哪里？"

贺澄还是没有说话。

唐泛笑了笑，安抚似的摸摸他的脑袋，似乎并不介意贺澄没有开口，转身对众人道："韦朱娘确实是被人推下去的，但凶手不是贺澄。"

韦策忍不住怒道："唐公子，我知道贺澄是你的外甥，你想维护他，但是杀人与否，似乎并不该由你来判定！"

翁县令也道："唐贤弟，你这样说，可有什么证据？"

"证据自然是有的。"唐泛点点头。

他走到尸体旁边，让众人看韦朱娘的指甲："这里面没有青苔，不管她是失足落下，还是被人推下去的，死前必然都会剧烈地挣扎，手指肯定会拼命想要攀住周围的事物，但是她的指甲太干净了。

"而且韦朱娘颈后颈骨已断，这说明她应该是在被捂住口鼻处，捏断了颈骨之后才被丢下去的，所以这个过程没有经历任何挣扎，更不会有任何声音传出来，因为在掉下去之前，她就已经死了。"

这个结论石破天惊，所有人都禁不住"啊"了一声。

还有不少人凑近了瞧，果然看见尸体的十指没有青苔，只沾了些血迹。

见众人接受了自己的解释，唐泛又道："既然如此，那么韦朱娘的死，就是一场蓄意的谋杀。且不论贺澄与她仅仅只是争吵一场，有没有这样的深仇大恨，非要置她于死地，更重要的一点证据便是，贺澄的身量并不比韦朱娘高多少，试问一下，他能有力气捂住韦朱娘的口鼻，保证她完全不发出声音，又捏断她的颈骨，然后再将她拖到井边投下去吗？"

众人看了看贺澄，又看了看韦朱娘，都觉得确实不太可能。

唐泛道："便是以寻常女子的力气，也不太可能做到这一点。所以，杀害韦朱娘的凶手，极有可能是一名力气不小的成年男子，自然就不会是贺澄了。"

被他这样一说，许多人顿时都恍然大悟。

翁县令心悦诚服道："唐贤弟不愧是曾经任职于刑部的，这短短片刻工夫，就已经将事情整理得这般井井有条。”

唐泛笑道：“我也是关心则乱，大人不计较我越俎代庖，我便感激不尽了。”

韦策羞愧地过来请罪：“方才韦某言语无状，还请唐公子见谅！”

唐泛摆摆手：“你心忧女儿之死，何罪之有？当务之急，还是先将凶手查明为上。”

韦策悲痛道：“公子智比诸葛，求你给韦某一家指条明路，这凶手究竟有可能是谁？”

唐泛没有回答，却望向翁县令。

翁县令知道唐泛这是为了让自己也展示一下县太爷的英明神武，免得误会唐泛抢了自己的风头，心头感激，便也当仁不让：“指甲里的血迹。”

见众人不解，他解释道：“指甲里有血迹，说明韦朱娘在死之前肯定有过剧烈的挣扎，而且很可能抓破了凶手的手臂，所以可以根据这个范围从男性中开始筛选。”

这桩案子，转瞬便有了突破口，虽然翁县令后面那番话挽回了些许颜面，可明眼人谁都看得出，若不是唐泛一开始循循善诱，此时只怕大家都还以为是贺澄干的。

这件案子本来与唐泛无关，若不是为了给外甥洗刷嫌疑，他也不会越过翁县令发话。如今见案件已经有了头绪，便不再插手，转而对翁县令悄声说了两句，又向他告辞。

贺老爷子看了唐泛姐弟俩一眼，又看了看不争气的儿子，暗叹口气，走上前，对唐泛道：“贤侄，甘雨这事做得不妥当，方才他也是急着维护贺家的名誉，才会与你争执两句，这事还请你不要放在心上。”

甘雨是贺霖的表字。

唐泛面不改色：“伯父言重了，这事与您无关，为何会是您来代他道歉呢？小侄实在受不起。更何况小侄之所以生气，根本不是为了姐夫对我出言不逊，而是因为他身为七郎的父亲，竟然不分青红皂白便给七郎扣罪名！县尊大人尚且没有定罪呢，他便这般急吼吼的，若是方才七郎身上的疑点再多一点，他是不是就要当着我姐姐与我的面，打死七郎了？”

贺老爷子有点尴尬，他本以为自己服了软，唐泛会顺着台阶下，没想到唐泛却当众落自己的脸面，心里不由得又恼怒起来。

但唐泛的话并没有错，说来说去，还是要怪贺霖太糊涂。

唐泛看了神情同样尴尬羞恼的贺霖一眼，当着贺家人的面，冷冷道：“姐夫，七郎是你的儿子，别说虎毒尚且不食子，七郎是什么秉性，你这个当爹的难道还不了解吗？连我这刚来没几天的人都知道，七郎虽然容易害羞，见了生人便不大说话，不熟悉他的人都以为他性情阴沉内向，但了解他的长辈，必然都该知道这孩子心地再善良不过。我姐姐说，他连自己养的小兔子死了，都还要哭上半天，这样的孩子，怎会将韦朱娘推下井？！”

贺霖紧紧攥着拳头，不言不语。唐泛字字句句，都在指责他的不尽职。

身为贺家主人，贺老爷子，他的父亲，竟也这样看着，袖手旁观，没有喝止唐泛。

被小舅子这样劈头盖脸地训斥，他仿佛觉得自己的脸皮都被剥下来了一样，火辣辣地疼。

而看着这一幕的，不仅有贺家的人，还有韦家的人，有官府的人，有今日赴宴的客人们……

唐泛说完这些话，没有再搭理他，反倒蹲下身，将贺澄抱起来：“七郎，你现在可以告诉舅舅了吗？你与韦朱娘吵架之后，究竟去了哪里？”

贺澄脸颊上的红肿抹上严礼带来的药之后，看上去已经消了一些。他双手攀着唐泛的脖子，柔顺地依偎在他怀里，沉默了好一会儿，才小声道：“我捡到她之前丢下的手钏，又不想拿去还给她，就丢进了那边的池塘里。”

唐泛问：“你怕爹娘知道了会骂你，所以不敢说？”

贺澄点点头，又怯生生地看了唐瑜一眼。

此时唐瑜疼惜他还来不及，又怎会骂他？她不敢亲贺澄的脸蛋，生怕弄疼他的伤处，便紧紧握着贺澄的手，一下下地摩挲。

唐泛见状，对贺老爷子道：“伯父，七郎受了伤需要歇息，我与姐姐先带他回去。”

贺老爷子岂有不答应之理，连忙让自己身边一个仆从带他们回去，又嘱咐唐瑜和贺澄好生歇息。

贺老夫人道：“还是找个大夫来给七郎看伤，别留下什么隐患才好。”

贺轩道：“娘，咱们库房里还有些上好的药材，让大夫问问能不能给七郎用，若是能，也给七郎好好补一补。”

唐泛没跟他们瞎客气：“那就多谢了。”

贺老夫人温和笑道：“都是一家人，润青不要见外。”

贺家有心与唐泛修好，以免方才的事情给彼此留下裂痕，说到底还是看在跟随唐泛的那两名锦衣卫的分儿上。唐泛自然心知肚明，但也不会拒绝别人的好意。

可连本不相干的贺轩都主动释放善意，唯独最应该过来关心妻儿的贺霖依旧站在那里，动也不动。贺老爷子实在忍不住了，怒道："你还不跟着回去，在这里作甚！"

贺霖抬头看了他们一眼，将手上的棍子往地上狠狠一扔，直接转身拨开人群，头也不回地走了。

贺老爷子气得吹胡子瞪眼睛，若不是众目睽睽，只怕他就要骂一声逆子了。

现在贺家的老脸全都被丢光了。

唐瑜看着这一幕，她低下头，目光落在贺澄身上，不知道在想什么。

唐泛扶着她："姐，走吧，我们先回去。"

贺家人乘兴而来，败兴而归，甭提多郁闷了。

因为韦朱娘是韦氏的妹妹，所以贺轩与韦氏还留在韦府，帮父亲打理后事。

其余贺家人则与唐泛他们一道先行回来。

唐泛带着姐姐和外甥，没有回唐瑜他们的住处，而是来到他之前住的竹院。

他让婢女先带贺澄去休息，又屏退了其他人。

"姐姐，今天要不是七郎的事情，你还要瞒着我多久，你与姐夫之间的龃龉，早非一日两日了吧？"

经过今日的变故，唐瑜脸上有着遮掩不住的疲倦，但唐泛知道自己不能给她休息思考的时间，否则这位姐姐一定又要找借口逃避，所以狠了狠心，选择揭开她的伤口。既然迟早都要痛，与其长痛绵绵，不如痛得狠些，才能好得快些。

唐瑜叹了口气："他原本不是这个样子的。当年我刚嫁入贺家的时候，他确实对我很好。他还跟我说，虽然大户人家的男人三妻四妾是常事，可他有我一个就够了。我原先还当他是戏言，如今你也瞧见了，即使是我们闹成这样，他也没有提出要纳妾。我心中一直记着他这份情义，所以后来便是他性情大变，我也从未有过二心，更不想令你徒增烦恼，可谁能想到今日，他对七郎……"一想到贺澄身上的伤，唐瑜就心疼得说不下去。

丈夫不再体贴，弟弟又远在外地，儿子便成了她唯一的指望。

《大明律》规定，凡男子年满四十，而无后嗣者，得纳妾。

但这里不是说四十岁无子才能纳妾，而是说男人如果四十岁还没孩子，就必须纳妾，以延续子嗣血脉。

当然，有些人没到四十，妻子能生育，他同样要纳妾；有些人即使有这条律法限制，他也照样能一心一意守着妻子一人，顶多从族里过继子嗣。所以说，纳妾这回事，看的不是律法，而是人心。

对于许多大户人家的男人而言，有这个条件，不用白不用，能够拥有森林，干吗要独自守着一棵树呢？像先前严礼看上的贺家八姑娘，不也是贺老爷子老当益壮，生下来的庶女？

而贺霖能够许下不纳妾的诺言，并且坚持履行，确实是比较难得的。

唐泛听了唐瑜的话，脸色终于稍稍缓和下来："这样说来，其实姐夫并非无药可救，只是这么多年屡试不第的事实，令他一而再，再而三地受挫，这才鬼迷心窍，做出这等糊涂事来。"

一个男人最看重的就是面子。

之前唐泛看到贺澄被打成那样，所以才会当着众人的面说贺霖屡试不第，这等于是跟姐夫彻底撕破了脸面，而贺霖在唐泛这里受了气，回头肯定要发泄在妻儿身上。

唐泛看出唐瑜情绪低落，便道："要不我回头去给姐夫道歉吧？"

唐瑜摇摇头："你道什么歉？你把我不能说的话都说了，我应该谢谢你替我出气才是！"她顿了顿，神色哀婉，"你也不必为他说好话了，七郎就是我的命根子，他为了他和贺家的面子，竟对七郎下如此狠手，纵是有再多的夫妻情义，也都让他打没了。"

唐泛见她终于醒悟，不再隐忍，心中也有些安慰："那姐姐如今是怎么打算的？"他握住唐瑜的手，"我原是准备带你与七郎离开这里，到京城住一段时日的，但这事不是我说了算，还要听你的。无论如何，你都不必担心，有我这个弟弟在，你就永远都有娘家。"

唐瑜忍不住抱住唐泛，哭了起来。

唐泛拍着她的背，笑道："我还没告诉你，其实我现在虽然身无官职，但是我在京城也不是没有朋友的，今日严礼他们的身份你也知道了，锦衣卫镇抚使确实是我好友，若是贺家或贺霖敢为难你，我便能让人将他们家闹个天翻地覆，所以你无须担心，往后也不必为了那些闲言闲语自个儿难过，谁敢说你是没娘家的人？整个锦衣卫可都是你的娘家，这大明还有比你更威风的吗？"

唐瑜明知道他在开解自己，仍是被逗得扑哧一声，破涕为笑："好毛毛，姐姐知道你疼我和七郎，可我就算要走，也不能这样窝囊地走。你告诉我，我能与你姐夫和离，并带走七郎吗？"

看着姐姐一脸期盼地望着自己，唐泛虽然很想说可以，但最终也只能缓缓道："你想和离或义绝，我都可以办到，但如果和离之后还要带走七郎，恐怕就有些难度了。因为不管怎么说，七郎都是贺家的人，就算姐夫肯，贺老爷子他们也不会肯的。这事放到哪里去说，都是我们不占理。"

唐瑜有些失望，但她知道弟弟熟谙律法，绝不会欺骗自己。

"那怎么办？"唐瑜问。

"若是暂时不能和离，只是以回娘家的名义离开，你愿意吗？"唐泛道。

唐瑜想也不想就点头，为了七郎，她苦苦忍耐数年，如今弟弟一来，她就仿佛有了主心骨，也不想再忍耐了。

得到姐姐的肯定答复，唐泛也高兴起来："那我来想办法，姐你就等着好消息吧。"

二人正说着话，钱三儿在外面敲门道："大人，翁县令那边派了人过来。"

唐泛道："让他进来。"

唐瑜擦干眼泪，避入内室，钱三儿则带着来人进屋。

对方姓黄，是翁县令身边的随从，唐泛刚刚才见过他。

老黄拜了拜，行过礼，然后道："唐公子，我们大人请您到韦家一趟。"

唐泛一愣："这不是刚从那里回来吗？"

老黄愁眉苦脸："可不，但刚刚又有人死了。"

第三十四章

瓦罐之谜

先前唐泛在韦家的时候，通过韦朱娘指甲里的玄机，就已经将凶手的范围划出来了。凶手九成九是男人。凶手必然跟韦朱娘有嫌隙，但韦朱娘只是一个小女孩，又会跟谁有深仇大恨呢？所以唐泛建议翁县令从韦朱娘的生母和周围相识的人开始查起。

更重要的是，凶手应该对韦家有相当程度上的熟悉，否则他根本没法在这么短的时间内跟踪韦朱娘，杀死她，并且在其他人发现之前逃走。

只要翁县令不太昏庸，按照唐泛划出来的线索和范围，找出凶手只是时间上的问题。然而这个时候，翁县令派人来跟唐泛说，韦家又出事了。

等唐泛来到韦家的时候，被翁县令的随从一路引到了韦家的大厅。

此时韦家内外乱纷纷的，有些宾客已经走了，有些还没得到离开的允可，不得不滞留在韦家，难免怨声载道，看得唐泛皱眉连连。

按照他的想法，在没有将凶手找出来之前，最好一个人也不要放走。

不过这明显是不可能的，因为这里头的宾客都是县上有头有脸的人物，他们在县城中拥有大部分田地。翁县令每年的政绩，官府能收上多少粮税，都还要靠他们捧场，这就是翁县令弹压不住他们的原因。

唐泛现在已经不是昔日的朝廷命官了，就算看不惯，也轮不到他来插手。之前提醒线索倒也罢了，管得太多就是逾矩了。

韦家大厅里此时坐了两个人，除了面色凝重的翁县令，还有一脸悲痛的韦策。他瘫坐在椅子上，旁边的婢女正在往他额头上抹薄荷膏。

在唐泛离开之前，韦策虽然难过，可也没有到这种地步。

可见第二个出事的人，必然是对韦策来说很重要的人物。

见唐泛到来，翁县令起身迎了一下："唐贤弟。"

唐泛："翁兄，听说又出事了。"

翁县令一脸沉重地点点头："死的是韦家今日正好满月的幼子。"

唐泛"啊"了一声，原来在唐泛离去之后，翁县令按照之前跟唐泛商议好的，开始排查府中的嫌疑人员。

结果就在这个时候，韦家照顾小少爷的乳母和婢女们就匆匆来报，说小少爷出事了。韦策晚年得子，对这个儿子爱若珍宝，特意安排了一个嬷嬷和两个丫鬟照顾。这就算在大户人家里，也是比较奢侈的待遇了。

伺候韦家小儿的嬷嬷胡氏是孩子生母娘家带过来的，忠心耿耿，两个丫鬟分别叫小露和小霜，是韦家的家生子，忠诚度也都毋庸置疑。

今日是满月酒宴，韦小少爷身为主角，那些美味佳肴却与他无缘。他被抱出去给宾客们看一圈之后，便被安置在自己的小屋里睡觉，他的生母李氏过来看过一回。

之后就传来了韦朱娘落井而死的消息，胡氏三人惶惑不已，便派小露去打听情况，因为小少爷身边还有胡氏和小霜在，所以也没有大碍。

过了一会儿，李氏那边的人来找，说有事找胡氏，就把胡氏叫了过去。

碰巧这个时候，韦小少爷尿床，另外一个丫鬟小霜便起身去隔壁屋给他找新的被褥来置换。

以前也不是没有出现过这样凑巧三个人都不在的情况，因为这中间不过片刻工夫，一般不会出什么事情，然而今天却是例外。等小霜拿着被褥回到原来屋子的时候，像往常那样去看看小床里的少爷，却震惊地发现小婴儿已经没气了。

这一波未平，一波又起，韦朱娘的事情还没水落石出呢，就又出了韦家小儿这档子事。

一听说消息，孩子的生母当即就晕了过去。韦策更是如同遭受晴天霹雳。一天之内，他失去了两个孩子，这其中还包括延续韦家香火的希望。

翁县令也遇到了难题。他已经让人一一查验过，韦家上下的男丁，男性客人，以及他们带来的随从里，根本没有一个手臂有抓痕的，也就是说唐泛的推断有可能是错误的。另外一方面，就在这个时候，韦家小儿又死了，这使得翁县令几乎焦头烂额，不得不再次将唐泛找来，其实也有求助之意。

唐泛听完他们的述说，不由得也皱起眉头："查验确认没有漏掉一个人吗？"

翁县令点点头："是，我亲自从旁监督，照着名字一个个看的，确实没有手上有抓痕的人，只有三个人之前被热汤烫到了手，大夫刚来看过，如今手背上还缠着一圈纱布。"

唐泛眉毛一扬："那三人是谁？"

回答他的却是韦策："一个是拙荆的表兄，姓柴，其余两个，都是韦某在生意场上的伙伴。"

翁县令："但他们不太可能是杀害韦家小儿的凶手。"

唐泛："为何？"

翁县令："因为韦家小儿死的时候，这三个人都在大厅中，当时正好出了韦朱娘的事情，厅中乱哄哄的，大家都赶着过来看热闹，有许多人亲眼看到这三个人被热汤泼洒了，所以他们根本不可能有分身之术。"

唐泛沉吟道："我想见见那三个人。"

翁县令颔首："他们就在偏厅等候，老黄，你去把他们叫过来。"

趁着长随去叫人的当口，他又问唐泛："你有什么头绪没有？"

唐泛摇头苦笑："就听了这么一段来龙去脉，只怕很难有什么头绪，韦家小儿又是如何死的？"

翁县令道："被襁褓上的布捂住口鼻处窒息而死。"

唐泛："会不会是嬷嬷或丫鬟不小心，将被子盖得太高了？以前这样的案例也不是没有。"

韦策插口道："唐公子，这绝无可能，因为小霜那死丫头信誓旦旦地说她去拿置换被褥的时候，确认过小儿的被子是被拉到脖子下面的，可等她回来的时候，那被子就已经盖在嘴巴那里了，可见其间一定有人来过！"

说话间，那三人被带了过来，唐泛看了一下，果然瞧见他们手上都缠着绷带。那三人神情萎靡，一一行礼之后，翁县令便让他们分头坐下。

唐泛问他们："当时那热汤是怎么泼的？就算你们三人连坐在一起，又怎会同时都被泼中了手？"

柴泽，也就是韦策老婆的表兄苦笑道："我当时没跟他们坐在一起，只是从旁边经过，也不知道是哪个没长眼的碰到了那个盛汤的瓦罐，当即就洒到我手上，王兄就在我旁边，也被波及了。"

另外一人道："我原本是坐在那里的，看见他们被烫到，赶忙起身去扶那个瓦罐，结果里面还有残余的汤汁，也被泼到手上。"

唐泛道："劳烦三位将绷带解下来让我看一看。"

三人都是一愣，这才是刚包扎上去的呢。

但翁县令在一旁也道："解下来吧。"

他们只好不情不愿地解下绷带。

三人烫伤的位置虽然都是手，但左右手不一，位置也各不相同。

柴泽是伤在右手手背，王达是伤在小臂上，因为当时王达走在柴泽后面，柴泽首先被烫到之后，惨叫一声就往旁边躲，后面的人涌上来，正好将王达推上最前面，那些汤汁就洒到他的前臂上。

另外一人则是鲍义，正如他说的那样，当时他伸手去拦，却忘了瓦罐里的汤水滚烫，结果也被烫了下，他伤到的是手掌心，手背也有一部分伤及。

绷带下面的伤处脓肿通红，有些地方皮都烫没了，又沾上深色的药膏，看上去有点血肉模糊。

唐泛仔细察看了一下，然后才让他们重新缠上，又让三个人下去。

翁县令迫不及待地问："如何？"

唐泛摇摇头，没说话。此时韦策已经逐渐缓过神来，虽然面色依旧黯淡，不过总算说话也有些力气和条理了。他对翁县令和唐泛道："我方才想了又想，觉得这事可能是王达干的。"

翁县令问："可有凭据？"

韦策道："凭据是没有的，不过这王达，之前曾想通过我结识盐运司的人，大人您也知道，这盐铺是我的家当，哪里能将关系拱手让人呢？便没有搭理他，后来王达问了我几回，都被我找借口糊弄过去。也不知道他会不会因此怀恨在心，转而报复于我？"

翁县令皱眉："他杀了韦朱娘和你的幼儿，于事何补？若是怀恨在心，那还不如对你下手呢！"

唐泛点头："县尊大人所言甚是。"

见两位大人都不认同自己的看法，韦策有些沮丧。

这样枯坐着等证据上门也不是办法，唐泛提出要去看看当时行宴的厅堂。

韦策打起精神，亲自带他前去。翁县令反正也没事做，就跟在后面。

这地方唐泛之前也来过，自然不陌生，屏风后面就是他看到微服私访的汪公公结果吓了老大一跳的地方，屏风前面则是会客厅，十分宽敞，原先的桌椅被撤去，摆上十张中嵌大理石的黄花梨木圆桌，每桌八个人，空间腾挪有余。

不过厅中当时除了宾客，还有上菜的下人，帮忙斟酒的婢女，有些人还要起身敬酒，进进出出，这样一来，就算地方再大，也会显得喧嚣拥挤。

唐泛问韦策："当时鲍义是坐在哪一桌的？"

韦策也不记得了，扭头看管家。

跟随左右的管家连忙指着其中一张靠门边的桌子道："是这张！"

唐泛又问："他们说汤汁烫人，果真如此？之前我有事先走时，好像没见过这道菜。"

管家道："是，那道汤是倒数第二上的，叫翡翠鲍鱼汤，是要将十数个瓦罐放在一块儿焖，然后趁着热气将瓦罐起上来，给客人们现盛。韦家没有这么大的地方，也没有这么多的瓦罐，所以这道菜是在饭庄里做好了送过来的！"

唐泛问："哪个饭庄，离此多远？"

管家道："那饭庄叫碧云天，是本县最大的饭庄，离这里……约莫要走上一盏茶的时间吧。"

唐泛道："你们从饭庄预订这道菜，就算是现做的，什么时候上，总该提前通知，给人家预留一些准备的时间吧？"

管家应道："您说得是，我们是提前一天通知的，这汤要煨足十二个时辰才入味，等到这边上第三道菜的时候，就派人过去，开始吩咐他们起罐送过来。"

唐泛道："这一来一回，就是两盏茶的时间，这一顿饭下来起码要一个时辰，也就是说，瓦罐拿到这里之后，起码要放半个时辰才上桌。"

管家点头："是，差不多，因为天气热，加上瓦罐密封得好，所以等到上桌入口也不会凉。"

唐泛对韦策道："当时翁县令比我早走一步，所以肯定没有喝过那道汤，你喝上了吗？烫嘴否？"

韦策苦笑："那时韦某一听说小女出事的消息就赶过去了，也没喝上。"

管家道："小人尝了一口，确实烫嘴。"

唐泛问："那当时那汤若泼洒在你手上，你觉得自己手上会像他们一样溃烂起泡吗？"

管家迟疑："这……应该会吧？"

翁县令终究反应比旁人快些，闻言便道："你是不是怀疑那三人在用烫伤掩盖手上的抓痕？"

唐泛点头："是。"

翁县令皱眉："但凶手总不会是三个人吧？"

唐泛道："自然不会。"

翁县令道：“那我去将他们分开盘问吧。”

唐泛道：“先不必着急。”他并没有多作解释，而是先问管家：“如今的碧云天饭庄，有没有你说的那道翡翠鲍鱼汤，还是需要现做的？”

管家道：“有有，去那里吃饭的客人多，饭庄每天都会煨上两罐，同样都是烧足十二个时辰的，去晚了就没有，要提前订，所以这道菜很抢手。”

唐泛道：“那你现在去碧云天看看还有没有这道菜，如果有，就买一罐过来，按照你们今天运送的路线和方式，过一个时辰呈上来。”

管家不明白他的用意，不由得看了看韦策，后者忙道：“照唐公子的话去做！”

等管家匆匆离去，唐泛又对他们道：“你们且看，这张桌子这么大，送上来的菜一般都会放在中间，唯独这瓦罐汤，因为要现盛给客人，所以会摆在边上。”

两人都点点头，表示赞同。

唐泛：“假设当时的情况很混乱，所有人听说了韦朱娘的事情，都想出去看个究竟，这时候不知道谁碰到了瓦罐，按照刚才鲍义的说法，汤是往他的相反方向倒的，然后他伸手去扶才被烫伤，那么当时瓦罐必然是被他的手肘碰到，又正好倾倒在站在桌子旁边的柴泽和王达身上的。”

他比画了一下姿势，翁县令和韦策马上就看明白了。

唐泛：“假设三人中的其中一人是凶手，而这个人又是鲍义，那么这个瓦罐就是他故意碰倒的，但如果凶手是王达或者柴泽中的任意一个，他根本不可能算到鲍义会碰倒瓦罐。”

翁县令接上结论：“所以不管哪种情况，鲍义都在说谎！”

唐泛点头：“对！但我们现在还要证明一件事，如果能够证明，那一切就可以迎刃而解了。”

韦策还有些稀里糊涂，翁县令却已经完全明白了，他捻着胡须笑道：“不错！”

他不是一个嫉贤妒能的人，更何况唐泛本来就很有分寸，既不抢风头，还给他送功劳，他对唐泛很有好感，也不吝赞赏：“贤弟当真能干，如不做官，实在是朝廷的损失！”

唐泛摇摇头：“当不起翁兄的称赞，我也就是只能查查案罢了。”

韦策忍不住道：“那小儿的死呢，两位大人可有眉目？”

翁县令道：“如果我们没有猜错，你这一儿一女的死，应该不是同一个人干的。”

韦策“啊”了一声，神色茫然无措：“这、这怎么可能……”

做商人的，和气生财是第一要务，但是再八面玲珑的商人，生意场上也难免会有对手和敌人，这就跟唐泛他们在官场上一样，从来就不缺政敌。然而这种仇恨深到去杀别人家里人的，还是少之又少。

杀人者死，这是自秦起就不变的定律，纵然这里头还有种种限制和变通，但就算是寻常百姓，都知道杀人不是一件小事。

翁县令道：“你好好想想，除了王达，你平日里还得罪过什么人？”

韦策颓然：“得罪过的人自然不少，生意往来，一方赚了钱，另一方肯定要亏钱，可也没听过谁为了这个去杀人的啊！更何况儿女何辜？既要报复，为何不冲着我来？”

翁县令与唐泛都没有说话，他们为官多年，见过比这更残忍的案子比比皆是，是以虽然唏嘘，却不如韦策那样感同身受。

说话之间，管家已经过来了，后面跟着一个抱着瓦罐的仆役：“大人，这里头装的就是翡翠鲍鱼汤，按照您吩咐的，起炉后放足一个时辰才拿过来的！”

翁县令吩咐道：“放在桌上，然后找个人来，打开罐子，往手上淋。”

“啊？”管家完全傻眼了，不明白这又是什么规定。

唐泛在一旁道：“你去找个愿意这么干的下人过来，事后给他重赏。”

韦策也开腔道：“赏十两雪花银。”

这可不是小数目，跟着管家过来的仆从当即就眼睛一亮，站出来道：“老爷看小人行吗？”

韦策望向翁县令。翁县令点头：“行，你淋给我们看，可别躲开，我们就是要看你的手被烫成什么样。”

仆役心头难免嘀咕县太爷有点变态，不过财帛动人心，为了那十两银子，他怎么也得拼了。

管家当即就打开瓦罐，朝着下人伸出来的双手淋上去。热滚滚的汤汁洒在手上，饶是再有心理准备，那仆役仍然忍不住叫出声来，表情扭曲了一下。

汤汁泼洒在地面，一股翡翠鲍鱼汤的香味霎时弥漫开来。

过了好一会儿，翁县令才允许那仆役去洗手，但仍然不让他上药，只吩咐洗完了手就过来。

等到管家带着人回来，唐泛他们朝下人伸出来的手一看，只见对方刚才被汤汁烫伤的皮肤红肿一片，但没有刚刚王达他们伤得那么严重。

韦策见状便“啊”了一声：“这是怎么回事？为何他们烫伤的程度跟老董

不同？难道是老董皮糙肉厚的缘故？”

翁县令让管家带那人去上药，然后为韦策解惑：“不是他皮厚，而是烫伤王达他们三人的那一个瓦罐，是送过来之后另外又加热过的。”

韦策明白了：“所以方才唐公子让管家重演了一遍今日送汤过来的情形，为的就是证明那些瓦罐汤上桌的时候，虽然也还烫嘴，却没有严重到烫伤的地步？”

翁县令点头：“不错，所以只要去厨房那里找出那天给瓦罐加热的人，就可以顺藤摸瓜，挖出凶手了。”

能帮的忙已经帮了，接下来的事情就与唐泛没什么关系了。

他谢绝了翁县令请他参与审讯的邀请，带着钱三儿回到贺家。

折腾大半天，此时早已夜幕降临，唐泛饭没吃好，早就觉得饥肠辘辘，想想现在已经过了饭点，在贺家要另外让人现做也不方便，两人就打算在外面随便找点吃的。没想到香河县不如京城繁华，一到晚上，连饭庄也关门了。

两人一路走回去，远远便发现竹院门口竟然热闹得很。

唐泛微微皱眉，快步走上前去。

热闹的主角，是贺家二房。贺霖与唐瑜。

准确地说，是贺霖喝了酒，在冲着唐瑜耍酒疯。

唐瑜身前隔着严礼和公孙彦，碍于贺霖的身份，他们不好直接动手，但有他们在，贺霖也没法靠近唐瑜半分。两个锦衣卫用不屑的眼神看着贺霖，而贺霖则被这种眼神刺激得越发癫狂起来。

今天发生的事情实在是太多了，对韦家如此，对贺霖更是如此。

他没想到自己好端端去喝人家的满月酒，也能喝出一堆事情来。

在当时那种情况下，所有人怀疑的目光都落在自己身上，贺澄却说不出辩解的话，贺霖觉得换了别人，肯定也想不出更好的办法，他更不觉得自己动手打儿子又什么错。可偏偏唐泛站了出来，先是抬出锦衣卫和贺老爷子来压自己，当着众人的面，小舅子竟然上下不分，对姐夫毫不留情地痛斥，还纵容那些鹰犬对他动手，这是一辈子都好脸面的贺霖所无法接受的事情。

他气冲冲地离开韦家之后就去买醉，又遇上了平时几个吟诗作对的朋友，那些人都听说了韦家发生的事情，借着安慰之名，行嘲笑之实，暗示他夫纲不振，被自家兄弟比下去也就算了，现在连小舅子都瞧他不起，又调侃他是不是回去要跪搓衣板了。

这些话听在贺霖耳朵里，更是火上浇油，喝酒壮人胆，他也没了对锦衣卫的忌惮，心中就剩下一个念头：找唐瑜算账！

对贺霖而言，他很难站在唐瑜的角度去思考，体谅唐瑜这些年的不容易，他只看到唐瑜有了弟弟撑腰，就不把他放在眼里。今日之后，自己在贺家，在香河县，还有什么脸面立足？于是便有了唐泛所看见的这一幕。

唐瑜见天色晚了，原本是准备回自己住的地方，但她不放心贺澄，生怕回去之后又被贺霖借故找碴儿，就准备把儿子留在竹院，让唐泛帮忙照看一晚。谁知左等右等都等不到唐泛，她只好嘱咐贺澄乖乖看书，不要捣乱，然后先行回来，谁知在门口就碰上了气势汹汹酒醉归来的贺霖。

严礼和公孙彦正皱着眉头，眼瞅着贺霖仗着酒醉开始动手动脚，他们正考虑要不要把对方痛扁一顿呢，但贺霖总归是唐瑜的丈夫，唐泛的姐夫，所以二人拿捏不好分寸，就开始盼着唐泛回来。

眼见唐泛出现，两人都欣喜道："公子！"

贺霖不知道是酒喝多了昏了脑子还是怎么的，连头也不回，还在冲着唐瑜嚷嚷："你自嫁入贺家，我哪点对不住你？为了你，我不好酒色，连贺轩院子里都有一个通房，我却什么也没有。别人都说你妒悍，我还在外面为你说好话！可你呢？你是怎么对我的？有你这样让弟弟在外面落我面子的吗？贺家缺你的，还是短你的了？别以为有了弟弟撑腰，你就可以为所欲为！和离你就别想了，我要休了……"

"住口！"平地一声怒喝。不是唐泛，他没有这么好的丹田力气。

众人循声望去，便看见贺老爷子拄着手杖气冲冲地走过来，二话不说，先扬起手，给了贺霖一巴掌。跟在后头的女眷都惊住了，见贺老爷子还想动手，她连忙道："有话好好说！"

竹院本来就紧挨着贺家，贺霖这一闹，贺家的人自然很快就知道了。唐泛之所以站在一边没过去，是想等着贺霖说出什么话，也好当作把柄来拿捏。

没想到贺老爷子来得这么快，这么及时。

贺霖被这一巴掌打蒙了，表情一时愣愣的，也说不出什么话。

贺老爷子还想再来一下，这次被人拦住了。拦住他的人是唐泛。

唐泛道："伯父，打人是解决不了问题的，既然姐夫都已经到了想休弃我姐姐的地步，我看咱们还是应该坐下来好好谈一谈。"

贺老爷子虽然不了解唐泛，可也觉得他的反应过于淡定了，这越平静，就越不是好事。

"贤侄，我这是想帮你出气，这逆子是该好好教训了！"贺老爷子一脸怒色，“你别拦着我，看我不打断他的腿！”

唐泛平静地讽刺道：“我有什么气需要别人帮着出？不是因为我姐姐有气吗？”

贺老爷子的动作微微一顿，看了看唐瑜，又看了醉醺醺的贺霖一眼，摇摇头叹了口气：“冤孽！冤孽！”

“爹，娘，我有话要说。”一直沉默的唐瑜忽然开口。

她的面色几近淡漠，方才就是贺霖那样大喊大叫，她也没有露出什么意外或伤心的表情，如今更是平静异常。

贺老夫人道：“有什么话，进屋去说吧。”

“明日再说吧，姐姐与外甥今晚住在竹院便好。”唐泛却道。

贺老爷子点点头。他也不想大晚上站在外头因为家事闹得不可开交，而且经历过韦家的事情，今天大家都很累了，也只有贺霖才会不管不顾就在门口吵起来。他命人将贺霖押起来，自己则亲自盯着，眼看着贺霖还要反抗，直接就让人拿绳子来绑走。

贺老夫人则嘱咐唐瑜好好歇息，说自己明日再来看孙儿，又让竹院的下人好好伺候，都仔细交代一遍，这才离去。

那些人一走，唐泛便陪着唐瑜进去，眼见没有外人了，唐瑜这才瞪了唐泛一眼：“你还让我把这些年受的苦都奉还给他们呢，我好不容易积了一肚子气话想骂，却都被你打断没了！”

这样的唐瑜，仿佛才有了昔日唐家大姑娘的气韵。

嫁为人妇这么多年，恐怕连她自己都差点忘了自己曾经是什么样的了。

唐泛委屈道：“可是我肚子饿啊，吃饱了才有力气吵架嘛，要是吵到一半饿晕了怎么办？”

唐瑜又是好笑，又是心疼，连方才那一点憋闷和痛楚都抛开了：“难道你这些年在外头都还学不会照顾自己吗？去里头坐着，我去煮面！”

“欸，我要加个荷包蛋！”唐泛笑眯眯道。他瞥了旁边泪眼汪汪的钱三儿一眼，大发慈悲地加了句：“姐，再加一碗，三儿也还没吃。”

钱三儿给点阳光就灿烂，立马涎着笑脸：“那我也要个荷包蛋！”

唐泛对此的回应是：“自己煎去！”